W0270407

BIANCA IOSIVONI

Falling Fast

BIANCA IOSIVONI

FALLING *fast*

ROMAN

LYX

LYX in der Bastei Lübbe AG
Dieser Titel ist auch als E-Book und Hörbuch erschienen.

Originalausgabe

Textredaktion: Kristina Langenbuch Gerez
Covergestaltung: ZERO Werbeagentur GmbH
Coverabbildung: © FinePic/shutterstock
Satz: Greiner & Reichel, Köln
Gesetzt aus der Adobe Caslon
Druck und Einband: C.H.Beck, Nördlingen
Printed in Germany
ISBN 978-3-7363-0839-8

8 10 9 7

Sie finden uns im Internet unter: www.lyx-verlag.de
Bitte beachten Sie auch: www.luebbe.de und www.lesejury.de

Liebe Leser*innen,

dieses Buch enthält potenziell triggernde Inhalte. Deshalb findet ihr auf S. 464 eine Triggerwarnung.

ACHTUNG: Diese enthält Spoiler für das gesamte Buch.

Wir wünschen uns für euch alle das bestmögliche Leseerlebnis.

Eure Bianca und euer LYX-Verlag

Für alle Hailees da draußen.
Seid mutig!

You've always had the power my dear,
You just had to learn it for yourself.
– *The Wizard of Oz*

Playlist

Tyler Glenn – Midnight
Charlotte Lawrence – You're the One That I Want
Sara Bareilles – Brave
Lady Gaga & Bradley Cooper – Shallow
Walking On Cars – Flying High Falling Low
Rita Ora – Your Song
Little Mix – Shout Out to My Ex
Taylor Swift – Gorgeous
Danger Silent – Crawling
BANNERS – Ghosts
Lord Huron feat. Phoebe Bridgers – The Night We Met
5 Seconds of Summer – Lost in Reality
Alexandra Burke – Hallelujah
Mumford & Sons – Below My Feet
Skylar Grey & X Ambassadors – Cannonball
Gavin DeGraw – I Don't Want to Be
Kodaline – Follow Your Fire
X Ambassadors – Kerosene Dreams
Birdy – Wings
Little Mix – Your Love
WILD – Here We Go
Kaleb Jones – So Good
Leona Lewis – Run
Sleeping At Last – Already Gone

Hailee

Freitag, 06. September 2019
10:21 Uhr

Ich rolle meine restlichen Kleider zusammen und stopfe sie neben die Wasserflasche in meine Tasche. Dann gehe ich ins Bad, hole Zahnbürste und Zahncreme und packe sie ebenfalls ein.

Das war's.

Nichts in diesem kleinen Zimmer deutet noch darauf hin, dass ich je hier gewesen bin. Das Bett ist gemacht, die Vorhänge sind aufgezogen. Warmes Sonnenlicht strömt herein, fällt auf den wackeligen Holztisch vor dem Fenster und lässt Staubkörner in der Luft tanzen. Es verspricht, ein weiterer schöner Septembertag zu werden. Aber ich werde nicht länger hier sein, um ihn zu erleben. Ich bin schon viel zu lange in dieser Stadt geblieben. Viel zu lange bei den Menschen, die zunächst nur Fremde für mich waren, dann aber zu Freunden geworden sind. Und zu mehr. So viel mehr.

Ich hebe die Tasche vom Boden auf und nehme den Autoschlüssel vom Nachttisch. Ein letzter Blick in das Zimmer, das mir mehr Erinnerungen beschert hat, als ich je für möglich gehalten hätte, dann ziehe ich die Tür ganz langsam hinter mir zu.

Ich habe nie vorgehabt zu bleiben. Freunde zu finden. Mich zu verlieben.

Ich schließe die Augen und atme tief durch, denn ich weiß, dass ich das Richtige tue, auch wenn es sich im Moment nicht so anfühlt. Aber ich habe Katie versprochen, dass wir uns nach diesem Sommer wiedersehen. Und ich halte meine Versprechen.

Ein viel zu großer Teil von mir will nicht weg, will diese Kleinstadt mit all ihren Bewohnern, die mir in der kurzen Zeit viel zu sehr ans Herz gewachsen sind, nicht verlassen, aber es ist an der Zeit, zu gehen.

Also schließe ich die Tür mit einem leisen Klicken.

Und gehe.

Kapitel 1

Hailee

21 Tage vorher
Freitag, 16. August 2019
20:09 Uhr

Ich hatte nie vor hierherzukommen. Ich hatte nie vor, an diesem lauen Augustabend vor einem Grab zu stehen und auf die Buchstaben zu starren, bis sie vor meinen Augen verschwimmen. Mir war nicht mal klar, dass ich in der Nähe bin, doch als ich das Schild gesehen habe, das nach Fairwood, Virginia, führt, konnte ich nicht einfach daran vorbeifahren. Nicht heute.

Also bin ich jetzt hier und stehe in meinem bunt gestreiften, knöchellangen Rock, der schulterfreien Bluse und dem weiten Sonnenhut auf einem Friedhof. Grashalme kitzeln mich dort, wo meine Füße nicht von den Bändern der Römersandalen bedeckt sind. Der Wind, der durch die umstehenden Bäume streift, klingt wie ein leises Seufzen, das meine Atemzüge begleitet. Die letzten Sonnenstrahlen des Tages wärmen mir den Rücken, während sich der Himmel orangerot verfärbt, aber ich habe nur Augen für das viel zu neue Grab vor mir.

Jemand hat frische Blumen hingestellt. Ihre Köpfe wiegen sich ganz leicht im Wind. Daneben steht eine Kerze, die offenbar erst vor Kurzem angezündet wurde, da sie noch nicht besonders weit heruntergebrannt ist.

Langsam gehe ich in die Hocke. Der Stein ist so warm, als

hätte er die Wärme des ganzen Sommers in sich gespeichert. Behutsam fahre ich die Buchstaben und Zahlen mit den Fingern nach.

Jesper Harrington. Liebender Sohn und guter Freund.
16. 08. 1998 – 27. 02. 2019

Noch während ich die Worte lese und sie auf mich wirken lasse, kann ich Jespers Lachen in meinen Gedanken hören. Seine witzigen Sprüche. Seine ausschweifenden Erklärungen. Wir haben uns nie persönlich kennengelernt, immer nur getextet und Sprachnachrichten ausgetauscht. Trotzdem war er einer der besten Freunde, die ich je hatte.

Bei der Erinnerung daran, wie wir zum ersten Mal gegenseitig den Anfang unserer Manuskripte gelesen haben, muss ich lächeln. Ich hatte so viel Angst, ihn zu kritisieren, denn auch wenn er unglaubliche Geschichten erzählen konnte, war sein Schreibstil einfach furchtbar. Und obwohl – oder gerade weil – ich so zögerlich mit meiner Kritik war, hat er meinen Text umso heftiger zerrissen. Hinterher hat er mir zum Trost ein Foto von Bunny, seinem Plüschkaninchen, geschickt, das seit seinem ersten Geburtstag sein treuer Begleiter war und das er nie hergeben würde.

Ob Bunny jetzt mit ihm da unten liegt? Tief unter der Erde. Allein und verlassen.

Gott, ich darf nicht so denken. Dieses Grab ist nichts weiter als ein Stück Erde mit einem Stein darauf. Jesper ist nicht hier. Er ist jetzt an einem besseren Ort. Einem Ort, an dem wir uns eines Tages wiedersehen werden. Daran glaube ich ganz fest.

Ein letztes Mal streiche ich über seinen eingravierten Namen und nehme die Wärme in mich auf.

»Happy Birthday, Jesper.«

Als ich aufstehe, weht mir eine plötzliche Windböe beinahe den Hut vom Kopf. Im letzten Moment halte ich ihn fest und streiche mir die langen Haarsträhnen aus dem Gesicht. Wahrscheinlich ist das nur Zufall, aber ich beschließe trotzdem, es als Zeichen zu sehen. Als Zeichen dafür, dass es richtig war hierherzukommen, auch wenn Fairwood nicht auf meiner Liste stand. Aber um ehrlich zu sein, hatte ich nie einen wirklichen Plan für diese Reise, als ich vor über zwei Monaten in den alten roten Honda Civic gestiegen und einfach losgefahren bin.

Genauso wenig wie ich einen Plan habe, was ich jetzt tun soll. Ein leises Magenknurren beantwortet mir die unausgesprochene Frage. Ich sollte mir besser irgendwo etwas zu essen besorgen, bevor es dunkel wird. Ich habe schon unzählige Nächte im Auto verbracht und kein Problem damit, es auch hier zu tun. Aber hungrig schlafen zu gehen ist eine Tortur. Auch das habe ich in den letzten Wochen leider schon ein paarmal erlebt und absolut kein Verlangen danach, diese Erfahrung zu wiederholen.

Ein letztes Mal sehe ich zu Jespers Grab zurück. Beim Gedanken daran, ihn nie wieder zu hören, nie wieder mit ihm zu texten und nie mehr mit ihm zu reden, wird der Kloß in meinem Hals noch größer. Trotzdem lächle ich noch einmal in seine Richtung. Dann drehe ich mich um und folge dem Weg zurück zum schmiedeeisernen Tor, durch das ich vor einer halben Stunde den Friedhof von Fairwood betreten habe.

Mein roter Honda ist nicht der einzige Wagen vor dem Friedhofseingang. Ich habe keine anderen Menschen auf dem Friedhof gesehen, aber da stehen ein alter Pick-up, ein schwarzer Jeep, zwei Motorräder und ein silbergrauer Dodge neben meinem Auto auf dem Parkplatz. Interessante Mischung.

Mit dem Schlüssel in der Hand steuere ich meinen Wagen

an, öffne ihn und lasse mich auf den Fahrersitz fallen. Der Geruch von Chips, Limonade und Deo empfängt mich, und ich rümpfe die Nase bei der Mischung. Es ist noch warm genug, also kurble ich das Fenster hinunter und starte den Motor.

Ich habe kein Ziel, während ich durch die Stadt fahre, aber daran habe ich mich in den letzten Monaten gewöhnt. Irgendwie gelange ich auf die Main Street, die von kleinen Läden und hübschen Cafés in bunten Häusern gesäumt ist. Es wirkt irgendwie heimelig, wie aus einem Film oder einer Serie. Eine Kleinstadt zum Wohlfühlen. Als ein paar Meter vor mir an der Ecke ein Diner auftaucht, atme ich erleichtert auf. *Essen!* Na endlich. Ich habe schon seit Tagen nichts Warmes mehr zu mir genommen.

Doch leider sind alle Stellplätze hinter dem Diner belegt. Ich fahre die nächsten beiden Querstraßen ab, doch da ist kein einziges freies Fleckchen, auf dem ich den Wagen parken kann. Die Sonne ist bereits untergegangen, und auch wenn der Himmel noch immer blassrosa gefärbt ist und Straßenlaternen die Umgebung erhellen, ist die Dunkelheit nicht aufzuhalten. Ich verziehe die Lippen. Ich bin nicht gern allein im Dunkeln unterwegs, also sollte ich mich besser beeilen.

Zwei Blocks weiter finde ich endlich einen Parkplatz, schalte den Motor aus, schnappe mir meinen Geldbeutel und springe aus dem Wagen. Die Luft ist noch immer warm, fast schon schwül, und über mir beginnen die ersten Sterne am Nachthimmel zu funkeln. Mit nervös klopfendem Herzen mache ich mich auf den Weg zu diesem Diner und beschließe, mich zusätzlich mit einem Milchshake zu belohnen, wenn ich dort ankomme.

Meine Schritte hallen auf dem Gehweg in der leeren Seitenstraße wider. Es ist fast schon gespenstisch still. Ich nehme die nächste Abzweigung, dann bin ich wieder auf der Main

Street. Erleichterung breitet sich in mir aus. Hier sind andere Leute. Menschen, die an diesem Freitagabend unterwegs sind oder gerade von der Arbeit nach Hause kommen. Hier bin ich nicht allein. Doch als ich mich dem Diner nähere, werden meine Schritte langsamer. Niemand sitzt darin. Nur die Außenbeleuchtung ist an. Und an der Eingangstür klebt ein handgeschriebener Zettel: *Heute wegen Krankheit geschlossen.*

Das kann doch nicht wahr sein. Echt jetzt?

Seufzend lege ich mir die Hand auf den knurrenden Magen und blicke mich um. Das niedliche Café ganz in der Nähe hat bereits geschlossen. Das Restaurant daneben sieht viel zu teuer aus mit seinen weißen Tischdecken und den edel gekleideten Kellnern, die ich durch die Scheibe sehen kann. Einen Imbiss kann ich nicht entdecken, von einem Supermarkt ganz zu schweigen. Hier gibt es nicht mal einen Kiosk mit Schokoriegeln, wobei ich davon noch genug im Auto habe. Mein Magen grummelt protestierend. Gott, ich brauche etwas Richtiges zu essen. Keinen weiteren Snack aus Chips und Dips.

Mein Blick fällt auf ein beleuchtetes Schild. *Barney's Bar.*

Ehe ich darüber nachdenken und es mir ausreden kann, setze ich mich in Bewegung. Mit etwas Glück gibt es da drinnen etwas zu essen.

Chase

»Auf Jesper!«

Ich hebe meine Flasche und stoße mit den Leuten an, von denen ich geglaubt hatte, sie nach dem Highschoolabschluss nie wiederzusehen. Zumindest die meisten nicht absichtlich, weil wir seither nichts mehr miteinander zu tun hatten, ganz egal, wie oft ich in der Stadt bin. Aber jeder von uns hatte eine

Verbindung zu Jesper. Schon ironisch, dass uns ausgerechnet sein Geburtstag an diesem schwülwarmen Augustabend zusammengebracht hat. Ironisch deshalb, weil *er* nicht mehr an der Feier teilnehmen kann.

»Hey, Chase!«, ruft Alexis, besser bekannt als Lexi, und deutet mit dem Glas in der Hand von der anderen Seite des Tisches auf mich. Ihre goldbraunen Locken hüpfen bei jeder Bewegung auf und ab. Obwohl sie meine Cousine ist, sehen wir uns kein bisschen ähnlich. Sie kommt mit ihrer dunklen Haut und der rauen Stimme ganz nach ihrer Mutter, während ich die Gene unserer Väter geerbt habe. Zumindest was das Äußere angeht: hellbraunes Haar, grünbraune Augen und die Grübchen, die angeblich den unwiderstehlichen Charme der Whittaker-Männer ausmachen. Habe ich mir zumindest sagen lassen. Wenn Lexi lächelt, hat sie keine Grübchen, sondern wirkt eher so, als würde sie einen gleich in der Luft zerreißen wollen. »Warum erzählst du den Losern hier nicht, wie du und Jesper euch kennengelernt habt?«

Ich schnaube leise.

»Die alte Story?«, ruft Clayton und wedelt nachlässig mit der Hand. Zu Schulzeiten war er der typische Nerd mit Brille und Bestnoten in Naturwissenschaften, was man ihm heute mit seiner Lederjacke und dem Motorrad nicht mehr anmerkt. »Die kennt doch jeder.«

Störrisch runzelt Lexi die Stirn. »Ich will sie trotzdem hören. Sie ist toll!«

Ich schneide eine Grimasse. »Das sagst du nur, weil du es genießt, andere leiden zu sehen. Selbst wenn das schon über zehn Jahre her ist.«

Sie legt sich die Hand auf die Brust und tut geschockt. Mit den großen Bambi-Augen und dem mädchenhaften Kleid, das sie heute Abend trägt, könnte man ihr die Unschuldsnummer beinahe abkaufen. Aber ich kenne meine Cousine besser. Lexi weiß sehr genau, was und wen sie will – und sie ist selbstbewusst genug, das auch einzufordern. Zudem würde sie jedes Quiz gewinnen, bei dem es um Fahrzeuge geht. Sie versteht definitiv mehr von Motorrädern als Clayton. Vermutlich sogar mehr als jeder einzelne Kerl in dieser Bar. Nach der Highschool hat sie eine Ausbildung als Mechanikerin in *Tyler's Garage* begonnen und gilt mittlerweile als eine der besten der Stadt. Wenn es einen Menschen gibt, dem ich meinen geliebten silbergrauen Dodge Avenger anvertraue, dann ihr. Auch wenn sie eine viel zu große Klappe hat. Wobei *das* wohl eine Eigenschaft ist, die eindeutig in der Familie liegt.

»Ich hole mir noch einen Drink.« Mit dem Daumen deute ich auf die vollgepackte Bar irgendwo hinter mir. »Sonst noch jemand was?«

Kopfschütteln. Die anderen am Tisch sind bereits ganz in der Geschichte aus unserer Kindheit versunken, die Clayton nun zum Besten gibt. Ich kenne sie schon, also verpasse ich nichts, wenn ich jetzt aufstehe und die Runde für ein paar Minuten verlasse. Zum Glück ist niemandem aufgefallen, dass meine Bierflasche noch halb voll ist. Obwohl ich mich freue, die Leute wiederzusehen und in Erinnerungen zu schwelgen, brauche ich schon jetzt eine Pause davon. Seit ich vor zwei Jahren zum Studieren nach Boston gezogen bin, war ich zwar unregelmäßig an den Wochenenden und in den Semesterferien hier, um meine Familie zu besuchen oder in der Firma auszuhelfen, trotzdem ist dieses Zusammentreffen nach dem gemeinsamen Friedhofsbesuch ungewohnt. Nicht nur für mich, sondern für uns alle. Und da ich schon den ganzen Sommer in Fairwood verbracht habe, macht sich so langsam eine gewisse Erschöpfung bemerkbar.

Mühsam kämpfe ich mich an den Leuten vorbei. Es ist noch

relativ früh an diesem Freitagabend, trotzdem ist *Barney's Bar* völlig überfüllt. Gefühlt ist die halbe Stadt da. An den Tischen sitzen dieselben alten Kerle und spielen Poker, die schon zu meiner Schulzeit da saßen, wenn ich mich heimlich reingeschlichen habe. Am anderen Ende des Raums findet ein Junggesellinnenabschied statt. Die glückliche Braut ist Sue Bowden. Jahrgangsbeste im Abschlussjahr unter mir und neben Lexi und viel zu vielen anderen Leuten eine weitere Person, die es nicht aus Fairwood rausgeschafft hat.

»Chase Whittaker!« Eine bekannte Stimme dröhnt über die Musik hinweg, und eine feste Hand klopft mir auf die Schulter. »Dich hab ich hier ja schon lange nicht mehr gesehen. Richte deinem alten Herrn Grüße von mir aus, ja?«

Ich nicke nur, bleibe aber nicht stehen, um mich mit dem Typen zu unterhalten. Mr Galloway ist über sechzig, aber noch fit genug, um für meinen Dad auf der Baustelle zu stehen und die Arbeiter herumzuscheuchen. Er ist ein netter Kerl, aber wenn man nicht schnell genug ist, sitzt man plötzlich mit einem Bier bei ihm und es ist fünf Uhr morgens, weil er einen über Gott und die Welt zugetextet hat. Manchmal ist das ganz angenehm, heute ist es das Letzte, was ich brauche.

Da es am Tresen noch immer brechend voll ist, mache ich einen Abstecher nach draußen. Als ich es endlich an den ganzen Leuten vorbeigeschafft habe und die Tür aufstoße, atme ich tief durch – und verziehe gleich darauf das Gesicht. Es ist noch immer so warm, dass es sich anfühlt, als wäre ich von einer Sauna in die nächste gestolpert. Bisher war es ein verflucht trockener Sommer, und ich glaube, jeder hier würde sich über ein paar Regentage freuen.

Links halb neben, halb hinter der Bar erstreckt sich ein viel zu kleiner Parkplatz voller Autos. Darum stehen all unsere Fahrzeuge auch noch vor dem Friedhof. Wir haben uns dort getroffen, um Jespers Grab zu besuchen und sind dann die paar Seitenstraßen hergelaufen. Da wir auf Jesper anstoßen wollten, wird heute ohnehin keiner von uns noch fahren.

Die Sonne ist bereits untergegangen, und über mir leuchten mehr Sterne am Himmel, als ich es von Boston gewohnt bin. In der Stadt und vor allem von meinem Wohnheimfenster auf dem dauerbeleuchteten Campus sieht man deutlich weniger davon als hier draußen im Shenandoah Valley in Virginia. Selbst um diese Uhrzeit kann ich noch die Appalachen und die Blue Ridge Mountains in der Ferne erkennen, die das Tal von zwei Seiten umschließen. Früher kam mir dieser Ort wie der Mittelpunkt der Welt vor, später wie ein geheimes Paradies, fernab von der Außenwelt. Und jetzt? Jetzt weiß ich nicht mehr, was es für mich bedeutet. Ich bin nicht mehr der Junge, der hier aufgewachsen ist. Der durch die Straßen gerannt ist, mit seinem Fahrrad jeden Winkel erkundet hat, todesmutig in den Fluss gesprungen und jeden Sommer in den nahe gelegenen Seen geschwommen ist. Nichts ist noch wie früher. Das kann es gar nicht sein. Nicht wenn einige der Menschen fehlen, die das alles für mich ausgemacht haben.

Seufzend schüttle ich den Kopf. Heute ist echt kein Tag, um mies drauf zu sein. Ich weiß genau, dass Jesper mir den Arsch aufreißen würde, wenn er wüsste, dass ich seinetwegen allein hier draußen herumstehe und Trübsal blase. Ausgerechnet an seinem Geburtstag. Aber Jesper ist nicht da, um mir den Arsch aufzureißen, also kann es mir im Grunde egal sein. Mein bester Freund ist nicht mehr da. Und ganz egal, wie viele Geschichten wir erzählen oder wie oft wir auf ihn anstoßen, nichts davon wird ihn je wieder zurückbringen. Für manche Menschen gibt es keine zweite Chance, kein Später und kein Morgen. Nur das Hier und Jetzt.

Als ich schließlich wieder reingehe, kommt mir die Musik

lauter, die Stimmen dröhnender und die Wärme noch stickiger vor. Trotzdem schiebe ich mich an den Leuten vorbei, in der Hoffnung, nicht noch mal von Mr Galloway angesprochen zu werden.

Ich steuere den Tresen an und gebe Darlene ein Zeichen, dass ich ein neues Bier möchte. Eines aus den hiesigen Brauereien und damit dasselbe wie immer. Aber das ist nur passend. In Fairwood scheint die Zeit stehen geblieben zu sein, so wie es die Kirchturmuhr manchmal tut. Sogar Darlene hinter der Theke sieht noch genauso aus wie vor fünf Jahren, als sie Josh und mich aus der Bar geschmissen hat, nachdem wir uns heimlich reingeschlichen haben. Minderjährig natürlich. Damals war ich derjenige, der meinen großen Bruder ständig in Schwierigkeiten gebracht hat. Wie schnell sich die Zeiten doch ändern können …

Während ich auf meine Bestellung warte, lasse ich den Blick durch den Raum wandern. Die Gäste sind dieselben, die ich schon mein ganzes Leben kenne. Da hinten sitzt Dr. Bryan, der Tierarzt, der bereits meinen ersten Hamster behandelt hat und vor drei Jahren Jespers Schäferhund einschläfern musste. Ihm gegenüber sitzt die neue Hausärztin – wobei *neu* bedeutet, dass sie vor weniger als zehn Jahren hierhergezogen ist. Diesen Titel wird sie tragen, bis sich ein anderer *neuer* Hausarzt mit seiner Praxis in der Stadt niederlässt. In Fairwood geht alles seinen gewohnten Gang. Sogar die Touristen, die den Skyline Drive durch das Shenandoah-Tal entlangfahren und einen Zwischenstopp hier einlegen, sind mittlerweile zu einem bekannten Bild geworden. Trotzdem bleibt mein Blick jetzt an etwas hängen, das nicht ganz in dieses allzu bekannte Bild passt. Oder vielmehr *an jemandem*.

Stück für Stück schiebt sie sich an den anderen Gästen vorbei und sieht sich um. Als sich unsere Blicke treffen, breitet sich schlagartig Hitze in mir aus. Mein erster Gedanke: Ihre Augen passen nicht zu ihrem Äußeren, zu diesem Paradiesvogelartigen mit den bunten Federohrringen. Sie sind dunkel und voller Geheimnisse. Ich kann nicht anders, als ihren Blick festzuhalten. Auch sie hält mitten in der Bewegung inne. Ihre Lippen teilen sich, aber sie lächelt nicht, sondern wirkt genauso überrascht wie ich.

Dabei gibt es absolut keinen logischen Grund für meine heftige Reaktion. Sie ist nicht mein Typ. Ich mag die netten Mädchen, die eher unscheinbar, dafür aber unkompliziert und im Idealfall auch humorvoll sind. Diese Unbekannte scheint nicht in diese Schublade zu passen. Sie ist wie eine frische Brise in diesem viel zu vollen Raum, wie etwas Neues, etwas Unbekanntes in einem Meer von Vertrautem. Mit der schulterfreien Bluse und dem weiten Rock in Regenbogenfarben sieht sie weder aus wie der typische Tourist noch wie eine Einheimische. Sie ist definitiv nicht von hier. Ich kenne schließlich so ziemlich jeden in dieser Stadt.

Nach ein paar Sekunden senkt sie den Blick, aber ich kann einfach nicht wegsehen. Noch etwas, das absolut keinen Sinn ergibt. Wir haben uns heute extra alle hier versammelt, um Jespers Geburtstag zu feiern, auch wenn er nicht mehr da ist. Da ist eine mysteriöse Fremde das Letzte, woran ich denken sollte. Schon gar nicht, wenn sie geradezu nach Problemen schreit, so wie sie sich suchend umsieht und dabei ignoriert, dass sie nicht nur meine, sondern auch die Aufmerksamkeit einiger anderer Männer auf sich zieht.

In diesem Moment schaut sie wieder in meine Richtung – und dieser verdammte Blick geht mir durch und durch. Meine Haut beginnt zu kribbeln. Mein Puls rast. Wer zum Teufel ist dieses Mädchen?

»Dein Bier«, ertönt Darlenes Stimme plötzlich neben mir.

Ich zucke zusammen. Verdammt, ich habe völlig vergessen, dass ich eins bestellt hatte. Fahrig krame ich ein paar Scheine aus der Hosentasche und lege sie auf den Tresen, doch als ich mich wieder nach der Unbekannten umsehe, erhasche ich nur noch einen kurzen Blick auf sie und wie sie mit irgendeinem Kerl spricht, der mir entfernt bekannt vorkommt. Gleich darauf ist sie in der Menge verschwunden. So schnell, wie sich zuvor die Hitze in meinem Inneren ausgebreitet hat, macht sich nun Enttäuschung bemerkbar. Mein Blick gleitet über die Tische, die Umstehenden und sogar zur Tanzfläche, aber wer auch immer die Fremde ist, ich kann sie nirgendwo entdecken. Verdammt.

Ein letztes Mal schaue ich mich nach der jungen Frau um, aber sie bleibt verschwunden, also muss ich wohl oder übel zu den anderen an den Tisch zurückkehren. Es ist nicht so, als würde ich die bunt gemischte Truppe nicht mögen. Diese Leute erinnern mich nur an eine Zeit, an die ich nicht allzu oft zurückdenke. Aber vor allem führen mir all die Erzählungen über Jesper nur zu deutlich vor Augen, dass ich am Ende nicht für ihn da war. Sein sogenannter bester Freund seit Kindheitstagen. Als ich die Stadt vor zwei Jahren verlassen habe, um in Boston aufs College zu gehen, habe ich mir geschworen, dass Jesper und ich in Kontakt bleiben. Dass ich in den Ferien nach Hause kommen und wir ganz viel unternehmen würden. Dass er mich auf dem Campus besuchen könnte, wenn es ihm besser geht. Aber es ging ihm nie besser, und unsere Telefonate, die Textnachrichten und Mails wurden immer kürzer, immer sporadischer. Bis ich mich schließlich gar nicht mehr bei ihm meldete.

Und jetzt ist er tot.

Gott, ich brauche heute Abend etwas Stärkeres als ein Bier. Ich drehe mich wieder zu Darlene um, doch die ist anderweitig beschäftigt.

Auf einmal ist da eine Bewegung links von mir. An sich nichts Ungewöhnliches. Die Bar ist vollgepackt mit Leuten, und niemand gibt seinen Hocker freiwillig auf, also müssen sich alle anderen, die Durst haben, dazwischenquetschen. Doch dann steigt mir ein Duft in die Nase, der definitiv nicht hierhergehört. Zwischen all den Gerüchen nach Menschen, Schweiß, süßen Parfüms, Nachos und diversen Getränken, ist da plötzlich etwas Warmes. Etwas Blumiges.

»Hey, da bist du ja!«

Die Stimme ist so hell und weich – und mir völlig unbekannt. Ich drehe den Kopf und starre in das Gesicht einer Fremden. *Der* Fremden. Dunkle Augen in einer undefinierbaren Farbe leuchten unter dunklen Brauen. Vielleicht irre ich mich, aber ich meine, eine leichte Panik darin erkennen zu können, obwohl sie mich anlächelt. Sie hat eine hohe Stirn, ein kleines Muttermal an der Wange und Lippen, die so voll sind, dass sie jeden Mann auf Erden auf falsche Gedanken bringen müssen. Und einige Frauen mit Sicherheit auch. Die Farbe ihres Haares liegt irgendwo zwischen Blond und Braun mit hellen Strähnen, und es fällt ihr über die nackten Schultern. Aber am auffälligsten sind diese langen Ohrringe mit den bunten Federn, die bei jeder Bewegung mitschwingen.

Sie mustert mich, als wäre ich die Antwort auf all ihre Gebete – und ich habe noch immer keinen Schimmer, wer sie eigentlich ist. Ich weiß nur, dass mich dieser Blick jetzt, so ganz aus der Nähe, noch mehr fesselt als schon zuvor. Himmel …

»Da bin ich …«, antworte ich auf ihre ungewöhnliche Begrüßung. Ein fragender Unterton schwingt in meinen Worten mit.

Ihre Fassade bröckelt keine Sekunde lang. Aber sie zuckt zusammen, als der Kerl von vorhin hinter ihr laut wird, und sagt leise: »Bitte spiel mit.«

Ihre Stimme ist so leise, dass ich nicht weiß, ob ich die Worte wirklich höre oder nur von ihren Lippen ablese. Aber ihre Finger krallen sich so fest in meinen Unterarm, dass ich ziemlich sicher bin, dass ihre kurzen, weiß lackierten Nägel halbmondförmige Spuren hinterlassen werden. Obwohl sie weiterhin lächelt, bin ich jetzt sicher, Panik in ihren Augen aufflackern zu sehen. Eine Panik, die nur noch verstärkt wird, als sich ihr ungewollter Verehrer einen Weg durch die Menge kämpft und die Bar ansteuert.

Mehr muss ich nicht wissen.

Ohne das geringste Zögern lehne ich mich ein Stück zu ihr hinunter und setze mein charmantestes Lächeln auf. »Schön, dass du es geschafft hast.«

Ihre Schultern entspannen sich ein kleines bisschen, aber sie wirkt noch immer nicht völlig beruhigt. Ich werfe einen schnellen Blick zurück, doch die vielen Leute versperren mir die Sicht. Auf einmal übertönen laute Stimmen alles andere. Gleichzeitig bohren sich ihre Fingernägel fester in mein Fleisch.

»Das ist mein Lieblingssong!«, ruft sie unvermittelt. »Lass uns tanzen!«

Ehe ich michs versehe – oder auch nur reagieren kann –, zieht sie mich mit sich. Wir entfernen uns vom Eingangsbereich, tauchen in der Menge unter und erst am anderen Ende wieder auf der Tanzfläche auf. Viel zu nahe an dem Junggesellinnenabschied, wenn ich das schrille Kreischen richtig deute. Mein Bier habe ich an der Bar stehen lassen, also lege ich jetzt beide Arme um die Unbekannte, die wie ein Wirbelwind in diese Bar geströmt ist. Und plötzlich auch in mein Leben.

Sie ist nicht besonders groß und reicht mir gerade mal bis zum Kinn. Die perfekte Größe, wenn ich sie küssen wollte. Oder um einfach nur mit ihr zu tanzen. Selbst aus der Nähe kann ich ihre Augenfarbe nicht genau ausmachen und verfluche in Gedanken die beschissene Beleuchtung hier drinnen. Aus irgendeinem Grund ist es mir wichtig, das herauszufinden. Dabei weiß ich noch nicht mal ihren Namen, ganz zu schweigen davon, wer sie überhaupt ist und wo sie auf einmal herkommt. Oder warum sie mir praktisch in die Arme gesprungen ist. Nicht, dass ich mich deswegen beschweren würde.

Während wir uns zum aktuellen Song bewegen, wandert ihr Blick zurück, als würde sie erwarten, dass der aufdringliche Kerl gleich am Rande der Tanzfläche auftaucht. Unbewusst ziehe ich sie ein Stück näher an mich und drehe uns so, dass ich mich zwischen ihr und der Bar befinde. Bei der Bewegung reißt sie den Blick davon los und sieht mich wieder direkt an. Ich beuge mich zu ihrem Ohr hinunter, damit sie mich über die Musik hinweg verstehen kann.

»Kennst du den Typen?«

Sie atmet scharf ein. Dabei streift ihre Brust unweigerlich meinen Oberkörper und hinterlässt ein heißes Prickeln auf meiner Haut.

»Ich …«, beginnt sie, wird jedoch von den lauten Stimmen und dem plötzlichen Handgemenge direkt an der Bar unterbrochen. Aus dem Augenwinkel bemerke ich, wie Darlene ihrer Security anzeigt, sich sofort darum zu kümmern.

Das scheint die Unbekannte jedoch nicht zu beruhigen. Vielleicht hat sie es aber auch nicht bemerkt. Ihre Pupillen weiten sich, und ohne darüber nachzudenken, löse ich mich von ihr, halte ihre Hand aber weiterhin fest. Kurz sehe ich mich um. Dunkle Holzbalken grenzen die Tanzfläche von winzigen Nischen und kleinen Räumen mit Sofas und Billardtischen ab. Zielsicher führe ich sie in diese Richtung. Wir schlängeln uns an Tanzenden vorbei, weichen der zukünftigen Braut aus, die mittlerweile einen pinken Schleier auf dem Kopf trägt und gerade lautstark nach Body Shots verlangt, und machen einen

Bogen um einen Kellner, der mit einem voll beladenen Tablett zu kämpfen hat. In einer ruhigen Ecke am Rande der Tanzfläche lehnt sich meine Begleitung gegen die Wand, und ich stelle mich schützend vor sie. Mit einer Hand stütze ich mich über ihrem Kopf auf. Prüfend sehe ich zurück, aber der Ärger scheint dort geblieben zu sein, wo er war. Also richte ich meine Aufmerksamkeit wieder auf die junge Frau vor mir. Sie muss in meinem Alter sein. Zweiundzwanzig, vielleicht auch etwas jünger. Auf keinen Fall älter. Sie hat die Augen geschlossen und atmet tief durch.

»Alles klar?«, frage ich eine Spur leiser, da die Musik hier hinten nicht so laut ist. Die Holzbalken schirmen uns von der Seite ab, und ich schirme sie mit meinem Körper vor den Blicken aller ab.

Sie öffnet die Augen und nickt. Schluckt leicht. Und dann: »Ich … ich bin eigentlich nur hergekommen, um etwas zu essen, aber dann war da dieser schmierige Typ, der mich angesprochen und einfach nicht lockergelassen hat. Er wollte kein Nein akzeptieren.«

Statt sofort zu antworten, schaue ich mich ein weiteres Mal um, kann im Moment aber keine Bedrohung ausmachen. Wer auch immer der Kerl war, Darlene und ihre Leute haben sich offenbar mittlerweile darum gekümmert. Und ihn hoffentlich vor die Tür gesetzt.

»Ich glaube, er ist weg«, wispert sie, nachdem sie meinem Blick gefolgt ist, und lehnt sich wieder gegen die Wand in ihrem Rücken.

»Sieht ganz danach aus«, bestätige ich und betrachte sie eingehend. Was verschlägt sie überhaupt nach Fairwood? Ihre Kleidung, ihr Verhalten, ihr Akzent und ihre ganze Art geben mir keinen Aufschluss darüber, wo sie herkommen könnte. Nord- oder Südstaaten? Ost- oder Westküste? Groß- oder

Kleinstadt? Ich habe nicht die geringste Ahnung. »Nur aus Neugierde: Was lässt dich glauben, dass ich nicht auch so ein Typ bin wie der da vorne?«, hake ich nach, um sie zu testen. Nur ein kleines bisschen.

»Ich weiß es nicht.« Sie sieht mich offen an und befeuchtet sich die Lippen. Mein Blick folgt dieser winzigen Bewegung, und die Temperatur in der Bar steigt um ein paar Grade. »Bist du es?«

Scheiße, nein. Aber jetzt wird mir überdeutlich bewusst, dass ich recht hatte. Mit diesem Mund kann sie einen wirklich auf völlig andere Ideen bringen …

Keiner von uns sagt ein Wort. Mein Puls rast noch immer, und mir fällt auf, dass ich viel zu dicht vor ihr stehe. Doch statt mich von ihr wegzubewegen, lehne ich mich unwillkürlich noch ein paar Zentimeter näher zu ihr.

Ihre Wangen röten sich. *Huh.* Damit habe ich nicht gerechnet. Bis eben hat sie einen selbstbewussten Eindruck auf mich gemacht – schließlich kostet es eine Menge Mut, einen Fremden in einer solchen Situation anzusprechen. Und sie konnte ja überhaupt nicht wissen, ob ich nicht genauso ein schmieriger Kerl bin wie der, der sie nicht in Ruhe gelassen hat. Jetzt wirkt sie auf einmal unentschlossen, beißt sich auf die vollen Lippen und sieht zur Seite. Die Hände hat sie neben sich gegen die Wand gepresst. Sie schiebt mich nicht weg, zieht mich aber auch nicht an sich.

Verdammt. Hier stehe ich vor einer Frau, von der ich nicht mal den Namen weiß, und kann an nichts anderes denken, außer daran, sie zu küssen. Shit, wem mache ich hier etwas vor – das war mein erster Gedanke, seit ich sie aus nächster Nähe gesehen habe. Und als sie mich wieder anschaut, bin ich mir ziemlich sicher, den gleichen Tumult in ihren Augen lesen zu können, der gerade auch in mir tobt.

Ich glaube nicht an Liebe auf den ersten Blick. Definitiv nicht. Aber Anziehung auf den ersten Blick? *Oh ja.*

Ich öffne den Mund, um sie endlich nach ihrem Namen zu fragen – aber sie kommt mir zuvor.

»Ich muss los«, ruft sie plötzlich und windet sich aus meinen Armen. »Danke für die Hilfe!«

Genauso schnell, wie sie hier aufgetaucht ist, verschwindet sie wieder in der Menge, und ich bleibe allein in der Nische am Rande der Tanzfläche zurück. Blinzelnd. Verwirrt. Und angetan. Eindeutig angetan.

Kapitel 2

Hailee

Ich atme tief durch. Warme Sommerluft füllt meine Lunge, trägt allerdings nur wenig dazu bei, das Pochen in meinem Brustkorb zu beruhigen. Auch das helle Sonnenlicht, das mich vor einer Stunde in meinem Wagen geweckt hat, sorgt nicht dafür, dass meine eiskalten Finger sich erwärmen.

Obwohl ich schon seit über zwei Monaten unterwegs bin, ist es noch immer eine Herausforderung, ein Café zu betreten, mich ganz allein an einen Tisch zu setzen und einen Kaffee zu bestellen. Lächerlich, ich weiß. Und mit der Zeit ist es auch schon besser geworden. Ich habe nicht mehr ständig das Gefühl, dass mich alle anstarren, wenn ich mein Notizbuch oder meinen Laptop auspacke und in meiner eigenen Welt verschwinde. Nur dass mich diesmal *wirklich* alle anstarren, als ich am nächsten Vormittag das niedliche kleine Café namens *Lizzy's Cakes* betrete.

Das ist der Nachteil daran, in einer Kleinstadt zu sein. Hier wird man sofort als Fremde identifiziert.

Die Klimaanlage arbeitet auf Hochtouren und kühlt mein erhitztes Gesicht. Im Hintergrund läuft irgendein Popsong, und leises Gemurmel ist zu hören. Hastig lasse ich meinen Blick wandern, suche und finde den erstbesten freien Tisch und steuere direkt darauf zu. Normalerweise suche ich mir ganz bewusst einen schönen Platz aus. Am Fenster oder in einer Ecke mit dem Rücken zur Wand, damit ich den ganzen Raum im Blick habe. Es gibt kaum etwas, das ich mehr hasse als Leute, die sich von hinten an mich heranschleichen oder mir wie zufällig über die Schulter schauen, weil sie sehen wollen, was ich da schreibe. *Brr!* Doch jetzt will ich nur so schnell wie möglich der Aufmerksamkeit dieser Leute entfliehen.

Der Duft von Kuchen und gerösteten Kaffeebohnen liegt in der Luft. Zwei Wände sind aus rotem Backstein und verleihen dem Ort zusammen mit den dunklen Tischen und den gemütlichen Sitzecken mit den bunten Kissen eine fast schon heimelige Atmosphäre. Dazu einige Stapel Zeitungen und Zeitschriften sowie einzelne Blumenvasen auf den Tischen. Über dem Ecktresen, in dem alle möglichen Köstlichkeiten hinter Glas ausgestellt sind, hängt eine riesige schwarze Tafel. In geschwungener Schrift informiert sie über all die verschiedenen Kaffee- und Teesorten, die es hier gibt, neben jeder Menge hausgemachter Limonade und anderen Erfrischungsgetränken.

Und obwohl ich mittlerweile auf einer der kleinen Bänke in einer Ecke Platz genommen habe, spüre ich noch immer die Blicke der Anwesenden auf mir. Zum Glück taucht gleich darauf eine junge Frau in meinem Alter am Tisch auf, in der Hand einen kleinen Notizblock und einen Stift. Sie trägt eine hochgeschlossene weiße Bluse und eine dunkelgrüne Schürze über einem schwarzen Rock. Ihre Haut ist ebenso hell wie der weißblonde Pixie-Cut, der ihr überhaupt nichts Burschikoses verleiht, sondern ihre hohen Wangenknochen betont und sie ein bisschen wie eine Fee wirken lässt. Hinter ihren Brillengläsern erkenne ich hübsche blaue Augen.

»Willkommen im *Lizzy's Cakes*!«, begrüßt sie mich mit einem freundlichen Lächeln. »Was kann ich dir bringen?«

Oh.

»Ähm …« Kurzzeitig bin ich überfordert, doch dann zwinge

ich mich dazu, ihr Lächeln zu erwidern. »Einen großen Latte macchiato und ein Glas Wasser, bitte.« Die Worte sind mir über die Lippen gekommen, ohne dass ich allzu lange darüber nachdenken muss. Inzwischen habe ich diese Situation oft genug erlebt.

Die Kellnerin nickt. »Kommt sofort.«

Einen Moment lang sehe ich ihr nach, dann stoße ich die angehaltene Luft langsam aus. Okay. Das war leichter als gedacht. Ich packe Notizbuch und Stift aus und lege beides sorgsam auf den Tisch. Erst dann wage ich es, wieder aufzusehen.

Die Leute starren mich nicht länger an. Der ältere Herr am Tresen liest wieder seine Zeitung, die beiden Frauen am Nebentisch sind in ein Gespräch vertieft, und die Familie mit dem Kleinkind am anderen Ende des Cafés hat mich wahrscheinlich schon wieder vergessen. Sie sind viel zu sehr damit beschäftigt, dem Kleinen das Essen schmackhaft zu machen. Vor Erleichterung sinken meine Schultern herab, und es scheint so, als würde die Verspannung, die sich bereits in meinem Nacken ankündigt, noch etwas länger auf sich warten lassen.

Bevor ich das Notizbuch aufschlagen kann, kehrt die Kellnerin schon mit meiner Bestellung zurück und stellt beides vor mich auf den Tisch. »Darf es sonst noch etwas sein? Wir haben gerade Cupcakes und hausgemachte Torten im Angebot.« Mit dem Stift deutet sie hinter sich zur Kühltheke und senkt die Stimme. »Aber probier nicht den Apple Pie. Der ist erst im Herbst richtig gut, wenn die Äpfel süßer sind.«

»Oh. Ähm … okay. Vielleicht später. Also … Kuchen allgemein. Danke …« Ich werfe einen schnellen Blick auf ihr Namensschild. »Charlotte.«

»Na klar.« Sie lächelt und geht zu den beiden Frauen am Nebentisch, die so mit ihr reden, als würden sie sie schon ewig kennen.

Ich schütte unendlich viel Zucker in meinen Kaffee und rühre um, erst dann probiere ich einen vorsichtigen Schluck. *Oh, wow.* Der ist stark. Mehr als zwei Gläser davon, und ich hüpfe wie ein Flummi durch die Gegend. Aber bei dem, was ich mir für heute Nachmittag vorgenommen habe, brauche ich jedes bisschen Energie, das ich kriegen kann.

Verstohlen schaue ich mich ein weiteres Mal im Café um. Hinter dem Tresen steht ein Barista und bereitet hoch konzentriert Kaffee zu. Das Brummen der Maschine erfüllt den Raum und hat eine ebenso beruhigende Wirkung auf mich wie die leise Musik und die Stimmen der anderen Gäste. Auch daran musste ich mich in den letzten Wochen meiner Reise erst gewöhnen, aber nun fällt es mir leicht, mit diesen Geräuschen im Hintergrund die letzten Seiten in meinem Notizbuch zu überfliegen und alles um mich herum zu vergessen.

Emiko wollte sich gerade aus der Höhle schleichen und musste es mit dem rosaroten Monster aufnehmen, das ihre Flucht verhindern wollte. Allerdings konnte sie das haarigstachelige Ding mithilfe des magischen Lichts vertreiben, das sie in einer kleinen Glasphiole um den Hals trägt. Es war ein Geschenk ihrer Oma und hat Emiko die unglaublichsten Dinge ermöglicht: Sie brauchte nie wieder ein Licht in der Nacht, konnte im Dunkeln lesen, da das magische Licht die Wörter bunt gefärbt hat, und hat geheimnisvolle Türen und Eingänge in ihrem neuen Zuhause entdeckt. Doch dann ist ihr kleiner Bruder Aki in einem dieser Eingänge verschwunden, und Emiko hat sich auf die Suche nach ihm gemacht. Beinahe hätte ihr das Monster das magische Licht gestohlen – und dann wäre alles umsonst gewesen.

In Gedanken habe ich schon ewig mit dieser Idee herumgespielt, mit Emiko und ihrem magischen Licht und den Abenteuern, die sie damit erleben würde. Aber erst dank Jesper habe ich mich nach einigen gescheiterten Versuchen herangetraut und wirklich die Worte zu Papier gebracht, die bis dahin nur in meinem Kopf herumschwirrten. Er meinte auf seine typisch charmante Art, dass ich nicht das Zeug für ein schmalzig-romantisches Jugendbuch hätte, aber dass sich die Idee rund um Emikos magische Reise perfekt als Kindergeschichte eignen würde. Tja, und er hatte recht. Wieder mal. Seit ich am Anfang der Semesterferien meine Tasche gepackt und in meinen alten Honda gestiegen bin, begleiten mich Emiko und ihre Geschichte. Den ersten Satz habe ich in einem winzigen Diner irgendwo an der Grenze zwischen Kalifornien und Arizona geschrieben. Die ersten Kapitel in einer Scheune in Kansas beendet, in der ich für ein bisschen Hilfe auf den Feldern übernachten durfte. Und den gesamten Anfang habe ich vor zwei Wochen in einer Bibliothek in New York City neu getippt. Inzwischen umfasst das Manuskript acht Kapitel. Emiko hat das magische Licht im Reich der Farben gegen neongrüne Trolle, pink- und rosafarbene Monster und sonnengelbe Geister verteidigt. Jetzt muss sie nur noch Aki finden – und zusammen mit ihm einen Weg zurück nach Hause. Ihre Reise ist fast zu Ende. Genau wie meine. Wir werden das gemeinsam beenden.

Ich bin so vertieft, dass ich gar nicht merke, wie ich meinen Kaffee austrinke, bis ich irgendwann nur noch ein leeres Glas an meine Lippen hebe. Auch das Wasser ist zur Hälfte geleert. Als ich den Kopf zum ersten Mal seit wer weiß wie lange hebe, sind die beiden Frauen vom Nebentisch verschwunden. Auch die Familie ist fort. Nur der alte Mann sitzt noch immer am Tresen und liest seine Zeitung. Dafür sind mehrere neue Leute dazugekommen. Es ist merklich voller geworden – und lauter. Die riesige Wanduhr auf der gegenüberliegenden Seite des Raumes verrät mir den Grund dafür: Es ist fast zwölf

Uhr. Kein Wunder, dass es sich hier füllt, denn anscheinend gibt es neben Kaffee, Kuchen und Frühstück auch Mittagessen.

Ich klappe das Notizbuch zu, lasse zum ersten Mal seit Stunden den Stift los und strecke meine verkrampften Finger. Auch mein Nacken schmerzt, als ich mit den Schultern rolle, trotzdem muss ich lächeln. Nichts geht über das Gefühl, sich völlig in einer Geschichte zu verlieren und dabei alles andere zu vergessen. Die Zeit. Essen. Trinken. Schlafen. Das dringende Bedürfnis, eine Toilette aufzusuchen. Oh ja, *das* habe ich eindeutig vergessen, wie ich jetzt feststellen muss.

Ich will gerade aufstehen, als mein Blick auf einen jungen Mann fällt, der einen Tisch gar nicht weit von mir belegt hat – und erstarre. Langsam sinke ich auf die Bank zurück und blinzle mehrmals, nur für den Fall, dass ich mir das einbilde. Sicher, die Beleuchtung in dieser Bar gestern war schummrig, und ich habe nicht allzu viele Details ausmachen können. Trotzdem kommt mir etwas an seiner Statur, an den breiten Schultern, den gebräunten Armen und den kurzen braunen Haaren erschreckend vertraut vor. Vielleicht weil er mir so nahe gekommen ist wie schon lange niemand mehr.

Er hat eine Tasse Kaffee vor sich stehen, ein leeres Glas Wasser und schreibt etwas auf … Servietten? Nein, er malt. Zumindest bewegt sich sein Stift unheimlich schnell, und ich glaube auf die Entfernung, kleine Zeichnungen ausmachen zu können.

Mit einem Mal hämmert es in meiner Brust. Gestern Abend bin ich so schnell verschwunden, dass ich absolut nichts über ihn in Erfahrung bringen konnte. Aber nach der anstrengenden Fahrt hierher, dem Schlafmangel, dem Besuch auf dem Friedhof und dann noch diesem komischen Kerl, der mich in der Bar einfach nicht in Ruhe lassen wollte … Ist es da wirklich ein Wunder, dass ich eine Kurzschlussreaktion hatte und diesen Typen einfach stehen gelassen habe? Na gut, wenn ich ehrlich bin, war schon das Ansprechen eine Kurzschlussreaktion, aber in dem Moment wusste ich mir nicht anders zu helfen. Es war eine spontane Kamikaze-Aktion, weil ich von diesem aufdringlichen Kerl wegwollte und dieser Typ der Einzige war, der mich bemerkt hatte. Der Einzige, der vertrauenerweckend aussah.

Unter anderen Umständen hätte ich das nie getan. Dieser Typ spielt in einer ganz anderen Liga als ich. Wären wir uns daheim in Minnesota oder am College in San Diego begegnet, hätte ich ihn nie angesprochen. Nicht in diesem Leben.

Und das liegt nicht daran, dass er mir gestern Abend sofort aufgefallen ist, als ich die Bar betreten habe. Mit dem braunen Haar, das eine Spur dunkler ist als meines, dem Dreitagebart, den vollen Brauen und diesem Lächeln ist er eindeutig attraktiv. Und gerade noch an der Grenze dazu, nicht *zu* attraktiv zu sein, um unnahbar oder arrogant zu wirken. Sein Lächeln gestern wirkte ehrlich. Und seine tiefe Stimme …

Ich schütte das restliche Wasser in mich hinein, aber auch das hilft nicht gegen meine trockene Kehle oder das unerwartete Kribbeln in meinem Bauch.

Ich habe mir für diesen Roadtrip so vieles vorgenommen, habe mit so vielem gerechnet, aber definitiv nicht damit, jemandem zu begegnen, der diese Wirkung auf mich hat. Schon gar nicht in einer winzigen Kleinstadt mitten im Nirgendwo. Und normalerweise würde ich jemanden wie ihn nicht ansprechen, aber da ich das im Grunde schon gestern Abend getan habe, sieht das nun anders aus. Außerdem habe ich mir für diesen Sommer vorgenommen, all die Dinge zu tun, zu denen meine Zwillingsschwester Katie mich immer animieren wollte. All die Dinge, die ich mich früher nie getraut habe, jetzt aber durchziehe. Oh Gott, Katie wird ausflippen, wenn ich ihr davon erzähle – vor allem von gestern Abend. Und von heute, wenn ich genug Mut aufbringe.

Aber was, wenn sich der Kerl gar nicht mehr an mich erinnert, weil es für ihn nur die ziemlich bizarre Unterbrechung seines ansonsten schönen Abends war? Oder er mich negativ in Erinnerung behalten hat, nachdem ich ihn einfach so stehen gelassen habe? Wahrscheinlich sollte ich mich dafür entschuldigen. Allerdings ist es auch möglich, dass er nur in dieses Café gekommen ist und allein an einem Tisch sitzt, um seine Ruhe zu haben. Genau wie ich eigentlich.

Nervös nage ich an meiner Unterlippe. Vielleicht sollte ich es nicht tun. Ich habe schon gestern mit ihm geredet. Muss ich wirklich jeden Tag mutig sein und über meinen Schatten springen?

Ja, raunt eine Stimme in meinem Kopf, die viel zu sehr wie meine drei Minuten ältere Schwester klingt. Fantastisch. Katie liegt mir selbst dann noch in den Ohren, wenn sie gar nicht da ist.

Fast im selben Moment segelt eine seiner Servietten zu Boden und liefert mir den perfekten Grund, um ihn anzusprechen. Keine Ausflüchte mehr.

Ich atme tief durch. Ich kann das. *Ich kann das!*

Bevor ich es mir selbst ausreden kann, stehe ich auf und setze mich in Bewegung. Grübeln erstickt jedes bisschen Mut und jede Spontaneität, so viel habe ich diesen Sommer über mich gelernt. Ich darf nicht zu lange über etwas nachdenken, sondern muss es einfach durchziehen.

Mit jedem Schritt, den ich mich ihm nähere, schlägt mein Herz schneller. Nicht, weil ich mich überdeutlich an seinen Blick und seine Berührung erinnern kann. Und auch nicht, weil er die Liebe meines Lebens sein könnte und ich mir diesen Moment für immer einprägen will. Meine Nervosität hat ganz andere Gründe, denn in Wahrheit hasse ich es, mich mit fremden Leuten zu unterhalten. Und noch mehr verabscheue ich es, sie von mir aus anzusprechen. Ganz egal, ob es sich um einen kurzen Small Talk an der Bushaltestelle handelt oder ich jemanden aktiv nach dem Weg fragen muss. In den letzten zwei Monaten ist das besser geworden. Denke ich. Zumindest mache ich nicht mehr auf halbem Weg kehrt, sobald mein Fluchtinstinkt einsetzt, aber Spaß macht mir das Ganze trotzdem nicht.

Sei mutig, Hailee. Sei mutig.

In Gedanken wiederhole ich die Worte wieder und wieder. Ich weiß nicht mal, wovor genau ich Angst habe. Na gut, das ist gelogen. Ich kann mir unzählige Szenarien ausmalen, wie diese Situation enden könnte – und keines davon ist besonders beruhigend. Ich könnte vor ihm stehen und keinen einzigen Ton hervorbringen, weil ich so in Panik gerate. Er könnte mich auslachen. Unhöflich sein. Ablehnend. Oder schlichtweg gemein. Dabei weiß ich doch schon, dass er nichts davon ist, schließlich haben wir schon mal miteinander geredet. Heute habe ich allerdings keinen so guten Vorwand, um ihn anzusprechen, abgesehen von …

Ich gehe neben seinem Tisch in die Hocke und hebe die Serviette auf. Meine Augen weiten sich überrascht, als ich das Gekritzel darauf erkenne – nur dass es kein Gekritzel ist. Es sieht eher wie eine Zeichnung aus. Vielleicht von einem Comic, wenn ich die Serviette ein bisschen drehe und …

Ein Räuspern neben mir.

Ich zucke zusammen, reiße den Kopf hoch – und starre in warme braune Augen.

»Ähm …«, mache ich wenig eloquent und wedle mit der Serviette vor seiner Nase herum. »Das … also das ist …«

»Runtergefallen?«, hilft er mir aus. Seine Mundwinkel zucken, aber er lacht mich nicht aus, obwohl ihn mein Auftritt zu amüsieren scheint.

Kann sich bitte ein Loch im Boden auftun und mich verschlingen? Jetzt sofort wäre ein guter Zeitpunkt, aber ich warte auch gerne zwei Sekunden. Oder drei.

Als nichts passiert, presse ich die Lippen aufeinander und nicke heftig. »Ich … ähm …«

Wörter, Hailee. Wörter!

Aber mir wollen keine einfallen. Das hier ist schlimmer als alles, was ich mir ausgemalt habe – und ich habe eine sehr gute Vorstellungskraft. Hitze schießt in meine Wangen, und ich bin mir ziemlich sicher, dass ich gerade knallrot anlaufe.

»Ich sollte …«

Ohne eine weitere Erklärung werfe ich ihm die Serviette ins Gesicht, mache auf dem Absatz kehrt und stürme in die entgegengesetzte Richtung. Nicht zurück zu meinem Tisch, sondern zu den Toiletten, sobald ich das Zeichen dafür entdecke. Ich brauche einen Moment, um mich zu beruhigen. Vielleicht auch zwei. Wenn ich Glück habe, gibt es dort ein Fenster, durch das ich klettern und verschwinden kann. Niemand wird je etwas hiervon erfahren, nicht einmal Katie. Ich werde diesen peinlichen Vorfall mit ins Grab nehmen.

Im Vorraum angekommen, laufe ich vor dem Spiegel auf und ab. Ich muss nicht hineinschauen, um zu wissen, dass ich den Eindruck erwecke, als wäre ich auf der Flucht vor der Polizei. Rotes, erhitztes Gesicht, fahrige Bewegungen, hektischer Blick. Wie konnte ich gestern noch so mutig, so selbstbewusst sein, und heute, bei hellem Tageslicht, würde ich mich am liebsten verkriechen? Nicht unterm Bett oder in einer dunklen Ecke, da ich eine Stauballergie und Angst vor Kakerlaken habe. Aber vielleicht unter einer flauschigen Bettdecke mit ein paar Büchern und einem Netflix-Anschluss. Ja, das wäre der perfekte Ort, um sich vor der Welt zu verstecken.

Am liebsten würde ich mich sofort dort hinbeamen, nur leider habe ich im Moment weder eine flauschige Decke noch ein Bett. Die letzte Nacht habe ich in meinem Wagen verbracht, wie so viele Male zuvor. Die Rückbank ist nicht besonders bequem, aber mit Schlafsack und einem kleinen Kissen geht es eigentlich. Und da ich aktuell mit meinem sehr knappen Budget auskommen muss und Essen nun mal wichtiger als Schlafen ist, gab es leider keine Alternative.

Plötzlich sehne ich mich so sehr nach der Sicherheit meines Hondas, dass ich abrupt stehen bleibe. Ich hatte ohnehin nicht vor, allzu lange in Fairwood zu bleiben, also kann ich die Dinge genauso gut beschleunigen und gleich von hier verschwinden. Am besten bevor ich mich noch mal so blamiere wie gerade eben. *Ugh*. Und da fragen sich manche Leute wirklich noch, warum es mir schwerfällt, mit anderen zu reden. Mit fremden anderen. Mit *attraktiven* anderen.

Ich seufze tief, beschließe dann jedoch, das zu tun, was ich den ganzen Sommer über getan habe: das Beste aus der Situation zu machen. Das Erste, was ich auf diesem Roadtrip gelernt habe, ist, Toiletten zu benutzen, wo man sie findet, denn wer weiß, wann die nächste Möglichkeit daherkommt, also folge ich dieser Regel jetzt. Anschließend wasche ich mir die Hände und spreche meinem Spiegelbild stumm Mut zu. Ich sehe noch immer etwas zerzaust aus, aber wenigstens nicht ganz so schlimm wie befürchtet. Auch wenn ich auf den Reh-im-Scheinwerferlicht-Ausdruck in meinem Gesicht wirklich verzichten könnte. Das kommt davon, dunkle Augen und vom Sommer aufgehellte Haare zu haben. Und Sommersprossen auf der Nase. Ich ziehe sie kraus, aber sie sind immer noch da. Lauter kleine Punkte auf meiner Haut. Meine Zwillingsschwester kennt dieses Problem nicht, aber im Gegensatz zu mir hat sie auch die dunkelbraune Mähne und den dunkleren Teint unserer italienischen Großmutter geerbt.

Kopfschüttelnd wende ich mich ab, atme ein letztes Mal tief durch, dann öffne ich die Tür und kehre in den Hauptraum zurück, bevor ich es mir anders überlegen kann. Mein Notizbuch und meine Tasche sind noch genau dort, wo ich sie zurückgelassen habe. Gott, habe ich die Sachen in meiner Panik wirklich unbeaufsichtigt hier liegen lassen? Jeder könnte vorbeigehen und sie einstecken – oder das Notizbuch lesen. *Jeder!*

Meine Knie zittern, und ich traue mich nicht, aufzusehen, als ich zurück auf die Bank gleite und in dem dunklen Polster einsinke. Auf keinen Fall werde ich in eine ganz bestimmte Richtung schauen. Ich will gar nicht wissen, ob er noch da ist und meine Rückkehr bemerkt hat. Oder ob es ihn überhaupt interessiert.

Trotzdem spüre ich da ein kleines Prickeln auf meiner Haut, ganz so, als ob mich jemand beobachtet. Ich will gerade meine Sachen einpacken und bezahlen, doch jetzt halte ich inne und starre auf das Notizbuch vor mir.

Sieh nicht hin, Hailee. Sieh nicht hin! Sieh nicht … verdammt!

Ich hebe den Kopf. Er ist noch da. Und er schaut zu mir herüber.

Hastig senke ich den Blick. Eigentlich wollte ich gehen, doch nun ertappe ich mich dabei, wie ich das Notizbuch aufschlage und so tue, als wäre ich hoch konzentriert. Doch in Wahrheit sind die handgeschriebenen Wörter für mich nicht existent. In Gedanken bin ich viel zu sehr mit diesem Kerl beschäftigt, um mich auf meinen Text konzentrieren zu können. Mein Herz hämmert, und meine Hände sind so feucht, dass ich sie am Stoff meines Kleids abwische. Ich habe das luftige

Kleid mit den weiten Ärmeln und der freien rechten Schulter heute Morgen angezogen, weil es ein heißer Tag werden sollte. Und selbst hier im Café ist mir nicht kalt, trotz Klimaanlage und obwohl mir der Stoff nur bis zur Mitte der Oberschenkel reicht und meine Beine abgesehen von den türkisfarbenen Halbstiefeln nackt sind.

Zögerlich sehe ich auf. Nein, kalt ist mir definitiv nicht. Erst recht nicht, als sich unsere Blicke ein weiteres Mal begegnen und er meinen diesmal festhält. Das Pochen in meiner Brust verstärkt sich, und die Wärme kehrt in meine Wangen zurück. Was passiert hier? Kerle wie er flirten nicht mit mir. Zumindest nicht mit der alten Hailee, die sich hinter weiten Pullis und Shirts versteckt und alles dafür getan hat, das Haus nicht verlassen zu müssen. Dabei muss man als Studentin öfter aus dem Wohnheimzimmer und in einen Hörsaal, als mir lieb gewesen ist.

Kurz betrachte ich das aufgeschlagene Notizbuch auf dem Tisch, dann suche ich erneut seinen Blick. Er sieht immer noch her. Und diesmal breitet sich ein langsames Lächeln auf seinem Gesicht aus. Verdammt. Er sollte wirklich nicht lächeln. Das macht ihn viel zu attraktiv.

»Kann ich dir noch etwas bringen?«

Großer Gott. Ich zucke zusammen, als Charlotte neben mir auftaucht und mich freundlich mustert. Ist die Frau ein Ninja? Ich unterdrücke den Impuls, mir die Hand auf das protestierende Hämmern in meinem Brustkorb zu legen und räuspere mich stattdessen. Als ich zu meinem Platz zurückgekehrt bin, wollte ich so schnell wie möglich von hier verschwinden. Aber jetzt …?

»Noch einen Kaffee, bitte.« Die Worte verlassen meinen Mund, bevor ich darüber nachdenken kann. Verflucht! Ich hätte besser nach der Rechnung fragen sollen.

»Kommt sofort.« Und schon ist Charlotte wieder verschwunden.

Was habe ich getan? Nun sitze ich hier fest, bis ich auch den zweiten Latte getrunken habe. Dabei kann ich jetzt schon kaum still sitzen. Noch mehr Koffein ist das Letzte, was ich gebrauchen kann. Trotzdem ergebe ich mich seufzend meinem Schicksal. Das hier habe ich mir ganz allein eingebrockt.

Aus dem Augenwinkel nehme ich eine Bewegung wahr.

»Hi«, begrüßt mich der Typ vom Nebentisch lächelnd. Anscheinend gehört lautloses Anschleichen in dieser Stadt zur Grundaustattung. Oder es ist irgendwas im Wasser … »Darf ich?«

Er wartet mein Nicken ab, erst dann setzt er sich auf den freien Stuhl mir gegenüber. Für einen Moment landet sein Blick auf meinem Notizbuch, aber anders als ich, die seine Zeichnungen auf der Serviette unverhohlen betrachtet hat, versucht er nicht, die Schrift zu entziffern, sondern sieht mich direkt an. Ein Teil von mir ist erleichtert. Diese Worte sind nicht für fremde Augen bestimmt, nur für meine. Ein anderer Teil von mir flippt gerade dezent aus. *Er hat sich zu mir gesetzt!* Das ist gut. Nein, das ist toll! Nur … was soll ich jetzt mit ihm anfangen?

Noch während mir diese Gedanken durch den Kopf schießen, will ich mich schütteln und gleichzeitig auch ohrfeigen. Ich habe schon vor ihm mit Männern gesprochen. Großen. Kleinen. Alten. Jungen. Attraktiven. Weniger attraktiven. Im ersten Semester habe ich für meinen Professor geschwärmt, einen jungen Unternehmer, der leidenschaftliche Reden über die Betriebswirtschaftslehre geschwungen hat. Und wenn ich regelmäßig einem Prof entgegentreten konnte, in den ich – wenn auch nur für kurze Zeit – total verknallt war, kann ich das hier auch. Es ist schließlich nur eine Konversation, richtig? Auch wenn ich schrecklich im Small Talk bin. Mal ehrlich, niemand braucht Small Talk. Wen interessieren schon Gespräche über das Wetter? Schaut aus dem Fenster, dann wisst ihr, wie das Wetter ist. Thema erledigt.

Ich räuspere mich und zwinge mich dazu, die Hände ruhig zu halten. »Danke für die Hilfe gestern«, stoße ich in der Hoffnung hervor, dass er sich tatsächlich noch an mich erinnert. Alles andere wäre einfach nur seltsam für uns beide. »Und … ähm … sorry wegen vorhin. Also wegen der Serviette.«

»Kein Problem.« Er nickt lächelnd, aber sein Blick ist auch suchend. Fast schon forschend. Bis eben dachte ich noch, er hätte braune Augen, aber ich habe mich geirrt. Seine Augen sind grün. Allerdings umschließt so etwas wie ein Ring oder eine goldbraune Sonne seine Iris, und wenn diese sich weitet, dominiert das Braun in seinen Augen. Es ist irgendwie faszinierend. »Bist du sicher nach Hause gekommen?«

Nach Hause? Oh. »Ich … ja.«

Zum Glück stand mein Wagen nicht allzu weit entfernt. Aber bis ich einschlafen konnte, hat es noch eine ganze Weile gedauert. Und das lag nicht nur an meinem leeren und ziemlich laut grummelnden Magen.

»Gut.« Er zieht das Wort in die Länge, als wüsste er nicht so recht, was er noch dazu sagen sollte.

Großartig. Jetzt mache ich den Small Talk mit meinen knappen Erwiderungen für uns beide unangenehm.

»Du bist nicht von hier, oder?« Bevor ich antworten kann, fügt er schnell hinzu: »Sorry für den Spruch. Ich bin in Fairwood aufgewachsen, war in den letzten Jahren aber nicht mehr ständig hier. Die alteingesessenen Bewohner kenne ich alle, aber nicht die neuen.« Ein fragender Unterton schwingt in dieser Aussage mit.

Ich schüttle den Kopf. »Ich wohne nicht hier. Ich wollte nur … jemanden besuchen.«

»Freunde? Familie?«

Ich nicke. Und füge schnell noch hinzu, bevor das Gespräch schon wieder meinetwegen erstickt: »Jesper Harrington.«

Er erstarrt und studiert mich so intensiv, dass ich wieder damit anfange, unruhig auf der Bank herumzurutschen. Aber auch er kann nicht stillhalten. Sein rechtes Bein wippt die ganze Zeit auf und ab. Dabei kann er unmöglich nervös sein. Oder …?

»Kanntest du Jesper gut?«, fragt er nach einem Moment.

Ich räuspere mich. »Kann man so sagen.«

Er war mein bester Freund. Auch wenn ich ihn nie getroffen habe. Im Nachhinein wünsche ich mir, ich hätte es. Ich kenne seine Nachrichten, kenne seine meistgenutzten Emojis, habe seine Geschichten gelesen, seine Stimme und sein Lachen gehört. Ich hatte ihn gern, auch wenn er mir mehr als einmal unangenehme Wahrheiten um die Ohren gehauen hat. Was das angeht, hätten er und Katie sich wunderbar verstanden. Doch obwohl Jesper mein Freund war, habe ich ihn nie kennenlernen können. Nicht persönlich.

Mein Blick fällt unwillkürlich auf das Notizbuch. Kann ich diesem Fremden erzählen, woher ich Jesper kenne? Alles in mir sträubt sich dagegen, sein Geheimnis mit jemandem zu teilen, von dem ich nicht weiß, wie er zu Jesper stand. Andererseits glaube ich nicht, dass es ihn stören würde. Er ist schließlich nicht mehr hier.

Ich lege die Hände flach auf das Buch und kämpfe gegen das Brennen in meinen Augen an. Warum gehen die Leute, die mir wichtig sind, einfach so? Ohne sich zu verabschieden. So schnell wie dieser Gedanke in meinem Kopf aufgetaucht ist, schiebe ich ihn beiseite. Weil er nicht fair ist. Mom und Dad sind noch da, auch wenn unendlich viele Meilen zwischen uns liegen – geografisch und emotional. Und meine Schwester …

Seufzend sehe ich wieder zu dem Kerl, dessen Namen ich nicht mal kenne. Jesper wäre mir nicht böse, wenn ich sein Geheimnis teile, doch das würde bedeuten, auch meins preiszugeben. Die eine Sache, die uns beiden so viel bedeutet hat. Und ich weiß nicht, ob ich dazu bereit bin.

»Schon gut«, meint er schließlich und lehnt sich zurück. »Du musst mir nicht davon erzählen.«

Kannte dieser Typ Jesper? Sind sie zusammen zur Schule gegangen? Waren sie vielleicht sogar Freunde? Fairwood scheint nicht besonders groß zu sein, also könnte das durchaus sein. Ich mustere ihn nachdenklich. Irgendwie wirkt er müde. Nein, das stimmt so nicht ganz. Die dunklen Ringe unter seinen ansonsten strahlenden Augen scheinen nicht nur von zu wenig Schlaf zu stammen. Seine Schultern hängen herab, seine Bewegungen drücken so viel Erschöpfung aus, und gleichzeitig scheint er total angespannt zu sein. Sein Knie wippt immer noch auf und ab.

»Eigentlich hatte ich nicht vor, nach Fairwood zu kommen.« So viel kann ich vor ihm zugeben. Langsam schlage ich das Notizbuch zu. »Aber dann war ich zufällig in der Nähe und …« Ich zucke mit den Schultern.

Irgendwie rechne ich damit, dass er wieder darauf zu sprechen kommt, woher Jesper und ich uns kennen, aber er überrascht mich.

Ein ungläubiges Lächeln umspielt seine Lippen. Erst jetzt registriere ich das Grübchen, das dabei in seiner Wange auftaucht. »Wenn ich das gewusst hätte, hätte ich dich gestern Abend den anderen vorgestellt. Du bist nicht die Einzige, die an seinem Geburtstag in die Stadt gekommen ist«, fügt er hinzu.

Bin ich nicht? Wahrscheinlich sollte mich das nicht überraschen, aber ich habe fast ein Jahr lang beinahe täglich mit

Jesper hin und her geschrieben und er hat nur selten andere Menschen erwähnt. Wir haben kaum über seine Eltern gesprochen, und er hat schon gar nichts davon gesagt, dass er sich mit irgendwelchen Leuten trifft und etwas mit ihnen unternimmt. Wenn er überhaupt mal von seinen Freunden gesprochen hat, dann meist in der Vergangenheitsform, ganz so, als hätte er aus irgendeinem Grund alle Brücken hinter sich abgebrochen. Und vielleicht hat er das tatsächlich. Es ist seltsam, mit jemandem über all seine Wünsche und Träume, Ideen und Geheimnisse zu reden und dabei so wenig über ihn zu wissen. Ich kenne die Geschichten, die Jesper geschrieben hat, aber ich kenne *seine* Geschichte nicht. Nur das, was er im letzten Jahr mit mir geteilt hat. Aber ich weiß nicht, was mit ihm passiert ist, und was dafür gesorgt hat, dass er heute nicht hier mit mir sitzen und einen Kaffee trinken kann, so wie wir es uns einmal ausgemalt hatten.

Der Fremde holt Luft, als wollte er etwas sagen, aber lautes Kindergeschrei unterbricht ihn, bevor er auch nur einen Ton hervorbringen kann. Sekunden später fällt ihm ein Junge um den Hals, der sechs oder sieben Jahre alt sein muss, und eine Frau mittleren Alters kommt an unseren Tisch.

»Hey, tut mir leid, dass es so lange gedauert hat«, begrüßt sie ihn und schenkt mir ein abgelenktes Lächeln. »Ich weiß, du wolltest längst mit Phil unterwegs sein, aber das Frühstück hat ewig gedauert, und dann war er noch bei deinem Onkel in der Werkstatt, und ich habe gleich meinen Friseurtermin, bevor ich in den Laden muss.«

Sie rattert all diese Informationen so schnell herunter, dass ich ihr kaum folgen kann. Dafür fällt mir sofort die Ähnlichkeit zwischen den dreien auf. Sie haben alle die gleiche Haarfarbe, nur dass das dunkle Braun bei der Frau – wahrscheinlich die Mutter oder Tante – eher ins Rötliche geht. Aber wenn sie lächelt, hat sie das gleiche Grübchen in der Wange wie der Kerl mir gegenüber.

Und wie der kleine Junge, der jetzt neben dem Tisch auf und ab hüpft und am Arm seines Bruders – Cousins? – zerrt. »Lass uns gehen! Lass uns gehen!« Er lispelt ein bisschen, da ihm ein Schneidezahn fehlt, aber das macht ihn irgendwie nur noch niedlicher.

»Ist ja gut. Danke, Mom.« Er steht auf und gibt ihr einen Kuss auf die Wange.

Sie tätschelt ihm die Schulter und wendet sich kurz an mich. »Entschuldige die Unterbrechung, Liebes.«

Ich schüttle den Kopf und kann gar nicht anders, als ihr Lächeln zu erwidern. Weil es so ehrlich ist. Hektisch und gestresst, aber ehrlich. Sie winkt uns zu, dann verlässt sie das Café ebenso schnell wieder, wie sie aufgetaucht ist.

Der Fremde hebt entschuldigend die Hände. »Tut mir leid, ich muss …«

»Looohoooos!« Wieder zerrt der Junge – Phil, wenn ich das richtig mitbekommen habe – an seinem Arm. Seinem muskulösen Arm, was mir natürlich ausgerechnet jetzt auffallen muss.

Ich reiße meinen Blick davon los und zwinge mich dazu, ihm wieder ins Gesicht zu sehen. »Schon gut. Danke noch mal.«

Er lächelt. »Bis bald.« Dann geht er zurück zu seinem Tisch und packt seine Sachen zusammen, während er leise auf seinen Bruder einredet. Viel hat er nicht dabei: zwei Stifte, einen ganzen Haufen Servietten und einen Rucksack, den er sich über die Schulter wirft, nachdem er ein paar Geldscheine neben seine Tasse gelegt hat. Ein letztes Mal sieht er in meine Richtung, dann ist er verschwunden – und ich gebe mir alle Mühe, gegen diese dämliche Enttäuschung anzukämpfen, die sich in mir ausbreiten möchte.

Denn trotz des peinlichen Auftritts vorhin bin ich unheimlich erleichtert. Gott, wenn Katie wüsste, dass ich einen wildfremden Kerl angesprochen habe. Einen *heißen* wildfremden Kerl! Ich schlage die Hände vors Gesicht und kann nur mit Mühe ein Quietschen unterdrücken. Ich habe ihn nicht nur angesprochen, sondern auch mit ihm geflirtet. *Geflirtet!* Ich! Meine Finger zucken zu meinem Handy in der Tasche, um Katie sofort davon zu erzählen, doch auf einmal steht der Fremde wieder vor mir und stützt sich mit beiden Händen auf die Tischplatte.

Ein Funkeln liegt in seinen grünbraunen Augen. »Verrätst du mir deinen Namen?«

Ich lache überrascht auf. »Hailee. Mein Name ist Hailee.«

Er grinst. »Freut mich, Hailee. Ich bin …« Er sagt etwas, aber der Name geht im Brüllen seines kleinen Bruders unter, der an der Tür von einem Bein aufs andere hüpft.

»Sorry.« Der Kerl, dessen Namen ich jetzt nie erfahren werde, verzieht das Gesicht und richtet sich auf, bevor ich etwas erwidern kann.

Leichte Panik breitet sich in mir aus und lähmt mich. Ich kann ihn nicht noch mal nach seinem Namen fragen, oder? Nicht, wenn er so in Eile ist und sein Bruder ungeduldig auf ihn wartet. Und ganz sicher nicht, wenn alle schon in unsere Richtung schauen. Wie peinlich wäre das bitte?

»Ich muss los. Bist du länger in der Stadt?«

Automatisch schüttle ich den Kopf. »Ich fahre heute Abend weiter.«

»Den Spruch habe ich schon mal gehört.«

Ich blinzle irritiert. »Wie bitte?«

»Der Spruch«, wiederholt er und wirft einen prüfenden Blick Richtung Eingang, bevor er mich erneut ansieht. »Das behaupten alle Touristen. Aber wenn sie erst mal dem Charme von Fairwood und seinen Bewohnern erlegen sind, wollen sie gar nicht mehr weg. Oder kehren zumindest hierher zurück.« Und da ist es wieder, dieses Lächeln. »Ich hoffe, das gilt auch für dich und wir sehen uns wieder.« Er hebt zum Abschied die Hand, dann joggt er zu seinem kleinen Bruder, fängt ihn ein und wirft ihn sich spielerisch über die Schulter. Phil jubelt vor Freude.

Nachdenklich sehe ich den beiden nach, bis die Tür hinter ihnen zugefallen ist und nichts mehr darauf hindeutet, dass sie überhaupt da waren.

»Deine Bestellung.« Plötzlich taucht ein Glas Latte macchiato vor mir auf.

Ich zucke zusammen. Den hatte ich ganz vergessen. »Oh … danke.«

Charlotte nickt mir freundlich zu und zieht mit dem Tablett in der Hand weiter, um den nächsten Gästen ihre Getränke zu bringen.

Bis eben habe ich mich hier noch ziemlich wohlgefühlt, doch jetzt fühlt es sich seltsam leer an. Im Grunde ist der Kaffee das Einzige, was mich noch in *Lizzy's Cakes* hält, denn ans Weiterschreiben ist nicht mehr zu denken. Dafür kreisen meine Gedanken viel zu sehr um andere Dinge. Und um Personen. Eine ganz bestimmte Person – und dieses seltsame Versprechen in seinen Worten.

Kapitel 3

Hailee

Am Anfang dieses Sommers bin ich so ziemlich ohne jeden Plan losgezogen. Ich bin einfach in den alten Honda Civic gestiegen, den meine Schwester und ich uns geteilt haben, seit wir sechzehn waren, und bin losgefahren. Aber wenn ich einen Plan für die Orte, die ich besuchen, und die Dinge, die ich tun wollte, gehabt hätte, dann hätte der Friedhof von Fairwood, Virginia, definitiv nicht draufgestanden. Ich wollte nie das Grab meines besten Freundes besuchen. Und ich wollte nie vor dem Haus stehen, in dem er aufgewachsen ist, und an die dunkle Holztür klopfen. Nicht, wenn er nicht dort drinnen auf mich wartet. Trotzdem bin ich an diesem Samstagnachmittag hier und tue genau das.

Gedankenverloren reibe ich mir über den verspannten Nacken, während ich darauf warte, dass jemand die Tür öffnet. Mit der anderen Hand tippe ich mir gegen das Bein. Der zweite Kaffee war keine gute Idee.

Mein Klopfen hallt seltsam nach. Vielleicht, weil es so still in der Straße ist. Keine spielenden Kinder, kaum Menschen auf den Veranden. Nur das Zirpen der Grillen durchbricht die Stille, genau wie das leise Rauschen des Windes, der durch die Bäume streicht. Obwohl es noch August ist, kann ich den Herbst bereits riechen. Er hängt wie ein Versprechen in der Luft. Das Versprechen dafür, dass alles einmal zu Ende geht.

Das Haus, vor dem ich stehe, hat eine dunkelrote Fassade mit weißen Fensterrahmen und stabilen Holzbalken, die das Vordach über der Veranda tragen. Es ist eines von vielen in einer Reihe, die sich die ganze Straße hinunter erstreckt. Hier gibt es keine kleinen Läden wie in der Innenstadt, sondern nur Wohnhäuser. Vor einigen Eingängen weht die amerikanische Flagge im Wind. Die einzige Dekoration, denn die Zeit der ausgehöhlten Kürbisse, Lichterketten und bunten Blätter hat noch nicht begonnen.

Schließlich sind Schritte aus dem Inneren zu hören. Ich verkrampfe mich unweigerlich, knete die Hände und zwinge mich im selben Moment dazu, es sein zu lassen. Niemand will mir etwas Böses, das ist mir klar. Aber ich weiß nicht, ob ich hier willkommen bin. Ob Jespers Eltern überhaupt etwas mit meinem Namen anfangen können … und ob sie es ertragen, über ihren einzigen Sohn zu sprechen. Vielleicht hätte ich nicht herkommen sollen. Seit Jesper nicht mehr da ist, sind erst wenige Monate vergangen, aber es fühlt sich so an, als wäre es ewig her. Gleichzeitig rechne ich fest damit, dass er mir gleich die Tür aufmacht – und erst als mir schwindlig wird, merke ich, dass ich vor lauter Anspannung die Luft angehalten habe.

Die Tür öffnet sich mit einem leisen Quietschen, und noch bevor ich richtig darauf vorbereitet bin, stehe ich einer Frau gegenüber. Sie ist ein Stück kleiner als ich, hat braun gelocktes Haar mit ein paar grauen Strähnchen, das sie zusammengebunden trägt, und eine mollige, weiche Figur. Sie sieht mehr wie eine Mom aus als meine eigene, und der erste Gedanke, der mir in den Sinn kommt, ist der, dass es unheimlich schön sein muss, von ihr umarmt zu werden.

»Ja? Wie kann ich dir helfen?« Sie mustert mich aus dunklen Augen. Sie hat ein paar Falten, vor allem rund um Augen- und Mundwinkel. Ihre Haut ist ein paar Nuancen dunkler als meine und weckt in mir Gedanken an warme Sommer, laute Stimmen, Lachen und lateinamerikanische Musik bis in die frühen Morgenstunden.

Dieses Bild hilft mir dabei, ein Lächeln zustande zu bringen, auch wenn sich meine Kehle plötzlich ganz trocken anfühlt.

»Mrs Harrington«, begrüße ich sie und hole tief Luft. »Ähm ... Hallo. Ich bin eine Freundin von ...«

»Von Jesper?« Sie starrt mich an, und ich kann erkennen, wie sie mich einzuordnen versucht.

Ich komme nicht aus der Stadt, so viel erkennt sie wahrscheinlich sofort. Fairwood scheint einer dieser Orte zu sein, an dem jeder jeden kennt. Und obwohl es auf der Main Street auch ein paar Klamottenläden gibt, scheint keiner davon die bunte, locker fallende Kleidung zu führen, die ich in diesem Sommer so gerne trage.

Mrs Harrington öffnet die Tür ein Stück weiter. Ein weiteres Mal betrachtet sie mich von oben bis unten, dann hellt sich ihre Miene auf. »Du bist Hailee, nicht wahr?«

Ich starre sie an. »Woher ...?«

»Jesper hat uns von dir erzählt.« Ein warmes, aber irgendwie auch trauriges Lächeln zeichnet sich auf ihrem Gesicht ab und vertieft die Falten darin. »Komm doch herein.«

Ich zögere einen Herzschlag lang, weil ich nicht damit gerechnet habe. Nicht mit dieser Reaktion, nicht mit diesen Worten und schon gar nicht damit, dass sie wissen könnte, wer ich bin. Doch Mrs Harrington macht es mir leicht, mich zu entspannen. Sie hat eine so freundliche und mütterliche Art, dass ich meine Nervosität Stück für Stück vergesse.

Wärme empfängt mich im Haus. Es ist ein bisschen stickig, und in der Luft hängt ein leicht zitrusartiger Geruch. Spülmittel vielleicht? Das Erste, was mir auffällt, sind die vielen, vielen Bilder an den Wänden. Jedes einzelne steckt in einem

Rahmen – weiß, braun, schwarz, rot, grün, rund, oval und eckig. Sie nehmen ab der Garderobe fast die gesamte linke Wandseite ein. Rechts führen sie die Treppe entlang nach oben. Selbst auf die Entfernung kann ich Babyfotos erkennen, Bilder von Familienausflügen, ein Hochzeitsfoto und weitere besondere sowie alltägliche Momente, die für die Ewigkeit festgehalten wurden.

»Schön, dass du hier bist, Hailee.« Mrs Harrington drückt die Tür leise hinter mir zu. »Setz dich doch.« Sie deutet nach links, wo ein offener Durchgang vom Flur ins Wohnzimmer führt. »Möchtest du etwas zu trinken? Zu essen? Ich hatte in den letzten Tagen keine Zeit zu backen, aber ich habe noch einen Kuchen in der Gefriertruhe und kann ihn auftauen.«

Lächelnd schüttle ich den Kopf. »Ich möchte Ihnen keine Umstände bereiten.«

»Ach was.« Sie geht durch das Esszimmer rechts von uns in die Küche. »Ich wollte mir sowieso gerade etwas Limonade einschenken. Mrs Galloway von gegenüber hat sie gemacht, weißt du? Die alte Dame kann kaum noch richtig sehen, und ihre Hüfte bereitet ihr immer mehr Probleme, aber sie macht immer noch die beste Limonade in ganz Virginia. Gestern hat sie zwei Karaffen vorbeigebracht.«

Ich folge ihr, da ich nicht unhöflich sein will. Und um ehrlich zu sein, könnte ich tatsächlich etwas zu trinken vertragen. Seit heute Morgen habe ich nichts mehr gegessen und zuletzt nur den Kaffee getrunken. Vielleicht hätte ich doch auf Charlotte im Café hören und einen der Kuchen probieren sollen. Bevor ich weiterziehe, muss ich dringend meine Vorräte aufstocken. Irgendwo wird es hier ja wohl einen Supermarkt geben.

Auf den ersten Blick wirkt die Küche klein, was aber auch daran liegen könnte, dass die Kochinsel in der Mitte steht und damit einen Großteil des Raums einnimmt. Kurz verschwindet Mrs Harrington in einem Nebenraum, dann kehrt sie mit einem tiefgefrorenen Kuchen zurück.

»Oh. Sie müssen nicht …«, beginne ich, aber sie schüttelt den Kopf.

»Das sind keine Umstände. Seit unser Jesper …« Sie hantiert etwas verlegen am Backofen herum und schiebt den Kuchen hinein. »Ich habe so viel gebacken, dass viel zu viel da ist. Und dann haben auch noch die Nachbarn, Freunde, Arbeitskollegen und die Familie so viel Essen vorbeigebracht. Ein Großteil ist immer noch in den Kühltruhen.«

Ich nicke nur, da ich nicht weiß, was ich dazu sagen soll. Diese Tradition habe ich nie verstanden. Aus irgendeinem Grund scheinen die meisten Leute zu glauben, man müsse essen, wenn man trauert. Als ob man damit die plötzliche Leere in sich füllen könnte …

Mrs Harrington stellt ein randvoll gefülltes Glas auf die Kochinsel, und ich setze mich auf den Hocker davor.

»Danke«, murmle ich und probiere einen Schluck.

Okay. Die Limonade ist *wirklich* gut. Nicht zu süß, aber auch nicht zu bitter und herrlich erfrischend. Seit ich unterwegs bin und viel zu viel Fast Food esse, weiß ich selbst gemachte Gerichte und Getränke viel mehr zu schätzen als früher. Und das hier ist … himmlisch.

Mrs Harrington setzt sich neben mich und lächelt mir wohlwollend zu. Ihr eigenes Glas umfasst sie mit beiden Händen, als würde sie sich daran festhalten. »Aber jetzt erzähl mal. Was führt dich heute hierher?«

»Ich bin seit gestern in der Stadt«, gestehe ich nach einem Moment.

»Jespers Geburtstag.« Bei der erneuten Erwähnung seines Namens bricht ihre Stimme, und Tränen treten ihr in die

Augen. »Tut mir leid. Es ist nur so … Wir wussten immer, dass es früher oder später passieren würde. Es kam nicht unerwartet, aber das macht es nicht weniger schrecklich, weißt du? Und der Tag gestern … der erste Geburtstag, an dem er nicht mehr bei uns ist …« Sie fächelt sich etwas Luft zu und blinzelt, aber die Tränen bleiben.

»Was ist … wie ist es passiert? Nur wenn Sie darüber reden möchten«, füge ich hastig hinzu, da ich ihr nicht noch mehr Schmerz bereiten will.

Sie lächelt zittrig. »Er war krank. Er war schon immer krank, aber irgendwie hat er es geschafft, damit zu leben. Doch dann wurde es schlimmer. In seinen letzten Tagen konnte er kaum noch richtig atmen. Und dann ist er eines Abends eingeschlafen. Ganz friedlich. Ich danke Gott jeden Tag dafür, dass er sich nicht länger quälen musste. Er war schon als Kind ständig im Krankenhaus, bei allen möglichen Ärzten und immer wieder in Therapie. Es war so hart … aber mein Jesper war ein Kämpfer. Er hat so lange gekämpft, wie er konnte.«

Ich starre sie an. Jesper ist nicht durch einen Unfall gestorben? Er war krank? Und das schon … immer? Das wusste ich nicht. Ich hatte keine Ahnung, dass er schon fast sein ganzes Leben lang krank war. In all unseren Nachrichten hat er es mit keinem Wort erwähnt. Als ich im Februar plötzlich nichts mehr von ihm gehört habe und keine Reaktion mehr auf meine Nachrichten kam, habe ich mir Sorgen gemacht. Ich habe ihm getextet, Sprachnachrichten, Mails und sogar Briefe nach Hause geschickt, ihn unzählige Male gefragt, was los ist. Nichts. Keine Antwort.

Bis eines Tages doch eine Nachricht kam. Die absolut letzte, die ich hatte bekommen wollen. Es war ein kurzer Text mit Datum, Ort und Uhrzeit für die Beerdigung. Kurz und voller Trauer. Wahrscheinlich haben seine Eltern die Nachricht an alle Kontakte gesendet. Ich war zu geschockt, um darauf zu antworten. Um ehrlich zu sein, wollte ich es nicht wahrhaben. Ich wollte nicht einsehen, dass mein bester Freund auf einmal nicht mehr da sein sollte.

In den letzten sechs Monaten bin ich fest davon ausgegangen, dass er bei einem Unglück ums Leben gekommen ist. Wie ich darauf gekommen bin, kann ich gar nicht mehr sagen, aber es erschien einfach so naheliegend … er war schließlich erst zwanzig. Aber er war krank. Und er muss gewusst haben, dass es zu Ende geht. Nur warum hat er mir dann nie etwas davon gesagt?

Mrs Harrington betrachtet mich mitfühlend. »Du wusstest nichts davon«, stellt sie leise fest und legt ihre warme Hand auf meine. Ich zucke bei der unerwarteten Berührung zusammen, ziehe die Hand aber nicht zurück. »Das überrascht mich nicht. Jesper hat es gehasst, krank zu sein. Er hat es gehasst, ständig zweimal über alles nachdenken zu müssen. Immer eingeschränkt zu sein und dass andere auf ihn Rücksicht nehmen mussten. Als Kind hatte er immer denselben Wunsch an den Weihnachtsmann: Gesund sein. ›Ich möchte ein ganz normaler Junge sein‹. Das stand jedes Jahr auf seinem Wunschzettel. Entschuldige bitte.« Sie steht auf und nimmt sich ein Taschentuch.

Auch mir verschwimmt die Sicht vor Augen, und ich blinzle mehrmals, um die Tränen zu vertreiben. Doch der Kloß in meinem Hals will nicht so leicht verschwinden. »Es tut mir so leid«, flüstere ich.

»Ach, Hailee …« Mrs Harrington setzt sich mit einem schweren Seufzen wieder auf den Hocker neben mich. »Ich bin froh, dass Jesper dich als Freundin hatte. Dass er sich wenigstens bei dir wie ein ganz normaler Junge fühlen konnte.«

Ich beiße mir fest auf die Unterlippe und nicke leicht. »Er … Jesper hat an einem Buch geschrieben.«

Sie nickt, und ihr Gesicht hellt sich ein wenig auf. Also spreche ich weiter. Ich muss es einfach wissen.

»Als ich das letzte Mal mit ihm geredet habe, da war er … er war total aufgeregt, weil er fast fertig war. Ich musste ihm hoch und heilig versprechen, die Geschichte für ihn zu lesen, aber dann …« *Dann hat er sich nie mehr gemeldet, und ich konnte dieses Versprechen nie einlösen.* Jesper hat mir nie sein Manuskript geschickt, und erst später habe ich den Grund dafür erfahren. »Hat er es geschafft? Hat er sie zu Ende geschrieben?«

Mit ihrem Taschentuch tupft sich Mrs Harrington die Augen, doch bei meinen Worten hält sie inne. »Ich wünschte, ich könnte dir weiterhelfen, Hailee … aber ich weiß es nicht. Jesper hat nur mit ganz wenigen Leuten über seine Geschichte gesprochen. Wir haben erst kurz nach Weihnachten davon erfahren, als ich beim Aufräumen seine Papiere und Notizbücher entdeckt habe, aber selbst da hat er mich nichts davon lesen lassen. Du musst etwas Besonderes für ihn gewesen sein, wenn er dich seine Texte hat lesen lassen.«

Ich schüttle den Kopf. Ich bin nicht besonders. Ich bin nur verloren.

»Nein, also …«, beginne ich und gebe mir in Gedanken einen Tritt. Denn wie für Jesper ist das Schreiben mein Geheimnis. Es ist etwas so Persönliches, dass ich es nicht mit der ganzen Welt teilen möchte. Aber nachdem sie so offen zu mir war, bin ich es seiner Mutter schuldig, genauso ehrlich zu sein. »Ich schreibe auch«, gebe ich leise zu. »Dadurch haben wir uns online kennengelernt. In einem Forum.«

Und uns angefreundet. Das ist inzwischen anderthalb Jahre her. Wir haben uns gegenseitig motiviert, haben gemeinsam geschrieben, über das Leben philosophiert und Stunden damit zugebracht, uns gegenseitig irgendwelche schlechten Witze, Memes oder Videos von niedlichen Tierbabys zu schicken.

Diese Freundschaft war echt, auch wenn Tausende von Meilen zwischen uns lagen.

Bevor Mrs Harrington mich darüber ausfragen kann und ich womöglich noch mehr von Jespers Geheimnissen preisgeben muss, setze ich mich kerzengerade auf. »Dürfte ich vielleicht … einen Blick auf seine Sachen werfen? Falls Sie sie noch haben …«

Schließlich ist die Beerdigung schon über fünf Monate her. Und vielleicht ist es dumm, vielleicht werde ich sein Manuskript nie finden, aber ich muss es wenigstens versuchen. Ich muss herausfinden, ob er sein Buch fertig geschrieben hat. Es war ihm unheimlich wichtig, diese Geschichte zu Ende zu bringen, und ich hoffe so sehr, dass er es geschafft hat.

Vielleicht will ich nur ein letztes Mal in seiner Nähe sein. Auch wenn er selbst nicht mehr da ist.

Ein Buch ist nicht bloß ein Buch, Hails. Es ist die Chance, etwas von sich selbst in der Welt zu hinterlassen, wenn man eines Tages nicht mehr da ist.

Jespers Worte geistern mir seit Wochen immer und immer wieder im Kopf herum. Damals, als er sie in einer Chatnachricht geschrieben hat, habe ich ihnen nicht viel Bedeutung beigemessen, doch seit er fort ist, kommen sie mir immer wieder in den Sinn. Sie kamen mir so … prophetisch vor. Aber nun, da ich weiß, wie krank er war, sieht das ganz anders aus. Jesper wollte mit dieser Geschichte ein Stück von sich selbst zurücklassen, weil er wusste, dass bald nichts mehr von ihm bleiben würde. Und ich habe ihm versprochen, ihm dabei zu helfen. Wenn ich ehrlich bin, dann bin ich nicht nur nach Fairwood gekommen, um sein Grab zu besuchen. Ich bin hier, um das Versprechen einzulösen, das ich meinem besten Freund gegeben habe. Denn ich halte meine Versprechen.

Mrs Harrington zögert einen Augenblick, dann steht sie auf.

»Aber natürlich.« Sie führt mich zur Treppe und deutet nach oben. »Es ist das zweite Zimmer links. Nimm dir so viel Zeit, wie du brauchst, Hailee.«

Um Abschied zu nehmen. Sie spricht die Worte zwar nicht aus, aber ich kann ihr ansehen, dass sie genau das denkt.

Mein Magen verkrampft sich. Ich hasse Abschiede. Aber ganz besonders hasse ich es, wenn Leute plötzlich verschwinden. Wenn kein richtiger Abschied möglich ist.

Langsam steige ich die Stufen hinauf. An der Wand neben mir erzählen die gerahmten Fotos die Geschichte eines ganzen Lebens. Ich erkenne Jesper als kleinen Jungen an Halloween. Er trägt das Kostüm eines Feuerwehrmannes. Neben ihm steht ein anderer Junge, der als Polizist verkleidet ist. Sie halten Tüten voller Süßigkeiten hoch. Stolz strahlen sie in die Kamera und präsentieren dabei fehlende Milchzähne.

Aus irgendeinem Grund lässt mich ausgerechnet dieses Bild aus dem Meer an Fotos innehalten. Ich weiß ziemlich sicher, dass Jesper keine Geschwister hat, also muss der andere Junge ein Freund von ihm sein. Einer der wenigen, von denen Jesper mir während einer unserer nächtlichen Chat-Sessions erzählt hat. Und ich weiß auch genau, welches Ende diese Freundschaft genommen hat.

Ich schlucke das bittere Gefühl hinunter, kann mich aber nicht von den glücklichen Gesichtern losreißen. Für einen Moment fühle ich mich so an die vielen Halloweenfeiern mit meiner Schwester erinnert, dass es wehtut. Von Katie und mir gibt es Dutzende solcher Bilder. Ich kann mich an kein wichtiges Ereignis meines Lebens ohne sie erinnern. Weihnachten, Geburtstage, Zeugnisvergaben, Thanksgiving, Partys, unser Highschoolabschluss. Wir sind sogar immer zusammen zum Zahnarzt gegangen, um uns gegenseitig Mut zuzusprechen. Es ist so seltsam, diesen Sommer ohne sie unterwegs zu sein, auch wenn ich sie regelmäßig darüber informiere, wo ich bin und was ich gerade mache. Sie ist die Einzige, die weiß, dass ich in Fairwood bin.

Nachdenklich folge ich der Treppe nach oben. Vom Flur gehen mehrere Türen ab, und ich steuere die an, die Mrs Harrington mir genannt hat. Sie ist angelehnt, ich muss sie nur aufschieben. Es ist so still, dass ich das Ticken einer Uhr irgendwo im Haus hören kann. Nicht meinen Atem, denn den habe ich angehalten. Ein Teil von mir hofft gegen jede Vernunft, dass alles nur ein böser Traum war und ich Jesper gleich auf seinem Bett oder an seinem Schreibtisch vorfinde. Ich muss es mir einfach nur genug wünschen, und dann …

Nichts. Das Zimmer ist leer. Jesper ist nicht hier. *Natürlich nicht.*

Ich beiße die Zähne zusammen, als mir heiße Tränen in die Augen schießen. Ich werde jetzt nicht weinen. Ich weigere mich zu weinen. Erst als ich das Brennen in meinem Brustkorb registriere, zwinge ich mich dazu weiterzuatmen. Die Luft im Zimmer ist warm und abgestanden. Das Fenster wird halb von einem dunklen Vorhang verdeckt, trotzdem kämpft sich ein wenig Nachmittagssonne hinein.

Die beiden Sukkulenten auf der Fensterbank sehen frisch aus. Lebendig. Ich wende den Blick davon ab. Direkt unter ihnen steht ein Schreibtisch, darauf ein zugeklappter Laptop, vollgekritzelte Papiere, mehrere Packungen mit Taschentüchern und eine erschreckende Anzahl an ordentlich aufgereihten Medikamenten. Dazu eine Leselampe, ein paar Bücher und ein Handy. Das Gerät dort liegen zu sehen tut mehr weh als die lebenden Sukkulenten. Jesper war immer erreichbar. Tag und Nacht. Er hat innerhalb von wenigen Minuten geantwortet. Manchmal auch innerhalb von Sekunden. Sein Smartphone hier zu sehen, ungenutzt und vergessen, macht es viel zu real, dass er nicht mehr da ist. Genau wie das Sauerstoffgerät neben dem Bett und die angebrochene Packung mit Mundschutzen.

Ich nähere mich vorsichtig dem gemachten Bett. An den Wänden hängen Poster von Bands, eine Weltkarte mit Dartpfeilen, ein Autogramm von Jespers Lieblingsautor und ein Poster von irgendeinem Game, auf dem eine halb nackte Kriegerprinzessin abgebildet ist. Bei dem Anblick muss ich schnauben, aber irgendwie auch lächeln. Denn er erinnert mich an diesen schrecklich verregneten Novembertag, als wir bis spät in die Nacht über die schlimmsten und unfunktionalsten Rüstungen für Frauenfiguren in Spielen, Filmen und Büchern diskutiert haben. Ich beuge mich vor, um den Namen des Spiels zu entziffern. Dabei entdecke ich ein paar Bilder, die Jesper ausgedruckt und aufgehängt hat. Witzige Bilder von Tieren und Comics, die ich ihm im Laufe der Zeit geschickt habe.

Mein Herz zieht sich zusammen. Ich will schreien, weinen, fluchen und aus irgendeinem seltsamen Grund auch lachen. Ich sollte nicht hier sein, aber ich musste herkommen. Seine letzte Nachricht kommt mir wieder in den Sinn.

Schreib, Hails. Ich hoffe so sehr, dass wir es beide schaffen, unsere Geschichten zu erzählen.

Es war purer Zufall, dass ich in der Nähe seiner Heimatstadt in Virginia gelandet bin. Na gut … vielleicht nicht ganz. Jesper hat mir so viel über das Shenandoah-Tal erzählt, so viele Geschichten aus seiner Kindheit. Von spannenden Abenteuern und Ausflügen in die wilde Natur. Und davon, dass man nirgendwo auf der Welt so viele Sterne sehen kann wie hier. Letzteres konnte er eigentlich gar nicht wissen, da er selbst zugegeben hat, seine Heimat nie wirklich verlassen zu haben – inzwischen ahne ich auch, warum –, aber er klang so überzeugt, dass ich es unbedingt mit eigenen Augen sehen wollte. Zum

Spaß hatten wir uns immer mal wieder ausgemalt, wie es wäre, wenn wir uns eines Tages tatsächlich treffen würden. Irgendwann. Irgendwo. Wie hätte ich ahnen können, dass unsere allererste Begegnung auf einem Friedhof stattfinden würde?

Und plötzlich wird mir nur noch deutlicher bewusst, dass Jesper nicht mehr hier ist. Bisher konnte ich mir einreden, dass er einfach nur viel zu tun hat, an irgendeinem tollen Projekt arbeitet oder tatsächlich verreist ist. Sogar, dass er aus irgendeinem Grund böse auf mich wäre und mich ignoriert, könnte ich akzeptieren, weil es bedeuten würde, dass es ihn und seinen schrägen Humor, seine scharfe Beobachtungsgabe und seine fürsorglich-schroffe Art noch irgendwo da draußen gibt.

Doch nun kann ich der Wahrheit nicht länger entfliehen. Jesper ist nicht mehr da. Er wird mir keine nervigen Textnachrichten senden, die mich daran erinnern, an meinem eigenen Manuskript zu schreiben und für die Uni zu lernen. Kein sanftes Nachfragen mehr, wie es mir geht. Keine dämlichen Witze mitten in der Nacht, die mich so laut lachen lassen, dass ich Katie in unserem gemeinsamen Wohnheimzimmer aufwecke.

Die bunten Bilder an der Wand verschwimmen vor meinen Augen. Ich weigere mich, zu blinzeln und den Tränen damit den Sieg zu überlassen, aber sie laufen mir trotzdem heiß über die Wangen. Verärgert wische ich sie weg und schnappe nach Luft. Um mich zu beruhigen, tue ich das, warum ich hergekommen bin: Ich mache mich auf die Suche nach Jespers Manuskript. Er wollte, dass ich es lese, und ich werde alles daransetzen, ihm diesen letzten Wunsch zu erfüllen.

Als Allererstes klappe ich den Laptop auf und schalte ihn ein. »Bitte hab ein einfaches Passwort«, murmle ich.

Aber ganz egal, was ich eingebe – sein Geburtsdatum, den Mädchennamen seiner Mom, den Namen seines Hundes oder seines Lieblingsschriftstellers –, nichts davon funktioniert. Natürlich nicht. Jesper war nicht so dumm, ein so simples Passwort zu benutzen.

Frustriert schließe ich die Augen und denke nach. Mir fallen noch ein paar Möglichkeiten ein, auch wenn ich nicht viel Hoffnung habe. Der Geburtstag seiner Mom und seines Dads. Der Tag, an dem er seinen Hund bekommen hat. Derselbe Hund, der vor drei Jahren wegen Altersschwäche und den daraus folgenden Krankheiten eingeschläfert werden musste. Der Name seines ehemaligen besten Freundes. Ich versuche es sogar mit meinem Namen, auch wenn ich absolut keinen Grund dafür sehe, dass dieser das Passwort sein könnte. Und ich behalte recht. Wieder und wieder informiert mich die Bildschirmanzeige darüber, dass ich das falsche Passwort eingegeben habe. Es gibt unzählige Möglichkeiten, und ich habe nicht genügend Ahnung von Technik, um die richtige Kombination herauszufinden – oder die Passworteingabe ganz zu umgehen.

Mit einem unterdrückten Fluch richte ich mich auf. Kurz sehe ich zur Tür zurück und lausche auf die Geräusche im Haus, aber es ist nichts zu hören. Jespers Dad scheint nicht daheim zu sein, und seine Mom lässt mir wie versprochen Zeit. Also wende ich mich als Nächstes den Schubladen zu. Zuerst denen im Schreibtisch, dann im Nachttisch, und anschließend ist der Schrank an der Reihe. Gut möglich, dass er das Manuskript ausgedruckt hat, nachdem er es tatsächlich fertig geschrieben hat. Jesper hat schon immer gerne auf Papier herumgekritzelt, und ich kann mir sehr gut vorstellen, dass er alles noch einmal durchlesen wollte, ohne dabei auf einen Bildschirm zu starren.

Ich finde Notizbücher und lose Blätter mit hingeworfenen Namen und Sätzen, sogar ein paar kleine Zeichnungen, aber von einem fertiggestellten Manuskript keine Spur. In meiner Verzweiflung sehe ich sogar unterm Bett nach, aber bis auf eine einsame Socke und Staubflusen ist auch dort nichts zu finden.

Die Armreife an meinem Handgelenk klappern, als ich mich wieder aufrichte. Das ist doch verrückt. Warum macht er es mir so schwer, mein Versprechen zu halten? Wenn Jesper das Dokument doch nicht ausgedruckt hat, werde ich nie erfahren, was daraus geworden ist.

Seufzend lasse ich meinen Blick durch das Zimmer wandern. Im Regal neben der Tür stehen zwischen all den Büchern auch ein paar Bilderrahmen. Mit zittrigen Knien gehe ich hinüber. Ein Foto ist schwarz-weiß, etwas ausgeblichen und zeigt ein recht ernst, aber dennoch glücklich dreinblickendes Hochzeitspaar – vermutlich Jespers Großeltern. Gleich daneben ist ein Familienfoto von seinen Eltern – seine Mutter erkenne ich sofort – und ihm als Baby. Ein anderes Bild zeigt eine Gruppe von Leuten bei einem Wanderausflug oder etwas in der Art, aber Jesper ist nicht dabei.

Auf dem nächsten Foto strahlen wieder Jesper und dieser andere Junge an Halloween in die Kamera, diesmal sind sie jedoch etwas älter. Zwölf oder dreizehn vielleicht. In dem kleinen Gesicht mit den Pausbacken erkenne ich bereits Jespers Züge von unseren Videochats und den wenigen Fotos, die er mir geschickt hat. Als ich den anderen Jungen genauer betrachte, setzt mein Herz unvermittelt einen Schlag lang aus. *Nein … Kann das sein wirklich sein?*

Ich nehme den Bilderrahmen aus dem Regal. Jesper und sein Freund sind als Superman und Batman verkleidet. Nachdenklich streiche ich mit der Fingerkuppe über den kleinen Jungen mit den braunen Augen und den dunklen, leicht gelockten Haaren. Diese Augen … dieser Gesichtsausdruck … und dieses Grübchen in seiner Wange. Ich bin mir absolut sicher, dass ich die erwachsene Version dieses Jungen erst vor Kurzem gesehen habe. Gestern Abend, um genau zu sein. Und heute Vormittag. Kann derselbe Mann, mit dem ich erst vor wenigen Stunden gesprochen habe, tatsächlich ein Freund von Jesper gewesen sein? Womöglich … sein *bester* Freund? Der Junge, der mit ihm durch dick und dünn gegangen ist. Der Junge, der ihn hintergangen und im Stich gelassen hat.

Chase.

Im Erdgeschoss klappert etwas. Vor Schreck zucke ich zusammen und lasse beinahe das Bild fallen. Mit klopfendem Herzen stelle ich es zurück, kann den Blick aber einfach nicht davon losreißen. Er ist es. Er muss es sein. Fairwood scheint keine allzu große Stadt zu sein … und dennoch. Wie groß ist die Wahrscheinlichkeit, ausgerechnet Chase in dieser Bar *und* in diesem Café über den Weg zu laufen? An diesem einen besonderen Tag?

Gott, und ich habe mit ihm geflirtet. Ihn angelächelt. Ihn für einen netten Kerl gehalten. Warum ist er überhaupt hier, wenn er die Stadt doch schon vor Jahren für sein Studium verlassen hat? Warum jetzt? Früher war er doch auch nicht für Jesper da. Warum ist er also jetzt in der Stadt, ausgerechnet an seinem Geburtstag?

Mit einem Mal will ich nicht länger hier sein. Nicht in diesem Haus, das so voller Erinnerungen ist, dass es mich geradezu erdrückt. Und in dem doch etwas Entscheidendes fehlt – der wichtigste Mensch, der Mittelpunkt all dieser Erinnerungen.

Diesmal war es eindeutig ein Fehler, mutig zu sein. Wäre ich doch nur woanders hingefahren, statt nach Fairwood zu kommen. Ich habe gehofft, Antworten zu finden und mein Versprechen einlösen zu können, aber stattdessen sind nur noch mehr Fragen aufgetaucht. Und ich fühle mich einsamer als jemals zuvor.

Kapitel 4

Hailee

Ich bin ein Feigling. Statt weiter nach Jespers Manuskript zu suchen, bin ich abgehauen. Ich bin die Treppe hinuntergegangen, habe mich höflich von Mrs Harrington verabschiedet und bin in meinen Honda gestiegen. Zuerst war mir nicht mal klar, wo ich hinfahre. Ich wollte einfach nur weg. Aber jetzt stehe ich an der Main Street am Straßenrand, und während ich dabei zusehe, wie die Läden nach und nach schließen, frage ich mich, was ich jetzt tun soll.

Das Grummeln in meinem Magen gibt mir einen ziemlich deutlichen Hinweis, aber um ehrlich zu sein, will ich nicht länger als nötig in dieser Stadt bleiben. Der einzige Grund, aus dem ich noch hier bin, ist die Tatsache, dass ich keinen Plan habe, wie es weitergehen soll. Und wohin. Bisher habe ich immer ein neues Ziel gefunden, sei es durch irgendeine Werbung, durch Erzählungen der Menschen, denen ich begegnet bin, oder weil ich schon immer mal dorthin wollte. Doch jetzt?

Nichts. Mein Kopf ist leer. Genau wie mein Magen.

Ich habe heute kaum einen Bissen gegessen und sollte mir wirklich etwas Warmes holen, bevor ich weiterfahre, aber ich kann mich nicht dazu überwinden, aus dem Wagen zu steigen. Außerdem habe ich meine kopflose Fahrt durch die Stadt vorhin kurz unterbrochen, um in einem Supermarkt die Snacks und Vorräte auf der Rückbank aufzustocken. Ich bin nicht an die Essenszeiten der restlichen Bevölkerung gebunden. Wenn ich um zwei Uhr morgens ein Sandwich und ein paar Cookies zusammen mit einem Energydrink in mich reinstopfen und dabei eine Serie auf Netflix durchsuchten will, kann mich niemand davon abhalten. Ich kann bis mittags schlafen oder auch um fünf Uhr früh aufstehen. Niemand ist da, der mir etwas vorschreiben oder gar verbieten kann. Es ist die absolute Freiheit.

Allerdings bedeutet die absolute Freiheit auch, die freie Wahl zu haben. Und zu viel Auswahl ist nie gut, das ist mir schon in der ersten Woche meiner Reise klar geworden. Vielleicht sollte ich es wie damals machen, die alte Straßenkarte aus dem Handschuhfach holen und mit geschlossenen Augen darauf tippen. Wenigstens würde mich das von hier wegbringen, auch wenn mir irgendetwas sagt, dass ich das leise Schuldgefühl in meinem Inneren mitnehmen würde.

»Verdammt, Jesper«, murmle ich und klopfe mit den Fingern gegen das Lenkrad.

Ich kann nicht einfach gehen. Nicht, wenn es noch eine Chance gibt, ihm seinen letzten Wunsch zu erfüllen. Was wäre ich für eine Freundin, wenn ich es nicht mal richtig versuchen würde?

Jemand hupt schräg hinter mir und nimmt mir dadurch die Entscheidung ab. Ein Lieferwagen möchte zum Eingang des Cafés, den ich gerade versperre, also bleibt mir nichts anderes übrig, als weiterzuziehen. Irgendwie bin ich erleichtert, denn so liegt es nicht mehr an mir, was jetzt zu tun ist. Ich gebe ihm ein Zeichen und starte den Motor. Oder versuche es zumindest – denn nach dem ersten Rattern senkt sich Stille über den Wagen.

Das kann nicht sein. Der letzte Ölwechsel ist echt nicht lange her, und um ausreichend Bremsflüssigkeit habe ich mich schon vor sechs Wochen in Kansas gekümmert.

»Komm schon …« Ich drehe den Zündschlüssel erneut herum.

Der Motor brummt und ruckelt – und gibt ächzend den Geist auf. Beim dritten Versuch bringt er nur noch ein protestierendes Stöhnen zustande, dann wird es wieder ruhig. Dafür riecht es nicht besonders gut. Irgendwie verbrannt.

»Nein«, stoße ich hervor und probiere es erneut. »Nein, verdammt! Du kannst mich jetzt nicht hängen lassen. Nicht hier!«

Nicht ausgerechnet in Fairwood, Virginia. Dem Ort, den ich am liebsten sofort wieder verlassen würde. Doch wenn es da oben eine höhere Macht gibt, hat sie offenbar einen interessanten Sinn für Humor, wenn sie mich ausgerechnet jetzt hier stranden lässt. Weil ich noch immer nicht herausgefunden habe, was aus Jespers Manuskript geworden ist. Weil ich kurz davor war, mein Versprechen an ihn zu brechen.

Seufzend lasse ich den Kopf gegen das Lenkrad sinken. Mein Puls rast, und meine Hände sind ganz feucht. Was soll ich denn jetzt machen?

Ein Hotel kann ich mir nicht leisten, von einem Mechaniker ganz zu schweigen. Ich könnte im Honda übernachten – und dann was? Kaufe ich mir morgen früh ein Busticket in die nächste Stadt und lasse den Wagen einfach zurück? Nach allem, was wir zusammen erlebt haben? Nach all den Abenteuern und Erinnerungen, die Katie und ich mit diesem Wagen verbinden? Ich würde mir wie eine Verräterin vorkommen.

Ein Klopfen an der Scheibe lässt mich zusammenfahren. Abrupt hebe ich den Kopf und starre in das Gesicht eines älteren Herrn mit grauem Vollbart und verwaschenem Holzfällerhemd. Zögerlich öffne ich das Fenster ein Stückchen.

»Brauchen Sie Hilfe, Miss?«, fragt er – nicht unfreundlich, aber auch nicht besonders geduldig. Kein Wunder, wenn er die ganze Zeit darauf gewartet hat, dass ich endlich wegfahre.

»Nein, ich …«, beginne ich, habe aber nicht die geringste Ahnung, was ich sagen soll. »Nein«, ende ich und zwinge mich zu etwas, das hoffentlich wie ein Lächeln aussieht. »Danke.«

Er nickt nur und stapft zu seinem Van zurück. Dabei murmelt er etwas vor sich hin, das ich lieber nicht hören will. Sekunden später fährt er weiter, aber nur, um ein paar Meter vor mir am Straßenrand anzuhalten und seine Lieferung abzugeben.

Ich bin wieder allein. Allein auf einer dunkler werdenden Straße, da die meisten Geschäfte mittlerweile geschlossen haben. Die Sonne geht unter, und finstere Wolkenberge sammeln sich über der Stadt. Wie lange sitze ich hier schon?

Wieder ist ein knurrender Magen die einzige Antwort, die ich erhalte.

Ein leises Tröpfeln dringt an mein Ohr und wird zunehmend lauter. Ausgerechnet jetzt fängt es auch noch an zu regnen. Das Universum hat sich wirklich gegen mich verschworen.

Ich sollte schleunigst den Pannendienst rufen. Oder irgendwohin gehen, wo ich wenigstens etwas Warmes zu essen bekomme – und im Idealfall auch einen Schlafplatz. Aber ich kenne niemanden in dieser Stadt. Nicht wirklich. Da ist nur dieses Diner an der Straßenecke, in das ich schon gestern Abend gehen wollte, das jedoch geschlossen hatte. Heute scheint es offen zu haben – zumindest ist es diesmal auch von innen beleuchtet.

Nervös nage ich an meiner Unterlippe und schalte die erstbeste Playlist auf meinem Handy ein. Doch nicht einmal die sanften Klänge von Mumford and Sons, Sara Bareilles oder Waiting for Juliet können meine angespannten Nerven beruhigen.

Wahrscheinlich ist es dumm, aber ich kann und will die alte Klapperkiste nicht zurücklassen. Sie hat mich schon so weit gebracht, sie wird mich auch bis ans Ende dieser Reise bringen. Zumindest nach einer Reparatur, von der ich noch immer keine Ahnung habe, womit ich sie bezahlen soll. Ich könnte mir irgendwo einen Job suchen. Das habe ich in den letzten Wochen öfter getan. Ich habe gekellnert, als Barista Kaffee gemacht, auf Feldern bei der Ernte geholfen, Zeitungen ausgetragen, die Einkäufe für eine nette alte Dame erledigt und zehn Hunde auf einmal ausgeführt. Mit Aushilfsjobs kenne ich mich aus. Aber verdiene ich damit auch genug, um die Kosten für Übernachtung, Essen *und* einen Mechaniker zu decken?

Die Antwort darauf ist klar: Nein. Bisher habe ich immer nur so viel gearbeitet, um von dem Geld notwendige Anschaffungen wie Nahrungsmittel, eine neue Zahnbürste und Benzin bezahlen und anschließend weiterziehen zu können. Mein Sparfonds ging schon zu Beginn dieser Reise drauf. Ich habe keine gültige Kreditkarte mehr, keinen Cent auf meinem Sparbuch – von meinem Girokonto ganz zu schweigen. *Argh!*

Zunehmend starke Windböen zerren am Wagen, und das Prasseln des Regens gegen die Scheiben und das Autodach verstärkt sich. Gleich darauf ist ein leises Grollen zu hören.

Ich erstarre. Das war *kein* Donner. Ich weigere mich zu glauben, dass das ein Donnergrollen war. Etwas Helles zuckt über die Dächer. Instinktiv ziehe ich den Kopf ein. Mein Puls schnellt in die Höhe. Mein Herz hämmert wie verrückt. Ich hasse, hasse, *hasse* Gewitter! Als Kind bin ich immer zu Katie ins Bett gekrochen, wenn es nachts gedonnert und geblitzt hat. Und das würde ich am liebsten auch heute tun, wenn sie jetzt hier wäre. Stattdessen sitze ich bei diesem verdammten Sturm im Auto fest. Allein.

Der nächste Donner ist noch lauter. Und keine zwei Sekunden später leuchtet der Himmel auf. Das Gewitter muss fast direkt über der Stadt sein.

Hektisch versuche ich, etwas durch die regennassen Scheiben zu erkennen. Auf den Gehwegen sind keine Menschen mehr unterwegs. Wahrscheinlich wäre es am sichersten, einfach im Auto sitzen zu bleiben und auszuharren, bis alles vorbei ist, aber der Motor springt immer noch nicht an, ich habe Hunger und will bei Gewittern nicht allein sein. Also nehme ich all meinen Mut zusammen, taste nach meiner Tasche und hole tief Luft – dann drücke ich die Tür auf und springe aus dem Wagen. Hart und kalt prasselt der Regen auf mich herab. Ich quietsche leise und habe wahrscheinlich ziemlich viel Ähnlichkeit mit den Meerschweinchen, die Katie und ich als Kinder gehalten haben. Hastig schließe ich ab und renne los.

Bis ich das Diner erreiche, bin ich völlig durchnässt. Es donnert und blitzt fast gleichzeitig über mir. Doch als ich die Tür endlich aufreiße, verspüre ich keine Angst mehr. Mein Herz rast noch immer, die Klamotten sind klamm, und das Haar klebt mir am Kopf, aber Adrenalin pumpt durch meine Adern wie nach einer durchgeknallten Mutprobe. Und in gewisser Weise war das auch eine für mich. Nicht ganz so schlimm, wie in Colorado einen Wasserfall hinunterzuspringen, nachdem mich ein Mädchen in meinem Alter dazu überredet hat und ich unbedingt meine Angst vor Höhen damit überwinden wollte, aber annähernd so einschüchternd.

»Was für ein Mistwetter!« Die dröhnende Stimme gehört einer Frau, die in diesem Moment hinter dem Tresen hervorkommt. Sie ist ungefähr doppelt so breit wie ich, hat einen finsteren Gesichtsausdruck und pink geschminkte Augen, die genauso dunkel sind wie ihre Haut. Aber sie trägt auch eine hübsche Blume in ihrem hochgesteckten Haar, und ihre Lippen verziehen sich zu einem grimmigen Lächeln, als sie mich von oben bis unten betrachtet.

»Komm erst mal an, Mädchen«, weist sie mich zurecht und stapft in die Küche. Bevor ich einen Ton hervorbringe, kehrt sie mit einem Handtuch zurück, das sie mir entgegenwirft.

Ich fange es reflexartig auf. »Danke.«

Zuerst trockne ich mir das Gesicht, dann wringe ich mir das Haar aus und versuche das Desaster, das meine Kleidung ist, irgendwie wieder in Ordnung zu bringen – was gar nicht so leicht ist. Einfach aus dem Auto zu stürmen, war eindeutig nicht meine beste Idee. Aber von der Sorte hatte ich heute ja schon einige.

»Hier. Geht aufs Haus.« Sie deutet auf einen dampfenden Becher am Tresen, den sie gerade mit Kaffee füllt.

»Vielen Dank.« Erleichtert setze ich mich auf den Barhocker und lege die zitternden Hände um den Becher. »Ich bin …«, beginne ich und räuspere mich, um die blöde Nervosität loszuwerden. »Mein Wagen ist liegen geblieben. Haben Sie … zufällig … die Nummer eines Mechanikers da?«

Sie macht eine Bewegung, die zuerst wie ein Nicken, dann aber wie ein Kopfschütteln wirkt. Verwundert runzle ich die Stirn.

»In Fairwood gib es zwei Werkstätten, aber der alte Herbert besucht diese Woche seine Enkel in Washington, also hat die Werkstatt zu. Und Tyler's ist schon geschlossen.«

»Gibt es keinen Notfalldienst?«

Sekundenlang starrt sie mich an, dann lacht sie mit ihrer tiefen Stimme. »Du bist aus der Großstadt, was?«

»Eigentlich aus Minnesota«, murmle ich. »Aber ich studiere in San Diego.«

»Und was verschlägt ein Mädchen wie dich ganz allein nach Fairwood?«

Ich zucke mit den Schultern. Ich habe heute schon mehr als genug Leuten den wahren Grund dafür anvertraut, weshalb ich hier bin. Mrs Harrington … Chase … Beim Gedanken an ihn sinkt meine Stimmung augenblicklich.

»Ich bin Beth«, stellt sich die Frau vor und bezieht wieder ihre Position hinter dem Tresen, obwohl außer mir keine Gäste da sind.

»Hailee«, erwidere ich leise.

Beth wirft sich ein Küchentuch über die Schulter und beginnt damit, Gläser zu polieren. »Im Tyler's kannst du Montag ab neun jemanden erreichen.«

»Montag erst?«, wiederhole ich ungläubig. »Aber … aber … ich wollte schon längst weg sein! Ich habe nicht mal einen richtigen Schlafplatz. Oder das Geld dafür.«

Eigentlich habe ich nur mit mir selbst gesprochen, aber jetzt bemerke ich Beth' Blick. Sie kneift die Augen zusammen, dann verdreht sie sie etwas genervt und trottet in die Küche. Ich sehe ihr irritiert nach, bis sie mit einem Telefon am Ohr zurückkehrt.

»Ja … genau«, sagt sie in den Hörer. »Ich habe hier eine junge Dame, die mit ihrem Wagen liegen geblieben ist. Kannst du vielleicht …? Oh, wunderbar. Dann erwarte ich dich hier.« Sie legt auf und nickt mir zu. »Alexis ist auf dem Weg.«

Ich habe keine Ahnung, wer diese Alexis ist, aber wenn sie auch nur ein bisschen was von Autos versteht und mir weiterhelfen kann, werde ich ihr zum Dank um den Hals fallen. Genau wie Beth in diesem Moment – wobei ich mir das angesichts ihrer imposanten Statur und ihres immer noch etwas grimmigen Gesichtsausdrucks lieber noch einmal überlege.

»Über dem Diner gibt es ein freies Zimmer.« Mit dem Poliertuch in der Hand deutet sie nach oben. »Die Leute von der Spätschicht benutzen es manchmal, aber gerade steht es leer. Du kannst es haben, wenn du willst.«

Einfach so? Ich bemühe mich darum, nicht allzu überrumpelt dreinzuschauen. Zugegeben: In den letzten Monaten hatte ich mit mehr fremden Menschen zu tun als in meinem ganzen Leben zuvor. Ich bin auf viel Herzlichkeit und Hilfsbereitschaft gestoßen, vor allem, wenn ich mich verfahren habe und nach dem Weg fragen musste. Aber das hier? Das ist neu. Wieso ist diese Frau so nett zu mir?

Bevor meine Gedanken auf der Suche nach dem Haken in alle Richtungen davonrennen können, antworte ich ihr lieber schnell. »Das … Ich wünschte, ich könnte sagen, dass das nicht nötig ist, aber um ehrlich zu sein, ist es genau das, was ich gerade brauche. Trotzdem kann ich das nicht einfach annehmen. Ich kann Sie nicht bezahlen, aber ich kann arbeiten. Das heißt … also … falls Sie Hilfe im Diner brauchen.«

Nacheinander stellt Beth die polierten Gläser zurück und dreht sich erst wieder zu mir um, als sie fertig ist. »Du könntest morgen aushelfen«, schlägt sie vor und mustert mich von oben bis unten. Diesmal eindeutig kritischer. »Marisol muss ihren Sohn zu einem Arzttermin fahren und fällt für zwei, drei Stunden aus. Außerdem sind wir gerade unterbesetzt. Du kannst für sie einspringen, dann sind wir quitt.«

Ich nicke heftig. »Liebend gerne! Ich habe schon ein paarmal gekellnert, das sollte gar kein Problem sein.«

Außer dass ich mit Menschen zu tun haben werde. Mit vielen, fremden Menschen. Aber den Gedanken daran schiebe ich besser beiseite.

Beth nickt knapp. »Gut. Du fängst um zehn an. Und da ist Alexis auch schon.«

Die Tür zum Diner geht auf, und zum ersten Mal registriere ich das kleine Glöckchen, das dabei klingelt. Im gleichen Moment wird mir bewusst, dass Alexis nicht allein gekommen ist.

Chase

»Lexiii!« Als wir die Werkstatt betreten, rennt Phil auf unsere Cousine zu und wirft sich in ihre Arme.

Mit einem breiten Grinsen drückt sie ihn an sich. Dass sie ihn dabei mit Motoröl beschmiert, scheint keinen der beiden zu stören. »Da ist ja mein Lieblingscousin!«

Ich ziehe die Brauen hoch. »Nett.«

Sie wirft mir ein gut gelauntes Lächeln zu. »Wir wissen doch alle, dass Phil den ganzen Charme der Whittakers geerbt hat. Du und Josh, ihr wart nur die ersten missglückten Versuche.«

Phil kichert und windet sich aus ihren Armen, um zu einem Wagen mit offen stehender Motorhaube zu rennen, und ich schüttle grinsend den Kopf. »Freut mich auch, dich zu sehen.«

Sie klopft mir auf die Schulter und verteilt wie selbstverständlich etwas Öl auf meinem weißen Shirt. Natürlich. Ich hätte es besser wissen müssen, als mit Phil ausgerechnet hierherzukommen. Aber da Josh, sein großes Idol, diesen Sommer über nicht da ist, bringe ich es nicht übers Herz, ihm irgendeinen Wunsch abzuschlagen. Oder Mom, wenn sie mir ihren Jüngsten spontan an die Hand gibt, um ein wenig Zeit für ihre eigenen Termine und den Blumenladen zu haben. Aber so gern ich meinen Bruder auch habe, der Knirps kann echt anstrengend sein. Woher er all diese Energie nimmt, ist mir ein Rätsel. Waren Josh und ich in dem Alter genauso schlimm?

Mit dem Daumen deute ich auf ihn. »Bilde dir nichts darauf ein – er ist nur wegen der Autos hier.«

Lexi schneidet eine Grimasse. Im selben Moment steht Phil schon wieder neben ihr und fängt an, sie mit Fragen zu löchern. Und ich, der heute schon mit ihm wandern, schwimmen und

Eis essen war, sehe höchst zufrieden dabei zu und nutze die Gelegenheit, um endlich einmal durchzuatmen.

Ganze zwei Minuten habe ich Ruhe, dann klingelt mein Handy. Ich ziehe es aus der Hosentasche. *Josh*. Sein Name auf dem Display und die Tatsache, dass es schon acht Uhr abends sein muss, kann nichts Gutes bedeuten. Sobald der Gedanke in meinem Kopf auftaucht, folgen die Schuldgefühle, und ich fluche innerlich. Ich hasse es, dass ich Anrufe von meinem großen Bruder mittlerweile mit schlechten Nachrichten in Verbindung bringe.

»Hey, Mann«, begrüße ich ihn und wende mich etwas ab. Lexis fragender Blick ist mir nicht entgangen, aber Phil muss hiervon nichts mitbekommen. »Wie läuft's?«

»Besser.« Trotzdem klingt Joshs Stimme angespannt und gepresst. »Sie lassen mich wieder telefonieren, und für ein paar Stunden am Tag bekomme ich mein Handy.« Er schnaubt leise, und ich beiße die Zähne zusammen.

Ich kann mir denken, dass er unzufrieden ist. Dass es dort die Hölle für ihn sein muss. Aber es ist ja nicht so, als hätten wir eine andere Wahl gehabt. Sicher, er hätte vorher mit unseren Eltern reden können, aber dafür ist Josh zu stolz. Und er will Mom und Dad genauso wenig enttäuschen wie ich.

Seufzend lehne ich mich gegen die Werkbank. »Das ist doch gut.«

Lautes Jubeln zieht meine Aufmerksamkeit auf sich, und ich drehe mich um. Lexi hat Phil auf ein Motorrad gesetzt, an dem sie zurzeit herumschraubt. Es ist ihr Spaßprojekt außerhalb der Arbeitszeiten. Gerade erklärt sie ihm die verschiedenen Hebel, während er begierig an ihren Lippen hängt und dann einen nach dem anderen ausprobiert. Wenn Mom das rausfindet und Phil später unbedingt ein Motorrad will, wird sie Lexi die Hölle heißmachen.

»Phil vermisst dich«, höre ich mich sagen und klappe den Mund zu, bevor mir noch mehr rausrutschen kann. Zum Beispiel, dass wir alle ihn vermissen. Dass ich meinen großen Bruder vermisse und ich es satthabe, seine Rolle einzunehmen, weil er es nicht kann. Uns trennen nur zwei Jahre, also haben wir so gut wie alles zusammen gemacht. Als Teenager haben wir uns gegenseitig den Rücken frei gehalten und füreinander Ausreden erfunden, später haben wir uns beide den Erwartungen der Familie gefügt und mit dem Architekturstudium in Boston begonnen. Keiner von uns war wirklich begeistert davon, aber wir waren wenigstens zusammen. Jetzt sitzt Josh ganz allein in dieser Klinik und kämpft gegen seine Dämonen, während ich in Fairwood bin und so tue, als wäre es völlig normal, dass mein großer Bruder nicht da ist. Nicht auf den Baustellen, auf denen wir jeden Sommer aushelfen, nicht in der Firma, nicht beim sonntäglichen Familienbrunch.

Vor ein paar Tagen habe ich Mom und Dad abends reden hören. Anscheinend glauben sie, eine Frau wäre der Grund für Joshs Abwesenheit und die Tatsache, dass er sich kaum noch zu Hause meldet. Der offizielle Grund, den Josh und ich vor Beginn dieses Sommers abgesprochen haben, ist, dass er nach seinem abgeschlossenen Masterstudium noch ein paar Wochen herumreisen und die Welt erkunden will, bevor er ganz ins Familiengeschäft einsteigt. Ich bin der Einzige, der die Wahrheit kennt. Und manchmal verfluche ich Josh dafür, dass er mich dadurch zwingt, alle anderen zu belügen.

All das behalte ich in diesem Moment jedoch für mich. Josh hat schon genug Probleme, da muss ich all das nicht auch noch obendrauf packen und es schwerer für ihn machen.

Ein Seufzen am anderen Ende der Leitung. »Ich vermisse ihn auch. Euch alle. Scheiße, Chase …« Seine Stimme bricht. »Ich hab keine Ahnung, wie ich das hier durchstehen soll.«

»Ich weiß. Aber ich weiß auch, dass du es schaffst. Wenn jemand dickköpfig genug ist, das durchzuziehen, dann du. Und das sage ich nicht, weil wir verwandt sind.«

Josh lacht erstickt auf. »Danke, Mann. Das musste ich hören.«

Ich nicke, auch wenn er es nicht sehen kann. Josh war immer der Stärkste von uns. Oder vielleicht habe ich ihn auch nur so wahrgenommen, weil er mein großer Bruder ist. Er hat sich immer für Phil und mich eingesetzt. In meiner schlimmsten Phase, als ich mich ständig mit anderen angelegt und geprügelt habe und dauernd nachsitzen musste, war er für mich da, hat mich vor Mom und Dad gedeckt und mir geholfen, wieder klarzukommen. Das Mindeste, was ich für ihn tun kann, ist, ihm bei diesem Entzug zu helfen und sein Geheimnis zu wahren. Wenigstens muss ich nicht mehr regelmäßig Schläge für ihn einstecken – obwohl ich auch das, ohne zu zögern, tun würde. Schließlich ist er meine Familie.

»Wie lange noch?«, frage ich eine Spur leiser, damit weder Lexi noch Phil etwas hiervon mitbekommen.

Josh seufzt. »Vier Wochen? Mit etwas Glück weniger, mit Pech mehr.«

Ich will lieber nicht daran denken, wie wir das bezahlen sollen, also halte ich den Mund. Eine weitere Diskussion darüber wollen wir beide nicht führen, das weiß ich genau. »Ich hoffe, es ist weniger. Aber das Wichtigste ist, dass du gesund wirst, verstanden?«

Er schnaubt belustigt. »Hey, seit wann hast du die Rolle des großen Bruders übernommen?«

Seit du es nicht mehr tust.

Die Worte liegen mir auf der Zunge, aber ich beiße die Zähne zusammen und zwinge mich dazu, sie für mich zu behalten. Stattdessen räuspere ich mich. »Pass auf dich auf. Ich muss Phil nach Hause bringen, bevor Mom noch uns beide als vermisst meldet.«

»Alles klar.« Er zögert kurz. »Und … Chase?«

»Ja?«

»Danke.« Er legt auf.

»War das Josh?«, ertönt Lexis Stimme plötzlich direkt hinter mir.

»Jepp.« Ich drehe mich zu ihr um und schiebe das Handy zurück in die Hosentasche. »Er lässt dich grüßen.«

Ihre Augen, die fast schwarz wirken, werden ganz klein. »Erzähl keinen Scheiß. Denkst du, ich habe nicht mitgekriegt, dass du für ihn bei diesen verschissenen Kämpfen eingesprungen bist?«

»Schh!« Alarmiert packe ich sie am Ellbogen und ziehe sie etwas zur Seite. Weg von Phil. »Wovon redest du da überhaupt?«

Statt einer Antwort bohrt sie Zeige- und Mittelfinger in meine Rippen. »Du solltest es besser wissen, als mich für dumm zu verkaufen. Außerdem wart ihr echt mies darin, das zu verbergen. Die Blutergüsse letzten Herbst? Wie du bei jeder Bewegung zusammengezuckt bist? Und dann noch das Veilchen und die aufgeplatzte Lippe im Februar? Was hast du damals allen erzählt? Dass du in einer Bar unglücklich mit einem Typen aneinandergeraten wärst?« Sie macht ein Geräusch, als wäre es die lächerlichste Erklärung der Welt. »Ich weiß schon lange von Joshs kleinem Hobby. Allerdings hätte ich nicht gedacht, dass er dich da mit reinzieht. Ernsthaft, Chase, was zur Hölle denkt ihr euch eigentlich dabei?«

»Hör auf.« Ich ziehe sie noch ein Stück in den hinteren Teil der Werkstatt. »Das ist lange her, okay? Wir machen das nicht mehr.«

»Ach nein? Und wo steckt Josh dann?«

»Das ist …«

»Fuck«, unterbricht sie mich, als ihr Handy losschrillt. Sie zieht es aus einer Tasche an ihrem Overall, runzelt die Stirn, geht dann aber doch ran. »Ja?«

Wer auch immer sie gerade anruft, diese Person ist meine Rettung. Das Letzte, was ich will, ist auch noch unsere Cousine in diese Sache reinzuziehen. Josh hat genügend Schulden gemacht, um mich monatelang damit zu beschäftigen, sie in illegalen Untergrundkämpfen abzuarbeiten. Das war eine beschissene Zeit, aber sie ist vorbei. Wir haben es geschafft. Ich will nicht mal mehr daran zurückdenken, sondern mich ganz auf das Hier und Jetzt konzentrieren. Ein Problem nach dem anderen.

Also nutze ich die Chance, die sich mir bietet, um Lexis Verhör zu entgehen, und schlendere zu Phil hinüber. »Wir müssen nach Hause.«

Er sieht aus großen Kinderaugen zu mir hoch. »Jetzt schon?«

»Sorry, Kumpel.« Ich wuschle ihm durchs Haar. »Aber Mom grillt uns beide, wenn ich dich nicht schleunigst heimbringe und du pünktlich ins Bett kommst.«

Er zieht eine Grimasse, die der von Lexi so ähnlich ist, dass ich gar nicht anders kann, als kurz aufzulachen.

»Na los. Dafür spielen wir morgen vor dem Frühstück eine Runde Basketball.«

»Au ja!« Sofort klettert er vom Motorrad und rennt Richtung Ausgang, als hätte ich ihm sein Lieblingsessen versprochen. Phil hat gerade erst mit der Schule angefangen und ist für sein Alter nicht besonders groß, trotzdem hat er es sich in den Kopf gesetzt, ins Basketballteam zu kommen. Vielleicht weil Josh auch ein leidenschaftlicher Basketballer war, bevor er ans College gegangen ist. Ich kann zwar nicht garantieren, dass sein Traum in Erfüllung geht, aber ich werde alles daransetzen, Phil bestens vorzubereiten.

»Halt! Hiergeblieben!« Mit erhobenen Händen stellt sich mir Lexi in den Weg. »Ich muss noch zu einem Kunden. Eine Autopanne. Du bist mein zweiter Fahrer.«

»Seit wann?«

»Seit jetzt. Oder siehst du hier sonst jemanden, der den Job übernehmen kann?«, erwidert sie ungerührt und deutet auf die leere Werkstatt.

»Phil muss nach Hause«, erinnere ich sie.

»Du kannst ihn auf dem Weg absetzen und anschließend zum Diner kommen.« Sie nimmt ihre Schlüssel und schaltet nacheinander die Lichter aus. »Und dann erzählst du mir, was mit Josh und dir abgeht.«

Ich verdrehe die Augen, folge ihr jedoch schicksalsergeben. So viel zu der vermeintlichen Rettung vor diesem Gespräch.

Kapitel 5

Chase

Nachdem wir Phil bei meinen Eltern abgesetzt haben, fahren wir weiter zu *Beth's Diner*. Keine Ahnung, wozu Lexi einen zweiten Fahrer benötigt. Irgendetwas sagt mir, dass das nur eine Ausrede war, um mich über Josh auszufragen. Das würde zu meiner Cousine passen. Ihre Neugier hat sie schon früher ständig in Schwierigkeiten gebracht, und inzwischen ist sie so verbissen geworden, wenn sie sich etwas in den Kopf gesetzt hat, dass man am besten gleich nachgibt. In den letzten Jahren habe ich oft genug mit Lexi herumdiskutiert, um genau zu wissen, wann sie für vernünftige Argumente nicht mehr empfänglich ist. Und da ich scheißmüde bin und keine Lust auf einen Streit habe, tue ich, was sie verlangt. Und wer weiß, vielleicht braucht sie ja tatsächlich meine Hilfe.

Auch wenn sie sich dafür wirklich einen anderen Abend hätte aussuchen können. Das angenehme Wetter vom Nachmittag ist mittlerweile komplett umgeschlagen. Habe ich gestern wirklich noch gedacht, dass es mal wieder regnen könnte? Da hat wohl irgendjemand besonders gut hingehört. Die Hauptstraße steht unter Wasser, und die Scheibenwischer meines Dodge leisten Akkordarbeit. Die Sicht ist trotzdem mäßig, nur die Straßenlampen und das Aufblitzen über den Dächern der Stadt erhellen die Fahrbahn. Kein Mensch ist bei diesem Wetter unterwegs – abgesehen von uns und der Person, die mit ihrem Auto liegen geblieben ist. Lexi parkt ihren Pick-up am Straßenrand, und ich stelle meinen Wagen direkt dahinter ab. Das beleuchtete Diner wirkt bei diesem Sommergewitter wie eine Zuflucht ins Paradies – und fühlt sich auch genauso an, als ich es direkt hinter Lexi betrete. Fünf Schritte zwischen Auto und Diner – und ich bin völlig durchnässt. Das T-Shirt klebt mir am Oberkörper und Regentropfen laufen mir übers Gesicht, aber wenigstens werden wir von Wärme und dem Duft nach Kaffee und gebratenem Bacon empfangen. Dazu läuft leise Rockmusik im Hintergrund. Das Gespräch vorne am Tresen findet ein jähes Ende, als Beth und ihr Gast sich zu uns umdrehen.

Ich bleibe verblüfft stehen, während Lexi vorausgeht und die Hand ausstreckt. »Hi, ich bin Alexis Whittaker von *Tyler's Garage*. Wo steht dein Wagen?«

Typisch Lexi. Immer direkt zum Punkt kommen. Wahrscheinlich hat sie Hailee damit genauso überrumpelt wie viele andere vor ihr. Oder vielleicht bin ich auch der Grund dafür. Zumindest bin ich derjenige, den sie in diesem Moment mit riesigen Augen anstarrt.

Ein seltsames Schweigen breitet sich aus, nur durchbrochen vom Klappern der Schwenktür, als Beth nach hinten verschwindet.

Lexis Blick wandert zwischen Hailee und mir hin und her, dann räuspert sie sich hörbar. »Dein Wagen?«, wiederholt sie ungeduldig.

Das scheint Hailee aus ihrer Starre zu reißen. Sie blinzelt kurz und wendet sich dann meiner Cousine zu. »Oh. Ja. Richtig. Er steht ganz in der Nähe. Der Motor startet nicht mehr. Außerdem …«, beginnt sie und verzieht das Gesicht, als würde sie bereits ahnen, was die folgenden Worte für ihr Auto bedeuten. »Außerdem hat es irgendwie verbrannt gerochen.«

»Ich sehe ihn mir mal an.« Mit dem Daumen deutet Lexi hinter sich.

»Bei diesem Sturm?« Beth ist mit Handtüchern zurückgekehrt und drückt jedem von uns eins in die Hand. »Ihr bleibt besser hier im Warmen, trinkt einen schönen Kaffee und wartet, bis das Gewitter vorbeigezogen ist.«

Wie auf Kommando donnert es über uns, und Hailee zuckt zusammen.

»Mir macht der Regen nichts aus.« Lexi wischt sich ein paar feuchte Haarsträhnen aus dem Gesicht. »Außerdem sind wir eh schon alle nass, und ich würde das gerne gleich erledigen. Es sei denn, du willst bis Montag warten«, fügt sie hinzu.

»Auf keinen Fall.« Hailee rutscht vom Hocker. Der Regen hat offenbar auch sie erwischt. Wasserflecken prangen auf dem hellen Kleid mit den langen Ärmeln und dem viel zu kurzen Saum, das sie schon im Café getragen hat. Anders als heute Vormittag klebt der Stoff nun jedoch an Brust, Taille und Oberschenkeln, und es dauert einen Moment, bis ich ihre nächsten Worte registriere. »Jetzt ist gut. Lass uns gehen.«

Ohne mich eines einzigen Blickes zu würdigen, eilt sie an mir vorbei zur Tür. Fragend hebt Lexi die Brauen, folgt ihr dann jedoch nach draußen. Und ich stehe noch immer völlig verdattert da.

Habe ich mir die Begegnung im Café etwa nur eingebildet? Ich bin mir nämlich ziemlich sicher, mit einem Mädchen geflirtet zu haben, das genauso aussah wie Hailee, die eben an mir vorbeigerauscht ist, als würde sie mich nicht kennen.

»Das arme Ding«, murmelt Beth und geht wieder hinter den Tresen. »Will gerade die Stadt verlassen, und dann gibt ihr Auto den Geist auf.«

Hailees Worte hallen in meinem Kopf nach. *Ich fahre heute Abend weiter.* Tja, das hat sich dann wohl fürs Erste erledigt.

Und ich wäre erleichtert – wenn sie mich gerade nicht so schockiert angesehen und anschließend komplett ignoriert hätte. Jetzt bin ich einfach nur verwirrt. Nachdenklich reibe ich mir mit dem Handtuch Gesicht und Arme trocken. Für das Shirt kommt jede Hilfe zu spät, die Jeans hat es nicht ganz so schlimm erwischt, und die Haare trocknen von allein.

»Ich hätte gerne einen Kaffee«, sage ich und setze mich auf den Hocker neben jenem, den Hailee gerade frei gemacht hat. »Und ein Stück von deinem Käsekuchen, wenn noch welcher da ist.«

Ein mütterliches Lächeln erscheint auf Beth' Gesicht. »Du und Jesper, Gott hab ihn selig. Niemand in dieser Stadt weiß meinen Käsekuchen so zu schätzen wie ihr.« Kopfschüttelnd schneidet sie ein riesiges Stück ab und stellt den Teller vor mich. »Es ist so tragisch. Marisol hat gehört, dass er nicht allzu lange leiden musste, der arme Junge. Das ist wenigstens ein kleiner Trost.«

Ich nicke nur, da ich kein Wort hervorbringe. Jeder in dieser Stadt weiß offenbar mehr über Jesper und seinen Tod als ich. Sein sogenannter bester Freund. Oder verliert man diesen Titel irgendwann, wenn man sich wie ein Arschloch verhält?

Es dauert nur ein paar Minuten, bis die Tür erneut aufschwingt. Lexi stapft herein und schüttelt sich wie ein Hund. Tropfen spritzen in alle Richtungen, und ich könnte schwören, dass ein paar davon sogar mich treffen, obwohl ich am anderen Ende des Raums sitze.

Mit dem Finger deutet sie auf mich. »Du. Ab nach draußen. Ich muss die Karre abschleppen. Hilf mir, und danach bist du entlassen.«

Ich schnaube leise, aber irgendwie auch amüsiert. So wie sie sich aufführt, könnte man meinen, sie wäre mein Boss und ich ihr Angestellter. Manchmal vergisst sie, dass ich genauso gut

Nein sagen könnte. Aber ganz ehrlich? Die Zeiten, in denen ich mich um nichts und niemanden geschert habe, sind vorbei.

Ich trinke meinen Kaffee aus und lege ein paar Scheine neben die Tasse, auch wenn Beth protestiert. Aber ich weiß, wie stark ihr Gewinn einbricht, sobald sich die Touristensaison dem Ende zuneigt. Und zufällig weiß ich auch, dass ihre Tochter eine neue Brille braucht. Sie geht in Phils Klasse und hat eine starke Sehschwäche. Brillen sind teuer, und wenn ich mit ein paar Dollar dazu beitragen kann, dass sie ihre ein bisschen schneller bekommt, dann stellt sich die Frage gar nicht erst.

Irgendwie schafft Beth es, gleichzeitig zu lächeln und grimmig dreinzuschauen. »Du bist ein guter Junge, Chase. Jetzt geh und hilf deiner Cousine. Wenn du zurückkommst, wartet der Kuchen auf dich.«

Ich grinse. Zu Beth' Käsekuchen kann ich nicht Nein sagen. Außerdem gibt es hier noch jemanden, mit dem ich gerne reden würde … wenn sie mich denn wieder beachtet. Somit gibt es gleich zwei Gründe, so schnell wie möglich wieder herzufahren. »Danke, Beth.«

Hailee steht neben der Tür und unterhält sich mit Lexi, die ihr die Karte der Werkstatt gibt und ihr verspricht, sich den Wagen morgen früh als Erstes anzusehen. An einem Sonntag. Entweder ist Hailee ganz schön verzweifelt, der Schaden ist größer als gedacht oder eine Herausforderung für Lexi, denn normalerweise sind ihr die freien Sonntage heilig. Und das nicht, weil sie besonders religiös ist.

Als ich mich den beiden nähere, meidet Hailee noch immer standhaft meinen Blick.

»Hey«, sage ich zu ihr, in der Hoffnung, ihr irgendeine Reaktion zu entlocken.

»Hey«, erwidert sie knapp und sieht dann zur Seite.

Ich runzle die Stirn. Okay … Gut möglich, dass ich ihre

Reaktionen im Café und gestern Abend völlig falsch gedeutet habe, aber ich bin mir ziemlich sicher, dass sie bei unserer letzten Begegnung noch nicht so kühl klang. So abweisend. Was ist bitte zwischen heute Vormittag und jetzt passiert? Oder liegt es wirklich nur daran, dass sie verzweifelt ist, weil sie hier festsitzt? Allerdings spricht sie ganz normal mit Lexi … das kann also nicht der Grund sein.

Bevor ich weiter darüber nachdenken – oder nachfragen – kann, reißt Lexi die Tür auf und lässt Regen und Wind herein. Ich schaudere, hole tief Luft und stürze mich dann mit ihr in den Sturm.

»Der Motor ist im Arsch.« Lexi ist über das Donnergrollen hinweg kaum zu verstehen. »Mit sehr viel Glück kann ich ihn wiederbeleben, aber dafür brauche ich Ersatzteile. Ich muss nachschauen, ob wir die im Lager haben. Ansonsten braucht sie einen neuen Motor. So oder so wird das teuer und eine Weile dauern.«

Ich sollte nicht froh darüber sein. Wirklich nicht. Aber wenn das bedeutet, dass Hailee noch ein paar Tage länger in der Stadt bleibt, kann ich gar nicht anders, als irgendwie erleichtert zu sein. Ich will wissen, woher sie Jesper kennt. Warum sie erst jetzt hier aufgetaucht ist und nicht schon bei seiner Beerdigung Ende März. Denn dort wäre sie mir aufgefallen. Und das nicht nur aufgrund ihrer bunten Kleidung, sondern weil ich an jenem Tag so verzweifelt nach Ablenkung gesucht habe, dass mir jeder Anlass recht gewesen wäre. Alles, um meine eigenen Gedanken zu vergessen. Meine Schuldgefühle. Die mitfühlenden Blicke der Anwesenden. Die Tränen und das Schluchzen von Jespers Eltern. Allein beim Gedanken daran zieht sich alles in meinem Brustkorb zusammen. Scheiße, ich habe sie seither kein einziges Mal besucht. Und das, obwohl ich schon seit Wochen wieder in der Stadt bin. Shit.

Hailees Wagen steht wirklich nicht weit entfernt. Lexi hat ihren Pick-up schräg davor geparkt und die Warnblinkanlage eingeschaltet. Jetzt umrundet sie das Auto, klettert auf die Ladefläche und hält mir gleich darauf ohne ein weiteres Wort einen Abschlepphaken und eine Stange hin.

Ich mache mich sofort an die Arbeit. Es ist nicht das erste Mal, dass ich dabei helfe, einen Wagen abzuschleppen. Letzten Winter ist der alte Mr Kerridge einen Tag vor Weihnachten im Schnee stecken geblieben. Ich war gerade mit Lexi und Josh unterwegs, als der Anruf kam. Obwohl wir zu dritt waren, hat es bei dem Wetter Stunden gedauert, den Wagen zu befreien. Heute dürfte das schneller gehen, auch wenn es noch immer so heftig regnet, dass ich die Augen zusammenkneifen muss, um überhaupt etwas zu erkennen. Ich befestige den Haken an dem etwas verrosteten Honda, während Lexi dasselbe an ihrem Truck macht, dann verbinde ich die beiden Autos mit der Abschleppstange und prüfe die Stabilität der Konstruktion. Scheint alles sicher zu sein. Ich hebe den Daumen. Lexi nickt mir zu und joggt nach vorne, während ich die Fahrerseite des Hondas ansteuere.

Im Inneren ist es zwar nicht besonders warm, dafür aber trocken. Trotzdem riecht es nach Regen, nach etwas Blumigem und … nach Paprikachips. Mein Blick fällt auf eine leere Packung im Fußraum des Beifahrersitzes, eingeklemmt zwischen einer vollen Einkaufstasche. Auf dem Rücksitz befindet sich noch eine weitere, dazu ein Schlafsack und zwei kleine Kissen. Etwas irritiert runzle ich die Stirn, konzentriere mich dann jedoch auf meine Aufgabe, stelle den Sitz für mich ein, schalte Licht und Warnblinker an, dann gebe ich Lexi per Scheinwerfer das Zeichen zum Losfahren.

Obwohl die Werkstatt nicht allzu weit entfernt ist, dauert es eine halbe Ewigkeit, bis wir dort ankommen. Ich lenke Hailees

Wagen und gebe mein Bestes, dem guten Stück nicht noch mehr Schaden zuzufügen, als es schon erlitten hat – oder Lexi bei einer roten Ampel hinten aufzufahren. Aber es ist verflucht dunkel, es schüttet noch immer, und wir müssen langsam fahren, um sicher anzukommen. Als der Schriftzug *Tyler's Garage* endlich vor uns auftaucht, atme ich erleichtert auf. Wenige Minuten später steht der rote Honda im Trockenen, und wir machen uns auf den Weg zurück.

Lexi hält vor dem Diner, schaltet den Motor aber nicht aus.

»Lass mich raten«, murmle ich und löse den Sicherheitsgurt. »Du fährst nicht nach Hause, sondern zurück in die Werkstatt, um dir den Wagen anzusehen?«

Ertappt presst sie die Lippen aufeinander. »Nein. Natürlich nicht.«

Ich deute mit dem Finger auf sie. »Ich hab dir schon in der fünften Klasse nicht abgekauft, dass Jespers Hund die ganzen Cookies gefressen hat, die Mom für das Gartenfest gebacken hatte. Denkst du echt, du kannst mir jetzt was vormachen?«

»Das wirst du mir noch ewig vorhalten, oder?« Sie verdreht die Augen. »Geh schon! Und lass mir den Spaß.«

Als ob ich ihr das je ausreden würde. Oder könnte.

»Vergiss nicht, dass Mom und Dad dich zum Brunch morgen sehen wollen. Versuch, nicht die ganze Nacht durchzuarbeiten, Lex.«

Statt einer Antwort streckt sie mir die Zunge raus.

Grinsend steige ich aus und winke ihr nach, als sie – natürlich – den Weg zurück zur Werkstatt einschlägt. Wenigstens hat sie das von der Sache mit Josh abgelenkt, aber irgendetwas sagt mir, dass ich diesem Gespräch nicht für immer ausweichen kann. Und nur Gott allein weiß, was ich unserer Cousine dann erzählen soll.

Kopfschüttelnd betrete ich das Diner. Das Glöckchen an der

Tür kündigt mich an. In der letzten halben Stunde ist es nicht voller geworden, dafür aber noch etwas wärmer. Die Scheiben sind beschlagen, und der Geruch von frisch gebrühtem Kaffee liegt in der Luft. Beth steht hinter dem Tresen und stellt mir augenzwinkernd meinen Teller mit Käsekuchen hin. Bis ich den Hocker erreiche, hat sie mir auch schon einen neuen Kaffee eingeschenkt und ein Handtuch für mich bereitgelegt. Diese Frau ist eine Göttin.

»Danke, Beth.« Ich setze mich auf den Hocker neben Hailee, die sich seit meinem Eintreten nicht gerührt hat. Sie starrt in ihre Tasse, als würde sie versuchen, im Kaffeesatz ihre Zukunft zu lesen. Oder eher die ihres Wagens.

»Lexi ist zurück in die Werkstatt gefahren«, informiere ich sie leise und reibe mir mit dem Handtuch Gesicht und Arme trocken. »Sie schaut sich dein Auto gleich an.«

Hailee zuckt beim Klang meiner Stimme zusammen und reißt den Kopf hoch. Anscheinend war sie gerade in Gedanken ganz weit weg, denn als sie mich jetzt wahrnimmt, blinzelt sie leicht, und dieselbe Röte, die ich heute schon mal an ihr gesehen habe, breitet sich auf ihren Wangen aus.

Ich halte ihren Blick fest, bis sie zur Seite schaut, dann widme ich mich dem Kuchen, den ich schon viel zu lange ignoriert habe. »Sieht so aus, als würdest du doch länger in der Stadt bleiben«, stelle ich nach dem ersten Bissen fest. Verdammt, der Kuchen ist noch genauso gut wie früher.

Ich wage einen schnellen Seitenblick, doch das erhoffte Lächeln von meiner Sitznachbarin bleibt aus.

Okay. Vielleicht hat sie einfach nur einen schlechten Tag. Oder ist mies drauf wegen ihres Wagens und weil sie hier festsitzt. Das kann ich ihr nicht verübeln. Ich liebe meinen Dodge, und allein bei der Vorstellung, dass er irgendwann seinen letzten Atemzug tun könnte, wird mir ganz anders zumute. Gut möglich, dass Hailee genauso sehr an ihrem Honda hängt. Vielleicht hatte sie aber auch einen wichtigen Termin irgendwo, den sie jetzt verpasst.

So oder so kann ich nicht enttäuscht über ihren verlängerten Aufenthalt in Fairwood sein. Zweimal ist sie mir schon begegnet, und jedes Mal war einer von uns viel zu schnell wieder weg.

»Hey, immerhin haben wir jetzt endlich die Gelegenheit, uns ein bisschen besser kennenzuler…«

»Ich weiß genau, wer du bist, Chase.« Sie fixiert mich mit ihrem Blick, und die offensichtliche Abneigung darin sorgt fast dafür, dass ich ein Stück von ihr abrücke. Aber nur fast.

Irritiert ziehe ich die Brauen hoch. »Tatsächlich?«

Diesmal weicht sie nicht aus, sondern geht in die Offensive. »Jesper hat mir von dir erzählt.«

Und offensichtlich nicht das Beste. *Shit.*

»Er hat mir *alles* von dir erzählt«, fährt sie fort.

Unbewusst umklammere ich die Gabel fester, obwohl mir der Appetit soeben vergangen ist. Langsam schüttle ich den Kopf. »Was auch immer Jesper dir gesagt hat – du weißt gar nichts über mich.«

Sie schnaubt. »Du hast ihn hintergangen und sein Vertrauen missbraucht. Wie wäre es damit? Oder die Tatsache, dass du ihn ignoriert und im Stich gelassen hast, als er versucht hat, dich zu erreichen? Ein toller bester Freund bist du!«

Ich beiße die Zähne zusammen. Sie hat keine Ahnung. Sie weiß nicht, was wirklich passiert ist. Innerlich rede ich mir das immer wieder ein, komme jedoch nicht gegen den leisen Zweifel an. Was, wenn sie es doch weiß? Wenn Jesper ihr tatsächlich alles erzählt hat? Ich war nicht für ihn da, aber die Wahrscheinlichkeit ist groß, dass Hailee Jesper in seinen letzten Tagen, Wochen und vielleicht sogar Monaten begleitet hat. Dass sie an seiner Seite war, als ich es nicht sein konnte. Und vielleicht weiß sie mittlerweile mehr über Jesper und darüber, wie es für ihn in den letzten zwei Jahren war, als ich es je getan habe.

Ich schlucke hart, als sich die bittere Erkenntnis in mir ausbreitet. Unbewusst habe ich mir die Hand auf den Bauch gelegt, auf Höhe der kreisrunden Narbe schräg über dem Nabel. Die Wunde, die mich vor zwölf Jahren beinahe das Leben gekostet hätte, hat auch dazu geführt, dass ich Jesper kennengelernt habe. Dass wir Freunde wurden. *Freunde für immer.* Die Stimmen zweier Jungs, fast noch Kinder, hallen wie Geister einer längst vergangenen Zeit in meinem Bewusstsein nach. Damals waren wir fest davon überzeugt, alles zusammen durchstehen zu können. Und das haben wir auch eine ganze Weile. Aber keiner von uns konnte ahnen, was das Leben für uns bereithalten würde. Und welche Fehler wir machen würden.

»Wann habt ihr euch kennengelernt? Wie?« Die Fragen rutschen mir heraus, bevor ich sie aufhalten kann. Vielleicht sind es die Schuldgefühle, die mich antreiben, vielleicht auch der kleine Junge in mir, der wissen will, was aus seinem besten Freund geworden ist. Was es auch ist – ich nehme sie nicht zurück. Und ich wehre mich nicht gegen Hailees Vorwürfe, denn ganz egal, wie viel sie tatsächlich weiß – sie hat ziemlich sicher recht damit.

Überrascht starrt sie mich an. Ihre Augen sind braun, erkenne ich endlich. Braun und unergründlich. Ich kann unmöglich wissen, ob sie mich im Moment hasst oder ich ihr einfach nur gleichgültig geworden bin. Auch wenn ich wünschte, dass es nicht so wäre, denn trotz allem, was sie mir gerade an den Kopf geworfen hat, fühle ich mich noch immer zu ihr hingezogen. Gestern Abend ist sie wie ein Wirbelwind in der Bar aufgetaucht, vor ein paar Stunden war sie wie Sonnenschein an einem grauen Tag. Und jetzt ist sie so frostig, als hätte ich ihr all das, was sie mir vorwirft, persönlich angetan. In den letzten vierundzwanzig Stunden habe ich so viele Seiten an ihr erlebt, dass ich kaum hinterherkomme. Aber gerade deshalb will ich mehr wissen, will sie näher kennenlernen und herausfinden, warum sie diese Wirkung auf mich hat. Auch wenn das aufgrund meiner aktuellen Situation vielleicht nicht die beste Idee ist.

»Wir kannten uns ungefähr ein Jahr, bevor er …« Sie senkt den Blick und räuspert sich. Ehe ich weiter nachbohren kann, rutscht sie vom Hocker und steht auf. »Nimm es mir nicht übel, aber ich will nicht darüber reden. Nicht mit dir.« Ihre Worte klingen anklagend. »Ich bin komplett durchnässt, müde und will einfach nur schlafen.«

Nun … dem kann ich nichts entgegensetzen.

»Klar.« Ich zwinge mich zu einem Lächeln und bohre die Gabel wieder in den Käsekuchen. »Falls du einen Schlafplatz brauchst …«

Hastig schüttelt sie den Kopf. »Danke, ich bin versorgt.«

Erst als ich die erneute Röte in ihrem Gesicht bemerke, wird mir klar, wie das geklungen haben muss. Ich stoße ein lautloses Lachen aus. »Shit. Sorry. Ich schwöre, so war das nicht gemeint.«

Und endlich, endlich wandern ihre Mundwinkel ein Stück nach oben. Es ist kein richtiges Lächeln, nur die Andeutung dessen, aber mehr, als ich an diesem ganzen Abend gesehen habe. Mehr, als ich nach diesem Gespräch erwartet habe.

»Schlaf gut, Hailee.«

Sie nickt knapp. »Du auch.«

Damit macht sie auf dem Absatz kehrt, nimmt im Vorbeigehen eine Papiertüte mit, die Beth ihr hingestellt haben muss, und steuert die Tür zu den Hinterräumen an. Richtig. Oben gibt es eine kleine Wohnung, die meist leer steht. Ich verberge mein Schmunzeln hinter der Kaffeetasse, für den Fall, dass Hailee zu mir zurücksieht. Wenn sie wüsste, was da oben angeblich schon alles passiert ist …

Kapitel 6

Hailee

Kirchenglocken wecken mich am nächsten Morgen. Seufzend drehe ich mich um und ziehe mir die Decke über die Ohren. Es ist ewig her, seit ich zu einem solchen Läuten aufgewacht bin. Genauso lang fühlt es sich an, seit ich zuletzt in einem richtigen Bett geschlafen habe. Einem richtigen, *gemütlichen* Bett.

Erst Sekunden nachdem diese Feststellung in meinen Gedanken aufgetaucht ist, wird mir ihre Bedeutung klar. Mein ganzer Körper erstarrt. Ich reiße die Augen auf und blinzle gegen das grelle Tageslicht an. Was um alles in der Welt …?

Orientierungslos setze ich mich auf und sehe mich um. Nichts in diesem Raum kommt mir bekannt vor. Die Vorhänge über dem Schreibtisch sind offen, was das viel zu helle Licht erklärt. Der Boden ist aus Holz, und ein abgetretener Vorleger liegt neben dem Bett. Von irgendwoher kommt ein gleichmäßiges Summen. Nur ein, zwei Schritte vom Bettende entfernt führt eine Tür in einen anderen Raum. Das Bad?

Noch während ich mich umsehe, fallen mir die Ereignisse von gestern Abend wieder ein. Stück für Stück wie ein Puzzle, das mein Kopf langsam zusammensetzt. Der Besuch bei Jespers Eltern. Sein Zimmer. Die erfolglose Suche nach seinem Manuskript. Mein gescheiterter Versuch, so schnell wie möglich von hier zu verschwinden. Das Gewitter. Das Diner. *Chase.*

Mein Herz hämmert schneller, auch wenn ich es dafür verfluche. Aber ich komme nicht dagegen an. Nicht, wenn ich daran denke, wie er mich in diesem Café angesehen hat. An seine Worte. Sein Lächeln. Und schließlich an all die Dinge, die Jesper mir über seinen besten Freund erzählt hat. Wie er etwas mit dem Mädchen angefangen hat, das Jesper schon seit Jahren mochte – obwohl er davon wusste. Wie er weggezogen ist und sich einfach nicht mehr gemeldet hat, weil er sein altes Leben und seine alten Freunde hinter sich gelassen hat und nichts mehr mit ihnen zu tun haben wollte …

Sofort erlischt die Wärme, die sich gerade in mir ausbreiten wollte. Chase hat Jesper verletzt. Hat ihn einfach ignoriert, obwohl Jesper versucht hat, sich bei ihm zu melden. *Ich* hatte keine Ahnung, dass Jesper krank war, aber Chase muss es gewusst haben. Er hat es gewusst und ihn trotzdem einfach fallen gelassen. Ihn im Stich gelassen.

Ich schüttle mich, um das bittere Gefühl loszuwerden, aber es bleibt an mir haften und brennt auf meiner Haut wie ein Sonnenbrand. Weil es vertraut ist. Weil ich nur zu genau weiß, wie es sich anfühlt, wenn man plötzlich nicht mehr wichtig ist. Wie auf Kommando tauchen andere Bilder und Geräusche in meinem Kopf auf. Die geflüsterten Streitereien hinter verschlossenen Türen. Die erdrückende Stille beim Abendessen daheim. Das knappe Nicken von Mom und Dad, als ich verkündet habe, diesen Roadtrip zu machen. Falls es überhaupt ein Nicken war, denn sie haben kaum von ihren Unterlagen aufgesehen.

Ich schlucke hart und zwinge mich dazu, mich wieder auf das Hier und Jetzt zu konzentrieren. Die Kirchenglocken sind verstummt. Von unten höre ich gedämpfte Musik, das Klappern von Geschirr und Stimmen. Froh über die Ablenkung taste ich nach meinem Handy. Als ich dieses Zimmer gestern betreten habe, war ich einfach nur dankbar dafür, ein Dach über dem Kopf zu haben. Ich habe meine Tasche auf den Boden geworfen, mir die feuchten Klamotten vom Leib gezerrt und stand eine halbe Ewigkeit unter der warmen Dusche. In San Diego müssen die Einwohner wie in ganz Kalifornien im Sommer Wasser sparen, also ist langes Duschen nicht drin, doch Fairwood scheint dieses Problem nicht zu haben. Nicht, wenn es hier immer so heftig regnet und stürmt, als würde gleich die Apokalypse über die Stadt hereinbrechen. Danach habe ich das erstbeste T-Shirt aus meiner Tasche herausgekramt, es angezogen und bin ins Bett gefallen.

Ich muss total erledigt gewesen sein. Mehr, als ich mir eingestehen wollte, denn es ist schon kurz nach neun. Ich habe elf Stunden geschlafen. Wow.

Ich gebe Katie ein kurzes Update, dann lege ich das Handy zurück. Mein Magen knurrt, außerdem muss ich dringend auf die Toilette – andernfalls würde ich dieses Bett so schnell nicht wieder verlassen. Doch nun stehe ich seufzend auf und schlurfe ins Bad. Es ist nicht besonders groß, und man kann sich kaum umdrehen, ohne gegen etwas zu stoßen, aber es hat alles, was ich brauche. Nachdem ich mich erleichtert, frisch gemacht und mir die Zähne geputzt habe, trete ich zum ersten Mal ans Fenster.

In den letzten zwei Tagen habe ich mir kaum Zeit genommen, die Stadt zu erkunden, doch nun betrachte ich die bunten, aneinandergereihten Häuser entlang der Main Street genauer. Jedes hat eine andere Farbe, und im Erdgeschoss sind Läden und Cafés mit kleinen Bistrotischen und weißen Sonnenschirmen. Von dieser Seite des Diners aus erkenne ich einen hübschen Blumenladen mit unzähligen Sonnenblumen in mehreren riesigen Eimern, eine Bäckerei, eine Buchhandlung, deren Anblick mir sofort ein Lächeln aufs Gesicht zaubert, eine Drogerie, einen Werkzeugladen und das schicke Restaurant, das ich bereits am ersten Abend entdeckt habe. Die gebogenen Straßenlampen, antik anmutenden Straßenschilder und das Kopfsteinpflaster verleihen dem Ganzen einen gewissen Charme. Genau wie der rote Kirchturm, der nur wenige Häuser entfernt in den Himmel ragt.

Widerwillig muss ich zugeben, dass Fairwood etwas ganz Eigenes, fast schon Magisches an sich hat. So, wie die Leute unter mir auf den Gehwegen entlangschlendern, als hätten sie alle Zeit der Welt, manche mit Kinderwagen, andere mit einer Zeitung unter dem Arm und wieder andere in ein Gespräch vertieft, wirkt es beinahe … heimelig. Die Menschen kennen sich offenbar, nicken sich zu oder bleiben sogar stehen, um sich zu unterhalten – und den wenigen Touristen, die ich ausmachen kann, wird ebenfalls freundlich der Weg erklärt.

Im Diner ein Stockwerk tiefer scheppert es, als wäre etwas runtergefallen, das Klirren von Glas bleibt allerdings aus. Doch das Geräusch erinnert mich daran, dass ich noch etwas zu erledigen habe. Ich bin Beth unheimlich dankbar dafür, dass sie mir erlaubt hat, hier zu übernachten, aber noch dankbarer bin ich, dass sie mir keine Almosen gibt. Ich kann und will dafür arbeiten. Und wenn ich Alexis' Gesichtsausdruck gestern richtig gedeutet habe, wird mich die Reparatur einiges kosten. Allein bei der Vorstellung zieht sich mein Magen schmerzhaft zusammen, und ich lege die Hand darauf.

»Du kriegst das hin«, spreche ich mir selbst Mut zu. »Es ist nur Geld. Ein paar Tage arbeiten, und schon kannst du die Rechnung bezahlen.«

Zumindest hoffe ich das inständig. Denn wenn der Betrag zu hoch wird, bleibt mir nichts anderes übrig, als meinen geliebten Honda hierzulassen. Ob Katie mir das je verzeihen wird? Ich beiße mir auf die Lippe und gehe zu meinem Handy auf dem Nachttisch hinüber. Ohne darüber nachzudenken, rufe ich unseren Chatverlauf auf und schreibe ihr eine weitere Nachricht. Der Wagen gehört ihr genauso sehr wie mir, und sie soll wissen, dass ich alles tun werde, um irgendwie das Geld aufzutreiben und das Auto reparieren zu lassen.

Seufzend lege ich das Handy zurück und suche ein paar frische Klamotten aus meiner Tasche, auch wenn ich noch immer total zerzaust und erledigt aussehe. Mit den richtigen Sachen und ein bisschen Abdeckstift ist das Gröbste beseitigt, aber meine Haare bleiben eine Katastrophe. Ich hätte gestern nicht mit feuchten Haaren einschlafen sollen, denn jetzt habe ich ein Vogelnest auf dem Kopf. Im Ernst. Die Strähnen stehen in den wildesten Richtungen ab. Eine Viertelstunde lang kämpfe ich mit der Bürste, dann gebe ich auf und binde mir die Haare zu einem hohen Pferdeschwanz zusammen. Nicht meine Lieblingsfrisur, aber das Beste, was ich heute hinkriege.

Ein letzter Blick in den Spiegel, dann bin ich bereit für die Schicht im Diner. Und für meinen ersten richtigen Tag in Fairwood.

Chase

Es hat eine Zeit gegeben, in der ich beim Sonntagsbrunch nicht so angespannt war. Eine Zeit, in der ich meine Familie nicht bei jedem zweiten Satz anlügen musste. Das scheint zwar so lange her zu sein, dass ich mich kaum noch daran erinnern kann, aber ich weiß, dass es sie gab. Damals waren auch nicht so viele Sitze leer wie heute. Mia – meine Ex-Freundin – ist schon seit fast drei Jahren nicht mehr dabei. Das ganze Jahr nach unserer Trennung musste ich noch mehr oder weniger deutliche Fragen über sie und ihr neues Leben beantworten.

Mom und Tante Jazmine hatten sie einfach zu sehr ins Herz geschlossen und insgeheim schon unsere Hochzeit geplant, da bin ich sicher. Aber es ist nicht Mia, die heute ganz besonders fehlt, sondern Jesper. Und mein Bruder Josh. Und das nicht nur, weil sowohl Mom als auch Phil nach ihm gefragt haben. Oder weil ich Lexis bohrenden Blick die ganze Zeit über auf mir spüre. Sie sitzt mir gegenüber neben ihrem älteren Bruder Xander und wirkt etwas übermüdet, schafft es bislang aber, sich mit Kaffee wach zu halten. Also hat sie wohl nicht die ganze Nacht an Hailees Auto herumgeschraubt, sonst wäre sie jetzt gar nicht ansprechbar.

Wir sitzen auf der Terrasse im Garten an einem langen Tisch, den Mom mit frischen Blumen aus dem Laden dekoriert hat. Im Winter findet der Sonntagsbrunch immer im Esszimmer oder im Wintergarten statt, doch an diesem Morgen mitten im August ist es warm genug, um draußen zu frühstücken. Mom hat das gute Geschirr herausgeholt, und ein großer Sonnenschirm spendet uns genügend Schatten. Eine leichte Brise kommt auf und weht den Geruch von frisch gemähtem Gras zu uns herüber. Von dem Gewitter vergangene Nacht ist nichts mehr zu spüren. Nichts außer der sauber gewaschenen Luft und dass die Temperaturen deutlich angenehmer geworden sind.

Ich stochere in meinem Essen herum, obwohl ich kaum Appetit habe. Phil ist längst fertig und spielt mit seinem zehnjährigen Cousin Drew fangen. Drew ist Lexis Neffe und der erstgeborene Sohn ihres großen Bruders Xander. Sohn Nummer zwei ist noch ganz klein und schrumpelig und liegt in einem Tragetuch an der Brust seiner Mutter Mary Ann, die gerade mit Mom in ein angeregtes Gespräch über die Buchhandlung vertieft ist. Lexis und Xanders Eltern sind ebenfalls da, Tante Jazmine und Onkel Alexander. Sie sitzen am anderen Ende des Tisches bei meinem Vater. Im Laufe der Jahre sind immer mehr Leute dazugekommen: Familie, Verwandte, Freunde. Hin und wieder bringt Lexi ihren aktuellen Freund oder ihre aktuelle Freundin mit, aber seit Mia habe ich niemanden mehr zum Familienbrunch eingeladen. Wozu auch? Am College hatte ich nur flüchtige Beziehungen, und da zwischen Boston und Fairwood ganze acht Stunden Autofahrt liegen, bin ich nicht mehr jedes Wochenende zu Hause.

Abgesehen davon hatte ich auch gar keine Zeit für eine richtige Beziehung. Ich muss nur an das neue Semester denken, das im September beginnt, und alles in mir verkrampft sich bei der Aussicht auf die Arbeit, das Lernen, das Modellieren, die endlosen Stunden in Hörsälen, Seminarräumen und der Werkstatt. Die Ferien verbringe ich meist daheim in Fairwood – oder auf welche Baustelle Dad und Onkel Alexander mich auch immer schicken. Wenn man es genau nimmt, ist es also kein Wunder, dass ich seit meinem Highschoolabschluss keine Frau mehr mit zum Familienbrunch gebracht habe.

Und warum taucht ausgerechnet Hailee jetzt in meinen Gedanken auf? Das ergibt keinen Sinn. Noch weniger, nachdem sie mich gestern Abend so nett hat abblitzen lassen. Ich kann es ihr nicht mal verübeln. An ihrer Stelle hätte ich dasselbe getan, wenn ich das über mich wüsste, was sie vermutlich von Jesper erfahren hat.

»Es wird wirklich Zeit, dass Josh zurückkehrt«, schallt Onkel Alexanders Stimme herüber.

Dad klopft ihm lachend auf die Schulter. »Tu nicht so, als würdest du dich nicht genau daran erinnern, wie du dir die Hörner nach dem Studium abstoßen musstest, Brüderchen.«

Onkel Alexander schnaubt, muss aber auch lächeln. »Solange der Junge zurückkommt, kann er sich so viel austoben, wie er will. Mit der Expansion liegen wir gut in der Zeit.«

»Auf jeden Fall. Sobald Josh nach seinem Sommerabenteuer wieder hier ist, steigt er in die Firma ein. Genau wie Chase, wenn er mit dem Studium fertig ist.« Väterlicher Stolz schwingt in seiner Stimme mit.

Ich umklammere die Gabel in meiner Hand so fest, dass es an ein Wunder grenzt, dass sie sich nicht verbiegt – oder mir ins Fleisch schneidet. Betont sorgfältig schiebe ich das Rührei auf meinem Teller hin und her und versuche das Gespräch auszublenden, das am anderen Ende des Tisches stattfindet. Es spielt für die beiden sowieso keine Rolle, ob ich hier sitze oder nicht.

Dad und sein Bruder sind Geschäftspartner. Sie haben mit nichts angefangen und wenige Jahre nach dem College ein Architekturbüro in Fairwood gegründet, obwohl ihnen jeder prophezeit hat, dass sie damit keinen Erfolg haben würden. Die Bank eingeschlossen. Trotzdem haben sie es durchgezogen, und mittlerweile gehören ihnen auch einige Baufirmen. Alles, was in Fairwood und Umgebung gebaut oder renoviert wird, hat auf die eine oder andere Weise mit *Whittakers* zu tun. Vor fünf Jahren haben sie zum ersten Mal expandiert, neue Mitarbeiter eingestellt und sind in ein größeres Büro am Stadtrand umgezogen. Inzwischen sind sie Ansprechpartner Nummer eins in Virginia, Pennsylvania, West Virginia, North und South Carolina. Ende des Jahres wollen sie ein Büro in Kentucky und nächsten Sommer eines in New York City eröffnen. Und seit ich denken kann, war allen klar, dass Josh und ich in die Firma einsteigen würden.

Was wir beide davon halten? Das interessiert keinen. Zumindest wurden wir nie danach gefragt. Die Pläne stehen fest, seit wir als Kinder das erste Mal mit Bauklötzen gespielt und Dad auf Baustellen begleitet haben. Manchmal kommt es mir so vor, als hätte Dad nur Söhne gezeugt, um sein Imperium an sie abzugeben. Dass sie kein Interesse daran oder andere Ziele haben könnten, scheint ihm nie in den Sinn gekommen zu sein. All meine Andeutungen vor ein paar Jahren, dass ich mir auch etwas anderes als Architektur für meine berufliche Zukunft vorstellen könnte, hat er mit einem Lachen abgetan oder nicht einmal richtig wahrgenommen. Und das einzige Mal, dass ich das Thema tatsächlich angeschnitten habe, kam es zu einem riesigen Streit. Das war kurz nach meiner Rückkehr aus der Army. Dad hat ein bisschen nachgeholfen, dass ich den erhofften Studienplatz in Boston bekomme, wo auch Josh bereits war und wo Dad und Onkel Alexander selbst studiert haben. Aber ich hatte auch einen Ausbildungsplatz an einer Paramedic-Schule in Aussicht, für den mich mein Ausbilder beim Military Paramedic Training empfohlen hatte. Als ich das angesprochen habe, wollte mein Vater nichts davon hören. Das Ganze endete damit, dass Dad und ich uns angebrüllt haben. Mom hat geweint und Dad anschließend tagelang nicht mehr mit mir gesprochen. Seither habe ich es mit keinem Wort mehr erwähnt, und es herrscht wieder Frieden im Hause Whittaker.

Bedächtig lege ich die Gabel beiseite und greife nach meinem Glas. Die Limonade, die ich sonst so liebe, schmeckt an diesem Morgen bitter und brennt in meinem Rachen. Als ich aufsehe, begegne ich Lexis mitfühlendem Blick. Auch ihr scheint das Gespräch zwischen unseren Vätern nicht entgangen zu sein. Im Gegensatz zu ihrem eigenen Bruder, Josh und mir wurde sie nie ins Familiengeschäft eingeplant. Und wenn, hätte sie wahrscheinlich allen lautstark die Meinung gesagt und wäre erst recht ihren eigenen Weg gegangen.

Ich schüttle unmerklich den Kopf. Für meinen Geschmack sieht und hört meine Cousine zu viel. Und meistens kann sie dann nicht die Klappe halten. Aber diese Sache ist gegessen. Ich werde einen Teufel tun und erneut einen Streit vom Zaun brechen. Schon gar nicht während des Sonntagsbrunches, bei dem die ganze Familie anwesend ist, sogar Großmutter Alexandra, auch wenn die kaum noch etwas hören kann.

»Chase, Liebling, du hast kaum etwas gegessen.« Wie aus dem Nichts taucht Mom neben mir auf, eine Schüssel in der Hand, und mustert mich besorgt.

Oh oh. Mayday. Mayday!

»Ich bin satt. Es war wie immer köstlich.« Bevor sie etwas erwidern kann, stehe ich auf und gebe ihr einen Kuss auf die Wange. Dazu muss ich mich zu ihr hinunterbeugen, weil ich ihr schon mit vierzehn über den Kopf gewachsen bin. »Ich hab noch was zu erledigen.«

Liebevoll tätschelt sie mir die Wange. »Na gut, dieses eine Mal. Wenn du etwas von Josh hörst, richte ihm liebe Grüße aus. Und sag ihm, dass er schon viel zu lange nicht mehr zu Hause war.«

Kummer schwingt in ihrer Stimme mit, und ich beiße die Zähne zusammen. Wie gerne würde ich ihr die ganze Wahrheit sagen. Wie gerne würde ich sie in die ganze verdammte Welt hinausschreien. Aber ich kann nicht. Ich habe es Josh versprochen. Außerdem kann und will ich nicht dafür verantwortlich sein, wenn das Leuchten in Phils Augen erlischt, weil sich sein großes Idol als ganz normaler Mensch herausstellt und nicht als Superman.

»Ich rede mit ihm«, presse ich hervor und zwinge mich zu einem Lächeln. »Bis später, Mom.«

»Bis später, Liebling.«

Mein schlechtes Gewissen begleitet mich, als ich den Garten fluchtartig verlasse. Dad sieht nicht mal auf. Er ist zu sehr ins Gespräch mit Onkel Alexander vertieft. Zu sehr in seiner eigenen Welt, um irgendetwas außerhalb dieser Blase zu bemerken.

Kopfschüttelnd durchquere ich das Haus. Ich muss hier raus. Ich weiß nicht mal, was ich vorhabe oder wohin ich will, finde mich gleich darauf aber in meinem silbergrauen Dodge Avenger wieder und stecke den Schlüssel ins Zündloch. Der Motor röhrt, und Sekunden später biege ich auf die Straße ab. Das große Haus in der für die Südstaaten typischen Antebellum-Architektur mit den dorischen Säulen wird im Rückspiegel immer kleiner, bis es hinter der nächsten Kurve ganz verschwunden ist. Ich atme auf. Gleichzeitig hasse ich mich ein kleines bisschen dafür.

Ich sollte dankbar sein. Dankbar dafür, eine Familie zu haben, die mich liebt. Dankbar für meine Brüder, Cousins und Cousinen, Onkel und Tanten, Nichten und Neffen und Großeltern. Ich weiß schon seit dem Kindergarten, dass das nicht selbstverständlich ist. Mehr Leute kommen aus zerrütteten Familienverhältnissen als aus geordneten. Geschiedene Eltern. Stiefeltern. Stiefgeschwister. Verstorbene Elternteile. Häusliche Gewalt. Nichts davon trifft auf mich zu. Meine Eltern sind seit fünfundzwanzig Jahren glücklich verheiratet. Mein Onkel und meine Tante benehmen sich bis heute wie ein verliebtes Pärchen, was Lexi und Xander immer wieder mit einem Augenrollen kommentieren. Aber auch Xander ist in einer glücklichen Beziehung. Letzten Sommer haben er und Mary Ann endlich geheiratet, er ist ins Familiengeschäft eingestiegen, und vor Kurzem haben die beiden ihr zweites Kind bekommen.

Ich liebe meine Familie und würde alles für sie tun, aber manchmal … nein, mittlerweile immer häufiger habe ich das Gefühl, zu ersticken, wenn ich bei ihnen bin. Mein Leben ist durchgeplant, ohne dass ich etwas dazu zu sagen hatte. Es hat eine Zeit gegeben, in der ich dagegen rebelliert habe. So sehr, dass sich sogar Mom und Dad meinetwegen gestritten haben –

und die zwei streiten sich sonst nie. Josh war damals der Einzige bei uns zu Hause, der auf meiner Seite war. Er hat mir aus diesem Loch rausgeholfen, genau wie Mia. Aber jetzt ist keiner der beiden hier. Und obwohl ich weiß, dass ich ein verdammt gutes Leben führe, kann ich nicht einfach damit zufrieden sein und alles seinen Lauf nehmen lassen. Ich kann es nicht. Und das kotzt mich mehr an als alles andere. Mehr als die Schulden, die Josh gemacht hat und die ich ein ganzes Jahr lang für ihn abgearbeitet habe. Mehr als sein Geheimnis, das wir zusammen tragen. Mehr als die Tatsache, dass ich ganz genau weiß, wo ich in fünf, in zehn, Scheiße, sogar in zwanzig Jahren sein werde. Nämlich genau hier, mit meiner eigenen Familie. Ich werde bei *Whittakers* arbeiten, mit einer süßen Südstaatenschönheit verheiratet sein und stumm dabei zusehen, wie mein Vater seinen Enkeln dasselbe Leben aufzwingt wie Josh und mir. Gott, ich hoffe nur, sie lassen wenigstens Phil das machen, wozu er Lust hat.

Eine Weile fahre ich nur durch die Gegend, lasse Stadt und Natur wie einen Film an mir vorüberziehen, bis ich schließlich in der Main Street ankomme und auf dem Parkplatz des Diners halte. Nach dem ausgiebigen Brunch habe ich definitiv keinen Hunger mehr und hatte bereits einen Kaffee. Wahrscheinlich gibt es bessere Orte, um meinen Gedanken nachzuhängen und alles zu verfluchen – aber nur wenige davon haben Beth' Kuchen. Durch die Scheibe sehe ich, wie sie gerade zwei Stück davon an einen Tisch bringt. Und ich sehe noch etwas anderes. Die neue Kellnerin mit dem langen braunen Haar und den hellen Strähnchen. Sie läuft mit einem Tablett von Tisch zu Tisch und sammelt Gläser und Geschirr ein.

Hailee.

Ohne weiter darüber nachzudenken, steige ich aus, betrete das Diner und suche mir einen freien Platz am Fenster. Es ist laut und voll hier drinnen. Familien und Gruppen von Freunden haben sich zum Frühstück versammelt. Manche bestellen bereits ein frühes Mittagessen. Und andere sitzen wie fast jeden Tag mit einem Buch oder einer Zeitung neben einer dampfenden Tasse vor sich am Tresen.

Ich muss nicht lange warten, bis jemand an meinen Tisch tritt.

»Was kann ich … oh.« Hailee starrt mich aus großen braunen Augen an.

Ich lächle. »Guten Morgen.«

Sie wirkt irritiert. Fast schon misstrauisch. »Was willst du hier?«

»Einen Kaffee. Vielleicht auch ein Stück Kuchen. Und mit der neuen Kellnerin sprechen, falls sie eine Minute für mich hat.«

Skeptisch kneift sie die Augen zusammen. »Und wenn nicht?«

Ich zucke mit den Schultern und lehne mich zurück. »Dann warte ich so lange. Ich habe Zeit.«

Es ist die Wahrheit. Und je länger ich von daheim und Dads Plänen fernbleiben kann, desto besser. Außerdem sind Hailee und ich noch nicht fertig miteinander. Wenn Jesper ihr wirklich so viel über mich erzählt hat, müssen sie sich gut gekannt haben. Gut genug, um die Lücken zu füllen, die ich habe, weil ich in seinen letzten Wochen und Monaten nicht für ihn da war.

Seufzend steckt Hailee Block und Stift ein. »Ich bringe dir einen Kaffee.«

Mehr sagt sie nicht, und ich kann mich nicht davon abhalten, ihr nachzuschauen, als sie Richtung Küche verschwindet. Im Gegensatz zu Beth trägt sie keine Uniform, sondern nur eine Schürze über einer dunklen Hose und einer hellen schulterfreien Bluse. Die Armreife an ihrem Handgelenk klimpern bei jeder Bewegung, und ihr langer Zopf schwingt hin und her.

Kopfschüttelnd reiße ich den Blick von ihr los. Ist es einfach nur das? Ist sie nichts weiter als eine willkommene Abwechslung für mich in dem Chaos, das gerade mein Leben ist? Vielleicht wäre es für uns beide besser so. Aber damit würde ich nicht nur ihr, sondern auch mir selbst etwas vormachen. Uns verbindet weit mehr als ein kurzer Flirt und gegenseitige Anziehungskraft. Sie kannte Jesper. Seinetwegen ist sie überhaupt erst nach Fairwood gekommen. Und obwohl ich gerade mehr als genug andere Dinge habe, um die ich mich kümmern sollte, will ich herausfinden, was es damit auf sich hat. Und ich will sie näher kennenlernen. Immer noch.

Diesmal muss ich länger warten, bis Hailee wieder auftaucht. Dafür hat sie neben einem Becher Kaffee anscheinend auch ein paar Minuten ihrer Zeit mitgebracht, denn sie lässt sich auf die Bank mir gegenüber nieder.

»Worüber willst du reden?«, fragt sie geradeheraus.

Faszinierend. Offenbar fällt jedes bisschen Schüchternheit von ihr ab, wenn sie beschließt, jemanden nicht mehr leiden zu können.

Vorsichtig nippe ich an meinem Kaffee, der genau so ist, wie ich ihn schon seit Jahren mag: schwarz und mit zwei Stück Zucker. *Danke, Beth.*

»Ich glaube, dass wir uns gegenseitig helfen können.«

Hailees dunkle Brauen wandern in die Höhe. »Tatsächlich? Und wie soll das aussehen?«

»Du kanntest Jesper in seinen letzten Monaten. Du warst für ihn da, als ich es nicht war. Aber ich kannte ihn schon mein ganzes Leben lang.«

Sie lässt mich keine Sekunde aus den Augen. »Und weiter …?«

Ich zucke mit den Schultern. »Du hast bestimmt Fragen. Genau wie ich. Wir können sie uns gegenseitig beantworten.« *Und vielleicht ein kleines bisschen Frieden finden.*

»Und was dann?«, hakt sie nach. »Willst du mir beweisen, dass du nicht der Mistkerl bist, für den ich dich halte?«

»Nein, Hailee.« Bedächtig stelle ich den Becher ab und sehe sie geradewegs an. »Ich bin genau der Mistkerl, für den du mich hältst. Alles, was Jesper über mich gesagt hat, ist die Wahrheit.«

Auch wenn ich wünschte, dass es nicht so wäre. Aber Jesper war schon immer der Ehrlichere von uns beiden. Ich war derjenige, der nicht mit seinem Leben klargekommen ist. Derjenige, der immer Ärger gemacht und manche Dinge so lange mit sich herumgeschleppt hat, bis es zu spät war. Selbst wenn das nicht meine Intention war. Aber vielleicht ist es an der Zeit, mir ein Beispiel an meinem ehemaligen besten Freund zu nehmen und ehrlich zu sein.

»Außerdem würde ich gerne Zeit mit dir verbringen.«

Sie blinzelt. Einmal. Zweimal. Dreimal.

»Du willst … Zeit … mit mir verbringen«, wiederholt sie und starrt mich an, als hätte ich etwas völlig Abwegiges gesagt. »Warum?«

»Warum?«, wiederhole ich ungläubig. »Warum nicht?«

Das scheint ihr nicht zu genügen. Sie betrachtet mich nur noch skeptischer.

»Im Ernst? Hailee, du bist hübsch, intelligent und so ziemlich die interessanteste Person, die mir in diesem viel zu langen Sommer begegnet ist. Du warst mit meinem besten Freund befreundet und möchtest mehr über Jesper erfahren. Ich will nur etwas Zeit mit dir verbringen, das ist alles.« Sie wirkt noch immer nicht überzeugt, also füge ich etwas für uns beide sehr Wichtiges hinzu: »Aber falls du währenddessen plötzlich über mich herfallen und mich küssen solltest, würde ich mich nicht dagegen wehren.«

Ihre Mundwinkel zucken. Ich habe es genau gesehen, auch wenn sie sich gegen das Lächeln wehrt.

»Du bist so …«

»Charmant?«, schlage ich vor und nehme noch einen Schluck von meinem Kaffee.

»Hartnäckig«, beschließt sie und sieht auf, als jemand ihren Namen ruft. Beth deutet grimmig auf Tische, die bis eben noch leer waren. Jetzt sitzen zwei Familien dort und wollen ihre Bestellungen aufgeben.

»Sag ja, Hailee«, bitte ich, als sie aufsteht.

Sie zögert und nagt an ihrer Unterlippe, was meinen Blick unweigerlich auf ihren Mund lenkt. Und so einfach, so schnell habe ich schon wieder vergessen, worüber wir uns unterhalten haben. Sie scheint meine Musterung zu bemerken, denn sie hört sofort auf damit, an ihrer Lippe zu knabbern. Als ich ihr wieder in die Augen schaue, wird mir unweigerlich etwas wärmer.

»Okay.« Ihre Antwort ist kaum zu hören, dennoch bin ich sicher, sie wahrgenommen zu haben. »Aber nur, weil ich wirklich mehr über Jesper erfahren will und du im Moment meine einzige Informationsquelle bist.«

Damit kann ich leben.

Ich nicke lächelnd und proste ihr mit dem Kaffeebecher zu. »Dann hole ich dich nach deiner Schicht ab.«

Kapitel 7

Hailee

Warum habe ich mich darauf eingelassen? Das ist der erste Gedanke, der mir durch den Kopf schießt, als ich am frühen Nachmittag nach draußen trete und Chase auf dem Parkplatz hinter dem Diner an seinen Wagen gelehnt stehen sehe. Er trägt ein weißes T-Shirt, hat die Hände in den Taschen seiner Jeans vergraben und lächelt mir entgegen.

Mir stockt der Atem. Wie um alles in der Welt bin ich in diese Situation hineingeraten? Und wie soll ich damit und vor allem *mit ihm* umgehen? Erst flirte ich mit Chase, dann weise ich ihn ab, nachdem ich herausgefunden habe, wer er ist – und jetzt will ich zu ihm ins Auto steigen, obwohl ich ihn kaum kenne? Ernsthaft?

Sei mutig, Hailee.

Katies Worte tauchen in meinem Kopf auf und erinnern mich an meine Mission für diesen Sommer. Emikos Geschichte zu Ende erzählen. Und meine eigene schreiben, indem ich mutig bin. Außerdem hat Chase recht. Er kennt Jesper viel länger als ich und kann mir Dinge von ihm erzählen, von denen ich nie etwas wusste. Ich habe ja nicht einmal geahnt, dass er fast sein ganzes Leben lang krank war. Und vielleicht, nur vielleicht kann Chase mir auch dabei helfen herauszufinden, ob Jesper sich seinen Herzenswunsch erfüllen und sein Manuskript wirklich noch beenden konnte. Falls Chase überhaupt davon weiß. Aber so lange, wie die zwei sich gekannt haben, muss er das fast. Oder?

Verdammt. Ich bin so hin- und hergerissen, dass ich nicht weiß, wohin mit mir. Wieder geistern Katies Worte durch meinen Kopf. Gott, ich wünschte, sie wäre jetzt hier. Sie hätte bestimmt einen guten Rat für mich – oder würde mir einfach einen kräftigen Schubs geben, der mich in Chase' Richtung stolpern lässt. Aber Katie ist nicht da, also muss ich mich selbst in Bewegung setzen.

Ich atme tief durch, packe meinen dunkelbraunen Sonnenhut etwas fester und gehe zu Chase hinüber.

Ein Lächeln umspielt seine Mundwinkel. »Du bist gekommen«, stellt er fest und öffnet die Beifahrertür für mich.

»Ich halte meine Versprechen.« Ein kurzer Blick in seine grünbraunen Augen, dann steige ich hastig ein, bevor ich mich darin verlieren kann. Weil es schon mal passiert ist und ich mich nur zu deutlich daran erinnere. Genau wie an das, was er im Diner zu mir gesagt hat.

Falls du plötzlich über mich herfallen und mich küssen solltest …

Ich schüttle den Kopf, um diese Gedanken ganz schnell wieder zu vertreiben. Doch obwohl ich weiß, was er Jesper angetan und wie weh es meinem besten Freund getan hat, dass Chase ihn einfach fallen gelassen hat, komme ich nicht dagegen an, wie ich auf seine Nähe reagiere. Und ich hasse es. In diesem Moment hasse ich es einfach nur.

Mein Herz hämmert wie verrückt, als ich mich anschnalle und Chase neben mir hinters Lenkrad gleitet. »Wohin fahren wir?«

»Lass dich überraschen.« Er startet den Motor, setzt den Blinker und sieht in die Spiegel, dann fährt er los.

Ich ziehe die Nase kraus. »Ich mag keine Überraschungen.« Weil sie nie schön sind. Überraschung – du bist in Betriebswirtschaft 101 durchgefallen! Überraschung – deine Großmutter ist gestorben! Überraschung – der Typ, den du wochenlang gedatet hast, hat schon währenddessen etwas mit einer anderen angefangen. Ich schnaube. Ist es da wirklich ein Wunder, dass ich keine Überraschungen mag? Nicht mal in Pralinen. Ich weiß lieber vorher, was drin ist, statt irgendeinen ekligen Likör runterschlucken zu müssen. *Brr!*

Chase wirft mir nur einen fragenden Seitenblick zu, kommentiert meine Aussage aber nicht. Innerhalb weniger Minuten haben wir Fairwood hinter uns gelassen und sind nun umgeben von Natur. Rechts und links breiten sich Wälder bis ins Unendliche aus und bedecken sogar die Berge am Horizont. Zwischen all dem Grün meine ich etwas Helles glitzern zu sehen.

»Ist das der Shenandoah?«, frage ich, ohne den Blick von dem Fluss losreißen zu können.

Schon als Jesper mir das erste Mal von seiner Heimat erzählt hat, habe ich mich im Internet eingelesen. Anscheinend fließt der Shenandoah River durch das Tal, das ihm seinen Namen verdankt, und ein großer Teil davon gehört zu einem Nationalpark.

Früher habe ich mich nicht sonderlich für Aktivitäten im Freien interessiert. Natürlich habe ich als Kind draußen gespielt. Wenn man in Minnesota aufwächst, umgeben von endlosem grünen Flachland und dem einen oder anderen See dazwischen, bleibt einem gar nichts anderes übrig, als im Garten und in der Natur nach Abenteuern zu suchen. Doch als wir in die Schule gekommen sind, hat sich das nach und nach geändert. Katie war schon immer die Extrovertierte von uns und fand im Nu Anschluss und neue Freunde, während ich mich mehr und mehr in meine Bücher zurückzog. Ich liebe Bücher und gute Geschichten immer noch, sonst würde ich wahrscheinlich auch nicht selbst an einer schreiben, aber in den vergangenen Wochen habe ich die Natur und meine unmittelbare Umwelt wieder mehr zu schätzen gelernt. Doch trotz all der Orte, an denen ich bereits war, trotz der planvoll begrünten Großstädte und der liebevoll hergerichteten Dörfer, trotz der Nationalparks, Farmen und eines Stücks Wüste in der zweiten Woche, ist dieses Tal einzigartig. Dabei kann ich nicht mal benennen, was mich daran so fasziniert. Obwohl es erst Mitte August ist, hält der Herbst schon jetzt langsam Einzug. Das Meer aus Grün und Gelb verliert sich in der Ferne an den Bergen, die das Tal umschließen. Wenn der Herbst die Blätter all dieser Bäume in ein Farbspektakel aus Gelb, Grün, Orange, Rot und Braun verwandelt, muss es atemberaubend aussehen. Für einen winzigen Moment tut es mir beinahe leid, dass ich dann nicht mehr hier sein werde.

»Der einzig wahre Shenandoah«, beantwortet Chase meine Frage nach dem Fluss. Etwas Warmes liegt in seiner Stimme.

Wir passieren Farmen und Brauereien, und während der Weg langsam aufwärts führt, wird die Aussicht immer besser. Ich kann den Blick gar nicht davon losreißen, bis sie plötzlich verschwindet, weil wir auf einen unbefestigten Weg abbiegen. Irritiert sehe ich zu Chase hinüber. Selbst wenn ich wollte, würde ich nicht gegen das mulmige Gefühl ankommen, das sich nun in meinem Magen ausbreitet. Denn die Wahrheit ist, dass es verrückt ist, was ich hier mache. Ich kenne diesen Kerl überhaupt nicht. Die wenigen Dinge, die ich über ihn weiß, lassen ihn nicht gerade in einem positiven Licht erscheinen. Trotzdem bin ich in seinen Wagen gestiegen, und jetzt fahren wir immer tiefer in den Wald hinein. Hier draußen ist keine Menschenseele. Niemand, der mich schreien hören könnte. Niemand, der mir helfen würde. Nicht, dass ich Chase für einen durchgeknallten Axtmörder halte … aber man kann schließlich nie wissen.

»Keine Panik«, murmelt er, ohne den Blick von dem Pfad vor sich abzuwenden, dem er mit schlafwandlerischer Sicherheit folgt. »Ich habe dich nicht hergebracht, um dich umzubringen.«

Ich starre ihn von der Seite an. »Kannst du Gedanken lesen?«

»Nein.« Er wirft mir ein kurzes Grinsen zu. »Aber du bist auf einmal total verkrampft und klammerst dich an den Türgriff, als würdest du gleich rausspringen wollen.«

Ich sehe zu meiner Hand. Oh, verdammt. Er hat recht. Aber ich lasse den Türgriff trotzdem nicht los.

»Wir sind gleich da.« Seine Stimme ist leise. Beruhigend.

Ich atme tief durch und versuche, meinen pochenden Puls unter Kontrolle zu bringen. Gar nicht so einfach in seiner Gegenwart, denn abgesehen davon, dass ich mich mit ihm auf eine Fahrt ins Unbekannte eingelassen habe, was so gar nicht meine Art ist, ist er noch immer verflucht attraktiv. Da ist etwas in seinen Augen, seinem Blick, das mich einfach nicht loslässt. Als wäre da noch so viel mehr, als er vor aller Welt preisgibt. Und das ist etwas, das ich viel zu gut nachempfinden kann.

»Da wären wir«, verkündet er nach einigen Minuten.

Ich zucke zusammen. Ich habe nicht mal gemerkt, wie sich unsere Umgebung gewandelt hat, weil ich zu sehr damit beschäftigt war, sein Profil zu betrachten. Doch als ich mich jetzt umsehe, erkenne ich, dass wir nicht länger im Wald sind.

»Das ... ist ja unglaublich«, flüstere ich und löse den Sicherheitsgurt, sobald der Wagen steht und Chase den Motor ausschaltet.

Ein warmer Wind empfängt mich beim Aussteigen und weht mir fast den Hut vom Kopf. In letzter Sekunde halte ich ihn fest und trete näher an den Rand der Klippe. Nein, keine richtige Klippe. Der Fels ragt ein ganzes Stück hinaus, wie eine natürlich entstandene Aussichtsplattform. Mir war nicht klar, dass wir uns so weit oben befinden. Von hier aus hat man einen unglaublichen Blick auf das Tal.

Der Shenandoah, den ich vorhin nur kurz gesehen habe, breitet sich jetzt in seiner ganzen Pracht vor uns aus. Das Wasser glitzert in der Sonne. Hier oben ist es so still, dass ich fast sicher bin, das leise Rauschen des Flusses hören zu können. Nicht weit davon entfernt führt eine gewundene Straße durch die Wälder.

»Der Skyline Drive.« Chase bleibt schräg hinter mir stehen. »Hundertfünf Meilen lang, und jede einzelne davon lohnt sich, vor allem im September und Oktober.«

Schützend halte ich mir die freie Hand über die Augen, um trotz der Sonnenstrahlen mehr erkennen zu können. Von dem gestrigen Gewitter ist nichts mehr zu spüren. Kaum zu glauben, dass nur wenige Kilometer entfernt von hier gestern Nacht die Welt untergegangen ist.

Ich deute auf ein paar Gebäude in der Ferne. »Ist das Fairwood?«

Chase kommt etwas näher, beugt sich zu mir herunter, als wollte er meinem Blick folgen, dann nickt er. Ich kann seinen Duft jetzt genauso deutlich wahrnehmen wie die Wärme, die von seinem Körper ausgeht, und verkrampfe mich unwillkürlich. Er riecht nach einem frischen, sportlichen Duschgel, aber da ist auch etwas Schweres, Samtiges. Sandelholz vielleicht? Ich habe keine Ahnung. Es fällt mir schwer, mich zu konzentrieren, als er auf einen Punkt südlich von Fairwood deutet. Dort sind keine Bäume zu sehen, sondern etwas Violettes.

»Das ist eine Lavendelfarm.«

Ich drehe den Kopf, überrascht darüber, wie nahe wir uns plötzlich sind. »Eine Lavendelfarm?«, wiederhole ich eine Spur zu atemlos.

Er nickt, während sein Blick über mein Gesicht gleitet und viel zu lange auf meinem Mund verharrt, bevor er zu meinen Augen zurückkehrt. In seinen eigenen funkelt es abenteuerlustig.

»Mom ist früher mit uns Kindern hingefahren, wenn sie uns einen Nachmittag lang beschäftigen wollte. Man kann bei der Ernte helfen, es gibt Bastelstunden und einen Shop. Josh und Lexi haben es immer gehasst.«

»Aber du nicht?«, hauche ich.

Aus irgendeinem Grund weiche ich ihm nicht aus. Verdammt, wieso weiche ich nicht zurück?

Er schüttelt ganz leicht den Kopf. »Mom liebt alles, was mit Blumen und Pflanzen zu tun hat. Sie war immer so glücklich dort, also konnte ich es gar nicht hassen.«

Ich kann nichts dagegen tun, ich muss lächeln. Und ich verstehe nicht, wieso. Ich verstehe gar nichts mehr. Wie kann der Typ, der den Kontakt zu seinem todkranken besten Freund abgebrochen hat, derselbe Junge sein, der nur seiner Mom zuliebe auf einer Lavendelfarm ausharrte, obwohl es ihn mit Sicherheit total gelangweilt hat?

»Ich würde sie mir gerne ansehen. Also wenn … vielleicht«, füge ich hinzu, da ich nicht einschätzen kann, wie lange es dauern wird, bis mein Honda wieder einsatzbereit ist. Außerdem hatte ich doch gar nicht vor, in der Gegend zu bleiben. Die letzten drei Wochen meiner Reise wollte ich nicht in einem kleinen Tal mitten im Nirgendwo verbringen. Schon gar nicht an dem einen Ort, an dem ich ständig daran erinnert werde, dass Jesper nicht mehr da ist.

Mühsam reiße ich den Blick von Chase los und trete bis an den Rand des Felsplateaus. Unter mir geht es steil abwärts. Ein einziger Schritt nach vorne, und ich würde in die Tiefe stürzen, bevor ich Sekunden später hart aufpralle. Überlebenschance gleich null. Mir dreht sich der Magen um, und mein Herzschlag beschleunigt sich. Aber es ist nicht nur eine leichte Höhenangst, die meine Knie weich werden lässt, sondern auch das Adrenalin, das durch meine Adern pumpt. Hier zu stehen ist eine weitere Herausforderung für mich. Eine weitere Mutprobe.

Als ich mich umdrehe, merke ich, dass Chase sich nicht von der Stelle gerührt hat. Er hat die Augen vor den Sonnenstrahlen zusammengekniffen, trotzdem lächelt er ein wenig und wirkt irgendwie … fasziniert?

»Soll ich ein Foto von dir machen?«, fragt er, aber ich schüttle bereits den Kopf. Mein Smartphone liegt zusammen mit meiner Handtasche im Wagen.

»Nein.« Ich breite die Arme aus und atme tief durch. »Ich will einfach nur den Moment genießen.«

Und genau das tue ich. Die Sonne wärmt meine Haut. Der Wind kühlt mein Gesicht und erinnert mich daran, dass ich gerade im wahrsten Sinne des Wortes am Rande einer Klippe stehe. Aber ich will noch nicht umkehren, will nicht hier weg, also gehe ich langsam in die Hocke, setze mich an den Rand und lasse die Beine baumeln.

»Hast du überhaupt ein Handy?« Hinter mir höre ich Chase, dann setzt er sich ächzend schräg hinter mich. »Für jemanden, der neu in der Gegend ist, machst du echt wenig Fotos.«

Ich lache auf. »Wozu soll ich Fotos machen, wenn ich stattdessen hier sein und die Aussicht aufs Tal genießen kann?« Mein Lächeln wird wehmütiger. »Außerdem war Jesper die einzige wichtige Person, mit der ich online irgendetwas teilen wollte.«

»Was ist mit deiner Familie?«, hakt Chase sanft nach. »Anderen Freunden? Kommilitonen? Deinem Freund?«

»Ich habe kei… Oh, warte mal.« Stirnrunzelnd drehe ich

mich zu ihm um. »Ernsthaft? Ist das deine Art, herauszufinden, ob ich einen Freund habe?«

Sein Grinsen zeigt keine Reue. Kein bisschen. »Es hat funktioniert, oder nicht?«

Wow. So viel Dreistigkeit und Selbstbewusstsein muss man erst mal besitzen. Kopfschüttelnd wende ich mich wieder der Aussicht zu, komme aber nicht gegen mein Lächeln an. Oder gegen die Wärme, die sich in meinem Bauch und auch in meinem Gesicht auszubreiten beginnt, auch wenn sie das nicht sollte. Wirklich nicht. Ich bin heute nur mit ihm hierhergefahren, um mehr über Jesper zu erfahren. Offenbar ist es an der Zeit, mir das wieder ins Gedächtnis zu rufen.

»Warum hast du mich hergebracht, Chase?«, frage ich nach einer Weile schließlich und stütze mich auf den Handballen hinter mir ab. Meine Beine baumeln weiterhin über dem Abgrund, was immer wieder einen kleinen Energiekick durch meinen Körper pulsieren lässt. Wie leicht wäre es, hier auszurutschen und zu fallen? »Fährst du immer mit fremden Mädchen hierher?«, hake ich weiter nach und drehe mich zu ihm um. Die Sonne lässt sein Haar heller wirken und seine Haut gebräunter. »Um sie zu beeindrucken?«

Seine Lippen zucken, aber er schüttelt den Kopf. »Keine schlechte Idee, würde ich die meisten Mädchen in der Stadt nicht sowieso schon kennen. Fremde kommen nicht allzu oft vorbei, und wenn, dann sind es nur Touristen, die im Herbst den Skyline Drive entlangfahren und für ein paar Fotos und ein Mittagessen in Fairwood anhalten.« Sein Blick ist auf einen Punkt am Horizont gerichtet. »Ich habe dich hergebracht, weil das Jespers Lieblingsort war.«

Alles in mir erstarrt und wird dann ganz weich, ganz nachgiebig. Verdammt, warum muss er so sein? Warum konnte er mir diesen Platz nicht einfach zeigen, um mich ins Bett – oder auf die Rückbank seines Wagens – zu kriegen? Das würde es so viel leichter machen, ihn nicht zu mögen. Doch jetzt ertappe ich mich dabei, wie ich diesen Ort mit ganz anderen Augen sehe.

»Seid ihr oft hergekommen?«, frage ich leise.

Er nickt, ohne mich anzusehen. »Früher schon. Erst mit dem Fahrrad, ich vorne, Jesper hinten drauf, weil er nicht so fit war, und später, als ich meinen Führerschein hatte, mit dem Wagen. Jesper hat nie Autofahren gelernt.«

Das wusste ich nicht. Und erst jetzt wird mir so richtig klar, wie viele Dinge es gibt, die er über Jesper weiß, von denen ich keine Ahnung habe. Nicht nur, was seine Krankheit angeht, sondern auch völlig Alltägliches. Chase war lange vor mir ein Teil von Jespers Leben.

»Wie habt ihr euch kennengelernt?«

Er wirft mir einen kurzen Seitenblick zu. »Ich beantworte diese Frage, wenn du sie auch beantwortest.«

Ertappt presse ich die Lippen aufeinander. Doch wenn ich wirklich mehr über Jesper erfahren will und Chase mir vielleicht sogar dabei helfen kann, Jespers Manuskript zu finden, bleibt mir wohl oder übel nichts anderes übrig, als ihm die Wahrheit zu sagen. Auch wenn ich mich dadurch selbst viel zu angreifbar mache.

Ich schlucke hart, halte ihm jedoch die Hand hin. »Einverstanden.«

Er sieht kurz darauf hinab, dann ergreift er sie. Seine Hand ist größer als meine. Warm. Rau. Und er hält sie länger fest als nötig.

Räuspernd entziehe ich sie ihm und rutsche noch etwas näher an den Rand, um ein winziges bisschen Abstand zwischen uns zu bringen. »Du zuerst.«

»Nur, wenn du nicht runterfällst«, murmelt er, und ich kann die Sorge in seiner Miene erkennen.

Überrascht ziehe ich die Brauen hoch. »Erzähl mir nicht, dass du Höhenangst hast?«

Er war schließlich derjenige, der mich hierhergebracht hat. Der schon unzählige Male zuvor mit Jesper hier war. Doch nun fällt mir auf, dass er sich zwar zu mir gesetzt hat, jedoch mindestens einen halben Meter vom Abgrund entfernt. Außerdem hat er die Knie angezogen, ganz so, als wolle er jeden Moment wieder aufstehen. Und wie schon gestern im Café wippt sein rechter Fuß nervös auf und ab.

»Nein.« Kurz zuckt sein Blick nach unten und dann wieder zu mir zurück. »Ich bin bloß nicht lebensmüde.«

»Wenn ich lebensmüde wäre, würde ich das hier machen.« Ich drehe mich auf dem Felsen, bis nicht mehr meine Beine über den Rand baumeln, sondern Kopf, Arme und mein ganzer Oberkörper über dem Abgrund hängen. Mit einer Hand halte ich meinen Hut fest, die andere strecke ich aus. Mein Magen zieht sich vor Furcht zusammen, und mein Puls rauscht in meinen Ohren, aber ich fühle mich auch … frei. Frei und unbesiegbar.

»Himmel!« Zwei starke Hände packen mich an der Taille und ziehen mich zurück. Chase kniet halb über mir und starrt mich an, als hätte ich den Verstand verloren. In seinen Augen tobt eine Mischung aus Schock und Ungläubigkeit. »Willst du, dass ich einen Herzinfarkt bekomme?«

Ich gebe einen Laut von mir, der sich stark nach einem Kichern anhört. Womöglich ist aber auch nur zu viel Blut in meinen Kopf geschossen.

»Sag bloß, du hattest Angst um mich«, necke ich ihn, ohne mich zu rühren. Der Untergrund ist warm und erstaunlich bequem dafür, dass es bloßer Stein ist.

Chase stößt einen leisen Fluch aus. »Hattest du keine?«

Ich schüttle den Kopf. Es ist die Wahrheit. Menschen und

das, was sie mir antun können – emotional, körperlich, seelisch und mit ihren Worten –, davor habe ich Angst. Aber vor diesem Ort? Eine Klippe über einem wunderschönen Tal, von der ich fallen könnte? Kein bisschen.

»Du bist echt … wow.« Seufzend lässt er sich neben mich fallen.

Jetzt liegen wir nebeneinander, ohne uns zu berühren, fast Schulter an Schulter, und blicken beide in den Himmel hinauf. Kleine weiße Wolken ziehen vorbei, ansonsten ist er völlig klar und von einem wunderschönen hellen Blau. Mein rasender Herzschlag beginnt sich allmählich zu beruhigen, auch wenn er in Chase' Gegenwart nie zu einem normalen Tempo zurückzufinden scheint.

»Mit zehn habe ich Jesper im Krankenhaus kennengelernt.« Seine Stimme klingt fern. Abwesend. Als wäre er in Gedanken weit in die Vergangenheit gereist und nur noch körperlich anwesend.

Mrs Harringtons Worte fallen mir wieder ein. *Jesper war schon als Kind krank.* Und wenn Chase nun von einem Krankenhaus spricht, scheint es schon damals schlimm gewesen zu sein. Ich schlucke hart und rolle mich auf die Seite, um besser zuhören zu können.

»Mein großer Bruder Josh und ich haben uns als Kinder immer gegenseitig in Schwierigkeiten gebracht. Na gut, meistens war ich schuld. An einem Tag im August, der so warm war wie heute, haben wir uns zu Hause ziemlich gelangweilt, also habe ich vorgeschlagen, dass wir uns in die Garage schleichen, während Dad vor dem Haus an seinem Wagen herumschraubt. Wir haben irgendwas gespielt, keine Ahnung mehr, was genau. Ich weiß nur noch, wie ich auf ein Regal geklettert und ausgerutscht bin.«

Ich verziehe das Gesicht. »Autsch.«

»Jepp.« Chase dreht den Kopf etwas zu mir. »Ich bin direkt in den Werkzeugkasten gefallen. Das hier ist eine Erinnerung davon.«

Ohne Vorwarnung zieht er sein T-Shirt ein Stück hoch und präsentiert mir neben beneidenswert trainierten Bauchmuskeln eine kreisförmige Narbe schräg über seinem Nabel. Ich will die Hand danach ausstrecken, sie berühren und herausfinden, ob sich die Haut anders unter meinen Fingern anfühlen würde, aber ich halte mich zurück. Vielleicht auch, weil ich von dem Tattoo auf der anderen Seite abgelenkt werde. Ich kann nicht genau ausmachen, was es darstellen soll, da das meiste noch von seinem Shirt verdeckt wird, aber die schwarzen Linien sind unverkennbar. Ich schlucke hart.

»Plötzlich steckte ein Schraubenzieher in meinem Bauch.« Chase lässt den Stoff wieder fallen. »Es hat nicht mal wehgetan, es war nur heiß und hat irgendwie gebrannt. Wahrscheinlich war ich da schon in einem Schockzustand oder so. Dann ging alles ganz schnell. Josh hat unsere Eltern geholt, und Mom ist mit mir in die Notaufnahme gefahren. Sie hat geweint, mich ausgeschimpft und mir gleichzeitig immer wieder gesagt, dass alles gut wird. Ich glaube, ich habe sie noch nie so außer sich gesehen.« Etwas Nachdenkliches schwingt in seinen Worten mit. »Im Krankenhaus haben sie mir das Ding rausoperiert. Ich habe erst viel später erfahren, wie schlimm es wirklich stand. Nach der OP bin ich in einem fremden Bett aufgewacht und hatte auf einmal einen Zimmergenossen.«

»Jesper«, flüstere ich.

Er nickt. »Er war zur Behandlung dort und sollte eigentlich isoliert werden. Aber wie so oft hat es an Platz gemangelt, also haben sie uns beide in dasselbe Zimmer gesteckt.«

»Was … was hatte er denn?«

»Mukoviszidose. Es wurde schon früh bei ihm festgestellt.

Inzwischen gibt es Medikamente und Therapien, um den Krankheitsverlauf zu verlangsamen, aber als Kind musste er immer wieder ins Krankenhaus zur Untersuchung und wenn es Probleme gab. Damals war er wegen einer Lungenentzündung dort.«

Mukoviszidose. Ich habe schon davon gehört, aber um ehrlich zu sein, nicht die geringste Ahnung, was sich hinter dieser Krankheit verbirgt. Und definitiv wusste ich nicht, dass sie tödlich enden kann.

Chase scheint meine Verwirrung zu bemerken, denn er verschränkt die Hände hinterm Kopf und fährt fort: »Es ist eine Stoffwechselerkrankung. Angeboren und relativ selten. Jesper hat es mir so erklärt …« Konzentriert zieht er die Augenbrauen zusammen, als würde er sich an den genauen Wortlaut zu erinnern versuchen. »Ein ganz bestimmtes Gen weist einen Defekt auf. Das führt dazu, dass zäher Schleim lebenswichtige Organe verstopft, die wiederum sehr infektanfällig werden. Bei Jesper waren vor allem die Lunge und die Bauchspeicheldrüse betroffen. Es gab viele Dinge, die er tun wollte, aber nicht konnte. Während andere Kinder draußen spielen waren, musste er zur Physiotherapie. Die ganzen Inhalationen hat er noch mehr gehasst, als Tabletten zu schlucken. Als er dreizehn war, hat er sich für einige Zeit geweigert, noch irgendetwas einzunehmen. Er hat aus Protest einfach damit aufgehört. Seine Mom ist fast durchgedreht.«

Ein Teil von mir will das nicht hören. Dieser Junge ist genau dann in meinem Leben aufgetaucht, als meine Kreativität und mein Selbstbewusstsein an einem Tiefpunkt angelangt waren. Ihm selbst schien es zu der Zeit auch nicht besonders gut zu gehen, allerdings hätte ich nie damit gerechnet, dass etwas so Ernstes dahinterstecken könnte. Wir haben uns gegenseitig aufgebaut, uns geholfen und unterstützt. Jesper war der Freund aus der Ferne und stets für mich da, wenn ich ihn gebraucht habe. Ich wünschte, ich könnte mir noch länger einreden, dass einfach Funkstille zwischen uns herrscht. Dass er noch immer irgendwo dort draußen ist und sein Ding durchzieht, nur ohne mich. Aber hier zu sein, in Fairwood, erst auf dem Friedhof, dann in seinem Zimmer, und jetzt diese Worte von Chase zu hören, machen seinen Tod so erschreckend real.

Ich merke nicht mal, wie mir Tränen in die Augen steigen, bis Chase mich besorgt ansieht.

»Hey …«, murmelt er und streckt die Hand nach mir aus, als wollte er sie an meine Wange legen.

Ich zucke zurück und setze mich hastig auf. »Schon gut.«

Atme, Hailee. Atme, dann wird alles gut.

Ich blinzle, bis sich mein Blickfeld wieder klärt. Meine Atmung beruhigt sich zwar langsam, aber die beginnende Übelkeit bleibt. Trotzdem kann ich nicht aufhören, weiter nachzuhaken, nun da ich damit begonnen habe, die Wahrheit über meinen besten Freund herauszufinden. Oder vielmehr, die Kapitel seiner eigenen Geschichte, die ich bisher nicht kannte.

»Warum hast du ihn im Stich gelassen?«

Schweigen.

»Er hat dich gebraucht. Du wusstest, dass er dich braucht. Er hat versucht, dich zu kontaktieren, aber du hast ihn einfach ignoriert.«

»Ich weiß«, presst Chase hervor und setzt sich ebenfalls auf. »Ich weiß, was ich getan habe.«

»Warum?«, wiederhole ich mit zitternder Stimme.

Er reagiert nicht. Stattdessen wendet er mir den Rücken zu. Deutlicher hätte seine Antwort nicht ausfallen können.

»Ich dachte, wir hätten eine Abmachung«, erinnere ich ihn.

»Die haben wir auch.« Jetzt sieht er mich wieder direkt an. Der Blick aus seinen grünbraunen Augen ist hart. »Ich habe versprochen, dir von ihm zu erzählen. Von seinem Leben. Seiner Erkrankung. Wie wir uns kennengelernt haben. Ich habe nie eingewilligt, dir zu sagen, wie … wie …«

Kälte überzieht meine Haut trotz der Sonnenstrahlen, die uns noch immer einhüllen, und ein Schauder kriecht meine Wirbelsäule hinab. »Wie du ihn im Stich gelassen hast?«

Ich habe keine Ahnung, warum ich so in einer offenen Wunde herumstochere. Warum ich so wütend auf ihn bin, denn bis vor ein paar Tagen kannte ich ihn nicht einmal. Aber es ist fast so, als *müsste* ich wütend auf ihn sein. Für Jesper. Weil er es nicht mehr sein kann.

Chase erwidert meinen Blick stumm. Sekundenlang ist es, als würden wir einen stillen Kampf ausfechten, ohne uns zu rühren, ohne auch nur ein Wort zu sagen. Ich weiß nicht, wer gewinnt oder verliert. Nicht einmal dann, als er den Kontakt unterbricht und zur Seite sieht.

Ich atme stockend aus. Das hier passt überhaupt nicht zu mir. Normalerweise meide ich Konfrontationen, statt sie zu suchen. Es muss am Thema liegen. Daran, dass ich noch immer den Zorn und die Enttäuschung in Jespers Stimme hören kann, als er mir mitten in der Nacht am Telefon davon erzählt hat. Und an Chase selbst. Dieser Kerl hat etwas an sich, was mich dazu bringt, dass ich Dinge tue und Risiken eingehe, die ich früher nie eingegangen wäre.

»Wir sollten zurückfahren.« Schwungvoll steht Chase auf und hält mir die Hand hin, um mir hochzuhelfen. Ein Friedensangebot.

Ich bin ihm dankbar, dass er mich hergebracht und mir mehr über meinen besten Freund erzählt hat. Aber ich bin nicht bereit, Frieden mit ihm zu schließen. Noch nicht. Also stehe ich ohne seine Hilfe auf, klopfe mir den Staub von der Hose und blicke ein letztes Mal hinaus auf das Tal. Obwohl die Stimmung nun so angespannt ist, bleibt dieser Ort etwas Besonderes. Vielleicht weil ich mich hier Jesper zum ersten Mal wirklich nahe gefühlt habe. Näher als in Fairwood. Näher als in seinem Zimmer. Näher als an seinem Grab.

Ich schließe die Augen und atme tief durch, dann folge ich Chase zu seinem Wagen. Doch als wir die Aussichtsplattform hinter uns lassen, fühlt es sich nicht wie ein Abschied von diesem Ort an, sondern wie ein stummes Versprechen, wieder hierher zurückzukehren. Ich will noch einmal an den Ort, den Jesper so geliebt hat. Und wenn es das Letzte ist, was ich tue.

Kapitel 8

Chase

Die Fahrt zurück verbringen wir größtenteils schweigend. Nur die Radiomusik füllt die Stille ein kleines bisschen, und als ein Lied aus einem Film läuft, dreht Hailee lauter, bis Lady Gagas und Bradley Coopers Stimmen alles sind, was für die nächsten Minuten zu hören ist.

Obwohl ich es nicht gerne zugebe, genieße ich die Fahrt und den damit verbundenen Ausblick über das Tal jedes Mal. Mit meiner Heimat verbindet mich schon seit Jahren eine Art Hassliebe. Ich liebe Fairwood, die Wälder und Berge rundherum und alles, was dazugehört. Ich mag es, die Leute zu kennen, bei denen ich einkaufe, Sachen zur Post bringe oder Geschenke für Freunde und Familie besorge. Es hat etwas unglaublich Beruhigendes, diese Menschen und ihre Geschichten schon mein ganzes Leben lang zu kennen und mitzuerleben, wie sich alles verändert und doch irgendwie gleich bleibt. Fairwood wird immer mein Zuhause sein, daran wird sich nie etwas ändern. Aber ein viel zu großer Teil von mir will auch weg von hier. Weg von den Verpflichtungen. Weg von den immer gleichen Erwartungen der Leute und irgendwohin, wo mich niemand kennt. Wo ich tun und lassen kann, was ich will. Eine Zeit lang war das Boston für mich, wo ich anfangs nur Josh kannte, der zwei Jahre vor mir dort mit seinem Studium begonnen hat. Doch selbst dort wurde es mir zu viel. Die

Stadt. Der Campus. Das ständige darauf Hinarbeiten auf ein Ziel, das nicht meins ist. Das ich überhaupt nicht erreichen will.

»Chase?«

Hailees weiche Stimme holt mich aus meinen Gedanken und bringt mich in die Gegenwart zurück. Mir ist nicht mal aufgefallen, wie fest ich das Lenkrad umklammere oder wie angespannt meine Muskeln plötzlich sind. Ich werfe ihr einen fragenden Blick zu.

»Können wir zur Lavendelfarm fahren?«

Gott, wie soll ich ihr nach diesem Nachmittag diese unschuldige Bitte abschlagen? Vor allem, wenn sie mich dabei auch noch aus diesen großen braunen Augen ansieht und die Lippen spitzt, als würde sie nachdenken, gleichzeitig aber auch eine Schnute ziehen.

»Klar.« Erleichtert darüber, nicht sofort wieder nach Hause zu müssen, biege ich bei der nächsten Abzweigung ab und schlage den Weg zur Farm ein.

Lange bevor wir dort ankommen, erstrecken sich violette Felder rechts und links von uns. Es ist kein perfektes Bild, wie man es von Fotos aus der Provence kennt, dafür ist es zu spät im Jahr. Viele Stellen sind kahl und bereits abgeerntet, doch das scheint Hailee nicht zu stören. Wie schon auf der Hinfahrt sieht sie die ganze Zeit aus dem Fenster, als würde sie den Anblick förmlich in sich aufsaugen. Und als ich den Dodge schließlich anhalte, springt sie aus dem Wagen, noch bevor ich mich abgeschnallt habe. Kopfschüttelnd sehe ich ihr nach und steige ebenfalls aus.

»Das ist unglaublich!« Sie legt den Kopf in den Nacken und dreht sich einmal mit ausgebreiteten Armen im Kreis. »Es ist so schön hier!«

Ich kann gar nicht anders, als bei ihrem Anblick zu lächeln.

Sie wirkt so freudig aufgeregt und gleichzeitig so versunken, als würde sie jede einzelne Sekunde hier in sich aufsaugen. Als könnte nichts und niemand sie aus der Ruhe bringen oder ihren Frieden stören. Und obwohl ich bei dem intensiven Duft nach Lavendel unwillkürlich das Gesicht verziehe, lasse ich mich von Hailees Begeisterung anstecken. Mit einer Hand hält sie ihren Hut fest, während sie durch die Felder tänzelt und sich immer wieder bückt oder in die Hocke geht, um Lavendel zu ernten. Um uns herum sind ein paar Familien, aber sie sind zu weit weg, um mehr als entfernte Stimmen und helles Kinderlachen zu hören.

»Vermisst du es manchmal?«, fragt Hailee nach einer Weile und richtet sich mit einem Büschel Lavendel in der Hand auf, das ich ihr abnehme.

»Was?« Unsere Finger berühren sich, und einen Moment lang halte ich ihren Blick fest.

Sie schluckt leicht und wendet sich hastig ab. »Wie es früher war. Als Jesper noch da war. Als man sich noch keine Gedanken um Geld und das Studium oder um Autoreparaturen machen musste«, fügt sie mit einem schiefen Lächeln hinzu.

Ich weiß nicht, ob es dieses Lächeln ist oder ihre Worte, aber mein Brustkorb zieht sich zusammen. *Als Jesper noch da war …* oder Josh. Als wir noch zur Schule gegangen sind und Hausaufgaben und doofe Lehrer so ziemlich unsere einzigen Sorgen waren. Als wir fast jeden Tag des Sommers draußen verbracht haben: im Garten, am See, beim Grillen, am Lagerfeuer, beim Wandern oder sogar hier, auf dieser Lavendelfarm, die Lexi und Josh zu Tode gelangweilt hat.

Ich atme tief durch und nicke schließlich. »Jeden Tag.«

Hailees Mundwinkel wandern nach oben, doch diesmal hat ihr Lächeln etwas Wehmütiges. »Ich auch«, gesteht sie und geht weiter, um die nächsten Blüten zu ernten.

»Was hast du vor dieser Reise gemacht?«, hake ich möglichst unverfänglich nach, da ich nicht wieder schlechte Stimmung zwischen uns aufkommen lassen will. Nicht nach der kleinen Konfrontation, die wir bereits auf der Aussichtsplattform hatten.

»Ich war in San Diego am College«, erzählt sie. »Drittes Jahr Business Management.« Sie zieht die Nase kraus.

»Und dann hast du beschlossen, den Sommer über zu verreisen?«

Sie hält einen Moment inne, nickt dann jedoch. »Ja.«

»Einfach so?«

»Warum nicht?«, kontert sie schulterzuckend. »Man lebt nur einmal. Und ich will so viel sehen, wie ich kann.«

Das kann ich nachvollziehen. Vermutlich besser, als sie ahnt.

»Ich bin den ganzen Sommer über in Fairwood oder auf einer von Dads und Onkel Alexanders Baustellen. Reisen ist leider nicht drin.«

Mal ganz davon abgesehen, dass mein großer Bruder in einer Entzugsklinik steckt, die wir auch noch bezahlen müssen. Josh ist zu stolz, um Mom und Dad die Wahrheit zu sagen und sie um Hilfe zu bitten, außerdem haben unsere Eltern aktuell fast ihre ganzen Ersparnisse in die Erweiterung der Firma und die Renovierung von Moms Blumenladen an der Main Street gesteckt. Selbst wenn sie also Bescheid wüssten, selbst wenn sie helfen wollten – sie könnten genauso wenig tun wie Josh und ich. Das müssen wir ganz allein hinkriegen. Und das werden wir auch.

»Du stehst deiner Familie ziemlich nahe, nicht wahr?« Hailee drückt mir noch ein paar Pflanzen in die Hand. Da ich selbst keine ernte, habe ich offenbar die ehrenvolle Aufgabe bekommen, sie für Hailee zu tragen.

»Ja. Früher war Jesper auch ein Teil der Familie. Er war sogar bei fast jedem Sonntagsbrunch dabei. Das ist so eine Tradition bei uns.«

»Vor dieser Sache.«

Ich beiße die Zähne zusammen und nicke knapp. »Vor dieser Sache«, bestätige ich und hole tief Luft. »Ich kann nicht ändern, was zwischen uns vorgefallen ist. Glaub mir, wenn ich es könnte, würde ich es sofort tun. Aber ich kann es nicht.«

Hailee richtet sich langsam auf. In den Händen hält sie eine einsame Lavendelpflanze, die sie gedankenverloren zwischen ihren Fingern hin- und herdreht. Ihre Augen tasten mich ab, sind unergründlich. Diese Worte habe ich nie zuvor zu irgendjemandem gesagt, aber sie sind die Wahrheit. Es gibt so viel, was ich gerne rückgängig machen würde, wenn ich es nur könnte.

Hailee nickt langsam. »Ich glaube dir. Das ändert nichts, aber ich glaube dir.« Und damit wendet sie sich ab und geht vor den nächsten Sträuchern in die Hocke.

Ich weiß, dass es nichts ändert. Nichts, was wir sagen oder tun, kann etwas an der Vergangenheit ändern. Trotzdem ist es, als würde ein kleines bisschen Gewicht von mir abfallen, weil ich die Worte, die mir so oft durch den Kopf gegeistert sind, endlich laut ausgesprochen habe. Und weil Hailee mir glaubt.

Rund eine Stunde später haben wir den größten Teil unserer Ernte den Besitzern übergeben, und Hailee sitzt mit drei kleinen Sträußen mit farblich passenden Schleifen im Schoß auf dem Beifahrersitz.

»Was hast du damit vor?«, frage ich, als ich wieder auf die Straße abbiege. Mittlerweile steht die Sonne tief im Westen und beginnt den Himmel rosarot zu verfärben.

»Einer davon ist für deine Mom.«

Ich blinzle und werfe ihr einen kurzen Seitenblick zu, nur um sicherzugehen, dass ich sie richtig verstanden habe. »Für meine Mom?«

Sie nickt, als wäre das völlig selbstverständlich.

»Du kennst sie doch gar nicht.«

Von dem zweiminütigen Treffen in *Lizzy's Cakes* gestern mal abgesehen.

»Muss ich auch nicht. Du hast gesagt, dass sie früher gerne mit euch hergekommen ist und Blumen liebt. Also dachte ich mir, sie freut sich darüber.«

Wow. Ich bin tatsächlich sprachlos. Hailee hat extra für meine Mutter einen Strauß geerntet und zusammengebunden? Nicht mal ich als ihr Sohn habe daran gedacht, während wir dort waren.

Ich räuspere mich. »Und was ist mit den anderen?«

Sie streicht über die blassen lilafarbenen Blüten. »Einer ist für Jespers Eltern. Und der letzte ist für mich.«

Selbst wenn ich alle Selbstbeherrschung der Welt hätte, ich würde nicht gegen mein Lächeln ankommen. Und auch wenn wir auf der Aussichtsplattform kurz aneinandergeraten sind und sie mir gegenüber an vielen Punkten zurückhaltend ist – aus gutem Grund –, kann ich mich nicht dagegen wehren, dass ich *sie* zu mögen beginne. Ihre Begeisterung für so kleine Dinge wie die schöne Aussicht, die Lavendelfarm oder den rosaroten Himmel, den sie jetzt mit einem Lächeln auf den Lippen betrachtet, reißt mich mit. Und wie sie an die Menschen um sich herum denkt, selbst wenn sie die meisten von ihnen kaum kennt, ist beeindruckend. Und das, obwohl sie bei Fremden noch zurückhaltender zu sein scheint als bei mir.

Vom ersten Moment an hatte ich den Eindruck, dass Hailee anders ist als die Menschen, die ich kenne. Die letzten Stunden haben mir das eindeutig bestätigt. Ich würde mich nur selbst belügen, wenn ich nicht zugeben würde: Sie fasziniert mich. Und es ist lange her, seit ich so etwas das letzte Mal verspürt habe.

Zurück in Fairwood halte ich nicht direkt beim Diner, sondern parke den Wagen auf der Hauptstraße und lotse Hailee zu *Lizzy's Cakes*, das Café, in dem wir uns zum zweiten Mal über den Weg gelaufen sind. War das wirklich erst gestern?

Wir setzen uns an einen Tisch, nur zwei Plätze von dem entfernt, an dem sie gestern in ihr Notizbuch geschrieben hat. Sie ist mir schon aufgefallen, als ich das Café betreten und sie ganz in ihrer eigenen Welt versunken dort vorgefunden habe. Ich wollte sie nicht stören, weil ich diesen Zustand nur zu gut kenne, und habe mir die Zeit vertrieben, während ich auf Mom und Phil warten musste. Im Gegensatz zu Hailee hatte ich kein Notizbuch oder einen Skizzenblock dabei, also mussten Servietten herhalten. Servietten, die mittlerweile in einer Schublade in meinem alten Zimmer liegen. Zerknautscht und ein bisschen verschmiert, aber nicht weniger kostbar. Sobald ich dazu komme, will ich sie noch mal auf meinem Grafiktablett abzeichnen.

Es ist mir schon immer leichtgefallen, Bilder aus meinem Kopf zu Papier zu bringen. Nicht in Worten, denn in Schulaufsätzen war ich immer eine Niete, und auch nicht als Portraits oder faszinierende Landschaftsmalereien, sondern als simple kleine Zeichnungen. Dad meinte mal, das würde mir im Blut liegen und nur bestätigen, dass mir eine große Karriere als Architekt bevorstünde. Damals war ich unheimlich stolz. Heute versuche ich lieber nicht allzu genau darüber nachzudenken.

Bevor wir auch nur einen Blick in die Karte werfen oder uns das Angebot anschauen können, das auf einer schwarzen Tafel über dem Tresen geschrieben steht, taucht eine Kellnerin an unserem Tisch auf. »Was darf's sein?«

»Hallo, Charlotte. Langer Tag?«

Mit den natürlichen hellblonden Locken wirkte sie schon

zu Schulzeiten immer ziemlich blass, doch durch den weißblonden Kurzhaarschnitt wird der Effekt nur noch verstärkt. Außerdem scheint sie in diesem Sommer noch kein bisschen Sonne gesehen zu haben. Doch obwohl ich hinter ihrer Brille die Augenringe erkennen kann, lächelt sie uns fröhlich an.

»Alles wie immer … außer dass uns gestern mitten in der Touristensaison die Aushilfskraft für die Ferien abgesprungen ist.« Sie verdreht die Augen. Den Rest murmelt sie nur noch vor sich hin. »Sie ist mit irgendeinem Backpacker losgezogen, den sie kaum kennt.«

Hailee wirft ihr ein zögerliches Lächeln zu. »Das klingt … abenteuerlich.«

Charlotte schnaubt. »Tja, angeblich ist er die Liebe ihres Lebens. Als ob man sich innerhalb weniger Tage so heftig verlieben könnte.« Für ihr Alter – und sie ist zwei Jahre jünger als ich – klingt sie ziemlich verbittert. Ungeduldig tippt sie mit dem Kuli auf ihrem Block herum. »Egal. Was kann ich euch bringen?«

»Charlotte!« Ein groß gewachsener Typ mit breiten Schultern und Lederjacke kommt in großen Schritten auf sie zu. »Wenn das nicht meine Lieblingscousine ist!«

Sie verdreht die Augen, als Shaine einen Arm um sie legt und ihr einen festen Schmatzer auf die Wange drückt. »Zweiten Grades. Cousine zweiten Grades.« Sie windet sich aus seiner Umarmung. »Und ich kann dich immer noch nicht leiden.«

»Das behauptet sie ständig.« Grinsend wendet er sich uns zu. »Whittaker.«

»Fairfield.« Ich stehe auf und schlage in seine ausgestreckte Hand ein. In der Highschool waren Shaine und ich nicht nur im selben Jahrgang, sondern haben auch zusammen in der Schulmannschaft Hockey gespielt. Er und ich sind nur selten einer Meinung – und dazu kommt, dass Shaine die Leute in seiner Umgebung nur zu gerne provoziert, was ihn unausstehlich machen kann –, aber mit der Zeit haben wir einen gewissen Respekt füreinander entwickelt. Außerdem schweißen einen vier Jahre Highschoolsport zusammen. »Ich dachte, du wärst schon längst wieder weg. Hast du bei unserem Abschluss nicht behauptet, dass du keinen Tag länger als nötig hier verbringen willst?«

Shaine zieht eine Grimasse und fährt sich mit der Hand durch sein kupferrotes Haar. »Nach Freitagabend dachte ich mir, ich bleibe noch ein paar Tage.« Mit einem viel zu interessierten Blick wendet er sich meiner Begleitung zu, die den Austausch bisher schweigend mitverfolgt hat.

»Hailee, das ist Shaine Fairfield«, stelle ich ihn vor, bevor er es selbst tun kann. Respekt hin oder her – Shaine mag zwar kein Aufreißer sein, aber er mustert Hailee für meinen Geschmack etwas zu intensiv. »Shaine, das ist Hailee. Sie ist eine Freundin von Jesper.«

Für einen kurzen Moment hängt der Name wie ein unausgesprochenes Geheimnis in der Luft. Dann breitet sich ein gutmütiges Lächeln auf Shaines Gesicht aus, und er gibt auch Hailee die Hand. »Er war ein guter Kerl. Freut mich, Hailee.«

Sie nickt, und eine leichte Röte zeichnet ihre Wangen, als er ihren Blick festhält. »Gleichfalls.«

Ich räuspere mich. »Lexi ist übrigens in der Werkstatt«, lasse ich wie nebenbei fallen, nur um zu sehen, wie er reagiert.

Macht mich das zu einem Mistkerl? Wahrscheinlich schon. Ich habe keine Ahnung, was da zwischen Shaine und meiner Cousine abgeht, aber die zwei tänzeln schon seit Jahren umeinander herum. In der Zeit hatten beide mehr oder weniger viele Beziehungen – Lexi eindeutig mehr als Shaine –, und dennoch ist seine Reaktion bei der Erwähnung ihres Namens jedes Mal dieselbe.

Er versteift sich. Etwas flackert in seinen Augen auf, dann wird seine Miene unlesbar. »An einem Sonntag?«

Mit dem Kinn deute ich auf Hailee. »Ihr Wagen ist gestern liegen geblieben. Und du kennst doch Lexi.«

Die Anspannung in seinen Schultern nimmt zu. Er ballt die Hand zur Faust und löst sie sofort wieder. Das ist neu.

Charlotte räuspert sich. »Ich kann auch gehen, aber wenn ihr nichts bestellt, werdet ihr nicht lange hier sitzen bleiben dürfen.«

»Sorry.« Ich werfe einen Blick auf die Karte und bestelle mir ein Wasser und ein extragroßes Sandwich.

»Für mich dasselbe.« Hailee lächelt Charlotte zurückhaltend an.

»Eine Frau mit Appetit.« Shaine nickt ihr anerkennend zu, während Charlotte bei diesem Spruch nur mit den Augen rollt. »Ich verschwinde dann mal wieder. Wollte nur kurz Hallo sagen.«

»Grüß Lexi von uns«, rufe ich ihm nach, aber statt sich noch mal umzudrehen, zeigt er uns nur den Mittelfinger. Grinsend wende ich mich wieder Hailee zu. »Shaine und Charlotte waren am Freitagabend auch in der Bar«, erkläre ich. »Charlotte ist nach der Highschool hiergeblieben, aber Shaine war in dem Moment weg, in dem er sein Abschlusszeugnis bekommen hat. Ich glaube, er ist tatsächlich nur für Jespers Geburtstag zurückgekehrt.«

»Waren sie befreundet?«

»Es ist komplizierter als das.« Seufzend sinke ich in die Polster und lege einen Arm auf die Lehne. »Es gab eine Zeit, da war Shaine das größte Arschloch. Auch Jesper gegenüber. Eines Tages sind sie aneinandergeraten und wurden beide zum Nachsitzen verdonnert und dazu, nach der Schule zusammen Müll im Park aufzusammeln. Danach waren sie zwar nicht die besten Kumpel, aber … so etwas wie Freunde. Und Charlotte …« Kurz sehe ich mich nach ihr um, aber sie ist außer Hörweite. Trotzdem senke ich die Stimme. »Sie hatte eine Schwäche für Jesper. Jeder wusste das. Es war ein offenes Geheimnis.« Nachdenklich beobachte ich sie dabei, wie sie von Tisch zu Tisch geht, Bestellungen aufnimmt und Essen und Getränke serviert. Dabei immer mit einem Lächeln auf den Lippen und einer feengleichen Leichtigkeit, die zu ihrer zierlichen Statur passt. »Sie wirkt okay, aber um ehrlich zu sein, weiß ich nicht, ob sie das wirklich ist. Das mit Jesper hat sie ziemlich mitgenommen.«

Hailee ist meinem Blick gefolgt, und ich meine, so etwas wie Mitgefühl in ihrer Miene lesen zu können. Vermischt mit einer Spur von Traurigkeit.

Ich schlucke hart. Wenn ich die Frage jetzt nicht stelle, werde ich sie nie rausbringen. »Was ist mit dir?«

Überrascht wandert ihr Blick zu mir zurück. »Was meinst du? Was soll mit mir sein?«

Shit. Das ist schwieriger, als ich dachte. Ich beiße die Zähne zusammen, hole tief Luft und …

»Eure Getränke.« Wie aus dem Nichts steht Charlotte plötzlich wieder neben uns und stellt uns beiden ein Glas Wasser hin. »Die Sandwiches kommen gleich.«

»Danke.« Ich warte, bis sie wieder weg ist, ehe ich weiterrede. »Waren du und Jesper je …?«

»Je … was?«

Zusammen. Ein Paar. Verliebt. Wie stellt man diese Frage über das Mädchen, das man anziehend findet, und seinen toten besten Freund, ohne wie das letzte Arschloch zu klingen? Gibt es dafür eine Anleitung? Oder stellt man diese Frage einfach nicht?

Hailee betrachtet mich noch immer mit hochgezogenen

Brauen. Ahnt sie wirklich nicht, worauf ich hinauswill? Oder will sie es einfach nicht wahrhaben?

»Lief da jemals etwas zwischen euch beiden?«

Die Worte hängen in der Luft, während Hailee mit einer raschen Bewegung das Glas an ihre Lippen führt und … sich prompt verschluckt. Sie hustet so heftig, dass sich gleich mehrere Leute zu uns umdrehen. Scheiße. Ohne nachzudenken, stehe ich auf und setze mich neben sie auf die Bank, um ihr auf den Rücken zu klopfen. Sie röchelt noch immer. Ihr Gesicht ist knallrot, Tränen rollen ihr aus den Augenwinkeln und sie … lacht? Ist das ein Lachen? Im Ernst?

»Entschuldige …« Mit einer Hand fächelt sie sich Luft zu, während sie noch immer kichert und gleichzeitig nach Luft schnappt, was wie ein leises Fiepen klingt.

Ich weiß wirklich nicht, was daran so lustig sein soll. Das ist schon das zweite Mal, dass sie mir heute einen Schrecken eingejagt hat, nur dass sie diesmal nicht über einer Klippe in der Luft hängt, sondern fast an einem Schluck Wasser und ihrem eigenen Lachen erstickt. Dieses Mädchen ist ganz schön anstrengend. Trotzdem gibt es keine Person, mit der ich lieber hier wäre. Falls sie diesen Hustenanfall überlebt.

»Alles klar?«, frage ich und reibe mit der Hand sanft über ihren Rücken.

Sie nickt und wischt sich die Tränen aus den Augenwinkeln, trinkt ein paar Schlucke und atmet tief durch. Erst dann dreht sie den Kopf zu mir. Und auf einmal ist sie mir so nahe, dass ich ihren Duft einatmen kann, zusammen mit dem Lavendelgeruch, der noch immer an ihrer Haut und ihren Haaren haftet.

»Ich …«, beginnt sie, dann fällt ihr Blick auf meinen Mund, und sie hält inne.

Vielleicht hätte ich mich nicht zu ihr setzen und ihr so auf die Pelle rücken sollen. Aber ganz ehrlich? Ich bereue es kein bisschen. Vor allem nicht, wenn sie mich so ansieht, als würden ihr exakt dieselben Gedanken durch den Kopf schießen wie mir gerade.

»Jesper und ich waren nie mehr als Freunde«, wispert sie.

Die anderen Leute im Café, die Stimmen, Gerüche und Geräusche – all das scheint plötzlich weit weg zu sein. Ich nehme die Hand von ihrem Rücken, aber nur, um ihr über die Wange zu streichen. Um herauszufinden, wie sie darauf reagiert. Ob sie zurückweicht und mir die Meinung sagt oder ob sie sich in die Berührung lehnt und näher kommt. Doch Hailee tut nichts davon. Sie hält ganz still, sieht mich nur weiterhin an, die Lippen leicht geöffnet. Ohne die geringste Regung.

»Gut«, gebe ich genauso leise zurück und lasse die Hand sinken. Aber ich lehne mich nicht zurück, und ganz sicher werde ich auch nicht so schnell von diesem Platz aufstehen.

»Warum ist das gut …?«

»Weil ich nicht das Mädchen um ein Date bitten will, mit dem mein bester Freund etwas hatte.«

Sie kräuselt die Nase auf eine so niedliche Weise, dass ich sie auf der Stelle küssen will. Auf die Nasenspitze. Die Wangen. Den Mund. Definitiv auf den Mund, und das, wenn ich ehrlich bin, schon von dem Moment an, in dem ich sie im *Barney's* gesehen habe.

»Ich gehe nicht mit dir auf ein Date«, behauptet sie und schüttelt den Kopf.

»Und wieso nicht?«

»Weil ich … weil wir … also ich …«

Da ist sie wieder: die schüchterne Seite an dieser selbstbewussten Frau. Ich weiß wirklich nicht, was mich mehr fasziniert. Ihre furchtlose Art, diese unglaubliche innere Ruhe, die sie manchmal ausstrahlt, so wie auf der Lavendelfarm, oder ihre unsichere, zögerliche Seite.

»Ich bin nur auf der Durchreise«, behauptet sie und wiederholt damit die Aussage, die sie schon mal genau hier getroffen.

Ich lächle nur. »Aber du könntest bleiben. Bleib noch ein paar Tage länger in der Stadt.«

Sie antwortet nicht sofort, scheint zu zögern. Ich kann es ihr nicht übel nehmen, schließlich kennt sie mich kaum, ganz zu schweigen von sonst jemandem in Fairwood.

»Hör mal«, beginne ich, doch dann unterbricht mich ein vertrauter Klingelton samt Vibrieren in meiner Hosentasche. »Sorry.«

Widerwillig ziehe ich das Handy hervor und starre einen Moment auf das Display. *Dad.* Und siedend heiß fällt mir wieder ein, was ich nach meinem überstürzten Aufbruch vom Familienbrunch heute Vormittag völlig vergessen habe. Nämlich, dass Dad und Onkel Alexander mich um ein Gespräch in ihrem Büro gebeten haben. Jetzt, um genau zu sein.

»Shit«, murmle ich und stehe auf. »Tut mir leid. Ich hab einen Termin vergessen. Eine Familiensache«, füge ich eilig hinzu, damit Hailee mich nicht falsch versteht und glaubt, ich würde sie sitzen lassen. Dabei würde ich gerade nichts lieber tun, als hier bei ihr zu bleiben, statt in die Firma zu fahren. An einem Sonntag. In dieser Familie gibt es echt keine freien Tage.

»Schon gut.« Hailee lächelt und wirkt fast ein wenig erleichtert.

Ich drücke den Anruf weg und lehne mich zu ihr hinunter. »Hast du heute Abend schon was vor?«

»Ich … Nein. Was?« Verdattert starrt sie mich aus großen Augen an.

»Dann hole ich dich gegen acht vor dem Diner ab.«

»Warte mal.« Abwehrend hebt sie die Hände. »Du kannst nicht … Ich gehe nicht mit dir aus.«

»Wir gehen nur ins *Barney's*, und ich stelle dir die anderen vor. Freunde von Jesper. Es sei denn, du willst nicht.«

Okay, vielleicht überrumple ich sie gerade, und vielleicht ist das nicht die eleganteste Art, die Sache anzugehen. Aber schließlich ist sie nur noch bis morgen, mit etwas Glück ein paar Tage länger in der Stadt.

Sie holt schon Luft, vermutlich um mir zu widersprechen, hält dann jedoch inne und betrachtet mich skeptisch. »Das ist *kein* Date?«

Ich schüttle belustigt den Kopf. »Glaub mir, wenn wir auf ein Date gehen, werde ich dich nicht in die nächstbeste Bar schleppen.«

»Du meinst wohl eher *falls*. Falls wir je auf ein … Oh mein Gott.« Sie lacht ungläubig auf. »Nein. Kein Date. Vergiss es.«

»Abwarten.« Ohne ihr die Möglichkeit zum Antworten zu geben, richte ich mich wieder auf, lege ein paar Scheine für das Essen auf den Tisch und mache mich dann schleunigst auf den Weg. Dad wird stinksauer sein, dass ich unser Treffen vergessen habe, aber ausnahmsweise ist mir das egal.

»Chase!«, ruft Hailee mir plötzlich nach. Sie ist aufgesprungen und kommt durch das halbe Café auf mich zugelaufen.

Überrascht ziehe ich die Brauen hoch. »Ist das doch ein Ja zum Date?«

»Nein.« Ihre Mundwinkel zucken, auch wenn sie gegen ihr Lächeln ankämpft. »Aber du hast das hier vergessen.« Sie hält mir das kleine Bündel Lavendel entgegen, das sie für meine Mom gepflückt hat.

Ganz ehrlich? Wie könnte ich sie nicht wiedersehen und näher kennenlernen wollen? Das ist praktisch unmöglich.

Als ich ihr den Strauß abnehme, streifen sich unsere Finger. Es ist nur eine flüchtige Berührung, genauso flüchtig wie zuvor auf der Farm, aber wenn Hailee mich dabei so ansieht wie jetzt, vergesse ich fast, warum ich überhaupt gehen wollte. Nur erinnert mich das wiederholte Klingeln meines Handys dummerweise daran.

Meine Kehle ist ganz trocken, als ich ihr zunicke. »Danke.«

Ein Strahlen tritt in ihre Augen, und in diesem Moment will ich sie so verdammt gerne an mich ziehen und einfach nur umarmen. Doch ich ahne, dass das nicht so gut bei ihr ankommen würde, also halte ich ihren Blick noch für einen Moment fest, bevor ich gehe. Diesmal jedoch in dem Wissen, dass ich sie noch heute wiedersehen werde.

Kapitel 9

Chase

Wenn es eine Sache gibt, die Dad noch mehr hasst als schlechte Leistung, dann ist es Unpünktlichkeit. Und ich bin verdammt unpünktlich, als ich das mehrstöckige Gebäude betrete, das von außen nur aus Glas zu bestehen scheint. Die Lobby ist verlassen, und meine Schuhe quietschen auf dem schwarzen Marmorboden – wie zur Bestätigung dafür, dass ich hier nicht hergehöre.

Sonntags ist so gut wie niemand in der Firma. Selbst der Empfang ist unbesetzt, und abgesehen von den Sicherheitsleuten sehe ich auf dem Weg nach oben niemanden. Im vierten Stock steige ich aus dem Fahrstuhl, durchquere den Vorraum, in dem normalerweise Dads Assistentin sitzt, und bleibe vor der schweren Mahagonitür stehen. Ich hole tief Luft und klopfe an, dann öffne ich die Tür.

»Chase«, begrüßt mein Vater mich. In seiner Stimme liegt kein tadelnder Unterton, aber mir sind die Falten zwischen seinen Brauen nicht entgangen. »Komm herein.«

»Sorry, dass ich zu spät bin.« Ich räuspere mich. Obwohl ich schon so oft in diesem Raum war, komme ich mir noch immer so vor wie der kleine Junge, der kaum über die Tischkante gucken konnte, als er das erste Mal hier zu Besuch war. »Ich war noch unterwegs.«

Onkel Alexander erhebt sich aus seinem Sessel, winkt mich

zu sich und klopft mir zur Begrüßung auf die Schulter. Unter seinen Augen liegen dunkle Ringe und sein Hemd ist zerknittert, als säße er schon seit Stunden hier. Bei genauerem Hinsehen sieht Dad auch nicht viel besser aus.

»Es gibt ein paar kleine Änderungen«, beginnt Dad das Meeting und zieht zwischen all den ausgebreiteten Papieren auf dem Schreibtisch etwas hervor, das wie ein Terminplan aussieht. Dann deutet er auf die Sitzecke. »Willst du etwas trinken?«

Ich schüttle den Kopf. Wenn es nach mir geht, will ich das nur so schnell wie möglich hinter mich bringen. »Was für Änderungen?«

»Dieser Sommer ist ziemlich hart.« Onkel Alexander lässt sich mir gegenüber wieder in den schwarzen Ledersessel fallen. »Arbeiter haben überraschend gekündigt, es gab einen Zwischenfall auf der Baustelle in Richmond, und ein Konkurrent hat uns einen Auftrag direkt vor der Nase weggeschnappt.« Seufzend fährt er sich mit der Hand durch das ergraute Haar, dann wirft er mir ein Lächeln zu. »Es ist gut, dass du da bist und diesen Sommer aushilfst, Chase.«

Dad setzt sich mit einem Glas Scotch zu uns. »Wir werden dich fürs Erste von der Baustelle in der West Marwood Lane abziehen. Ab Dienstag fährst du erst mal nach Richmond. Wir brauchen einen Bericht über den aktuellen Zustand und eine verlässliche Einschätzung, ob wir den Zeitplan einhalten können.«

»Und natürlich wie immer deine Hilfe beim Bau«, fügt Onkel Alexander schmunzelnd hinzu. »Ich würde es ja selbst tun, aber ich bin nicht mehr der Jüngste und werde hier gebraucht.«

»Natürlich«, erwidere ich, obwohl ich etwas ganz anderes sagen will. Richmond ist zwei Autostunden entfernt. Das macht vier Stunden, die ich pro Tag unterwegs sein werde. Es sei denn, Dad und Alexander haben sich auch um eine Übernachtungsmöglichkeit gekümmert, damit ich gleich dortbleiben kann. Das würde mich nicht mal überraschen.

»Gibt es ein Problem?« Dad beobachtet mich genau. »Du weißt, wie das im Sommer ist. Wenn Josh hier wäre …« Er schüttelt den Kopf und hakt das Thema mit einem Seufzen ab. »Nach deinem Studium musst du nicht mehr von Baustelle zu Baustelle hetzen, mein Junge, das verspreche ich dir. Aber es ist wichtig, dass du jeden Bereich dieses Berufes kennenlernst und darin arbeitest. Das ist unabdingbar, wenn du später eine Führungsposition übernehmen willst.«

Das will ich aber nicht. Die Worte brennen mir auf der Zunge, aber ich bringe sie nicht hervor, spreche sie nicht aus. Andere würden für eine Chance wie meine töten. Ich kenne genug Leute aus meinem Studiengang, die nichts lieber täten, als im Sommer für *Whittakers* zu arbeiten. Sogar unvergütet und mit Achtzig-Stunden-Wochen, wenn es sein muss. Völlig egal. Und ich sitze hier in diesem schweren Ledersessel den beiden Geschäftsführern gegenüber und muss mir auf die Zunge beißen, um die Klappe zu halten. Das hier ist nur ein weiterer Baustein in meiner Karriere. Ein Schritt in eine Richtung, die ich mit jedem Jahr, ach was, mit jedem Tag weniger einschlagen will. Das hier ist nicht *mein* Traum, sondern der von Dad und Alexander. Vielleicht war es mal meiner, aber das ist so lange her, dass ich mich kaum noch daran erinnern kann.

Andererseits – habe ich überhaupt eine Wahl? Architektur ist seit drei Jahren mein Hauptfach. Meine Eltern bezahlen die Collegegebühren, damit ich etwas aus mir machen kann. Ich bin zweiundzwanzig Jahre alt und ab dem neuen Semester ein Senior im letzten Studienjahr. Wie dämlich wäre es, jetzt alles hinzuschmeißen? Soll die ganze Arbeit, sollen die unzähligen Stunden am Laptop, im Zeichensaal, in den Hörsälen und Werkstätten, die endlosen Tage auf dem Bau in den Ferien und die vielen schlaflosen Nächte umsonst gewesen sein? Ich weigere mich, das einfach wegzuwerfen. Aufgeben liegt mir nicht, und ich hasse es zu versagen. Selbst wenn das bedeutet, meine eigenen Wünsche zurückstellen zu müssen.

Seufzend reibe ich mir über die Nasenwurzel. »Ich weiß«, erwidere ich auf Dads Aussage hin. »Mach dir keine Sorgen. Alles bestens.«

Verdammt, mir ist sehr wohl bewusst, dass wir das alles so ausgemacht haben. Und wie hätte ich auch etwas dagegen sagen können, wenn ich den Stolz in Dads Augen sehe, in seiner Stimme höre und jedes Mal spüren kann, wenn er mir auf die Schulter klopft. Wenn er all seinen Freunden und Kollegen von seinen beiden Söhnen erzählt, die bald ins Unternehmen einsteigen und das Familienerbe fortführen. Wenn er sich bereits ausmalt, im Alter in einem Haus zu leben, das wir gemeinsam gestaltet und mit unseren eigenen Händen gebaut haben, während seine Enkelkinder, die nächste Generation im Whittaker-Imperium, im Garten spielen. Wie zum Teufel soll ich ihm erklären, dass ich nichts davon will? Und noch viel schlimmer: Wie soll ich ihm sagen, dass ich zwar an all dem, wofür er und Alexander so hart gearbeitet haben, keinen Anteil haben will – aber auch überhaupt keine genaue Vorstellung davon habe, wie meine Zukunft stattdessen aussehen soll?

Ich kann es einfach nicht. Vielleicht macht mich das zu einem Feigling, aber ich will nicht, dass er mich als eine Enttäuschung ansieht. Ich habe schon Jesper im Stich gelassen, ich kann und will meine Familie nicht auch noch enttäuschen.

»Sicher?«, hakt er nach. Nicht ungeduldig, nicht fordernd, sondern ehrlich betrübt. Ich kann es ihm ansehen, daran, wie sich die Falten auf seiner Stirn vertiefen und der Blick aus seinen braunen Augen zunehmend besorgter wird.

Ich presse die Lippen aufeinander. »Ja«, stoße ich hervor. »Ich fahre ab Dienstag nach Richmond.«

»Gut.« Einen Moment lang mustert er mich noch nachdenklich, dann widmet er sich wieder den vor uns auf dem Couchtisch aufgeschlagenen Akten und Papieren. »Hast du noch etwas von deinem Bruder gehört?«

Wenn ich eine Liste führen müsste, wie viele Lügen ich meiner Familie diesen Sommer über auftischen musste, wäre das hier wohl Nummer hundertfünfundzwanzig.

»Es geht ihm gut.« Die Worte kommen mir viel zu leicht über die Lippen. Zu geübt. »Er ist bloß ständig unterwegs und ziemlich beschäftigt.«

Wir mussten uns eine Story überlegen, die wir unseren Eltern, aber vor allem Dad und Onkel Alexander erzählen können, warum Josh diesen Sommer nicht zu Hause ist. Wir haben Semesterferien, also war das College keine Option, genauso wenig wie ein Praktikum bei einer anderen Firma. Das würde die beiden nur vor den Kopf stoßen und viel zu schnell auffliegen. Also musste eine Reise herhalten, die Josh unbedingt machen will, bevor er seine Arbeit im Familienunternehmen beginnt. Noch kaufen uns das alle ab, weil Josh sich hin und wieder auch bei unseren Eltern meldet, wenn sie ihm in der Klinik zu telefonieren erlauben, doch es ist nur eine Frage der Zeit, bis uns der ganze Mist um die Ohren fliegen wird. Lexi ist bereits misstrauisch. Dad und Onkel Alexander stecken zwar bis zum Hals in Arbeit, aber sie sind nicht dämlich. Früher oder später werden sie merken, dass Josh nicht so schnell wie geplant zurückkommen wird.

Ganz ehrlich? Ich habe keine Ahnung, wie lange er noch in der Klinik bleiben muss, um diesen Entzug durchzuziehen. Ein paar Wochen vielleicht? Monate? Kein Plan. Dieses ganze Jahr war einfach nur beschissen. Herauszufinden, dass mein großer Bruder, mein *Partner in Crime*, seit ich denken kann, ein ernstes Alkohol- und Drogenproblem hat, war schon schlimm genug. Aber bis ich ihn dazu bringen konnte, eine Therapie zu machen, hat es Monate gedauert. Monate, in denen ich für ihn bei beschissenen Untergrundkämpfen im ganzen Land eingesprungen bin, damit er in seinem Zustand nicht auch noch sein Leben riskiert. Und damit er seine Schulden abbezahlen konnte, die er bis dahin gemacht hatte. Dann ist Jesper gestorben, bevor ich noch mal mit ihm reden konnte. Meine Examina waren eine einzige Katastrophe, und den Sommer habe ich bisher damit verbracht, hinter Josh und mir herzuräumen und alles wieder in Ordnung zu bringen, während ich verzweifelt versuche, meiner Familie ein glaubwürdiges Alibi abzuliefern, bei dem sich niemand Sorgen machen muss. Selbst wenn das bedeutet, sie alle andauernd anlügen zu müssen.

»Das wär's dann fürs Erste.« Onkel Alexander wirft mir ein gutmütiges Lächeln zu. »Lassen wir den Jungen gehen. Ich merke doch, dass er es kaum erwarten kann, von hier wegzukommen.«

Ertappt höre ich damit auf, mit dem Bein auf und ab zu wippen, und stehe auf, bevor sie es sich anders überlegen können. »Danke.«

Dad wirkt etwas irritiert, aber bis vor wenigen Sekunden war er auch noch total in all die Pläne auf dem Tisch vertieft. »Wir sehen uns zu Hause.«

Ich nicke und mache mich schleunigst auf den Weg. Mittlerweile ist es bereits kurz nach acht. *Shit.* Hailee wartet bestimmt schon. Ich renne die Treppen hinunter, vorbei am leer stehenden Empfang und zu meinem Auto. Nach wenigen Minuten biege ich auf die Hauptstraße ab und parke den Wagen in der Nähe des Diners. Dann steige ich aus, fahre mir mit der Hand durchs Haar und laufe zum Eingang.

Hailee sitzt nicht drinnen an einem Tisch oder wartet oben im Zimmer, sondern steht vor dem Gebäude. Sie hat sich umgezogen, und obwohl die Jeans mit den Rissen jetzt deutlich mehr von ihr bedeckt als das Kleid vom Nachmittag, schmiegt sich der Stoff wie eine zweite Haut an ihre Beine. Ich muss mich förmlich dazu zwingen, den Blick davon loszureißen, aber dadurch wandert er nur an ihr hinauf, zu dem weiten Trägertop in einer undefinierbaren hellen Farbe und den langen Federohrringen. Das Haar trägt sie wieder offen. Sie ist nur ganz leicht geschminkt, gerade so, dass man noch die kleinen Sommersprossen auf ihrem Nasenrücken erkennen kann. Ihre warmen braunen Augen blicken mir entgegen und lassen mich für einen Moment vergessen, wie der Plan für heute Abend aussieht.

»Hi. Und sorry«, sage ich schließlich zur Begrüßung. »Der Termin im Büro hat länger gedauert, als ich dachte. Wartest du schon lange?«

Sie schüttelt den Kopf. »Schon okay. Was für ein Büro?«

Ich seufze. »Whittakers. Das Familienunternehmen. Der Hauptsitz ist noch immer in Fairwood – wenn du mal an den östlichen Stadtrand kommst, kannst du das Gebäude kaum übersehen.« Obwohl ich mir nicht vorstellen kann, für den Rest meines Lebens an einen Schreibtisch gekettet zu sein und mit Kunden verhandeln zu müssen, schwingt eine Spur von Stolz in meiner Stimme mit. Denn das bin ich wirklich. Ich bin stolz auf Dad und Onkel Alexander und finde es großartig, was sie zusammen aufgebaut haben. Aber das bedeutet nicht, dass ich ein Teil davon sein möchte.

»Wow.« Hailee lächelt ganz leicht. »Das klingt beeindruckend.«

Ich nicke nur, denn damit ist das Thema für mich erledigt. Ich will mich nicht mehr damit beschäftigen als nötig. Mit dem Daumen deute ich hinter mich die Straße hinunter. »Können wir?«

»Ich bin bereit für das Nicht-Date.«

Nach dem Gespräch mit meinem Vater und meinem Onkel bin ich noch immer angespannt, aber ihre Bemerkung entlockt mir ein kleines Lächeln. »Noch«, betone ich. »Das ist *noch* kein Date.«

Amüsiert schüttelt sie den Kopf, schweigt aber.

Seite an Seite gehen wir an den inzwischen geschlossenen kleinen Läden der Main Street vorbei, passieren eine Eisdiele, vor der selbst jetzt noch Leute Schlange stehen, kommen an Moms Blumenladen und der Buchhandlung vorbei, in der Lexis Mutter und deren Schwiegertochter Mary Ann arbeiten, bis wir schließlich das *Barney's* erreichen. Aus dem Inneren sind Musik und Stimmen zu hören, denn obwohl es ein Sonntag ist, scheint noch einiges los zu sein. Das wird sich spätestens in zwei, drei Stunden ändern, wenn all diejenigen sich verabschieden, die morgen früh raus und zur Arbeit müssen.

Ich öffne die Tür und halte sie für Hailee auf, die kurz überrascht wirkt, dann jedoch reingeht. Als ich ihr folge, erkenne ich ziemlich schnell, warum es heute noch so voll ist. Denn die Leute tummeln sich nicht nur an den Tischen und am Tresen, wo Darlene und ihre Kollegen alle Hände voll zu tun haben, um den Bestellungen gerecht zu werden, sondern auch auf jedem bisschen freier Fläche vor der Bühne.

»Was ist *das*?« Hailee ist meinem Blick zur Bühne gefolgt und so abrupt stehen geblieben, dass ich fast mit ihr zusammenstoße.

»Karaoke-Abend.« Ich verziehe das Gesicht. »Ich hab ganz vergessen, dass die das hier immer noch an jedem dritten Sonntag im Monat machen.«

»Karaoke?« Hailee klingt beinahe panisch und sieht sich so hektisch um, als würde sie nach einem Fluchtweg suchen.

»Keine Angst.« Nur mit Mühe verbeiße ich mir das Lachen. »Niemand wird dich zwingen, da raufzugehen und etwas zu singen.«

Das scheint sie zumindest ein klein wenig zu beruhigen. Dennoch beäugt sie das Treiben auf der Bühne misstrauisch. Ich kann es ihr nicht verübeln, denn gerade gibt mein alter Highschoollehrer eine Performance von Queens *Bohemian Rhapsody*. Er kann sogar einigermaßen singen, trotzdem ist es irgendwie verstörend, Mr Wilson so zu sehen, wo ich ihn doch hauptsächlich mit Tweedsakko und Krawatte aus dem Matheunterricht kenne.

Schnell wende ich den Blick ab und konzentriere mich wieder ganz auf Hailee. »Ich schätze mal, du magst kein Karaoke …?«

»Nie versucht.« Sie zieht die Schultern hoch. »Ich hab mich nie getraut. Was irgendwie traurig ist, weil ich schon den ganzen Sommer unterwegs bin und jede Menge Gelegenheiten dazu hatte.«

»Verstehe«, murmle ich, doch im Grunde begreife ich gar nichts. »Kann ich dich was fragen?«

Sie deutet ein Nicken an.

Bevor ich die nächsten Worte ausspreche, greife ich nach ihrer Hand und bahne uns einen Weg zur Theke. Ursprünglich wollte ich sie in dem Gedränge nicht verlieren, zumal Hailee nicht besonders groß ist. Doch jetzt merke ich, wie angenehm sich ihre Hand in meiner anfühlt. Ungewohnt, ja, aber auch viel zu gut. Als wir die Theke erreichen, gebe ich Darlene ein Zeichen, bevor ich mich wieder zu Hailee umdrehe. »Wie kann es sein, dass jemand wie du, die ganz allein nach Fairwood kommt, in einer Bar einen wildfremden Typen anspricht und sich fast eine Klippe runterstürzt, sich vor so etwas wie Karaoke fürchtet?«

Noch während ich all das aufzähle, errötet sie. »Ich bin nicht halb runtergestürzt«, korrigiert sie mich.

Ich ziehe bloß eine Braue in die Höhe.

»Okay, na gut. Aber so wie du das sagst, klingt es ziemlich verrückt. Und viel zu … mutig. Zumindest bis zum Karaoke-Teil.«

»Du *bist* mutig, Hailee.«

»Nein, ich bin …« Sie schüttelt den Kopf. Was auch immer sie sagen wollte, bleibt ihr Geheimnis.

»Hey … Ich hab dir erzählt, wie ich Jesper kennengelernt habe.« Ganz sachte stupse ich ihre Schulter mit meiner an. »Du bist an der Reihe.«

Sie zögert und nagt wieder an ihrer vollen Unterlippe, dann scheint sie sich einen Ruck zu geben. »Im Internet.«

»Was?«

Sie beugt sich näher zu mir, damit ich sie über den Gesang und die Gespräche hinweg verstehen kann. »Wir haben uns im Internet kennengelernt«, wiederholt sie. »In einem Forum.«

Ich brauche einen Moment, um mich auf ihre Worte zu konzentrieren, weil ihre plötzliche Nähe ganz andere Dinge in mir auslöst. Die Wärme, die mich auf einmal einhüllt. Ihr warmer, blumiger Duft, der mir schon am ersten Abend hier aufgefallen ist. Ihre Hand auf meinem Oberarm. Ihre Lippen an meinem Ohr.

Konzentrier dich, Mann!

Ich blinzle ganz leicht und drehe den Kopf etwas, um ihr ins Gesicht zu sehen. Sie ist nicht von mir abgerückt und mir jetzt wieder so nahe wie am Freitag in dieser dunklen Ecke bei der Tanzfläche. Wie erst vor wenigen Stunden im Café. Hitze breitet sich in mir aus und strömt in alle Richtungen, aber vor allem Richtung Süden. Ihre Augen weiten sich ein wenig, aber sie zieht sich nicht zurück, sondern scheint genauso gebannt zu sein wie ich.

»Im Internet …?«, wiederhole ich langsam.

Sie nickt stumm. Und dann tut sie etwas absolut Unverzeihliches: Sie befeuchtet sich die Lippen mit der Zunge. Direkt vor meinen Augen.

Kann diese Frau bitte damit aufhören, so verflucht anziehend zu sein? Es kostet mich viel zu viel Willenskraft, mich nicht einfach zu ihr zu lehnen und das lächerliche Bisschen Distanz zwischen uns zunichtezumachen. Ich wollte sie schon vom ersten Moment an küssen, und nach dem heutigen Tag ist dieser Drang nur noch stärker geworden.

»Jesper hat an einer Geschichte geschrieben … an einem Roman«, fügt Hailee leise hinzu. Sie knetet ihre Finger, als wäre sie nervös, lässt meinen Blick aber keine Sekunde lang los.

»Und du schreibst auch?«, hake ich vorsichtig nach. Nicht nur, weil sie so zögerlich wirkt, sondern weil ich genau weiß, wie viel Überwindung es kostet, jemandem von einem kreativen Hobby zu erzählen. Von den Dingen, die man mit seinen eigenen Händen und Gedanken erschaffen hat. Denn damit setzt man sie und sich selbst unweigerlich einer Meinung aus. Einem Urteil.

Sie lächelt zurückhaltend. »Ein bisschen.«

Damit weckt sie meine Neugier noch mehr als zuvor. Aber statt mehr darüber zu erzählen, schweigt Hailee und lässt den Blick durch die Kneipe wandern. Diesmal stupse ich sie nicht an, sondern richte mich etwas auf und wende mich ihr ganz zu, sodass nur noch wenige Zentimeter zwischen uns bleiben.

»Und weiter? Was ist dann passiert?«

Ihr Blick zuckt kurz zu den Barkeepern, die noch mit anderen Gästen beschäftigt sind, und dann zurück zu mir. »Wir haben uns angefreundet. Er hat meinen Text ziemlich zerfetzt, nachdem er ihn gelesen hat.«

Ich grinse. Ja, das passt zu Jesper. Nach außen hin immer megaunschuldig, in Wahrheit aber ein richtiger Teufel.

»Warst du wütend auf ihn?«

»Ich war …« Sie sucht nach Worten und lacht lautlos auf. »Keine Ahnung. Wir haben bis vier Uhr morgens miteinander diskutiert, und ich bin bis heute davon überzeugt, dass er bei der Zeichensetzung absolut nicht recht hatte. Mit dem Rest leider schon«, fügt sie widerwillig hinzu. »Danach haben wir uns immer öfter getextet oder uns Sprachnachrichten geschickt und gegenseitig unsere Kapitel gelesen. Er hat ein bisschen von seiner Heimat erzählt, dem …«

»… schönsten Ort der Welt.«

Sie starrt mich verblüfft an. Dann breitet sich ein warmes, wehmütiges Lächeln auf ihrem Gesicht aus. »Genau das hat er immer gesagt.«

»Ich weiß.«

Hailee betrachtet mich so intensiv, als würde sie sich noch immer eine Meinung über mich bilden wollen. Oder versuchen, das, was sie von Jesper über mich gehört hat, mit dem in Einklang zu bringen, wie sie mich kennengelernt hat.

»Chase …«

Was auch immer sie sagen will, geht unter, als ein Barkeeper neben uns auftaucht, um unsere Bestellung aufzunehmen. John, glaube ich. Er ist erst vor Kurzem nach Fairwood gezogen. Ich unterdrücke das Aufflackern von Enttäuschung, weil wir unterbrochen wurden. »Ein Bier für mich. Darlene weiß Bescheid.«

Hailee bestellt sich eine Cola. John nickt uns zu, und dann sind wir auch schon wieder allein. Zumindest so allein, wie man in einer Bar voller Menschen sein kann.

»Woran schreibst du?«, frage ich, auch wenn – oder gerade weil – sie nicht so gern darüber zu sprechen scheint.

Sie zieht eine Schnute. »Es ist eine Kindergeschichte. Und noch nicht fertig«, fügt sie hastig hinzu. »Also nein, du kannst sie nicht lesen.«

Ich kann mein Grinsen kaum unterdrücken. »Woher willst du wissen, dass ich sie lesen will?«

»Weil du nachgefragt hast. Und weil ich wissen will, was du gestern auf diese Servietten gemalt hast.«

Oha. Damit habe ich nicht gerechnet. Und obwohl es gegen alles geht, was ich anderen Leuten gegenüber sonst antworte, höre ich mich nun sagen: »Ich kann sie dir zeigen, wenn du willst. Aber das sind nur ein paar Kritzeleien, nichts Tolles oder Besonderes.«

»Einfach so?«

»Einfach so«, wiederhole ich und helfe ihr auf einen Hocker, nachdem der frei geworden ist. So sitzend sind wir praktisch auf einer Höhe, und ich kann ihr in diese faszinierenden Augen schauen. Oder auf ihren Mund. Ihr Räuspern reißt mich aus meinen Gedanken. »Hm?«

»Du kannst mich nicht so ansehen …«, haucht sie.

»Warum nicht?«

»Weil …« Sie sucht nach Worten, doch dann macht sie eine komplette Kehrtwende und wechselt das Thema. »Erzähl mir etwas über dich. Was ist das letzte Foto, das du gemacht hast?«

»Phil beim Klettern. Er hat sich nur mit einer Hand an einem Ast festgehalten, und ich musste ihn auffangen, bevor er runterfällt, aber das Bild ist ziemlich cool geworden.«

Sie lächelt. »Was wolltest du werden, als du klein warst?«

»Ein Superheld«, erwidere ich, ohne auch nur eine Sekunde darüber nachdenken zu müssen. »Ich wollte den Menschen helfen und Bösewichte vermöbeln. Wie Batman.« Ich stütze mich mit dem Unterarm auf den Tresen und lehne mich ein bisschen zu ihr, um nicht so schreien zu müssen. Und vielleicht will ich ihr einfach noch etwas näher sein. »Vorsicht, Hailee. Wenn du mich weiter so ausfragst, könnte man meinen, du willst doch auf ein Date mit mir.«

Als ich den Kopf wieder hebe, sind ihre Wangen knallrot angelaufen. Selbst bei der gedimmten Beleuchtung hier drinnen ist das nur schwer zu übersehen. Und es ist so. Verflucht. Niedlich.

»Ich bin dran«, sage ich. »Wann hast du Geburtstag?«

»Am zwanzigsten Februar.«

»Was frühstückst du am liebsten?«

Ihre Brauen wandern weit hoch, aber dann beantwortet sie meine Frage mit einem breiten Lächeln: »Pancakes mit Ahornsirup und Bacon, einen Latte macchiato, Obst und Schlagsahne.«

Interessant. Sehr interessant und für später abgespeichert.

Sie holt tief Luft. »Was tust du, wenn du wütend bist?«

»Keine Ahnung.« Ich zucke mit den Schultern. »Durch die Gegend fahren. Auf einen Boxsack einschlagen, um runterzukommen. Aber …«

»Aber …?«, hakt sie kaum hörbar nach.

Ich lächle bei der Erinnerung. Keine Ahnung, wo die all die Zeit vergraben war, aber auf einmal ist sie wieder da. »Mom hat mich früher immer ganz fest in den Arm genommen, wenn ich aufgebracht war. Das hat am besten geholfen.«

»Das ist total schön.« Mir entgeht nicht, dass sich Hailee dabei ein wenig in meine Richtung lehnt. »Was verurteilst du an Menschen am meisten?«

Auch darüber muss ich nicht lange nachdenken. »Lügen. Ich hasse es, wenn man nicht ehrlich ist.«

Was auf mich selbst genauso zutrifft wie auf alle anderen.

Ich kann es nicht leiden, angelogen zu werden – aber selbst der ganzen Welt etwas vormachen zu müssen? Das ist fast noch schlimmer. Auch wenn es nicht mal mein eigenes Geheimnis ist, das ich bewahre. Es kotzt mich trotzdem an.

Ich kann ihren Gesichtsausdruck nicht ganz deuten, aber das ist egal. Denn ich weiß schon genau, was ich als Nächstes von ihr wissen will: »Wen hast du zuletzt geküsst?«

Sie hält inne. Atmet scharf ein. Aber sie weicht mir nicht aus. »Meinen Ex-Freund«, antwortet sie nach einem Moment leise. »Und du?«, will sie wissen, bevor ich weiter nachbohren kann.

»Ein Mädchen auf irgendeiner Collegeparty. Nichts Ernstes.«

Hailee erwidert nichts darauf, obwohl ich ihr die Fragen ansehen kann. Wahrscheinlich – *hoffentlich* – hat sie genauso viele wie ich und will mehr erfahren. Obwohl wir mitten in dieser vollgepackten Bar sind und im Hintergrund irgendwelche Leute ziemlich schlecht singen, kann ich mir gerade keine bessere Weise vorstellen, den Abend zu verbringen, als genau hier. Mit ihr. Obwohl … doch, kann ich. Wenn wir allein wären, uns ganz in Ruhe unterhalten und andere Dinge tun könnten. Aber bis es dazu kommt, bin ich mit dem zufrieden, was ich habe.

Zumindest bis ein besonders schiefer Ton uns beide zusammenzucken lässt. Ich verrenke mir fast den Hals, um zu sehen, wer inzwischen auf der Bühne ist. Die Stimme kommt mir irgendwie bekannt vor und … oh nein. Ernsthaft? Ist es wieder so weit?

»Was ist los?«, will Hailee wissen. Sie ist meinem Blick gefolgt und sieht irritiert zwischen mir und dem Kerl am Mikrofon hin und her.

»Nichts. Charlotte und Shaine Fairfield hast du ja schon heute Nachmittag kurz getroffen.« Ich seufze tief und deute mit dem Kopf Richtung Bühne. »Und der Typ da drüben, der gerade eine echt miese Performance von *Stop! In the Name of Love* abgibt, ist Clayton Carter. Er ist mit uns zur Schule gegangen und war einer von Jespers engsten Freunden.« Als sie nicht reagiert, sondern nur weiter zur Bühne starrt, runzle ich die Stirn. »Alles klar?«

»Ja … es …« Sie schüttelt den Kopf. »Es ist einfach so seltsam. Jesper und ich haben uns ein Jahr lang fast täglich geschrieben. Er hat ein bisschen von seiner Familie erzählt, dass er Einzelkind ist und ein tolles Verhältnis zu seinen Eltern hat. Aber er hat so gut wie nie von seinen Freunden gesprochen. Ich dachte immer …«

»Du dachtest, er hätte keine Freunde?«

»Nein, das ist nicht wahr«, wehrt sie sofort ab. »Und selbst wenn es so gewesen wäre … Es ist überhaupt nichts Schlimmes dabei, nur wenige oder gar keine Freunde zu haben.«

Ich nicke bedächtig und nehme unsere Getränke entgegen. »Wenige Freunde, aber dafür gute? Da stimme ich dir zu. Aber gar keine? Niemand, mit dem man reden und dem man sich anvertrauen kann? Das klingt ziemlich einsam, wenn du mich fragst.«

Sie presst die Lippen aufeinander und sieht zur Seite.

»Hailee …?«

Ein neuer Song beginnt, und obwohl ich dachte, es ginge nicht noch schlechter, werde ich jetzt eines Besseren belehrt. Ich schwöre, die kreischende Stimme dieser Sängerin lässt jedes einzelne Glas im Lokal erzittern.

»Whittaker!« Ohne Vorwarnung taucht Clayton neben uns an der Bar auf.

»Carter.« Ich schlage in seine ausgestreckte Hand ein. »Ich habe Hailee gerade von deinen beschissenen Gesangskünsten erzählt.«

»Hey, ich kann hervorragend singen.« Er streckt die Brust raus, lacht gleich darauf jedoch, da jeder in der Stadt weiß, dass er aus dem Schulchor geflogen ist, weil er keinen einzigen Ton halten kann. »Freut mich, Hailee. Ich bin Clay.«

Sie lächelt schüchtern und schüttelt seine Hand, bevor sie die Finger wieder um ihr halb ausgetrunkenes Glas Cola legt. »Chase hat gesagt, dass du mit Jesper befreundet warst …?«

Sein Blick wandert einen Moment lang prüfend zwischen uns hin und her. »Stimmt. Wir sind zusammen zur Schule gegangen.«

Wir nicken alle einvernehmlich. Ich frage mich, wann die Erwähnung unseres toten Freundes kein seltsames Schweigen mehr auslösen wird. Oder wird für immer diese Leere da sein, wann immer wir an ihn denken oder über ihn reden? Ich habe nie zuvor einen Menschen verloren, und die einzige Beerdigung, auf der ich vorher je war, war die von Urgroßmutter Dottie. Aber damals war ich gerade mal vier oder fünf Jahre alt. Zu klein, um mich an Details zu erinnern oder zu begreifen, warum alle um mich herum so traurig waren. Jesper ist die erste Person, die ich wirklich kannte, an deren Grab ich stand und mir verzweifelt wünschte, es wäre nicht so.

Glücklicherweise taucht Lexi in diesem Moment auf und erlöst uns von der angespannten Stimmung.

»Hey«, begrüßt sie uns und schnappt sich das Bier aus meiner Hand, um davon zu trinken, bevor ich auch nur einen Schluck nehmen konnte. »Das wäre doch nicht nötig gewesen.«

»Lexi …«, warne ich.

Sie grinst selbstzufrieden – und ignoriert mich. »Hallo, Hailee. Morgen kann ich dir mehr zu deinem Wagen sagen, dann hat auch Tyler einen Blick darauf geworfen. Ihm gehört die Werkstatt. Und, Clay? Der Auftritt war sogar für deine Verhältnisse unter aller Sau.«

»Ich weiß nicht, was ihr alle habt.« Gespielt genervt verdreht er die Augen. »Mom hat immer gesagt, ich habe die Stimme eines Engels.«

Jeder in Hörweite prustet los. Sogar die Leute neben uns an der Bar, die diese Aussage zufällig mitbekommen haben.

»Du solltest mal ein ernstes Wort mit deiner Mom reden«, kommentiere ich und klaue mir mein Bier zurück.

Lexi bemerkt es nicht mal, da sie lieber weiter über ihr Lieblingsthema redet: Autos. Oder in diesem Fall Motorräder. »Wann bringst du mir deine Maschine endlich wieder vorbei? Steht nicht bald ein Ölwechsel an?«

Clayton schüttelt den Kopf und deutet mit dem Finger auf Lexi. »Ich schwöre, du kennst dieses Motorrad besser als ich.«

»Du fährst Motorrad?«, schaltet sich Hailee ein, die das Gespräch bisher schweigend mitverfolgt hat. Sie starrt Clayton mit großen Augen an.

Wenn Hailee es darauf angelegt hat, sein Herz mit wenigen Worten für sich zu gewinnen, hat sie das soeben geschafft.

»Ja.« Seine grauen Augen funkeln vor Begeisterung. »Eine Kawasaki Z900RS. Schwarz-rot. Das beste und schönste Bike, das du in der ganzen Stadt finden wirst.«

»Was in Fairwood nicht besonders schwer ist«, wirft Lexi trocken ein, doch Clay wedelt nur mit der Hand, um sie zum Schweigen zu bringen.

»Ich bin noch nie Motorrad gefahren«, murmelt Hailee nachdenklich.

Clayton grinst. »Willst du eine Spritztour?«

»Ist das dein Ernst?« Sekundenlang starrt sie ihn nur an, dann nickt sie schnell und hüpft vor Begeisterung förmlich auf dem Hocker auf und ab. Offenbar hat Clayton ebenfalls genau das Richtige gesagt. »Ja! Unbedingt! Warte … Hast du einen

Zweithelm für mich?« Sie sieht kurz an sich hinunter. »Und eine Jacke?«

Kurz schaut Clayton in meine Richtung, dann nickt er Hailee zu. »Ja und ja. Wir können sofort los.«

Sie stößt ein ungläubiges Lachen aus und rutscht vom Hocker. »Ernsthaft?«

Ihre Begeisterung ist geradezu ansteckend. Und obwohl ich sie nur ungern losziehen lasse, nehme ich ihr jetzt das Glas aus der Hand. »Ich passe für dich darauf auf.«

Einen Moment lang wirkt sie beinahe so, als wollte sie mir vor Dankbarkeit um den Hals fallen. Oder Clayton, da bin ich nicht ganz sicher. Aber sie lächelt nur breit. »Danke!«

Und schon ist sie mit Clayton in der Menge verschwunden.

»Sieht so aus, als wäre jemand sitzen gelassen worden.« Lexi nippt grinsend an einem Drink, den sie in der Zwischenzeit bestellt haben muss.

Von wegen sitzen gelassen. Das hier ist ja nicht mal ein richtiges Date. Doch bevor ich etwas darauf erwidern kann, mischt sich eine weitere Person ein.

»Hey, Chase!«, kommt es überraschend von John, dem Barkeeper. Er zwinkert Lexi zu, die nur mit den Augen rollt, dann stützt er sich mit den Unterarmen auf den Tresen und mustert mich mit hochgezogenen Brauen. »Du lässt dein Mädchen einfach so mit dem da wegfahren?«

Ich runzle die Stirn. »Das *Mädchen* hat einen Namen. Und sie gehört mir nicht«, füge ich entschieden hinzu. Hailee ist eine Person, kein verdammter Gegenstand. Und selbst wenn wir auf einem Date oder zusammen wären, wäre ich der Letzte, der ihr irgendetwas erlauben oder verbieten würde. »Außerdem ist Clay ein verdammt guter Fahrer, und Hailee kann auf sich aufpassen.«

Schließlich war sie den ganzen Sommer über allein unterwegs. Scheiße, ich kenne genug Leute, die Probleme damit haben, allein ins Kino zu gehen, oder sich weigern, ohne Begleitung irgendwohin zu fahren. Und was tut Hailee? Packt ihre Sachen und macht einen Roadtrip durch die Staaten. Hailee hat mehr Mumm als all die Kerle hier zusammen. Und ganz sicher mehr als John, der sich jetzt kopfschüttelnd um die nächsten Bestellungen kümmert.

Kapitel 10

Hailee

Ich habe den Verstand verloren. Es ist völlig verrückt und viel zu waghalsig, einfach bei einem Fremden auf das Motorrad zu steigen, die Arme um ihn zu schlingen und darauf zu warten, dass er losfährt. Mein Herz hämmert wie verrückt, und ich zögere, als wir an Claytons schwarz-roter Maschine ankommen, die er nur wenige Meter vom Eingang entfernt abgestellt hat. Für einen winzigen Moment taucht der Gedanke in meinem Kopf auf, ob das wirklich das ist, was ich will, aber ich verdränge ihn sofort wieder. Mutig sein ist das, was ich will. Was ich mir Anfang des Sommers vorgenommen habe. Was ich Katie versprochen habe. Und ich weiß genau, dass meine Zwillingsschwester mich anfeuern würde, wenn sie jetzt hier wäre. Also nehme ich all meinen Mut zusammen, steige nach einer kurzen Einweisung von ihm hinter Clayton auf das Bike, lege die Arme um ihn und lehne den behelmten Kopf gegen seine Schulter. Das plötzliche Röhren des Motors lässt mich zusammenzucken, und ich kralle mich noch etwas fester an ihn. Die Maschine vibriert, und das kribbelnde Gefühl erfasst meinen ganzen Körper.

»Bereit?« Clayton wirft mir einen fragenden Blick über die Schulter zu.

Habe ich schon erwähnt, wie irre das hier ist? Die alte Hailee – die, die sich an Freitagabenden immer in ihrem Wohnheimzimmer eingeschlossen hat und lieber allein Serienmarathons gemacht hat, statt mit Katie auszugehen – hätte so etwas niemals getan. Aber irgendwo zwischen dem Beginn dieser Reise vor zwei Monaten und heute hat sich etwas verändert. Ich bin nicht mehr diese Person – und das, obwohl ich während dieses Roadtrips noch immer viel Zeit mit mir selbst, meinen Geschichten, Büchern, Musik und Serien verbracht habe. Aber hier ist es anders. In Fairwood bin ich ständig von Menschen umgeben. Menschen, mit denen mich etwas verbindet. Mit denen mich *jemand* verbindet. Und vielleicht ist das der Grund, weshalb ich heute mit einem Kerl, den ich kaum kenne, in eine Bar gegangen bin, nur um kurz darauf mit einem anderen, den ich wenige Minuten zuvor kennengelernt habe, eine Spritztour zu unternehmen. Auf seinem Motorrad.

Ich nicke Clayton zu, da ich kein Wort hervorbringe. Dafür ist mein Hals viel zu trocken, und mein Herz wummert fast so laut wie die Maschine unter uns. Ich weiß nicht mal, wie ich hier gelandet bin. Ich habe nur erwähnt, dass ich noch nie Motorrad gefahren bin, es aber schon immer mal tun wollte, wir haben uns kurz unterhalten – und auf einmal sitze ich hier. Aber soweit ich es beurteilen kann, hat Clayton keinen Tropfen Alkohol angerührt, und Chase scheint ihm zu vertrauen. Außerdem kannte er Jesper. Wahrscheinlich sind das alles keine besonders guten Gründe, aber für mich sind sie wichtig.

»Eins noch: Lehn dich beim Fahren in die Kurven, auch wenn du intuitiv dagegensteuern willst, okay?« Clayton drückt meinen Arm, bevor er die Hand um den Lenker legt. »Halt dich gut fest.«

Ich umklammere ihn noch etwas stärker. Vielleicht sollte es mir unangenehm oder peinlich sein, schließlich trägt er nur noch sein dünnes Henley-Shirt, während ich seine Lederjacke anhabe. Sein Körper ist warm. Trainiert. Und hat überhaupt keine Wirkung auf mich. Ganz anders als ... Ich kann den Gedanken nicht zu Ende bringen, denn da setzt sich das Motorrad unter mir in Bewegung. In der einen Sekunde stehen wir noch auf dem Parkplatz bei *Barney's Bar,* in der nächsten rauschen die Häuser an uns vorbei, Wind peitscht durch mein Haar, und mein Adrenalinspiegel steigt in schwindelerregende Höhen.

Oh. Mein. Gott. Ich fahre Motorrad! Ich sitze wirklich auf einem Bike. Mit einem Fremden. Und es könnte nicht aufregender sein.

»Alles klar da hinten?«, ruft mir Clayton zu. Durch die Helme, das Dröhnen des Motors und das Rauschen des Windes kann ich ihn kaum verstehen.

»Ja!«, erwidere ich mit vor Aufregung ganz kratziger Stimme und nicke zur Bestätigung an seinem Rücken.

Wir folgen der Main Street, dann lassen wir Fairwood hinter uns, und Clayton gibt Gas. Mit jeder Meile, die wir in irrsinniger Geschwindigkeit zurücklegen, schlägt mein Herz schneller. Das hier ist absolut verrückt. Verrückt und verantwortungslos und durchgeknallt und *einfach wunderbar!*

Nach ein paar Minuten drosselt Clayton das Tempo ein wenig und biegt auf eine schmalere Straße ab. Ich habe nicht die geringste Ahnung, wo wir uns befinden. Definitiv nicht mehr in der Stadt. Aber hier draußen ist alles so dunkel, dass ich nur Konturen erkennen kann. Bäume und Sträucher. Der Mond, der sich auf einer Wasseroberfläche widerspiegelt. Ein See? Auf der anderen Seite des Ufers stehen ein paar Ferienhäuser mit beleuchteten Fenstern, am Steg sind kleine Boote angebunden und schaukeln sanft auf den dunklen Wellen.

Clayton folgt dem immer schmaler werdenden Weg, bis er in der Nähe des Ufers anhält und den Motor ausschaltet. Das Dröhnen hallt noch immer in meinen Ohren nach, und ich brauche einen Moment, um mich von Clayton zu lösen und abzusteigen. Ich bin völlig verkrampft, und meine Beine zittern so stark, dass ich mich kurz am Motorrad festhalten muss.

»Alles in Ordnung?« Auch Clayton ist abgestiegen, hat sich den Helm abgenommen und streckt die Arme aus. Ohne mich zu berühren zwar, aber so als würde er damit rechnen, dass ich jeden Moment ohnmächtig werde. Dabei bin ich in meinem ganzen Leben noch kein einziges Mal ohnmächtig geworden. Und das werde ich auch jetzt nicht tun.

»Ja. Das war nur … wow. Das war so toll!«

Sein Grinsen verleiht ihm etwas Jungenhaftes, fast schon Schelmisches. Er hilft mir mit meinem Helm, fährt sich mit der Hand durch das zurückgegelte blonde Haar und setzt sich dann in Bewegung.

Ich komme ganze drei Schritte voran, bis ich mit meinen Sandalen im Gras ausrutsche. »Whoops!«

Sofort packt Clayton mich am Ellbogen. »Sicher, dass du nichts getrunken hast?«

Ich lache auf. »Ich bin komplett nüchtern.«

Höchstens trunken von dieser Fahrt. Wow. Wer hätte gedacht, dass Motorradfahren einen solchen Rausch auslösen kann? Am liebsten würde ich die Arme ausbreiten und über die Lichtung tanzen, wenn ich nicht befürchten müsste, dass meine Beine dann tatsächlich nachgeben. Denn sie fühlen sich noch immer an wie aus Gummi.

»Wo sind wir?«, frage ich, als wir am Ufer stehen bleiben. Grillen zirpen, und zwischen den Büschen meine ich, kleine leuchtende Punkte zu erkennen.

Glühwürmchen! Begeistert nähere ich mich den Lichtern ganz langsam, um sie nicht zu verschrecken.

»Das hier?« Zufrieden seufzend setzt sich Clayton ins Gras. »Das ist der See, an den wir in den Sommerferien fast jeden Tag gefahren sind, um zu schwimmen, zu grillen oder einfach nur abzuhängen. Charlotte, manchmal auch Shaine, Lexi, Chase und …«

»Jesper?«, frage ich und drehe mich zu ihm um.

Ein stilles Lächeln umspielt seine Mundwinkel. »Und Jesper. Wenn er sich gut genug dafür gefühlt hat.«

»Wir waren ein Jahr lang befreundet«, gestehe ich. »Und eigentlich dachte ich, ich wüsste unglaublich viel über Jesper. Ich meine, ich weiß genau, wie er schreibt, wie er klingt und was für alberne Witze er gut findet. Ich weiß sogar seine Schuhgröße! Aber so langsam kriege ich das Gefühl, dass ich ihn in Wirklichkeit kaum gekannt habe.«

»Das ist nicht wahr.« Etwas Mitfühlendes tritt in Claytons Augen, und er klopft neben sich aufs Gras. »Wir alle kannten nur ein paar Seiten von ihm. Ich glaube, es gibt niemanden, dem er alle gezeigt hat. Höchstens Chase vielleicht.«

Ich beiße mir auf die Lippe und setze mich nach einem kurzen Zögern zu ihm. Es gibt so viel, was ich wissen möchte, so viel, was ich erfahren will. »Kanntet ihr beide euch gut?«, frage ich schließlich.

Clayton nimmt einen Stein und wirft ihn gedankenverloren aufs Wasser hinaus. »Seit der Junior High. Da bin ich mit meinen Eltern hergezogen. Jesper und ich hatten ein paar Kurse zusammen und waren … na ja, die Nerds, wenn du so willst. Wir hatten beide eine Schwäche für Technik und Computer und konnten nicht besonders viel mit Sport anfangen. Ich war einfach desinteressiert, und Jesper …« Er seufzt.

»Er hat mir nie erzählt, dass er krank ist«, gestehe ich leise und zupfe an ein paar Grashalmen. »Warum hat er nie etwas gesagt?«

Jesper hat mir all die Geschichten anvertraut, an denen er geschrieben hat – aber er hat mir nie seine eigene Geschichte anvertraut.

»Ganz ehrlich?« Clayton betrachtet mich einen Moment lang, bevor er wieder auf den See hinausblickt. »Jesper hat es gehasst, krank zu sein. Er hat immer versucht, optimistisch zu sein und niemandem zu zeigen, wie dreckig es ihm manchmal ging. Er hat sich sogar mal mit Shaine angelegt. Nicht, weil er so aggressiv war, sondern eher, um sich selbst und uns anderen zu beweisen, dass er kein Schwächling ist. Jesper hat es gehasst, wenn man ihn anders behandelt hat. Die Lehrer, unsere Mitschüler, sogar seine eigene Familie – alle sind immer total übervorsichtig mit ihm gewesen. Ich wahrscheinlich auch. Oft habe ich ihm bestimmte Dinge nicht zugetraut. Also vielleicht hat er dir einfach nichts erzählt, weil er wenigstens einen Menschen in seinem Leben haben wollte, der ihn ganz normal behandelt. Wie jemanden, der gesund ist.«

So habe ich das nie gesehen. Aber es ist auch nur etwas mehr als vierundzwanzig Stunden her, seit ich zum ersten Mal von seiner Erkrankung gehört habe. Davor war er ein ganz normaler Junge für mich. Ein Freund. Ich weiß nicht, was schlimmer ist: zu glauben, ihn an einen Unfall verloren zu haben, oder zu wissen, dass er sich sein Leben lang hat quälen müssen. Und den Kampf am Ende verloren hat.

»Hier.« Von irgendwo hat Clayton ein Taschentuch hervorgezaubert und hält es mir hin.

Ich habe nicht mal gemerkt, dass mir die Tränen gekommen sind. »Danke …« Ich wische mir über die Augenwinkel und schnäuze mir die Nase, dann knülle ich das Taschentuch in meiner Hand zusammen. »Du bist ein guter Kerl, Clayton Carter.«

Er wirft mir ein belustigtes Grinsen zu. »Das sagt mein Freund auch immer.«

»Nicht deine Mom?«

»Oh Gott, nein.« Er lacht auf. »Meine Mom weiß ganz genau, was für ein Troublemaker ihr Sohn ist.«

Ich kann gar nicht anders, als zu lächeln. Clayton hat so eine unbeschwerte Art, bei der man sich sofort akzeptiert fühlt. »Du bist mit Jesper und den anderen hier zur Schule gegangen«, sinniere ich. »Was machst du jetzt? Studierst du, oder arbeitest du in der Gegend?«

»Nichts davon, wenn man es genau nimmt.« Nachdenklich wiegt er den Kopf hin und her. »Chase und Shaine haben die Stadt ziemlich schnell verlassen. Shaine für seine Motocross-Träume, und Chase ist der Familientradition gefolgt und hat in Boston angefangen, Architektur zu studieren.«

In Boston? Wow. Ganz schön weit weg von hier.

»Lexi arbeitet in *Tyler's Garage,* Charlotte weiß immer noch nicht, wohin mit sich, gefühlt hat unser halber Jahrgang eine Ausbildung in der Bank angefangen, und ich ... tja, ich bin vom Streber zum Rebellen geworden und lebe so vor mich hin.«

»Wirklich? Du warst ein Streber?« Mein Blick wandert an ihm auf und ab.

Nichts an seinem Aussehen deutet darauf hin, dass er zu Schulzeiten ein Streber – geschweige denn ein Nerd – war. Nicht das perfekt gestylte Haar, das nur ein bisschen so aussieht, als wäre er gerade aufgestanden, nicht die breiten Schultern, die verwaschene, rissige Jeans oder die Lederjacke, die ich noch immer trage, aber die sein Outfit perfekt vervollständigt. Andererseits – wie sieht ein Streber schon aus? Muss es immer das Klischee mit Brille und mausgrauer Kleidung sein?

»Oh, du hast keine Ahnung.« Clayton grinst gut gelaunt. »Ich war nicht bloß ein Streber, sondern *der* Streber der ganzen Schule. Bestnoten und lauter Extrapunkte. Wenn man es genau nimmt, bin ich das immer noch. Ich lerne einfach gerne. Vor allem alles, was mit Computern zu tun hat.«

»Also bist du eine Art Programmierer?«

»Könnte man so sagen.«

Ich kneife die Augen zusammen. »Warte mal …« Und dann kommt mir die Erleuchtung. »Du bist ein Hacker, oder?«

»Hacker klingt so negativ.« Er verzieht das Gesicht. »Sagen wir einfach, ich kann Geheimnisse entschlüsseln und alles herausfinden, was du wissen willst.«

Wie das Passwort eines ganz bestimmten Laptops, das niemand kennt?

»Ich bin quasi ein moderner Pirat«, fährt Clayton unbeirrt fort. »Oder vielleicht eher ein Grabräuber. Nenn mich Clayton Croft.«

Ich muss so sehr lachen, dass ich mich verschlucke. Mitfühlend klopft mir Clayton auf den Rücken, als ich gleichzeitig huste, lache und nach Luft schnappe.

»Halt durch«, murmelt er sichtlich amüsiert. »Chase reißt mir den Arsch auf, wenn ich dich nicht unversehrt zurückbringe.«

Ich schüttle den Kopf, während ich noch immer mit mir kämpfe. »Er ist nicht … Wir sind nicht …« Ich huste ein letztes Mal und räuspere mich. »Himmel! Chase hat mich nur in die Bar gebracht, damit ich dich und die anderen treffen kann. Du weißt schon. Freunde von Jesper.«

Clayton wirkt nicht überzeugt, aber ich bin froh, dass er nicht auf dem Thema herumreitet. »Was ist mit dir?«, fragt er schließlich. »Du gehst aber nicht mehr zur Highschool, oder? Denn sonst kriegen wir Ärger mit dem Sheriff.«

»Nein, keine Angst. Ich bin Anfang des Jahres einundzwanzig geworden und für alles, was ich tue oder nicht tue, ganz allein verantwortlich.«

»Sehr gut.« Er nickt zufrieden. »Studierst du hier in der Nähe?«

»Definiere *in der Nähe*. Bis Anfang des Sommers war ich noch in San Diego.«

»Surfen?« Clayton wackelt mit den Brauen. »Oder nein, halt. Du warst Rettungsschwimmerin in einem viel zu knappen Badeanzug.«

Ich schnaube leise. »Fast. Ich studiere Business Management.«

»Business Management?«, echot er und betont jede einzelne Silbe, als wäre es eine fremdartige Lebensform.

»Ja? Wieso nicht?«, entgegne ich. Als ich das letzte Mal nachgeschaut habe, war das nichts Verwerfliches.

»Nichts, ich hätte nur schwören können, dass du etwas Kreatives oder Ungewöhnliches studierst und nicht etwas, das so … naja …«

»… langweilig ist?«, beende ich seinen Satz amüsiert.

»Trocken.« Er hebt einen Zeigefinger. »Ich wollte trocken sagen. Und anstrengend. Ich kenne genügend Leute, die durch Business Management geflogen sind, dabei war das nur ein Einführungskurs und nicht ihr Hauptfach. Aber hey, nach San Diego ist auch ein Kumpel von mir gegangen. Er studiert Mathematik. Wie witzig wäre es, wenn ihr euch kennt?«

Ja … Ganz bestimmt wäre das total witzig. Ich schaue wieder auf den See hinaus. So viel Spaß das Geplänkel auch gemacht hat, ich will nicht mehr über das College reden. Ich war froh, seit Ende des letzten Semesters keinen einzigen Gedanken mehr daran verschwenden zu müssen. Und ich habe nicht vor, jetzt wieder damit anzufangen.

Einige Minuten lang sitzen wir schweigend da, und Clayton beginnt wieder, kleine Steine ins Wasser zu werfen. Sie hüpfen ein paarmal auf der Oberfläche, ehe sie untergehen.

»Wir sollten zurück«, beschließt er schließlich. »Du zitterst schon.«

Oh. Ich habe nicht mal gemerkt, dass mir kalt geworden ist.

Clayton steht als Erster auf und hält mir die Hände hin, um mich hochzuziehen.

»Danke, dass du mich hergebracht hast«, sage ich, als wir zusammen zu seinem Motorrad gehen. Diesmal achte ich genau darauf, nicht im Gras auszurutschen, und schlinge die Arme um mich, da ich tatsächlich ein bisschen friere. Dabei ist es für einen Augustabend gar nicht so kalt, und ich trage immerhin eine Lederjacke.

»Jesper war auch mein Freund.« Clayton setzt sich vor mich aufs Bike und wartet, bis ich sicher hinter ihm Platz genommen habe. »Wenn du über ihn reden willst oder Fragen hast … Ich bin noch eine Weile in der Stadt.«

Ich nicht. Die Worte liegen mir auf der Zunge, aber ich spreche sie nicht aus. Solange mein Honda in der Werkstatt ist, bleibt mir keine andere Wahl. Auch wenn ich zugeben muss, dass der heutige Tag unglaublich war – obwohl ich mich zunächst dagegen gesträubt habe. Aber ich habe so viel gesehen, erfahren und lauter Menschen kennengelernt, denen Jesper offenbar etwas bedeutet hat.

Also lächle ich nur und antworte auf die einzig richtige Weise auf dieses unverbindliche Angebot: »Danke.«

Er klappt sein Visier herunter und startet den Motor. So schnell, wie wir hier gelandet sind, sind wir kurz darauf wieder in der Stadt. Ich schließe die Augen und genieße die letzten Sekunden meiner allerersten Fahrt auf einem Motorrad, bis wir bei der Bar anhalten.

»Danke, Clayton.« Ich gebe ihm den Helm zurück. Meine Haut kribbelt wieder, und meine Knie sind ganz weich, aber nach dieser Aktion bin ich auch total aufgekratzt. Beinahe so, als hätte ich vier Kaffee direkt nacheinander getrunken.

»Kein Problem.« Er legt mir den Arm um die Schultern, als wir die Bar betreten, und irgendwie ist das in Ordnung.

Abgesehen von Jesper war ich nie mit Jungen befreundet. Dafür war ich immer viel zu schüchtern und habe nie den Mund aufgekriegt. Aber Clayton macht es einem einfach, ihn zu mögen und sich in seiner Gegenwart völlig ungezwungen zu fühlen.

»Na, wen haben wir denn da?« Shaine klopft Clayton zur Begrüßung kräftig auf die Schulter und wirft mir ein breites Lächeln zu.

Ich nicke ihm zu, stelle mich dann aber lieber zu seiner Cousine Charlotte, die ebenfalls an der Theke steht und auf ihre Bestellung zu warten scheint. Anders als noch im Café trägt sie jetzt ein hübsches Kleid und ein schwarzes Band mit weißer Blüte in den Haaren. An diesem Abend hat sie keine Brille auf, und ihre Augen sind auf eine faszinierende Weise geschminkt: dunkel und mysteriös und mit einem Lidstrich, den ich wahrscheinlich nicht mal dann hinkriegen würde, wenn ich damit die ganze Menschheit retten könnte.

»Bist du mit Clay hier?«, fragt sie über die Musik hinweg, da auf der Bühne noch immer ziemlich schief gesungen wird.

Ich schüttle den Kopf. »Er hat nur einen kleinen Motorradausflug mit mir gemacht.«

Bei der Erinnerung daran rauscht das Adrenalin förmlich durch mich hindurch, und ich wippe etwas auf und ab. Gott, ist es verrückt, dass ich das Ganze am liebsten sofort wiederholen würde?

Unbewusst lasse ich meinen Blick durch die Bar wandern. Es ist nicht so, als würde ich nach Chase suchen. Ganz bestimmt nicht. Aber als sich unsere Blicke treffen, ist mir schlagartig nicht mehr kalt, sondern sehr, sehr warm. Er lächelt ganz leicht, genau so, wie er mich schon gestern im Café angelächelt hat, als ich noch keine Ahnung hatte, wie er heißt und wer er wirklich ist. Und obwohl ich das mittlerweile weiß, fällt es mir immer schwerer, ihn mit dem Kerl in Verbindung zu bringen, von dem Jesper mir wutentbrannt erzählt hat.

Sekundenlang hält Chase meinen Blick fest, dann klirrt etwas, und er wendet sich abrupt ab. Ich blinzle irritiert. Er taucht in der Menge unter, erscheint gleich darauf jedoch am anderen Ende der Bar. An seiner Seite ist der Kerl mit den schwarzen Haaren, den ich vorhin mit einem Tablett herumlaufen sehen habe. Jetzt hält er eine blutige Hand hoch. Chase ruft der Barkeeperin etwas zu, die ihm ein Tuch reicht und nach hinten deutet, dann führt Chase den Typen fort.

»Was …«, beginne ich, komme aber nicht dazu, den Satz zu beenden.

Ein junger Mann indigener Abstammung schließt sich unserer kleinen Gruppe an und wird freudig begrüßt. Wie selbstverständlich nimmt er Clayton in den Arm und drückt ihm im nächsten Moment einen Kuss auf den Mund. Der Fremde hat glänzendes schwarzes Haar, das ich sofort gegen meine nicht zu bändigende, sich ständig verknotende Mähne eintauschen würde. Er trägt es lang, glatt und offen. Mit seinen dunklen Augen, dem Bartschatten, schwarzen T-Shirt und silbernen Armreif am Handgelenk eine faszinierende Kombination.

»Eric, das ist meine neue Freundin Hailee«, stellt Clayton mich vor und deutet zwischen uns hin und her. »Hailee, das ist Eric. Er ist sehr vernünftig, furchtbar schlau und zu meinem großen Glück total in mich verschossen. Außerdem ist er durchgeknallt und hat mir hoffnungslos den Kopf verdreht.«

Awww. Claytons süße Vorstellung lässt mich meine Hemmungen vergessen, und ich schüttle seinem Freund sofort die Hand. »Freut mich sehr, Eric.«

Sein Lächeln ist warm und ansteckend. »Gleichfalls, Hailee. Was verschlägt dich nach Fairwood?«

»Oh, ich bin nur zu Besuch hier. Eigentlich mache ich einen Roadtrip durch die Staaten.«

»Einen Roadtrip?«, wiederholt er und wirkt ehrlich interessiert. »Wo warst du denn schon überall?«

»Ach …« Ich zucke mit den Schultern. »Ein bisschen hier und da. Kalifornien, Arizona, Texas, Kansas, Illinois, New York. Und alles dazwischen.«

»Nach der Highschool bin ich die Ostküste entlang nach Norden und dann einmal quer durchs Land gefahren. Hast du eine bestimmte Route, oder fährst du einfach drauflos?«

»Einfach drauflos«, antworte ich und lasse meinen Blick schweifen. Clayton ist in ein Gespräch mit Charlotte vertieft, und von Chase ist noch immer nichts zu sehen. Nicht mal von Shaine – obwohl ich mir nicht sicher bin, dass mir seine Gesellschaft im Moment lieber wäre. Eric wirkt sympathisch, aber er stellt so viele Fragen.

»Und wie bist du in Fairwood gelandet?«

Ich presse die Lippen aufeinander. »Ich war an Jespers Geburtstag in der Nähe und dachte mir, ich komme vorbei.«

»Wirklich?« Eric stützt sich mit dem Unterarm auf den Tresen. »Woher kanntet ihr euch, wenn ich fragen darf?«

Bis eben war mir nicht klar, wie viel Glück ich hatte. Die Menschen in Fairwood sind so herzlich und haben mich aufgenommen, ohne viele Fragen zu stellen. Abgesehen von Chase vielleicht, aber seine Fragen sind nicht die typischen, die ich bisher während meiner Reise zu hören bekommen habe. *Wo kommst du her? Wohin willst du als Nächstes? Du traust dich, ganz allein durchs Land zu fahren? Hast du keine Angst?* Doch, verdammt, die habe ich. Jeden einzelnen Tag. Aber genau deshalb mache ich das ja: um mich diesen Ängsten zu stellen und all die Dinge zu tun, die ich mich früher nie getraut habe.

»Wir …«, beginne ich und nage an meinen Lippen. Verdammt. Ich habe es bereits Chase und Jespers Mutter erzählt. Warum fällt es mir jetzt so schwer, den Mund aufzumachen? Ich räuspere mich. »Wir haben uns online kennengelernt und angefreundet.«

Eric nickt bedächtig, als würde ihm meine Antwort etwas bestätigen, was er bereits vermutet hat. Aber das ergibt keinen Sinn. Woher sollte er das wissen?

»Woher kanntest du Jesper?«, kontere ich, da ich es nicht ertrage, wenn er mich noch länger mit all diesen Fragen löchert. Und weil es mich tatsächlich interessiert.

»Von der Schule.« Mit dem Kopf deutet Eric auf die anderen aus der Gruppe, die ebenfalls mit ihm und Jesper zusammen zur Schule gegangen sind. »Außerdem war ich öfter mal bei ihm, weil … naja … meine Mom war die Pflegekraft, die den Harringtons geholfen hat. Besonders zum Ende hin.«

Oh … »Das wusste ich nicht.«

»Woher auch?« Eric winkt ab und lehnt sich mit dem Rücken gegen den Tresen. »Also bleibst du wohl nicht allzu lange in der Stadt, was?«

»Zumindest so lange, bis ich mit ihrem Wagen fertig bin«, schaltet sich Alexis ein, die wie aus dem Nichts neben uns aufgetaucht ist. Sie wirft ein Lächeln in die Runde, und ihr Blick bleibt einen Moment länger an Shaine hängen als an allen anderen. Dann packt sie Eric am Arm. »Los, beweg dich! Diese Loser trauen sich nicht, mit mir zu tanzen.«

Ein Funkeln tritt in Erics braune Augen. »Wenn du mich schon so nett darum bittest … Entschuldige mich, Hailee.«

Ich sehe den beiden nach, wie sie sich an den Leuten vorbei zur Tanzfläche drängen, und kann gar nicht anders, als etwas aufzuatmen. Als Lexi und Eric anfangen, sich im Rhythmus zur Musik zu bewegen, stößt Clayton neben mir einen leisen Pfiff aus.

»Dieser Angeber«, murmelt er, doch in seiner Stimme liegt so viel Wärme, dass ich gar nicht anders kann, als zu lächeln.

Mein Blick gleitet von der Tanzfläche über die anderen Gäste und zurück ans andere Ende der Bar. Genau dorthin, wo …

»Chase ist gleich wieder da.«

»Was?« Ich blinzle. Hitze breitet sich in meinem Gesicht aus, als ich mich langsam zu Charlotte umdrehe. »Ich hab nicht nach Chase gesucht.«

»Natürlich nicht.« Amüsiert zieht sie eine Braue in die Höhe. »John, der neue Barkeeper, hat ein Tablett fallen lassen und sich am Glas geschnitten. Chase spielt nur mal wieder den Rettungssanitäter. Aber keine Sorge, sobald er ihm den besten Verband der Welt verpasst hat, kommt er zurück.«

Mal wieder? Doch Charlotte spricht weiter, bevor ich nachhaken kann.

»Als Kinder waren er und Jesper unzertrennlich.« Sie seufzt, und es klingt irgendwie schwermütig. »Ich hätte nie gedacht, dass alles mal so enden würde.«

Kurz ringe ich mit mir, spreche die Worte dann aber doch aus. »Chase hat erwähnt, dass du und Jesper … also … dass ihr … euch gut kanntet«, sage ich in Ermangelung einer besseren Umschreibung.

»Stimmt.« Charlotte lächelt noch immer, aber in ihrem Gesicht steht gleichzeitig so viel Traurigkeit, so viel Wehmut geschrieben, dass ich sie am liebsten in den Arm nehmen würde. Sie räuspert sich. »Aber das ist nicht die richtige Zeit oder der richtige Ort, um darüber zu reden. Vielleicht ein andermal bei einem Kaffee oder so.«

»Ähm, also …« Ich zögere. »Morgen erfahre ich, wie es um meinen Wagen steht, also weiß ich nicht, wie viel länger ich überhaupt noch in der Stadt sein werde.«

Auch wenn sich umgehend mein schlechtes Gewissen meldet: *Du hast es Jesper versprochen. Du hast ihm versprochen, sein Manuskript zu lesen.*

»Klar. Gib mir einfach Bescheid.« Sie zieht ihr Handy hervor, und wir tauschen unsere Nummern aus.

Ich nicke dankbar, dann zieht die nächste Karaoke-Nummer unsere Aufmerksamkeit auf sich. Ich kenne die Frau auf der Bühne nicht, aber sie muss um die fünfzig sein und hat eine fantastische Stimme.

Ich lehne mich etwas näher zu Charlotte. »Singst du auch?«

»Was? Ich?« Ihre Augen werden kugelrund. Sie beginnt den Kopf zu schütteln, hält dann aber inne. »Ehrlich gesagt würde ich es gerne versuchen, aber ich hatte nie den Mut, es tatsächlich durchzuziehen.«

Das kann doch nicht wahr sein. Wieso halten wir uns selbst davon ab, die Dinge zu tun, die uns wichtig sind oder an denen wir Spaß haben könnten? Aus Angst vor dem, was andere von uns denken könnten? Aus Angst davor, uns lächerlich zu machen? Ich habe keine Ahnung. Ich weiß nur, dass ich es satthabe, mich vor Sachen zu fürchten, die für andere selbstverständlich sind. Zum Teufel, ich bin heute schon bei einem wildfremden Kerl auf dem Motorrad mitgefahren. Wenn ich das kann, dann kann ich auch auf dieser Bühne singen.

»Sorry für die Wartezeit. Heute ist echt die Hölle los.« Die Barkeeperin stellt eine Flasche vor Charlotte, wischt sich mit dem Arm über die Stirn und sieht mich dann erwartungsvoll an. »Was kann ich dir bringen?«

Normalerweise trinke ich nicht, schon gar nicht, wenn ich allein unterwegs bin. Aber hier bin ich nicht allein, sondern umgeben von Jespers Freunden. Und bei dem, was ich vorhabe, kann ich definitiv ein bisschen zusätzlichen Mut vertragen. Also bestelle ich ein Bier. Und kurze Zeit später, weil es mir tatsächlich schmeckt und ich mich immer noch nicht getraut habe, auf diese verdammte Bühne zu gehen, einen Shot. Und dann gleich einen zweiten.

»Woohoo!«, ruft Alexis, als Clayton eine zweite Performance beginnt, die sich als herzzerreißendes – und unglaublich lustiges – Duett mit Eric herausstellt.

Ich habe keine Ahnung, wie spät es mittlerweile ist. Chase scheint immer noch anderweitig beschäftigt zu sein. Während ich an meinem dritten Drink nippe, ist mir angenehm warm geworden, und die Vorstellung, da raufzugehen, ist nicht mehr ganz so erschreckend.

Du kannst das, Hailee. Du kannst das!

Als sich Clays und Erics Auftritt dem Ende nähert, atme ich tief durch und rutsche von meinem Hocker. *Whoa!* Die Welt schwankt total, und meine Knie sind irgendwie weich.

Charlotte mustert mich skeptisch. »Was hast du vor?«

»Ich gehe jetzt da hoch und singe.«

Drei, zwei, eins, los!

Meine Schritte sind etwas wacklig, aber ich komme gut voran, da auch nicht mehr ganz so viele Leute da sind. Macht es das besser oder schlechter? Ich habe keine Ahnung. Ich weiß nur, dass ich das jetzt durchziehen muss, sonst werde ich mich niemals trauen. Zielstrebig – und ein bisschen schwankend – bahne ich mir einen Weg an den anderen Gästen vorbei und erreiche die Bühne in dem Moment, in dem Clay und Eric die drei Stufen heruntersteigen. Im ersten Moment wirken sie überrascht, dann überreicht mir Clay grinsend das Mikrofon, klopft mir auf die Schulter und wünscht mir Hals- und Beinbruch. Und ehe ich es mir anders überlegen kann, haben mich die ersten Leute entdeckt und feuern mich an, während ich zögerlich auf die Bühne steige.

Oh Gott. Was habe ich mir nur dabei gedacht? Gar nichts, ist die Antwort. Ich habe überhaupt nicht nachgedacht, und jetzt stehe ich auf einer Bühne in dieser Bar in Fairwood, Virginia, und habe nicht die geringste Ahnung, was ich eigentlich tue. Katie hat eine wundervolle Stimme. Alle haben sie immer dazu ermuntert zu singen, vor allem Mom und Dad. Ich kann mich nicht daran erinnern, dass sie mich jemals dazu aufgefordert hätten. Deswegen habe ich mich nie getraut – weder unter der Dusche noch zu einem tollen Lied im Auto und ganz sicher nicht bei einem Karaoke-Abend. Niemand hat mich je wirklich singen gehört. Und jetzt soll ich das vor lauter Fremden tun? Und was soll ich überhaupt singen?

Super Vorbereitung, Hailee.

Auf keinen Fall eine Ballade. Irgs. Bloß nicht. Aber ich bringe es auch nicht über mich, irgendeinen der gefühlvollen Songs zu singen, die Katie so mochte. Nein, auf keinen Fall. Ich brauche etwas anderes. Etwas Starkes. Etwas, das mir bewusst macht, wie sehr ich mich in diesem Sommer verändert habe. Ich bin nicht mehr das Mädchen von früher. Ich bin nicht mehr das Mädchen, das sich zu Hause verkriecht und von ihrem Freund gegen eine andere ausgetauscht wurde, die *ein bisschen lustiger drauf ist*. Ich bin das Mädchen, das ihr Schicksal selbst in die Hand nimmt. Und damit fällt mir auch das perfekte Lied ein, das ich ohne jede Hemmung singen kann. Zumindest hoffe ich das.

Ich wähle meinen Song, atme tief durch und dann … geht es los. Mein Herz rast, und meine Handflächen sind so feucht, dass mir fast das Mikro aus den Fingern rutscht. Ich umklammere es fester und stimme die ersten Worte von *Shout Out to My Ex* an. Zuerst ist es völlig still. So still, dass ich zu zittern beginne. Doch dann ist der erste Jubel zu hören. Wildfremde Frauen singen beim ersten Refrain mit, als würde ich ihnen mit diesem Lied aus der Seele sprechen. Und plötzlich … plötzlich ist es gar nicht mehr so schlimm.

Ich verliere mich in dem Lied, lege all meine Wut und Enttäuschung hinein. Und die Erleichterung, diesen Kerl los zu sein. Von irgendwoher höre ich, wie Alexis mich anfeuert – ihre rauchige Stimme ist unverkennbar. Als ich sie nur wenige Schritte vor der Bühne entdecke und ihr bedeute, zu mir raufzukommen, drückt sie der Person neben sich sofort ihre Bierflasche in die Hand und stürmt auf die Bühne. Irgendjemand gibt ihr ein zweites Mikrofon, und während sie die nächste Strophe mit einer so unglaublichen Soulstimme raushaut, dass es mir den Atem verschlägt, suche ich weiter hinten in der Menge nach Charlotte. Als ich sie entdecke, winke ich sie ebenfalls heran.

Sie schüttelt vehement den Kopf, und ich kann ihr die Worte deutlich von den Lippen ablesen. »Nein. Wag es ja nicht!«

Doch gegen die begeisterte Menge hat sie keine Chance. Die Leute klopfen ihr auf die Schulter, schieben sie vor und reden ihr gut zu, bis ihr gar nichts anderes übrig bleibt, als sich zu Alexis und mir auf die Bühne zu gesellen.

»Ich hasse euch!«, zischt sie, aber in ihrem Gesicht kann ich die gleiche Aufregung, den gleichen Nervenkitzel erkennen, den ich gerade spüre.

Sekunden später schmettern wir den Refrain zusammen – begleitet von den Stimmen von gefühlt allen Frauen und auch ein paar Männern in der Bar. Mein Herz hämmert noch immer wie verrückt – ganz besonders als ich entdecke, wer bei den anderen an der Theke steht und mir ein amüsiertes Lächeln zuwirft. Ich erwidere es, obwohl ich kurzatmig bin und vor Aufregung schwitze. Aber ich fühle mich auch so gut wie seit Ewigkeiten nicht mehr. Wer hätte gedacht, dass Singen so befreiend sein kann?

Dröhnender Applaus folgt unserem Auftritt. Kurz darauf finde ich mich am Tresen wieder, und wir drei stoßen mit bis zum Rand gefüllten Shotgläsern auf uns und unseren Mut an. Und auf unsere Ex-Freunde.

Und vielleicht ist dieser Abend in Fairwood, umringt von Leuten, die ich gerade erst kennengelernt habe und die praktisch nichts über mich wissen, einer der besten meines Lebens.

Kapitel 11

Chase

Hailee ist total betrunken. *Shit.* Das war nicht meine Intention, als ich sie vor wenigen Stunden ins *Barney's* gebracht habe. Ich wollte nur, dass sie ein paar von Jespers Freunden kennenlernt und eine gute Zeit hat. Und wenn wir uns dabei noch ein bisschen nähergekommen wären, hätte ich mich sicher nicht darüber beschwert. Womit ich nicht gerechnet habe, war der kleine Unfall von John, dem Barkeeper, und dass ich den Großteil des Abends damit verbringen würde, die Blutung zu stillen und den Kerl anschließend ins nächste Krankenhaus zu fahren, da die Wunde genäht werden musste, Darlene und die anderen Mitarbeiter jedoch vorne gebraucht wurden. Oder damit, dass Hailee derart eskalieren, Karaoke singen und so dicht sein würde, dass jeder Pirat stolz auf sie wäre.

Auch jetzt schwankt sie, als würden wir uns auf einem Schiff auf hoher See befinden. Dabei haben wir es gerade mal aus der Bar raus geschafft. Ich habe den Arm um sie gelegt und versuche sie vorwärtszuschieben, was gar nicht so einfach ist, da sie alle paar Sekunden stehen bleibt, weil ihr irgendetwas einfällt. Die warme Nachtluft scheint leider nicht dabei zu helfen, sie auszunüchtern.

»Oh …« Wir sind gerade mal ein paar Meter weit gekommen, und sie hält wieder an. Blinzelt mehrmals. Und gluckst dann. »Ich glaub, ich muss kotzen.«

Uhm … okay?

Zur Sicherheit bleibe ich bei ihr, um sie im Zweifelsfall stützen und ihr die Haare aus dem Gesicht halten zu können. Sekunden ticken vorbei, in denen nur die gedämpfte Musik aus der Bar, unsere Atemzüge, das Zirpen von Grillen und ein Auto in der Ferne zu hören sind. Hailee rührt sich immer noch nicht.

»Doch nich'.« Sie fängt wieder an zu kichern und bekommt Schluckauf. »Upsi.«

Ich kann nicht anders, als zu grinsen. Selbst jetzt noch ist Hailee absolut bezaubernd. Vor allem mit einem Schluckauf, der sie bei jedem Schritt begleitet.

Von *Barney's* ist es zum Glück nicht weit bis zum Diner und damit zu Hailees Zimmer im ersten Stock. Trotzdem brauchen wir in unserem aktuellen Tempo fast zwanzig Minuten. Die meisten davon, um diese verflixten Stufen hochzukommen, an denen Hailee immer wieder scheitert. Ich bin kurz davor, sie einfach hochzuheben und den Rest des Weges zu tragen, doch dann erklimmt sie die nächste Stufe mit Händen und Füßen und arbeitet sich weiter, während ich geduldig hinter ihr warte.

»Das ist alles Katies Schuld …«, keucht sie.

Ich breite die Arme aus, um sie im Zweifelsfall zu stützen – oder aufzufangen, falls sie ausrutschen sollte. »Warum ist das Katies Schuld?«

Doch sie brummt nur etwas, das ich nicht ausmachen kann.

Als wir es endlich nach oben geschafft haben und ich die Tür mit ihrem Schlüssel öffne, atme ich erleichtert auf.

»Ich will nich schlafen.« Hailee betritt den Raum, ohne den Lichtschalter zu betätigen. »Wo ist mein Handy?« Panisch beginnt sie ihre Klamotten abzutasten. »Ich brauch mein Handy!«

»Es ist hier.« Ich halte es hoch und lege es sichtbar für sie auf dem Nachttisch ab. Da Hailee es fast in der Bar hat liegen lassen, habe ich es sicherheitshalber an mich genommen. »Alles gut.«

»Puh.« Sie atmet erleichtert auf. Dann dreht sie mitten im Zimmer eine kleine Pirouette, ohne sich dabei auf die Nase zu legen. Beeindruckend. Gleich darauf ist sie wieder bei mir und zerrt an meinen Händen. »Ich will tanzen. Tanz mit mir, Chase!«

Hier? Ohne Licht? Ohne Musik?

Bevor ich darauf antworten kann, zieht sie mich zu einer imaginären Tanzfläche zwischen Schreibtisch und Badezimmer. Verdammt, ich sollte dafür sorgen, dass sie ins Bett kommt. Stattdessen lasse ich zu, dass sie die Arme um meinen Hals schlingt und sich mit all ihren weichen Kurven an mich schmiegt. Einen Moment lang schließe ich die Augen und bitte wen auch immer dort oben um Selbstbeherrschung, dann lege ich behutsam die Hände auf ihren Rücken – nur um uns beiden etwas Halt zu geben.

Wir tanzen nicht richtig, wir schunkeln nur ein bisschen hin und her. Der Schein des Mondes und der Straßenlampen vor dem Fenster sorgen für ein kleines bisschen Helligkeit im Raum. Mit einem zufriedenen Seufzen lehnt Hailee den Kopf an meine Brust und schließt die Augen. Als ich auf sie hinunterblicke, kann ich ihr Lächeln erkennen.

Wärme breitet sich in mir aus, genau wie der fast schon überwältigende Drang, auf dieses Mädchen aufzupassen. Sie zu beschützen. Hailee ist so … so offen und lebenslustig. Und gleichzeitig so verletzlich. Ich will nicht, dass ihr jemand wehtut. Sie hat mit Jesper schon ihren besten Freund verloren und ist ganz allein unterwegs. Über ihre Familie weiß ich praktisch nichts. Sie hat mal eine Schwester erwähnt, aber das war's auch schon. Im Grunde kenne ich sie gar nicht, und sie lässt kaum eine Gelegenheit aus, um zu betonen, dass sie nur auf der Durchreise ist. Nach ein paar Tagen, vielleicht einer Woche – je nachdem wie lange es dauert, bis ihr Wagen wieder einsatzbereit ist – werde ich sie nie mehr wiedersehen.

Ich sollte mich nicht so zu ihr hingezogen fühlen. Es gibt absolut keinen vernünftigen Grund dafür, dass sie diese Wirkung auf mich hat. Den ganzen Tag über war ich mir nicht mal sicher, ob sie mich überhaupt leiden kann. Ob sie mich wirklich so sieht, wie ich bin, oder noch immer an dem festhält, was Jesper ihr über mich erzählt hat.

Und trotzdem kann ich nicht aufhören, ihre Nähe zu suchen. Mit ihr reden zu wollen. Sie zum Lächeln zu bringen. Und wenn sie sich so an mich kuschelt wie jetzt, bin ich so verflucht kurz davor, zu vergessen, warum das mit uns beiden keine Zukunft hat.

»Chase?«, fragt sie plötzlich.

»Hm?« Ich sehe auf sie hinunter, versuche im Halbdunkel ihren Gesichtsausdruck zu deuten. »Musst du wieder kotzen?«

Sie lacht gedämpft an meiner Brust. »Ich muss nicht kotzen, du Doofi.«

Seufzend streicht sie mit den flachen Händen über meinen Oberkörper. Zentimeter für Zentimeter, bis ich ihre Handgelenke packe, als sie beim Bund meiner Jeans ankommt. Es gibt nur so viel, was ein Mann ertragen kann, und wir nähern uns dieser Grenze in rasanter Geschwindigkeit.

»Weißt du eigentlich, wie umwerfend du bist?«, nuschelt sie. »So appetitlich … So schön … Wie eine Deep Dish Pizza mit ganz viel Käse. Hat dir das schon mal jemand gesagt?«

Ich presse die Lippen aufeinander, um nicht laut loszulachen, aber es ist schwer. Es ist so verdammt schwer.

»Nein«, bringe ich irgendwie hervor. »Das hat mir tatsächlich noch niemand gesagt.«

»Mhmm«, macht sie und schlingt die Arme wieder um mich. »Ich will dich aufessen.«

Okay, ich kann nicht anders. Ich pruste los.

»Das ist … so ziemlich das Erotischste, was ich je gehört habe.« Ich beuge mich zu ihr hinunter und bringe meinen Mund nahe an ihr Ohr. »Wie wär's, wenn wir dieses Gespräch ins Bett verlagern und du versuchst, ein bisschen zu schlafen?«

Diesmal gibt sie einen eindeutig ablehnenden Laut von sich. Ich seufze innerlich. So unterhaltsam das gerade auch ist, Hailee muss dringend ihren Rausch ausschlafen. Morgen können wir immer noch darüber reden, wie appetitlich ich bin. Und dann kann sie gerne alles mit mir anstellen, was sie will: küssen, lecken, beißen. Ich bin mit allem einverstanden. *Shit.* Falsche Gedanken. Ganz falsche Gedanken. Ich kann geradezu spüren, wie mein Blut nach unten rauscht. Hailee schmiegt sich noch etwas enger an mich, drückt ihren warmen Körper an meinen – und wir stöhnen beide leise auf.

Sie legt den Kopf in den Nacken. Mein Puls rast, und ich muss mich mit aller Macht dazu zwingen, sie weiterhin einfach nur festzuhalten, statt das zu tun, was ich wirklich tun will: meine Hände wandern lassen und jede Kurve ihres Körpers erforschen.

In ihren Augen ist etwas, das ich bisher in dieser Intensität definitiv noch nicht dort gesehen habe: Faszination. Verlangen. Hitze.

Ich schlucke hart.

»Küss mich«, flüstert sie und befeuchtet sich die Lippen.

Oh, bei allem, was gut und heilig ist …

Meine Finger bohren sich in ihr Top, packen den Stoff und ballen sich zur Faust. Auf einmal ist ihre Atmung genauso unregelmäßig wie meine. Ihr Blick wirkt klar, beinahe so, als wüsste sie genau, wo wir sind und was sie da von mir verlangt. Ein Teil von mir wünscht sich, Arschloch genug zu sein, um ihrer Bitte nachzukommen. Keinen Gedanken an das Morgen oder an die Konsequenzen zu verschwenden und es einfach zu tun. Aber ganz egal, wie kurz oder lange ich Hailee schon kenne, ich weiß mit absoluter Sicherheit, dass es ein Fehler wäre. Ein Fehler, den sie in wenigen Stunden bitter bereuen würde. Und ich will auf keinen Fall, dass sie auch nur eine einzige Sache zwischen uns bereut.

»Nein«, stoße ich hervor, selbst wenn alles in mir dagegen protestiert, und löse mich ein wenig von ihr.

Sie zieht die Brauen zusammen und betrachtet mich verwirrt. »Warum nicht …?«

Gott, kann sie sich nicht einfach hinlegen und schlafen, statt uns beide so zu quälen?

Ich räuspere mich, trotzdem klingt meine Stimme rau, als ich ihr eine absolut ehrliche Antwort darauf gebe. »Wenn ich dich küsse – und das werde ich –, dann sollst du dich auch daran erinnern können.«

Ihr verwirrter Gesichtsausdruck verwandelt sich in ein Lächeln. Anscheinend habe ich das Richtige gesagt. Zumindest hoffe ich, dass es das Richtige war, sie das Thema fallen lässt und endlich schlafen geht. Dann kriegt wenigstens einer von uns in dieser Nacht noch ein Auge zu.

»Komm.« Langsam führe ich sie zum Bett und helfe ihr dabei, die Sandalen loszuwerden. Als sie gleich darauf in Jeans und Top auf der Matratze liegt, zögere ich. Ich kann sie nicht so einschlafen lassen, das wäre total unbequem und alles andere als erholsam. Aber ich kann sie auch nicht einfach ausziehen.

Gerade als ich mich dafür entschieden habe, sie so schlafen zu lassen, windet Hailee sich auf dem Bett und strampelt mit den Beinen. »Hose …«, nuschelt sie und fasst kurz an den

Knopf, gibt dann aber nach zwei fehlgeschlagenen Versuchen auf. Ich starre sie an. *Ist das ihr verdammter Ernst?*

Statt einer Antwort wackelt sie wieder mit den Hüften, als würde sich die Jeans damit auf magische Weise in Luft auflösen. Dummerweise klebt sie wie eine zweite Haut an ihr, und ausgerechnet ich, ihre Deep Dish Pizza, soll sie daraus befreien. Perfekt. Einfach perfekt.

Ich atme einmal tief durch – okay, vielleicht auch zweimal –, dann setze ich mich neben sie. »Hailee?«

Sie reagiert nicht, also lege ich ihr die Hand an die Wange. Als sie mich jetzt ansieht, mit diesem verträumten Lächeln und so viel Vertrauen in den Augen, bin ich froh zu sitzen. Andernfalls würde sie mich damit in die Knie zwingen.

»Ich helfe dir aus der Jeans, okay?«, flüstere ich und warte ihr Nicken ab. Erst dann lasse ich meinen Blick über ihre schmale Gestalt bis zum Bund ihrer Hose wandern, und muss schlucken. Das wird eine Herausforderung.

Ohne ihr Gesicht aus den Augen zu lassen, schiebe ich erst den Knopf durch das Loch, dann ziehe ich den Reißverschluss hinunter. Ganz langsam, um sie nicht plötzlich in Panik zu versetzen. Sie ist betrunken. Wer weiß, was sie gleich denken oder tun will. Aber Hailee lässt mich machen und beobachtet mich stumm dabei, wie ich die Finger unter den Bund hake. Dass ich dabei ihren Slip streife, versuche ich genauso auszublenden wie die Tatsache, dass ich Hailee gerade ausziehe. Scheiße, es sollte nicht so erotisch sein. Sie sollte mir nicht dabei zusehen, sondern irgendetwas lallen, mir ihre Lebensgeschichte erzählen, wie verrückt kichern oder sich die Seele aus dem Leib kotzen. Ganz sicher sollte sie sich nicht auf die Unterlippe beißen, während ich versuche, hilfreich zu sein. Ein Gentleman. Ein hilfreicher Gentleman. Verdammt, ich kann selbst kaum noch klar denken.

»Heb die Hüften etwas an«, bitte ich sie leise, als ich schon nach wenigen Zentimetern nicht mehr weiterkomme.

Zwei, drei Sekunden lang betrachtet sie mich, als würde sie nicht ganz begreifen, was ich von ihr will – kein Wunder, in ihrem aktuellen Zustand –, doch dann bewegt sie das Becken etwas, und ich kann ihr den Stoff weiter abstreifen. Ich atme tief durch. Wir kriegen das hin. Jetzt nur noch diese langen Beine, dann haben wir es geschafft.

Ich versuche wirklich, nicht hinzusehen, nicht auf die verführerische Kurve ihrer Hüften zu achten, nicht auf ihren schwarzen Slip und definitiv nicht auf ihre langen Beine, aber auch meine Selbstbeherrschung ist begrenzt. Außerdem ist es ziemlich schwierig, jemandem mit geschlossenen Augen die Hose auszuziehen. Vor allem, wenn diese Person Alkohol so schlecht verträgt wie Hailee und einem daher überhaupt keine Hilfe ist.

Stück für Stück schiebe ich die Jeans an ihren Beinen hinunter und beiße die Zähne zusammen, wann immer meine Finger ihre warme Haut streifen. Als ich endlich bei ihren Knöcheln ankomme, bin ich kurz davor, ein Dankgebet auszusprechen. Ich nehme erst den einen Fuß in die Hände, dann den anderen und ziehe ihr die Hose ganz aus. Sie landet neben ihren Sandalen auf dem Boden. Anschließend nehme ich die dünne Decke, die Hailee vorhin weggeschoben hat, als sie sich allein aus der Jeans befreien wollte, und breite sie über ihr aus.

»Besser?«, frage ich leise.

Sie rollt sich auf der Seite zusammen und nickt lächelnd. Doch als ich mich aufrichten will, greift sie nach meinem Handgelenk. »Chase?«

Auf einmal klingt sie nicht mehr schläfrig, sondern fast schon alarmiert. Ängstlich. Als ob sie unter keinen Umständen allein sein will.

Ich zögere. Eigentlich wollte ich sie nur zurück in ihr Zimmer bringen, sie mit Schmerzmitteln und Wasser versorgen, vielleicht auch noch mit einem Eimer neben dem Bett, und sie dann ihren Rausch ausschlafen lassen. So habe ich es schließlich schon bei Josh gemacht und er früher noch häufiger bei mir.

Doch jetzt stehe ich noch immer in diesem Zimmer, statt einfach abzuhauen. Ich kann nicht gehen. Nicht wenn Hailee mich aus diesen großen Augen anstarrt und ich die Panik in ihrer Stimme hören kann. »Chase?«

»Schh …« Ich umrunde das Bett und lege mich ganz vorsichtig hinter sie. Die Decke und ein paar Schichten Klamotten trennen uns, trotzdem kommt mir das hier viel zu intim vor. Mein Herz hämmert, aber ich bemühe mich darum, meine Stimme beruhigend klingen zu lassen. »Ich bleibe, bis du eingeschlafen bist, okay?«

Und vielleicht noch etwas länger, nur um sicherzugehen, dass es ihr wirklich gut geht. Dabei hat sie Lexi zufolge gar nicht so viel getrunken. Ein, zwei Bier. Zwei Cocktails. Und ein paar Shots. Ach … *fuck*. Irgendjemand hätte darauf achten sollen, wie viel sie trinkt, allerdings kennt niemand von uns sie gut genug, um ahnen zu können, dass sie nach ein paar Drinks so dermaßen ausgeknockt sein würde. Und sie war so gut drauf, so fröhlich, so … glücklich. Irgendwie beneidenswert. Es muss schön sein, so vollständig loslassen zu können. Einfach nur im Moment zu leben, ohne an morgen zu denken. An all die Probleme, die einen erwarten.

Mit einem zufriedenen Seufzen rutscht sie zurück, bis sich ihr Hintern an mich presst und ihr Rücken an meiner Brust liegt. Ich zögere, ringe mit mir und verpasse mir in Gedanken einen Tritt, dann lege ich den Arm um sie und halte sie fest. Es ist eine Ewigkeit her, seit ich zuletzt so mit einem Mädchen in einem Bett lag. Fast drei Jahre, um genau zu sein. Nach Mia hatte ich keine längere Beziehung mehr. Sicher, am College gibt es genug hübsche, interessante und intelligente Mädchen, aber keine hat mich je genug fasziniert, um etwas Ernstes mit ihr anfangen zu wollen. Keine ist einfach in mein Leben gestolpert und hat mich auf eine Tanzfläche gezerrt. Keine hat mich mit ihrer selbstbewussten und gleichzeitig schüchternen Art so um den Finger wickeln können, dass ich mir wünschte, wir hätten mehr Zeit. Zeit, um einander richtig kennenzulernen. Zeit, um herauszufinden, was das zwischen uns sein könnte.

Ich sehe auf Hailee hinunter. Sie hat die Augen geschlossen, die Lippen leicht geöffnet und atmet tief und gleichmäßig. Sie ist in meinen Armen eingeschlafen, als würde sie dorthin gehören. Ich habe sie schon zuvor kaum aus dem Kopf bekommen. Aber jetzt? Nach diesem Abend? Unmöglich.

Und ich ertappe mich dabei, wie ich von ganzem Herzen hoffe, dass sie nicht genauso schnell wieder aus meinem Leben verschwindet, wie sie darin aufgetaucht ist.

Hailee

Ein Erdbeben weckt mich. Es muss ein Erdbeben sein, denn irgendetwas dröhnt ganz heftig, und alles dreht sich. Wackelt mein Bett? Und kommen die Wände wirklich auf mich zu, als ich mich stöhnend auf den Rücken drehe? Gott, mein Kopf platzt. Und ich höre Stimmen. Ächzend lege ich mir den Arm über die Augen. Wer hat das Licht eingeschaltet? Es ist so grell, als würde ich auf einem Zahnarztstuhl hocken und direkt in die Lampe schauen. Und dieses Rumoren hört sich beinahe so an wie ein Bohrer. *Brr.* Ich hasse Zahnärzte. Früher sind Katie und ich ausschließlich zusammen hingegangen, um uns gegenseitig die Hand zu halten und Mut zu machen.

Vorsichtig luge ich an meinem Arm vorbei. Tageslicht. *Ugh*. Aber ich liege in einem ganz normalen Zimmer. Immerhin. Keine Zahnarztpraxis, kein Bohrer. Ich werde es Katie nie verzeihen, dass sie mir mit zehn diesen Horrorfilm gezeigt hat, in dem es um Zahnärzte ging. Da war so viel Blut. So. Viel. Blut.

»Hailee!«

Ich zucke vor Schreck zusammen, was eine Kettenreaktion an Schmerzen in meinem Körper auslöst, angefangen von meinem Kopf bis hinunter in die Zehenspitzen. *Aua*. Kann das bitte aufhören? Ich rolle mich auf der Seite zusammen und ziehe mir die Decke über den Kopf, doch das Hämmern hört nicht auf. Es pocht hinter meiner Stirn und in meinen Muskeln in einem ekelhaften, monotonen Rhythmus.

Ein leises Knarzen ertönt und bohrt sich so schmerzhaft in meinen Kopf, dass ich wimmere. Schritte nähern sich.

»Oh, Mädchen …«

Ich ziehe die Decke ein winziges Stück hinunter und lege den Kopf in den Nacken. Vor mir steht Beth in ihrer Arbeitskluft, die Hände in die Hüften gestemmt, und mustert mich finster. Oder ist es mitfühlend? Bei ihr ist das so schwer einzuschätzen.

»Ich werde diesem Jungen den Hintern versohlen«, knurrt sie. »Dich einfach so abzufüllen.«

Ich beginne den Kopf zu schütteln, um … *autsch*. Nein. Ganz schlechte Idee.

Zögerlich befeuchte ich mir die Lippen, obwohl sich meine Zunge anfühlt wie aus Pappe. Von dem widerlichen Geschmack in meinem Mund will ich gar nicht erst anfangen. »Nich' seine Schuld …«, nuschle ich und klinge dabei so heiser wie ein neunzigjähriger Kettenraucher. »Ich hab so viel getrunken. Chase hat mich zurückgebracht.«

Denke ich. Der Abend ist ziemlich verschwommen. Da war

diese Bar … Ich habe Jespers Freunde kennengelernt, und … bin Motorrad gefahren? Irgendjemand hat Karaoke gesungen. Und ich erinnere mich an Chase. An sein Lächeln. Seine Blicke. Die kribbelnde Wärme in mir, die sich auch jetzt in meinem Bauch meldet und … oh nein. *Oh nein.* Abrupt werfe ich die Decke zurück, springe auf und renne ins Bad, wo ich meinen Mageninhalt über der Toilette entleere. *Ugh.* Ich erinnere mich wieder, warum ich früher so selten etwas getrunken habe. Wie konnte ich das vergessen? Alkohol ist böse. So böse …

Irgendwie schaffe ich es, die Spülung zu betätigen und mich an irgendetwas hochzuziehen, was weich und flauschig ist. Ein Handtuch? Mit einem wackligen Schritt bin ich beim Waschbecken, wasche mir das Gesicht und putze mir die Zähne mit geschlossenen Augen. Ich will nicht in den Spiegel sehen, aber vor allem versuche ich meine Augen vor diesem grellen Licht zu schützen. Wieso muss die Sonne scheinen? Das ist schrecklich.

Als ich zurück ins Zimmer taumele, ist Beth nicht mehr da. Dafür stehen ein Bagel und ein Becher dampfender Kaffee auf dem kleinen Schreibtisch am Fenster. Mein Magen rumort. Ich glaube nicht, dass ich so schnell schon wieder etwas essen kann, auch wenn mir klar ist, dass es besser für mich wäre. Aber vorher muss ich irgendetwas gegen dieses Rumoren in meinem Kopf tun, das jeden meiner Atemzüge begleitet.

Erst als ich mich wieder aufs Bett setze, bemerke ich die Sachen, die auf meinem Nachttisch liegen: ein großes Glas Wasser. Schmerztabletten. Und mein Handy, auf dem ein gelber Post-it klebt. Oh Gott, mein Handy! Ich habe gestern Nacht danach gesucht, daran kann ich mich noch dunkel erinnern. Habe ich es irgendwann verloren? Hat jemand die Nachrichten gelesen? Mit hämmerndem Herzen und spitzen Fingern greife ich danach und ziehe den Zettel ab. Darauf steht in großen Blockbuchstaben: *Ruf mich an. Chase.* Mein Blick folgt den Zahlen, die daruntergeschrieben sind, ohne einen Sinn in der Reihenfolge zu erkennen. Es dauert ein paar Sekunden, bis mir klar wird, dass es sich um seine Nummer handelt. Himmel … Heute ist echt nicht mein Tag.

Im Zeitlupentempo lege ich Handy und Zettel vor mich aufs Bett und greife nach dem Glas mit den rettenden Tabletten. Ich werfe gleich zwei ein und spüle sie mit dem Wasser hinunter. Erst als ich das Glas ausgetrunken habe und die Wirkung nach einer gefühlten Ewigkeit einsetzt, greife ich wieder nach dem Smartphone. Meine Augen schmerzen noch immer wegen der Helligkeit, aber ich kann mich nicht überwinden, jetzt noch mal aufzustehen und die Vorhänge zuzuziehen, also bleibe ich sitzen und tippe ganz langsam die Nummer ein, bevor ich mir das Handy ans Ohr halte.

Es klingelt zweimal, dann ertönt eine viel zu wache Stimme: »Hallo, Schönheit.«

Ich gebe einen knurrenden Laut von mir, der Chase zum Lachen bringt.

»Sieh an, der Zombie lebt.« Ein Lächeln begleitet seine Worte, und ich lehne mich mit geschlossenen Augen in die Kissen zurück, um mich ganz darauf zu konzentrieren. Ich mag sein Lächeln. Und ich mag das Grübchen in seiner Wange, das dabei entsteht. »Wie fühlst du dich?«

»Wie jemand, der nie wieder Alkohol trinken wird«, antworte ich. Meine Stimme klingt noch immer heiser, aber nicht mehr ganz so schlimm wie vorhin, als Beth da war. Jetzt höre ich mich nur noch wie eine sechzigjährige Kettenraucherin an.

»Du Arme. Dabei warst du gestern so gut drauf. Und du erzählst eine Menge interessanter Dinge, wenn du betrunken bist.« Er macht eine kurze Pause und räuspert sich.

Zuerst glaube ich, dass er noch etwas hinzufügen wird, aber er schweigt. Und plötzlich schweben tausend ungesagte Dinge in der Luft. Alles in mir erstarrt. Ich habe doch wohl nicht … Ich kann unmöglich … *Oh Gott …*

Mit der freien Hand reibe ich mir über das Gesicht. Panik breitet sich in meinem Brustkorb aus. Ich will es nicht hören, trotzdem muss ich nachfragen. »Was habe ich getan? Habe ich irgendwas … gesagt?«

»Du erinnerst dich nicht mehr?«

»Nein …«, gestehe ich kleinlaut.

»Weißt du noch, wie du mit Clay Motorrad gefahren bist?«

Ich grabe in meinem Gedächtnis. Es dauert ein paar Sekunden, doch dann kristallisieren sich die Bilder hervor. Das ungewohnte Gefühl, auf dem Bike zu sitzen und mich an einem Fremden festzuklammern. Das Rattern des Motors. Der Wind in meinen Haaren. Die pure Freiheit.

Ich lächle zögerlich. »Ich erinnere mich.«

»Gut. Das ist ein Anfang. Was ist mit der Karaoke-Nummer?«

Karaoke? Oh nein, bitte nicht.

»Ich habe … gesungen?«

»Ziemlich inbrünstig. Du hast Lexi und Charlotte auf die Bühne geholt, und ihr habt euren Ex-Freunden so richtig die Meinung gesagt.« Die Belustigung in Chase' Stimme ist nicht zu überhören.

Ich stöhne gequält auf. Das habe ich nicht getan. Nein, nein, nein. Doch je wacher ich werde und je besser die Schmerzmittel wirken, desto klarer wird der gestrige Abend in meinem Kopf. Jepp, da war eindeutig eine Bühne. Und ich habe eindeutig gesungen. *Aaargh …*

»Was noch?«, frage ich kleinlaut. »Habe ich irgendetwas … Komisches gesagt?«

Er zögert, und mein Herz beginnt zu rasen. Himmel, was habe ich noch angestellt, wenn er nach Karaoke zögert? Habe ich ihm irgendetwas verraten, was ich besser für mich behalten hätte? Irgendetwas, das er niemals erfahren sollte?

»Chase?«, hake ich alarmiert nach.

»Nichts weiter«, behauptet er etwas zu hastig. »Du hast nur ein bisschen viel getrunken.«

Ein bisschen ist gut. Mein Körper fühlt sich an, als hätte ich keinen einzigen Tropfen in dieser Bar übrig gelassen.

»… und du wolltest, dass ich dich küsse.«

»Was!?« Ich sitze so schnell senkrecht im Bett, dass mein Magen mit einem unangenehmen Ziehen dagegen protestiert. Automatisch lege ich die Hand darauf und zwinge die Übelkeit zurück. »Ich habe *was* getan?«, will ich eine Spur leiser wissen, nur um ganz sicherzugehen, dass ich mich nicht verhört habe.

Bitte lass mich das bloß falsch verstanden haben.

»Du wolltest, dass ich dich küsse.«

Okay, jetzt wünsche ich mir, ich hätte mich verhört. Wie peinlich ist das bitte? Habe ich ihm das gesagt? Habe ich ihn etwa angebettelt? Bin ich über ihn hergefallen? War es ihm unangenehm? Oder haben wir uns geküsst, und ich kann mich nicht mehr daran erinnern, weil mein Kopf ein Arschloch ist? Ich habe keine Ahnung, welche Variante mir davon lieber wäre. Ich weiß nur, dass ich mich jetzt erst recht wieder unter der Decke verkriechen will.

»Keine Sorge«, beruhigt mich Chase nach einem Moment. »Ich bin schließlich ein guter Südstaatenjunge. Es ist nichts passiert.«

Erleichterung breitet sich in mir aus, und ich seufzte tief. Zum Glück. Ich lege mich wieder aufs Bett und starre an die Zimmerdecke. Doch je länger ich so daliege und nicht nur meinen eigenen, sondern auch Chase' Atemzügen lausche, desto weniger fühlt sich dieses Gefühl wie Erleichterung an. Aber das muss es sein. Warum sollte ich etwas anderes als erleichtert sein, dass er mich nicht geküsst hat, als ich total betrunken war und ihn in einer megapeinlichen Aktion darum gebeten habe? Auf keinen Fall bin ich enttäuscht darüber. Nie und nimmer. Nope. Keine Chance.

Plötzlich ist da ein Klopfen. Wahrscheinlich Beth, die noch mal nach mir sehen will. Ich weiß nicht, womit ich diese Frau verdient habe. Sie ist zu gut zu mir.

Ächzend richte ich mich auf. »Ich muss Schluss machen. Da ist jemand an der Tür. Danke, dass du dich um mich gekümmert hast«, sage ich, während ich das Zimmer durchquere und die Tür öffne.

Chase wirft mir ein gut gelauntes Lächeln zu und senkt die Hand, in der er sein Smartphone hält. »Gern geschehen.«

Kapitel 12

Chase

Hailee sieht total fertig aus. Immer noch bildhübsch mit den langen, wenn auch ziemlich zerstrubbelten Haaren, den geröteten braunen Augen und den verlockenden Lippen, aber auch total übernächtigt. Sie hat dunkle Ringe unter den Augen und ist total bleich. Ich muss gegen den Impuls ankämpfen, die Hand an ihre Wange zu legen und über die weiche Haut zu streichen. Oder sie an mich zu ziehen und festzuhalten, so wie ich es letzte Nacht getan habe. Irgendetwas sagt mir, dass sie sich vermutlich auch daran nicht erinnern kann.

»Hi.« Sie starrt mich noch immer total irritiert an und lässt das Smartphone sinken. »Was machst du hier?«

»Nach dir sehen.« Ich schiebe die Hände in die Hosentaschen. »Außerdem hat Lexi bei mir angerufen, nachdem sie dich nicht erreichen konnte. Du sollst in die Werkstatt kommen, wenn du Zeit hast.«

Ihre Augen werden noch größer. »In die Werkstatt …«, wiederholt sie langsam. Anscheinend ist sie noch nicht richtig wach und braucht einen Moment, um die Zusammenhänge herzustellen. »Oh. Danke. Denke ich …« Sie zieht die Nase kraus.

Verdammt, wie kann sie in diesem Zustand so niedlich sein? Und wie kann sie all diese unterschiedlichen Dinge in mir auslösen? Ich will sie in den Arm nehmen, sie zum Lachen bringen, diesen zerstreuten Ausdruck aus ihrem Gesicht vertreiben, sie beruhigen und sie küssen. Definitiv küssen. Und wieder ausziehen. *Oh, verdammt.* Das hat sie mit Sicherheit ebenfalls vergessen.

»Warum ziehst du dich nicht um, und ich fahre dich zu Tyler's rüber?«

Sie blinzelt. Starrt mich an. Dann senkt sie ganz langsam den Kopf und schaut an sich hinab, als würde ihr erst jetzt bewusst werden, dass sie nichts außer Unterwäsche und dem dünnen Trägertop von gestern Abend trägt. Ihre Wangen werden innerhalb von Sekunden flammend rot. Sie schließt die Augen und atmet tief durch. »Hast du mir die Hose ausgezogen?«

Abwehrend hebe ich die Hände. »Ich schwöre, du wolltest es so. Es war nur die Jeans. Und die Schuhe.«

Dass sie sich an mich geschmiegt hat und mich – ich zitiere – *aufessen* wollte, erwähne ich lieber nicht. Irgendetwas sagt mir, dass Hailee das in nüchternem Zustand nicht allzu gut auffassen würde. Und so verkatert, wie sie jetzt ist, wohl noch viel weniger.

Wortlos dreht sie sich um und schlurft durch das Zimmer. Ich folge ihr nach einem Moment und drücke die Tür hinter mir zu. Schweigend beobachte ich sie dabei, wie sie in ihrer Reisetasche herumsucht, ein paar Sachen aufs Bett und den Boden schmeißt und mit einer Handvoll Kleidungsstücke Richtung Bad tappt.

»Gib mir zehn Minuten.«

Ich gebe ihr lieber zwanzig. Oder dreißig.

Während Hailee duscht, schweift mein Blick durch den kleinen Raum. Das Bett ist nicht gemacht, die Decke liegt zerknautscht am Fußende. Das Glas auf dem Nachttisch ist leer, und die Tabletten, die ich letzte Nacht aus dem Auto geholt und dort für Hailee hinterlassen habe, bevor ich heimgefahren bin, sind verschwunden. Sehr gut. Dann müsste es ihr bald besser gehen.

Auf dem Tisch vor dem Fenster stehen ein unangetasteter Becher Kaffee und einer von Beth' Bageln. Bei diesem Anblick knurrt mir unweigerlich der Magen und erinnert mich daran, dass ich heute bis auf einen Kaffee noch gar nichts zu mir genommen habe. Ganz zu schweigen davon, sonderlich viel geschlafen zu haben. Denn wie erwartet habe ich kein Auge zubekommen, als ich schließlich in meinem alten Zimmer im Bett lag und an die Decke gestarrt habe. Wieder und wieder sind meine Gedanken um diesen Tag und um Hailee gekreist. Aber vor allem um die Nacht – die Art, wie sie mich angesehen hat. Wie sie mich darum gebeten hat, sie zu küssen. Wie ich ihr diese verdammte Jeans ausgezogen habe. Und darum, wie sie mich mit einer Pizza verglichen hat. Einer leckeren, berühmten Pizza, aber dennoch … einer Pizza. Selbst jetzt am helllichten Tag muss ich bei der Erinnerung grinsen. Ich habe noch nie jemanden wie Hailee getroffen. Ist es da wirklich so falsch, sich insgeheim zu wünschen, dass ihr Wagen noch nicht fertig ist? Dass sie noch etwas länger in Fairwood bleibt?

Mein Magen gibt ein gurgelndes Geräusch von sich, und mein Blick landet wieder auf dem Bagel. Dann auf der Tür zum Bad, hinter der noch immer die Dusche rauscht. Dann wieder auf dem Bagel. Hailee wird es mir sicher nicht übel nehmen, wenn ich mir einen Bissen nehme. Bisher hat sie ihn nicht angerührt, also kann sie nicht allzu hungrig sein – und ich kann ihr später immer noch einen neuen kaufen.

Kurze Zeit später kommt Hailee aus dem Badezimmer: frisch geduscht, mit offenen, feuchten Haaren und in einem roten Kleid mit weißen und blauen Blumen. Es reicht ihr gerade mal bis zur Mitte der Oberschenkel und lenkt meine Aufmerksamkeit unweigerlich auf ihre Beine. Und erinnert mich daran, wie warm und weich sich ihre Haut unter meinen Fingern angefühlt hat, obwohl ich sie nur ganz kurz gestreift habe.

»Ich muss dringend waschen«, murmelt sie mehr zu sich selbst als zu mir. »Ich hab fast keine sauberen Sachen mehr.«

Ich gebe einen undefinierbaren Laut von mir.

»Chase?«

»Hm?« Ich reiße den Kopf hoch.

Auf einmal steht sie neben mir am Tisch und mustert mich äußerst skeptisch. »Hast du meinen Bagel aufgegessen?«

Ich blinzle so unschuldig wie möglich. »Öhm … nein?«

»Ach so, dann ist wohl ein Eichhörnchen hier eingebrochen und hat den Bagel geklaut.« Sie zieht die Brauen weit hoch.

»Okay, vielleicht … habe ich einen Bissen genommen. Oder zwei«, gebe ich zu.

Ihre Mundwinkel zucken, aber sie schafft es, eine ernste Miene beizubehalten.

»Ich kaufe dir einen neuen«, verspreche ich.

»Das solltest du auch.« Kopfschüttelnd verschwindet sie für einen weiteren Moment im Bad, zieht anschließend die blauen Stiefel an, die bis knapp über ihre Knöchel reichen, und schnappt sich ihre Handtasche. »Wir können los.«

Ich deute zur Tür. »Nach dir.«

Sie geht voraus, und ich bin versucht, ihr auf dem Weg hinunter mehr von letzter Nacht zu erzählen. Von all den Dingen, die sie gesagt und getan hat, aber ich tue es nicht. Das bleibt ein Geheimnis zwischen mir und ihrem betrunkenen Ich. Fürs Erste.

Im Diner besorge ich ihr wie versprochen einen neuen Bagel, dann machen wir uns auf den Weg. Wenige Minuten später parke ich den Dodge vor der Werkstatt, und wir steigen aus. Autos stehen herum, die Tore zur Garage sind weit geöffnet, und Musik schallt zu uns herüber. Dem Gegröle nach zu urteilen ist es Metal – also ist Lexi definitiv da. Nur sie kann sich dieses Zeug den ganzen Tag in voller Lautstärke geben, ohne durchzudrehen.

Als wir die Werkstatt betreten, wird die Musik noch lauter, und ich verziehe das Gesicht. Irgendwo muss es hier doch einen Aus-Schalter geben. Bei diesem Gebrülle kann man ja kaum einen klaren Gedanken fassen.

Tyler beschäftigt nicht allzu viele Mitarbeiter, aber eigentlich ist immer jemand da. Allerdings ist von den anderen an diesem Montagvormittag weit und breit nichts zu sehen. Der Geruch von Motoröl hängt in der Luft, und von irgendwo ist gleichmäßiges Geklimper zu hören. Als ich Lexis Handy neben ein paar Werkzeugen entdecke, kann ich endlich die Musik ausschalten, die mit der Soundanlage im ganzen Raum verbunden ist. Sofort senkt sich eine wohltuende Stille über uns, und Hailee, die bis eben noch das Gesicht verzogen hat, als hätte sie Schmerzen, entspannt sich etwas.

»Lexi?«, rufe ich in den Raum und lege ihr Handy zurück.

»Du hättest auch hier aufkreuzen können, ohne meinen Lieblingssong zu unterbrechen.« Sie stapft aus dem Lager, gekleidet in ihren typischen Overall, der bereits ein paar Flecken aufweist. Den oberen Teil hat sie sich um die Hüften geknotet, darunter trägt sie ein schwarzes Tanktop. Ihre goldbraunen Locken sind im Nacken zusammengebunden, und ein paar Strähnen haben sich daraus gelöst.

Ich will gerade antworten und auf ihren Musikgeschmack zu sprechen kommen – ein ewiges Streitthema zwischen uns –, als hinter ihr eine weitere Person auftaucht.

Verblüfft ziehe ich die Brauen hoch. »Shaine …?«

»Ich muss los.« Er nickt Hailee und mir zur Begrüßung zu. »Lex … Wir sprechen uns noch.«

Sie rollt mit den Augen. »Kann's kaum erwarten.«

Ihre Stimme könnte gar nicht ironischer sein, aber Shaine wirkt irgendwie nicht mehr ganz so frisch. Ein bisschen zerknittert. Und sein Haar sah auch schon mal ordentlicher aus.

Bevor ich auch nur einen Ton von mir geben kann, deutet Lexi mit dem Finger auf mich. »Kein Wort!«, zischt sie.

Ich hebe die Hände in einer beschwichtigenden Geste. Aber nur weil ich ausnahmsweise die Klappe halte, heißt das nicht, dass ich mir nicht meinen Teil dazu denke. Oder mein Grinsen unterdrücke.

Lexi und Shaine. Shaine und Lexi. Unser Highschoolabschluss mag zwar schon vier Jahre her sein, doch das Hin und Her zwischen den beiden hat damit nicht aufgehört. Nicht mal, nachdem sie damals in einem heftigen Streit auseinandergegangen sind. Einem von der Sorte, über den eine Kleinstadt wie Fairwood noch wochenlang gesprochen hat – Lexis Mom konnte es schon nicht mehr hören, auch wenn die Neugier der Klatschtanten nicht unbedingt schlecht für ihr Geschäft war. In letzter Zeit schien es so, als hätten die beiden das Ganze ausdiskutiert. Wobei es nicht so aussieht, als hätte jetzt gerade ein tief greifendes Gespräch zwischen ihnen stattgefunden. Eher …

»Dein Wagen.« Lexi deutet Hailee etwas brüsk an, ihr zu folgen, und umrundet einen Jeep, der anscheinend einen Platten hatte und bei dem sie gerade den Reifen wechselt.

Der rote Honda, den wir zusammen abgeschleppt haben, steht etwas abseits und irgendwie verloren da. Kein Mechaniker in der Nähe. Keine Werkzeuge. Sogar die Motorhaube ist zu. Entweder ist er schon fertig, oder aber der Schaden ist schlimmer als erwartet. Vielleicht macht es mich zu einem Mistkerl, aber ich weiß nicht, welche Variante mir lieber wäre.

»Der Motor ist hin.« Wie immer kommt Lexi direkt zur Sache. »Wir können einen neuen bestellen, und das Einbauen ist auch kein Problem. Die Lieferung dagegen schon. Das wird eine Weile dauern und teuer werden.«

Hailee nagt an ihrer Unterlippe. »Wie lange ist eine Weile?«

»Mindestens drei Wochen. Stell dich lieber auf vier ein.«

»Vier Wochen?« Hailee reißt die Augen auf und starrt meine Cousine an, als hätte die soeben verkündet, dass in vier Wochen die Welt untergehen würde. Skepsis und Entsetzen spiegeln sich in ihrem Gesicht wider. »Ich habe keine vier Wochen! Gibt es nicht irgendeinen Weg, das Ganze zu beschleunigen?«

Lexi wiegt den Kopf hin und her. Ich kann ihr ansehen, dass sie diese Möglichkeit bereits durchgespielt hat. »Gibt es, aber dann verdoppeln sich die Kosten, und die sind jetzt schon nicht ohne. Außerdem wird es trotzdem mindestens ein bis zwei Wochen dauern, bis der neue Motor da ist.«

»Das heißt …« Hailee sieht zwischen uns und ihrem Wagen hin und her. »Ich sitze hier fest?«

»Es gibt Busse.« Lexi zuckt mit den Schultern. »Die nächsten Flughäfen sind in Charlottesville, Waynesboro und Warrenton. Ich bin sicher, du findest jemanden, der dich hinfährt, wenn du ihn nett darum bittest.« Der Blick in meine Richtung hätte nicht deutlicher sein können.

Doch Hailee schüttelt den Kopf. »Nein, ich … ich kann den Wagen nicht zurücklassen.«

»Tja, dann schlage ich vor, du machst es dir in Fairwood gemütlich.«

Hailee

Chase fährt mich zurück zum Diner, das wohl für die nächste Zeit mein Zuhause werden wird. Oder auch nicht, denn ich weiß ja nicht mal, wie lange ich in diesem Zimmer bleiben darf.

Das Einzige, was ich gerade wirklich sicher weiß, ist die Tatsache, dass mein Honda einen Motorschaden hat und ich bis auf Weiteres in Fairwood festsitze.

Seufzend starre ich aus dem Fenster. In diesem Auto haben Katie und ich fahren gelernt. Mit diesem Auto sind wir das erste Mal zusammen zur Schule gefahren. Zu einer Party. Mit Freunden an den See. Wir haben einen Roadtrip in diesem Wagen unternommen, und er hat uns sogar nach San Diego an den Campus begleitet. So viele Erinnerungen stecken darin, dass ich es einfach nicht über mich bringe, ihn hierzulassen. Oder – und bei dem Gedanken bekomme ich sofort Gänsehaut – ihn zu verschrotten. Auf gar keinen Fall!

Es ist fast schon ironisch, dass ich nach dem Besuch bei Jespers Eltern unbedingt von hier wegwollte und nun dazu gezwungen bin dazubleiben. In einer Stadt, von der ich nur durch Jesper erfahren habe und von der ich mir bis vor Kurzem ziemlich sicher war, sie nie mit eigenen Augen zu sehen. Und jetzt wohne ich bis auf Weiteres praktisch hier.

Mein Blick gleitet zurück zu Chase auf der Fahrerseite. »Bist du in Fairwood geboren?« Die Frage entschlüpft mir, ohne dass ich bewusst darüber nachgedacht hätte.

Er wirft mir einen überraschten Blick zu, nickt aber. »Geboren und aufgewachsen. Ich bin als Kind nur ein paarmal mit meinen Eltern rausgekommen, meistens, wenn es zu einem von Dads Geschäftsabschlüssen ging. Er ist Architekt, genau wie sein Vater, sein Grandpa und Urgroßvater«, erklärt Chase und deutet auf eine dreistöckige Villa mit Veranda und weißen Säulen. »Das Haus dort drüben war eines der ersten, das Grandpa Christopher von Grund auf restauriert hat. Früher war es das Haus eines reichen Plantagenbesitzers, inzwischen ist es ein Hotel.« Als Nächstes zeigt er auf ein anderes, noch größeres Gebäude. »Das neue Rathaus hat mein Ururgroßvater entworfen. Leider hat er nicht mehr miterlebt, wie der Bau fertiggestellt wurde. Und die Schule da drüben hat auch mein Grandpa entworfen. Er und Grandma leben mit Lexis Eltern zusammen in einem Haus, das er mit seinen eigenen Händen gebaut hat.«

»Wow …« Ich habe nicht gewusst, dass in diesen Gebäuden, in dieser Stadt so viel Geschichte steckt. Oder dass Chase' Familie so sehr damit verbunden ist. »Warum bist du weggegangen?«

»Nach der Highschool haben Mom und Dad mich genau wie meinen Bruder Josh nach der Schule zum Militär geschickt.«

»Du warst bei der Army?«

Er zuckt mit den Schultern, als wäre es nicht der Rede wert. »Nicht viel länger als für die erweiterte Grundausbildung und das Military Paramedic Training. Jeder Mann in meiner Familie war bei der Armee. Das gehört praktisch zur Familientradition.«

Ich ziehe die Nase kraus. »Dann ist das so ein Männerding bei euch?«

»Nicht ganz.« Seine Mundwinkel zucken verdächtig, während er den Blinker setzt und auf die Main Street abbiegt. »Lexi war auch da. Freiwillig, im Gegensatz zu uns. Und du kannst mir glauben, dass sie härter im Nehmen war als so manche Typen dort.«

Ich muss lächeln. Obwohl ich Lexi kaum kenne, kann ich mir das ziemlich gut vorstellen. Sie wirkt nicht wie jemand, der sich von anderen Menschen einschüchtern oder unterbuttern lässt. Ganz schön beneidenswert.

»Und jetzt?«, hake ich nach. Aus irgendeinem Grund interessiert mich nicht mehr nur Chase' Vergangenheit, sondern auch seine Gegenwart. »Studierst du auch Architektur wie dein Dad und Grandpa?«

»Und wie mein Onkel, mein Cousin und mein großer Bruder, genau.«

Irgendwie wirkt er nicht glücklich, als er das sagt. Nicht einmal stolz. Bei der Militärsache und der Erwähnung der Gebäude, die seine Familie gebaut hat, meine ich, wenigstens so etwas wie Stolz aus seiner Stimme herausgehört zu haben, aber jetzt? Nichts. Höchstens ein Hauch von … Bitterkeit.

»Ist es das, was du später tun willst? Alte Gebäude restaurieren oder neue entwerfen wie dein Großvater?«

Er wirft mir einen Seitenblick zu, den ich nicht so recht deuten kann. »Nein«, gesteht er dann und starrt wieder geradeaus auf die Fahrbahn. »Das habe ich noch nie jemandem gesagt«, fügt er nach einem Moment hinzu und sieht wieder kurz zu mir.

Die bunten Häuser der Main Street ziehen an uns vorbei, und kurz darauf hält Chase neben dem Diner, ohne den Motor auszuschalten.

»Ich muss zurück nach Hause«, erklärt er. »Ich hab Phil versprochen, mit ihm für das Basketballteam zu trainieren.«

Ich nicke nur und nestle am Sicherheitsgurt herum, ohne ihn sofort aufzubekommen.

»Was hast du jetzt vor?«, fragt Chase leise und schneidet damit das Thema an, das ich bisher vermieden habe. Ich habe es vermieden, darüber zu reden und sogar daran zu denken, doch jetzt führt kein Weg mehr daran vorbei.

»Ich weiß es nicht«, gestehe ich seufzend.

Ich weiß gar nichts mehr. Es ist ja nicht so, als hätte ich die letzten Wochen meiner Reise akribisch durchgeplant und müsste einen Flug oder eine ganz bestimmte Attraktion erwischen. Oder als hätte ich eine seitenlange Bucket List, die ich unbedingt in diesem Sommer abarbeiten will. Aber ich habe auch nicht geplant, die letzten Wochen mitten im Nirgendwo in Virginia zu verbringen. Ich will zum Old Point Loma Lighthouse in San Diego – oder besser gesagt in die Nähe davon. Ich habe Katie versprochen, dass wir uns nach diesem Sommer dort treffen. Für andere mag das kein besonderer Ort sein, für uns schon. Es war unser erster gemeinsamer Ausflug, nachdem wir von zu Hause ausgezogen und aufs College gegangen sind. Nach den ersten Semesterwochen war Katie so gefrustet, dass ausnahmsweise ich diejenige war, die vorgeschlagen hat, etwas zu unternehmen. Also haben wir ein paar Snacks eingepackt, uns in den Honda gesetzt und sind einfach losgefahren. Dass wir beim Old Point Loma Lighthouse gelandet sind, war purer Zufall – und einer der schönsten Ausflüge, an die ich mich zurückerinnern kann. Der Leuchtturm selbst hat nur an zwei Tagen im Jahr geöffnet, aber wir sind einfach weitergefahren, bis zur Küste, und haben eine Stelle gefunden, an der man einen unglaublichen Ausblick auf die Stadt und aufs Meer hat. Wir haben sogar Wale gesehen, obwohl die erst ab Dezember dort sein sollen. Damals haben wir uns geschworen, unbedingt noch mal dahin zurückzukehren.

Ich kann also nicht in Fairwood bleiben. Keine vier Wochen. Denn für das Ende dieser Reise habe ich ein ganz anderes Ziel. Und ich bin nicht bereit, das einfach aufzugeben.

Wieder rüttle ich an dem blöden Gurt, aber er hängt fest. Ich schnaufe frustriert. Als ob es noch mehr Dinge bräuchte, die mich an diesen Ort festbinden.

»Warte, lass mich.« Chase schiebt meine Hände behutsam beiseite. Er rüttelt kurz am Verschluss, dann löst sich der Sicherheitsgurt wie von selbst. Als ich den Kopf hebe, ist er mir ganz nahe. *Zu* nahe.

Ich kann seinen Duft riechen: frisch und herb und irgendwie ganz Chase. Ich weiß nicht, wie es passiert ist, aber irgendwann in den letzten Tagen ist mir sein Duft vertraut geworden. Chase war der Erste in Fairwood, zu dem ich richtig Kontakt hatte – wenn man die Kassiererin im Supermarkt und die anderen Leute in der Bar am ersten Abend weglässt. Und irgendwie haben wir uns seitdem an jedem Tag, den ich hier bin, gesehen …

»Hailee …«

Ich kann das Grün seiner Augen deutlich erkennen, ebenso wie die Sorge in seinem Blick.

»Es geht mir gut«, behaupte ich, doch die Worte fühlen sich fahl und leer an. Zu oft benutzt. Und nie haben sie der Wahrheit entsprochen. »Ich komme schon klar.«

Er scheint etwas sagen zu wollen, schüttelt dann jedoch nur den Kopf. »Gib mir Bescheid, ob du weiter über dem Diner schlafen kannst oder eine neue Unterkunft brauchst, okay?«

Diesmal bin ich diejenige, die zögert, doch dann gebe ich seufzend nach. »Klar.«

»Gut.« Seine Mundwinkel wandern ein kleines bisschen nach oben. »Danke.«

Ich sollte jetzt gehen. Ich weiß, dass ich gehen sollte, doch irgendetwas hält mich davon ab, einfach auszusteigen. Chase so nahe zu sein, jede Nuance in seiner Mimik, seinen Augen zu sehen und seinen warmen Atem auf meinem Gesicht spüren zu können, fühlt sich seltsam vertraut an. Als würden sich all meine Sinne an etwas erinnern, das mein Kopf nicht mehr weiß.

»Chase …?« Meine Stimme ist nur ein Flüstern. »Was ist gestern Abend passiert? Als du mich zurückgebracht hast?«

»Nichts. Oder eher fast nichts«, fügt er eilig hinzu. »Du wolltest tanzen, also haben wir ein bisschen in deinem Zimmer getanzt.«

Überrascht ziehe ich die Brauen hoch. »Ohne Musik?«

Er nickt amüsiert. Und ich bin mehr als nur erleichtert darüber, dass das anscheinend alles war. Dass wir nur getanzt haben und ich ihm nicht meine ganze Lebensgeschichte erzählt habe.

»Mist. Wie konnte ich das bloß vergessen?«

»Keine Ahnung.« Sein Blick verharrt einen Herzschlag lang auf meinem Mund, doch das reicht völlig aus, dass mir wieder viel zu warm wird.

»Bist du sicher, dass wir uns nicht geküsst haben?«

Ohne Vorwarnung sieht er mir wieder in die Augen, und dieser Blick fühlt sich genauso an wie damals im Café. Er geht mir durch und durch. Mein Magen zieht sich zusammen. Meine Haut kribbelt. Mein Puls beschleunigt sich.

»Absolut sicher. Ich wollte nicht, dass du es vergisst, wenn es passiert.«

»*Wenn* es passiert? Nicht *falls*?«

Himmel, ist das meine Stimme, die so atemlos klingt? Und ist es hier drinnen innerhalb von Sekunden wirklich so viel heißer geworden?

»Wenn«, bestätigt er mit einem kleinen Lächeln und sieht kurz zum Diner hinüber, aus dem Leute kommen und gehen.

Aber ich kann den Blick nicht so einfach von ihm abwenden, dafür bin ich zu gebannt von seiner Nähe – und davon, was sie in mir auslöst. Und vielleicht genieße ich es auch, wenigstens für ein paar Minuten das Desaster zu vergessen, das mein Auto ist. Genau wie alles andere in meinem Leben.

»Als ich dich endlich dazu gebracht habe, dich hinzulegen«, spricht Chase schließlich weiter und sieht mich mit einem merkwürdig gequälten Ausdruck an, »da wolltest du nicht allein sein. Also habe ich mich dazugelegt und bin bei dir geblieben, bis du eingeschlafen bist. Und ich sicher sein konnte, dass du dich nicht doch noch übergeben musst.«

Ich weiß nicht, was ich dazu sagen soll. Ich bin sprachlos. Abgesehen von Katie gab es nie jemanden, der das für mich getan hätte. Sicher, Mom und Dad haben sich immer um uns gekümmert, als wir noch klein waren, doch irgendwann habe ich aufgehört, Rat und Hilfe bei ihnen zu suchen. Womöglich lag es daran, dass Katie schon immer ihr Liebling war, während ich … einfach nur da war. Vielleicht wollte ich mir auch nur etwas beweisen … in den letzten Monaten noch viel mehr als früher. Und jetzt, Tausende von Meilen von zu Hause und vom Campus entfernt, hat sich ausgerechnet Chase so um mich gekümmert, als ich sturzbetrunken war? Derselbe Kerl, der Jespers Vertrauen missbraucht und ihn so verletzt hat? Wie passt das zusammen? Chase hat selbst zugegeben, dass alles, was Jesper mir über ihn erzählt hat, die Wahrheit ist. Aber wie kann er dann ein und dieselbe Person sein?

Ich habe keine Ahnung, was über mich kommt, als ich die nächsten Worte ausspreche: »Tust du mir einen Gefallen?«

»Alles, was du willst.«

Er zögert nicht mal. Wie kann er nicht zögern oder wenigstens kurz innehalten und darüber nachdenken? Wie kann er einfach so Ja sagen, ohne zu wissen, was ich von ihm verlangen werde? Er kennt mich doch überhaupt nicht.

Ich zwinge mich dazu, ihn weiterhin anzusehen, um seine Reaktion abzuschätzen. »Jesper hat an einer Geschichte geschrieben. Er hat immer gesagt, er wolle unbedingt etwas von sich zurücklassen, wenn er mal nicht mehr da ist. Und soweit ich weiß, war er so gut wie fertig damit. Ich sollte sie für ihn lesen, aber dann ist er …«

Chase nickt langsam.

»Ich will das Manuskript finden.«

Und dabei auch Jespers Geschichte erfahren. Wir haben so viel miteinander getextet, uns so viel erzählt, und doch habe ich mit jeder Stunde, die ich länger in Fairwood bin, das Gefühl, Jesper Harrington kaum gekannt zu haben.

»Dann helfe ich dir dabei.« Chase wirft einen kurzen Blick aufs Armaturenbrett. Eine Falte erscheint zwischen seinen

Brauen. »Wenn du willst, können wir später zu Jespers Familie fahren und in seinem Zimmer nachsehen.«

»Ich war schon dort«, gestehe ich. »Kurz nach meiner Ankunft. Sein Zimmer scheint unverändert zu sein, aber ich habe nichts gefunden. Kein ausgedrucktes Manuskript, keine Notizen, nichts. Nur seinen Laptop, und der ist mit einem Passwort gesichert, das nicht mal seine Mom kennt.«

Diesmal zögert Chase, und ich kann ihm ansehen, dass er mit sich kämpft. »Wir könnten trotzdem nachsehen«, schlägt er nach einigen Sekunden vor. »Vielleicht gibt es irgendwo einen Hinweis auf das Passwort oder …«

»Oder wir fragen Clayton?«, schlage ich vor.

Er nickt langsam. »Ich hole dich gegen sechs ab.«

»Eins noch …«, sage ich, die Hand bereits am Türgriff.

»Ja?«

Ich kann noch immer nicht fassen, dass er einfach so dazu bereit ist, das zu tun. Nicht nur für mich. Er will selbst mehr über Jesper herausfinden, das hat er von Anfang an betont. Und während Chase mir bereits einiges erzählt und gezeigt hat, das mit unserem gemeinsamen besten Freund zu tun hat, habe ich mich bisher ziemlich bedeckt gehalten. Das will ich ändern. Aber ich finde nicht die richtigen Worte, um ihm das zu sagen. Schon gar nicht, als plötzlich jemand hinter uns hupt.

Also beschränke ich mich auf das Einzige, das im Moment wichtig ist: »Danke, Chase. Für alles.«

Er lächelt, und es ist dasselbe Lächeln, das er mir schon an meinem allerersten Abend in der Bar zugeworfen hat. Und einen Tag später im Café, als ich noch gar nichts über ihn wusste, nicht einmal seinen Namen. Es stellt seltsame Dinge mit mir an. Dinge, über die ich nicht nachdenken will. Nicht jetzt. Nicht hier. Am besten niemals.

Als der Fahrer hinter uns noch mal hupt, steige ich hastig

aus und schlage die Tür zu. Chase hebt zum Abschied die Hand, dann fährt er weiter. Und ich sehe ihm länger nach, als ich sollte. Länger als gut für mich ist. Aber ich kann nicht anders. Nicht, nachdem ich all diese Seiten an ihm kennengelernt habe, die so gar nicht zu dem passen wollen, was Jesper mir über ihn erzählt hat. Und vielleicht, nur vielleicht ist es inzwischen nicht mehr nur Jespers Geschichte, über die ich mehr herausfinden will, sondern auch die von Chase Whittaker.

Kapitel 13

Chase

»Hast du etwas von deinem Bruder gehört?«

Ich will gerade aus dem Haus gehen, als mich Moms Frage innehalten lässt. Mit dem Rücken zu ihr, die Hand bereits am Türknauf, schließe ich für einen Moment die Augen und atme tief durch. *Es ist nicht mein Geheimnis. Es ist nicht mein Geheimnis.* Doch je öfter ich mir diese Worte in Gedanken sage, desto bedeutungsloser werden sie. Denn ganz gleich, wie wahr sie sind, ich habe Josh versprochen, unseren Eltern nichts davon zu erzählen, wo er gerade steckt und was er durchmacht. Er hat es verdient, ihnen selbst die Wahrheit zu sagen. Aber solange er das nicht tut, stecke ich in dieser Sache mit drin, ob ich will oder nicht. Und ich will es definitiv nicht.

»Wir haben vor ein paar Tagen kurz telefoniert.« Ich drehe mich zu ihr um. »Warum? Alles in Ordnung?«

Sie nickt lächelnd, doch es erreicht ihre Augen nicht. Mit den Jahren sind immer mehr kleine Falten in ihrem Gesicht und etwas Silber in ihrem kastanienbraunen Haar aufgetaucht. Früher habe ich es kaum wahrgenommen, denn was auch geschieht, sie ist immer noch meine Mom. Doch jetzt merke ich ihr die Jahre an. Obwohl sie so tut, als wäre alles okay, kann sie ihre Sorge nicht verbergen. Sie macht sich Gedanken um Josh – und obwohl ich weiß, dass er tagtäglich dafür kämpft, wieder in Ordnung zu kommen, würde ich ihn in Momenten wie diesen am liebsten packen und durchschütteln. Oder ihm eine runterhauen. Wie lange, glaubt er, können wir diese Scharade noch durchziehen? Denkt er wirklich, dass Mom sich keine Sorgen um ihn macht?

»Ach, alles bestens, Schatz.« Sie wischt sich die Hände an einem Küchentuch ab. »Wir haben ihn nur schon so lange nicht mehr gesehen, du bist nur in den Ferien und alle paar Wochenenden mal da, und jetzt, wo Phil in die Schule geht … Ich schätze, ich vermisse einfach meine Jungs. Und die Familienabende, die wir früher immer hatten.«

Voller Lachen und leckeren Snacks. Mit Brett- und Konsolenspielen. Während Dad, Josh und ich immer gegeneinander gespielt haben, hat Mom sich mit dem damals noch kleineren Phil zu uns gesetzt und ein Puzzle gemacht. Oder uns einfach zugeschaut und angefeuert. Diese gemeinsam verbrachten Abende liegen so weit zurück, dass sie nur noch ein Echo in meiner Erinnerung sind.

Sie seufzt. »Vergiss, was ich gesagt habe. Ich will dir oder deinem Bruder kein schlechtes Gewissen einreden. Ihr verdient Zeit für euch selbst, und ich wünsche mir, dass ihr sie genießt. Es ist nur so … Er hat sich so lange nicht mehr gemeldet, dabei wollte er doch unbedingt nach dem Sommer in der Firma anfangen.«

Von *wollen* kann nicht die Rede sein, aber auch das ist eine Sache, die Josh selbst klären muss. So wie ich meinen Kram allein regeln muss. Also sage ich nichts dazu, sondern halte den Mund. Wie schon viel zu oft in diesem verdammten Sommer.

»Glaubst du … Also, ich meine … Ist er irgendwie böse auf uns?«

»Was? Mom!« Mit zwei großen Schritten bin ich bei ihr und lege ihr die Hände auf die Schultern. Sie wirkt so klein, so zerbrechlich, obwohl sie immer der Ruhepol und harte Kern in unserer Familie war. »Wie kommst du darauf? Josh ist nur …«

»Verreist, ich weiß.« Mom winkt ab, aber ich kann ihr ansehen, wie sehr sie die Funkstille schmerzt. Ich werde Josh den Hals umdrehen.

»Er ist nicht böse auf euch.« Ich muss die Worte aussprechen und kann nur hoffen, dass sie sie mir glaubt. »Und ihr habt auch nichts falsch gemacht. Ich bin sicher, er wird sich bald wieder melden oder hier blicken lassen.«

»Das hoffe ich.« Sie tätschelt mir die Wange. »Es ist schön, dass wenigstens du in den Ferien hergekommen bist. Ich kann es gar nicht erwarten, euch beide nach eurem Studium zu Hause zu haben. Die ganze Familie wieder vereint.«

Und plötzlich fühle ich mich wie ein Arsch. Es ist nicht so, dass ich nicht heimkommen will. Ich liebe meine Familie, auch wenn sie mir manchmal auf die Nerven geht. Aber das bedeutet nicht, dass ich für den Rest meines Lebens in Fairwood bleiben will. Doch wenn ich meine Mutter so sehe, so hoffnungsvoll und mit diesem Leuchten in den Augen, bringe ich es nicht über mich, ihr das zu sagen. Als sie mit Josh schwanger wurde, war sie mitten in der Ausbildung. Keine drei Jahre später kam ich auf die Welt. Sie hat ihre Ausbildung zwar nachgeholt und führt mittlerweile ihren eigenen kleinen Blumenladen an der Main Street, aber für Mom stand ihre Familie schon immer an erster Stelle. Daran wird sich nie etwas ändern. Genauso wenig wie daran, dass sie Josh und mich am liebsten für immer wieder in Fairwood hätte.

Ich räuspere mich, da mir all diese Worte auf der Zunge brennen, ich aber kein einziges davon hervorbringe. Früher, als ich dachte, mich wie ein rücksichtsloser Idiot verhalten zu müssen, dem alles egal war, habe ich ihr so viel Kummer bereitet, und die Trennung von Mia rund ein Jahr nach dem Highschoolabschluss, die wie eine Tochter für sie war, hat Mom beinahe mehr mitgenommen als mich. Ich will sie nicht wieder traurig machen, aber vor allem will ich nie wieder diese Enttäuschung in ihren Augen sehen wie damals, als sie vor dem Polizeirevier auf mich wartete, um mich nach Hause zu bringen. Und genau das würde passieren, wenn ich ihr die Wahrheit sage. Über mich. Über Josh. Über die Zukunft, die sie sich bereits in allen Details ausmalt.

Also lächle ich nur und schließe sie kurz in die Arme. »Ich muss los.«

»Pass auf dich auf, mein Junge.«

»Bis später, Mom.«

Als ich diesmal zur Tür gehe, hält sie mich nicht auf. Noch auf dem Weg zu meinem Dodge ziehe ich das Handy aus der Hosentasche und werfe einen kurzen Blick auf meine Nachrichten. Keine einzige neue. Kein verpasster Anruf. Was auch immer Josh gerade treibt, er hat keinen Kontakt zur Außenwelt. Und vielleicht ist das auch besser so. Besser für ihn und für mich. Denn wenn ich ihn das nächste Mal sehe, reiße ich ihm den Hintern auf.

Frustriert werfe ich das Handy in die Mittelkonsole und starte den Motor. Normalerweise bin ich in zehn Minuten auf der Main Street, aber es ist Montagabend, und ich gerate mitten in den Feierabendverkehr. Ja, sogar in Fairwood, dem kleinen, verschlafenen Nest mitten in Virginia, gibt es so etwas wie eine Rush Hour. Nicht so krass wie in Boston, aber es dauert eine gefühlte Ewigkeit, bis ich endlich am Ziel bin.

Hailee wartet schon vor dem Diner. Sie hat sich nicht umgezogen, sondern trägt noch immer das rote Kleid mit den langen Ärmeln und dem kurzen Saum. Wer auch immer dieses Kleid entworfen hat, insgeheim danke ich ihm oder ihr dafür, auch wenn es meinen Blick immer wieder auf Hailees Beine lenkt. Lange, vom Sommer gebräunte Beine mit warmer, weicher Haut.

»Hi.« Hailee steigt ein und schnallt sich an.

»Hey.« Ich räuspere mich, trotzdem klingt meine Stimme verdächtig heiser. Erst jetzt registriere ich das Bündel Lavendel in ihrer Hand und erinnere mich daran, dass sie Jespers Eltern einen Strauß mitbringen wollte. Bei dem Gedanken muss ich unweigerlich lächeln, auch wenn mir in Anbetracht dessen, was wir vorhaben, so gar nicht danach zumute ist. »Bereit?«

Sie nickt, und ich fahre los.

»Hast du mit Beth gesprochen?«

»Ja, gleich nachdem du mich abgesetzt hast. Sie meinte, ich kann das Zimmer so lange haben, wie ich will, solange ich dafür im Diner einspringe, wenn es nötig ist.«

»Klingt nach einem fairen Deal.« Ich setze den Blinker, um von der Main Street runterzukommen. »Also heißt das, du hast keine festen Arbeitszeiten?«

»Teils, teils. Ich habe drei fixe Schichten und springe ansonsten immer ein, wenn jemand gebraucht wird. Heute habe ich noch frei.«

Zum Glück, sonst könnten wir unser Vorhaben nicht in die Tat umsetzen.

In den nächsten Minuten reden wir noch weiter über die Arbeit im Diner, und Hailee erzählt, dass sie nachmittags zufällig Charlotte in der Buchhandlung getroffen hat. Wenn ich ihre Begeisterung richtig deute, könnte das ihr neuer Lieblingsplatz werden. Die Sache mit dem Motorschaden scheint sie nicht mehr allzu sehr mitzunehmen – zumindest hoffe ich das insgeheim. Denn ganz egal, wie sehr ich mich anstrenge, ich kann mich nicht dazu bringen, auch nur einen Funken Enttäuschung darüber zu empfinden, dass Hailee länger als geplant in der Stadt bleibt. Viel länger sogar. Denn das macht meinen eigenen

Aufenthalt während der Semesterferien um einiges angenehmer. Ich will sie besser kennenlernen – und ich will diesen Kuss. Und zwar wenn sie nüchtern und bereit dazu ist.

Ich parke den Wagen hinter dem von Mr Harrington in der Auffahrt und schalte den Motor aus. Die Augustsonne scheint warm auf uns herab, als wir aussteigen, aber mir ist eiskalt. *Scheiße.* Ich hätte schon viel früher wieder herkommen sollen, aber ich habe es einfach nicht über mich gebracht.

»Hätten wir vorher Bescheid geben sollen, dass wir kommen?«, fragt Hailee und zupft am Lavendelstrauß in ihrer Hand herum.

Ich schüttle den Kopf, da ich im Moment kein Wort herausbringe. Alles ist so verdammt vertraut. Das Auto an dieser Stelle abzustellen und gleich den bekannten Weg zur Haustür zu nehmen. Gleichzeitig fühlt es sich völlig falsch an. Als hätte ich nach allem, was passiert ist, kein Recht mehr, dieses Haus zu betreten. »Hier schauen die Leute einfach vorbei. Das ist ganz normal«, presse ich hervor.

Und gerade weil es so normal ist, hätte ich viel öfter hier sein sollen, ganz egal, wie Jesper und ich gerade zueinander standen. Und nach seinem Tod ganz besonders – das wäre ich seinen Eltern schuldig gewesen. Aber ich war ein Feigling.

»Alles okay?« Hailee beobachtet mich von der Seite.

Ich bin nicht sicher, was gerade in ihrem Kopf vor sich geht. Wahrscheinlich alles, was Jesper ihr über mich erzählt hat und all die Gründe, aus denen sie mich nicht mögen sollte. Aber vielleicht ist es für sie genauso seltsam, hier zu sein, wie für mich.

Ein letztes Mal sehe ich zu dem Haus, das vor uns aufragt, und nicke knapp. Wenn ich das jetzt nicht durchziehe, werde ich es nie tun. Und das kommt nicht infrage.

Die Tür wird gleich nach dem ersten Klopfen geöffnet. Mrs Harrington mustert Hailee überrascht, aber erst als ihr Blick auf mir landet, weiten sich ihre Augen ungläubig. Ich kann es ihr nicht übel nehmen, denn das letzte Mal, das ich hier war, war am Tag der Beerdigung – und das ist über fünf Monate her.

»Chase …« Ehe ich michs versehe, schließt sie mich in die Arme.

Gott … Im ersten Moment bin ich zu überrumpelt, um überhaupt eine Reaktion zu zeigen. Erleichterung und Schock brodeln in mir hoch und landen schwer in meinem Magen. Zusammen mit Schuldgefühlen. So vielen Schuldgefühlen. Ich schlucke hart. Zwinge mich dazu, die Arme um sie zu legen und die Geste zu erwidern.

Ihre Umarmung ist so vertraut wie die meiner eigenen Mutter. Da Jesper und ich uns im Krankenhaus so gut verstanden haben, haben unsere Eltern sich ebenfalls kennengelernt – und sich trotz des leichten Altersunterschieds sofort angefreundet. Ich kann gar nicht zählen, wie viele BBQs es in unserem Garten oder dem der Harringtons gab, zu denen die halbe Nachbarschaft eingeladen war. Doch zum Schluss waren immer als Letzte wir übrig – die Whittakers und die Harringtons. Im Dunkeln, als der Mond längst aufgegangen war und die Solarleuchten und -lampions sich eingeschaltet hatten. Das Summen von Gesprächen in der Luft, leise Musik, Grillenzirpen und der nachlassende Geruch des Grills … unzählige Sommer haben wir so verbracht.

Anfangs habe ich fast gar nichts von Jespers Erkrankung mitgekriegt, nur dass er beim Spielen und Rennen öfter und schneller aus der Puste war als alle anderen. Gut möglich, dass er früher tatsächlich weniger Beschwerden hatte, oder er wusste sie einfach gut zu verbergen. Doch je älter wir wurden, desto öfter fehlte Jesper. Er machte nicht beim Schulsport mit, nahm kaum noch am Unterricht teil, sagte Treffen spontan ab und zog sich immer mehr zurück. Einmal haben Lexi, Josh und ich fast eine Stunde auf ihn eingeredet, damit er sich zu uns ins Auto setzte und mit uns an den See kam. Es war der schönste Tag des Sommers. Und das letzte Mal, dass er mit uns zum See gefahren ist.

»Es ist so schön, dass du hier bist.« Mrs Harrington schiebt mich auf Armeslänge von sich und betrachtet mich von oben bis unten. »Wie lange ist es jetzt her? Ein halbes Jahr? Weniger? Meine Güte, wie die Zeit vergeht. Aber kommt herein.« Sie umarmt auch Hailee zur Begrüßung, als würden sie sich schon lange kennen, und Hailee übergibt ihr den Lavendelstrauß.

»Oh, das wäre doch nicht nötig gewesen. Danke.« Sie schiebt uns Richtung Terrasse.

Draußen sitzt Mr Harrington in einem Sessel, die Brille tief auf der Nase, die Stirn gerunzelt, und liest eine Zeitung.

Hailee zögert und wirkt etwas verloren, also lege ich ihr die Hand auf den unteren Rücken, um sie zu beruhigen. Und mich. Weil ich absolut nicht damit klarkomme, hier zu sein. Aber noch mehr hasse ich es, dass Jesper nicht mehr hier ist.

Ich räuspere mich. »Hallo, Mr Harrington.«

Er hebt langsam den Kopf. Blinzelt gegen die einfallende Sonne. »Chase? Chase Whittaker?«

Ich nicke mit zusammengepressten Lippen, unsicher, wie er reagieren wird. Seit Jesper und ich diesen dämlichen Streit letzten Winter hatten, hatten wir kaum noch Kontakt. Und ganz egal wie sehr ich mir wünsche, es rückgängig machen zu können – ich kann es nicht.

»Was machst du denn hier, mein Junge?« Schwerfällig erhebt sich Mr Harrington aus dem Sessel und klopft mir väterlich auf die Schulter. »Es tut gut, dich zu sehen.«

Ich schlucke hart, doch der Kloß in meinem Hals hält sich hartnäckig. Und wenn ich ehrlich bin: Ein Schlag ins Gesicht wäre mir lieber gewesen. Leichter zu verkraften als diese …

diese Herzlichkeit. Sie behandeln mich genauso wie früher. Als wäre nie etwas zwischen Jesper und mir vorgefallen. Als hätte ich mich nicht wie das letzte Arschloch verhalten.

»Danke«, bringe ich hervor und deute auf meine Begleitung, die starr neben mir steht und bisher nichts gesagt hat. »Das ist Hailee. Sie war mit Jesper befreundet.«

Ein warmes Lächeln lässt seine Züge weicher wirken, und seine Augen werden feucht. »Martha hat mir schon von dir erzählt, Hailee. Setzt euch. Setzt euch. Martha!«

»Ich bin doch schon da.« Mrs Harrington tritt mit einem Tablett auf die Terrasse hinaus. Sie stellt es auf den Tisch und gießt uns gleich darauf frischen Eistee ein.

Fuck. Müssen wir uns jetzt etwa hinsetzen? Mit ihnen reden? Alles in mir drängt darauf, auf dem Absatz kehrtzumachen und von hier zu verschwinden. Ich kann das nicht. Ich ertrage diese Freundlichkeit nicht. Nicht nach allem, was ich mir geleistet habe. Aber meine Füße bewegen sich nicht. Ich laufe nicht weg. Und einen Moment später finde ich mich auf der mit Kissen ausgelegten Bank wieder und trinke brav einen Schluck. Diese ganze Szene merkwürdig zu nennen wäre die Untertreibung des Jahres. Ein unangenehmes Schweigen breitet sich zwischen uns aus. Vögel zwitschern in den Bäumen und auf dem Dach. Ein Auto fährt vor dem Haus vorbei. Irgendwo spielen Kinder. Mr Harrington raschelt mit seiner Zeitung. Und ich beiße die Zähne zusammen.

»Weißt du …« Mrs Harrington wirft mir ein zögerliches Lächeln zu. »Nach der … nach der Beerdigung hatten wir nie die Gelegenheit, noch mal in Ruhe miteinander zu reden.«

»Martha …«, warnt ihr Mann leise, aber sie schüttelt den Kopf.

»Ich will doch nur …« Sie atmet tief durch und schenkt uns ein tränenerfülltes Lächeln. »Jesper hat diesen schrecklichen

Streit zwischen euch so bereut. Er wollte sich unbedingt mit dir aussprechen.«

»Ich weiß …« Irgendwie presse ich die Worte hervor, auch wenn ich das Gefühl habe, gleich daran zu ersticken. Und ich weiß auch genau, was Mrs Harrington jetzt am liebsten von mir hören würde: dass wir das geklärt haben. Dass wir uns ausgesprochen haben und am Ende wieder alles in bester Ordnung war. Aber das stimmt nicht. Jesper hat versucht, mich zu erreichen. Eine Woche vor seinem Tod hat er mich angerufen und mir mehrfach getextet. Zu der Zeit war ich noch auf dem Campus, zu beschäftigt mit mir selbst und Joshs Problemen und ein zu großes Arschloch, um darauf zu antworten. Ich war so wütend auf ihn, dass ich ihn ignoriert habe. Die Erinnerung daran hat sich förmlich in mein Gedächtnis gebrannt: Ich in der Bibliothek, das vibrierende Smartphone in der Hand. Ich habe seinen Anruf weggedrückt und mir selbst versichert, dass wir später reden könnten. In den Ferien vielleicht, wenn etwas mehr Zeit vergangen und Gras über die Sache gewachsen wäre. Nur dass Jesper keine Zeit mehr hatte und wir nie mehr miteinander gesprochen haben.

Wieder breitet sich diese unangenehme Stille zwischen uns aus.

Mr und Mrs Harrington wechseln einen kurzen Blick, dann wendet sich Mrs Harrington wieder an uns. »Was führt euch beide hierher? Nicht, dass wir nicht froh sind, euch zu sehen. Das sind wir. Nicht wahr, Liebling?«

Ihr Mann brummt etwas, das wie Zustimmung klingt.

»Es geht um das Manuskript«, ergreift Hailee das Wort und nestelt am Saum ihres Rocks herum. »Das, was Jesper unbedingt veröffentlicht sehen wollte. Wäre es vielleicht möglich, dass wir uns noch mal in seinem Zimmer umsehen? Letztes Mal konnte ich es nicht finden, aber ich bin mir sicher, dass er fast fertig damit war und ... und ich habe ihm versprochen, es für ihn zu lesen. Er wollte es mir schicken, aber ...« Ihre Stimme bricht. Zittrig greift sie nach ihrem Glas und trinkt etwas Eistee.

»Es wäre ein unglaubliches Geschenk für uns, diese Geschichte zu finden.« Mrs Harrington hat sich die Hand auf die Brust gelegt, so ergriffen scheint sie zu sein. »Geht ruhig nach oben.«

Ich springe förmlich auf. »Danke.«

Sie nickt lächelnd, doch ihre Lippen zittern verräterisch.

Dicht gefolgt von Hailee steuere ich den Weg nach oben an. Die Bilder an der Wand neben der Treppe sind mir ebenso vertraut wie die Fotos daheim bei meinen Eltern. Ich bin praktisch in diesem Haus aufgewachsen, und seither hat sich hier nicht viel verändert. Das Holz in der untersten Stufe hat einen kleinen Riss, weil ich mit elf hier mal die Treppe runtergefallen bin. Die zweite Diele im ersten Stock knarzt noch immer. Am Ende des Flurs stehen noch dieselben unförmigen Figuren, die Jesper in der sechsten Klasse im Werkunterricht hergestellt hat. Und zwischen seinem Zimmer und dem Bad hängt ein Foto von unserem allerersten Halloween. Alles in diesem Haus ist noch beim Alten, sogar der Geruch. Nur eine Sache fehlt. Eine Person.

Vor dem Zimmer bleibe ich stehen und drehe mich zu Hailee um. Sie wirkt etwas mitgenommen, aber ihre Augen sind nicht mehr so feucht wie gerade eben auf der Terrasse. Trotzdem muss ich nachfragen. »Alles okay?«

Und vielleicht wünsche ich mir, dass sie Nein sagt, einfach nur, damit wir von hier verschwinden können. Damit wir nicht da reinmüssen. Doch Hailee tut mir diesen Gefallen nicht.

»Ja«, erwidert sie nach einem Moment und atmet tief durch, als müsste sie sich ebenfalls sammeln. Aber sie will nicht gehen.

Nicht, ohne noch mal Jespers Zimmer nach diesem verdammten Manuskript durchsucht zu haben.

Ein letzter prüfender Blick auf Hailee, ein letztes Durchatmen, dann schließe ich die Finger um den Knauf und zwinge mich dazu, die Tür zu öffnen.

Für einen winzigen Moment ist es, als würden Vergangenheit und Gegenwart mit voller Wucht aufeinanderprallen. Ich kenne dieses Zimmer, kenne es so gut wie mein eigenes zu Hause bei meinen Eltern. Gleichzeitig ist es mir aber auch fremd. Da hängen neue Poster an der Wand. Früher hatte Jesper nie irgendwelche Pflanzen, weil er sie nie am Leben erhalten konnte; jetzt steht da etwas, das wie ein Babykaktus aussieht. Die Bücher in seinem Regal sind mehr geworden. Doch der blaue Sessel, in dem ich bei meinem letzten Besuch saß, steht noch an exakt derselben Stelle. Ich starre ihn an, als könnte ich damit mein vergangenes Ich heraufbeschwören. Als könnte ich noch mal zurück in diese Situation und alles anders machen. Andere Dinge sagen. Andere Entscheidungen treffen. Aber ich kann es nicht, ganz egal, wie sehr ich es mir wünsche.

Ich schüttle den Kopf, um diese absurde Vorstellung loszuwerden. Hailee hat mittlerweile angefangen, sich umzusehen. Sorgfältig zieht sie ein Buch nach dem anderen aus dem Regal und mustert jeden einzelnen Titel, bevor sie es wieder zurückstellt. Ich nehme mir den Schreibtisch vor. Der Laptop hat ein Passwort, das ich früher einmal kannte, aber ich bezweifle, dass Jesper es in den all den Jahren beibehalten hat. Und ich habe recht. Der Name seines Hundes ist nicht mehr das richtige Passwort. Wäre ja auch zu einfach gewesen.

Mit einem mehr als mulmigen Gefühl im Bauch öffne ich die Schubladen und sehe darin nach, aber – nichts. Kein Manuskript. Aus dem Augenwinkel registriere ich, dass Hailee vor einem kleinen Regal voller Andenken stehen geblieben ist, ohne etwas in die Hand zu nehmen. Dieses Zimmer ist mehr als nur eine Erinnerung, die die Harringtons irgendwie aufrechtzuerhalten versuchen. Es hat etwas von einem Schrein, einem Heiligtum, und es fühlt sich falsch an, in Jespers persönlichen Sachen herumzuwühlen. Andererseits wird er kaum zurückkommen und sich darüber beschweren. Ich war bei seiner Beerdigung dabei. Jesper wird nie mehr zurückkommen.

»Hey …« Eine Hand auf meinem Arm. Ich habe nicht mal gemerkt, dass ich die Schublade mit mehr Gewalt als nötig zugeschoben habe.

»Hier ist nichts.« Widerwillig mache ich mich von ihr los. Meine Haut spannt, als wäre sie zu eng für meinen Körper. Meine Lunge fühlt sich zu klein an. Ich will nur noch hier raus. Nur noch weg.

»Was ist mit dem Laptop?«, fragt Hailee. »Konntest du das Passwort knacken?«

»Nein«, erwidere ich etwas harscher als notwendig und wende mich seufzend ab. »Wir sollten verschwinden.«

»Wie bitte?« Hailee starrt mich entgeistert an. »Wir sind gerade erst angekommen, und du willst schon wieder gehen?«

Ja, verdammt. Weil ich es keine einzige Sekunde länger hier aushalte, ohne von Erinnerungen überschwemmt zu werden. Von guten wie schlechten, aber vor allem schlechten. Ich habe es gehasst, meinen besten Freund krank und blass im Bett liegen zu sehen. Aber noch mehr habe ich es gehasst, wie er es runterspielen wollte, als hätte er nur eine Erkältung, die in ein paar Tagen wieder vorbei wäre. Mit fünfzehn, sechzehn sind wir deswegen öfter aneinandergeraten, als ich zählen kann. Irgendwann hat er es weniger getan, und ich habe es geschafft, den Mund zu halten. Aber wir wussten beide, was da Ungesagtes zwischen uns schwebte. Etwas, das letzten Winter kurz nach Weihnachten eskaliert ist. Zum allerersten Mal hat sich keiner von uns zurückgehalten, und wir haben uns alles an den Kopf geworfen. Ich ihm die Art, wie er mit seiner Krankheit umgeht und mit voller Absicht alle Menschen von sich stößt, sogar Charlotte. Er mir die Art, wie ich widerspruchslos den Wünschen meiner Familie folge statt meinen eigenen. Jesper war entsetzt darüber, dass ich nach Boston gegangen bin, um Architektur zu studieren, obwohl ich eigentlich etwas völlig anderes tun wollte. Er hat nicht damit zurückgehalten und mir ordentlich die Meinung gesagt. Und ich habe es ihm Wort für Wort zurückgegeben. Auch wenn ich mir jetzt wünsche, ich hätte meine verdammte Klappe gehalten. Dann wäre die letzte Erinnerung an ihn wenigstens nicht dieser dämliche Streit.

Hailee lässt mich nicht aus den Augen. »Im Ernst? Gibst du wirklich so leicht auf?« Ihre nächsten Worte sind nur ein Murmeln, aber ich höre sie trotzdem klar und deutlich: »War ja klar. Er war dir schon zu Lebzeiten egal.«

Ich erstarre auf dem Weg zur Tür. Ganz langsam drehe ich mich zu ihr um. »Wie war das?«

Sie presst die Lippen aufeinander und schweigt, aber ich kann ihr die Enttäuschung deutlich ansehen. *Fuck.* Ich schleppe schon mehr als genug Schuldgefühle mit mir herum, da brauche ich niemanden, der sie mir zusätzlich einflößt.

»Komm schon, Hailee«, ködere ich sie. »Ich habe es genau gehört. Da kannst du es auch wiederholen und mir ins Gesicht sagen, was du von mir hältst.«

Sie zögert einen Herzschlag lang, scheint dann jedoch Mut zu fassen und macht einen zornigen Schritt auf mich zu. »Er war dir gleichgültig. Du bist nach eurem Streit einfach abgehauen und wieder ans College gegangen. Du hast dein Leben gelebt, als wäre nichts passiert, als hättest du keinen Mist gebaut. Es war dir egal, wie es ihm dabei ging, dabei war er dein bester Freund!« Mit beiden Händen verpasst sie mir einen Schubs gegen die Brust. Ich weiche vor Überraschung einen halben Schritt zurück, bevor ich mich fangen kann. »Wie konntest du nur? *Du wusstest,* dass er krank ist! Du wusstest, was mit ihm los ist und hast ihn trotzdem im Stich gelassen! Wie konntest du ihm das nur antun?«

Weil ich meine Gründe dafür hatte. Und zumindest damals erschienen sie mir richtig. Oder wenigstens gut genug. Aber Hailee würde mir sowieso nicht glauben. In dem Moment, in dem sie erfahren hat, wer ich bin, und die Verbindung hergestellt hat, stand ihre Meinung über mich fest. Ich war ein Idiot, zu glauben, nein, zu *hoffen*, dass ich etwas daran ändern oder sie vom Gegenteil überzeugen könnte.

Inzwischen steht sie dicht vor mir und hämmert mit den Fäusten gegen meine Brust. Und ein Teil von mir begreift, dass ich nicht der Einzige bin, auf den sie wütend und von dem sie enttäuscht ist.

»Oh Gott …« Ein Schluchzen begleitet ihre nächsten Worte, die so leise sind, dass ich sie kaum hören kann. »Er hat mir nie erzählt, was mit ihm los ist. Er hat mir nie anvertraut, dass er krank ist. Wir haben uns über alles Mögliche unterhalten, aber ich habe mir nie was dabei gedacht, wenn es ihm mal nicht gut ging. Ich habe nie richtig nachgefragt.«

»Hailee …« Behutsam lege ich die Arme um sie und drücke sie an mich. Sie wehrt sich, versucht sich zu befreien, klammert sich aber gleichzeitig an mir fest.

»Wieso hat er mir nie etwas gesagt? Warum hat … warum hat er entschieden, das allein durchzustehen? Ich wäre für ihn da gewesen, aber er wollte meine Hilfe nicht. Er wollte …«

Ich kann Hailees Gesicht nicht richtig erkennen, weil sie es an meinem Hals vergraben hat, aber ich kann ihre Tränen spüren. Sie sind heiß auf meiner Haut und im Stoff meines Shirts. Gott, ich fühle mich so verdammt machtlos. Wenn ich könnte, würde ich alles ungeschehen machen, aber das kann ich nicht. Niemand kann das. Jesper hat seine Entscheidung getroffen, und die war, Hailee nicht wie alle anderen von sich zu stoßen, als es ihm zunehmend schlechter ging, sondern ihr die Wahrheit vorzuenthalten. Ich kann ihre Wut nachvollziehen, besser als sie vielleicht glaubt. Aber ich kann auch Jesper verstehen. So arschig sein Verhalten auch war, ich kann ihn verstehen.

Eine Ewigkeit stehen wir so da, im Zimmer unseres gemeinsamen besten Freundes, während die Minuten vergehen. Die Zeit könnte auch ganz stehen bleiben, und es würde keinen Unterschied machen. Hailee klammert sich noch immer an mich, doch ihre Schluchzer verebben langsam. Dafür hat ein Zittern von ihrem Körper Besitz ergriffen. Ich halte sie noch ein bisschen fester, streiche ihr über den Rücken und halte den Mund. Es gibt nichts, was ich sagen könnte. Nichts, was irgendetwas ändern würde. Und, ganz ehrlich? Sie würde mir vermutlich sowieso nicht glauben. Außerdem will ich nicht derjenige sein, der die schönen Erinnerungen, die sie noch an Jesper hat, zerstört, indem ich ihr erzähle, wie sehr er die Menschen verletzt hat, denen er wichtig war. Indem er sie immer weiter von sich gestoßen und aus seinem Leben ausgeschlossen hat. Indem er ihnen jede Möglichkeit genommen hat, ein Teil seines Lebens zu sein – selbst wenn sie es von ganzem Herzen wollten. Vielleicht würde mich das in ihren Augen besser dastehen lassen, aber das spielt keine Rolle. Ich habe es aufgegeben, ihre Meinung über mich beeinflussen zu wollen.

All meine Sinne waren auf Hailee in meinen Armen gerichtet, doch jetzt nehme ich auf einmal wieder die Geräusche aus dem Erdgeschoss wahr: die gedämpften Stimmen. Das Klirren von Gläsern. Von irgendwoher ist auf einmal leise Musik zu hören. Die Sonne ist weitergewandert, und die Schatten in Jespers Zimmer sind länger geworden.

Hailees Atemzüge haben sich beruhigt. Sie sind jetzt gleichmäßiger, fast im Einklang mit meinen eigenen. Aber nur fast.

Als sie sich bewegt, lasse ich sie behutsam los. Sie weicht meinem Blick aus. »Tut mir leid für den Ausraster. Ich wollte nicht …«

Gott, ihre Stimme klingt so gebrochen, dass ich sie sofort wieder in den Arm nehmen will. Ich zwinge mich dazu, es nicht zu tun, und schiebe stattdessen die Hände in die Hosentaschen.

»Schon gut«, murmle ich.

Endlich sieht sie mich an. Ihre Augen sind gerötet und noch immer feucht vor Tränen. Ihr Blick ist anklagend. Und in diesem Moment weiß ich, dass es ihr nicht leidtut, was sie mir alles an den Kopf geworfen hat. Natürlich nicht. Wie könnte es auch? Sie hatte mit jedem einzelnen Wort recht.

Ich räuspere mich. »Lass uns gehen.« Ehe sie widersprechen kann, nehme ich den Laptop vom Schreibtisch. »Wenn wir Glück haben, ist das Manuskript hier drauf. Clay kann uns damit helfen. Der Kerl hat schon Passwörter geknackt, als wir noch in der Grundschule waren.«

Kein Lächeln. Nicht mal eine Andeutung.

Vielleicht war es ein Fehler, hierherzukommen und nach Jespers verdammtem Manuskript zu suchen. Ich presse die Lippen aufeinander und gehe voraus. Unten frage ich Jespers Eltern, ob es in Ordnung ist, wenn wir uns den Laptop für ein paar Tage ausleihen, dann sitzen wir wieder in meinem Wagen. Die Fahrt zurück zum Diner verläuft schweigend, und mir wird nur zu deutlich bewusst, dass dieser Nachmittag etwas zwischen uns verändert hat. Aber nicht auf eine gute Weise, sondern auf die beschissenste Art überhaupt. Und ich habe nicht die geringste Ahnung, wie ich das wieder hinkriegen soll.

Kapitel 14

Hailee

Ich hatte nicht vor, länger als unbedingt nötig in Fairwood zu bleiben. Nicht, dass das irgendwie meine Entscheidung gewesen wäre, denn der Motorschaden an meinem Honda hat sie mir abgenommen. Sicher, ich hätte mir auch ein Busticket kaufen und von hier verschwinden können. Irgendwohin fahren und die Zeit überbrücken, bis ich Katie wiedersehe. Aber ich hatte keine Ahnung, wo und wie ich die letzten zwei Wochen dieses Sommers ohne mein Auto verbringen sollte. Und jetzt, nach fast einer Woche in diesem verschlafenen kleinen Ort im Shenandoah-Tal, bin ich irgendwie froh, hiergeblieben zu sein.

Der Regen prasselt gegen die Scheiben des Cafés, und das Summen von Gesprächen, leiser Musik und der Kaffeemaschine erfüllt die Luft. Ich schließe die Finger um mein Glas und trinke einen Schluck von meinem Latte macchiato, den Charlotte mir vor wenigen Minuten hingestellt hat. Ohne zu fragen, weil sie nach wenigen Tagen schon genau weiß, was ich möchte, wenn ich hier sitze. Und ich sitze immer hier. An dem kleinen Tisch in der Ecke direkt neben Fenster mit Aussicht auf das ganze Café und einem Blick auf die Straße. Autos fahren vorbei, Leute hasten mit Schirmen von einem Laden in den nächsten, Kinder springen in Pfützen und freuen sich über den warmen Sommerregen. Zum Glück donnert und blitzt es nicht, sonst würde ich meinen freien Nachmittag im Bett verbringen, mit dem Kissen überm Kopf, um das Gewitter auszublenden.

Kurz lasse ich den Blick durch das Lokal wandern. An diesem Donnerstagnachmittag sind nicht besonders viele Leute da. Ein paar Einheimische, deren Gesichter und teils auch Namen mir inzwischen vertraut sind, und ein paar Touristen, die – wie Chase einmal sagte – hier nur einen kurzen Stopp einlegen, um dann den Skyline Drive entlangzufahren. Niemand schenkt mir Aufmerksamkeit. Ich bin völlig ungestört in meiner Ecke.

Ich hole das Handy aus meiner Tasche und entsperre den Bildschirm. Einen Herzschlag lang zögere ich, dann rufe ich die letzten Textnachrichten auf und lese sie mir durch. Es ist viel zu lange her, seit ich das letzte Mal mit ihr gesprochen habe. Ich atme tief durch, dann schalte ich die Aufnahme ein.

»Hey, Sis …«, begrüße ich sie leise und muss mich räuspern. »Ich hoffe, du bist nicht böse, dass ich erst jetzt wieder von mir hören lasse. Ich bin noch immer in dieser Stadt in Virginia und habe in den letzten Tagen fast nichts anderes getan, als zu arbeiten, zu schreiben, zu lesen und mit all den Leuten hier zu reden. Du würdest Fairwood mögen, Katie, auch wenn es ganz anders ist als am College oder zu Hause. Du glaubst gar nicht, wie wohl ich mich hier fühle … obwohl ich erst gar nicht hierbleiben wollte.« Ich halte inne, während die Aufnahme weiterläuft und all die Hintergrundgeräusche auffängt. »Ich vermisse dich«, flüstere ich. »Ich wünschte … Ich wünschte, die Dinge wären anders. Es ist schon viel zu lange her, seit wir uns das letzte Mal gesehen haben.«

Meine Stimme droht zu brechen, und ich ringe um meine Beherrschung, aber es fällt mir unheimlich schwer. Katie war immer ein Teil meines Lebens. Wir sind nicht bloß Schwestern, wir sind Zwillinge. Wir waren noch vor unserer Geburt, vor unserem allerersten Atemzug zusammen. Diesen Sommer ohne sie zu verbringen ist unerträglich – ganz egal wie viele schöne Erinnerungen ich währenddessen mache. Ich will Katie wiedersehen, ich will mit ihr reden und lachen, ihre Stimme hören und bei ihr sein.

»Nur noch fünfzehn Tage, Katie. Dann erzähle ich dir alles, was ich erlebt habe. Versprochen. Ich kann es gar nicht erwarten, dich endlich wiederzusehen. Hab dich lieb.«

Damit beende ich die Sprachnachricht und schicke sie ab. Meine Hand zittert, als ich das Smartphone weglege. Mit den Fingerknöcheln wische ich mir über die Augenwinkel und klammere mich dann wieder an meinen Kaffee. Das letzte Mal, dass wir miteinander gesprochen haben, waren wir beide genervt und haben uns gezofft. Das ist mittlerweile fast drei Monate her. Doch obwohl es wehtut, obwohl sie mir jetzt noch viel mehr fehlt als vor dieser Nachricht, fühle ich mich auch seltsam erleichtert. Ruhiger irgendwie. Als hätte ich wieder festen Boden unter den Füßen, wo zuvor keiner gewesen ist. Selbst aus der Ferne, selbst wenn wir gerade nicht miteinander reden, ist meine Schwester für mich da. Und dieser Gedanke bringt mich zum Lächeln, ganz egal, wie groß das Heimweh ist. Denn in all den Wochen habe ich nie mein Zimmer im College oder das Haus, in dem ich aufgewachsen bin, vermisst, sondern immer nur eine Person: Katie. Sie ist mein Zuhause, ganz egal, wo sie gerade ist. Und in fünfzehn Tagen sehen wir uns wieder. In fünfzehn Tagen bin ich wieder zu Hause.

Mit Chase habe ich nicht mehr gesprochen, seit wir zusammen bei den Harringtons waren. Ich habe ihm all diese Dinge an den Kopf geworfen, und jetzt, nachdem ich ein paar Tage Zeit hatte, um darüber nachzudenken, tut es mir leid. Aber ich war so verletzt und es hat so wehgetan, zu wissen, was er Jesper angetan hat, obwohl er ihm hätte beistehen können. Er hat ihn im Stich gelassen, als sein bester Freund ihn am dringendsten gebraucht hätte. Genau wie ich es getan habe. Aber wie hätte ich es wissen sollen? Jesper hat mir nie die Wahrheit über seinen Zustand gesagt. Er hat mir nie gesagt, dass er krank ist. Vielleicht hätte ich es ahnen können. Vielleicht hätten mich seine manchmal kryptischen Aussagen stutzig machen können. Er hat so oft darüber geredet, mit seinem Roman ein Zeichen setzen zu wollen, etwas von sich selbst in dieser Welt zurückzulassen, wenn er eines Tages nicht mehr da ist. Nur war er der Einzige, der wusste, wie nahe dieser Tag wirklich war. Und ich … hab einfach nicht gut genug hingehört.

Wie von selbst landet mein Blick auf dem zusammengeklappten Laptop, der vor mir auf dem Tisch steht. Clayton hat ihn gestern vorbeigebracht, nachdem er das Passwort entschlüsselt hat, aber bisher habe ich es nicht über mich gebracht, ihn einzuschalten. Jetzt starre ich auf das dunkelgraue Gerät. Die Oberfläche hat ein paar Kratzer, und an der Seite ist eine kleine Delle, weil er Jesper einmal heruntergefallen ist. Bei der Erinnerung daran muss ich unweigerlich ein bisschen schmunzeln. Mitten in einer Voicemail war da auf einmal ein dumpfes Krachen. Ich habe Jesper nie zuvor und auch niemals danach so fluchen gehört wie an jenem Nachmittag. Damals habe ich mich darüber kaputtgelacht, auch wenn ich seine Sorge nachvollziehen konnte. Wenn mein Laptop zu Bruch gehen würde, würde ich wahrscheinlich auch ausflippen.

Seit wir uns kennen, hat Jesper mir so viel über das Buch erzählt, das er schreiben wollte: Der Junge, der auszog, um die Welt zu retten. Er hat mir jedes Abenteuer beschrieben, jede Begegnung mit den unterschiedlichsten Menschen, die der Junge haben würde, bis ich das Gefühl hatte, selbst ein Teil dieser Geschichte zu sein. Und trotzdem fühle ich mich heute nicht bereit dazu. Als ich herausfinden wollte, ob Jesper es geschafft hat, sein Manuskript zu beenden, habe ich nicht geahnt, wie viel Mut es mich kosten würde, mein Versprechen einzuhalten und diese Geschichte zu lesen. Und nun gibt es keine Ausreden mehr. Ich muss nur den Computer einschalten, die Datei suchen und öffnen. Zwei, vielleicht drei Klicks, mehr nicht. Trotzdem zittern meine Hände, als ich das Notebook näher heranziehe und langsam aufklappe.

Das Gehäuse fühlt sich kalt und fremd unter meinen Fingern an. Auf dem Bildschirm sind Staub und ein paar Fingerabdrücke zu sehen, und manche Buchstaben an der Tastatur sind kaum noch zu erkennen, weil sie so oft benutzt wurden. An diesem Laptop hat Jesper so viel seiner Freizeit verbracht. Hier hat er an seinem Manuskript gearbeitet, mir Memes und lustige Bilder geschickt, sich stundenlang Netflix-Serien reingezogen und YouTube-Videos angeschaut, über die wir anschließend gesprochen haben – oder manchmal auch zusammen angeguckt haben, beide mit dem Telefon am Ohr. Genau hier hat er mit mir gechattet, mich zum Lachen gebracht, mich aufgeregt und mit mir über Emikos Geschichte diskutiert. Wie können so viele Erinnerungen in einem einzigen Gegenstand stecken, wenn die Person, die diese Erinnerungen geschaffen hat, nicht mehr da ist?

Ich atme tief durch. Einmal. Zweimal. Und dann noch ein drittes Mal, bevor ich auf den Power-Knopf drücke. Der Laptop erwacht summend zum Leben. Zuerst ist der Monitor schwarz, dann erhellt er sich. Die Passworteingabe ist verschwunden. Ich habe nicht die geringste Ahnung, wie Clayton das geschafft hat, aber auf einmal ist der Desktop zu sehen. Der Akku verspricht mir noch einundachtzig Prozent. Genügend Zeit, um alles herauszufinden, was ich herausfinden möchte. Zumindest hoffe ich das.

Ich versuche das Zittern in meiner Hand auf dem Touchpad zu ignorieren und mir einen ersten Überblick zu verschaffen. Der Desktop ist ein Chaos aus Bildern, Textdokumenten, Videos und Ordnern. *Hmpf.* Irgendwie überrascht mich das nicht. Nacheinander gehe ich sie alle durch und versuche das Ziehen in meiner Magengrube zu ignorieren, weil ich Jespers Privatsphäre so komplett ignoriere. Aber ganz egal, wie lange und gründlich ich suche, ich finde kein Manuskript. Ich sehe im Papierkorb nach, nutze die Suchfunktion, prüfe noch einmal alle Ordner und die letzten geöffneten Dokumente.

Nichts. Jespers Geschichte ist nicht da.

Stirnrunzelnd lehne ich mich zurück und starre auf das Gerät, von dem ich mir alle Antworten versprochen habe, das in Wahrheit aber keine einzige für mich bereithält.

Das war's also? Alles umsonst?

Nein, verflucht. Ich weigere mich, das einfach so hinzunehmen. Ich habe es Jesper versprochen! Aber warum macht er es mir dann so schwer, dieses Versprechen einzuhalten? Was ist mit seinem Manuskript passiert? Hat er es gelöscht? Nach all der Arbeit, die er reingesteckt hat? Das kann nicht sein. Seit ich Jesper kenne, war er fast schon besessen davon, diese Story zu schreiben. Er wollte einen Teil von sich in der Welt zurücklassen – und nach allem, was ich inzwischen über ihn und seine Krankheit erfahren habe, kann ich diesen Wunsch sehr gut nachvollziehen. Niemals hätte er das Manuskript einfach so gelöscht. Nur … wo ist es dann?

Ich balle die Hände zu Fäusten und konzentriere mich auf einen Punkt auf der Tischplatte. Alles, um den Kampf gegen die Tränen und gegen den Schmerz nicht zu verlieren. Aber ich weiß nicht, ob ich es kann. Obwohl ich mich an diesem Ort wohler fühle, als ich je für möglich gehalten habe, komme ich mir plötzlich so verdammt allein vor. Mein bester Freund ist tot, und er hat mir keinen Hinweis darauf hinterlassen, wie ich seinen letzten Wunsch erfüllen kann. Meine Schwester ist unerreichbar. Meine Eltern interessiert es nicht, was ich hier tue, ganz egal wie viele Postkarten ich ihnen von all den Orten schicke, an denen ich schon war. Sie haben sich bisher nur ein einziges Mal bei mir gemeldet, und das war knapp eine Woche nachdem ich losgefahren war, als wäre ihnen plötzlich aufgefallen, dass ich nicht mehr da bin. Aber selbst wenn sie jetzt anrufen würden – sie sind trotzdem Tausende von Meilen entfernt. Ich weiß einfach nicht, was ich noch tun soll.

»Alles in Ordnung?«

Ich reiße den Kopf hoch, als ich die bekannte Stimme höre.

Charlotte lächelt mich zögerlich an. »Meine Schicht ist zu Ende. Darf ich?«, fragt sie und deutet auf die freie Bank.

Ich nicke nur, da ich meiner Stimme gerade nicht traue.

»Danke.« Sie setzt sich mir gegenüber und streicht sich den Rock glatt. Doch als ihr Blick auf den Laptop fällt, beginnt ihr Lächeln zu bröckeln. »Der gehört Jesper.« Eine Feststellung, keine Frage.

»Seine Eltern haben uns erlaubt, ihn mitzunehmen«, sage ich, da ich plötzlich das Bedürfnis verspüre, mich zu rechtfertigen. Ich will nicht, dass Charlotte denkt, ich würde einfach in Jespers Privatangelegenheiten herumschnüffeln. Wie zum Beweis klappe ich das Notebook nun zu. Es ist ja nicht so, als hätte ich gefunden, wonach ich gesucht habe.

Charlotte starrt einen Moment lang auf den Laptop, dann reißt sie sich davon los. Ihr Blick zuckt durch das Café, fast so, als hätte sie Angst, dass uns jemand belauschen könnte. Als er wieder auf mir landet, sind ihre Augen so von Schmerz erfüllt, dass ich unwillkürlich die Luft anhalte. »Es gibt da etwas, das du wissen solltest. Über Jesper.«

Ich bin mir nicht sicher, ob ich es nach allem, was ich bisher erfahren habe und wie sich dieser Tag entwickelt hat, überhaupt noch wissen *will.* Trotzdem entschlüpfen mir die nächsten Worte: »Was denn?«

»Jesper war ein toller Kerl. Das war er wirklich.« Sie malt mit den Fingerspitzen auf der Tischplatte herum. »Aber er konnte auch ein absoluter Idiot sein.« Ihre Stimme bricht. Sie schluckt hart und hebt den Kopf. Diesmal ist der verzweifelte Ausdruck in ihren Augen kaum zu ertragen. »Ich … Er war … Gott, ich hätte nicht gedacht, dass das so schwer sein würde.«

Ohne nachzudenken, greife ich über den Tisch hinweg nach ihrer Hand und drücke sie sanft. »Du musst es mir nicht erzählen, Charlotte.«

Ein, zwei Herzschläge lang starrt sie auf unsere Hände. »Doch, ich muss. Es ist wichtig. Vielleicht kannst du ihn dann ein bisschen besser verstehen. Und Chase.«

»Chase …?« Irritiert ziehe ich die Brauen zusammen. »Hat das etwas mit ihrem Streit zu tun?«

Charlotte lächelt traurig. »Die zwei waren seit Ewigkeiten befreundet. Praktisch unzertrennlich. Ich kenne … kannte Jesper auch von klein auf. Er wusste schon immer, dass er krank war, auch wenn er uns lange Zeit nichts gesagt hat. Aber wir haben gemerkt, dass irgendwas anders war. Wie könnten wir auch nicht? Wir haben so viele Nachmittage im Garten seiner Eltern verbracht, sind an den See gefahren oder auf die Aussichtsplattform, von der man auf das ganze Tal blicken kann. Und als wir älter wurden … ich weiß gar nicht mehr so genau, wann es angefangen hat, vielleicht mit zwölf oder dreizehn? Da habe ich mir irgendwann … mehr gewünscht. Ich wollte nicht nur eine gute Freundin für ihn sein, sondern so viel mehr.« Ihre Augen glänzen verdächtig. »Aber Jesper hat mich immer auf Abstand gehalten. Und das sogar, obwohl er mein erster Kuss war, als ich zehn war. Und ich weiß, dass das auch für ihn der erste Kuss war, aber er … Verstehst du, er wollte uns nicht mal eine Chance geben. Ich habe versucht, ihn deswegen zu hassen, aber ich konnte es nicht, weil ich eigentlich genau wusste, warum er sich so verhält. Trotzdem war ich so wütend auf ihn … weil er einfach so für uns beide entschieden hat. Ohne mich zu fragen. Ohne überhaupt wissen zu wollen, was ich zu der Sache zu sagen habe. Ich meine, ich war doch die ganze Zeit da. Ich *wusste*, wie es war und dass es kein … kein Happy End gegeben hätte. Und ich wäre für ihn da gewesen. Das wäre ich. Bis zum … bis zum Ende.« Ihre Stimme bricht. Sie sucht in den Rocktaschen und zieht ein Taschentuch hervor.

»*Du* warst das …«, flüstere ich. »Jesper hat mir ein bisschen darüber erzählt. Von dem Mädchen, das er … aber vor allem, was Chase getan hat. Aber ich wusste nicht … Ich hatte ja keine Ahnung …«

Wie habe ich das übersehen können? Hat Chase nicht vor Tagen einmal erwähnt, dass Jespers Tod Charlotte besonders hart getroffen hat? Allerdings musste das nicht zwangsläufig bedeuten, dass da mehr als Freundschaft zwischen ihnen war. Und jeder geht anders damit um, wenn geliebte Menschen plötzlich fort sind.

»Entschuldige«, murmelt sie und atmet tief durch. »Weißt du, die Sache mit Chase … Das war nichts Ernstes. Es war gar nichts. Ich glaube, Jesper wollte mich beschützen oder mir irgendetwas ersparen oder … keine Ahnung … und hat mich deshalb abgewiesen. Aber ich war so wütend auf ihn. So verletzt. Ich wollte doch nur mit ihm zusammen sein … Und ich wusste, dass er genauso für mich empfindet. Ich wusste es einfach. Wir sind auch nach dem Highschoolabschluss noch Freunde geblieben, aber es war so schwierig. Jedes Mal, wenn ich dachte, wir kommen uns ein winziges bisschen näher, jedes Mal, wenn ich geglaubt habe, dass er sich mir ein klein wenig öffnet, ist er wieder auf Distanz gegangen. Es war so frustrierend.«

Ein ungutes Gefühl breitet sich in meinem Bauch aus. »Diese … diese Sache ging gar nicht von Chase aus? Er hat sich nicht hinter Jespers Rücken an dich rangemacht, oder?«

Sie schüttelt den Kopf. »Letzten Winter, als Chase über Weihnachten zu Hause war, habe ich ihn darum gebeten, mit mir auszugehen und so zu tun, als wären wir ein Paar oder als würden wir zumindest kurz davor sein, eins zu werden. Er war schon lange nicht mehr mit Mia zusammen und auch mit sonst niemandem, und er fand Jespers Verhalten genauso falsch, also sind wir zusammen ausgegangen. So, dass Jesper es mitkriegt. Wir haben uns auch geküsst – aber wir sind nicht weiter gegangen als das«, beeilt sie sich hinzuzufügen. »Ich wollte damit nur eine Reaktion provozieren – und das habe ich auch geschafft. Ich dachte, Jesper würde endlich erkennen, was ihm entgeht und was er haben könnte, wenn er nicht so verdammt stur wäre. Stattdessen war er stinksauer auf uns beide. Es gab einen riesigen Streit zwischen Chase und Jesper und danach wochenlang Funkstille. Mich hat er erst einmal komplett ignoriert. Er wollte mich nicht mehr sehen und nicht mehr mit mir reden. Es hat ewig gedauert, bis er überhaupt wieder ein Wort mit mir gewechselt hat, und danach war es nie mehr wie zuvor zwischen uns.«

Ich lasse mich gegen die Lehne zurücksinken, während es in meinem Kopf arbeitet. Ich war so sicher gewesen, die ganze Geschichte zu kennen – aber ich hatte ja keine Ahnung. Ich kannte nur Jespers Version. Nur das bisschen, das er mir in seiner Wut anvertraut hat, und dabei ist es mir nie in den Sinn gekommen, dass es noch eine andere Sichtweise und vollkommen andere Beweggründe für alles gegeben haben könnte. Aber dazu fehlten mir zu viele Teile des Puzzles.

»Er war unheimlich wütend«, murmle ich. »Er hat mir keine Details erzählt. Ich wusste nur, dass es um ein Mädchen und seinen besten Freund geht. Ich glaube, er war viel wütender auf Chase als auf dich.«

Charlotte senkt den Blick. »Ich hätte das nie von ihm verlangen dürfen …«

»Du und Jesper … Habt ihr euch danach je richtig ausgesprochen?«

Sie schüttelt den Kopf. Wieder meine ich, hinter ihren Brillengläsern Tränen in ihren Augen schimmern zu sehen. »In den … in seinen letzten Wochen hat er sich völlig abgeschottet. Es gab nur noch eine Handvoll Menschen, mit denen er Kontakt hatte. Seine Eltern. Seine Pflegerin natürlich. Und du.«

Etwas Heißes rollt über meine Wangen. Mit dem Handrücken wische ich mir übers Gesicht.

Schweigen breitet sich zwischen uns aus, während es draußen langsam dunkler wird, auch wenn die Sonne noch nicht ganz untergegangen ist. Die letzten Besucher essen ihren Kuchen. Besteck, Gläser und Tassen klirren. Die Kaffeemaschine mahlt lautstark. Von irgendwoher ist Gelächter zu hören. Das ist Normalität. Das ist der Alltag hier. Nicht diese seltsame Blase, in der Charlotte und ich uns befinden.

»Warum hast du mir das erzählt?«, frage ich und erkenne meine Stimme kaum wieder. Sie klingt so leise und heiser.

»Weil du ihm eine Freundin warst, als er kaum jemanden in seiner Nähe ertragen hat, und du die Wahrheit verdient hast. Und weil ich Chase in den letzten Tagen kein einziges Mal hier gesehen habe, obwohl er dir davor kaum von der Seite gewichen ist. Die Freundschaft zwischen ihm und Jesper war schwierig, aber sie hat beiden viel bedeutet. Das weiß ich. Und wenn er mehr Zeit gehabt hätte, dann hätten sie … dann hätten sie sich auch aussprechen können.«

Ich senke den Blick und werde mir damit des Notebooks auf dem Tisch vor mir nur zu deutlich bewusst. »Jesper hat mich um etwas gebeten«, gestehe ich und fahre mit den Fingern über das zerkratzte Gehäuse. »Kurz vor seinem … Tod … hat er mir das Versprechen abgenommen, dass ich sein Manuskript lese, wenn er damit fertig ist. Er wollte diese Geschichte so dringend fertig schreiben, und ich dachte, wenn ich nur an seinen Laptop rankomme …« Ich zucke mit den Schultern. Jetzt kommt mir das alles irgendwie lächerlich vor. Als wäre es von Anfang an zum Scheitern verurteilt gewesen. »Aber sie ist nicht da. Du weißt nicht zufällig …«

Doch Charlotte schüttelt bereits den Kopf. »Tut mir leid. Ich wusste zwar, dass er schreibt – das hat er mir verraten, als wir noch … enger befreundet waren. Aber ich fürchte, am Ende war ich nicht mehr die Person für ihn, der er etwas so Wichtiges anvertraut hätte.« Sie schluckt hart, dann deutet sie zögerlich auf das Notizbuch mit dem Blumenmuster, das bereits ganz abgegriffen ist. »Du schreibst auch, oder? Darüber habt ihr euch kennengelernt?«

Ich will den Kopf schütteln, doch die Worte kommen mir wie von selbst über die Lippen. »Anfang des Sommers habe ich damit angefangen, ein Kinderbuch zu schreiben. Jesper hat mich förmlich dazu gezwungen, weil er meine anderen Texte so furchtbar fand und meinte, ich soll endlich diese Idee aufschreiben, von der ich ihm schon so viel erzählt hatte. Er fand, dass eine Kindergeschichte viel besser zu mir passen würde.«

»Wirklich? Jesper hat dich dazu ermutigt?« Ein zögerliches Lächeln erhellt Charlottes Miene. »Ich lese unheimlich gerne. Früher habe ich Jesper immer Bücher mitgebracht, wenn es ihm nicht so gut ging, aber …« Sie bricht ab, sieht wieder zum Notizbuch. »Darf ich es mir mal ansehen?«

Da ist sie, die Frage, vor der ich mich immer gefürchtet habe.

Denn wenn Leute meine Sachen lesen, werden sie sich auch ein Urteil bilden. Über den Text. Über mich. Jesper habe ich meine ersten Kapitel geschickt, als ich noch keine Ahnung hatte, wie ich Emikos Geschichte am besten erzählen sollte. Mit seiner Hilfe, seinem äußerst kritischen Feedback, habe ich den für mich richtigen Weg gefunden und den ganzen Sommer über in dieses Notizbuch geschrieben. Ein paar Überarbeitungen werden noch nötig sein, und ich muss mir das Ende überlegen, doch dann … dann ist Emikos Reise zu Ende. Genau wie meine.

Ich zögere, gebe mir jedoch selbst einen Ruck. *Mutig sein* – das ist das Motto dieser ganzen Reise. Und wenn das bedeutet, Charlotte mein Manuskript zu zeigen … dann werde ich genau das tun.

»Klar.« Ich schlucke hart, schlage die richtige Seite auf und schiebe ihr das Notizbuch hin, damit sie zumindest den Anfang lesen kann. »Es ist nur Gekritzel, ich hoffe du kannst es lesen. Der richtige Text ist auf meinem Laptop. Ich … ähm … ich bin gleich zurück.«

Damit stehe ich hastig auf und durchquere das Café auf dem Weg zu den Toiletten. Ich muss nicht wirklich, aber ich kann nicht einfach danebensitzen, während Charlotte meine Geschichte liest. Das wäre die reinste Folter. Also wasche ich mir im Vorraum die Hände, kühle mein erhitztes Gesicht mit etwas kaltem Wasser, fahre mir mit den Fingern durch das Haar, um es einigermaßen in Ordnung zu bringen, und spreche mir selbst Mut zu.

Du kannst das, Hailee. Sei mutig!

Ich habe mir diese Worte schon so oft vorgesagt, dass sie zu einem Mantra geworden sind. Dummerweise stellt sich die beruhigende Wirkung diesmal nicht ein. Dafür taucht etwas anderes in meinem Bewusstsein auf: eine Erinnerung. Diese ganze Situation ist wie ein merkwürdiges Déjà-vu, nur dass ich diesmal nicht vor Scham im Boden versinken möchte, nachdem ich Chase angesprochen habe.

Chase …

Mit beiden Händen stütze ich mich auf den Waschbeckenrand und atme tief durch. In den letzten Tagen habe ich jeden Gedanken an ihn vermieden, so gut es ging. Nach dieser Auseinandersetzung und der angespannten Fahrt zurück wollte ich nicht länger an ihn denken. Doch jetzt, nach dem Gespräch mit Charlotte, gibt es hundert Dinge, die ich ihn fragen muss. Und … *verdammt.* Ich will ihn wiedersehen. Wie kann mir jemand fehlen, den ich kaum kenne? Den ich ursprünglich nicht mal kennenlernen wollte, weil ich nur aus einem einzigen Grund hergekommen bin und *er* definitiv nicht dieser Grund war? Und trotzdem war er irgendwie immer da. Obwohl er wusste, dass Jesper mir nichts Gutes über ihn erzählt hatte, war Chase an meiner Seite. Zumindest bis zu unserem schrecklichen Streit in Jespers Zimmer. Seither habe ich nichts mehr von ihm gesehen oder gehört.

Ich komme nicht gut mit Verlusten zurecht. Ich schnaube bei dem Gedanken. Nein, das kann man so nicht sagen. Viel eher: Ich komme überhaupt nicht damit klar. Aber noch weniger komme ich damit klar, jemanden zu vermissen. Und Chase fehlt mir. Wir kennen uns gerade mal ein paar Tage, trotzdem hat er es irgendwie geschafft, dass ich ihn vermisse. Das ist absolut verrückt. Total dämlich. Absolut unklug. Aber ich kann nichts dagegen tun. Ich will mit ihm reden, seine Seite der Geschichte hören und … was auch immer das zwischen uns sein mag irgendwie klären.

Mit diesem Vorsatz kehre ich an den Tisch zurück. Charlotte bemerkt mich zunächst gar nicht, sie ist ganz ins Lesen vertieft. Nur mit Mühe unterdrücke ich den Drang, sie zu fragen, wie sie es findet. Stattdessen greife ich nach meinem Smartphone und fange an zu tippen.

Können wir reden?

Vielleicht hätte ich mehr schreiben sollen, aber ich will dieses Gespräch nicht per Chat führen. Auch wenn ich es nicht gern zugebe, aber ein Teil von mir will Chase auch *sehen*. Seine Stimme hören. Sein Lächeln sehen. Und vielleicht, nur vielleicht auch wieder seine Umarmung spüren.

Doch ganz egal, wie lange ich in den folgenden Minuten auf das Display starre und mir eine Antwort herbeiwünsche, ich bekomme keine. Mein Handy bleibt stumm und der Bildschirm schwarz. Seufzend schiebe ich es zurück in meine Tasche und trinke meinen Kaffee aus.

Charlotte blättert seelenruhig eine Seite weiter. Sie sieht erst auf, als jemand an unseren Tisch tritt.

»Hey, Charlotte. Hailee.«

Ich zwinge mich zu einem Lächeln, auch wenn das der wohl ungünstigste Zeitpunkt aller Zeiten ist. »Hallo, Eric.«

»Oh, hey.« Charlotte reißt sich los und rückt zur Seite, damit Eric sich neben sie setzen kann. »Was machst du denn hier?«

Er deutet mit dem Daumen Richtung Theke. »Kuchen für die Geburtstagsfeier meiner Grandma besorgen. Aber ich habe noch ein paar Minuten Zeit. Was treibt ihr Schönes?«

»Nichts«, erwidere ich hastig, bevor Charlotte etwas anderes sagen kann. »Also … na ja …«

Es ist nicht so, dass ich Eric nicht leiden kann. Dafür kenne ich ihn zu wenig. Ich weiß nur, dass er zu viele Fragen stellt. Fragen, die ich entweder schon unzählige Male während dieses Roadtrips beantwortet habe oder die ich schlichtweg nicht beantworten will. Letztes Mal habe ich mich von ihm überrumpeln lassen, doch diesmal bin ich schneller. Ich habe nicht vor, wieder ins Kreuzverhör zu geraten.

»Wir haben über Jesper gesprochen«, berichte ich und löse möglichst unauffällig meine Finger, die sich ohne mein Zutun an die Tischkante geklammert haben. »Du kanntest ihn von der Schule her, richtig?«

Eric blinzelt etwas, nickt dann aber. »Richtig. Wir hatten ein paar gemeinsame Kurse – und Erlebnisse mit Leuten, die sich für besser, stärker und cooler gehalten haben als der Rest der Highschool.«

»Das tut mir leid«, murmle ich.

»Ach was. Das ist lange her.« Er fährt sich mit der Hand durch das lange schwarze Haar und deutet anschließend auf den Laptop. »Der gehörte Jesper, oder?«

Ich winde mich etwas auf der gepolsterten Bank und sehe zu Charlotte, doch die ist keine große Hilfe. So offen, wie sie mir gegenüber bis eben noch war, so verschlossen ist sie Eric gegenüber.

»Ja«, antworte ich verspätet, und meine Stimme nimmt einen fragenden Tonfall an.

Eric nickt bedächtig. »Clay hat mir davon erzählt. Hast du gefunden, wonach du gesucht hast?«

Woher weiß er, dass ich überhaupt nach etwas gesucht habe? Und wie kommt es, dass Eric den Spieß schon wieder umgedreht hat und mich mit Fragen löchert statt andersherum?

»Ich …«, beginne ich, schüttle dann jedoch den Kopf und starre auf das zerkratzte Gehäuse hinunter. »Nein, leider nicht. Ich habe Jesper etwas versprochen, das ich wohl nicht halten kann. Und ich hasse es«, füge ich leise hinzu, ohne die beiden anzusehen. »Aber noch mehr, als mein Versprechen zu brechen, hasse ich die Vorstellung, dass sich Jespers größter Wunsch nicht erfüllen wird. Diese Geschichte hat ihm alles bedeutet.

Er wollte sie unter allen Umständen fertig schreiben. Er wollte, dass ich und so viele andere Menschen sie lesen. Doch jetzt wird niemand sie je zu Gesicht bekommen.«

Ich habe sein Zimmer durchsucht. Zweimal. Ich habe mit seinen Eltern und Freunden gesprochen. Ich habe mich durch jeden Ordner und jede Datei auf seinem Rechner geklickt. Nichts. Ich weiß einfach nicht, was ich noch tun soll.

»Tut mir leid, das zu hören«, erwidert Eric, und ich meine, echtes Mitgefühl in seinem Blick erkennen zu können. Mitgefühl und … etwas, das ich nicht so recht deuten kann.

»Eric!« Bevor ich nachfragen kann, hallt die Stimme des Baristas durch das Café.

Eric springt auf. »Das dürfte der Kuchen sein. Ich muss los. War nett, mit euch zu plaudern.« Er winkt uns zum Abschied, bezahlt den eingepackten Kuchen und verlässt das Café genauso schnell, wie er hier aufgetaucht ist.

Ich sehe von der Tür zurück zu Charlotte, die nachdenklich über die Seiten des Notizbuches streicht. »Tut mir leid, ich … Eigentlich rede ich nur mit meiner Therapeutin über Jesper. Und jetzt mit dir«, fügt sie mit einem zögerlichen Lächeln hinzu.

»Schon gut.« Anscheinend bin ich nicht die Einzige, die nicht ganz mit Erics Art klarkommt, obwohl er ein netter Kerl zu sein scheint. Das muss er sein, schließlich ist er mit Clayton zusammen, und der wirkt, als könnte er einen ganzen Raum voller Menschen innerhalb von Sekunden für sich einnehmen.

Charlotte klappt das Buch zu, gibt es mir aber nicht sofort wieder zurück.

»So schlimm?«, frage ich halb im Scherz. In Wahrheit möchte ich ihr sagen: *Egal, wie schrecklich es ist, behalt es für dich. Ich will es nicht wissen. Ich weiß nicht, was ich tun soll, wenn alles, woran ich diesen Sommer gearbeitet habe, gerade mal fürs Altpapier taugt.*

Charlottes Augen weiten sich hinter ihren Brillengläsern, und dann stiehlt sich ein Lächeln auf ihr Gesicht. »Hailee, das ist gut! Es ist richtig, richtig gut.«

Ich blinzle perplex. »Wie bitte?!«

Sie nickt und tippt nachdrücklich mit dem Finger auf mein Buch. »Ich habe jetzt nur das erste Kapitel geschafft, aber ich will unbedingt wissen, wie es mit Emiko weitergeht und ob sie es schafft, ihren Bruder zu finden und vor den Monstern zu beschützen. Ich habe auch noch ein paar kleine Fehler gefunden, aber es liest sich wirklich gut. Ich glaube, wenn du im zweiten Kapitel erklärst, was es mit den leuchtenden Türen auf sich hat, die plötzlich erscheinen, wäre das …« Sie hält inne, als ihr auffällt, dass ich sie nur stumm anstarre. »Entschuldige. Alte Angewohnheit. Ich bin mit einer Autorin aus Texas befreundet, deren Texte ich prüfe, bevor sie sie veröffentlicht.«

»Du bist … du liest … was?« Ich kann nicht fassen, was sie mir da gerade erzählt.

Ihre Wangen werden rot. »Ich war immer gut in Sprachen. Früher wollte ich Englischlehrerin werden, aber dafür waren meine Noten nicht gut genug, und ein College kann ich mir ohne Stipendium nicht leisten.« Mit den Fingern malt sie unsichtbare Muster auf die Tischplatte. »Also lese ich in meiner Freizeit viel, tausche mich mit anderen aus und …« Sie hebt den Kopf. »Was hast du eigentlich damit vor, wenn du fertig bist?«

Mit dieser Frage erwischt sie mich eiskalt. Ich weiß genau, was Jesper mit seinem Manuskript vorhatte. Welche Pläne und Ziele er hatte, als er noch hier bei uns war. Dementsprechend weiß ich auch genau, was ich für ihn tun würde, wenn ich seinen Text finden würde. Aber meinen eigenen? Ich wollte ihn vor allem aufschreiben … und endlich mal eine Geschichte zu Ende bringen. Über mehr habe ich mir bisher absolut keine Gedanken gemacht.

»Du musst das unbedingt veröffentlichen, Hailee. Diese Geschichte ist in meinen Augen viel zu gut, um sie vor der Welt zu verstecken.«

Zugegeben, der Gedanke ist naheliegend, trotzdem habe ich nie ernsthaft darüber nachgedacht. Dieses Manuskript, diese Worte sind etwas zutiefst Persönliches. Emikos Geschichte ist etwas Persönliches. Ich weiß nicht, ob ich bereit dazu bin, sie mit dem Rest der Welt zu teilen. Oder überhaupt mit jemandem. Dass ich Charlotte den Anfang habe lesen lassen, war eine spontane Entscheidung. Ich hatte Angst davor, also habe ich mich dazu gezwungen, mutig zu sein. Das ist alles.

»Ich weiß nicht … Vielleicht. Mal sehen«, füge ich hinzu, da ich die Enttäuschung in ihrem Gesicht nicht ertrage.

»Sorry. Ich wollte dich nicht drängen oder so. Ich war nur so begeistert vom ersten Kapitel. Würdest du … würdest du mich vielleicht auch den Rest lesen lassen? Einfach damit ich weiß, wie es weitergeht. Und nur wenn es dir nicht unangenehm ist, natürlich.«

Sekundenlang starre ich sie an. Ich weiß wirklich nicht, womit ich gerechnet habe, aber damit eindeutig nicht. Trotzdem erwische ich mich dabei, wie ich langsam nicke. Denn … ganz ehrlich? Ich habe nichts zu verlieren. Absolut gar nichts.

»Sicher.«

Sie strahlt mich an. »Danke für dein Vertrauen. Und … ich bin da, falls du reden willst, okay? Über Jesper … Chase … dein Manuskript – völlig egal.«

Obwohl in mir noch immer ein einziges Chaos herrscht und ich all das, was Charlotte mir heute erzählt hat, zu verarbeiten versuche, muss ich lächeln. »Danke. Ganz ehrlich.« Ich werfe einen kurzen Blick auf mein Handy und seufze. »Meine Schicht im Diner beginnt in einer halben Stunde.«

»Alles klar.« Charlotte erwidert mein Lächeln und steht auf. »Wir sehen uns.«

Ich bezahle meinen Kaffee, packe meine Sachen und prüfe ein letztes Mal mein Handy.

Keine neuen Nachrichten. Nicht von Katie. Nicht von Chase. Natürlich nicht.

Kapitel 15

Chase

Jeder Muskel in meinem Körper tut weh. Es ist fast Mitternacht, und ich komme gerade erst aus Richmond zurück. Meine rechte Hand brennt noch immer, und mein Ellbogen fühlt sich seltsam taub an. Eigentlich bin ich heute Morgen zum dritten Mal in dieser Woche nach Richmond gefahren, um die Arbeiten auf dem Bau zu überwachen, einen Bericht zu erstellen und mitzuhelfen, wo ich kann. Von einem Unfall auf der Baustelle war nie die Rede. Wenigstens ist niemand ernsthaft verletzt worden, und es hat nur meinen Arm erwischt. Ich schüttle den Kopf, um diese Erinnerung zu vertreiben. Es ist auch so schon schwierig genug, sich auf den Straßenverkehr zu konzentrieren, wenn alles schmerzt.

Dennoch schaffe ich es irgendwie unbeschadet zurück nach Fairwood und nehme den Fuß vom Gas. Die ganzen Läden haben längst geschlossen. Straßenlampen und ein riesiger Mond erhellen mir den Weg. Nur in ein paar vereinzelten Wohnungen über den Shops brennt noch Licht. Abgesehen davon ist es dunkel und völlig ruhig. Sogar *Barney's* wirkt verlassen an diesem Donnerstagabend, obwohl ich im Vorbeifahren die Silhouetten einzelner Personen in den Fenstern erkennen kann.

Ich habe keine Ahnung, was mich dazu bringt, ausgerechnet vor dem beleuchteten Diner haltzumachen. Nein, das ist gelogen. Ich weiß es genau. Der Grund dafür hat mir vor wenigen Stunden eine Nachricht geschrieben und läuft gerade mit einer umgebundenen Schürze und einer Kaffeekanne in der Hand durch den Innenraum. Abgesehen davon will ich noch nicht nach Hause. Schon gar nicht in diesem Zustand. Dad und Onkel Alexander wissen zwar Bescheid, aber Mom würde einen halben Herzinfarkt bekommen, wenn ich so zur Tür hereinkäme. Also stelle ich den Dodge auf dem Parkplatz hinter *Beth's Diner* ab und steige aus. Es scheint geregnet zu haben. Der Boden glänzt feucht, und die Luft ist etwas frischer geworden. Immerhin, eine Abkühlung in einem viel zu heißen Sommer.

Die Leuchtschrift des Diners spiegelt sich in einer Pfütze wider, an der ich vorbeikomme. Vor der Tür halte ich kurz inne. Zögere. Hailee und ich sind nicht gerade im Besten auseinandergegangen, und wahrscheinlich wäre es klüger, die Distanz zu wahren. Sie wird sowieso nicht mehr allzu lange in der Stadt bleiben, genauso wenig wie ich. Sobald Lexi und Tyler den neuen Motor in Hailees Wagen eingebaut haben, wird sie weg sein, das weiß ich mit absoluter Sicherheit. Und ich werde wieder zurück nach Boston fahren, wenn das neue Semester Mitte September beginnt. Auch wenn allein der Gedanke daran sofort einen Widerwillen in mir heraufbeschwört. Egal. Das ist nicht wichtig. Nicht jetzt. Ich brauche einfach nur einen Kaffee und möchte Hailee sehen. Mehr nicht.

Das vertraute Klingeln ertönt, als ich die Tür öffne und das Diner betrete. Es ist warm hier drinnen und riecht nach Kaffee und etwas Angebranntem. An der Theke sitzen nur zwei einsame Gestalten. Der alte Mr Kerridge, der sonst immer im Café gegenüber Zeitung liest – sein einziges Hobby seit dem Tod seiner Frau vor fünf Jahren –, und ein Truckfahrer, der seine Kappe abgenommen hat und schweigend an seiner Tasse nippt, während die aktuellen Nachrichten stumm über den Fernsehbildschirm laufen. Ein Tisch ist von einer Gruppe Teens besetzt, die in die hiesige Highschool gehen und offenbar das Beste aus ihren Ferien machen. In ihrem Alter habe ich auch die ein oder andere Nacht hier verbracht, meist mit Lexi und Josh, ab und an waren auch Jesper, Charlotte oder sogar Shaine dabei. Wenn ich so darüber nachdenke, haben wir das viel zu selten gemacht. Aus der Küche sind Musik, ein schiefes Pfeifen und das Klappern von Geschirr zu hören.

Ich schleppe mich zur nächsten Sitzecke und lasse mich ächzend auf die Bank fallen. Die Polster sind durchgesessen, aber das ist mir gerade so was von egal. Ich rutsche so tief, bis ich den Kopf anlehnen kann und schließe die Augen. Herrliche, entspannende Stille. Nach dem Bohren, der gleißenden Hitze, dem Staub und dem ganzen Geschrei auf dem Bau fühlt sich das besser an als alles andere.

Als ich die Augen wieder öffne, landet mein Blick wie von selbst auf Hailee. Sie trägt eine weite schwarze Hose und ein schulterfreies grünes Oberteil mit kurzen Ärmeln. Dazu genau dieselben Federohrringe wie an ihrem ersten Abend in Fairwood. Zunächst scheint sie mich nicht zu bemerken, und da sie gerade aus der Küche kommt, hat sie das Klingeln vermutlich nicht mal wahrgenommen. Ich warte, bis sie an meinem Tisch vorbeiläuft, ehe ich mich bemerkbar mache.

»Chase?« Sie hält mitten in der Bewegung inne und starrt mich an. Ich habe seit Stunden nicht mehr in den Spiegel geschaut, aber so wie sich ihre Augen plötzlich vor Sorge weiten, sehe ich wohl genau so beschissen aus, wie ich mich gerade fühle.

»Hey …« Ich lächle erschöpft. Mit dem Kopf deute ich auf die Kanne in ihrer Hand. »Bekomme ich etwas davon?«

Sie zögert einen Herzschlag lang, nickt dann jedoch. Keine zwei Minuten später kehrt sie mit einem Tablett zurück, schenkt mir eine Tasse Kaffee ein und stellt ein Glas Wasser daneben.

»Danke.«

Zu meiner Überraschung setzt sie sich. Nicht auf die Bank gegenüber, sondern direkt neben mich. Ich kann mich nicht dazu aufraffen, zur Seite zu rutschen, wodurch ihr Bein auf einmal gegen meins drückt und Hailee mir ganz nahe ist.

Sekundenlang kann ich sie nur anstarren. Sie wirkt müde, und ich frage mich, wie lange sie heute wohl schon arbeitet. Unter ihren Augen sind Schatten, ihre Pupillen sind vor Erschöpfung riesengroß, und ein paar Strähnen haben sich aus ihrem geflochtenen Zopf gelöst. Ich bin versucht, sie ihr hinters Ohr zu schieben, unterdrücke diesen Drang jedoch. So wie unser letztes Treffen abgelaufen ist, bin ich mit Sicherheit der Letzte, von dem sie ungefragt angefasst werden will.

»Was ist passiert?« Ihre Stimme ist so leise, so sanft wie eine Liebkosung. Und als sie auch noch die Hand auf meinen Arm legt, bringe ich keinen Ton mehr hervor. Ihre Fingerspitzen streichen ganz behutsam über meine Haut. Das Brennen kehrt zurück, aber eher würde ich mich heute Nacht freiwillig in einen Boxkampf stürzen, als in diesem Moment Hailees Berührung auszuweichen.

»Chase? Was ist passiert?«, wiederholt sie kaum hörbar und tastet mit der freien Hand nach etwas auf dem Tablett. Erst jetzt bemerke ich das Verbandszeug darauf.

Mein erster Impuls ist es, die Sache herunterzuspielen. Aber ihre Sorge ist so echt, dass ich ihr nichts vormachen kann.

»Ich war nicht in eine Kneipenschlägerei verwickelt, falls du das denkst.« Ich versuche es wie einen Witz klingen zu lassen.

Aber irgendetwas muss Hailee von meinem Gesicht ablesen, denn sie starrt mich misstrauisch an. »Was dann? In einen

Straßenkampf? Chase, das sieht aus, als hätte dir jemand die Hand zerquetscht. Es fehlen nur noch das Veilchen und die aufgeplatzte Lippe.«

Ich versuche mir meine Überraschung nicht anmerken zu lassen, aber die nächsten Worte sind raus, bevor ich darüber nachdenken – oder sie aufhalten – kann. »Diese Zeiten sind vorbei.«

Alarmiert zieht sie die Brauen zusammen. »Diese … was?!«

»Keine Sorge – ich stehe nicht drauf, verprügelt zu werden. Ich … Bis Anfang des Jahres bin ich für Josh bei einigen Kämpfen eingesprungen. Das war alles nicht so ganz legal, aber er brauchte die Unterstützung.«

Die braucht er immer noch, wenn auch in anderer Form. Allerdings habe ich schon die ganze Woche über nichts mehr von Josh gehört. Aber Sinn und Zweck dieser Entzugsklinik ist es ja nicht bloß, dass Josh wieder gesund wird, sondern auch, den Kontakt zur Außenwelt einzuschränken, damit er keinen schlechten Einflüssen mehr ausgesetzt ist. Gott, ich hoffe nur, dass es funktioniert. Sehr viel länger kann ich das alles nicht vor unserer Familie geheim halten.

»Das kann ich verstehen«, murmelt sie und sieht mir wieder in die Augen. »Es gibt nichts, was ich nicht für meine Schwester tun würde.«

»Du würdest dich also auch für sie in den Ring stellen und so lange auf jemanden einschlagen, bis einer von euch umfällt und liegen bleibt?«

»Jederzeit«, erwidert sie sofort. Kein Nachdenken. Kein Zögern.

Meine Mundwinkel zucken. »Gut zu wissen. Vor einer Weile hat Josh ziemlich hohe Schulden bei den falschen Leuten gemacht und wollte sie mit diesen Kämpfen abarbeiten.« Es ist das erste Mal, dass ich diese Worte laut ausspreche. Ich bin nicht mit der Absicht hergekommen, Hailee all das zu erzählen, aber irgendwie kommen mir die Worte einfach über die Lippen. Und es tut so verflucht gut, mich endlich einem anderen Menschen anzuvertrauen. Selbst wenn es nicht meine Geheimnisse sind, sondern die von Josh. Aber Hailee kennt ihn nicht, sie kennt meine Familie nicht, und es fühlt sich kein Stück falsch an, endlich in Worte zu fassen, was ich seit Monaten mit mir herumtrage.

Hailee nestelt an ihren Fingern herum. »Und wie hast du dich heute verletzt? Wenn nicht bei einem dieser … Kämpfe?«

Ich seufze. »Ein blöder Unfall auf der Baustelle in Richmond. Ich muss da momentan fast jeden Tag hin, um Dinge zu überprüfen und auszuhelfen, weil uns einige Leute fehlen. Wir haben ein paar ziemlich schwere Bretter umgelagert, und beim Ablegen habe ich die Hand nicht rechtzeitig weggezogen.«

»Autsch.« Mitfühlend verzieht Hailee das Gesicht, dann atmet sie tief durch, als würde sie sich für irgendetwas wappnen müssen. »Chase … Es tut mir leid, was ich gesagt habe, als wir bei …«

»Schon gut«, unterbreche ich sie und greife nach ihren Fingern. Sie sind überraschend kalt, und ich schließe die Hände darum, um sie zu wärmen. »Du hattest mit jedem Wort recht. Ich habe meinen besten Freund im Stich gelassen. Wenn ich zurückgehen und es ungeschehen machen könnte, würde ich es sofort tun. Aber ich kann es nicht. Das ist eine Tatsache, mit der ich leben muss.«

Noch während ich rede, beginnt sie den Kopf zu schütteln. »Trotzdem war es nicht fair von mir, dir das alles vorzuwerfen, ohne die genauen Umstände zu kennen. Ich kannte nur Jespers Version, nur das Wenige, was er mir gesagt hat.« Sie zögert kurz und zieht den Verbandskasten heran, ohne ihn zu öffnen.

»Charlotte hat mir heute erzählt, was ihr getan habt. Worum sie dich gebeten hat.«

Ich stoße die angehaltene Luft aus. *Okay. Wow.* Damit habe ich nicht gerechnet. Bisher hat Charlotte dieses Geheimnis gehütet wie einen Schatz. Nur wir beide wissen, dass unser Date und dieser Kuss nichts als eine Farce waren. Alle anderen glauben, dass wir es tatsächlich mal miteinander versucht haben, aber nichts dabei herausgekommen ist. Für mich ist das in Ordnung. Ich kann Geheimnisse für mich behalten. Selbst meinem besten Freund gegenüber, wenn es sein muss.

Jesper war so ein Idiot. Er wusste, dass Charlotte ihn mochte. Er stand ja selbst schon seit Jahren auf sie, Herrgott noch mal! Aber er hat es sich und ihr nie erlaubt, es wenigstens einmal zu versuchen. Zusammen zu sein. Glücklich zu werden. Denn das wären sie gewesen, da bin ich absolut sicher. Und ich kann mir kaum vorstellen, dass sein Tod Charlotte weniger heftig getroffen hätte, wenn sie vorher ein Paar gewesen wären, als er es jetzt getan hat. Sie ist im Haus der Harringtons, wo wir uns alle nach der Trauerfeier versammelt hatten, weinend im Badezimmer zusammengebrochen. Shaine und ich haben sie dort rausgeschafft, während Lexi für Ablenkung gesorgt hat, damit niemand etwas von ihrem Zustand mitbekommt. Soviel ich weiß, geht Charlotte seither regelmäßig zu einer Therapeutin hier in der Stadt. Es scheint ihr besser zu gehen, sie lächelt wieder und redet mehr, aber irgendetwas sagt mir, dass ihr dieses *Vielleicht* mit Jesper noch eine lange Zeit nachhängen wird. Womöglich für immer.

»Das war eine beschissene Aktion«, gebe ich seufzend zu und trinke einen Schluck meines Kaffees. Er ist schwarz, stark und ohne Zucker. »Jesper ist ausgerastet. Zu Recht. Welcher Kerl geht schon mit dem Mädchen aus, auf das sein bester Kumpel steht?«

»Warum hast du es getan?«

Ich weiche ihrem Blick aus. »Ganz ehrlich? Wahrscheinlich, weil ich im Grunde meines Herzens ein Arschloch bin. Mit fünfzehn, sechzehn hatte ich eine ziemlich üble Phase. Ich habe gegen alles und jeden rebelliert und Jesper ständig in Schwierigkeiten gebracht. Ich habe ihn dazu angestiftet, die Schule zu schwänzen, und ihn auf Partys mitgeschleppt, bei denen wir beide viel zu viel getrunken haben. Einmal haben die Cops so eine Hausparty gesprengt. Jesper und ich waren zu betrunken und zu langsam, also haben sie uns erwischt, und wir durften die Nacht in einer Zelle verbringen. Unsere Eltern sind ausgerastet. Seine Mom wollte ihm für eine Weile sogar den Kontakt zu mir verbieten, aber mir war das alles egal ... ich hab einfach weitergemacht. Und Jesper ... Jesper stand trotzdem immer zu mir. Erst als ich Mia kennenlernte, wurde es besser. Trotzdem ... wie sagt man so schön? Einmal Arschloch, immer Arschloch.« Ich zwinge mich dazu, an meinem Kaffee zu nippen, auch wenn ich jetzt lieber einen Drink runterstürzen würde. »Es hat mich so angekotzt. All die Jahre war ich so wütend. Auf das Leben, auf die Umstände, auf Jespers Krankheit. Und auf ihn selbst, weil er es manchmal nicht mal versuchen wollte, sondern sich dahinter versteckt und sie als Ausrede benutzt hat. Vielleicht wollte ich ihm eins auswischen, vielleicht war es mir einfach egal.«

»Vielleicht wolltest du ihn auch nur zur Besinnung bringen«, wirft Hailee leise ein.

Ich zucke mit den Schultern. Kann sein, aber spielt das wirklich noch eine Rolle?

»Nach der Sache mit Charlotte haben wir uns so gezofft wie nie zuvor und uns alles an den Kopf geworfen, was sich in den ganzen Jahren davor angestaut hatte. Er war wütend auf mich wegen Charlotte, aber auch, weil er meinte, ich würde meine Familie als Ausrede benutzen und mich dahinter verstecken, statt meinen eigenen Zielen und Wünschen zu folgen. Es hat ihn so aufgeregt, dass ich genau wie Dad und Grandpa, Onkel Alexander und all die anderen in meiner Familie Architektur studiere, obwohl das nicht gerade mein Traumjob ist. Und ich habe ihm vorgehalten, dass er seine Krankheit nur als Ausrede benutzen würde. Dass er trotzdem mit Charlotte zusammen sein könnte, wenn er nicht so ein dickköpfiger Idiot wäre. Dass er etwas aus seinem Leben machen oder es zumindest versuchen könnte, wenn er es nur wollen würde. Aber er wollte einfach nicht. Danach ist der Kontakt wochenlang abgebrochen. Als er sich im Februar wieder bei mir gemeldet hat, habe ich ihn ignoriert.« Ich spüre, wie meine Kehle enger wird, zwinge mich aber trotzdem dazu weiterzusprechen. »Ich dachte, wir können das später klären, wenn ich in den Ferien wieder in Fairwood bin.«

Nur dass es für Jesper kein Später mehr gab.

Ich schütte den restlichen Kaffee in mich hinein, auch wenn ich mir dabei die Zunge verbrenne. Scheiß drauf. Es ist ja nicht so, als ob ich es nicht verdient hätte.

Eine Weile herrscht Schweigen zwischen uns. Ich starre auf die leere Sitzbank gegenüber. Auf den ersten Blick wirkt sie unversehrt, aber es ist dieselbe Bank, in deren Polster Jesper und ich mit dreizehn unsere Namen eingeritzt haben. Als Zeichen dafür, dass das unser Stammplatz war. Ich bin mir ziemlich sicher, dass die Namen noch da sind, wenn ich an der Seite nachschauen würde. Wie seltsam ist es bitte, dass diese Erinnerung noch für alle sichtbar da ist, Jesper selbst aber schon so lange nicht mehr?

»Bevor ich diesen Roadtrip gestartet habe …«, beginnt Hailee zögerlich. »… da habe ich mich mit meiner Zwillingsschwester gestritten.«

Ich drehe den Kopf zu ihr und studiere ihr Profil, während

ich darauf warte, dass sie weiterspricht. Sie sieht mich nicht an, sondern starrt auf einen Punkt am anderen Ende des Diners.

»Es war total dämlich. Früher haben wir uns nie gefetzt, aber als sie mir wieder wegen so einer blöden Party in den Ohren gelegen hat … da bin ich explodiert und habe Dinge gesagt, die ich nicht so gemeint habe. Ich dachte … ich … ich habe ihr vorgeworfen, dass sie mich verbiegen will. Dass sie mich nicht so akzeptieren kann, wie ich bin. Dass sie sich für mich schämt und sich eine andere Schwester wünschen würde.« Tränen treten in ihre Augen, aber sie blinzelt sie rasch weg. »Ich hab schreckliche Sachen zu ihr gesagt. Dabei wollte sie mir nur helfen. Mich dazu bringen, auch mal etwas zu riskieren und mutiger zu sein. Oder es wenigstens einmal auszuprobieren.«

Ich hatte nie einen Zwilling und habe mich früher ständig mit Josh wegen irgendeinem Kleinscheiß gezofft, also kann ich nicht wirklich nachempfinden, wie das für sie sein muss. Aber ich weiß, wie beschissen es ist, sich mit seinem besten Freund zu streiten und Dinge zu sagen, die man besser nicht gesagt hätte.

Ich lege den unverletzten Arm auf der Rückenlehne ab und wende mich ihr ganz zu. »Habt ihr seither noch mal miteinander gesprochen?«

Sie öffnet die Lippen, scheint etwas sagen zu wollen, schüttelt dann aber den Kopf. »Nicht wirklich.«

»Das ist echt mies.«

Ob sie sich beide die ganze Zeit anschweigen? Irgendwie kann ich mir das nicht vorstellen. Vielleicht ist auch Katie diejenige, die Hailee mit Funkstille straft. Oder sie haben so etwas wie eine Auszeit vereinbart, während Hailee durch die Staaten streift. Und vielleicht ist sie ja nicht die Einzige, die den Sommer weit weg von zu Hause verbringt. »Ist Katie noch bei euren Eltern? Oder ist sie auch weggefahren, so wie du?«

Hailee nickt langsam. »Sie ist weg, ja. Aber ich habe ihr versprochen, dass wir uns am Ende dieser Reise in San Diego wiedersehen.«

»Und wann ist diese Reise zu Ende?«

»Am sechsten September.«

Das ist in zwei Wochen. Mir bleiben nur noch zwei Wochen, um Hailee näher kennenzulernen. Falls sie das überhaupt noch will.

»Kein Wunder, dass du deinen Wagen so schnell wie möglich wiederhaben willst.«

Wahrscheinlich fängt ein paar Tage später das neue Semester für sie an, und die beiden müssen wieder am Campus sein. Genau wie ich, auch wenn ich lieber nicht an mein letztes Jahr am College denke und an das, was danach unweigerlich folgen wird.

»Jesper hat es mir nie so genau erzählt, weißt du?«

Fragend und auch ein bisschen irritiert vom Themenwechsel ziehe ich die Brauen hoch.

Hailee zuckt mit einer Schulter. »Oh, keine Sorge, er hat mehrfach betont, was für ein Mistkerl du bist und dass du ihn im Stich gelassen hast, als er dich gebraucht hätte, allerdings hat er nie gesagt, was genau passiert ist. Aber auch ohne die Details zu kennen, war ich auf seiner Seite. Weil wir Freunde waren.«

Sie sagt das, als wäre es völlig selbstverständlich.

»Bist du immer noch auf seiner Seite?« Ich weiß, dass ich diese Frage besser nicht stellen sollte, aber ich kann nicht anders. Ich muss es wissen.

Diesmal weicht sie mir nicht aus, sondern sieht mich geradewegs an. »Ich bin auf keiner Seite. Ich versuche nur zu begreifen, was geschehen ist.«

Wahrscheinlich besser so. In meinem ganzen Leben habe

ich schon viel Mist gebaut, aber es gibt nichts, was ich so sehr bereue wie die Sache mit meinem besten Freund. Und das ist die eine Sache, die ich niemals wiedergutmachen kann. Seufzend fahre ich mir mit der Hand durchs Haar und verziehe das Gesicht, als ein paar Strähnen an den aufgeschürften Knöcheln hängen bleiben. *Autsch.* Stirnrunzelnd betrachte ich die gerötete, rissige Haut an meinen Fingern und die Schürfwunde an meinem Handrücken, bis Hailee behutsam nach meiner Hand greift. Verwundert beobachte ich sie dabei, wie sie sich meine Verletzung anschaut und, ohne zu fragen, nach dem Desinfektionsspray greift.

»Das ist keine gute ... *Aua! Verdammt!*«

Mr Kerridge wirft einen prüfenden Blick in unsere Richtung und widmet sich dann brummelnd wieder seiner Zeitung. Der Tisch mit den Teenagern ist mittlerweile leer. Ich habe nicht mal mitbekommen, wie sie gegangen sind.

Hailees Mundwinkel zucken. »Komm schon, das kann nicht so schlimm gewesen sein.«

»Oh doch«, zische ich und ziehe eine Leidensmiene. »Das tut mehr weh als die blöden Bretter, die meine Hand zwischen Betonboden und Holzstapel eingequetscht haben.« Vorsichtig bewege ich die Finger. *Autsch.* Keine gute Idee.

Hailee greift zum zweiten Mal nach dem weißen Fläschchen. Mein erster Impuls ist es, sie aufzuhalten, aber ich weiß schließlich genau, wie wichtig eine richtige Wundversorgung ist. Auf der Baustelle in Richmond hatte ich bei all dem Stress nicht gerade viel Zeit dafür. Und, ganz ehrlich? Danach wollte ich nur noch nach Hause.

»Das ist schlimmer«, presse ich dennoch hervor. »Desinfektionsmittel sind die Hölle.«

Diesmal verziehen sich ihre Lippen zu einem Lächeln. Nicht angedeutet. Nicht unmerklich. Es ist ein richtiges Lächeln. Warm und strahlend und … *Autsch! Gottverdammt noch mal!* Ich zucke zusammen, als sie die Wunden an meiner Hand desinfiziert. Fuck, brennt das vielleicht!

»Schon vorbei.« Sie legt das Teufelszeug weg, lehnt sich näher und … pustet auf die Wunde?

Alles in mir erstarrt. Scheiß auf die Schmerzen. Ihr warmer Atem streicht über meine Haut, und ihr Duft dringt mir in die Nase. Es ist dieses blumige Etwas, das ich nicht benennen kann. Nicht zu süß, nicht zu aufdringlich. Ich weiß nicht mal, ob es ihr Shampoo oder ihr Parfum ist, doch auf einmal übertüncht dieser Duft alles andere – sogar den Geruch nach Kaffee.

Ich drehe den Kopf etwas zur Seite, und plötzlich sind da nur noch wenige Zentimeter zwischen unseren Gesichtern, weil auch Hailee in diesem Moment den Kopf hebt und mich ansieht. Und alles, woran ich auf einmal denken kann, ist, dass ich sie küssen will. Aber nur, wenn sie es genauso sehr will.

»Was dieses Date angeht …«

Sie presst die Lippen aufeinander, kann ihr Lächeln allerdings kaum unterdrücken. »Die Antwort lautet immer noch Nein, Chase.«

»Warum?« Die Frage ist nur ein Flüstern, weil sie mir noch immer so nahe ist. Hailee ist nicht zurückgewichen.

Etwas verändert sich in ihrem Blick, und es ist, als würde ein Schatten über ihr Gesicht gleiten und ihre Stimmung trüben. Aber es passiert so schnell, dass ich mir nicht ganz sicher bin, was ich da gesehen habe. »Ich bin nur noch für ein paar Tage in der Stadt.«

»Das hast du schon letztes Wochenende gesagt. Außerdem bist du Lexi zufolge noch eine ganze Weile hier.«

Sie schweigt. Wahrscheinlich wäre es klüger, wenn sich einer von uns zurückziehen würde, wenn da etwas mehr Raum zwischen uns wäre, aber keiner von uns rührt sich. Es ist beinahe, als wären wir wieder in dieser dunklen Ecke im *Barney's*, als ich sie vor den Blicken aller abgeschirmt habe und ihr viel zu sehr auf die Pelle gerückt bin, als ich es vielleicht hätte tun sollen. Doch damals wie heute unternimmt sie nichts dagegen, und das Kribbeln zwischen uns wird von Sekunde zu Sekunde stärker. Sie muss es auch spüren. Es kann einfach nicht sein, dass ich der Einzige bin, dem es so geht.

»Komm schon, Hailee«, necke ich sie leise. »Du bist mit Clay, den du kaum kennst, Motorrad gefahren, willst aber nicht mit mir auf ein Date? Was hast du zu verlieren?«

Ihre Lippen öffnen sich. Ganz leicht nur. Aber sie scheint noch immer nicht vollends überzeugt zu sein.

»Sei mutig«, flüstere ich.

Sie starrt mich mit einer Mischung aus Wut und Faszination an. Ja, ich habe ihr gerade vermutlich dasselbe gesagt wie ihre Schwester, was eine Arschlochaktion ist – aber, ganz ehrlich? Das ist mir in diesem Moment total egal.

Ein tiefes Räuspern durchbricht die Stille. Wir zucken beide zurück.

»Ich lasse euch zwei Turteltauben jetzt mal allein.« Raschelnd faltet Mr Kerridge die Zeitung zusammen, schiebt einen Schein über den Tresen und erhebt sich schwerfällig von seinem Hocker. »Tut nichts Unanständiges.«

Ein Klingeln begleitet seinen Abmarsch, dann fällt die Tür hinter ihm zu. Ich schaue mich nach dem Truckfahrer um, aber sein Platz ist leer. Aus der Küche ist noch Geschirrgeklapper zu hören, doch abgesehen davon sind wir völlig allein.

Einen Moment lang starren Hailee und ich uns an, dann müssen wir beide lachen. Unterbrochen und zurechtgewiesen von dem alten Mr Kerridge. Okay. Das ist sogar für mich neu.

Kopfschüttelnd greife ich nach dem Glas und trinke einen

großen Schluck von meinem Wasser. Dann wende ich mich wieder Hailee zu. »Also ...?«

»Chase.« Ein tadelnder Tonfall schwingt in diesem einen Wort mit, aber ihre Augen leuchten vor Belustigung. »Die Antwort bleibt Nein. Mit dir auszugehen steht nicht gerade an oberster Stelle auf meiner To-do-Liste oder gehört zu den großen Zielen in meinem Leben.«

»Die da wären?«

Sie blinzelt überrumpelt. Sieht zur Seite. Zögert.

»Hailee ...?«

»Es ist lächerlich.«

Ich stupse sie sanft an. »Sag schon.«

»Ich war immer ziemlich schüchtern. Ganz anders als meine Schwester. Seit ich denken kann, hat sie versucht, mich zu ermutigen, mich mehr zu trauen und all die Dinge zu tun, die ich gerne tun würde, aber nie gewagt habe.«

»Zum Beispiel?«

Sie zieht die Schultern hoch. »Zum Beispiel einen ganzen Sommer lang ganz allein einen Roadtrip durch die Staaten zu machen. Einen attraktiven Kerl anzusprechen. Mit ihm zu tanzen.«

»Wir haben nicht miteinander getanzt ...«, korrigiere ich sie leise. »Nicht richtig. Das in der Bar zählt nicht. Und an das Tanzen in deinem Zimmer erinnerst du dich ja nicht mehr.«

Ihre Lippen teilen sich vor Überraschung. »Dann muss ich das noch anderweitig abhaken.«

Ich lege den Arm wieder auf die Lehne und beuge mich zu ihr. Nur ein bisschen, um sie besser betrachten und tiefer in diesen unglaublich warmen braunen Augen versinken zu können. »Was steht noch drauf?«

»Karaoke singen, auf ein Food Festival gehen und ein Alpaka streicheln, aber das habe ich alles schon erledigt.« Nachdenklich zieht sie auf ihre typische Art die Nase kraus. »Jetzt fehlen noch: Marshmallows an einem Lagerfeuer rösten. Von einer Klippe ins Wasser springen. Mich in einem Maislabyrinth verirren.«

»Wirklich? Du willst dich freiwillig verirren?«

»Schhht!« Sie drückt zwei Finger gegen meine Lippen. »Du darfst nicht darüber urteilen. Das sind die wirklich wichtigen Dinge im Leben.«

Ich muss mich zusammenreißen, um nicht zu grinsen. Oder ihr spielerisch in die Finger zu beißen.

Als Hailee sicher ist, dass ich mich mit meinen Kommentaren zurückhalte, lässt sie die Hand sinken. Schade eigentlich.

»Ich will unterm Sternenhimmel tanzen, im Regen geküsst werden und irgendwo, wo mich niemand hören kann, so laut schreien, wie ich nur kann. Außerdem will ich jemandem ein Glas Wasser ins Gesicht schütten. Oder Wein. Oder kochend heißen Kaffee in den Schritt, da bin ich noch nicht ganz sicher.«

Langsam ziehe ich die Brauen hoch. »Und das hast du den ganzen Sommer über nicht geschafft?«

»Da war niemand, der es verdient hätte.«

Zur Sicherheit schiebe ich beide Getränke ein Stück von uns weg. »Dann hoffe ich, dass ich es niemals verdiene. Vor allem nicht die Kaffee-Variante.«

Hailee lacht auf.

»Was noch?«

Diesmal antwortet sie nicht sofort und sieht mich auch nicht direkt an, sondern spielt mit dem Stoff ihrer Schürze. »Ein Tattoo.« Sie hebt den Kopf. »Ich will ein Tattoo.«

Überrascht lege ich den Kopf schief. Damit habe ich nicht gerechnet, aber ich werde sicher nicht so tun, als würde mich diese Vorstellung nicht faszinieren. »Weißt du schon, welches Motiv und welche Stelle?«

Kurz beißt sie sich auf die Unterlippe, schüttelt dann jedoch den Kopf. »Noch nicht. Zumindest nicht sicher.«

»Hm«, mache ich, während es in meinem Kopf arbeitet.

Ganz ehrlich? Ich will zwar unbedingt, dass Hailee mit mir ausgeht, aber konkrete Gedanken über das Wann und Wohin und überhaupt habe ich mir bisher nicht gemacht. Es ist ja nicht so, als wäre die Auswahl in Fairwood allzu ausschweifend, außerdem war ich mir ziemlich sicher, dass mir schon noch etwas einfallen würde, sobald sie Ja sagt. Doch nun beginnt sich nach und nach ein Plan in meinem Kopf zu formen. Einer, dem sie unmöglich widerstehen kann.

»Lass mich dir dabei helfen.«

»Was?« Sie rückt etwas von mir ab. Ihr Blick zuckt kurz zu meinem Mund, dann zurück zu meinen Augen. »Wobei willst du mir helfen?«

»Dabei, diese großen Ziele in deinem Leben zu verwirklichen. Geh mit mir aus, und wir machen etwas von dem, was du gerade aufgezählt hast.«

Ihre Augen werden immer größer. »Du meinst das wirklich ernst, oder?«

»Würde ich um diese Uhrzeit hier sitzen, wenn ich es nicht ernst meinen würde? Na gut, der Kaffee ist ziemlich gut und …«

Dafür verpasst sie mir einen Klaps gegen die Schulter.

»Autsch! Du bist heute ziemlich brutal«, beschwere ich mich lachend, werde dann jedoch schnell wieder ernst. Mein Arm liegt noch immer auf der Lehne, doch meine Finger haben sich längst selbstständig gemacht und spielen mit Hailees Haaren. Ich beuge mich zu ihr, bis sich unsere Nasenspitzen fast berühren und ich ihren stockenden Atem in meinem Gesicht spüren kann. »Hailee … Gehst du mit mir aus?«

Ihre Augen sind unergründlich. Ich habe nicht die geringste Ahnung, was gerade in ihr vorgeht, meine aber, Zweifel zu sehen – dieselbe Skepsis, die sie seit dem Moment gezeigt hat, als sie herausgefunden hat, in welcher Verbindung ich zu Jesper stehe. Aber da ist noch mehr. Und dieses Mehr gibt mir Hoffnung. Ich kann mich nicht daran erinnern, dass ich einen anderen Menschen je so unbedingt näher kennenlernen wollte wie Hailee. Oder dass mich schon mal jemand so vom ersten Moment an fasziniert hat. Sicher, es gab hin und wieder flüchtige Begegnungen, die zum jeweiligen Zeitpunkt toll waren, doch das Interesse ist ziemlich schnell verblasst. Nicht so bei Hailee. Sie hat etwas an sich, das mich alles andere vergessen lässt, und ich will mehr davon. Ich will mehr von ihr.

»Okay«, wispert sie.

Verblüfft ziehe ich die Brauen hoch. Doch dann wandern meine Mundwinkel wie von selbst in die Höhe. »Wie war das?«

Sie rollt mit den Augen, muss aber lächeln. »Ja, ich gehe auf ein Date mit dir, Chase. Zufrieden?«

Ich grinse. »Sehr.«

Kapitel 16

Hailee

Mein Spiegelbild wirft mir einen prüfenden Blick zu. Ich streiche mir zum zehnten Mal das Kleid glatt, das ich für mein Date mit Chase angezogen habe. Mein *Date.* Mit Chase. Ich kann immer noch nicht fassen, dass ich gestern Nacht eingewilligt habe, mit ihm auszugehen. Und jetzt stehe ich hier, am Freitagnachmittag, in dem winzigen Bad, während nebenan im Zimmer die Musik einer meiner absoluten Lieblingsbands läuft. Aber selbst wenn mich die Lieder von Waiting for Juliet ablenken und mich an all die schönen Momente erinnern, in denen sie mir den Sommer über ein Lächeln auf die Lippen gezaubert haben – jetzt können sie mir die Nervosität nicht nehmen. Nicht ganz.

Zum Glück konnte Beth mir aushelfen, und ich habe all meine Sachen waschen und trocknen können, sodass ich jetzt in frischen Klamotten und mit sauberer Unterwäsche hier stehen kann. Meine Zehen bohren sich in den Badvorleger, während ich mein Gesicht betrachte. Ich war nie unzufrieden mit meinem Äußeren, aber auch nicht wirklich zufrieden. Was daran liegen könnte, dass ich ständig mit Katie verglichen wurde. Von klein auf. Es ist so seltsam, dass sie nicht hier ist und ich einfach nur mich in diesem Spiegelbild sehe. Mit den sonnengebleichten Haaren, die dringend mal wieder einen Schnitt vertragen könnten, der ungewohnten Bräune und den Sommersprossen auf meiner Nase. Ich verziehe das Gesicht. Die Punkte bleiben. Wahrscheinlich würden sie unter Tonnen von Make-up verschwinden, aber das habe ich nicht da, und ich mochte es noch nie, mein Gesicht zuzukleistern. Ein bisschen Abdeckstift, wasserfeste Mascara und Gloss, mehr brauche ich nicht. Mit einem Lidstrich habe ich mich schon seit der ersten Woche dieser Reise nicht mehr herumgeschlagen. Die Spiegel im Auto oder auf den Toiletten an Tankstellen sind nicht gerade ideal, und es war mir einfach zu aufwendig.

Gerade überlege ich, ob ich es nicht doch mit einem Eyeliner versuchen sollte – falls ich ihn in den Tiefen meiner Reisetasche überhaupt finde –, doch es klopft bereits an der Tür. Automatisch lege ich mir die Hand auf den Magen, in dem es auf einmal flattert. Oh Gott, was habe ich mir nur dabei gedacht, diesem Date zuzustimmen? Wie konnte ich nur denken, dass …

Es klopft erneut. Okay, vielleicht sollte ich ihm aufmachen, damit dieses Date überhaupt stattfinden kann, auch wenn ich mich gerade lieber in mein Bett, ein Buch oder Emikos Geschichte verkriechen würde. All das wäre sicherer, als den Nachmittag mit Chase Whittaker zu verbringen. Die Dinge, die ich noch tun möchte, kann ich auch ohne ihn erledigen. Es kann doch nicht so schwer sein, jemanden zu finden, der es verdient hat, dass ich ihm ein Glas Wasser oder einen Kaffee ins Gesicht schütte. Oder nicht? Ich muss nur angestrengter danach suchen.

»Hailee.« Chase' Stimme klingt dumpf. »Mach die Tür auf.«

Ich beiße mir auf die Unterlippe. Mein Spiegelbild tut dasselbe.

»Du kannst das, Hailee«, flüstere ich. »Sei mutig!«

Mein Spiegelbild wirkt nicht überzeugt, auch wenn es mir zunickt. Ich atme tief durch, dann laufe ich durch das Zimmer und reiße die Tür auf, bevor ich erneut darüber nachdenken und einen Rückzieher machen kann.

Wie erwartet steht Chase auf der anderen Seite und lächelt mich an. »Hi.«

Er trägt ein weißes T-Shirt, eine dunkle Jeans mit einem breiten Gürtel und dazu braune, etwas abgetragene Turnschuhe. Simpel. Lässig. Alltäglich. Und definitiv kein Grund, dass meine Finger plötzlich kribbeln und ich die Hände nach ihm ausstrecken will. Doch was mich tatsächlich überrascht, ist das, was er mir gerade hinhält.

»Was ist das?«

»Eine Sonnenblume. Ich wusste nicht, welche Blumen du magst, aber ich glaube, damit kann man nicht viel falsch machen. Oder?«

Er klingt tatsächlich etwas unsicher. Wieso klingt er unsicher? Jemandem wie ihm, mit seinem Charme, seinem Aussehen und diesem Lächeln müssten die Frauen doch reihenweise zu Füßen liegen. Trotzdem verlagert er sein Gewicht von einem Fuß auf den anderen, was mich daran erinnert, wie oft er mit seinem Bein auf und ab wippt.

Ich lächle. »Sie ist wunderschön. Danke.«

Er wirkt erleichtert. »Vielleicht solltest du sie ins Wasser stellen oder so.« Mit der freien Hand reibt er sich über den Nacken.

Ich nicke hastig. »Natürlich. Gib mir eine Minute.«

Oder auch zwei. Oder zehn. Denn ich habe keine Ahnung, was ich mit der langstieligen Sonnenblume anstellen soll. Ich habe keine Vasen da, der Zahnputzbecher ist denkbar ungeeignet, genau wie das Glas auf meinem Nachttisch. Aber vielleicht die große Wasserflasche, die ich gestern ausgetrunken habe? Etwas umständlich fülle ich sie mit Leitungswasser, schiebe die Sonnenblume hinein und – voilà! Die Konstruktion steht tatsächlich. Und sieht auch noch gut aus. Allein der Anblick hebt meine Stimmung und besänftigt das nervöse Flattern in meiner Magengrube zumindest ein kleines bisschen.

Ich stelle die Sonnenblume auf den Tisch am Fenster, wo auch mein Notizbuch und die beiden Laptops liegen, schlüpfe schnell in meine Halbstiefel und stehe dann auf. »Kann losgehen.«

Chase hält mir den Arm hin, als wären wir im viktorianischen England. Ich trage zwar ein Kleid – kurz, ohne Dekolleté, dafür mit viel freiem Rücken –, aber wir sind definitiv nicht im viktorianischen Zeitalter stehen geblieben, also sehe ich ihn nur mit hochgezogenen Augenbrauen an. Amüsiert senkt er den Arm wieder und legt mir stattdessen die Hand auf den unteren Rücken, genau dorthin, wo der Stoff meines Kleids wieder beginnt.

»Hübsches Outfit«, kommentiert er. Obwohl er schräg hinter mir steht, kann ich seinen Blick auf meiner Haut förmlich spüren.

Hitze schießt mir in die Wangen. »Danke.« Ich streiche den Saum zum gefühlt hundertsten Mal glatt.

Das Kleid ist zwar weiß, doch der Schulterbereich und der Rock sind mit lauter roten und blauen Blüten bedruckt. Es ist eines meiner Lieblingskleidungsstücke auf dieser Reise, vielleicht nicht das schönste oder besonders sexy, dafür fühle ich mich wohl darin. Und nur das zählt.

»Also, wo geht es hin?«, frage ich, als wir nach draußen treten, und setze meinen schwarzen Schlapphut auf.

»Wir erleben jetzt ein Abenteuer«, erwidert Chase geheimnisvoll und hält mir die Tür zu seinem Wagen auf.

Ich mag keine Überraschungen. Das habe ich ihm bereits gesagt. Doch auf diese freue ich mich irgendwie – was auch immer mich erwartet.

»Ich kann nicht glauben, dass wir wirklich hier sind«, rufe ich rund fünfundvierzig Minuten später.

Um ehrlich zu sein, habe ich nicht geglaubt, dass er mir bei dieser wirren Aufzählung gestern Abend richtig zugehört hat, ganz zu schweigen davon, sich irgendetwas davon gemerkt zu haben. Aber jetzt sind wir hier und stehen vor einem richtigen Maislabyrinth. Ein Holzschild ist mit bunter Kreide beschriftet und weist uns den Weg hinein. Hinausfinden müssen wir allein. Und obwohl ich für gewöhnlich kein Fan von Überraschungen bin, könnte ich gerade nicht glücklicher sein.

»Du wolltest dich doch in einem Maislabyrinth verlaufen.« Chase deutet hinein. »Bereit?«

Ich nicke und fühle mich dabei mindestens ebenso aufgeregt wie die beiden kleinen Mädchen, die Hand in Hand losstürmen, während ihre Eltern uns ein Lächeln zuwerfen und ihnen in gemäßigterem Tempo folgen.

Mein Herz klopft wie wild, als wir das Maislabyrinth betreten. Sofort sind wir umgeben von Grün. Die Maispflanzen sind riesig, fast so groß wie Chase, der ruhig neben mir hergeht. Der Anfang ist einfach, denn es geht zunächst nur geradeaus, aber schon nach wenigen Metern finden wir uns vor der ersten Abzweigung wieder.

»Rechts oder links?«, fragt er mit einem herausfordernden Funkeln in den Augen.

Ich überlege kurz, dann deute ich auf den Weg, der irgendwie schmaler, etwas verwachsener und dadurch auch abenteuerlicher aussieht.

Chase grinst. »Alles klar.«

Wir sind nicht die Einzigen im Labyrinth. Etwas weiter entfernt kann ich gedämpfte Stimmen hören und ganz in der Nähe, wahrscheinlich gleich hinter ein paar Maispflanzen, viele kleine Schritte. Ob das die beiden Mädchen von vorhin sind?

Wir erreichen die nächste Abzweigung, und ich deute erneut nach links. Hier drinnen gibt es keine Schilder, keine Hinweise und nichts, was uns irgendwie verraten würde, wie nahe oder wie weit wir vom Ausgang entfernt sind. Ich bin mir ziemlich sicher, dass man Stunden hier drinnen verbringen könnte, und irgendwie würde mir das absolut nichts ausmachen. Ich mag es hier. Es ist ein Abenteuer. Mein Nacken prickelt vor Aufregung, und ich kann es gar nicht erwarten, alles zu erkunden und einen Weg aus dem Labyrinth zu finden.

»Also«, beginnt Chase und verschränkt die Hände entspannt im Nacken. »Erzähl mir etwas. Das ist schließlich ein Date, und ich weiß kaum etwas über dich.«

»Ach, da gibt es nicht viel zu wissen. In Wahrheit bin ich eine böse Hexe, tausend Jahre alt, und hab mich nur verzaubert, um auszusehen wie eine Einundzwanzigjährige«, behaupte ich spontan.

»Wirklich …?« Seine Mundwinkel zucken verräterisch.

Ich nicke mehrmals. »Absolut.«

»Und was ist dein Plan, du böse Hexe?«

»Na, dem Prinzen sein Herz stehlen, natürlich.«

Ich habe keine Ahnung, woher das alles kommt, aber es macht Spaß. Vor allem, weil Chase völlig selbstverständlich mitspielt.

»Und macht mich das zum Prinzen in dieser Story?«, fragt er interessiert. »Oder zum Jäger, der es auf die böse Hexe abgesehen hat?«

Ich will antworten, als er ohne Vorwarnung einen Satz auf mich zu macht. Vor Schreck quietsche ich auf und stolpere zurück. Lange tiefgrüne Blätter streifen mein Kleid und wollen mich in ihre Umarmung ziehen. Wir sind beide stehen geblieben, beobachten jedes Muskelzucken und jede noch so kleine Regung.

»Das heißt dann wohl, du bist der Hexenjäger«, murmle ich und komme nicht mehr gegen mein Grinsen an.

Auch Chase wirkt äußerst amüsiert – aber sein Blick folgt weiter jeder meiner Bewegungen.

Ganz in der Nähe sind plötzlich Stimmen zu hören. Stimmen und Kinderlachen. Für einen winzigen Moment ist Chase davon abgelenkt, und das genügt. Ich sprinte los, schaffe es auch um die nächste Ecke, doch dann holt er mich ein und schlingt die Arme von hinten um mich. Ich verliere den Bodenkontakt und muss so heftig lachen, dass mir mein Schlapphut vom Kopf rutscht und zu Boden segelt.

»Hab dich«, flüstert Chase an meinem Ohr. Sein Atem streift meinen Hals, und ein Kribbeln breitet sich von der Stelle auf meinem ganzen Körper aus.

»Das ist unfair!«, protestiere ich und trommle spielerisch gegen seine Arme.

Umsonst. Chase setzt mich zwar wieder auf meine eigenen Füße, lässt mich aber nicht los. Erneut umgibt mich sein Duft, vermischt mit dem Geruch nach Mais, Erde und Sonne. Ich kann sein Lachen genauso spüren wie seinen harten Körper hinter mir.

»Du hast damit angefangen«, behauptet er und streift dabei mit seinen Lippen über meine Ohrmuschel.

Oh Gott. Ich weiß nicht, ob es Zufall oder Absicht war, doch in diesem Augenblick bin ich froh, dass er mich noch immer an sich drückt, denn meine Knie werden auf einmal ganz weich.

»Ich lasse dich los. Gleich. Unter einer Bedingung.«

»Welche?«, frage ich viel zu atemlos dafür, dass wir nur ein paar Schritte gerannt sind.

»Du beantwortest mir ein paar Fragen.«

Eigentlich will ich gar nicht, dass er mich loslässt, aber das kann ich ihm nicht sagen, also nicke ich nur.

Langsam, fast schon widerwillig lösen sich seine Arme von mir. Sofort fehlt mir seine Nähe, und ich muss mir fest auf die Lippen beißen, um einen protestierenden Laut zu unterdrücken. Himmel, was passiert nur mit mir?

»Erste Frage.« Er deutet den Weg entlang, damit wir weitergehen, aber sein Blick ist anders als zuvor. Intensiver. Drängender. »Was ist deine Lieblingsserie?«

Ich blinzle überrascht, hebe meinen Hut auf und setze mich wieder in Bewegung. Keine Ahnung, womit ich gerechnet habe, aber damit irgendwie nicht. Andererseits haben wir uns bereits an diesem Abend im *Barney's* alle möglichen und unmöglichen Fragen gestellt. Warum also nicht damit weitermachen?

»*Stranger Things.*«

»Die finde ich auch gut. Hm, lass mich überlegen, dein Lieblingsessen kenne ich ja schon.«

Ich bleibe abrupt stehen. »Tatsächlich? Und was ist mein Lieblingsessen?«

»Deep Dish Pizza mit ganz viel Käse.«

Ich starre ihn an. »Woher weißt du das?«

Seine Mundwinkel wandern in die Höhe. »Das hast du ziemlich deutlich gemacht, als du betrunken warst.«

Okay … wow. Früher hatte ich nie ein Lieblingsessen. Erst diesen Sommer, als ich für zwei Tage in Chicago war, habe ich Deep Dish Pizza für mich entdeckt – und mich Hals über Kopf verliebt. In diesen achtundvierzig Stunden habe ich nichts anderes gegessen – morgens zum Frühstück, mittags und unterwegs und abends noch ein kleines Stück vor dem Schlafengehen. Ich war im Pizzahimmel. Aber da diese Leidenschaft erst vor Kurzem erwacht ist, wissen nur die wenigsten Leute davon. Und ich bin überrascht, dass Chase offenbar einer von ihnen ist.

»Stimmt«, gebe ich also mit einem sehnsüchtigen Seufzen

zu. Wie lange braucht man noch mal von hier bis nach Chicago, um dort spontan Pizza essen zu gehen?

Chase grinst nur. Irgendwie rechne ich mit einem weiteren Kommentar, aber er bleibt stumm. Und ich werde das Gefühl nicht los, dass mehr dahintersteckt, und ich ihm mehr verraten haben könnte als nur mein neues Lieblingsgericht. Doch Chase gibt mir keine weiteren Informationen. Nichts, das darauf hindeutet, dass er Dinge wissen könnte, von denen er besser nichts wissen sollte. Ich unterdrücke die kurz aufkeimende Panik und atme tief durch.

»Was ist mit dir?«, frage ich, während wir an einer Kreuzung den Weg nach rechts einschlagen. Mittlerweile habe ich jede Orientierung verloren, aber das stört mich nicht. Ich muss nicht den schnellsten Weg rausfinden, sondern will das hier genießen. Ich *will* mich verlaufen. »Was ist dein Lieblingsessen?«

»Auch Pizza. Wobei ich den New York Style mag.«

»Wie bitte?« Ich bleibe abrupt stehen und starre ihn an. »Das ist … das …«

Wie kann man den superdünnen Boden haben wollen, wenn man stattdessen in Teig baden kann? In mit leckeren Sachen gefülltem Teig, wohlgemerkt!

»Das ist … was?« Er wirft mir einen belustigten Seitenblick zu. »Können wir jetzt nicht mehr befreundet sein? Lässt du mich gleich mitten im Maislabyrinth zurück?«

Er zieht mich auf. Ich merke es nicht nur an seiner Tonlage, sondern auch an dem Funkeln in seinen Augen. Wortlos gebe ich ihm einen kleinen Schubs. Okay, einen *festen* Schubs.

»Das ist nicht nett.« Anklagend deute ich mit dem Finger auf ihn. »Man macht keine Scherze über Pizza. Genauso wenig wie über Kaffee, Eis und Schokolade. Wenn dir diese Dinge nicht heilig sind, was dann?«

Er lacht los. Er legt den Kopf in den Nacken und lacht

einfach los. Ich versuche ihm böse sein, aber ich kann nicht. Dieser Anblick … ihn so entspannt und gut gelaunt zu erleben bewirkt etwas in mir. Sein Lachen bewirkt etwas in mir. Da ist wieder dieses Ziehen in meinem Brustkorb, und mein Herz hämmert auf einmal viel zu schnell. Alle meine Sinne scheinen nur auf ihn gerichtet zu sein. Ich will mich nicht in ihn verlieben, das will ich wirklich nicht. Doch in diesem Moment macht er es mir so verdammt schwer.

»Entschuldige.« Noch immer grinsend wischt er sich mit der Hand über die Augen.

Ja, er musste so sehr lachen, dass ihm die Tränen gekommen sind. Und vielleicht bin ich ein klitzekleines bisschen stolz darauf, ihn dazu gebracht zu haben. Obwohl Chase wie ein lockerer Typ wirkt, scheint er nie wirklich loslassen zu können. Bis eben wäre mir das nie aufgefallen, allerdings habe ich ihn auch noch nie so erlebt wie jetzt.

»Das war wirklich nicht nett von mir«, gibt er zu und reibt sich die Seite.

»Alles okay?« Ohne darüber nachzudenken, mache ich einen Schritt auf ihn zu und greife nach seiner Hand. Die Haut ist noch immer aufgeschürft, und seit gestern hat sie sich blau und violett verfärbt. »Tut das weh?«

»Jetzt nicht mehr.«

Ich schnaube. »Angeber.«

Er schneidet eine Grimasse. »Es ist nur eine Quetschung, nichts Tragisches.«

»Musst du trotzdem noch weiter zur Baustelle?«

Er nickt. »Ich helfe den Sommer über in der Firma aus und wurde für Richmond eingeteilt. Das sollte aber in ein paar Tagen erledigt sein, dann habe ich den Bericht fertig und kann wieder woanders mit anpacken. Der Bluterguss ist eine Erinnerung daran, immer aufmerksam und schnell genug zu sein.«

Behutsam streiche ich über die Stelle. Auch wenn er behauptet, keine Schmerzen zu haben, glaube ich das irgendwie nicht. Dafür sieht seine Hand zu mitgenommen aus. »Tut mir leid.«

Etwas in seiner Miene verändert sich. »Mir nicht.«

Ich schlucke hart und trete einen vorsichtigen Schritt zurück. Vielleicht sollte ich mal meine Knie untersuchen lassen, denn sie fühlen sich schon wieder viel zu weich an. »Wir sollten weiter.«

Einen Moment lang hält er meinen Blick noch fest, dann nickt er und setzt sich in Bewegung. »Stimmt. Sonst kommen wir nie mehr hier raus. Und dafür habe ich noch zu viel mit dir vor.«

»Ach wirklich?« Ich folge ihm und bemühe mich um einen leichten Tonfall, aber meine Stimme zittert. Alles an mir zittert, weil ich mir Chase' Gegenwart so überdeutlich bewusst bin. Seiner ausholenden Schritte, der Art, wie seine Arme hin und her schwingen und dabei manchmal, wie durch Zufall, meinen Arm berühren. Seiner gleichmäßigen Atmung. Der Blicke, die er in meine Richtung wirft und die ich fast schon körperlich spüren kann. War es vorher schon so warm, so stickig hier, oder bin ich die Einzige, der es schwerfällt, richtig Luft zu holen?

Wir biegen noch ein paarmal ab und unterhalten uns währenddessen über Alltägliches: Essen, Filme, Serien, Sportarten – auch wenn ich nicht sonderlich sportlich bin, aber ich liebe es, mir Tennis und Snooker im Fernsehen oder online anzuschauen. Das hat etwas seltsam Beruhigendes. Chase hingegen hat in der Highschool Hockey gespielt, was im College sein Interesse an Eishockey entfacht hat. Allerdings feuert er bei der Weltmeisterschaft Kanada an. Ich musste ihm schwören, dieses Geheimnis niemandem zu verraten. Was unsere Liebe zu unseren Autos angeht, haben wir eine Gemeinsamkeit, denn Chase hängt mindestens ebenso sehr an seinem Dodge Avenger wie ich an meinem und Katies alten Honda Civic.

Nach rund einer Stunde, in der wir hin und wieder anderen Leuten begegnet sind, erreichen wir ein Schild, bei dessen Anblick ich loslachen muss. Es gratuliert uns, dass wir die Mitte des Labyrinths erreicht haben – aber finden wir auch wieder heraus?

»Komm schon.« Chase nimmt meine Hand in seine und zieht mich in eine der drei möglichen Richtungen.

Ich habe keine Ahnung, ob das der richtige Weg ist oder wir nicht bloß im Kreis laufen, aber im Grunde ist es mir egal, solange er nur weiter meine Hand hält. Seine Haut ist warm, sein Griff fest.

Wir kommen an weiteren Kreuzungen vorbei und gehen nach Lust und Laune mal in die eine, mal in die andere Richtung. Wahrscheinlich hätten wir den Ausgang längst erreichen können, wenn wir aufgepasst hätten, aber darum geht es ja gar nicht.

Ich hatte immer einen festen Plan für alles in meinem Leben. In diesem Sommer habe ich zum ersten Mal gelernt, mich einfach treiben zu lassen, mich absichtlich zu verlaufen und zu schauen, was passiert. Nicht immer war ich glücklich mit dem Ergebnis, aber es war okay. Irgendwie bin ich zurechtgekommen. Und manchmal, in Situationen wie jetzt, kann ich es sogar richtig genießen, einfach nur im Moment zu leben und mir um nichts Gedanken zu machen.

»Was ist dein liebster Song?«, leitet Chase die Fragestunde wieder ein.

»Ich habe nicht das eine Lieblingslied«, gestehe ich. »Aber ich mag Folk, Indie und schöne Pop- und Rocksongs.«

Die Playlists für diesen Roadtrip sind schier endlos. Immer, wenn ich eine Band gefunden habe, die ich total mag, höre ich ihre Musik in Endlosschleife, bis ich die nächste Band finde, die mich begeistert. Wobei ich den alten natürlich nicht untreu werde. Als ich mich heute Morgen vor der Schicht im Diner fertig gemacht habe, liefen die Songs von WILD rauf und runter.

»Okay. Und was war das Aufregendste, das du diesen Sommer getan hast?«

Darauf habe ich nicht sofort eine Antwort parat. Die letzten zweieinhalb Monate waren wie ein einziger Rausch. Ich habe neue Sachen ausprobiert, so viel gegessen wie nie zuvor – und vor Kurzem im *Barney's* leider auch so viel getrunken wie nie zuvor – und Dinge getan, die ich früher nie gemacht hätte. Nein, die ich mir nicht einmal im Traum hätte vorstellen können. Aber was war das Aufregendste davon? Es war aufregend, mich trotz all der neugierigen Blicke ganz allein in ein Restaurant in Chicago zu setzen und eine Bestellung aufzugeben. Genauso wie in New York meine Höhenangst zu überwinden und die Aussicht vom Rockefeller Center zu genießen. Es war aufregend – und vielleicht auch ein bisschen gefährlich – nachts in Kansas an die Tür einer Farm zu klopfen und zu fragen, ob ich bei ihnen unterkommen könnte, oder mich in Arizona auf einem Campingplatz mit einer Gruppe fremder Studenten aus Frankreich anzufreunden und sie spontan am nächsten Morgen ein Stück mit meinem Auto mitzunehmen. Genauso wie bei einem Kerl, den ich nicht kenne, auf dem Motorrad mitzufahren. Oder einen anderen Kerl in einer Bar anzusprechen und so zu tun, als würden wir uns schon seit Ewigkeiten kennen. Doch egal wie spannend und ungewohnt das alles für mich war, die größte Überwindung hat mich nur eine Sache gekostet.

»Mich in den Wagen zu setzen und loszufahren«, erwidere ich nach einer kleinen Weile schließlich. Diese eine Entscheidung zu treffen, die es mir ermöglicht hat, diesen ganzen Roadtrip auch wirklich durchzuziehen, war das Aufregendste, was ich diesen Sommer getan habe. Und ohne sie hätte ich all das nicht erlebt, hätte vermutlich nicht mal mein Manuskript fast zu Ende geschrieben. Aber vor allem wäre ich heute nicht hier. Mitten in diesem Maislabyrinth irgendwo in Virginia. Mit Chase Whittaker.

»Hast du eigentlich vor gar nichts Angst?«

Diese Frage überrascht mich ebenso sehr wie der Ausdruck in seinen Augen. Es ist diese Kombination aus ehrlicher Neugier, Faszination und Sorge, die mich dazu bringt, ihm die einzige mögliche Antwort darauf zu geben.

»Doch«, erwidere ich ehrlich. »Ich habe vor unglaublich vielen Dingen Angst.«

»Zum Beispiel?«

»Gewitter. Ich hasse Donner und will mich dann immer irgendwo verkriechen, bis es vorbei ist. Und Kakerlaken, brr! Außerdem kriege ich Angstzustände in Menschenmassen, und ich finde es furchtbar, allein ein Lokal zu betreten. Und …«

»Und …?«

Ich nehme all meinen Mut zusammen. »Und ich fürchte mich vor dir.«

Seine Augen weiten sich. Er erstarrt. »Vor mir?«

Ich nicke und lasse all die Worte hervorsprudeln, die ich bisher tief in mir verschlossen habe. »Ich habe Angst davor, was es in mir auslöst, wenn du in der Nähe bist. Wenn du mich ansiehst … und wenn du mich berührst.« Mit jedem Wort pocht mein Herz schneller, aber ich mache weiter. »Ich habe Angst davor, was passieren würde, wenn du mich küsst.«

Sekunden ticken vorbei und dehnen sich bis ins Unendliche

aus. Keiner von uns rührt sich. Chase sieht mich nur an, sein Blick brennt sich förmlich in mich hinein. Ich habe all das ausgesprochen, obwohl es mir eine riesige Angst einjagt. Und vielleicht ist das nun das Aufregendste, definitiv aber das Mutigste, was ich diesen Sommer bisher getan habe.

»Hailee …« Mit zwei großen Schritten ist er bei mir. Er streicht mit den Fingern über meine Wange, ganz leicht nur, dann nimmt er mein Gesicht behutsam zwischen seine Hände.

Ich weiche nicht zurück, sage ihm nicht, dass er aufhören soll. Weil ich das gar nicht will. Er soll nicht aufhören, sondern für immer so weitermachen. Ich habe keine Ahnung, was hier passiert, ob es richtig oder falsch ist, und gleichzeitig weiß ich es viel zu genau. Chase lehnt sich zu mir, kommt ganz langsam näher. Mein Herz rast. Mein Hals ist auf einmal ganz trocken, und in meinem Magen flattert es so heftig, dass ich zum ersten Mal begreife, warum immer von Schmetterlingen die Rede ist. Obwohl es bei mir eher ein Schwarm Vögel ist, der da drinnen ein heilloses Chaos veranstaltet. Spatzen vielleicht. Oder Möwen. Ich kann mich nicht entscheiden – und dann … dann kann ich gar nicht mehr denken.

Sein warmer Atem streift meinen Mund, sein Gesicht ist meinem ganz nahe. Ich kann seinen Duft deutlicher wahrnehmen als jemals zuvor, und ich spüre seinen warmen Körper an meinem. Die Spitzen seiner Haare kitzeln meine Finger, obwohl ich nicht einmal gemerkt habe, dass ich die Hände in seinen Nacken geschoben habe. Ich habe keine Kontrolle mehr über mein Handeln. Mein Denken. Meine Gefühle. Ich weiß nur noch, dass ich es will. Ich will, dass er mich küsst. Ich will herausfinden, wie sich seine Lippen auf meinen anfühlen, und ich will in diesen grünbraunen Augen versinken, bis sie alles sind, was ich noch wahrnehme.

Unbewusst stelle ich mich auf die Zehenspitzen, komme ihm entgegen, versuche die letzten Millimeter zwischen uns zunichtezumachen. Von irgendwoher höre ich Lärm, aber es ist egal, es ist unwichtig. Ich schließe die Augen und …

»Es regnet nicht.«

Stirnrunzelnd schlage ich die Augen wieder auf. Blinzle mehrmals. Chase verharrt über mir, küsst mich aber nicht.

»Wie bitte?«

Ganz langsam wandern seine Mundwinkel in die Höhe. »Es regnet nicht«, wiederholt er, als wäre es das Selbstverständlichste der Welt. »Du wolltest doch unbedingt im Regen geküsst werden. Also sollst du das auch bekommen.«

Was? Ich meine … *was*?! Ist das sein verdammter Ernst?

Ich kann ihn nur anstarren, weil ich zu geschockt, zu überrumpelt bin, um überhaupt irgendwie zu reagieren. Oder eine Entscheidung zu treffen. Wie etwa darüber, ob ich ihm für diese Unterbrechung einen kräftigen Schubs verpassen oder die Sache selbst in die Hand nehmen und ihn einfach küssen soll.

Doch bevor ich auch nur einen klaren Gedanken fassen kann, wird der Lärm um uns herum lauter. Auf einmal ist da Kindergeschrei. Rascheln. Lachen.

Chase und ich fahren auseinander. Eine Sekunde später preschen die beiden Mädchen, die wir am Anfang gesehen haben, durch die Maispflanzen, schieben sie einfach zur Seite und kommen von der Seite auf den Weg, auf dem wir gerade stehen. Kurz starren sie uns mit großen Augen an, dann rennen sie kichernd weiter. Nicht den Pfad entlang, sondern querfeldein, wieder mitten durch das Maisfeld.

Ich schaue ihnen nach, während mein Kopf und mein Herz noch zu begreifen versuchen, was hier gerade passiert ist. Oder vielmehr, was *nicht* passiert ist. Mein Puls rast noch immer, und es fällt mir schwer, einen klaren Gedanken zu fassen. Wärme breitet sich in meinen Wangen aus, als mein Kopf wieder und wieder dieselbe Szene vor meinem inneren Auge abspult. Chase und ich. Eng umschlungen. Gerade dabei, uns zu küssen.

Plötzlich spüre ich eine Hand an meiner und Finger, die sich mit meinen verschränken. Chase lächelt mich an, nicht wehmütig, nicht verärgert, sondern so lässig und selbstbewusst wie an jenem Tag im Café, als er immer wieder meinen Blick gesucht und festgehalten hat. Dieser Kerl …

»Du kannst von Glück reden, dass ich kein Wasser dabeihabe.« Mein Blick gleitet an ihm hinunter. »Oder kochend heißen Kaffee.«

Er lacht nur und zieht mich weiter.

Kapitel 17

Chase

Eine Stunde später erreichen wir ein Restaurant, das etwas außerhalb von Fairwood liegt. Es hat zwar etwas gedauert, bis wir es aus dem Maislabyrinth geschafft hatten, und wir sind wohl einige Male im Kreis gelaufen, aber irgendwie haben wir dann doch den richtigen Weg gefunden. Es gab keine Belohnung für die Sieger, keine Geschenke und keine Fanfaren, trotzdem befinde ich mich seit diesem Moment mit Hailee inmitten des Maisfelds auf einem Adrenalin-High, wie ich es ewig nicht mehr gespürt habe. Ich kann nicht aufhören zu lächeln. Man könnte meinen, dass mein Gesicht irgendwann wehtun würde, aber nein. Nicht mal die Quetschung an meiner Hand oder die aufgeschürfte Haut schmerzen noch. Hailee hat diese absolut verrückte, unglaubliche Wirkung auf mich. Und dabei habe ich sie noch nicht mal geküsst.

Was nicht heißt, dass ich es nicht tun wollte. Ich wollte es so sehr, dass es an ein Wunder grenzt, dass ich uns beide davon abhalten konnte. Aber Hailee ist so besonders, dass ich auch unseren ersten Kuss zu etwas Besonderem machen will. Und wenn ich höchstpersönlich dafür sorgen muss, dass das Wetter umschlägt und sie ihren Kuss im Regen bekommt.

Auf dem Parkplatz greife ich wie selbstverständlich nach Hailees Hand und verschränke unsere Finger miteinander. Sie wirft mir einen kurzen Blick zu und sieht dann schnell zur

Seite, aber ihre Wangen werden rot und ich muss mich davon abhalten, sie an mich zu ziehen. Ihre Hand fühlt sich so verdammt gut in meiner an. So selbstverständlich, aber gleichzeitig auch neu und aufregend. Es ist Jahre her, seit ich zuletzt mit jemandem Händchen gehalten habe. Und obwohl es mir nie gefehlt hat, weiß ich schon jetzt, dass ich dieses Gefühl, jetzt, mit Hailee, vermissen werde, wenn dieser Sommer zu Ende ist.

Eine Kellnerin führt uns an einen Tisch am Fenster. Das Diner ist gut besucht und scheint kein Geheimtipp mehr zu sein, obwohl es ein paar Meilen außerhalb von Fairwood liegt. Auf den ersten Blick entdecke ich Touristen, die sich in allen möglichen Sprachen miteinander unterhalten, ebenso wie einige Einheimische. Früher sind Mom und Dad nach einem Ausflug oft mit uns hergekommen, und wir durften alles bestellen, was wir wollten – vor allem, wenn Dad den Trip mit einem erfolgreichen Geschäftstermin verbinden konnte, also habe ich nur gute Erinnerungen an diesen Ort. Und jetzt, da ich mit Hailee hier bin, werden es noch mehr.

Nur widerwillig lasse ich ihre Hand los, als wir uns einander gegenüber an den Tisch setzen und nach den Karten greifen. Bevor ich auch nur Luft holen kann, um etwas zu sagen, ist die Kellnerin wieder bei uns und sieht uns erwartungsvoll an. Wir geben unsere Bestellung auf und bekommen prompt unsere Getränke – einen Milchshake für sie, eine Cola für mich –, dann kehrt wieder eine angenehme Stille ein.

»Geht's dir gut?«, necke ich sie. »Du bist ein bisschen rot im Gesicht. Fieber? Sonnenbrand?«

Sie tritt mich unterm Tisch, und ich lache laut auf, stöhne aber auch vor Schmerz. *Autsch!* Das ging direkt ins Schienbein. Aber vermutlich habe ich das verdient.

»Mir geht es ganz hervorragend«, behauptet sie mit funkelnden Augen und steht auf. »Entschuldige mich kurz.«

Ich sehe ihr lächelnd nach, dann lehne ich mich seufzend zurück. Dieser Nachmittag ist besser gelaufen, als ich erwartet habe, und jetzt ist es bereits Abend. Die Zeit rast, und ich will nicht, dass dieses Date zu Ende geht, so viel ist sicher.

Als Hailee nicht sofort zurückkehrt, ziehe ich ein paar Servietten heran, frage eine vorbeilaufende Kellnerin nach einem Stift und beginne zu zeichnen. Ich denke nicht darüber nach, der Stift bewegt sich wie von selbst über die raue Oberfläche. Früher habe ich ständig irgendetwas angemalt: Wände, Tische, Bücher. Eine Zeit lang habe ich sogar einen Zeichenblock mit mir herumgeschleppt, um Wartezeiten mit ein paar Kritzeleien zu überbrücken. Im Studium habe ich dann aber ziemlich schnell gemerkt, dass ich zwar ganz gut, aber nicht hervorragend bin. Und ich habe auch nie den Ehrgeiz entwickelt, etwas daran zu ändern. Auf Servietten herumzumalen entspannt mich – und vertreibt mir die Zeit.

»Was ist das?«

Ich sehe auf, als Hailee sich wieder mir gegenübersetzt, und lege den Stift zur Seite. »Ach, nur ein paar Kritzeleien.«

»Wie die neulich im Café?«, hakt sie nach und dreht den Kopf etwas, um die Zeichnungen besser betrachten zu können. Dabei wirkt sie so fasziniert, dass ich unwillkürlich die Luft anhalte und versuche, die Bilder mit ihren Augen zu sehen.

Sie zeigen nichts Besonderes. Eine comicartige kleine Figur im Alltag – beim Einkaufen, in der Schule, auf dem Fahrrad. Auf den anderen Servietten ist dieselbe Figur in einem anderen Outfit zu sehen – dunkler und gefährlicher – und vermöbelt ein paar fiese Typen.

»Chase, die sind richtig gut!«

»Sie sind okay.« Verlegen reibe ich mir über den Nacken.

Doch Hailee schüttelt vehement den Kopf. »Ich finde sie toll!« Und schon beginnt sie die Servietten hin und her zu schieben, als würde sie versuchen, sie in eine Reihenfolge zu bringen.

»Schau mal. So könnte das funktionieren.« Sie wirft mir einen fragenden Blick zu.

»Wow«, murmle ich. Jetzt beugen wir uns beide über den Tisch und sind einander wieder fast so nahe wie im Maisfeld. Ihr blumiger Duft umgibt mich, aber ausnahmsweise konzentriere ich mich nicht darauf, sondern auf das, was Hailee da geschaffen hat. »Das sieht nach einer richtigen Geschichte aus.«

Sie strahlt. »Danke. Ich bin ganz gut darin, mir Geschichten auszudenken.«

»Das solltest du als Schriftstellerin auch«, erwidere ich lächelnd und schnappe mir noch zwei Servietten. »Aber da fehlt noch etwas.« Mit schnellen Strichen kritzle ich weitere Bilder aufs Papier und ergänze die Story, die wir uns soeben zusammen ausgedacht haben.

»Was ist *das*?«, fragt Hailee lachend und deutet auf die neue Figur mit den riesigen Augen.

»Wovon redest du da? Das ist natürlich eine Ente.«

»Ja, aber was macht sie mitten in der Prügelei mit den bösen Typen?«

»Na, was wohl? Sie rettet dem Helden den Hintern.«

Ein, zwei Sekunden lang starrt Hailee mich nur an, dann bricht sie in schallendes Gelächter aus, und ich falle mit ein. Wir lachen so heftig, dass ihr die Tränen kommen und mir der Bauch wehtut.

Es ist wirklich unglaublich. Wie Hailee früher schüchtern und zurückhaltend sein konnte, ist mir ein Rätsel. Sie sprüht nur so vor Energie und Lebensfreude und stellt sich jeder Herausforderung, selbst wenn sie Angst davor hat oder es eine Menge Mut von ihr erfordert. Und dabei wirkt sie so unerschütterlich und geerdet, als könnte sie nichts von ihren Zielen abbringen. Und sie ist wunderschön. *Eigentlich nicht mein Typ*, hätte ich vor einer Woche vielleicht noch behauptet, aber jetzt könnte ich nicht sagen, was nicht anziehend an ihr wäre – die schönen braunen Augen, die Nase, die sie immer wieder krauszieht, die vollen Lippen, die langen Beine und die kleinen Sommersprossen in ihrem Gesicht … Ich könnte ewig so weitermachen, solange ich sie dabei einfach nur ansehen und mit ihr reden kann. Aber keine zwei Minuten später kommen die Burger und verlangen unsere ungeteilte Aufmerksamkeit.

In der nächsten halben Stunde tauchen noch mehr Gäste im Restaurant auf, und während es um uns herum lauter wird, bleibt es an unserem Tisch still. Was nicht bedeutet, dass keine Kommunikation stattfindet. Hailee beim Essen zuzusehen hat etwas seltsam Befriedigendes. Vielleicht, weil sie den Burger genauso sehr genießt wie ich und dabei immer wieder glücklich seufzt. Unweigerlich frage ich mich, ob sie dieselben Geräusche auch im Bett macht. Dieses leise Seufzen habe ich heute schon mal gehört, allerdings nicht dieses genießende Stöhnen …

Sie bemerkt meinen Blick und wird prompt wieder rot, als wüsste sie genau, in welche Richtung meine Gedanken gehen. Sie beißt sich auf die Unterlippe und tunkt ihre Pommes in den Schoko-Milchshake. Bei diesem Anblick verziehe ich unweigerlich das Gesicht. Wie Leute das tun und dann auch noch essen können, werde ich nie begreifen können. Aber Hailee grinst nur frech, tunkt die nächsten Pommes wieder in ihr Getränk und schiebt sie sich genüsslich in den Mund.

Ich kann gar nicht anders, als auf ihre Lippen zu starren. Und *Shit* … Jedes bisschen Blut in meinem Körper fließt Richtung Süden. Mit Hailee essen zu gehen war eine ganz miese Idee. So eng wie es gerade in meiner Hose wird, könnte man meinen, ich wäre wieder dreizehn und zum ersten Mal in meinem Leben verknallt.

Nur mit Mühe kann ich den Blick von ihr losreißen und mich auf das Essen konzentrieren. Hailee wird vor mir fertig. Sie hat nicht den ganzen Burger geschafft, auch wenn sie bis zum bitteren Ende damit gekämpft hat, aber die Dinger sind auch riesig. Jetzt sitzt sie entspannt da, ein zufriedenes Lächeln auf den Lippen, und lässt ihren Blick durch das Lokal wandern.

»Oh mein Gott.« Ruckartig setzt sie sich auf und greift nach meinem Arm. Mit dem Kopf deutet sie hektisch in eine Richtung. »Ich glaube, der Typ da drüben will seiner Freundin gleich einen Antrag machen!«

Ich folge ihrem Blick zu dem Kerl, der gerade einen schmalen Goldring betrachtet und ihn schnell zurück in seine Hosentasche stopft, als seine Begleitung – eine attraktive Brünette Ende zwanzig – an seinen Tisch zurückkehrt und sich neben ihn setzt. Zuerst glaube ich, dass Hailee recht hat, doch irgendwie kommt mir dieser Typ bekannt vor. Es dauert ein paar Sekunden, bis ich die Verbindung hergestellt habe.

»Nein«, murmle ich und trinke einen Schluck von meiner Cola, um den bitteren Geschmack in meinem Mund wegzuspülen. »Ich kenne den Kerl. Er arbeitet für meinen Vater. Und er will ihr definitiv *keinen* Antrag machen.«

Hailee starrt mich an. Ich kann praktisch sehen, wie es in ihrem Kopf arbeitet und sie die richtigen Schlüsse zieht. »Du meinst …? Nein! Oder …?«

»Oh doch.«

Wir schauen wieder hin, wo das Paar dicht aneinandergeschmiegt dasitzt, sie halb auf seinem Schoß, seine Hand besitzergreifend auf ihrem Oberschenkel. Er flüstert ihr etwas ins Ohr, das sie zum Lachen bringt. Auf Außenstehende wirken sie wie ein ganz normales, frisch verliebtes Paar. Und das sind sie auch. Nur dass der Drecksack verheiratet ist und seine Frau mit Sicherheit nichts hiervon ahnt.

»Hailee?« Ich trinke noch einen Schluck, dann reiße ich mich von dem Anblick los und wende mich ihr wieder ganz zu.

»Chase?«, fragt sie auf dieselbe Weise, nur dass sich eine gesunde Portion Skepsis in ihre Stimme mischt.

Ich kann nicht anders, als zu schmunzeln. »Hast du zwischenzeitlich irgendwelchen Leuten Getränke ins Gesicht geschüttet?«

»Nein, aber wir können das gerne nachholen«, kontert sie herausfordernd. Dann wandert ihr Blick von mir zu dem Paar und wieder zurück. Abwehrend schüttelt sie den Kopf. »Oh nein. Denk nicht mal dran! Das war eine durchgeknallte Idee für irgendwann mal.«

»Was hast du zu verlieren? Und der Kerl da hinten hat es eindeutig verdient.«

Sie schnappt hörbar nach Luft, dann lacht sie leise, aber es klingt auch ein bisschen verzweifelt. »Ich hasse dich hierfür! Nur damit du das weißt.«

Ich lächle zufrieden. »Oh, das weiß ich.« Ihre Augen weiten sich, als ich mich über den Tisch zu ihr lehne. Sofort umgibt mich ihr Duft, und ich muss mich erneut zusammenreißen, um meine Lippen nicht auf ihre zu pressen. *Kann es endlich mal anfangen zu regnen?* Stattdessen lehne ich mich zu ihrem Ohr. »Ich mache es wieder gut. Versprochen.«

Ein Schauer wandert durch ihren Körper, aber sie weicht nicht vor mir zurück. Nicht mehr. Stattdessen dreht sie den Kopf ein Stück zur Seite, sodass sich unsere Lippen viel zu nahe sind.

»Hat er es wirklich verdient?«, haucht sie.

Ich kann nicht anders, als ihren Gerechtigkeitssinn zu bewundern. Andere hätten gar nicht lange darüber nachgedacht, mich selbst eingeschlossen. Langsam nicke ich, auch wenn es mir schwerfällt, mich zu konzentrieren. »Seine Frau unterrichtet Englisch und Geschichte an der Grundschule. Phil ist in ihrer Klasse. Sie und ihr Mann haben zwei Kinder, sechs und acht. Lexi hat sie früher immer babygesittet.«

Hailee zögert noch einen Moment, als würde sie mit sich ringen, und nickt dann knapp. Entschlossenheit vertreibt jeden Zweifel aus ihrem Gesicht, als sie zu dem Pärchen hinüberschaut. Sie strafft die Schultern, atmet tief durch, dann schnappt sie sich ihr bisher kaum angerührtes Glas Wasser und marschiert los. Ich gebe derweil der Kellnerin das Zeichen dafür, dass wir zahlen wollen. Irgendetwas sagt mir, dass wir lieber schnell einen Abgang machen sollten.

Hailee geht an dem Paar vorbei, bleibt dann abrupt stehen und dreht sich um. Innerhalb von Sekunden steht sie neben ihrem Tisch und starrt den Drecksack aus weit aufgerissenen Augen an. Seine Freundin sitzt immer noch halb auf seinem Schoß, seine Hand liegt auf ihrem Bein.

»Echt jetzt? Die da?« Mit dem Finger deutet sie auf die fremde Frau. Mit jedem Wort wird ihre Stimme lauter, bis sich mehrere Leute zu ihr umdrehen und die Szene beobachten. »Wie konntest du mir das antun? Ich dachte, das mit uns wäre etwas Besonderes! Du dreckiger Schuft!« Damit schüttet sie ihm das Wasser ins Gesicht und stolziert hoch erhobenen Hauptes davon.

Ein Raunen geht durch die Menge. Seine Freundin schreit auf vor Schreck und löst sich sofort von ihm, doch ein paar Spritzer haben auch sie getroffen. Der Kerl selbst bleibt so reglos sitzen, als würde er die Welt nicht mehr verstehen.

Ich werfe ein paar Scheine auf den Tisch und stehe auf. Wenige Schritte später bin ich bei ihr und lotse Hailee mit einer Hand an ihrem Rücken aus dem Restaurant und auf den Parkplatz.

»Das war unglaublich!«, flüstere ich ihr zu.

»Oh Gooott!« Sie lacht, vergräbt aber auch das Gesicht in den Händen. »Was habe ich getan?«

Ich lege ihr den Arm um die Schulter. »Du hast einen verheirateten Mann davon abgehalten, seine Familie zu zerstören. Und eine junge Frau vor ziemlich viel Herzschmerz bewahrt.«

In diesem Moment geht die Tür zum Restaurant auf, und die junge Frau stapft heraus. Als sie uns entdeckt, verzieht sich ihr Gesicht zu einer bestürzten Grimasse. Hinter ihr taucht der Drecksack auf, der es doch tatsächlich wagt, ihr nachzulaufen und auf sie einzureden. Als er ihrem Blick folgt und uns bemerkt, verdüstert sich seine Miene. Oh-oh.

»Wir hauen besser ab.« Bevor er uns erreicht, steigen wir ein. Ich starte den Motor und lege den Rückwärtsgang ein. Die Reifen des Dodge quietschen auf. Sekunden später sind wir wieder auf der Straße, und das Restaurant wird im Rückspiegel immer kleiner. »Alles klar?« Ich sehe zu Hailee hinüber.

Die schüttelt den Kopf und prustet dann los. »Ich kann nicht fassen, dass ich das wirklich getan habe! Du hast einen schrecklichen Einfluss auf mich!«

»Ich weiß.« Grinsend greife ich nach ihrer Hand und verschränke unsere Finger miteinander. »Und vielleicht bin ich ein bisschen schadenfroh darüber, dass es ihn und nicht mich erwischt hat.«

»Keine Sorge, die Kaffeevariante will ich unbedingt noch ausprobieren.«

Ich lache verzweifelt auf. »Bitte nicht.«

Nichts würde mein Verlangen nach dieser Frau schneller abkühlen lassen, als wenn sie mir heißen Kaffee in den Schritt kippen würde.

Aber in diesem Moment kann ich ein erneutes Grinsen nicht unterdrücken. »Das da drinnen war großartig. Ich finde, wir haben ein Eis verdient.«

»Ein Eis?«

»Ja.« Gut gelaunt drücke ich ihre Hand und trete aufs Gas. »Lass uns Eis essen gehen.«

Hailee

Die Nacht ist klar und warm. Über uns funkeln Tausende Sterne am Himmel, während wir langsam die Main Street entlangschlendern und unser Eis aufessen. Dieser Tag war unglaublich. Ich habe so viel gelacht wie schon lange nicht mehr, aber vor allem habe ich mich wohlgefühlt. Ich fühle mich wohl in Chase' Gegenwart, auch wenn ich das anfangs nie für möglich gehalten hätte.

Vor dem Diner bleiben wir zögernd stehen. Ohne nachzudenken, mache ich einen Schritt auf ihn zu und schlinge die Arme um ihn. Dann stelle ich mich auf die Zehenspitzen und bringe meinen Mund nahe an sein Ohr.

»Danke«, flüstere ich.

Ein Schauer lässt ihn erzittern und springt auch auf mich über. Unbewusst halte ich die Luft an, löse mich aber nicht von ihm. Noch nicht.

Nach einem kurzen Zögern legt er die Arme um mich. Durch den dünnen Stoff meines Kleids kann ich seine Hände deutlich spüren und erwische mich dabei, wie ich mir wünsche, dass da gar kein Material wäre. Sachte zieht er mich etwas näher, bis nicht mal mehr ein Lufthauch zwischen uns Platz hat und ich fast den Bodenkontakt verliere.

»Wofür?«, wispert er zurück.

»Für alles.« Langsam lehne ich mich zurück und suche seinen Blick. »Das war ein unglaublich schönes Date.«

»Ja?« Seine Augen funkeln. »Lass mich raten. Der beste Part

war der, bei dem du diesem Kerl das Wasser ins Gesicht geschüttet hast.«

Ich gebe ihm einen Klaps gegen die Schulter, muss aber auch lachen. Wie kann jemand nur so frech sein?

»Total. Das war das beste Date, das ich je hatte.«

Ich weiß nicht, was ich als Reaktion darauf erwartet habe, aber sicher nicht, dass Chase den Kopf in den Nacken legt, zum wolkenlosen Himmel hinaufsieht und tief seufzt. »Immer noch kein Regen«, verkündet er schließlich und sieht mich leidend an.

Ich kann nicht anders, ich pruste los und vergrabe das Gesicht an seiner Schulter. »Du bist ein Idiot.«

»Oh, glaub mir, das weiß ich.« Ganz sanft streicht er über meine Wange und schiebt mir dann ein paar Strähnen hinters Ohr. »Lass uns das wiederholen.«

»Chase …« Diesmal bin ich diejenige, die seufzt. »Ich gehe weg …«

Eigentlich wäre ich das schon längst, wäre der Honda nicht liegen geblieben und würde einen neuen Motor brauchen. Dieses Date war nie geplant, und obwohl ich sehr viel Spaß hatte, glaube ich nicht, dass es klug wäre, es zu wiederholen.

»Ich doch auch«, erwidert er unverblümt. »In drei Wochen muss ich wieder ans College nach Boston, und du gehst zurück an deine Uni nach San Diego.«

Verwundert ziehe ich die Brauen hoch, widerspreche ihm aber nicht. »Und du willst trotzdem ein zweites Date?«

Er lächelt auf diese Weise, bei der sich eine kribbelnde Wärme in meinem Bauch ausbreitet. »Unbedingt.«

»Ich bleibe nur, bis mein Wagen repariert ist«, erinnere ich ihn zögernd.

»Ich weiß.« Er lehnt seine Stirn an meine. »Geh trotzdem noch mal mit mir aus …«

Gott, wie soll ich da Nein sagen? Wie soll ich Nein sagen, wenn ich genau das will? Ihn wiedersehen, Zeit mit ihm verbringen, mit ihm lachen, scherzen, mehr über ihn erfahren, ihn küssen …

Ich schlucke hart. »Das hier ist …«

»… nur für diesen Sommer. Ich weiß. Für mich ist das okay. Wenn es das auch für dich ist.« Chase sieht mich so durchdringend, so hoffnungsvoll an, dass ich für einen Moment vergesse zu atmen.

Es gibt unzählige Gründe, die dagegensprechen. Aber unter seinem intensiven Blick verschwindet jeder einzelne davon aus meinem Kopf, bis ich schließlich nicke. »Okay.«

Einem spontanen Impuls folgend stelle ich mich auf die Zehenspitzen und gebe ihm einen Kuss auf die Wange. Nicht auf den Mund, obwohl ich so gerne würde. Aber Chase und ich haben heute schon zwei Dinge geschafft, die ich unbedingt tun und erleben wollte. Ich bin mir sicher, dass wir das mit dem Regen auch noch hinkriegen. Selbst wenn nie von einem *ersten* Kuss im Regen die Rede war, doch anscheinend hat das seinen Ehrgeiz geweckt.

Seufzend sieht er von mir zum Diner und wieder zurück. Seine Hände ruhen noch immer an meiner Taille. »Sicher, dass du den Weg in dein Zimmer allein zurückfindest? Ich kann auch ganz Gentleman sein und dich bis zur Tür bringen. Oder ins Bett. Ich bin fantastisch im Zudecken.«

Lachend mache ich mich von ihm los, halte seine Hand aber noch einen Moment lang fest. »Gute Nacht, Chase.«

»Hey, Hailee?« Er zupft an meinen Fingern.

»Ja?«

»Und du bist doch in Fairwood geblieben. Noch ein paar Tage, und du willst nie mehr weg.«

Damit erinnert er mich an das, was er im Café zu mir gesagt hat. Dass die Menschen, die erst einmal dem Charme von Fairwood und seinen Bewohnern erliegen, entweder zurückkommen oder gar nicht erst wieder wegwollen. So ungerne ich es auch zugebe, aber zumindest im Moment sieht es so aus, als hätte er recht behalten.

Jetzt lächelt er und lässt meine Hand los. »Süße Träume.«

Er steht einfach nur da, die Hände in den Taschen seiner Jeans, und sieht mich an, während ich langsam, Schritt für Schritt, rückwärts Richtung Diner gehe.

Mein Herzschlag beschleunigt sich. Das Flattern in meiner Magengrube ist zurück. Und als sich unsere Blicke ein letztes Mal treffen, bevor ich mich endgültig umdrehe und reingehe, weiß ich ohne jeden Zweifel, dass ich in sehr, sehr großen Schwierigkeiten stecke.

Kapitel 18

Hailee

Samstagvormittag ist das Diner voll. Jeder Tisch ist besetzt, als hätte die ganze Stadt plötzlich beschlossen, hier frühstücken zu gehen. Ich nehme Bestellungen auf, schenke Kaffee ein, trage Tabletts voller Gläser, Teller, Tassen und Besteck hin und her und komme kaum dazu, einen klaren Gedanken zu fassen. Geschweige denn, an das gestrige Date mit Chase und daran, was wir beschlossen haben, zu denken. Es ist hektisch, laut und stressig. Doch auf seltsame Weise fühle ich mich noch immer wohl hier.

»Hailee!«, ruft Mr Kerridge von der Theke aus. Seine mürrische Miene ist mir mittlerweile genauso vertraut wie der schwarz-weiße Boden des Diners und die rot gepolsterten Bänke. Er ist jeden Tag entweder hier oder in *Lizzy's Cakes*, trinkt Kaffee und liest die Zeitung von Anfang bis Ende durch. Manchmal isst er auch etwas, aber niemals vor zehn Uhr.

Ich eile zu ihm hinüber und fülle seine Tasse auf.

»Danke«, brummt er und vergräbt die Nase wieder zwischen den bedruckten Blättern.

Ich gehe weiter und versuche in meinem Bereich alles im Blick zu behalten. Sind irgendwo Gläser und Tassen leer? Liest jemand die Karte und möchte etwas bestellen? Mittlerweile kann ich Einheimische und Touristen sogar ganz gut auseinanderhalten. Die Bewohner Fairwoods wissen genau, was sie essen und trinken möchten, wenn sie *Beth's Diner* betreten, während die Durchreisenden immer ein paar Minuten brauchen, um sich zu entscheiden.

»Guten Morgen, Hailee!« Jazmine Whittaker winkt mir gut gelaunt zu. Sie ist Lexis Mutter und sitzt mit ihrer Schwiegertochter Mary Ann an einem Tisch. Ich habe die zwei vor ein paar Tagen in der Buchhandlung auf der Main Street kennengelernt, und wir haben uns fast eine Stunde lang nur über Bücher unterhalten.

Lächelnd gehe ich zu den beiden hinüber, Block und Stift in der Hand, obwohl ich genau weiß, was sie haben möchten. »Dasselbe wie immer?«

»Und bitte noch einen Kaffee für mich«, wirft Mary Ann mit einem kaum unterdrückten Gähnen ein. »Tut mir leid. Shura hat uns fast die ganze Nacht wach gehalten.«

»Wie geht es ihm?«, hake ich nach und schenke ihr Kaffee ein.

»Ganz gut.« Mary Ann nippt an ihrer Tasse. »Manchmal müssen Babys wohl einfach schreien.«

Jazmine lacht. Sie hat eine tiefe, angenehme Stimme. Jetzt weiß ich auch, woher Lexi ihre tolle Singstimme hat. »Ach, den Teil vermisse ich nicht. Aber ich nehme ihn dir morgen gerne für eine Weile ab.«

Ich überlasse die beiden ihrem Gespräch und mache mich wieder an die Arbeit. Drei Generationen der Familie Galloway sitzen an mehreren Tischen und frühstücken zusammen. Die frisch verheirateten Sue und Henry Bowden halten Händchen und haben die Außenwelt völlig ausgeblendet. Die Jungs von der Baustelle zwei Straßen weiter bedanken sich für den Coffee-to-go, den ich abkassiere, und Dr. Bryan, der hiesige Tierarzt, frühstückt zusammen mit Dr. Martinez, der Hausärztin. Obwohl ich bei keinem von ihnen je war, begrüßen sie mich herzlich und plaudern mit mir, als würde ich dazugehören, als wäre ich ein Teil dieser Stadt, ehe sie ihre Bestellungen aufgeben.

Erst gegen elf Uhr wird es etwas ruhiger im Diner. Die meisten Frühstücksgäste sind bereits gegangen, und die Leute, die fürs Mittagessen kommen, sind noch nicht eingetroffen.

»Hier.« Beth stellt mir einen Teller voll mit Rührei, Toast, Käse und etwas Obst hin und deutet auf einen freien Tisch gleich neben der Küche. »Du hast den ganzen Tag noch nichts gegessen. Fehlt mir gerade noch, dass du nach getaner Arbeit einfach umkippst.«

Ich werfe ihr ein dankbares Lächeln zu und steuere den Tisch an. Aber erst als ich mich auf die gepolsterte Bank fallen lasse und zurücklehne, merke ich, wie erledigt ich bin. Mein Kopf schwirrt, und meine Füße tun weh, obwohl ich meine bequemsten Schuhe trage.

Nach dem ganzen Wirbel heute Morgen ist es seltsam, allein in einer Ecke zu sitzen und zu essen, während es um mich herum auf einmal so viel ruhiger ist als noch wenige Minuten zuvor. Ich schiebe mir gerade den letzten Bissen Rührei in den Mund, als jemand neben meinem Tisch stehen bleibt.

»Hey, Hailee.«

Überrascht hebe ich den Kopf und sehe direkt in Erics Gesicht.

»Hast du einen Moment?« Er deutet auf die freie Bank mir gegenüber.

Ich schlucke und nicke. »Ähm … sicher.«

Auch wenn ich keine Ahnung habe, was Eric von mir wollen könnte. Wir haben uns bisher nur zweimal kurz miteinander unterhalten, und im Grunde weiß ich kaum etwas über ihn – und möchte auch nicht unbedingt, dass er mit seinen Fragen mehr über mich erfährt.

»Ich war vorhin schon mal da, aber da warst du zu beschäftigt«, gesteht er und knetet seine Finger auf eine Weise, die mir nur zu bekannt vorkommt. Als er meinen Blick bemerkt, hört er sofort damit auf und zieht entschuldigend die Mundwinkel hoch. »Sorry. Blöde Angewohnheit.«

Ich schüttle den Kopf. »Ich mache das auch manchmal. Also … wenn ich nervös bin oder so …«

Aber welchen Grund hätte Eric bitte, um nervös zu sein? Oder hat er sich nur zu mir gesetzt, um die Zeit totzuschlagen? Vielleicht hat er gleich ein wichtiges Treffen, oder ihm steht ein schwieriges Gespräch bevor. Was es auch ist, es gibt mir die Möglichkeit, etwas von meiner eigenen Anspannung loszuwerden.

»Möchtest du einen Kaffee?«, frage ich und deute Richtung Küche.

»Nein, ich bin nur kurz hier.« Er hält inne, mustert mich aus dunklen Augen und atmet tief durch. Dann holt er einen kleinen, rechteckigen Gegenstand aus seiner Tasche und legt ihn auf den Tisch.

Ich runzle die Stirn. »Was ist das?«

»Ein USB-Stick. Mit Jespers Manuskript.«

»Ich … *was?*«

Alles in mir versteift sich. Ich starre Eric an, dann den USB-Stick, dann wieder Eric, ohne zu begreifen, was das hier soll. Meint er das ernst? Oder ist das ein grausamer Scherz? Und selbst wenn es die Wahrheit ist, warum gibt er mir den Stick dann überhaupt? Warum jetzt?

»Weißt du, Jesper und ich waren nie so gute Freunde wie er und Chase oder Clay. Ich war eher unfreiwillig ein paarmal bei ihm zu Hause, weil meine Mom schon seit Jahren seine Pflegekraft war und ihm und seinen Eltern unter die Arme gegriffen hat. Wenn sie mich zufällig vorher vom Sport oder aus der

Bibliothek abgeholt hat, bin ich mitgekommen. Das letzte Mal war zwei Tage vor seinem Tod.« Er hält kurz inne und blickt zur Seite, als müsste er sich sammeln, dann sieht er mich wieder direkt an. »Jesper hatte gerade diese Geschichte fertig geschrieben. Er wollte nicht, dass irgendjemand sie zu sehen bekommt. Nicht vor dir, und er wollte sie unbedingt selbst noch mal komplett lesen, bevor du sie sehen würdest. Damals habe ich nicht ganz kapiert, warum es ihm so wichtig war, aber das musste ich auch nicht. Er hat sie auf diesen Stick gepackt und mir gegeben. Inzwischen glaube ich, er wusste, dass ihm nicht mehr viel Zeit bleibt. Er wusste es und wollte, dass sein Manuskript in Sicherheit ist.«

Mein Herz setzt einen Schlag lang aus und pocht dann umso schmerzhafter weiter.

»Wie kann er gewusst haben, dass ich herkomme?«, bringe ich leise hervor.

»Ich glaube nicht, dass er das wusste, und um ehrlich zu sein, dachte ich, dass er dir die Datei bereits geschickt hat. Aber dann meinte Clay neulich, dass du auf Jespers Laptop nach etwas suchst.« Er zuckt mit den Schultern. »Jesper hat es mir anvertraut, damit ich es für ihn aufbewahre. Vor ein paar Tagen meintest du, du hättest Jesper ein Versprechen gegeben. Das habe ich auch.«

Deswegen hat Jesper es mir nie selbst geschickt. Deshalb konnte ich das Manuskript nicht finden. Er ist nicht mehr dazu gekommen, es selbst noch mal zu lesen. Er hat es nie ausgedruckt und muss es irgendwann, nachdem er es auf den Stick überspielt hatte, von seinem Laptop gelöscht haben – vielleicht versehentlich, oder auch, damit es wirklich niemand gegen seinen Willen finden und lesen kann. Aber er hat es Eric anvertraut, und ich begreife noch immer nicht, wieso. Warum ihm?

»Ich habe es dir nicht sofort gegeben, weil ich erst herausfinden wollte, ob du die Wahrheit sagst«, gesteht Eric nach einem Moment. »Ich weiß, wie viel es Jesper bedeutet hat, also musste ich sichergehen, dass du die bist, für die er dich hält.«

»Du meinst, ob ich vertrauenswürdig genug bin?«

Ein schiefes Lächeln. »Das auch.«

»Was hat dich überzeugt?«

»Die Art, wie du im Café über ihn gesprochen hast. Wie verzweifelt du warst, weil du dein Versprechen nicht einhalten konntest. Wie viel dir daran und an Jesper liegt.« Mit diesen Worten schiebt er mir den schwarzen Stick zu.

»Warum?« Ich halte ihn auf, bevor er aufstehen kann. »Warum hat er es ausgerechnet dir gegeben?«

»Vielleicht war ich der Einzige, der gerade da war und von dem er wusste, dass er nicht in dem Dokument herumschnüffeln würde.« Eric schnaubt leise. »Weißt du, heute weiß jeder, dass ich mit Clay zusammen bin, aber das war nicht immer so. Es hat lange gedauert, bis ich mich getraut habe, das offen zu zeigen. Jesper war der Erste, der mitbekommen hat, dass ich schwul bin. Und weißt du, was er getan hat? Er hat mir einfach nur zugenickt und *Cool* gesagt. Er hat kein großes Ding daraus gemacht, und die Sache war abgehakt. Er hat niemandem etwas davon erzählt, bis ich selbst dazu bereit war, mich zu outen. In all den Jahren hat Jesper mein Geheimnis bewahrt. Ich war es ihm schuldig, dasselbe für ihn zu tun.«

Das klingt ganz nach dem Jungen, den ich gekannt habe. Hastig blinzle ich die aufsteigenden Tränen weg.

»Danke«, flüstere ich. »Danke, dass du mir seine Geschichte gebracht hast. Und danke, dass du mir das anvertraut hast.«

Er nickt lächelnd und steht auf. »Pass auf dich auf, Hailee.«

Und dann ist er verschwunden.

Gleich nach meiner Schicht laufe ich die Stufen hinauf und setze mich noch in der Arbeitskleidung mit dem Laptop aufs Bett. Ich halte den Stick in der Hand – und zögere. Seit mich diese Textnachricht von Jespers Eltern erreicht hat, in der sie geschrieben haben, dass ihr Sohn gestorben ist und Datum, Ort und Uhrzeit der Beerdigung genannt haben, wusste ich, dass ich einen Weg finden muss, ihm seinen letzten Wunsch zu erfüllen. Es hat Monate gedauert, aber jetzt sitze ich hier, in diesem Zimmer über einem Diner mitten in Jespers Heimatstadt und bin dabei, mein Versprechen einzulösen. Und obwohl ich weiß, wie wichtig es ihm war, zögere ich.

Von unten sind Geräusche zu hören: gedämpfte Musik und Stimmen, das Klappern von Geschirr. Draußen auf der Main Street fahren Autos vorbei. Doch ganz gleich, wie heimisch ich mich hier fühle und wie viele Menschen gerade in der Nähe sind – im Grunde bin ich ganz allein. Früher wusste ich nicht einmal, was das bedeutet, weil Katie und ich alles zusammen gemacht haben. Aber in den letzten Monaten ist mir diese Empfindung viel zu vertraut geworden. Jetzt legt sie sich schwer auf meine Brust und schnürt mir die Kehle zu. Ich hole tief Luft und unterdrücke den Impuls, nach meinem Handy zu greifen, um Katie eine neue Sprachnachricht zu schicken oder Chase zu texten. Stattdessen richte ich meine ganze Aufmerksamkeit auf meinen Laptop, der vor mir auf der Bettdecke liegt.

Alles, was ich tun muss, ist, ihn einzuschalten, mit dem USB-Stick zu verbinden und das Dokument zu öffnen. Es klingt so simpel, aber es erscheint mir schwieriger als alles, was ich in diesem Sommer getan habe. Denn wenn ich Jespers Geschichte erst einmal gelesen habe, ist es wirklich vorbei. Dann ist er wirklich fort.

Sei mutig, Hailee!

Ich hole tief Luft, dann klappe ich den Laptop auf, schalte

ihn ein und schiebe den Stick in den richtigen Schlitz. Mein Herz hämmert, und mir ist ein kleines bisschen übel, als ich die einzige Datei darauf sehe und sie anklicke: *Der Junge, der auszog, um die Welt zu retten*. Der Laptop gibt ein leises Brummen von sich, und die Lüftung ist deutlich zu hören, als das vierhundertseitige Dokument geöffnet wird.

Da ist es. Jespers Manuskript. Die Geschichte, an der er schon gearbeitet hat, als ich ihn kennengelernt habe. Die Geschichte, die er unbedingt erzählen wollte, bevor er es nicht mehr konnte.

Ein Buch ist nicht bloß ein Buch, Hails. Es ist die Chance, etwas von sich selbst in dieser Welt zu hinterlassen, wenn man eines Tages nicht mehr da ist.

Seine Worte schießen mir durch den Kopf und treiben mir die Tränen in die Augen. Er wusste, dass er nicht mehr lange da sein würde. Deshalb war es ihm so wichtig, das hier zu schreiben. Und auch wenn ich nichts von den Umständen seines Todes wusste, war es mir genau wegen dieser Worte so wichtig, herauszufinden, ob er es geschafft hatte – und seine Geschichte für ihn zu lesen.

»Ich wünschte, du wärst jetzt hier.« Meine Lippen formen die Worte, auch wenn ich keinen Ton hervorbringe. »Du glaubst gar nicht, wie sehr ich mir wünsche, dass du jetzt neben mir sitzen und mir deine Geschichte selbst vorlesen würdest, Jesper.«

Aber er ist nicht hier, und es liegt an mir, dafür zu sorgen, dass dieser Teil meines besten Freundes tatsächlich zurückbleibt, auch wenn er selbst nicht mehr da ist. Also scrolle ich hinunter, am Deckblatt vorbei, bis zur Widmung.

Für Charlotte

Oh Gott. Weiß sie davon? Ahnt sie auch nur, dass Jesper ihr diese Geschichte gewidmet hat? Die Schrift verschwimmt schon jetzt vor meinen Augen. Ich blinzle hektisch, schlucke den Kloß in meiner Kehle hinunter, scrolle weiter und beginne zu lesen.

Die Geschichte handelt von einem kleinen Jungen, der Tag für Tag das ganze Leid auf der Welt mit ansehen muss. Er muss manchmal hungrig ins Bett, aber seinen Freunden geht es noch schlechter. Manche haben keine Eltern mehr, andere nur noch Kleidung mit Löchern und Rissen. Er sieht, wie sie krank werden und kann nichts tun. Er sieht, wie seine Eltern kaum noch genug Geld haben und sie ihr Zuhause zu verlieren drohen. Er sieht andere Menschen, Menschen, die vor viel Schlimmerem fliehen und nach Schutz und Wärme suchen. Er sieht so viel Leid, dass ihm das Herz wehtut. Bis er eines Tages beschließt, die Dinge selbst in die Hand zu nehmen. Er geht zu seinen Eltern und verkündet ihnen, dass er losziehen wird, um die Welt zu retten. Sie sollen nur warten, bis er zurückkommt, dann wird er alles in Ordnung bringen. Und so packt der kleine Junge seinen Beutel, verabschiedet sich von seinen Eltern, seinen Brüdern und Schwestern und seinen Freunden. Dann zieht er in die Welt hinaus.

Ich lese und lese und lese und bewege mich nur einmal kurz, um auf Toilette zu gehen. Selbst als meine Beine einschlafen und mein Magen zu knurren beginnt, lese ich weiter. Ich verändere meine Position, stopfe mir das Kissen in den Rücken, ziehe den Laptop höher auf meinen Schoß und inhaliere jedes einzelne Wort, das Jesper geschrieben und an dem er gefeilt hat, seit er mir die ersten Auszüge aus diesem Manuskript geschickt hat. Einerseits will ich unbedingt wissen, wie es weitergeht und ob der Junge schafft, was er sich vorgenommen hat. Andererseits möchte ich aber auch nicht, dass es endet. Denn während ich lese, ist es beinahe so, als wäre Jesper hier. Als würde er in diesem Moment hier neben mir sitzen. Doch wenn ich zum Ende komme, muss ich Abschied nehmen. Abschied von dieser abenteuerlichen, nachdenklichen, fantastischen Geschichte – und von meinem besten Freund.

Auf seiner Reise erlebt der kleine Junge Abenteuer, lernt neue Menschen und fremde Kulturen kennen. Er kämpft so hart, muss jedoch irgendwann einsehen, dass er nicht alle retten kann. Ganz egal, wie stark sein Wille und wie groß sein Herz ist. Und der Junge, der auszog, um die Welt zu retten, hat am Ende nur einen einzigen Menschen gerettet: sich selbst. Doch er hat auch etwas sehr Wichtiges gelernt. Denn wenn jeder Einzelne damit anfangen würde, sich so zu verhalten, wie er die Welt sehen möchte – freundlich und hilfsbereit und stark –, dann könnten wir alle die Welt retten. Jeder für sich und alle zusammen.

Ich kann nicht anders, als zu seufzen, zu lachen und ein bisschen zu weinen. Dieser Mistkerl. Dieses Manuskript ist so verdammt gut geworden, so schön, so bewegend. Am liebsten würde ich es sofort Charlotte in die Hand drücken und sie zwingen, Emiko wegzulegen, um das hier zu lesen, weil es so viel besser ist.

Wieder und wieder lese ich die letzten Zeilen und sauge jedes Wort in mich auf, weil ich nicht Abschied nehmen will. Nicht von den Charakteren aus diesem Buch und nicht von Jesper. Vor allem nicht von ihm.

In der Hoffnung auf ein weiteres Kapitel, einen Epilog, auf irgendetwas, scrolle ich weiter. Die nächste Seite ist weiß. Die darauffolgende ebenfalls. Aber warum geht das Dokument dann noch weiter? Was hat Jesper damit angestellt? Als plötzlich mein Name auftaucht, zucke ich zusammen und reiße die Hand zurück, als hätte ich mich am Touchpad verbrannt.

Da steht mein Name. Eindeutig.

Oh Gott … Ich will das nicht sehen. Ich weiß genau, dass ich nicht wissen will, was er mir da hinterlassen hat, aber ich kann es auch nicht ignorieren. Nicht, nachdem ich gesehen habe, dass da noch etwas ist. Ich kann einfach nicht.

Wenn du das hier eines Tages liest, Hails …

Ich schiebe den Laptop von mir, drehe den Kopf zur Seite, verschließe im wahrsten Sinne des Wortes die Augen davor. Mein Herz hämmert schmerzhaft schnell hinter meinen Rippen. Meine Handflächen sind feucht. Mein Magen zieht sich zusammen. Jesper hat nicht nur diese Geschichte fertig geschrieben, sondern auch an mich gedacht. Mehr noch. Er ist fest davon ausgegangen, dass ich dieses Manuskript finden und lesen werde. Wie konnte er so sicher sein? Wie konnte er so viel Vertrauen in mich setzen?

Ich atme tief ein und bewusst langsam aus, dann zwinge ich mich dazu, das Notebook wieder heranzuziehen.

Wenn du das hier eines Tages liest, Hails, dann weiß ich, dass mein Manuskript in den richtigen Händen gelandet ist. Du hast es gelesen, und ich hoffe so sehr, dass es dir gefallen hat und dieser Teil von mir jetzt ein Teil deines Lebens und deiner Erinnerungen ist. Denn das ist das Einzige, was ich dir geben kann.

Alles tut weh. Selbst das Denken fällt schwer. Ich habe mich noch nie so gefühlt wie jetzt, und ich weiß, was es bedeutet, ganz egal, was Mom, Dad und meine Pflegerin Margaret behaupten. Ich weiß, dass es zu Ende geht.

Du glaubst gar nicht, wie oft ich davor war, dir alles zu erzählen … dir die Wahrheit zu sagen, aber … Weißt du, es gibt so viele Leute in meinem Leben, die mich nur so kennen. Die nur den armen kranken Jungen kennen. Ich wollte eine einzige Freundin – wenigstens eine Person – haben, die den Menschen in mir sieht und nicht die Krankheit. Aber wenn du das hier liest, habe ich es ganz schön verkackt, was? Denn jetzt weißt du Bescheid.

Tut mir leid, dass du es auf diese Weise erfahren musstest. Du glaubst gar nicht, wie sehr ich hoffe, dass du mir nicht böse bist. Und wie viele Dinge mir gerade einfallen, die ich bereue.

Tut mir leid, dass ich nie ganz ehrlich mit dir sein konnte, dabei verdanke ich dir so viel.

Tut mir leid, dass ich dir nicht mehr auf deine letzten Nachrichten antworten konnte. Denn ich weiß, dass welche kamen.

Tut mir leid, dass ich dir ausgeredet habe, Emiko im ersten Kapitel an das Süßigkeitenregal zu lassen. Vielleicht war die Idee doch nicht so übel.

Ich lache laut auf, auch wenn es mehr wie ein Schluchzen klingt, weil ich mich noch so genau an diese Diskussion erinnern kann. Ich wollte meiner Protagonistin etwas Gutes tun, bevor ich sie durch die geheimnisvolle Tür schicke, um ihren kleinen Bruder zu finden und gegen Monster zu kämpfen. Bonbons und Schokolade waren meine Lösung, aber Jesper fand das irgendwie doof. Eine halbe Nacht lang haben wir das Für und Wider abgewogen, bis er mich schließlich davon überzeugt hat, diesen Abschnitt zu streichen. Ich hätte nie gedacht, dass er sich noch daran erinnert. Oder dass dieser Sturkopf zugeben würde, dass es doch eine gute Idee war.

Tut mir leid, dass ich dich bei unserem letzten Online-Duell in Warrior Siege besiegt habe. Du hattest recht, ich hab geschummelt und diesen Bug ausgenutzt.
Tut mir leid, dass wir uns nicht treffen können. Ich wusste immer, dass es nie passieren wird, aber es war zu schön, für eine Weile so zu tun, als wäre ich ein ganz normaler Junge. Als stünde uns beiden die ganze Welt offen.
Tut mir leid, dass ich Emikos Geschichte doch nicht mehr für dich lesen kann, wenn du damit fertig bist. Ich bin sicher, dass sie wundervoll wird und ich noch jede Menge zu kritisieren gefunden hätte.
Tut mir leid, dass ich mich so oft über die lächerlichsten Dinge aufgeregt habe.
Tut mir leid, dass ich nicht bleiben kann.

Heiße Tränen laufen mir über die Wangen. Ich kann nicht mehr. Jedes Wort tut weh. Jede Zeile brennt sich in mich hinein. Aber ich kann auch nicht aufhören zu lesen. Nicht einmal, als ich auf der allerletzten Seite ankomme.

Aber auch wenn ich bald nicht mehr da sein werde, sollst du wissen, dass ich immer bei dir bin, Hails. Ich bin an deiner Seite. Und eines Tages, irgendwann, irgendwo, werden wir uns wiedersehen, davon bin ich fest überzeugt.

Jesper

Ich weine. Ich weine so viel und so lange wie seit Ewigkeiten nicht mehr. Ich weine, bis ich mich völlig leer und taub fühle, aber irgendwie auch … etwas leichter. Jesper hat es geschafft. Trotz allem hat er seine Geschichte zu Ende geschrieben und damit ein Stück von sich selbst in dieser Welt zurückgelassen.

Er hat seine Gefühle, seine Seele in dieses Manuskript gesteckt und sie für uns hinterlassen.

Und er hat an mich gedacht. Als ich befürchtet habe, meinen besten Freund zu verlieren, weil er auf keine meiner Nachrichten mehr reagiert, hat er noch immer an mich gedacht und diesen Brief geschrieben.

Ich habe nicht die geringste Ahnung, ob mich das Wissen darum zum Lächeln bringt oder mich noch mehr zerstört. Ich weiß nur, dass ich froh darüber bin, seine Geschichte gefunden und gelesen zu haben. Und so froh, dass ich überhaupt hierhergekommen bin.

Kapitel 19

Chase

Es ist früher Abend, als ich Hailee vor dem Diner abhole. Bis eben war ich noch zu Hause, habe mit Phil gezockt und bin mit Dad die Berichte durchgegangen, die ich zur Baustelle in Richmond geschrieben habe. Mein Kopf dröhnt, meine Hand ist immer noch etwas blau, tut aber kaum noch weh, und alles in allem bin ich froh, nicht mehr daheim, sondern wieder unterwegs zu sein. Aber vor allem bin ich froh, Hailee wiederzusehen.

»Hallo«, begrüße ich sie lächelnd.

Sie überrascht mich, indem sie mir um den Hals fällt. Aber statt sich sofort von mir zu lösen, hält sie mich ganz fest, und ich ziehe sie instinktiv noch etwas näher.

»Hey, was ist los?«, frage ich leise. Es ist mir scheißegal, dass wir mitten auf dem Gehweg stehen und die vorbeilaufenden Leute uns neugierige Blicke zuwerfen.

Sie antwortet nicht darauf, sondern klammert sich nur noch fester an mich. Behutsam streiche ich ihr über den Rücken. »Willst du darüber reden?«

»Nein.« Sie lehnt sich zurück, gerade so weit, dass ich ihr wieder ins Gesicht sehen kann. »Nicht jetzt. Später, okay? Ich … Das hab ich nur gerade gebraucht.«

Ich lächle. »Jederzeit.«

Oder zumindest solange wir beide in der Stadt sind. Das ist

der Deal. Und ich denke, ich kann gut damit leben. Nach der Sache mit Mia ist mir klar geworden, dass ich kein Typ für eine Fernbeziehung bin. Aber deshalb auf die wenige Zeit mit Hailee verzichten? Keine Chance.

Hailee streckt mir die Zunge heraus. Was auch immer sie dazu gebracht hat, sich so in meine Arme zu werfen, sie scheint es zumindest für den Moment vergessen zu haben. Oder erfolgreich beiseitegeschoben. »So selbstlos. Okay, was ist der Plan für heute?«

Ich greife nach ihrer Hand, und wir setzen uns langsam in Bewegung. »Das wollte ich dir überlassen. Gibt es etwas, das du unbedingt tun oder sehen willst?«

Sie überlegt einen Moment. »Ist es schon zu spät, um noch rauszufahren? Ich würde gerne irgendwohin, wo keine Menschen sind und man seine eigenen Gedanken hören kann.«

Auf dem Parkplatz und bei meinem Dodge angekommen, lasse ich ihre Hand los und werfe ihr stattdessen einen amüsierten Seitenblick zu. »Keine anderen Menschen, huh? Ist das deine Art, mir zu sagen, dass du gerne mit mir allein sein willst?«

Kaum eingestiegen, haut sie mir spielerisch auf den Arm. »In deinen Träumen vielleicht.«

Ich kann mir mein Grinsen kaum verkneifen, als ich den Motor starte und wir den Parkplatz verlassen. Unterwegs holen wir uns Sandwiches, Kaffee und einen schönen kühlen Eistee zum Mitnehmen. Dann lassen wir die Stadt hinter uns und fahren den Skyline Drive entlang. Rechts und links rauscht die Landschaft an uns vorbei, und ich überlege, wo wir am besten hinfahren könnten. Es ist ein Samstag Ende August. An den großen Seen wird es selbst abends noch voller Leute sein – Einheimische und Touristen gleichermaßen –, die nach Abkühlung suchen. Aber ich wäre nicht hier aufgewachsen, wenn ich nicht ein paar versteckte kleine Ecken kennen würde, wo man seine Ruhe haben kann.

Nach einem weiteren Blick in Hailees Richtung nutze ich die nächste Gelegenheit, um zu wenden. Wenige Minuten später biege ich von der gepflasterten Straße auf einen unebenen Pfad ab, der uns mit jedem Meter durchschüttelt. Kies spritzt auf und prasselt gegen die Karosserie. Einzelne Sonnenstrahlen schieben sich zwischen den dichten Baumstämmen hindurch und erleuchten den Weg vor uns. Ich habe keine Ahnung, wie spät es inzwischen ist, aber mein Magen meldet sich mit einem leisen Grummeln. Zum Glück tut sich gleich darauf eine kleine Lichtung vor uns auf. Ich parke den Wagen und schalte den Motor aus.

Schlagartig breitet sich Stille aus. Stille, die nur von Hailees Magenknurren unterbrochen wird. Sie presst die Lippen aufeinander. Ihre Wangen färben sich rot.

Amüsiert beuge ich mich zu ihr hinüber und bringe meinen Mund ganz nahe an ihr Ohr. »Du kannst dich gleich auf die Sandwiches stürzen«, verspreche ich und löse ihren Sicherheitsgurt mit einem leisen Klicken.

Sie dreht den Kopf nicht wie erhofft zu mir, aber ihre Mundwinkel wandern Stück für Stück nach oben, und das genügt mir als Reaktion.

Wir steigen aus, und während sie den See vor uns bewundert, hole ich die Papiertüten und Getränke von der Rückbank sowie die Decke, die ich immer im Kofferraum dabeihabe. Genauso wie einen riesigen Erste-Hilfe-Kasten und ein paar Spiele. Wenn man den Sommer zu Hause und mit seinem kleinen Bruder verbringt, lernt man schnell, welche Dinge wichtig sind.

Hailee mustert mich kurz von oben bis unten, dann nimmt sie mir die Decke ab. »Du hast wirklich an alles gedacht.«

»Nicht alles«, gestehe ich. »Wir haben das Dessert vergessen.«

Sie fängt an zu kichern, unterdrückt den Laut aber ganz schnell wieder.

Ich stoße sie mit dem Ellbogen an, während wir zum Ufer hinübergehen. »Was war das?«

»Was war was?«, fragt sie in aller Unschuld und breitet die Decke im Gras aus.

»Du hast gekichert.«

»Gar nicht.«

»Oh doch.« Grinsend lege ich das ganze Zeug ab. »Und es war ziemlich süß.«

»Das musst du dir eingebildet haben.«

Von wegen.

»Soll ich es dir beweisen?« Bevor sie vor mir zurückweichen kann, gehe ich vor ihr in die Hocke, schlinge die Arme um ihre Beine und werfe sie mir über die Schulter.

»Oh mein Gott!« Sie quietscht, und dann ist da wieder dasselbe niedliche Geräusch wie vorhin. »Lass mich runter, Chase! Wehe, du wirfst mich in den See!«

Keine schlechte Idee. Ich gehe auf das dunkelblaue Wasser zu, und Hailee beginnt zu strampeln. Sie windet sich lachend und hämmert mit den Fäusten gegen meinen Rücken, bis ich mich erbarme und sie absetze. Wenige Zentimeter vom Ufer entfernt. Sie strauchelt bei der plötzlichen Bewegung, und ich halte sie automatisch fest, damit sie nicht reinfällt. Dann dreht sie sich in meinen Armen um.

»Wow«, haucht sie und lehnt sich wie selbstverständlich an mich. »Das ist wunderschön!«

Vor uns breitet sich ein See aus, dessen Namen ich schon wieder vergessen habe, weil ich bisher nur ganze zweimal hier war, und das ist schon ein paar Jahre her. Dass ich überhaupt den Weg hierher gefunden habe, grenzt schon an ein Wunder. Der See ist nicht besonders groß und an allen Seiten von Bäumen umgeben, abgesehen von dieser kleinen, versteckten Lichtung, die kaum jemand kennt. In seiner Mitte ragen mehrere dunkle Felsen auf. Zu steil, um darauf herumzuklettern – was nicht heißt, dass es nicht trotzdem immer mal ein paar besonders tollkühne Idioten versuchen. Früher habe ich neben der Schule und in den Ferien bei der Freiwilligen Feuerwehr in Fairwood als Rettungssanitäter gearbeitet. Nicht ganz legal, da Minderjährige eigentlich nicht mithelfen dürfen, aber der Chief ist ein guter Freund meiner Familie und hat mir einiges beigebracht. Die einzigen beiden Male, die es mich an diesen See verschlagen hat, war wegen zwei Notrufen, weil irgendwelche Kids sich bei ihren Kletterabenteuern etwas verstaucht oder gebrochen hatten. Trotzdem ist mir schon damals aufgefallen, wie schön ruhig der See ist und wie perfekt diese kleine Lichtung ist. Auch wenn es kaum gute Stellen zum Baden gibt, da der See relativ flach ist. Aber genau aus diesem Grund kommen so gut wie nie Besucher hierher, und wir sind ganz allein. Genau so, wie Hailee es sich gewünscht hat.

»Komm.« Meine Finger verhaken sich mit denen von Hailee, und ich ziehe sie die paar Schritte zurück zu unseren Sachen.

Ich fummele mein Handy aus der Gesäßtasche und werfe es auf die Decke, dann packe ich die beiden Papiertüten aus. Das Essen besteht aus mehreren Sandwiches, zwei Energieriegeln und Getränken. Den Kaffee haben wir beide schon auf dem Weg hierher vernichtet.

»Ist das ein Käsesandwich?«, ruft Hailee und reißt es mir beinahe aus der Hand.

Ich lache leise in mich hinein. Gibt es irgendein Essen mit Käse, das Hailee nicht mag? »Guten Appetit.«

»Schanke«, nuschelt sie mit vollem Mund und beißt noch einmal ab. Ihr Blick wandert hinaus auf den See, und ich bemerke, wie sie sich weiter entspannt und sich völlig in den Moment fallen lässt. Als würde sich die Ruhe hier am See auf Hailee und durch sie auch auf mich übertragen.

Innerhalb von Sekunden verputze ich mein eigenes Sandwich und gleich darauf noch eins. Wir teilen uns die Flasche mit inzwischen nur noch lauwarmem Eistee und lehnen uns anschließend entspannt zurück. Die Sonne prallt in den Abendstunden nicht so stark wie zur Mittagszeit auf uns herab, außerdem liegen wir sowieso größtenteils im Schatten. Ich könnte problemlos die Augen schließen und einnicken, wäre da nicht auf einmal ein gedämpftes Vibrieren.

Hailee windet sich neben mir auf der Decke und zieht mein Smartphone unter ihrem Rücken hervor, um es mir zu geben. Ich überfliege die neue Nachricht und lege das Gerät dann weg. Darauf kann ich später antworten. Doch als ich den Kopf zur Seite drehe, starrt Hailee mich an. Sie blinzelt nicht mal, sondern starrt mich einfach nur aus riesigen braunen Augen an. Es ist ein bisschen verstörend.

»Hm?« Fragend ziehe ich die Brauen hoch. »Was ist los?«

»Mason Lewis textet dir?« Ihre Stimme ist etwas höher geworden. Etwas atemloser. Anscheinend hat sie den Absender der Nachricht auf dem Display gesehen. »*Der* Mason Lewis? Von der Band? Der Gitarrist von Waiting for Juliet?«

»Nächste Woche findet in der Nähe ein Musikfestival statt«, erkläre ich. »Ich wusste gar nicht, dass sie auch dabei sind. Er hat gefragt, ob ich Karten will.«

Blitzartig setzt Hailee sich auf und starrt auf mich hinab, als hätte ich gerade verkündet, mit Jesus persönlich gesprochen zu haben. »Du bist mit dem Gitarristen von Waiting for Juliet befreundet?« Ihre Augen sind kugelrund geworden.

»*Befreundet* ist zu viel gesagt.« Ich richte mich ebenfalls auf und zucke mit den Schultern. »Wir waren beide beim Army Training in Fort Leonard Wood in Missouri, auch wenn er schon weiter war als ich. Kurz nach der Grundausbildung habe ich aufgehört, und er ist zurück nach West Virginia und dort aufs College gegangen.«

»Aber ihr seid in Kontakt geblieben?«

»Mehr oder weniger. Ab und zu zocken wir online zusammen. Ich habe noch mit ein paar Leuten aus der Army Kontakt«, füge ich nachdenklich hinzu und reibe mir über das Kinn. Die Stoppeln kratzen unter meiner Handfläche. Hm. Vielleicht hätte ich mich heute Morgen rasieren sollen. »Warum ist das so eine große Sache?«

Es ist ja nicht so, als würden wir über den wiederauferstandenen Freddie Mercury reden. Oder über AC/DC. Oder Beyoncé.

Hailee packt mich an den Schultern und beginnt mich zu schütteln. »Du kennst den Gitarristen von Waiting for Juliet!«, wiederholt sie immer wieder, und ihre Stimme überschlägt sich. »Und sie geben ein Konzert in der Nähe! Wo? Wann? Ich muss unbedingt hin!«

So langsam dämmert es mir, und ich mache mir nicht mal die Mühe, mein breites Grinsen zu unterdrücken. »Du bist ein Fan.«

Dabei waren sie bis vor Kurzem nur eine Collegeband, wenn ich mich nicht irre. Anscheinend sind sie mittlerweile deutlich bekannter geworden.

»Ein Fan?« Sie packt meine Hände und zieht mich näher, bis sich unsere Nasenspitzen fast berühren. Ihre Stimme senkt sich zu einem verschwörerischen Flüstern. »Ich bin kein Fan und auch kein Groupie, aber ich *vergöttere* ihre Musik und habe sie den ganzen Sommer rauf und runter gehört. Die Stimme der

Sängerin ist unglaublich! Wusstest du, dass sie und Mason ein Paar sind? Und sie schreiben all ihre Songs selbst!«

»Haben sie bisher nicht nur drei oder vier Lieder veröffentlicht?«, werfe ich trocken ein.

Doch Hailee winkt ab, als wäre das nur ein unwichtiges Detail. »Ihr erstes Album kam vor drei Wochen raus, und seither sind sie anscheinend als Vorband für andere Künstler unterwegs. Wann ist das Konzert? Kannst du Tickets besorgen? Können wir hingehen? Oh, aber du musst nicht mitkommen, wenn du nicht willst, ich beschaffe mir irgendwie einen Wagen und fahre allein hin und …«

»Ich kümmere mich um unsere Tickets«, unterbreche ich ihren Redeschwall. So aufgeregt habe ich sie noch nie erlebt. Es ist irgendwie niedlich. Ein bisschen alarmierend, aber hauptsächlich niedlich. Und bezaubernd.

»Du kommst mit?«

»Denkst du wirklich, ich lasse dich allein auf dieses Festival, wenn du so von dem Gitarristen schwärmst? Auf keinen Fall.«

Nachher werde ich ihm eine Antwort schreiben und mich für das Angebot bedanken. Wer hätte gedacht, dass sich meine kurze Zeit bei der Army tatsächlich mal als nützlich erweisen könnte? Wenn schon nicht beruflich, da mir das Paramedic Training bis auf ein bisschen Lebenserfahrung und das Wissen, was in Notsituationen zu tun ist, nicht viel gebracht hat, aber wenigstens kann ich Hailee mit diesen Karten eine Freude machen.

»Es ist aber noch eine Woche hin. Und du warst doch so sicher, dass du nicht länger in Fairwood bleiben willst«, necke ich sie, springe auf und halte ihr die Hand hin.

Sie legt ihre hinein und lässt sich von mir auf die Beine ziehen. »Ich bleibe so lange, bis Alexis meinen Wagen repariert hat. *Und* ich auf diesem Konzert war.«

»So wichtig, hm?«

Ihr Lächeln verändert sich, wird weicher, fast schon wehmütig. »Ich kann erst als glückliche Frau sterben, wenn ich diese Band live gesehen habe.«

»Dann solltest du dir damit noch ein paar Jahre Zeit lassen.«

»Hey!« Sie gibt mir einen Klaps gegen die Schulter. »Nichts da! Ich gehe auf dieses Konzert! Mit oder ohne dich. Aber lieber mit dir, weil du derjenige mit den Tickets bist.«

Lachend streife ich mir das T-Shirt über den Kopf und lasse es neben uns ins Gras fallen. Dann kicke ich die Schuhe weg und öffne den Knopf meiner Jeans.

»Was hast du vor?« Hailees Blick klebt förmlich an mir, und ich kann nicht behaupten, dass ich es nicht genieße.

»Schwimmen gehen.« Mit dem Kopf deute ich auf das ruhige Gewässer. »Oder traust du dich nicht da rein?«

Zwei, drei Sekunden lang starrt sie mich noch an, dann schüttelt sie schnell den Kopf.

Ich grinse. »Na, dann los!«

Und damit werde ich auch meine Hose los und stürme nur in meinen dunkelblauen Boxershorts ins Wasser. Im ersten Moment ist das Wasser eisig, und eine Gänsehaut breitet sich auf meinem ganzen Körper aus, doch je länger ich drin bin und mich bewege, umso wärmer wird mir. An einigen Stellen ist der See einige Meter tief, an den meisten kann man allerdings ganz bequem stehen. Ich suche mir absichtlich eine tiefere Stelle, um mich aufzuwärmen, und beobachte Hailee dabei, wie sie sich zögerlich dem Wasser nähert. Nur in Unterwäsche.

Hei-li-ge Schei-ße. Ich weiß nicht, was ich erwartet habe, aber ganz sicher nicht hauchdünne BH-Träger und pinkfarbene Spitze, die ihren Körper kaum bedeckt. Ich schlucke hart und muss mich fast mit Gewalt dazu zwingen, meinen Blick von ihrer weichen, sonnengebräunten Haut zu lösen und wieder auf ihr Gesicht zu lenken.

»Wenn du nicht schneller machst, sind wir morgen noch hier«, necke ich sie etwas heiser, da sie gerade mal den großen Zeh reingesteckt hat. »Zwing mich nicht dazu, dich reinzuwerfen.«

Ihre Augen werden zu schmalen Schlitzen. »Das wagst du nicht.«

Fehler. Ganz großer Fehler.

Mit ein paar kräftigen Schwimmzügen bin ich bei ihr und richte mich vor ihr auf. Tropfen fallen mir aus den Haaren und rinnen über meine Haut. »Wollen wir wetten?«

Sie reißt die Augen auf, bringt aber keinen Ton hervor. Ihre Lippen teilen sich ein wenig, und mein Blick heftet sich unwillkürlich darauf. Es dauert ein, zwei, vielleicht auch zweihundert Sekunden, bis ich wieder klar denken kann und mich dazu zwinge, meine Aufmerksamkeit von ihrem Mund loszureißen.

»Du kannst doch schwimmen, oder?«

Sie nickt stumm.

»Hast du Angst vor unbekannten Gewässern?«

Ein Kopfschütteln.

»Vor etwas anderem da drinnen?« Mit dem Daumen deute ich hinter mich.

Wieder ein Kopfschütteln.

Ein Grinsen breitet sich auf meinem Gesicht aus. Ohne Vorwarnung schlinge ich die Arme um ihre Taille und hebe sie hoch. Wie beim letzten Mal quietscht sie auf, aber statt gegen meinen Rücken zu trommeln, klammert sie sich mit Armen und Beinen an mich. Ich warte auf den Protest, aber als nichts kommt, gehe ich langsam rückwärts.

Zunächst reicht mir das Wasser nur bis zu den Waden, dann bis zu den Knien. Und mit jedem Meter, den wir weiter in den See hinausgehen, klammert Hailee sich fester an mich und rutscht immer höher, bis sich ihre Fersen in meinen Hintern bohren. Nur mit Mühe kann ich ein Lachen unterdrücken und halte sie extra gut fest, je höher das Wasser steigt.

»Oh mein Gott, ist das kalt!«, ruft sie, als es gerade mal ihre Knöchel umspielt. Und dann beginnt sie sich in meinen Armen zu winden.

Belustigt schüttle ich den Kopf. So wird das nichts. Unter anderen Umständen würde ich es mehr als genießen, wenn sie sich so an mir reibt, aber nicht, wenn sie mich dabei halb erwürgt.

»Du wirst es mir nachher danken«, raune ich an ihrem Ohr. Dann lasse ich mich nach hinten fallen und reiße sie mit mir.

Wasser platscht über unseren Köpfen zusammen. Einen Moment lang sind wir von Kälte und völliger Stille umgeben, dann stoße ich mich vom Grund ab und bringe uns beide wieder an die Oberfläche. Erst dann lasse ich sie wieder los.

»Du … Arsch!« Keuchend schnappt Hailee nach Luft und spritzt mich nass, dann fängt sie an zu lachen.

»War das wirklich so schlimm?« Mit beiden Händen fahre ich mir übers Gesicht und durchs Haar.

»Schlimmer als schlimm!«, behauptet sie und schwimmt vor mir auf der Stelle. »Es ist kalt und eklig … und … und … nass!«

Ich pruste los. Wir wissen beide, dass sie nur eine Show abzieht, aber es macht einfach zu viel Spaß, um damit aufzuhören.

»Soll ich dich aufwärmen?«

»Indem du mich noch mal unter Wasser tunkst?« Sie schiebt sich ein paar Haarsträhnen hinters Ohr. »Nein danke.«

Mein Blick wandert von ihrem Gesicht über ihren Hals bis zu ihren Schultern. Ihre Haut ist vom Sommer gebräunt, und ich kann die Spuren unterschiedlich geschnittener Oberteile erkennen. Hailee ist definitiv kein Mädchen von der Sorte, die sich für einen gleichmäßigen Teint ins Solarium oder den ganzen Tag an einen Pool legt. Die Sommersprossen auf ihrem Nasenrücken treten jetzt deutlich hervor, und ich erwische mich dabei, dass ich am liebsten jede einzelne davon zählen würde. Aber noch lieber würde ich sie küssen. Genau hier. Genau jetzt. Mit ihrer weichen Haut direkt an meiner. Ich müsste nur die Hand ausstrecken und sie an mich ziehen.

Wahrscheinlich ist es besser, dass ich unter Wasser nicht allzu viel von ihrem restlichen Körper ausmachen kann. Und dass sie sich nicht mehr an mich klammert. Sonst könnte ich gar keinen klaren Gedanken mehr fassen.

»Chase?« Ihre Stimme ist leiser geworden. Ein bisschen atemlos. Wassertropfen kleben an ihren Wimpern und ihren Augenbrauen. Ich hätte nicht gedacht, dass sie noch anziehender auf mich wirken könnte, aber das tut sie. Verdammt, und wie sie das tut.

Ich räuspere mich, weil meine Kehle auf einmal so verflucht trocken ist. »Ich könnte dich noch mal reinwerfen«, schlage ich vor.

»Wehe …!«

Langsam schwimme ich auf sie zu, aber sie weicht nicht vor mir zurück, ergreift nicht die Flucht. Stattdessen reckt sie das Kinn in die Höhe und funkelt mich herausfordernd an. Wie kann sie dasselbe Mädchen sein, dass bei unserem ersten Wiedersehen im Café kaum einen vollständigen Satz herausgebracht hat? Auch jetzt sind ihre Wangen rot gefärbt, aber mittlerweile lässt Hailee kaum noch eine Chance aus, mir Kontra zu geben. Und ich genieße das vermutlich mehr, als ich sollte.

»Warst du noch nie in einem See schwimmen?«, frage ich, um uns beide auf andere Gedanken zu bringen, und paddle gemächlich um sie herum.

»Doch, natürlich.« Sie dreht sich mit mir, lässt mich keine Sekunde aus den Augen. »Hallo? Ich bin schließlich in Minnesota aufgewachsen.«

»Und du bist so nett und höflich, wie man es sich über euch erzählt. Aber du hast nicht den typischen Akzent.«

Sie kneift die Augen zusammen. »Warst du schon mal dort?«

Okay, erwischt. Grinsend schüttle ich den Kopf.

»Dann kannst du dazu überhaupt nichts sagen.« Mit der rechten Hand spritzt sie etwas Wasser in meine Richtung, doch ich weiche rechtzeitig aus. »Als Kinder sind Katie und ich ständig schwimmen gegangen, aber …«

»Aber …?«

Sie zögert einen Herzschlag lang und lässt den Blick über den kleinen See, die Bäume und die Lichtung wandern, ehe ihre Aufmerksamkeit zu mir zurückkehrt. »Das war ganz anders als hier. Mit dir.«

Bilde ich mir das ein, oder ist ihre Stimme tatsächlich dunkler geworden? Genau wie ihre Augen. Ihre Pupillen wirken größer, scheinen das Braun völlig zu verschlucken. Ich muss mich unbedingt ablenken, wenn ich nicht jedes Versprechen an mich selbst, Hailee, Gott und den Weihnachtsmann brechen will. Sie wollte einen Kuss im Regen, und ich will verdammt sein, wenn ich ihr nicht genau das gebe.

»Seid ihr auch auf Bäume geklettert?«, frage ich sie das Erste, was mir einfällt. Okay, das ist gelogen. Mir fallen ein Dutzend andere Dinge ein, die mich interessieren und die ich sie fragen könnte, doch nichts davon wäre jugendfrei.

Sie nickt, lässt meinen Blick jedoch keine Sekunde lang los. Verdammt, wie soll ich bitte vernünftig bleiben und noch klar denken können, wenn sie mich so ansieht?

»Jemals runtergefallen?« Meine Kehle ist so verflucht trocken, und meine Stimme klingt heiser. Irgendwann habe ich damit aufgehört, langsam um sie herumzuschwimmen, und stehe jetzt direkt vor ihr. Sie kann mit ihren Füßen an dieser Stelle den Boden nicht berühren, ich schon.

Diesmal schüttelt Hailee den Kopf und lächelt stolz. »Ich war die Einzige, die nie irgendwo runtergefallen ist. Allerdings habe ich mir schon mal den Fuß gebrochen.«

»Beim Klettern?«

»Beim Gehen.«

Ich blinzle. »Beim Gehen?«

»Es war Winter in Minnesota und ich gerade mal zwölf. Katie hat noch versucht, mich festzuhalten, aber da war es schon zu spät.« Sie zuckt mit den Schultern, und eine feine Röte breitet sich auf ihrem Gesicht und ihrem Hals aus. Der Anblick sollte mich nicht berühren, sollte nicht mehr oder weniger als sonst in mir auslösen. In der kurzen Zeit, die ich sie kenne, habe ich sie schon unzählige Male erröten sehen. Doch jetzt ist da dieses Ziehen in meiner Brust und der plötzliche Drang, sie ganz fest in meine Arme zu schließen und zu beschützen. Selbst wenn es nur vor dem bösen vereisten Boden ist.

»Aber ansonsten habe ich mir nie irgendwas gebrochen.«

»Ich schon. Jede Menge«, behaupte ich und beginne an den Fingern abzuzählen. »Linkes Bein. Rechtes Handgelenk. Linker großer Zeh. Schlüsselbein. Rechter Daumen. Und drei Rippen.«

Hailees Augen weiten sich, und für einen Moment scheint sie zu vergessen, wo sie sich befindet, und hält in den Schwimmbewegungen inne. Reflexartig packe ich sie an der Taille und halte sie über Wasser, aber sie prustet nur los. »Oh mein Gott, das ist echt viel! Vielleicht sollte ich dich besser festhalten, damit du dir hier nicht auch noch etwas brichst.«

Ich werde jetzt nicht den Mund aufmachen und sie darauf hinweisen, dass *ich sie* gerade festhalte, weil sie fast vor meinen

Augen untergegangen wäre. Und als sie die Arme locker um meinen Hals legt, beschließe ich, erst recht nichts mehr zu sagen.

Stattdessen neige ich nur den Kopf etwas zur Seite, während meine Mundwinkel wie von selbst nach oben wandern. »Das würdest du für mich tun?«

Sie nickt, und ich lächle, auch wenn es mir kein bisschen dabei hilft, mich davon abzulenken, wie gut sich ihre Haut an meiner anfühlt. Oder wie sich ihre Brüste gegen meinen Oberkörper drücken, weil ich sie unbewusst näher gezogen habe. Ihre Haut duftet nach Vanille und Honig, nach Sonnencreme, Wasser und sogar ein bisschen nach Lavendel, was mich sofort daran erinnert, wie begeistert sie von der Lavendelfarm war. Es kostet mich alles an Willenskraft, sie nicht merken zu lassen, was sie gerade in mir auslöst. In Gedanken schnaube ich. *Ja, klar.* Als ob ich *das* irgendwie steuern könnte.

»Was steht noch auf deiner Sommerliste?«, frage ich rau und erinnere uns damit beide an das Gespräch neulich nachts im Diner.

»So viel …« Sie seufzt leise.

»Zum Beispiel?«

»Zum Beispiel mit jemandem wie dir schwimmen gehen.«

Mein Blick fällt auf ihre Lippen, und mir wird schlagartig wärmer. Den Mund einfach auf ihren zu pressen, wenn ihre vollen Lippen so dicht vor meinen sind, ist gerade so, so verlockend … Als würde Hailee etwas von meinen Gedanken ahnen, legt sie mir einen Finger auf den Mund und bringt so auch meine Gedanken zum Schweigen.

»Ich war noch nie auf einem Konzert einer meiner Lieblingsbands, bin noch nie achtundvierzig Stunden am Stück wach geblieben, hab noch nie Marshmallows über einem Lagerfeuer geröstet oder jemandem so richtig die Meinung gesagt«, gesteht sie. »Ich bin noch nie mitten in der Nacht irgendwo eingebrochen und schwimmen gegangen, war noch nie richtig verliebt und …«

»Du warst noch nie verliebt?«, unterbreche ich sie.

»Nicht richtig.« Sie zieht die Hand zurück und starrt auf einen Punkt über meiner Schulter, spricht aber weiter. »Nicht so wie in Büchern und Filmen. Verrückt und wild und leidenschaftlich.«

»Hm«, mache ich, da mir tatsächlich die Worte fehlen. Wie kann jemand wie sie noch nie richtig verliebt gewesen sein? »Aber du hattest schon Beziehungen, oder?«

Sie nickt und beißt sich auf die Unterlippe. Einen Moment lang werde ich wieder so von diesem Anblick abgelenkt, dass jeder Gedanke in meinem Kopf verpufft. Hailee atmet erstickt aus. Als sich unsere Blicke treffen, wird mir noch wärmer, obwohl wir uns überhaupt nicht mehr im Wasser bewegen.

»Und du warst in keinen der Kerle verliebt?«, raune ich, ohne sie aus den Augen zu lassen.

Ja, ich bin ein Mistkerl, diese Frage zu stellen, aber ich kann nicht anders. Nicht, wenn sie mir so nahe ist und mir all ihre Geheimnisse anvertraut. Nicht, wenn es einfach nicht genug ist und ich mehr über sie erfahren will. Ich möchte wissen, was sie denkt, was sie bewegt, was sie glücklich und was sie traurig macht, was sie anturnt und was sie nicht leiden kann, in der Hoffnung, dass ich Letzteres niemals aus Versehen tue.

»Ich dachte, ich wäre es«, gibt sie genauso leise zurück. »Aber ich habe mich geirrt.«

Kapitel 20

Hailee

Chase starrt mich an. Nicht ungläubig und auch nicht so, als würde er mich gleich auslachen, dafür aber viel zu intensiv. So intensiv, dass ich mich fast in seinem Blick verliere, würde nicht noch immer dieses Thema zwischen uns schweben.

Gott, warum habe ich das zugegeben? Warum hat er überhaupt gefragt? Und können wir das Thema bitte ganz schnell wieder wechseln?

Vielleicht sollte ich damit beginnen, mich nicht mehr mit beiden Armen an Chase zu klammern, damit er mich über Wasser hält. Das wäre ein guter Anfang. Doch dann müsste ich auch diese Nähe aufgeben, die mir besser gefällt als alles andere. Es fühlt sich irgendwie … vertraut an, ihm so nahe zu sein. Als würde sich mein Körper daran erinnern. An seine Wärme. Seine starken Arme. Seinen Geruch. Meine Finger kribbeln, weil sie unbedingt mehr ertasten wollen, und ich balle sie in Chase' Nacken zur Faust, um mich daran zu hindern. Er hat zwar gesagt, dass nichts zwischen uns vorgefallen ist, als ich betrunken war, aber warum kommt mir das hier dann so bekannt vor, als hätte ich es schon einmal erlebt? Und warum fällt es mir so verflucht schwer, ihn loszulassen?

»Hailee?«

Ich reiße den Kopf hoch und sehe wieder in seine klaren grünbraunen Augen. »Ja …?«

Und plötzlich ist es ganz einfach. Das hier, diese Nähe, scheint nicht nur mich abzulenken, sondern auch Chase. Ich habe fast vergessen, worüber wir gerade eben noch geredet haben, und ich bete innerlich, dass es ihm ähnlich geht. Es ist schließlich nichts dabei, noch nie richtig verliebt gewesen zu sein. Und es gehört nicht zu den Dingen, die ich in diesem Sommer noch erleben will. Nein, definitiv nicht.

Wir sollten einfach über etwas anderes reden. Oder schwimmen. Aber dafür müsste ich ihn erst mal loslassen, statt mich weiter an ihn zu klammern. Und Chase müsste mich genauso loslassen. Stattdessen ziehen mich seine Hände, die mich bis eben noch an der Taille festgehalten haben, jetzt noch etwas näher. Die eine wandert an meiner Seite aufwärts, über meine Rippenbögen bis zur Unterseite meiner Brust. Langsam. Fragend. Eine Gänsehaut breitet sich an der Stelle aus, und ich halte unbewusst den Atem an, mache mich aber nicht von ihm los. Chase lässt mich nicht aus den Augen. Ein paar feuchte Haarsträhnen fallen ihm in die Stirn, während er meine Reaktionen beobachtet. Und abwartet.

Plötzlich sehne ich mich nach der Abkühlung, die der See eigentlich bieten sollte. Vorhin kam sie genau richtig, als Chase sich vor meinen Augen bis auf die Shorts ausgezogen hat. Zwei, drei, vielleicht auch vier Sekunden lang habe ich ihn angestarrt und bin jedem einzelnen Muskel in seinem Oberkörper mit meinem Blick gefolgt, doch dann hat er sich umgedreht und ist in den See gelaufen. Noch bevor ich das große Tattoo auf seinen Rippen richtig betrachten oder, schlimmer noch, berühren konnte. Das Wasser war eine willkommene Abkühlung, doch jetzt kommt es mir nicht mehr kalt vor und meine Arme, Schultern und mein Gesicht sind mittlerweile wieder trocken. Und warm. Mir ist so verflucht warm. Meine Haut spannt bei jeder Bewegung. Auch als ich mich etwas auf Chase abstütze und an ihm hochziehe. Natürlich nur, um ihn gleich loszulassen. Ich lasse ihn jeden Moment los. Ganz bestimmt.

»Gott, Hailee, wenn du wüsstest …«, raunt er und lehnt sich noch etwas weiter zu mir, bis sein Atem meine Lippen streift. Er riecht nach dem Eistee, den wir beide getrunken haben.

Wenn ich was wüsste? Wovon redet er da?

Seine Hände liegen nun wieder an meiner Taille, allerdings bleiben sie nicht dort, sondern wandern Zentimeter für Zentimeter weiter, gleiten tiefer, umfassen meine Hüften und … heben mich hoch. Ich denke nicht nach, reagiere ganz automatisch und schlinge die Beine um ihn. Einen Moment später weiß ich *ganz genau*, was er meint, weil ich es heiß und hart zwischen meinen Schenkeln spüren kann. Der Stoff seiner Shorts und meines Höschens trägt nicht gerade dazu bei, das zu verbergen.

Ich atme erstickt aus, rühre mich aber nicht. Ich sollte mich definitiv von ihm losmachen, auf Abstand gehen, aber … ich kann nicht. Ich *will* nicht.

Sekundenlang verharren wir so und halten einander fest, ohne dass sich einer von uns auch nur einen Millimeter bewegt.

»Es regnet immer noch nicht«, haucht er an meinen Lippen.

»Ich weiß …«

Was ich nicht weiß, ist, ob ich ihn für diesen Kommentar treten, küssen oder einfach loslachen soll. Wieso habe ich das bloß zu ihm gesagt? *Wieso?*

Seine Mundwinkel wandern langsam in die Höhe, und er lächelt mich wieder auf diese Weise an, bei der mir heiß wird und meine Knie weich werden. Wie gut, dass er mich fest an sich drückt und ich nicht wegen eines einzigen Lächelns im See versinken kann. Denn das würde ich. Und wie ich das würde.

»Was hast du jetzt vor?«, flüstere ich und lege eine Hand an seine Wange. Er hat diesen Dreitagebart, der ihm viel zu gut steht, und meine Haut prickelt allein schon von dieser unschuldigen Berührung. Wie würde es sich wohl anfühlen, diese Stoppeln an einer ganz anderen Stelle zu spüren?

Gott, ich darf nicht an so was denken. Ich sollte wirklich nicht … aber ich kann nicht anders. Nicht, wenn ich jeden Zentimeter von ihm spüren kann und all meine Sinne auf ihn gerichtet sind.

»Ich werde dich nicht küssen«, wispert er.

»Okay«, erwidere ich genauso leise.

Obwohl er mir versprochen hat, mich nicht zu küssen, beugt er sich jetzt vor, und mir bleibt fast das Herz stehen. Seine Lippen sind warm und weich, als sie meine Wange streifen. Dann meinen Kiefer. Mein Kinn. Meinen Mundwinkel.

Ich atme erstickt aus, wage es aber nicht, mich zu bewegen, obwohl ich es gerne würde. Ich würde es *so, so* gerne. Also tue ich es. Aber ich drehe nicht den Kopf, um seine Lippen mit meinen zu streifen, sondern schmiege mich fester an ihn und schiebe die Hüften ein wenig vor. Hitze flackert tief in mir auf und breitet sich langsam in alle Richtungen aus, aber es ist nicht genug. Diese kurze Reibung ist absolut nicht genug. Gott, wie kann sich das hier so gut anfühlen? Ich kenne ihn doch gerade mal seit einer Woche. Und trotzdem scheint er innerhalb kürzester Zeit jede empfindsame Stelle meines Körpers zu erkunden und entdeckt dabei sogar Stellen, von denen ich selbst nicht mal wusste, dass ich dort sensibel auf Küsse und Berührungen reagiere.

Chase küsst meinen Hals, gleitet träge mit dem Mund darüber, knabbert an meinem Ohrläppchen und lässt mich einen atemlosen Moment lang seine Zunge spüren. Mit einer Hand hält er mich weiterhin fest an sich gedrückt, die andere fährt langsam über meinen Körper. Seine Finger sind selbst unter Wasser etwas rau und hinterlassen eine Gänsehaut, wo auch immer er mich berührt: am Rücken, an der Seite, sogar am Arm, als seine Finger einfach nur von meiner Schulter bis zu meinem Handgelenk und genauso quälend langsam wieder zurückgleiten. Meine Atmung beschleunigt sich. Mein Herz rast. Meine Hüften zucken instinktiv vor und zurück, auf der Suche nach mehr Hitze, mehr Reibung, mehr von allem.

Was *macht* dieser Kerl nur mit mir?

Ich merke nicht mal, wie ich mich an ihm festkralle, eine Hand in seinem Haar, während sich die Finger der anderen in seine Haut bohren, bis Chase erschauert und mir ganz leicht in den Hals beißt.

Gleich darauf sind seine Lippen wieder an meinem Ohr, und sein heißer Atem streift meine Haut. »Sag mir, dass ich aufhören soll, und ich tu's.« Er lehnt sich ein winziges bisschen zurück, sucht meinen Blick und hält ihn gefangen. Seine Pupillen sind geweitet, seine Nase berührt beinahe meine, aber sein Mund senkt sich noch immer nicht auf meinen. »Sag es«, wiederholt er, diesmal eine Spur drängender.

Das ist er. Das ist der Moment der Entscheidung. Ich weiß, dass Chase mich sofort loslassen wird, sobald ich ihm auch nur das kleinste Zeichen gebe. Ich weiß es einfach. Aber will ich das wirklich? Die alte Hailee hätte das vielleicht getan. Nein, diese Frage würde sich gar nicht erst stellen. Sie wäre niemals hier draußen in diesem See, nur in Unterwäsche, und würde sich ganz sicher nicht an einen Typen schmiegen, den sie gerade mal vor etwas mehr als einer Woche kennengelernt hat. Solche Dinge sind der alten Hailee nie passiert, höchstens in der Sicherheit ihres Zuhauses in Büchern, Filmen und Serien. Aber das war einmal. Ich bin nicht länger zu Hause, und ganz sicher bin ich nicht mehr dieses Mädchen. Nicht nach diesem Sommer. Nicht nach allem, was passiert ist. Es gibt nur sehr wenige Dinge in meinem Leben, derer ich mir noch sicher sein kann, aber diese Sache, diese Entscheidung, gehört eindeutig dazu:

»Hör nicht auf.«

Ein Lächeln breitet sich auf Chase' Gesicht aus, und ich kann nicht anders, als das Grübchen in seiner Wange mit den Fingern nachzufahren. Seine Hände packen mich etwas fester, verlagern mein Gewicht und …

»Oh Gott …«, keuche ich, als pure Hitze durch mich hindurchschießt und meine Haut erneut zu kribbeln beginnt. Automatisch komme ich ihm entgegen, weil ich mehr von diesem Druck und dieser Reibung will. Nein, das ist gelogen. Ich *brauche* mehr. Und ich bin bereit, alles zu nehmen, was er mir geben will.

»Du kannst dich bei mir fallen lassen.« Sein warmer Atem streift mein Ohr, meinen Hals und dann ein weiteres Mal meine Lippen. Keiner von uns überbrückt die fehlenden Millimeter, und obwohl es mich wahnsinnig macht, ist es auch unendlich sinnlich und … heiß. »Lass dich fallen.«

Ich habe nicht die geringste Ahnung, wie er es schafft, aber mein Denken setzt aus. Chase hat mich vom ersten Moment an fasziniert. Er hatte von Anfang an so eine Wirkung auf mich … und da ist etwas an ihm, das mich dazu bringt, mutig sein zu *wollen*. Nicht weil ich es muss oder mir für diesen Sommer fest vorgenommen habe, sondern weil ich es in diesen verrückten, leichten Momenten mit ihm selbst möchte. Weil er mir das Gefühl gibt, dass ich in seiner Gegenwart ganz ich selbst sein kann. Genau wie jetzt auch.

Ich fühle nur noch, schmiege mich fester an ihn, während mein eigener Atem schwer in meinen Ohren klingt. Unsere Bewegungen lassen kleine Wellen entstehen, die über meine Arme und meine Schultern schwappen. Chase hebt mich noch etwas höher und zieht mich gleich darauf wieder an sich. Seine ganze Miene ist angespannt, seine Stirn ist gerunzelt, seine Atmung keuchend, sein Blick durchdringend. Das hier geht auch an ihm nicht spurlos vorbei, und genau das ist es, woran ich mich festhalte. Ich halte mich an ihm fest, damit ich mich ganz und gar gehen lassen kann.

Mit jeder Sekunde, jeder Bewegung fühlt es sich besser an. Heißer. Intensiver. Meine Haut kribbelt. Mein Puls rast wie verrückt. Aber keiner von uns hört auf, und ich glaube, dass keiner von uns überhaupt noch aufhören *kann*.

»Chase …«, flüstere ich und bohre die Fingernägel in seine Haut, weil ich es nicht mehr aushalte. Ich halte es keinen Moment länger aus. Und dann … »Oh Gott!«

Fest beiße ich mir auf die Unterlippe, dennoch entkommt mir ein Stöhnen, als sich alles in mir auf herrlichste Weise zusammenzieht. Pure Hitze schießt durch mich hindurch, und meine Bewegungen werden noch einmal schneller, instinktiver, bis auch Chase erstarrt und dicht vor meinen Lippen aufkeucht.

Ich klammere mich an ihn, vergrabe das Gesicht an seinem Hals und atme tief seinen Geruch ein, während sich mein Körper nur langsam wieder beruhigt. Meine Muskeln werden ganz weich und nachgiebig, und es ist ein Wunder, dass ich mich überhaupt noch an ihn klammern kann. Aber auch Chase ist ganz still geworden. So nahe, wie wir uns gerade sind, kann ich jeden einzelnen seiner Herzschläge spüren. Seines hämmert genauso heftig wie meines, und aus irgendeinem Grund lässt mich das lächeln.

Für eine gefühlte Ewigkeit sagt keiner von uns ein Wort. Wir halten uns einfach aneinander fest. Nach und nach schaltet sich mein Verstand wieder ein, aber er scheint noch immer von diesem Höhepunkt benebelt zu sein, denn er ist gnädig zu mir. Keine Scham. Keine Schuldgefühle. Nur ein sich stetig wiederholendes: *Was um alles in der Welt ist da gerade passiert?*

Chase' Finger zucken an meiner Hüfte, dann streicht er mit einer Hand über meinen Rücken. »Geht's dir gut?«

»Mhm«, mache ich an seinem Hals, nicht gewillt, mich von ihm zu lösen. Oder ihm ins Gesicht zu sehen.

Ich kann das Lächeln in seiner Stimme hören. »Sicher? Nicht, dass du gleich im See versinkst, wenn ich dich loslasse.«

Okay, jetzt muss ich mich ein wenig Abstand zwischen uns bringen, wenn auch nur, um ihm eine Ladung Wasser ins Gesicht zu spritzen. Chase lacht laut auf und versucht mich zu packen, aber ich weiche ihm grinsend aus. Sofort fehlt mir die Wärme seines Körpers, und ich schwimme noch ein bisschen schneller, um dieses Gefühl loszuwerden. Chase hilft mir dabei, ob es ihm bewusst ist oder nicht, denn er jagt mich durch den halben See.

Ein wenig später liegen wir Seite an Seite auf der Decke, schwer atmend und kichernd, und lassen uns von den letzten Sonnenstrahlen trocknen. Ich bin so entspannt wie schon seit Ewigkeiten nicht mehr, und ich weiß genau, wem ich das zu verdanken habe.

Irgendwann muss ich eingedöst sein, denn plötzlich ist da eine Bewegung über mir, und jemand stupst mich an. Blinzelnd öffne ich die Augen.

Chase beugt sich über mich, und es dauert etwas, bis ich sein Gesicht deutlich erkennen kann. Und den amüsierten Ausdruck darin. »Es wird langsam dunkel. Wir sollten zurückfahren.«

Ich gebe ein unwilliges Geräusch von mir. Bewegen? Aufstehen? Nein und nochmals nein. Mir ist warm, ich bin total entspannt und verspüre nicht den geringsten Drang, irgendetwas an dieser Situation zu ändern.

»Hailee …« Belustigung schwingt in seiner tiefen Stimme mit, aber auch eine unmissverständliche Warnung.

Als ich nicht reagiere, packt er meine Hände und zieht mich schwungvoll in die Höhe. Bevor mir überhaupt klar wird, was hier passiert, legt Chase die Arme um meinen Rücken und meine Knie und hebt mich hoch. Wortlos trägt er mich ein paar Meter weiter, unter den tief hängenden Ästen einiger Bäume hindurch bis zu seinem Wagen. Erst dann lässt er mich langsam an sich hinabgleiten und stellt mich wieder hin. Ich stehe so dicht vor ihm, dass alles, was ich im ersten Moment wahrnehme, der Duft nach Wald, Chase und Sommer ist.

Ihn wieder so nahe zu spüren, entfacht die Hitze in mir erneut. Meine Haut beginnt zu prickeln. Mein Herzschlag beschleunigt sich. Ich lege den Kopf in den Nacken, als er nicht sofort zurücktritt.

»Chase?«

In seinen Augen funkelt es. »Ja …?«

»Ich denke, ich weiß jetzt, was für ein Tattoo ich möchte.«

»Wirklich?« Er zieht die Brauen hoch, hält mich aber noch immer fest. »Na dann los.«

Ich blinzle irritiert. »Was? Wohin? Was hast du vor?«

»Dafür sorgen, dass du dein Tattoo bekommst.« Grinsend lässt er mich los und tippt mir spielerisch auf die Nasenspitze. »Aber vielleicht sollten wir uns vorher wieder anziehen.«

Damit lässt er mich los und holt unsere Sachen. Ich kann ihm nur mit glühenden Wangen nachstarren und weiß nicht, ob ich lachen, mich bei ihm bedanken oder ihn verfluchen soll.

Es tut weh. Wieso hat mir niemand gesagt, dass es so wehtun würde, sich ein Tattoo stechen zu lassen? Wieso hat Chase mich schnurstracks in dieses Studio gebracht, statt mir diese dämliche Idee auszureden, wie es jeder andere vernünftige Mensch tun würde? Und warum hatten sie direkt Zeit, um mich einzuschieben? Ich unterdrücke ein Wimmern, als die Nadel wieder und wieder in die Haut seitlich an meinem Handgelenk sticht. *Aua!*

Doch als ich einen Blick auf das wage, was der Tätowierer da anstellt, verblasst der Schmerz. Okay, zuerst wird mir ein bisschen schwummrig, aber *dann* verblasst der Schmerz, denn auf meiner Haut prangen die Umrisse mehrerer kleiner stilisierter Vögelchen, die ihre Flügel ausbreiten, als wollten sie jeden Moment davonfliegen.

»Atme, Hailee.« Chase drückt meine andere Hand.

Ach ja, richtig. Ich atme erstickt ein und gebe dabei einen japsenden Laut von mir. Wenn ich dabei etwas gezuckt habe, lässt sich der Tätowierer nichts anmerken. Sein Name ist Steve. Er ist ein kräftiger Latino, mit im Nacken zusammengebundenen schwarzen Haaren und Armen, die problemlos hundert und mehr Kilos heben könnten. Bunte Tattoos prangen auf seiner Haut, und mit jeder Bewegung scheinen die Bilder lebendig zu werden. Allerdings ist Steve nicht sonderlich gesprächig, denn seit wir geklärt haben, was für eine Tätowierung ich an welcher Stelle haben möchte, hüllt er sich in Schweigen. Abgesehen von den knappen Anweisungen, die er immer mal wieder in meine Richtung wirft und die meistens damit zu tun haben, dass ich meine Hand stillhalten soll.

Gerade wischt er über mein Handgelenk und – oh Gott, das sieht nicht nur nach schwarzer Farbe aus. Ist das Blut? Blute ich etwa?

Chase zupft an meinen Fingern, als ich mir den Hals verrenke, um zu beobachten, was der Kerl da mit mir macht. Was, wenn er mit der Tätowiermaschine abrutscht und einen Nerv trifft? Wenn ich die Hand nach dieser irrsinnigen Aktion nie wieder benutzen kann? Wie soll ich dann Emikos Geschichte zu Ende schreiben? Vielleicht hätte ich die linke Hand nehmen sollen …

Wieder zupft Chase an meinen Fingern, und ich zwinge mich dazu, den Blick von der Arbeit des Tätowierers abzuwenden und mich auf meine Begleitung zu konzentrieren. Wessen dämliche Idee war das doch gleich hierherzukommen? Und warum mussten sie ausgerechnet heute einen Walk-in-Day haben, bei dem sie jeden Kunden annehmen, der hereinspaziert?

»Alles wird gut.« Seine Mundwinkel beben, aber er hält sein Grinsen zurück. Besser für ihn, sonst hätte ich mir das mit dem heißen Kaffee und dem zielgenauen In-den-Schritt-Kippen doch noch mal überlegt. »Gleich hast du es geschafft.«

Ich will antworten, muss aber die Zähne zusammenbeißen, als der Sadist rechts von mir sich einer neuen, besonders empfindlichen Stelle direkt neben dem Knöchel widmet.

»Erzähl mir etwas«, versucht Chase mich abzulenken.

Als ob ich einfach so ausblenden könnte, dass da jemand mit einer Nadel in meine Haut sticht – immer und immer wieder.

»Wo wurdest du geboren?«, fragt Chase und zieht meine Aufmerksamkeit, die gerade zu meiner geschundenen rechten Hand zurückwandern wollte, damit wieder auf sich.

»Rondale. Minnesota«, antworte ich automatisch.

»Was ist deine liebste Eissorte?«

Auch darüber muss ich nicht nachdenken: »Vanille mit bunten Streuseln.«

»Erzähl mir von deinem Ex.«

»Was?« Ich starre Chase an, und für einen kurzen Moment – oh Wunder! – vergesse ich tatsächlich das Summen der Tätowiermaschine und das Ziepen auf meiner Haut.

»Du hast beim Karaoke ein ziemlich deutliches Statement dazu abgegeben«, erinnert er mich. »Und nach dem, was du vorhin am See gesagt hast … oder vielmehr *nicht gesagt* hast … Da würde ich gern die ganze Geschichte erfahren.«

Ich zögere. Befeuchte mir die trockenen Lippen. Eigentlich

habe ich es vermieden, überhaupt einen Gedanken an Ben zu verschwenden, aber jetzt, da ich sowieso auf diesem komischen Stuhl liege und hier nicht wegkann? Wieso nicht? Unangenehmer kann es sowieso nicht mehr werden.

»Unter einer Bedingung: Du erzählst mir auch etwas über deine letzte Freundin.«

Bilde ich mir das nur ein, oder flackert sein Lächeln etwas?

Doch Chase nickt. »Einverstanden.«

Ich hole tief Luft und stoße sie langsam wieder aus. Kurz schaue ich zu Steve hinüber, aber der wirkt so auf seine Arbeit konzentriert, dass er wahrscheinlich kein Wort mitbekommt. Und selbst wenn, kann es mir im Grunde egal sein.

»Eigentlich ist es keine große Sache. Sein Name ist Ben. Letztes Semester hat mich meine Schwester auf eine Verbindungsparty geschleppt. So haben wir uns kennengelernt. Wir hatten einen Kurs zusammen und sind ein paarmal miteinander ausgegangen.«

»Und dann …?«, hakt Chase leise nach.

Ich schnaube. »Dann hat er festgestellt, dass er seinen Bettaktivitäten lieber mit einer anderen nachgeht, und es war aus.«

»Autsch.« Chase verzieht das Gesicht. »Der Wichser.«

Ich zucke mit der Schulter. Es ist ja nicht so, als ob ich ihn geliebt hätte. Oder ihn vermissen würde. Genau genommen habe ich seit Monaten nicht mehr an ihn gedacht. Nicht bis zum Karaoke-Abend und vorhin im See. Nicht bis jetzt.

Seltsamerweise erfüllt mich diese Erkenntnis mit einer unheimlichen Erleichterung. Wenn ich in all der Zeit nicht an ihn gedacht habe, kann ich diese Sache getrost abhaken, ohne ihr auch nur eine einzige Träne nachzuweinen. Gott sei Dank.

»Was ist mit dir?«, frage ich zurück. Nicht nur, um mich weiter von Steves Tun abzulenken, sondern weil es mich ehrlich interessiert.

»Meine letzte richtige Freundin hatte ich in der Highschool«, gesteht Chase und spielt mit meinen Fingerspitzen. »Ihr Name ist Mia, und sie ist in Fairwood aufgewachsen, nur ein paar Straßen von uns entfernt. Ich hab dir ja schon von meiner nicht sehr glorreichen Arschlochphase erzählt ... Josh hat mich damals immer vor unseren Eltern gedeckt und einiges an Ärger auf sich genommen, obwohl ich schuld war. Und Mia ... Tja, Mia war der Grund, weshalb ich mich bessern wollte. Anfangs schien es ihr noch nicht so viel auszumachen, aber als ich mich nach dieser Nacht im Knast am nächsten Schultag mit Shaine angelegt habe und wir beide bei der Schulkrankenschwester gelandet sind, ist Mia ausgeflippt. Sie hat mir kein Ultimatum gestellt, aber mir ziemlich deutlich vor Augen geführt, wie meine Zukunft aussehen wird, wenn ich so weitermache wie bisher. Und sie wollte mir dabei helfen, mein Verhalten ebenso zu bessern wie meine Noten und mein Verhältnis zu meinen Mitmenschen. Tja, und letzten Endes hat sie es geschafft.«

»Das klingt schön«, murmle ich und starre an die Decke. »Wie ein gutes Buch oder ein unrealistisch romantischer Film.«

Und dieses Ziehen in meiner Brust hat absolut nichts damit zu tun, dass mir die Vorstellung von Chase mit einem anderen Mädchen überhaupt nicht gefällt. Wieso sollte es auch? Diese ganze Sache zwischen uns ist nur für ein paar Wochen. Nur bis ... der Sommer zu Ende ist.

Chase schneidet eine Grimasse. »Mehr oder weniger. Wir waren bis zu unserem Abschluss zusammen, dann ist sie auf ein College am anderen Ende des Landes gegangen und ich erst mal zur Army. Eine Weile haben wir eine Fernbeziehung geführt, das hat allerdings nie so richtig funktioniert. Für keinen von uns. Also haben wir uns im Guten getrennt.«

»Bereust du es?« Die Worte entschlüpfen mir, bevor ich sie aufhalten kann. *Argh!*

Er hält einen Moment lang inne, als würde er ernsthaft darüber nachdenken, schüttelt dann jedoch den Kopf. »Es wäre einfach nichts draus geworden. Nicht auf Dauer. Wir hatten unterschiedliche Pläne und Ziele im Leben. Es war nicht gerade angenehm, das erkennen und zugeben zu müssen, aber es ist okay.«

»Das heißt«, mache ich weiter, weil ich allem Anschein nach eine verdammte Masochistin bin, »... wenn sie plötzlich wieder hier auftauchen und es noch mal mit dir versuchen wollen würde, dann ... was?«

Chase überlegt einen Moment lang, als suchte er nach den richtigen Worten. »Mia wird immer etwas Besonderes und ein wichtiger Mensch in meinem Leben sein. Aber sie gehört zu meiner Vergangenheit. Du hingegen«, fährt er fort und streicht mit dem Daumen ganz zart über die Innenseite meines Handgelenks. Sofort schießt mein Puls in die Höhe, und ich bekomme eine Gänsehaut. »Du bist *jetzt* hier. Du bist die Gegenwart.«

Ich beiße mir innen auf die Unterlippe. Chase sollte solche Dinge nicht zu mir sagen. Ich bin nur für eine begrenzte Zeit hier. Ich will ihm nicht wehtun, wenn ich gehe. Oder mir. Doch irgendetwas verrät mir, dass genau das passieren wird. Ich werde uns beiden wehtun. Und das tut mir jetzt schon so verdammt leid.

»Was ist deine Lieblingsmarmelade?«

Ich starre ihn perplex an, während neben mir die Tätowiernadel summt und sich meine Grübeleien in Luft auflösen. »Wie bitte?«

»Das ist sehr wichtig, also überleg dir die Antwort bitte genau.«

Ich pruste los und lasse den Kopf wieder gegen die Lehne sinken. »Du spinnst doch.« Aber ich denke tatsächlich darüber nach. Pfirsich oder Erdbeere? Erdbeere oder Pfirsich? Auf Toast? Mit einem Croissant? Mit Pancakes? Oder im Joghurt? Ahh, die Qual der Wahl!

»Erdbeere«, antworte ich schließlich, da ich mir zwar ein Leben ohne Pfirsiche vorstellen könnte, jedoch keines ohne Erdbeeren.

»Langweilig.«

»Hey!« Ich entreiße Chase meine Finger und gebe ihm einen Klaps auf die Hand.

Geschickt weicht er aus und schnappt sich gleich darauf wieder meine Hand. Steve brummt etwas, was wohl so viel heißt wie, dass ich still halten soll. Ups. Ich werfe Chase einen finsteren Blick zu, aber er grinst nur verschwörerisch.

»Hast du dein Tattoo auch hier machen lassen?«

Ich erinnere mich nur zu genau an die schwarze Tinte auf seiner Haut. Zuerst als er auf der Aussichtsplattform das Shirt angehoben hat, um mir die Narbe neben seinem Bauchnabel zu zeigen, und dann heute Nachmittag, als wir schwimmen waren. Es scheint sich dabei um einen großen Vogel zu handeln, aber ich habe keine Ahnung, was für einen und welche Bedeutung es für ihn hat. Ich war zu sehr damit beschäftigt, den Rest von ihm anzustarren und im Wasser an ihm zu kleben, um mir die Tätowierung allzu genau anzusehen.

Chase schüttelt den Kopf. »In Boston. Meine Eltern hätten es mir nie erlaubt, aber mit neunzehn am College musste ich sie nicht mehr fragen.«

»Und was ist es?«

»Du wirst lachen …«

»Was? Warum? Ist es ein kitschiges Herz mit einem Pfeil in der Mitte?«, rate ich, obwohl ich genau weiß, dass dem nicht so ist. »Oder … warte. Ein Einhorn? Hello Kitty mit ganz viel Rosa?«

»Nein, nein und noch mal nein.« Mit dem Kinn deutet er auf mein Handgelenk. »Es ist ein Vogel wie deine kleinen hier. Nur in groß und stark.«

»In groß und stark?«, wiederhole ich ungläubig. Dieser arrogante … Doch dann bemerke ich sein Grinsen, und mir wird klar, dass er mich schon wieder erfolgreich von der Tätowiermaschine abgelenkt hat. Dieser perfide Mistkerl.

Ohne ein weiteres Wort lässt er meine Hand los und richtet sich auf dem Hocker neben der Liege auf. Und ehe ich auch nur ein einziges Mal blinzeln kann, zieht er sein Shirt hoch, und jeder klare Gedanke in meinem Kopf löst sich auf. Sie sind einfach weg. *Puff!*

Ich starre auf seine trainierten Bauchmuskeln – definitiv eine Spur zu lange –, wandere mit dem Blick dann langsam höher und bleibe schließlich an dem Tattoo hängen, das größer ist als meine ganze Hand. Es handelt sich dabei um einen Raubvogel, einen Adler oder vielleicht auch einen Falken, der auf Chase' Rippenbögen die Flügel ausbreitet und gen Himmel fliegt. So aus der Nähe kann ich die einzelnen Federn ausmachen, genauso wie den entschlossenen Ausdruck auf dem Gesicht des Tieres und das Funkeln in seinen Augen – das mir sehr bekannt vorkommt.

Ich merke nicht einmal, wie ich die Hand ausstrecke, bis ich seine warme Haut unter meinen Fingerkuppen spüre. Ganz langsam streiche ich über das Kunstwerk und fahre die einzelnen Federn nach.

»Gute Arbeit«, brummt Steve unvermittelt, und ich reiße die Hand zurück.

Ich schwöre, ich hatte nicht vor, Chase in aller Öffentlichkeit zu betatschen. Seine warme Haut und seinen Herzschlag wieder unter meiner Hand zu spüren. Nein, nein, nein. Dieser plötzliche Impuls beruht auf rein künstlerischem Interesse.

Und wenn ich es mir oft genug einrede, glaube ich es vielleicht selbst.

Chase' Blick hat sich verändert. Und das liegt nicht nur an den Lichtverhältnissen hier drinnen. Seine Augen wirken dunkler. Das Braun dominiert darin, und ich halte unwillkürlich die Luft an, als mir klar wird, dass er mich genauso ansieht wie vor wenigen Stunden im See. Genauso durchdringend. Genauso drängend.

Nur ganz langsam lässt Chase das Shirt wieder los. »Danke«, erwidert er grinsend auf Steves Kompliment, sieht dabei aber nur mich an.

Ich muss mich dazu zwingen, einen Seufzer zurückzuhalten, weil ich die Tätowierung nicht länger betrachten und berühren kann. Im nächsten Moment verpasse ich mir in Gedanken einen Tritt. Was ist bloß mit mir los? Diese Schmerztherapie an meinem Handgelenk scheint mir nicht zu bekommen. Steve muss ein paar Nerven getroffen haben, die jetzt mein Gehirn lahmlegen. Das ist die einzig sinnvolle Erklärung für mein Verhalten.

»Fertig«, sagt mein Foltermeister plötzlich und richtet sich aus seiner gebeugten Haltung auf.

Mit großen Augen betrachte ich das Bild auf meinem Handgelenk. Fünf kleine schwarze Vögel prangen auf meiner Haut. Sie sehen aus, als würden sie sich jeden Moment in die Lüfte erheben und davonfliegen. An einen schöneren, einen besseren Ort.

Während ich das Tattoo noch immer bewundere, macht Steve die Nachsorge und klebt etwas Klarsichtfolie auf die Stelle. Die Haut rund um die Vögelchen ist gerötet, aber nicht allzu sehr. Sie sieht definitiv nicht so aus, als hätte gerade jemand immer wieder mit einer Nadel auf mich eingestochen und mir Tinte unter die Haut gespritzt. Allein bei der Vorstellung dreht sich mir der Magen um, obwohl sich gleichzeitig so viel Stolz und Erleichterung in mir ausbreiten, dass ich kaum mit den Gedanken hinterherkomme.

Ich habe es geschafft. Ich habe es wirklich durchgezogen und mir ein Tattoo stechen lassen. Mühsam löse ich den Blick von der Tätowierung und richte ihn auf Chase, der mir die Hand hinhält, um mir beim Aufstehen zu helfen.

Ich bin etwas wacklig auf den Beinen, und wahrscheinlich nimmt das Grinsen auf meinem Gesicht gerade psychopathische Züge an, aber das ist mir egal. Ich falle ihm um den Hals und drücke mich an ihn.

»Danke«, flüstere ich ihm ins Ohr, dann mache ich mich mit klopfendem Herzen wieder los und bezahle Steve von dem Trinkgeld, das ich diese Woche im Diner bekommen habe. Ich kann von Glück reden, dass die Walk-in-Aktion heute auch mit einem Rabatt verbunden ist, sonst hätte ich mir das Tattoo überhaupt nicht leisten können. Und wenn ich dafür noch einen Tag länger in Fairwood bleiben muss, bis ich das Geld für die Autoreparatur zusammengekratzt habe, dann … ist das okay.

Als wir nach draußen auf die Main Street treten und die warme Abendluft einatmen, greife ich nach Chase' Hand und verschränke meine Finger mit seinen. Als ich Anfang Juni in mein Auto gestiegen und einfach losgefahren bin, hatte ich nicht die geringste Ahnung, was mich erwarten würde. Aber nie im Leben hätte ich damit gerechnet, all diese Menschen zu treffen … und dank ihnen auch meinen besten Freund noch ein ganzes Stück besser kennenzulernen. Vor allem hätte ich niemals erwartet, jemandem wie Chase zu begegnen – und dass er mir innerhalb so kurzer Zeit schon so wichtig werden könnte.

Aber das ändert nichts. Das *darf* nichts ändern. Nichts an

meinen Plänen und nichts an dem, wie all das enden wird. In spätestens dreizehn Tagen werde ich Fairwood verlassen und Katie endlich wiedersehen. Bis dahin kann ich nur das Beste aus der Zeit machen, die mir hier noch bleibt.

Kapitel 21

Chase

»Nein, schon gut«, murmle ich und umfasse das Smartphone eine Spur fester. »Es ist gut, dass Sie mir Bescheid gegeben haben.«

Es ist Sonntagnachmittag, und statt mich für den Ausflug zum See fertig zu machen, den Hailee für uns alle organisiert hat, stehe ich in meinem alten Kinderzimmer und starre die Wand an. Eine Wand voller Poster, Urkunden und Fotos. Fotos von früheren Freunden und ehemaligen Mitschülern. Von Jesper und mir. Von Josh und mir.

»Danke für den Anruf.« Ich lege auf und bin so kurz davor, meine Hand in die nächste Wand zu rammen, dass ich am ganzen Körper zittere. Stattdessen pfeffere ich das Smartphone aufs Bett.

Ich werde Josh umbringen. Ich schwöre, ich werde diesem Mistkerl den Hals umdrehen. Was glaubt er eigentlich, wer er ist? Ja, ich weiß, dass es verflucht schwer ist, einen Weg aus der Abhängigkeit herauszufinden, aber deswegen ist er ja in dieser verfluchten Klinik: um gesund zu werden. Und nicht, um irgendwelche Leute mit seiner nicht vorhandenen Kohle zu bestechen, damit sie ihm Stoff besorgen. In die Klinik. Wie zum Teufel er das geschafft hat, geht über mein Verständnis hinaus.

Vier Wochen. Vier. Verdammte. Wochen. Er hätte sie einfach weggeworfen. Den ganzen Fortschritt, den er in dieser Zeit gemacht hat. Für nichts!

Manchmal habe ich das Gefühl, dass er sich verdammt wohlfühlt in dieser Welt aus den höchsten Höhen und tiefsten Tiefpunkten. Er scheint gar nicht zu wollen, dass es ihm besser geht, er gesund wird und wieder zurück nach Hause kann. Vielleicht will er sich aber auch nicht dem Leben und der Zukunft stellen, die genauso fest in Stein gemeißelt ist wie meine. Aber deswegen gleich alles hinzuschmeißen? Nach allem, was wir zusammen durchgestanden haben?

»Scheiße, Josh«, knurre ich in das stille Zimmer. »Was hast du dir nur dabei gedacht?«

Er hatte nicht mal so viel Anstand, es mir selbst zu beichten. Nein, ich musste es von der Klinikleitung erfahren, da ich als sein Notfallkontakt eingetragen bin. Anscheinend wurde Josh heute Morgen nach dem Frühstück mit Drogen erwischt. Drogen, die er sich mit Sicherheit eingeworfen hätte, hätten die Pfleger ihn nicht davon abgehalten. Dieser Wichser hätte die Aussicht darauf, seine ganze Familie in nur wenigen Wochen wiedersehen zu können, fast wegen eines verdammten Highs in die Tonne getreten. Eine Familie wohlgemerkt, die ihn jeden Tag vermisst und ihn immer noch für den besten Sohn aller Zeiten hält, weil niemand etwas von seinen Problemen weiß. Gott, wenn ich ihn jetzt an den Hörer kriegen würde, würde ich ihn anbrüllen, bis mir die Stimme wegbleibt, aber nach der Aktion wurde ihm jeder Kontakt zur Außenwelt entzogen, also bleibt mir nichts anderes übrig, als tief durchzuatmen und mich halbwegs zu beruhigen, bevor ich mich auf den Weg mache.

Trotzdem zittern meine Hände eine halbe Stunde später immer noch, als ich den Dodge an der Wiese vor dem See parke. Mein großer Bruder hat heute alles einfach hingeschmissen.

Und wofür das Ganze? *Wofür?* Gestern haben wir noch miteinander telefoniert, und er hat behauptet, alles wäre in Ordnung. Er würde gute Fortschritte machen. Könnte bald wieder nach Hause. Würde sich darauf freuen. Und dann das.

Scheiße, ich habe diese verdammten Lügen so satt. Ich habe es satt, mir von Josh etwas vormachen zu lassen, ich habe es satt, seinen Mist auszubaden, und ich habe es satt, jeden, den ich kenne, für ihn zu belügen. Freunde. Familie. Bekannte. Sogar Phil, der mich gestern Abend beim Ins-Bett-Bringen mit großen traurigen Kinderaugen nach seinem Helden gefragt hat.

Fuck. Einfach *Fuck*.

Ich schalte den Motor aus, fahre mir mit den Fingern durchs Haar und steige aus. Die Abschürfungen an meiner Hand brennen wieder. Und sie erinnern mich an eine Zeit, an die ich nicht mehr zurückdenken wollte – und schon gar nicht, wenn ich Josh in Gedanken eh schon verfluche. Monatelang habe ich bei diesen beschissenen Kämpfen mitgemacht, um den Großteil von Joshs Schulden abzuarbeiten. Wie er jetzt an die Drogen gekommen ist und was er demjenigen dafür versprochen hat, will ich mir nicht mal vorstellen. Und das nur, damit er seinen verfickten Stoff bekommt.

Wahrscheinlich ist es keine besonders gute Idee, so angepisst herzukommen, aber ich weiß auch nicht, wo ich sonst hingehen soll. Abgesehen davon kann ich die Ablenkung wirklich gut gebrauchen. Ich kann eine verdammte Pause von meinem Leben so sehr gebrauchen.

Es ist nicht derselbe See wie der, an dem Hailee und ich am Samstag waren. Dieser hier ist größer, mit einem breiten Kiesstrand, und er liegt viel näher an Fairwood. Früher waren wir ständig hier, sobald es warm wurde. Mal mit Jesper, mal ohne ihn, wenn er nicht konnte oder sich partout geweigert hat. Aber das kann Hailee eigentlich nicht wissen.

Auch an diesem Sonntagnachmittag ist einiges los. Abgesehen von der kleinen Gruppe, auf die ich jetzt zutrotte, sind noch jede Menge andere Leute hier versammelt, Touristen wie Einheimische. Sie grillen am Ufer, paddeln im Wasser herum, hören Musik und haben Spaß. Es wirkt fast schon zu idyllisch, um wahr zu sein.

»Hey …« Hailee ist die Erste, die mich bemerkt und aufspringt. Sie haben sich alle auf Baumstämmen um ein Lagerfeuer versammelt, das allerdings noch nicht angezündet ist. Da sind Lexi, Charlotte, Shaine, Clayton, Eric – und Hailee. Doch als sie meine Miene bemerkt, verblasst ihr Lächeln. »Alles okay?«

Ich nicke knapp. Zu mehr bin ich gerade nicht in der Lage und verfluche mich in Gedanken selbst dafür. Als ich Hailee das letzte Mal gesehen habe, war ich so entspannt. Wir hatten gestern diesen unglaublichen Nachmittag und Abend zusammen, und es gab nichts, das ich mehr wollte, als sie zu küssen. Aber ich habe es nicht getan, sondern sie wie ein Gentleman zur Tür gebracht und ihr Gute Nacht gesagt. Wie kann es mir also so vorkommen, als wäre das eine Ewigkeit her, wenn es doch nur einen Tag zurückliegt?

»Yo.« Clayton begrüßt mich per Handschlag.

Eric hebt die Hand. Lexi nickt mir zu, aber da ist auch dieser fragende, fast schon skeptische Ausdruck in ihren Augen, dem ich lieber aus dem Weg gehen will. Charlotte scheint nichts davon mitzukriegen, sie lächelt mich von ihrem Platz neben meiner Cousine aus einfach an.

Nur Shaine betrachtet mich mit einer so finsteren Miene, als hätte mein Auftauchen hier ihm schon den Tag versaut. Tja, sein Pech. Jetzt bin ich da und habe sicher nicht vor, wieder zurückzufahren. Zu Hause würde ich es keine fünf Sekunden aushalten, erst recht nicht, wenn mich wieder irgendwer nach

Josh fragt. Wann zum Teufel bin ich eigentlich sein persönlicher Assistent geworden?

»Na, hängt etwa der Haussegen in der heilen Welt der Whittakers schief?« Shaine wirft mir einen harten Blick zu.

Keine Ahnung, was sein Problem ist, aber ich bin nicht in der Stimmung dazu, mich von ihm provozieren zu lassen. Nur weil bei ihm etwas nicht so läuft, wie er es gerne hätte, muss er es verdammt noch mal nicht an allen anderen auslassen wie ein Zehnjähriger.

»Shaine …« Lexis warnende Stimme scheint plötzlich das einzige Geräusch am Ufer zu sein.

Ich nehme die anderen Leute kaum noch wahr, und in unserer Gruppe hat sich ein beklommenes Schweigen ausgebreitet. Ganz so, als wüsste niemand so recht, was er sagen sollte. Oder als wollte niemand etwas Falsches sagen, weil dann einer von uns in die Luft gehen könnte.

Ich schnaube nur. »Fick dich, Mann.«

Shaine kann mich mal. Ich habe genug eigene Probleme, da muss ich mich nicht auch noch mit seinen herumschlagen.

»Braucht ihr noch Feuerholz?« Ich warte die Antwort gar nicht erst ab, sondern stapfe davon. Vielleicht können mich ja ein paar Minuten in der Natur und die Beschäftigung genug ablenken, um endlich runterzukommen und meinem älteren Bruder gegenüber keine Mordgelüste mehr zu verspüren.

Ich schlage den Weg zu dem Wäldchen ein. Nicht weit von hier lagert ein Parkranger in einem Unterstand immer Feuerholz, an dem sich jeder gegen eine kleine Spende bedienen darf. Zu Schulzeiten waren wir und noch ein paar Mitschüler ständig hier draußen, und ich bin mir sicher, dass wir an den meisten Sommerabenden dachten, diese Zeiten würden sich nie ändern. Aber mit dem Abschluss haben sich unsere Wege getrennt. Clay hat es mit einem Stipendium nach Princeton geschafft, das Studium aber nie angetreten. Eric studiert mit Stipendium in New York. Und Shaine … hat seine Motocross-Karriere begonnen und kehrt nur noch gelegentlich nach Fairwood zurück. Und dann auch meist nur, um seine Großmutter zu besuchen. Nie seine Eltern. Und manchmal auch Lexi, bevor er sofort wieder verschwindet. Charlotte kellnert noch immer in *Lizzy's Cakes*, obwohl sie ursprünglich mal Lehrerin werden wollte. Lexi hat sich den Ruf erarbeitet, eine der besten Automechaniker der Stadt zu sein. Mia ist für ihr Studium nach Seattle gezogen und Jesper … ist tot.

Dass es ausgerechnet sein Tod schaffen würde, uns zumindest zum großen Teil wieder zusammenzubringen, ist irgendwie morbide, aber nicht überraschend. Wir waren alle auf seiner Beerdigung, hatten uns damals aber nicht viel zu sagen, da jeder von uns zu sehr mit sich selbst und seinen eigenen Problemen beschäftigt war, um ins Gespräch zu kommen. Erst an Jespers Geburtstag, zu dem Lexi uns alle nach Fairwood zurückbeordert hat, haben wir überhaupt wieder damit angefangen, miteinander zu reden. Und dann ist Hailee aufgetaucht …

Ein Knacken hinter mir. Ich fahre zusammen und drehe mich um, auf einem Arm bereits einige Äste fürs Lagerfeuer. Ich habe nicht vergessen, dass Hailee unbedingt mal Marshmallows grillen wollte, und habe zur Sicherheit eine große Packung auf dem Rücksitz meines Wagens. Aber sie ist nicht diejenige, die zwischen den Bäumen auftaucht.

»Manche Dinge ändern sich nie, was?« Shaine mustert mich aus zusammengekniffenen Augen.

Ganz langsam ziehe ich die Brauen hoch. »Wie bitte?«

Dieser Kerl war schon in der Schule immer auf Ärger gepolt und ist es allem Anschein nach auch jetzt noch.

»Du«, wirft er mir vor. »Dieser Auftritt eben. Gibt's Probleme in der heilen Welt der Whittakers? Ist irgendwo im Haus eine teure Vase umgefallen?«

»Echt jetzt, Mann?« Kopfschüttelnd wende ich mich ab. Diesen Mist muss ich mir nicht geben. Nicht heute. Nicht von ihm.

Ein kurzes, abgehacktes Lachen hinter mir. »Ja, klar. Hau nur ab. Wir wissen alle, dass du das am besten kannst.«

Wie in Zeitlupe drehe ich mich wieder zu ihm um. Meine Hände umklammern das Holz so fest, dass es knirscht. »Wie war das …?«

Neben uns tauchen Clay und Eric auf, die uns nachgegangen sein müssen. Wahrscheinlich befürchten sie, dass Shaine und ich uns gegenseitig die Köpfe einschlagen, wie früher immer beim Sport. Nur dass es hier keinen Schiedsrichter und keinen Coach gibt, die uns in Schach halten können.

Ich werfe das Holz zu Boden und wische mir die Hände an der Jeans ab. Erst dann richte ich meine Aufmerksamkeit wieder auf den Wichser vor mir. »Du bist doch derjenige, der so schnell aus Fairwood abgehauen ist, wie er nur konnte«, erinnere ich ihn an den Tag unseres Highschoolabschlusses. Was Shaine nicht weiß, ist, wie wütend Lexi damals auf ihn war. Wütend und verletzt und enttäuscht. Aber sie würde eigenhändig mein Grab schaufeln, sollte ich es ihm oder sonst jemandem jemals verraten, also halte ich diesbezüglich meine Klappe. Was nicht heißt, dass ich ihm vergeben habe.

Seine Miene verdüstert sich. »Das hat überhaupt nichts mit Weglaufen zu tun.«

»Ach nein?«, höhne ich. »Vielleicht solltest du lieber selbst in den Spiegel schauen, bevor du anderen an die Kehle springst, Fairfield.«

»Leute …« Clayton stellt sich mit erhobenen Händen zwischen uns. »Muss das jetzt wirklich sein? Das sollte ein spaßiger Ausflug werden. Wie früher. Erinnert ihr euch noch? Jesper hätte sicher nicht gewollt, dass …«

»Jesper will gar nichts mehr«, unterbricht Shaine ihn kalt. »Ich habe es satt, dass jeder so tut, als wäre der Typ ein Heiliger gewesen. Newsflash! Das war er nicht.«

»Hey!«, rufe ich dazwischen. Erst geht Shaine auf mich los, und jetzt macht er Jesper fertig, der sich nicht mal zur Wehr setzen kann? Was ist eigentlich sein verdammtes Problem?

Inzwischen haben sich auch die anderen hier versammelt, und ich hasse es, dass Hailee das mit ansehen muss. Ich hasse es, dass Lexi Shaine so erleben muss. Und ich hasse es, dass ausgerechnet Charlotte diese Dinge aus dem Mund ihres Cousins zu hören bekommt.

Ich sehe von einem zum anderen und fixiere schließlich Shaine. »Das reicht. Komm wieder runter.«

»*Komm wieder runter?*« Er tritt einen drohenden Schritt auf mich zu. In der Schule war er eher der große, schlaksige Typ. Davon ist jetzt, abgesehen von seiner Größe, nichts mehr zu sehen. Shaine und ich begegnen uns auf Augenhöhe, und er hat in den letzten Jahren ordentlich an Muskelmasse zugelegt. »Und das von dir? Soll das ein verdammter Witz sein, Whittaker?«

Ich weiche nicht zurück. Nicht vor ihm. Nicht, nachdem ich mich in so vielen Arenen geprügelt und dabei mehr ausgeteilt als eingesteckt habe. Wenn Shaine auf Ärger aus ist, kann er den haben. Aber nicht hier. Nicht vor den Augen aller. Ich habe nicht den ganzen Sommer über die Klappe gehalten, jeden einzelnen Menschen für Josh belogen und alles, was mich ankotzt, runtergeschluckt, nur um mich jetzt ausgerechnet von Shaine fucking Fairfield provozieren zu lassen.

»Du bist doch hier aufgetaucht wie eine kleine Drama-Queen«, spottet er. »Was ist los, hm? Hat Daddy dir nicht genug Geld zugesteckt?«

»Shaine …«, warnt Charlotte, aber er beachtet sie nicht. Keiner von uns tut das, abgesehen von Eric, der schützend den Arm vor ihr ausstreckt, damit sie sich nicht weiter einmischt.

Ich trete provozierend nahe an Shaine heran. »Sag das noch mal.«

»Buhuu«, macht Shaine. »Armer kleiner Junge mit der perfekten Familie und den ach so schlimmen Problemen.«

Ich verpasse ihm einen Stoß mit beiden Händen, der ihn zurücktaumeln lässt. Irgendjemand atmet vor Schreck keuchend ein.

Aber Shaine lacht nur dreckig. »Du hast wenigstens so etwas wie Mumm. Ganz anders als dein Schwächling von Bruder, der sich wahrscheinlich gerade bei irgendeiner Tussi die Augen ausheult.«

Das war's.

Jedes bisschen Denken setzt aus. Jedes Gefühl erkaltet. Ich hole aus und schlage zu.

Meine Faust kracht in Shaines Gesicht. Sein Kopf fliegt herum. Heißer Schmerz zuckt durch meine Knöchel bis hinauf ins Handgelenk, aber ich merke es kaum, als ich ein zweites Mal aushole. Aus dem Augenwinkel registriere ich, wie sich mehrere Gestalten zwischen uns werfen. Clayton hält Shaine zurück, Lexi schiebt sich mit erhobenen Händen zwischen uns. Und Eric drückt mich zurück, bevor ich erneut zuschlagen kann.

Plötzlich schlingen sich zwei Arme von hinten um mich und halten mich ganz fest. Es ist keiner der Jungs, und ich bin sicher, ich könnte mich aus der Umklammerung befreien, wenn ich es wollte, aber … ich will es nicht. Mein Puls rast, mein Atem geht keuchend, und meine rechte Hand tut scheißweh – aber der Drang, auf etwas oder jemanden einprügeln zu wollen, lässt nach. Nicht sofort, aber ganz langsam, Stück für Stück, bis meine Schultern herabsinken und sich meine zu Fäusten geballten Finger von allein lösen.

Nach und nach klärt sich mein Sichtfeld, und der rote Schleier vor meinen Augen verschwindet. Shaine hält sich die Nase, weil er blutet wie ein abgeschlachtetes Schwein, aber er wirft nur einen herablassenden Blick in meine Richtung und stapft dann zurück zum Ufer. Dicht gefolgt von Lexi, die mir einen verständnislosen Blick zuwirft, und Charlotte, die ihrem Cousin einen Schubs gibt, bevor sie sich seinen Arm umlegt, um ihn zu stützen.

Ich stehe immer noch hier, während Hailee mich festhält und die Wut langsam in mir abebbt. »Ich ... Scheiße.«

Kopfschüttelnd mache ich mich los und wende mich ab. Ich brauche einen Moment Ruhe, um wieder zu mir zu kommen. Nur ein paar Minuten, um wieder klar denken zu können und zu begreifen, was hier passiert ist. Das letzte Mal, dass ich Shaine eine reingehauen habe, war in der zehnten Klasse – und da hat er irgendeinen Mist über meine Mom gesagt, um mich zu provozieren.

»Chase! Warte!«

Ich bleibe kurz stehen, aber nur, um etwas Wichtiges loszuwerden: »Geh zu den anderen zurück, Hailee.«

Zunächst glaube ich, dass sie auf mich hört, dass sie weiß, was gut für sie ist, und sie wieder zum Lagerfeuer an den Strand geht, doch dann höre ich ihre Schritte hinter mir. Hailee sagt kein Wort, versucht mich kein zweites Mal aufzuhalten, lässt mich aber auch nicht allein.

Schweigend laufen wir durch den Wald, immer in der Nähe des Sees, aber nicht nahe genug, um irgendwelchen Leuten am Ufer zu begegnen. Ich habe keine Ahnung, wie lange wir unterwegs sind, aber es ist mir auch völlig gleich. Zeit spielt keine Rolle mehr.

Irgendwann bleibe ich stehen und fahre mir mit den Händen übers Gesicht. Gottverdammte Scheiße. So hatte ich mir diesen Nachmittag nicht vorgestellt. Und Hailee sicher auch nicht, schließlich war sie diejenige, die diesen Ausflug spontan organisiert und uns alle herbestellt hat. Sie wollte nicht nur mir etwas Gutes tun, sondern jedem Einzelnen hier. Und ich habe es versaut.

»Sorry, dass du das mit ansehen musstest«, murmle ich, obwohl ich eigentlich etwas ganz anderes sagen will. *Sorry, dass ich die Beherrschung verloren habe. Sorry, dass ich so ein Arschloch bin.*

»Schon gut.«

Ich drehe mich um und werfe ihr einen ungläubigen Blick zu. Sie steht nur zwei, drei Schritte von mir entfernt neben einem Baumstamm. Das Laub auf dem Boden knistert, als sie langsam näher kommt. »Hast du eine Ahnung, zu wie vielen Partys Katie mich auf dem Campus geschleppt hat? Und bei wie vielen davon es früher oder später zu einer Schlägerei kam? Das ist nicht das erste Mal, dass ich sehe, wie zwei Typen aufeinander losgehen.«

Es ist nicht dasselbe, und das weiß sie. Ich kann keinen Alkohol als Entschuldigung vorschieben, da ich stocknüchtern bin.

»Shaine hat sich wie ein Arsch verhalten.«

Ich schüttle den Kopf und seufze tief. »Shaine war einfach nur … Shaine.«

Wir sind uns schon früher gegenseitig an die Gurgel gegangen, allen voran ich ihm, weil er so gut darin ist, Leute zu provozieren. In der Highschool gab es keinen einzigen Lehrer, den Shaine nicht das eine oder andere Mal zur Weißglut getrieben hat. Vom Coach ganz zu schweigen. Wenn es eine Person gab, die öfter nachsitzen musste als ich, dann war er es.

»Wie geht's deiner Hand?« Zaghaft greift Hailee danach und betrachtet die geröteten Knöchel.

»Tut weh«, gebe ich zu und verziehe gleich darauf den Mund zu einem zynischen Lächeln. »Aber ist ja nicht so, als wäre ich das mittlerweile nicht gewöhnt.«

Hailee erwidert nichts darauf, doch als sie meine Hand anhebt und einen Kuss auf die geschundenen Knöchel haucht, stockt mir der Atem. Himmel … womit habe ich jemanden wie sie in meinem Leben verdient? Die Antwort darauf ist einfach: Gar nicht. Aber ich bin egoistisch. Statt sie noch einmal zurückzuschicken, ziehe ich sie an mich.

Hailee erwidert die Umarmung und vergräbt das Gesicht an meinem Hals. »Für einen kurzen Moment hatte ich echt Angst«, gibt sie leise zu.

Ich schließe die Augen und verfluche mich in Gedanken selbst. »Tut mir leid.«

Was ich nicht erwähne, ist, dass ich ohne sie wahrscheinlich immer noch auf Shaine einprügeln würde. Hailee war diejenige, die mich beruhigt hat, indem sie mich einfach ganz fest umarmt hat. Als mir wieder einfällt, wie ich ihr in der Bar erzählt habe, dass Mom das als Kind immer bei mir gemacht hat, muss ich unweigerlich lächeln. Und es ist das vielleicht erste ehrliche Lächeln an diesem Tag.

Ich atme tief durch, inhaliere ihren Duft und schiebe sie dann so weit von mir, um sie ansehen zu können, ohne sie loslassen zu müssen. »Alles okay bei dir?«, frage ich leise und lege die Hand an ihre Wange, weil ich sie seit unserem letzten Date irgendwie nicht *nicht* berühren kann. Sie lächelt zwar, aber in ihren Augen ist ein trauriger Ausdruck, der mir bisher entgangen ist, weil ich so mit meinen eigenen Gedanken und Problemen beschäftigt war. Doch jetzt sehe ich nichts anderes. »Du wirkst irgendwie … bedrückt.«

»Bedrückt?«

»Ja.«

Sie weicht meinem Blick aus. Atmet tief durch. Dann sieht sie mich wieder direkt an. »Ich habe es dir gestern nicht gesagt, weil ich so durcheinander war und erst mal irgendwie damit klarkommen musste, aber … ich habe Jespers Manuskript gefunden. Er hat es geschafft, Chase. Er hat es tatsächlich fertig geschrieben.« Sie sagt das mit einem Lächeln, aber ihre Augen schwimmen in Tränen.

Sachte wische ich mit dem Daumen über ihre Wange. »Warum weinst du dann?«

»Ich weine ni… oh.« Sie schnieft und lacht gleichzeitig. »Ich bin nur so … so glücklich, dass er erreicht hat, was er unbedingt tun wollte. Und ich …« Ein tiefes Seufzen. »Ich vermisse ihn so sehr.«

Behutsam ziehe ich sie an mich, bis ihr Kopf an meiner Schulter lehnt. »Ich weiß«, murmle ich und streiche ihr übers Haar. Ausnahmsweise trägt sie heute keinen ihrer Hüte. »Man merkt es den meisten hier wahrscheinlich nicht an, aber das tun wir alle. Er fehlt jedem Einzelnen von uns.«

Sie nickt stumm, und ich kann nur hoffen, dass sie mir glaubt. Denn auch wenn sich unsere Wege nach der Highschool getrennt haben, auch wenn wir kaum noch miteinander geredet haben, hat Jesper uns alle irgendwie miteinander verbunden. Selbst dann noch, als er diese Bande in den Wochen vor seinem Tod für immer kappen wollte.

»Er hatte immer die dämlichsten, aber auch die besten Sprüche auf Lager.«

Hailee legt den Kopf in den Nacken und sieht zu mir hoch. Ihre Augen sind noch immer leicht gerötet, aber um ihren Mund liegt ein versonnenes Lächeln. »Stimmt.«

Scheiße, was würde ich jetzt nicht dafür tun, um noch mal

einen seiner dummen Sprüche zu hören zu kriegen. Um meinen besten Freund zurückzuhaben. Andererseits hätte ich Hailee dann wohl nie kennengelernt, was das Ganze nur noch komplizierter und irgendwie auch bittersüßer macht.

Ein leises Prasseln beginnt, das von Sekunde zu Sekunde lauter wird.

»Chase?«

»Hm?«

Ein bezauberndes Lächeln breitet sich auf ihrem Gesicht aus, als die ersten Tropfen auf uns herabfallen. »Es regnet.«

Ich blinzle überrascht. Sie hat recht. Scheiße, sie hat recht! Diesmal wird mich absolut nichts davon abhalten, meinen Mund endlich auf ihren zu pressen und sie das erste Mal zu küssen. Genau so, wie der perfekte erste Kuss sein sollte.

Ich nehme ihr Gesicht in beide Hände und streiche mit den Daumen über ihre Wangen. Ihre Lippen teilen sich, als sie ausatmet. Ihre Augen sind riesengroß, aber sie weicht nicht vor mir zurück. Im Gegenteil. Ganz zögerlich kommt sie mir entgegen, bis mich ihr warmer, blumiger Duft umnebelt und ihre braunen Augen das Einzige sind, was ich noch wahrnehme. Ich lehne mich zu ihr, streife mit den Lippen ganz zart über ihre und …

»Hey!«, ertönt eine bekannte Stimme, und eine Gestalt taucht zwischen den Bäumen auf. »Was macht ihr zwei Hohlköpfe da? Es schüttet, falls euch das nicht aufgefallen ist!«

Das kann jetzt nicht wahr sein, oder? Das ist *nicht* Claytons verdammter Ernst!

Frustriert lasse ich meine Stirn gegen Hailees Schulter sinken. Ihr Körper bebt vor unterdrücktem Lachen.

»Ich bringe diesen Kerl um«, knurre ich.

»Bitte warte damit bis nach dem Lagerfeuer.« Ihre Finger schließen sich um meine, und dann laufen wir durch den Regen, Clayton hinterher, bis wir die Autos am Ufer erreichen. Die anderen haben schon darin Zuflucht gesucht, aber keiner fährt los.

Als ich mit Hailee im Dodge sitze, werfe ich ihr ein atemloses Lächeln zu. Ihre langen Haare sind feucht, und ihre Klamotten haben auch etwas abbekommen, was diese weit geschnittene helle Bluse an einigen Stellen beinahe durchsichtig macht. Auf ihren nackten Beinen glänzen kleine Wassertropfen, genau wie auf ihrem Hals, und ich ertappe mich dabei, wie ich sie nur zu gerne wegküssen oder – besser noch – von ihrer Haut lecken würde.

Ein zittriges Seufzen lenkt meinen Blick zurück zu ihrem Gesicht. Hailee betrachtet mich, als würden ihr exakt dieselben Gedanken durch den Kopf schießen wie mir, und kurz frage ich mich, warum wir unseren Gedanken nicht einfach Taten folgen lassen. Dann fällt es mir dummerweise wieder ein: Wir sind in einem Auto am Ufer eines Sees. Und wir sind nicht allein. Verflucht.

Der Regenschauer hält nicht allzu lange an. Nach zehn, fünfzehn Minuten wird es ruhiger, und der Himmel klart wieder auf. Die meisten Leute sind dageblieben, viele haben sich vor dem kurzen Wolkenbruch nicht mal richtig in Sicherheit gebracht. Ich steige aus und kehre zusammen mit Hailee zu der Stelle zurück, an der sich unsere Gruppe vorhin auf zu Sitzbänken umfunktionierten Baumstämmen versammelt hatte.

Shaine hockt schon da, den Zipfel eines Papiertaschentuchs in ein Nasenloch gestopft, und drückt sich eine kalte Bierdose gegen die linke Gesichtshälfte.

Ich lasse mich ihm gegenüber nieder, Hailee direkt neben mir. »Sorry, Mann.«

Shaine nickt mir knapp zu. »Geht's dir jetzt besser?«

Das tut es tatsächlich. Und der Drecksack muss das gewusst

haben. Aber das auch noch offen vor ihm zugeben? Keine Chance.

»Meiner Hand geht's besser als deinem Gesicht«, behaupte ich und halte sie zum Beweis in die Höhe. Die Knöchel sind gerötet, die Quetschung darunter mittlerweile gelbgrün verfärbt, aber jede Bewegung tut weh. Wahrscheinlich sollte ich das kühlen, genau wie Shaine seine Wange, damit es nicht wieder schlimmer wird, aber … Verdammt, das war es wert.

Er grinst mich hinter der Dose an und wirft mir eine andere zu. »Gern geschehen.«

Ich fange sie auf und halte sie gegen meine pochenden Knöchel. Und so schnell ist die Sache wieder geklärt.

Lexi wirft das Holz neben uns zu Boden, das sie gemeinsam mit Charlotte hergeschleppt hat. »Wieder alles klar im Kindergarten? Ja?«

Shaine grinst sie an, woraufhin sie bloß die Augen verdreht.

Jeder sucht sich einen Platz, und wir machen es uns gemütlich. Als die Sonne langsam untergeht und die ersten Flammen an den teils trockenen, teils vom Regen feuchten Ästen lecken, verteilen Eric und Clayton ein paar lange, angespitzte Stöcke. Ich halte Hailee die Packung hin, die ich vor wenigen Minuten vom Rücksitz geholt habe.

Ihre Augen leuchten vor Begeisterung auf, und sie reißt sie mir förmlich aus der Hand. »Marshmallows!?«

Ich nicke lächelnd. »Marshmallows.«

Und dann beginnen wir einvernehmlich, die Stücke aufzuspießen und ins Feuer zu halten.

Kapitel 22

Chase

Schatten tanzen über die Gesichter der Anwesenden. Es ist noch immer warm, vor allem so dicht am Feuer, trotzdem schaudert Hailee vor mir auf dem Boden und lehnt sich an meine Beine. Ich beuge mich vor und streiche ihr wärmend über die nackten Arme.

Besser. Das ist gleich viel besser. Auch wenn ich jetzt die ganze Zeit gegen den Drang ankämpfen muss, meine Nase in ihrem duftenden Haar zu vergraben oder mit den Fingern unter ihre weit geschnittene Bluse zu schlüpfen. Oder ihr in den Ausschnitt zu gucken, denn diese Bluse fällt zwar ziemlich locker, hat aber ein mörderisches Dekolleté.

Hailee muss meine Musterung bemerkt haben, denn sie kneift mich unvermittelt in die Wade.

Autsch! Grinsend schließe ich meine Arme etwas fester um sie und ziehe sie näher an mich.

»Wisst ihr noch, wie Chase und Jesper dem Hausmeister in der achten Klasse mit Wasserballons aufgelauert haben?«, durchbricht Clayton plötzlich die einvernehmliche Stille. »Und wie es dann die alte Mrs Dolan erwischt hat, die aus Versehen ins Zimmer kam?«

Alle lachen los. Sogar Hailee verzieht die Lippen zu einem Lächeln, auch wenn sie damals nicht dabei war. Himmel, das ist eine Ewigkeit her, trotzdem muss ich jetzt grinsen.

»Wir mussten zwei Wochen lang nachsitzen. Zwei Wochen!«, beschwere ich mich. Das war absolut ungerechtfertigt. Wir haben doch bloß ihr Kostüm mit grün gefärbtem Wasser ruiniert – und das war nicht mal besonders schön, sondern mindestens so alt und bösartig wie die Lehrerin selbst. »Sie hat uns das ewig nachgetragen.«

»Keine Ahnung, was ihr für ein Problem mit ihr hattet.« Lexi streckt die Beine aus und überkreuzt sie an den Knöcheln. »Mich hat sie immer geliebt.«

»Ja, weil du ein Streber warst«, kontert Shaine.

Ein Marshmallow trifft ihn am Kopf.

»Hey!«

Lexi kneift die Augen zu schmalen Schlitzen zusammen. »Ich war *keine* Streberin!«

Clayton lacht. »Warst du wohl!«

Sogar Charlotte zieht entschuldigend die Schultern hoch. »Irgendwie schon.«

»Boah, Leute!« Lexi verdreht die Augen und wirft das lange Haar zurück. »Ich war fokussiert und ehrgeizig und wusste, was ich wollte. Nicht so wie ihr Loser.«

»Du meinst, so fokussiert und ehrgeizig, dass du, statt für die Abschlussprüfungen zu lernen, lieber mit Archer Wilton unter den Tribünen rumgeknutscht hast?«, werfe ich trocken ein.

Ihr Mund formt ein perfektes O, als sie mich anstarrt und mir vermutlich jede Krankheit der Welt an den Hals wünscht. »Du Mistkerl! Das sollte nie jemand erfahren!«

Neben uns brechen Clay und Eric vor Lachen zusammen.

»Echt jetzt, Lexi?«, keucht Eric und wischt sich die Tränen aus den Augenwinkeln. »*Der* schmierige Typ? Hatte der nicht mit der halben Schule was unter der Tribüne?«

»Ich hatte eine Wette verloren«, behauptet sie. »Außerdem war er ein ziemlich guter Küsser.«

»Das war er wirklich«, kommt es überraschend von Charlotte.

Clay grinst breit. »Jepp.«

»Wartet mal.« Hailee deutet in die Runde. »Wer ist dieser Kerl, und hat hier wirklich jeder mit ihm rumgeknutscht?«

»Ich nicht!« Shaine hebt abwehrend die Hände.

Lexi fixiert ihn aus zusammengekniffenen Augen. »Und was war mit Wahrheit oder Pflicht an Halloween 2013?«

Er starrt sie fassungslos an. »Wie um alles in der Welt kannst du *das* noch wissen?«

Sie lächelt zufrieden. »Ich bin aufmerksam und habe ein Gedächtnis wie ein Elefant. Ich weiß *alles*. Zum Beispiel, dass du dringend einen Reifenwechsel nötig hast, weil du Idiot mit einem Ersatzreifen durch die Gegend fährst. Bei Clays Maschine steht immer noch ein Ölwechsel an, Hailees Motor wird in ein paar Tagen geliefert, und Chase' Dodge hat einen Kratzer im Lack direkt neben dem linken Bremslicht.«

»Was?« Ich war gerade dabei, eine neue Ladung Marshmallows auf meinem Stock aufzuspießen, und halte jetzt alarmiert inne. »Seit wann ist da ein Kratzer?«

Und wie kann mir das nicht aufgefallen sein?

»Seit Phil mit dem Fahrrad dagegengeknallt ist.« Sie zuckt mit den Schultern. »Ich musste ihm schwören, ihn nicht zu verraten. Also weißt du von nichts, Mister.«

Ich kann nur ungläubig den Kopf schütteln. Hailee nimmt mir den Stock ab und hält ihn ins Feuer, um die Marshmallows zu grillen. Inzwischen hat sie schon mehr davon verputzt als wir alle zusammen, aber ich werde sie ganz sicher nicht aufhalten. Dafür beobachte ich sie zu gerne dabei, wie sie genießerisch die Augen schließt und sich das klebrige Zeug von den Fingern leckt.

In diesem Moment ertönen von einem anderen Lagerfeuer

nicht weit von uns entfernt erste Gitarrenklänge. Ich genieße das Gefühl von Hailees warmem, weichem Körper an meinem. Shaine starrt gedankenverloren ins Feuer. Clay und Eric füttern sich gegenseitig mit Marshmallows. Lexi bewirft die beiden damit und beschwert sich darüber, wie ekelhaft verliebt die zwei doch sind.

»Du bist ja nur neidisch«, behauptet Eric grinsend und fängt ein Marshmallow auf, nur um es sich gleich darauf in den Mund zu stecken.

Lexi streckt ihm die Zunge raus, muss aber auch lachen.

Unvermittelt springt Clayton auf und fängt lauthals an zu singen. Und wenn er schon beim Karaoke schlimm war, fällt das hier unter Folter.

»Stopp!«, ruft Charlotte und hält sich die Ohren zu.

»Alter!«, kommt es von Shaine.

Eric zupft an seinem Ärmel, aber Clayton ignoriert ihn und schmettert voller Inbrunst *Follow Your Fire* von Kodaline. Widerspruch zwecklos. Nicht mal das empörte Rufen der anderen Gruppe unterbricht seine leidenschaftliche Vorstellung. Als er endlich fertig ist, zückt er sein Handy und macht einen Schnappschuss von der Gruppe – und unseren schmerzverzerrten Gesichtern.

»Das geht so was von online«, verkündet er lachend und hämmert auf das Display ein. »Hailee, wie heißt du auf Instagram?«

Sie versteift sich vor mir. »Ich … ähm … ich habe keinen Account.«

»Was?« Clayton blinzelt ungläubig. »Wie kannst du keinen Account haben?« Kopfschüttelnd tippt er weiter, sendet das Foto in die Weiten des Internets und packt das Handy wieder weg. »Leute, es war eine absolut großartige Idee, das hier zu machen. Und wisst ihr, was mir gerade aufgefallen ist? Wir sind zwar alle zu Jespers Geburtstag nach Hause gekommen, aber wenn man es genau nimmt, ist er nicht derjenige, der uns heute hier zusammengebracht hat.« Sein Blick landet auf Hailee, und der Rest der Gruppe folgt seinem Beispiel.

Ihre Brauen wandern in die Höhe, ihre Finger verkrampfen sich in ihrem Schoß, und ihre Wangen laufen rot an. »Wer? Ich? Aber ich hab doch gar nichts getan, außer …«

»Außer uns alle hierherzuzitieren«, wirft Charlotte mit einem warmen Lächeln ein.

Lexi nickt bekräftigend. »Nimm das Kompliment einfach an. Und den Dank dafür. Es ist Jahre her, seit wir alle das letzte Mal hier waren.«

»Sie hat recht, weißt du«, flüstere ich ihr zu, als sich die allgemeine Aufmerksamkeit auf Shaine und Clayton verlagert, die eine Diskussion über Motorräder und Motocross gestartet haben.

Hailee dreht den Kopf und erwidert meinen Blick verwirrt. »Ich habe überhaupt nichts getan.«

Statt einer Antwort drücke ich ihr einen Kuss direkt unters Ohr – was jeden weiteren Protest erstickt.

Je später es wird, desto weniger Leute sitzen noch am Ufer, doch die Gitarrenklänge begleiten uns weiterhin durch den Abend. Irgendwann ist Hailee vom Boden aufgestanden und hat sich neben mich auf den Baumstamm gesetzt. Ich merke nicht mal, wie meine Finger unter ihre Bluse gleiten und über ihre Seite streichen. Ihre Haut ist ganz warm und weich. Im ersten Moment versteift sich Hailee vor Überraschung etwas, dann treffen sich unsere Blicke. Gleich darauf spüre ich ihre Hand an meinem Rücken, wie sie ganz langsam höher wandert und die Finger in meinem Haar vergräbt. Ich muss ein paarmal tief durchatmen, dann nehmen meine Finger die Streichelbewegungen wieder auf.

Wie ein Nachhall dessen spüre ich Hailees Berührung in meinem Nacken. Sie spielt mit meinem Haar, streichelt über meine Haut, schiebt die Fingerspitzen unter den Kragen meines T-Shirts. Als sich unsere Blicke diesmal begegnen, wird mir schlagartig heiß. Die anderen reden über irgendetwas, aber ich habe die Gespräche längst ausgeblendet. All meine Sinne sind auf Hailee gerichtet. Auf ihren herrlichen Duft, jetzt vermischt mit einer Spur von Regen und Feuerholz, auf ihr zögerliches Lächeln, auf den durchdringenden Ausdruck in ihren tiefbraunen Augen.

»Willst du noch bleiben? Oder soll ich dich zurückfahren?«

Shit, ich habe keine Ahnung, was gerade in mich gefahren ist. Ich schwöre, ich habe das nicht geplant. Bevor ich hier angekommen bin, wusste ich nicht mal, was mich erwarten würde, doch jetzt kann ich an nichts anderes denken als an Hailee und dass ich mit ihr allein sein will.

Sie zögert einen Herzschlag lang, nickt dann jedoch, und ich kann gar nicht anders, als erleichtert zu lächeln. Wortlos stehe ich auf und ziehe sie dabei mit mir.

»Wir verschwinden«, informiere ich den Rest der Truppe.

Lexi wirft mir einen wissenden Blick zu, und Clayton stößt einen leisen Pfiff aus. Es folgen ein paar Abschiedsworte, dann sind wir entlassen.

Den ganzen Weg zurück zum Wagen halte ich Hailees Hand in meiner. Keine Ahnung, ob sie diejenige ist, die ihre Finger mit meinen verschränkt hat, oder ich danach gegriffen habe. Spielt auch keine Rolle, denn als wir den Dodge erreichen, dränge ich sie dagegen und presse den Mund auf die Stelle unterhalb ihres Ohrs, die ihr schon gestern im See ein Keuchen entlockt hat. Genau wie heute. Genau wie jetzt.

»Chase …« Sie schiebt die Hände unter mein Shirt, und ihre Fingernägel kratzen über meinen Rücken. Ganz leicht nur, kaum spürbar, aber genug, um eine kribbelnde Gänsehaut auszulösen.

Mein Herz hämmert wie verrückt. Ich halte Hailee an der Taille fest und presse mich gegen sie, lasse absolut keinen Zweifel daran, wie sehr ich sie will. Und auch sie windet sich, schmiegt sich an mich und zieht mich näher, bis mein Mund wie vor ein paar Stunden im Wald ganz dicht vor ihrem ist.

»Küss mich«, flüstert sie, und ich meine, selbst hier draußen im Dunkeln erkennen zu können, wie sich ihre Wangen rot färben.

Lächelnd hauche ich einen winzig kleinen Kuss auf ihre Wange. Auf ihr Kinn. Ihren Mundwinkel. Nur um sie ein bisschen zu necken – und uns beide zu quälen.

»Chase …«

Ich schüttle kaum merklich den Kopf. »Es regnet nicht mehr.«

Sie lacht leise, aber es könnte auch nur ein frustriertes Stöhnen sein. Sicher bin ich mir da nicht.

»Ich brauche keinen Regen«, wispert sie, und ich richte mich verwundert auf. »Ganz ehrlich? Küsse im Regen werden überbewertet. Auf der Leinwand sehen sie toll aus – aber im wahren Leben? Schrecklich. Absolut furchtbar. Man ist nass, es ist kalt, und es gibt auch keinen dramatischen Soundtrack und …«

Ich senke den Kopf und presse meinen Mund auf ihren.

Hailee erstarrt, jedoch nur für einen winzigen Moment, dann packt sie mich am Kragen meines T-Shirts und beginnt den Kuss zu erwidern. Ihre Lippen sind genauso weich, wie ich es mir vorgestellt habe. Sie schmeckt nach langen Sommernächten, nach Regentropfen auf der Haut, verrückten Abenteuern und … nach *mehr*. Ich habe gerade mal damit angefangen, sie zu küssen, und weiß schon jetzt, dass ich mehr will. Dass ein einziger Kuss niemals ausreichen wird. Nicht mit ihr.

Nicht mit diesem Mädchen, das an einem der beschissensten Tage in diesem Jahr ohne jede Vorwarnung aufgetaucht ist und mein ganzes Leben durcheinandergewirbelt hat.

Meine Hände vergraben sich in ihrem Haar, und ich schlinge den Arm fester um sie, ziehe sie näher an mich, weil ich mehr von ihr spüren muss. Sie neigt den Kopf etwas zur Seite, kommt mir entgegen und gibt einen erstickten Laut von sich, als ich an ihrer Unterlippe knabbere. Ich wiederhole das Ganze, nur um dieses Geräusch noch einmal zu hören und zu erleben, wie sie in meinen Armen erschauert. Hailees Finger umklammern mein T-Shirt fester und bohren sich in meinen Rücken. Nicht mehr zart oder zögerlich, sondern deutlich spürbar. Als Reaktion darauf beiße ich ganz leicht in ihre Lippe, was ihr ein Keuchen entlockt. Ich nutze den Moment schamlos aus, um meine Zunge in ihren Mund gleiten zu lassen. Ihr Geschmack wird noch intensiver, ihre Bewegungen fahriger. Ich kann nicht anders, ich muss meine Hände an ihren Seiten abwärts wandern lassen, sie um ihren Hintern schließen, der in diesen Hotpants unglaublich aussieht, und sie hochheben. Unser Kuss wird nur für einen Sekundenbruchteil unterbrochen. Sofort schlingt Hailee die Beine um meine Hüften und drückt ihre Lippen wieder auf meine. Diesmal bin ich derjenige, der leise aufkeucht.

Ich kann mich nicht daran erinnern, dass sich ein einziger Kuss jemals so verflucht *gut* angefühlt hat. Andererseits kann ich mich gerade an so gut wie gar nichts mehr erinnern, nicht mal mehr an meinen eigenen Namen. In meinem Kopf ist nur noch Platz für sie und für das, was sie mit mir anstellt.

Während ich sie noch immer fest und gegen den Wagen gedrückt halte, gehen ihre Hände auf Wanderschaft. Ihre Finger streichen durch mein Haar, über mein Gesicht und meine Arme. Wo auch immer sich die Chance bietet, schiebt Hailee sie unter den Stoff meines Shirts, um nackte Haut zu ertasten, und ich wäre ein Idiot, mich deswegen zu beschweren. Dafür genieße ich es viel zu sehr, genauso wie diesen höllisch heißen Kuss. Wieder knabbere ich an ihrer Unterlippe, stupse ihre Zunge spielerisch mit meiner an, und sie saugt zur Strafe ganz leicht daran, was mir prompt jedes bisschen Denken unmöglich macht.

Schwer atmend löse ich mich von ihr und verteile Küsse auf ihrem Hals und unter ihrem Ohr, ehe ich die Stirn gegen ihre lehne und versuche, meinen rasenden Puls wieder auf eine normale Frequenz zu bringen.

»Was ist los?«, flüstert sie heiser. Ihr warmer Atem streift mein Gesicht. »Warum hörst du auf?«

Ich muss ein verzweifeltes Lachen unterdrücken. Sie klingt beinahe so, als würde sie glauben, dass ich das hier freiwillig tue. Dass ich ihr nicht am liebsten auf der Stelle alle Klamotten vom Leib reißen würde, um ihr noch näher zu kommen.

»Ich versuche, ein Gentleman zu sein«, bringe ich irgendwie hervor.

Ein Gentleman. Richtig. Hailee ist kein Mädchen für einen bedeutungslosen Quickie im Auto und auch kein One-Night-Stand, den man nie wiedersieht. Sie verdient so viel mehr als das. Und obwohl ich mich in den letzten Jahren von allem ferngehalten habe, was darüber hinausgeht, will ich ihr genau das geben. Ich will derjenige sein, der ihr alles gibt, was sie sich wünscht, was sie will und braucht. Und genau deshalb muss ich jetzt aufhören, bevor ich uns beide nicht mehr stoppen kann.

Das beginnt damit, dass ich sie ganz langsam wieder auf ihre eigenen Füße stelle. Dass ihr Körper dabei an meinem hinabgleitet und ich jede einzelne ihrer verführerischen Kurven überdeutlich zu spüren bekomme, war nicht Teil des Plans. Genauso wenig, dass sie mich so ansieht, als würde sie am liebsten weitermachen. Ganz egal, wo wir uns befinden und wer noch in der Nähe ist. Verdammt, sie macht es mir gerade wirklich nicht leicht.

Ohne weiter darüber nachzudenken, ziehe ich sie an mich und presse meine Lippen für einen kurzen, harten Kuss auf ihre, dann löse ich mich ruckartig von ihr und nehme ihre Hand in meine. Bevor ich es mir anders überlegen kann, führe ich sie um den Wagen herum und öffne ihr die Beifahrertür. »Ich fahre dich zurück.«

Sie blinzelt leicht. Starrt mich perplex an. »Du meinst das ernst, oder?«

Ihre Lippen sind feucht und vom Küssen geschwollen. Ihr langes Haar ist ein bisschen zerzaust, und ihre Augen wirken viel zu verträumt.

Ich schlucke hart und zwinge mich zu einem Nicken.

Einen Moment lang hält sie meinen Blick noch fest, dann steigt sie ein, und ich atme erleichtert aus, als sie die Tür hinter sich zuzieht. Wahrscheinlich würde mein fünfzehnjähriges Ich mich für diese Aktion entsetzt anbrüllen, aber ich weiß, dass ich das Richtige tue. Ich muss es mir nur noch ungefähr eine Million Mal sagen, um auch den Rest des Abends zu überstehen.

Die Fahrt zurück fühlt sich wie eine halbe Ewigkeit an, doch obwohl wir beide schweigen, ist es nicht unangenehm. Nicht, wenn ich die Blicke spüre, die Hailee mir immer wieder zuwirft, und ihr Lächeln bemerke. Als sie sich zum wiederholten Mal an die Lippen fasst und mich damit gehörig ablenkt, greife ich nach ihrer Hand, setze einen Kuss darauf und drücke sie auf meinen Oberschenkel, um sie dort festzuhalten. Es dauert ganze zwei Sekunden, bis mir klar wird, dass das eine absolut beschissene Idee war, da mir jetzt lauter Dinge durch den Kopf schießen, die so weit von dem Gentleman entfernt sind, der ich sein will, wie die Erde von der Sonne. Allerdings werde ich ihre Hand unter keinen Umständen wieder loslassen.

Irgendwie bringe ich uns heil zurück nach Fairwood, was eine Meisterleistung ist, wenn man bedenkt, wie viel Blut nicht mehr in meinem Gehirn, sondern in meinem Ständer ist. Dass Hailee irgendwann damit begonnen hat, mit dem Daumen über den Jeansstoff zu streichen, hat das Ganze nicht besser gemacht. Ganz im Gegenteil. Aber ich habe sie auch nicht daran gehindert.

Sonntagnacht ist es wie ausgestorben in den Straßen meiner Heimatstadt, und selbst dort, wo normalerweise alles zugeparkt ist, finde ich nun eine Lücke, um den Dodge direkt vor dem Diner zu parken. Ich schalte den Motor aus, führe Hailees Hand an meine Lippen und setze einen kleinen Kuss auf ihre Knöchel. Sie lächelt, aber es erreicht ihre Augen nicht. Nicht so wie vorhin am See. Ihr Blick zuckt kurz zum Diner und wieder zu mir zurück. Sie zögert.

Verdammt. Ich bin ganz automatisch davon ausgegangen, dass dieser Abend in ihrem Zimmer, genauer gesagt, in ihrem Bett enden wird, aber Hailee wirkt nun nicht mehr ganz so entschlossen wie zuvor. Und ich wäre der größte Mistkerl der Welt, wenn ich sie dazu drängen würde.

Seufzend lasse ich ihre Hand los. »Ich bringe dich zur Tür.«

Sie blinzelt irritiert. »Das sind gerade mal fünf Meter.«

Mir egal. Wenn ich dadurch noch einen Augenblick länger mit ihr verbringen kann, ist es mir das wert.

Ohne auf ihren Protest einzugehen, steige ich aus, umrunde den Wagen, öffne die Beifahrertür und halte ihr die Hand zum Aussteigen hin. Sie guckt überrascht, dann lacht sie leise und lässt sich von mir helfen.

Seite an Seite gehen wir die wenigen Schritte zum Diner hinüber, wobei wir zunehmend langsamer werden. Ein Blick hinein, vorbei an der Leuchtreklame im Fenster, genügt, um zu wissen, dass kaum etwas los ist. Ein älteres Paar sitzt an einem Tisch. Zwei Truckfahrer am Tresen. Und dann ist da noch Beth, die mit einer Kaffeekanne herumgeht und mir wahrscheinlich den Schwanz abschneiden wird, wenn ich Hailee nicht wohlbehalten zurück nach Hause bringe.

»Das war ein toller Abend«, sage ich ehrlich, auch wenn ihr vermutlich nie ganz klar sein wird, wie viel sie mir, wie viel sie uns allen damit gegeben hat. Ein Stück schöner Erinnerungen in einer Zeit, in der niemand gerne an die vergangenen Monate zurückdenken möchte.

»Finde ich auch.« Sie zieht die Nase kraus, und ich muss mich wirklich zusammenreißen, mich nicht vorzubeugen und sie auf die Nasenspitze zu küssen, weil sie so verflucht niedlich aussieht. »Ich habe noch nie zuvor so viele Marshmallows auf einmal gegessen.«

Belustigt überbrücke ich die Distanz zwischen uns und lege die Hände an ihre Wangen. Ich will sie nur noch einmal ansehen und mir ihren Gesichtsausdruck einprägen. Ihre entspannte Miene wird ernster, und plötzlich sieht sie mich wieder genauso an wie gestern Nachmittag im See. Wie vor nicht mal einer Stunde an meinem Wagen. Und ich weiß, dass ich jetzt besser gehen sollte.

»Süße Träume, Hailee.« Ich lehne mich zu ihr hinunter und gebe ihr einen Gutenachtkuss auf die Stirn.

Sie schließt die Finger um meine Handgelenke. Sekundenlang verharren wir so mit geschlossenen Augen, um den Moment nicht enden zu lassen, dann höre ich ihre leise Stimme. »Gute Nacht.«

Es kostet mich alles an Willenskraft, mich von ihr zu lösen, statt sie an mich zu ziehen und besinnungslos zu küssen. Irgendwie zwinge ich mich dazu, die Hände sinken zu lassen und zurückzutreten. Erst einen Schritt. Dann noch einen. Dann einen dritten. Ein letzter Blick in ihr schönes Gesicht, und ich wende mich ganz ab.

Es ist besser so. Es *muss* besser sein.

»Chase?«

Ich komme gerade mal ein paar Meter weit. Mein Herz beginnt zu hämmern. Ganz langsam drehe ich mich zu ihr um und hebe fragend die Brauen, weil ich keinen einzigen verdammten Ton herausbringe.

»Bleib.«

Kapitel 23

Hailee

Ich weiß, dass das ein monumentaler Fehler ist. Ich bin nur noch ein paar Tage in dieser Stadt, vielleicht eine Woche – wie kann ich da etwas mit Chase anfangen? Aber war es nicht mein Plan für diesen Sommer, all die Dinge zu tun, die ich mich sonst nie getraut habe? Habe ich Katie nicht versprochen, mutig zu sein? Und das hier, genau dieser Moment, kostet mich nun mehr Mut als alles andere, was ich in diesem Sommer getan und erlebt habe.

Meine Hände sind feucht, und das Herz schlägt mir bis zum Hals. Ich hole tief Luft, halte mich an Chase' Blick fest und lächle zaghaft.

»Bleib«, wiederhole ich.

Ich weiß nicht, womit ich rechne. Mit einer direkten Antwort darauf, einem Lächeln, einem Kopfschütteln oder irgendeiner anderen Reaktion vielleicht. Aber sicher nicht damit, dass er den Kopf in den Nacken legt und seufzend in den sternenklaren Himmel schaut. »Kein Regen …«

Ich stoße die angehaltene Luft aus. Halb Lachen, halb Schnauben.

Und dann, bevor ich etwas sagen kann, steht Chase plötzlich wieder vor mir, nimmt mein Gesicht in die Hände und küsst mich. Es ist kein Gutenachtkuss. Kein Abschiedskuss. Das hier ist der Beginn von etwas anderem, von etwas Neuem, und ich weiß instinktiv, dass es kein Zurück mehr gibt. Aber ich will auch nicht zurück. Ich will nicht mehr das Mädchen sein, das ich vor diesem Sommer war. Und ganz egal, was geschieht, ich werde diesen Moment mit Chase nicht bereuen. Ich werde diese Nacht nicht bereuen.

Nur widerwillig löse ich mich von ihm, greife nach seiner Hand und verschränke meine Finger mit seinen. Sein Lächeln hat schon ganz am Anfang, als ich ihn noch nicht einmal kannte und keine Ahnung hatte, wer er ist, ein Kribbeln in meinem Bauch ausgelöst. Jetzt könnte ich darin versinken und will nie wieder etwas anderes sehen. Ich brauche einen Moment, um wieder zu mir zu kommen, dann gebe ich ihm einen spielerischen Klaps gegen die Schulter, weil er mich so aus dem Konzept bringt. Und der Kerl weiß das natürlich. Zumindest wenn ich sein Grinsen richtig deute.

Hand in Hand betreten wir das Diner, das leider der einzige Zugang zu meinem Zimmer im ersten Stockwerk ist. Hätte ich gewusst, wie dieser Abend endet, wären wir vielleicht besser zu Chase nach Hause gefahren … wo seine Eltern und sein kleiner Bruder schlafen. Ähm, ja, besser nicht. Da stelle ich mich lieber Beth' bohrendem Blick, der uns durch das ganze Diner folgt.

»Gute Nacht, Beth!«, ruft Chase in aller Unschuld über die Schulter. Ich pruste los, und er scheucht mich die Treppe hinauf.

Irgendwie schaffe ich es, die Tür aufzuschließen. Das Zimmer ist dunkel. Nur das Licht des Mondes und einer Straßenlampe vor dem Haus wirft einen fahlen Schein herein und lässt einzelne Konturen und Umrisse erkennen. Der Schreibtisch am Fenster. Die angelehnte Tür zum Bad. Der winzige Nachttisch. Das Bett.

Mein Blick bleibt daran hängen, aber Chase dreht mich

langsam um, bis wir einander direkt gegenüberstehen. Es ist völlig ruhig. Aus dem Diner unter uns ist kaum etwas zu hören. Nur unsere Atemzüge durchbrechen die Stille. Und das leise Geräusch von Stoff, der über Haut gleitet, als Chase sein T-Shirt auszieht und es achtlos zu Boden fallen lässt.

Sein Blick brennt sich geradezu in meinen. Er steht einfach nur da, ohne sich zu bewegen, ohne etwas zu tun oder von mir zu verlangen. Und wartet.

Diesmal gibt es kein Zögern, kein Grübeln und keine Ausreden, als ich die Hand ausstrecke und mit den Fingern ganz leicht über seine Brust streiche. Er hält den Atem an, bevor er ihn eine Spur lauter wieder ausstößt. Ich lege die Hand flach auf seinen Brustkorb, und seine Muskeln spannen sich darunter an. Sein Herz rast mindestens so sehr wie mein eigenes. Irgendwie ist es beruhigend zu wissen, dass er genauso nervös, genauso angespannt und genauso erregt ist wie ich.

Ohne meinen Blick loszulassen, legt er die Hände an meine Seiten. Kurz streift er die Haut über dem Bund meiner Hotpants, dann packt er den Saum meiner Bluse. Auf mein Nicken hin schiebt er den Stoff hoch, immer höher, bis ich die Arme hebe und er ihn mir über den Kopf streift. Ich trage einen BH darunter, und obwohl Chase mich beim Schwimmen schon in Unterwäsche gesehen hat und es relativ dunkel im Zimmer ist, fühle ich mich plötzlich nackter als jemals zuvor.

Chase scheint das zu spüren, vielleicht sieht er es mir aber auch an, denn der Ausdruck in seinen Augen verändert sich, wird sanfter und weicher. »Wir müssen das nicht tun.«

Seine Stimme ist nur ein raues Flüstern in der Nacht. Ich weiß, dass er recht hat, und ich weiß auch, dass er es genau so meint, wie er es gesagt hat. Chase würde mich niemals anlügen oder mir wehtun. Nicht absichtlich. Ich wünschte nur, dass ich ihm nicht wehtun müsste, wenn ich gehe. Nein, das stimmt so nicht ganz. Ich wünschte, wir hätten uns schon viel früher getroffen. Vor … allem.

Ich schiebe diese Gedanken beiseite, bevor sie sich noch weiter in meinem Kopf ausbreiten können. Hier und jetzt will ich nur fühlen – und alles andere, jede Sorge, jedes Problem, jeden einzelnen Gedanken einfach nur vergessen.

Langsam schüttle ich den Kopf und mache einen halben Schritt nach vorne. »Ich will es«, sage ich genauso leise wie er zuvor, stelle mich auf die Zehenspitzen und lege die Arme um seinen Hals. »Ich will dich.«

Selbst wenn es nur für eine Nacht sein sollte. Selbst wenn der Abschied in wenigen Tagen schmerzen wird. Aber ich weiß mit absoluter Sicherheit, dass ich es bereuen würde, mich nicht darauf, mich nicht auf ihn einzulassen. Also schiebe ich jedes bisschen Unsicherheit, all meine Ängste und Sorgen in den Hintergrund, wo sie in diesem Moment unwichtig werden und schließlich ganz verblassen.

Sein Lächeln ist genau die Reaktion, auf die ich gehofft habe. Mit dem Daumen streicht er ganz leicht über meine Unterlippe, dann lässt er die Hand wieder sinken und beugt sich zu mir hinunter. »Ich will dich auch«, raunt er dicht vor meinem Mund. »So, so sehr.«

Er küsst mich, bevor ich etwas darauf erwidern kann, aber mein leises Stöhnen ist Antwort genug. Ich schmiege mich an ihn, berauscht von dem Gefühl seiner nackten Haut an meiner, obwohl das nicht mal ansatzweise nahe genug ist. Seit diesem Moment im See muss ich immer wieder an ihn denken. An den Ausdruck in seinen Augen. An das Gefühl seines heißen Atems auf meiner Haut. Seiner rauen Hände. Und dass es sich mit ihm so angefühlt hat wie mit keinem anderen zuvor.

Weil ich mich bei ihm fallen lassen kann. Aus irgendeinem Grund ist Chase der Einzige, bei dem ich mich voll und ganz fallen lassen kann. Vielleicht weil er mir das Gefühl gibt, mich aufzufangen. Wieder und wieder, egal in welcher Situation. Also lasse ich mich auch diesmal fallen, gebe mich ganz den Empfindungen hin, die dieser Mann in mir weckt, als seine Hände über meinen Körper fahren und den Verschluss an meinem BH öffnen. Als seine Lippen über meinen Hals streichen und all die kleinen empfindsamen Stellen finden, von denen ich bis vor Kurzem selbst nur eine vage Ahnung hatte.

Mein BH landet gleich darauf auf dem Boden. Das Gefühl, seinen Oberkörper ganz ohne irgendwelche Barrieren zu spüren, lässt mich aufkeuchen, und ich bohre die Fingernägel in seinen Rücken. Chase löst sich schwer atmend von meinem Mund und starrt einen Moment lang auf mich hinab. Dann küsst er mich wieder, noch drängender, noch intensiver, während seine Hände wieder an meinen Seiten hinaufgleiten und sich um meine Brüste schließen.

Warm. Seine Hände sind warm. Ein bisschen rau. Sanft und trotzdem fest.

»Chase …« Ich flüstere seinen Namen, ohne zu wissen, ob ich ihn zum Weitermachen bewegen will, ihm sagen muss, wie gut sich das hier anfühlt, oder dass es mich verrückt macht, wenn ich seinen Mund nicht bald auch an anderen Stellen spüren kann. Am besten überall.

Was es auch ist, er scheint es zu verstehen. Seine Finger streichen über meine linke Brustwarze. An der rechten spüre ich plötzlich seinen heißen Atem. Gleich darauf schließen sich seine Lippen darum.

Mein Stöhnen hallt durch den Raum. Ich vergrabe die Finger in seinem Haar, versuche ihn näher zu ziehen und gleichzeitig dafür zu sorgen, dass es weitergeht, dass es nie aufhört, weil ich mehr brauche. Mehr von diesen Berührungen. Mehr von seinen Küssen. Mehr von allem.

Aber statt mir mehr zu geben, richtet er sich wieder auf, zieht mich an sich und knabbert auf eine Weise an meinem Ohr, die mir heiße Schauer über den Rücken jagt.

»Ganz ruhig«, wispert er. »Ich will, dass wir uns Zeit lassen. Es genießen.«

Ich gebe einen undeutlichen Laut von mir. »Und ich platze gleich.«

Er lacht leise und setzt einen viel zu zarten Kuss auf mein Ohr, dann richtet er sich wieder zu seiner vollen Größe auf. Trotz der Dunkelheit kann ich den amüsierten Ausdruck in seinem Gesicht erkennen. Er erinnert mich ein bisschen an unsere zweite Begegnung, als ich ihm gegenüber nur Gestotter herausgebracht und ihm eine Serviette ins Gesicht geworfen habe. Nur ist sein Blick jetzt viel einnehmender, viel intensiver.

»Vertrau mir …« Mit diesen Worten schiebt er mich Schritt für Schritt zurück, bis ich mit den Kniekehlen gegen das Bett stoße – und eine Sekunde später darauf liege.

Sofort ist Chase über mir, seine Lippen auf meinen, und seine Zunge findet einen Weg in meinen Mund. Mit der einen Hand stützt er sich neben meinem Kopf auf der Matratze auf, die andere wandert an meiner Seite abwärts, immer tiefer, bis er den Jeansknopf erreicht und ihn öffnet. Viel zu langsam zieht er den Reißverschluss hinunter, und dann spüre ich ihn endlich genau dort, wo ich ihn haben will.

Ich stöhne in den Kuss hinein, als er die Finger unter den Bund meines Slips schiebt und mich auf eine Weise berührt, die mich alles andere vergessen lässt. Und er lässt sich Zeit. Testet aus, was mir gefällt, was mich zum Keuchen bringt und bei welchen Berührungen ich mich auf dem Bett winde, weil es kaum auszuhalten ist.

»Chase …« Ich klammere mich an seine Oberarme, bohre die Finger in seinen Bizeps, da ich mich irgendwo festhalten muss. Und obwohl ich mich unter ihm winde, komme ich seinen Berührungen ebenso entgegen, dränge mich an seine Hand zwischen meinen Schenkeln und stöhne auf.

»Du bist wunderschön«, raunt er an meinen Lippen und richtet sich etwas auf, um mich anzusehen. Ich zwinge mich dazu, die Augen zu öffnen, und als sich unsere Blicke treffen, wird mir mit einem Mal noch viel heißer. »So verdammt schön.«

Das hat noch nie jemand zu mir gesagt. Zumindest nicht in einem Moment wie diesem und nicht, wenn er mich dabei so ansieht. Und während meine Muskeln sich immer weiter anspannen und die Hitze in meinem Unterleib immer stärker wird, bin ich versucht, ihm zu glauben. Ich will ihm glauben, genauso sehr wie ich mehr, wie ich alles von ihm spüren will.

Es ist dieser Gedanke und eine weitere Bewegung seiner Finger, die dazu führt, dass sich plötzlich alles in mir zusammenzieht. Meine Hüften zucken, und ich komme mit einem lang gezogenen Stöhnen, obwohl wir beide noch halb angezogen sind.

Das Blut rauscht in meinen Ohren. Mein Herz hämmert so schnell, dass ich befürchten muss, gleich ernsthafte gesundheitliche Probleme zu bekommen. Mein keuchender Atem ist alles, was ich noch höre. Neben mir senkt und hebt sich die Matratze. In der einen Sekunde liegt Chase noch neben und halb auf mir, in der nächsten steht er vor dem Bett, schlüpft aus Schuhen und Jeans. Ich kann ihn nur anstarren, mit einem seligen Lächeln im Gesicht, und dabei beobachten, wie er sich vor meinen Augen auszieht. Als er meinen Blick bemerkt, wandern seine Mundwinkel in die Höhe, und er wird etwas langsamer.

Ich richte mich auf den Ellbogen auf, um mir nichts davon entgehen zu lassen. Meine Augen haben sich mittlerweile bestens an das Halbdunkel gewöhnt, und ich verfolge jede seiner Bewegungen genau. Und obwohl auch ich ihn schon in Unterwäsche gesehen habe, fühlt es sich hier und jetzt wie das allererste Mal an. Wir schwimmen nicht mehr am helllichten Tag in irgendeinem kleinen See und albern herum, sondern sind in meinem Zimmer. Auf meinem Bett. Mitten in der Nacht.

Als er auch die Boxershorts auszieht, halte ich unbewusst den Atem an. Ja, ich starre ihn an. Nein, das sollte ich vermutlich nicht tun, aber ich kann nicht anders. Er sieht gut aus. So verdammt gut. Und irgendwie kann ich nicht fassen, dass das hier wirklich passiert.

Bevor ich mir noch weiter darüber den Kopf zerbrechen – und mir vorstellen kann, auf wie viele verschiedene Arten es schiefgehen und sowohl peinlich als auch ziemlich schmerzhaft enden könnte –, ist Chase wieder über mir. Doch sein Mund streift meinen nur ganz kurz, dann wandert er langsam abwärts. Seine Lippen streichen über meinen Hals, seine Zunge fährt über mein Schlüsselbein und die Kuhle in der Mitte, seine Zähne knabbern an meinem Brustansatz. Die Arme geben unter mir nach, und ich sacke aufs Bett zurück. Statt mich den kreisenden Gedanken in meinem Kopf hinzugeben, gebe ich mich ganz seinen Berührungen hin. Mein Puls beschleunigt sich, und meine Haut kribbelt überall dort, wo ich seine Hände oder seinen Mund spüren kann.

Als er meinen Bauchnabel erreicht und einen Kuss direkt darunter setzt, zucke ich leicht zusammen. Gott, wie kann es sein, dass ich es schon wieder kaum erwarten kann, ihn überall zu spüren? Wie kann er mir gerade erst einen Orgasmus verschafft haben und mich jetzt so schnell wieder auf Touren bringen? Ich muss mich dazu zwingen stillzuhalten, als er an den Bund meiner Hotpants greift und ich seine Lippen direkt über dem mittlerweile störenden Stoff spüre. Auffordernd hebe ich die Hüften an, und er scheint zu verstehen, denn endlich – endlich – verhakt er die Finger darunter und schiebt mir die Hose zusammen mit dem Slip langsam, fast schon genießerisch hinunter. Über die Hüften, die Oberschenkel, die Knie, bis zu den Knöcheln. Schnell widmet er sich den Halbstiefeln an meinen Füßen und lässt alles zu Boden fallen.

Als ich endlich nackt vor ihm liege, will ich nur noch eines: ihn. Aber ganz egal, wie entspannt und erregt ich gerade bin, da ist auch ein kleiner Funken Angst. Angst davor, dass es nicht so sein wird, wie ich oder wie er sich das vorstellt. Gott, ich habe keine Ahnung, warum ich ausgerechnet jetzt an so etwas denken muss. Aber ich glaube, noch viel mehr Angst habe ich davor, dass es *zu gut* wird. Zu intensiv. Zu … lebensverändernd. Und dass uns der Abschied in wenigen Tagen dadurch nur noch schwerer fallen wird als ohnehin schon.

Gemächlich küsst Chase sich an meinem Körper wieder hinauf, bis er über mir kniet, die Arme neben meinem Kopf aufgestützt, ein Bein zwischen meinen. »Letzte Chance«, raunt er. »Wenn du willst, dass wir aufhören, dann sag es.«

Aus irgendeinem Grund muss ich bei diesen Worten lächeln. Vielleicht weil er das Gleiche zu mir sagt wie auch schon im See. Vielleicht weil ich es ihm wie damals glaube und mir das ein Stück Sicherheit zurückgibt.

Ich lege die Hand auf seinen Brustkorb, genau dort, wo ich seinen Herzschlag am stärksten spüren kann, und hebe den Kopf, um mit den Lippen über seine zu streichen. »Ich will auf keinen Fall aufhören.«

»Gut.« Er lächelt erleichtert. »Andernfalls wäre ich jetzt wahrscheinlich geplatzt.«

Ein Kichern entschlüpft mir, bevor ich es aufhalten kann. Chase muss es gehört haben, denn er grinst so breit und glücklich, dass ich ein Ziehen ganz anderer Art tief in meinem Inneren spüre. So … sehnsüchtig und fast schon wehmütig. Ich könnte dieses Lächeln ewig sehen, solange ich weiß, dass ich der Grund dafür bin.

Ohne darüber nachzudenken, richte ich mich auf, schiebe ihn zurück und zur Seite, bis er auf dem Rücken liegt und ich über ihm knie. Dass wir das in dem schmalen Bett überhaupt hinkriegen, ohne runterzufallen, ist ein Wunder. Aber eines, das ich gerne akzeptiere.

Diesmal suche ich seinen Mund, verwickle ihn in einen Kuss und fordere seine Zunge heraus. Chase stöhnt tief und vergräbt die Finger in meinen Haaren, zieht mich aber weder näher, noch schiebt er mich von sich. Er überlässt die Entscheidung darüber, wie und in welchem Tempo es weitergeht, ganz allein mir. Und auch wenn ich das von meinen bisherigen Erfahrungen definitiv nicht gewöhnt bin, genieße ich es, die Fäden in der Hand zu halten. Seufzend unterbreche ich unseren Kuss, aber nur, um die Lippen auf Chase' Hals zu pressen und dann, genau wie er zuvor, langsam an ihm hinabzuwandern. Ich erkunde jeden einzelnen trainierten Muskel seines Oberkörpers, fahre das Tattoo des Raubvogels mit den Fingern nach und setze einen Kuss auf die Narbe neben seinem Bauchnabel.

»Hailee …« Seine Stimme ist nur noch ein raues Keuchen. Eine unmissverständliche Warnung schwingt darin mit. Er tastet neben sich und befördert ein Kondom zutage, von dem ich nicht mal mitgekriegt habe, dass er es dort hingelegt hat.

Ich rutsche von ihm herunter und bleibe auf der Seite liegen, während er umständlich mit der Plastikverpackung herumhantiert.

»Shit«, flucht er. »Ich komme mir vor wie beim allerersten Mal.«

Grinsend lehne ich mich vor, um ihm einen Kuss auf die Wange zu drücken. »Ich auch«, gestehe ich leise und reibe meine Wange an den Stoppeln seines Dreitagebarts. Dann will ich mich zurück aufs Bett fallen lassen, aber Chase packt mein Handgelenk und hält mich fest.

Ganz behutsam zieht er mich über sich, bis ich ein zweites Mal über ihm knie und mit heftig hämmerndem Herzen auf ihn hinunterblicke. Er sieht unglaublich aus. Diese Wärme in seinen Augen, die mich so drängend anstarren, als würde er es keine Sekunde länger aushalten, ohne mich zu berühren. Diese Lippen, die sich zu einem ganz leichten Lächeln verziehen. Sein trainierter Oberkörper. Das Tattoo, von dem ich einfach nicht loskomme, insbesondere nicht, wenn meine Hand mit den kleinen schwarzen Vögeln direkt daneben liegt und sich daraus ein ganz neues Bild ergibt.

Chase zieht mich für einen weiteren atemlosen Kuss zu sich herunter. Und wenn ich gedacht hatte, dass das Vorspiel schon vorbei wäre, beweist er mir nun das Gegenteil. Seine Hände wandern über meinen Körper, nicht mehr ganz so sanft wie am Anfang, dafür fester, drängender, zupackender. Ich stöhne leise auf, als ich mich an ihm reibe wie gestern Nachmittag im See. Nur dass es sich diesmal so viel besser anfühlt.

Er schiebt eine Hand zwischen uns und hilft etwas nach, während ich mich aufsetze, dann lasse ich mich auf ihn sinken und nehme ihn langsam in mich auf. Mir stockt der Atem, und ich muss mich mit den Händen auf seinem Oberkörper abstützen, um mit all den Empfindungen klarzukommen, die das in mir auslöst. Da ist ein Brennen, weil er tatsächlich groß ist, aber irgendwie scheint es anatomisch möglich zu sein, und nach ein paar Sekunden verschwindet das Brennen wieder. Probehalber richte ich mich etwas auf und sinke wieder auf ihn. Uns beiden entkommt ein Stöhnen.

»Gott …«, keucht er. »Das fühlt sich unglaublich an. *Du* fühlst dich unglaublich an.« Seine Finger bohren sich in meine

Hüfte, halten mich fest, lenken und unterstützen meine Bewegungen, die von Mal zu Mal schneller werden. Seine andere Hand gleitet zwischen meine Beine, und diesmal bin ich diejenige, deren Stöhnen durch das Zimmer hallt.

Alles in mir zieht sich erwartungsvoll zusammen. Ich kann nicht mehr klar denken, kann nur noch fühlen, mich nur noch bewegen. Und dann, als ich ganz kurz davor bin, packt Chase mich plötzlich und hält mich ganz still.

Wir atmen beide schwer. Schweiß glänzt auf unseren Körpern. Ich habe keine Ahnung mehr, wer oder wo wir sind. Ich weiß nur noch, dass wir das hier zu Ende bringen müssen, weil ich es keine einzige Sekunde länger aushalte.

Doch Chase scheint andere Pläne zu haben. Mit einer Hand in meinem Haar zieht er mich zu sich herunter, presst seinen Mund auf meinen, und rollt uns beide herum, bis ich unter ihm liege. Als er das erste Mal zustößt, entkommt mir ein Laut, der wie eine Mischung aus genießendem Seufzen und Wimmern klingt. Ich schlinge die Beine um ihn, komme ihm entgegen – und lasse mich fallen.

Seine Bewegungen werden schneller. Meine Finger folgen dem Muskelspiel in seinem Rücken und krallen sich hinein. Wahrscheinlich hinterlasse ich Spuren auf seiner Haut, aber das könnte mir gerade nicht gleichgültiger sein. Ich muss mich irgendwo festhalten. Ich muss …

»Chase!« Ich keuche seinen Namen, dicht gefolgt von einer ganzen Reihe unmissverständlichem »Ja« und »Oh Gott«, als sich alles in mir zusammenzieht und ich mit einem erstickten Schrei zum Höhepunkt komme.

Chase stößt noch ein paarmal in mich, dann verkrampft auch er sich und stöhnt an meinem Hals auf.

Meine Haut prickelt. Meine Nerven scheinen allesamt zu glühen. Wir sind beide schweißgebadet und atmen schwer.

Oder vielmehr atmet Chase schwer, denn ich kann kaum nach Luft schnappen, wenn er so auf mir liegt wie jetzt. Ich drücke gegen seine Brust, und er rollt sich ächzend von mir runter und bleibt auf dem Rücken liegen.

»Das …«, beginnt er, beendet den Satz jedoch nicht, als würden ihm die Worte fehlen.

»Mhm«, bestätige ich, da auch mir die Worte fehlen. Und das ausnahmsweise nicht auf eine peinliche, unangenehme Weise. Denn ich könnte gar nicht entspannter und, ja, auch glücklicher sein als in diesem Moment.

Nach einer Weile hievt Chase sich hoch und verschwindet kurz im Bad, dann kehrt er ins Bett zurück und zieht mich wortlos in seine Arme. Ich kann nicht anders, als vor mich hin zu lächeln, während ich mich an ihn schmiege – ein Arm und ein Bein über ihn drapiert, den Kopf auf seine Brust gebettet. Sein Herz schlägt unter meiner Hand noch immer schnell, aber allein das Gefühl, seine Nähe und die Wärme, die sein Körper noch immer ausstrahlt, haben etwas unglaublich Beruhigendes.

Minutenlang sagt keiner von uns ein Wort, wir liegen einfach nur da und genießen die Nähe des anderen. Chase spielt mit meinem Haar, streicht es mir aus dem Gesicht und hinter das Ohr, und ich schließe zufrieden die Augen.

»Hailee?«, fragt er auf einmal in die Dunkelheit.

»Hm?«, mache ich, da ich gerade nichts lieber tun würde, als in seinen Armen einzudösen – und auch kurz davor bin.

»Süße Träume.«

Ich lächle. »Gute Nacht.«

Kapitel 24

Chase

Sonnenlicht weckt mich. Stöhnend drehe ich mich auf den Rücken, greife nach dem Kissen und drücke es mir aufs Gesicht, um der Helligkeit auszuweichen. Erst danach merke ich, dass sich ein warmer Körper an meine rechte Seite schmiegt. Ich bin nicht allein. Und dann fällt mir alles wieder ein. Der Anruf aus der Klinik. Die Konfrontation mit Shaine. Der Abend am See. Und dann Hailee. Immer wieder Hailee.

Ganz vorsichtig schiebe ich das Kissen zur Seite und blinzle gegen das Tageslicht an, bis ich etwas erkennen kann. Zerwühlte Bettwäsche. Und ein halb unter der Decke verborgenes Gesicht mit langem dunkelblondem Haar gleich neben mir. Mein Puls beginnt zu hämmern, als jedes Detail von letzter Nacht zurückkehrt, und ich versuche gar nicht erst, gegen das Grinsen anzukämpfen, das sich auf meinem Gesicht ausbreitet. Hailee schläft noch tief und fest. Die Decke ist ein bisschen verrutscht und entblößt einen Großteil ihrer Brust. Am liebsten würde ich mich über sie beugen, sie wach küssen und fortsetzen, womit wir letzte Nacht begonnen haben, aber das muss leider warten. Ich habe andere Pläne.

Ganz leise stehe ich auf und gehe ins Bad, dusche schnell und sammle anschließend meine Klamotten auf, die auf dem Boden verteilt herumliegen. Hailee schläft noch immer, hat sich mittlerweile auf die andere Seite gedreht und zu einer Kugel zusammengerollt. Sie wirkt so unglaublich entspannt, so friedlich. Merkwürdig, dass mir bisher nicht aufgefallen ist, wie angespannt sie tagsüber zu sein scheint. Ehe ich die Hand nach ihr ausstrecken und ihr das Haar hinters Ohr schieben oder etwas viel Dümmeres tun kann, was sie aufwecken würde, schnappe ich mir mein Handy und mache mich auf den Weg nach unten.

Rund zwanzig Minuten später habe ich alles, was ich benötige, und trage es auf einem Tablett die Stufen hinauf. Als ich die Tür mit dem Ellbogen aufmache, liegt Hailee noch immer schlafend im Bett. Vorsichtig stelle ich das Tablett auf den Nachttisch und setze mich zu ihr. In diesem Moment entkommt ihr ein leises Wimmern. Ich erstarre. Ihr Gesicht ist verzerrt, als hätte sie Schmerzen oder würde schlecht träumen. Behutsam lege ich ihr die Hand an die Schulter und rüttle sie ganz leicht.

Sie zuckt zusammen und setzt sich so abrupt auf, dass ich zusammenfahre.

»Hey …« Vorsichtig hebe ich die Hände, bin aber unsicher, ob sie anzufassen in diesem Moment die beste Idee ist. »Alles okay?«

»… blöder Traum«, nuschelt sie mit vom Schlaf gefärbter Stimme.

»Sicher?« Denn auch wenn sie diese Worte ausspricht, klingen sie nicht sehr überzeugend. Hailee wirkt noch immer total verkrampft und sieht überall hin, nur mich nicht an. Behutsam streiche ich mit dem Daumen über ihre Wange und hebe ihr Kinn etwas an, damit ich ihr in die Augen schauen kann. »Wenn du darüber reden möchtest …«

Sie schüttelt unmerklich den Kopf. »Schon gut.« Ihr Blick gleitet durch das Zimmer und bleibt schließlich am Nachttisch hängen. »Was ist das?«

»Ach, das?« Gespielt gleichgültig deute ich auf die Teller

und Tassen und stehe auf, um das Tablett neben sie aufs Bett zu stellen. »Bloß ein paar Pancakes mit Ahornsirup und Schlagsahne, dazu Toast, frisch gerösteter Bacon, etwas Obst und ein Latte macchiato.«

»Das ist mein Lieblingsfrühstück …«

»Ich weiß. Du hast es mal erwähnt. Und ich habe sogar das hier aufgetrieben«, füge ich hinzu und halte eine kleine Plastikpackung mit Erdbeermarmelade in die Höhe.

Statt sich wie erhofft auf das Frühstück zu stürzen, rührt Hailee sich nicht, sondern starrt mich an, als würde sie mich zum ersten Mal sehen. Da sie auch nichts mehr sagt, breiten sich langsam Zweifel in mir aus. Womöglich ist das doch nicht ihr Lieblingsfrühstück, und sie hat es nur so dahingesagt. Oder vielleicht hat sie einfach keinen Hunger, obwohl ich mir das nach dieser Nacht echt nicht vorstellen kann. Andererseits scheint sie gerade ziemlich schlecht geträumt zu haben. Womöglich braucht sie einfach noch ein paar Minuten, um richtig wach zu werden.

»Alles klar?«, frage ich möglichst nonchalant, schnappe mir einen Streifen Speck von einem Teller und beiße hinein. Knusprig. Fettig. Perfekt.

Ihre Augen werden ganz schmal. »Isst du gerade meinen Bacon?«

Ich gebe mir alle Mühe, nicht zu offensichtlich zu lächeln. »Wenn du ihn nicht willst, esse ich ihn, ja.«

Ehe ich michs versehe, schießt ihre Hand vor, und sie krallt sich den Speck, um selbst davon abzubeißen. Ich grinse sie an.

»Das ist …« Sie kaut, schluckt – und scheint sich auf einmal ihrer Nacktheit bewusst zu werden, denn mit einem Ruck zieht sie die Decke fast bis zum Kinn hoch, und ich muss mich zusammenreißen, um nicht loszulachen. »Das ist zu viel«, bringt sie schließlich leise hervor.

»Warum ist das zu viel?«

Sie schüttelt den Kopf, isst aber weiter, was mich zumindest halbwegs beruhigt. Während ich darauf gewartet habe, dass die Bestellung fertig wird, habe ich im Diner einen Bagel heruntergeschlungen und einen Kaffee getrunken. Alles auf dem Tablett gehört somit Hailee. Auch wenn mich das sicher nicht davon abhalten wird, hin und wieder etwas von ihrem Bacon zu klauen.

»Hat dir bisher niemand Frühstück ans Bett gebracht?«, äußere ich meine Gedanken laut.

Sie presst die Lippen aufeinander – und das ist Antwort genug.

Ich schnaube. »Die Typen, mit denen du zusammen warst, sind Idioten.«

Endlich hebt sie den Kopf, und ein kleines Lächeln formt sich auf ihrem Gesicht. »Stimmt.«

Ich bin froh, dass sie das so sieht.

»Früher haben Mom und Dad uns manchmal Frühstück gebracht«, erzählt sie unvermittelt und schiebt sich ein Stück Pancake in den Mund. Der genießende Laut, der ihr anschließend über die Lippen kommt, lässt mich kurzzeitig vergessen, worüber wir gerade reden. »Wenn Katie oder ich krank waren, gab es immer Frühstück im Bett«, fährt sie fort. »Und wir waren ständig gleichzeitig krank.«

»Habt ihr euch gegenseitig angesteckt?«

Sie nickt. »Oder es war dieses Zwillings-Telepathie-Ding. Wir haben immer gespürt, wenn es der anderen nicht gut ging. Einmal war mir furchtbar schlecht, ganz ohne Grund. Ohne Vorwarnung. Später haben wir herausgefunden, dass Katie zur gleichen Zeit einen unangekündigten Test in Algebra schreiben musste.«

»Oh, wow. Spürt ihr auch, wenn es der anderen gut geht?«

Sorgfältig bestreicht sie die Pancakes zusätzlich zum Sirup mit Marmelade. »Manchmal.«

Ich warte, bis sie mich wieder ansieht, ehe ich etwas darauf erwidere. »Dann hoffe ich, sie spürt, dass es dir gerade sehr gut geht.«

Hailee lächelt und senkt den Blick wieder. Aber nicht schnell genug, dass mir die Traurigkeit darin entgeht.

Ich seufze leise. »Ihr habt immer noch nicht miteinander geredet, oder?«

Sie schüttelt den Kopf und räuspert sich. Als sie diesmal den Kopf hebt und mich anlächelt, wirkt es etwas gezwungen. »Danke für das Frühstück, Chase. Das war wirklich lieb von dir.«

Kurz überlege ich, ob ich nachhaken soll. Ob sie vielleicht darüber sprechen und sich mir anvertrauen möchte, aber ich will sie nicht dazu zwingen. Außerdem weiß ich nur zu gut, wie es ist, über gewisse Dinge nicht reden zu können – vor allem nicht mit seinen Geschwistern. Also verwerfe ich den Gedanken wieder und schnappe mir stattdessen noch etwas von ihrem Bacon.

»Nach letzter Nacht haben wir uns das beide verdient.«

Da ist sie wieder – die bezaubernde Röte auf ihren Wangen. Am liebsten würde ich sie wegküssen und im Anschluss eine Wiederholung von letzter Nacht einläuten, aber ich lasse Hailee lieber erst einmal in Ruhe aufessen und richtig wach werden.

Nach dem Frühstück verschwindet sie im Bad und kehrt kurze Zeit später frisch geduscht und umgezogen zurück. Wie gestern Abend trägt sie diese knappen Hotpants aus Jeansmaterial und dazu eine andere weite Bluse. Diesmal ohne mörderisches Dekolleté, dafür in Rot und mit vielen schmalen Bändchen, die den Stoff an ihrem Rücken zusammenhalten und geradezu dazu einladen, daran herumzuspielen und mit den Fingern nach ihrer nackten Haut zu tasten, die dazwischen aufblitzt.

Genau das tue ich auch, sobald Hailee vor mir stehen bleibt. Ich lehne am Schreibtisch, hinter mir Hailees und Jespers zugeklappte Laptops, haufenweise Zettel, ein Notizbuch und Stifte, der halbe Inhalt ihrer Handtasche – und noch etwas, das ich gerade erst zwischen ihren Sachen entdeckt habe.

»Was ist das?« Fragend halte ich den Umschlag in die Höhe. Ich wollte nicht herumschnüffeln, während sie sich im Bad zurechtmacht, aber wenn der Brief so offen herumliegt, kann ich nicht anders, als nachzuhaken. Er ist an Mrs und Mr DeLuca in einer Stadt namens Rondale in Minnesota adressiert, deren Namen ich bisher nur ein einziges Mal gehört habe. Im Tattoostudio. Als Hailee mir ihren Heimatort verraten hat.

»Nichts.« Hailee nimmt mir den Umschlag aus der Hand und wirft ihn zurück auf den Tisch. »Nur ein Brief an meine Eltern.«

Mit den Fingerspitzen streiche ich zwischen den Bändern über ihren Rücken. Ihre Haut ist so verdammt warm und weich und genau so, wie ich sie in Erinnerung habe. »Soll ich ihn für dich einwerfen? Auf dem Heimweg komme ich bei der Post vorbei.«

»Nicht nötig.« Sie lächelt, doch es erreicht ihre Augen nicht. »Es gibt da ein paar Dinge, die ich ihnen sagen möchte, aber …« Sie hält inne, nagt kurz an ihrer Unterlippe. »Ich warte noch auf den richtigen Zeitpunkt.«

Das kann ich verstehen. Überraschend gut.

»Wie du willst.« Ich verhake die Finger in ihren Gürtelschlaufen und ziehe sie näher, bis sie zwischen meinen Beinen steht. »Was hast du heute noch vor?«

Langsam schlingt sie die Arme um meinen Hals. »Im Diner aushelfen und Lexi anrufen, um herauszufinden, wie es um meinen Wagen steht.«

Ich nicke beides ab, während es in meinem Kopf arbeitet. »Ich muss gleich zurück nach Hause, Phil von der Schule abholen und …«

Der Anruf von gestern fällt mir wieder ein. *Shit.* Ich sollte wohl besser in der Klinik anrufen und mich nach Josh erkundigen. Keine Ahnung, ob sie mich mit ihm reden lassen oder er das nach dieser Aktion überhaupt möchte. Aber so kann es einfach nicht weitergehen. Ich muss … keine Ahnung. Ich wünschte, ich wüsste, was das Richtige ist, aber ich weiß es nicht. Und das kotzt mich von allen Dingen vielleicht sogar am meisten an.

»Und …?«, hakt Hailee leise nach, da ich nicht weitergesprochen habe, aber ich schüttle den Kopf.

»Ärger mit Josh«, sage ich nur, da ich wirklich keine Lust verspüre, darüber zu reden und diesen entspannten Morgen damit kaputt zu machen.

Um uns beide abzulenken, lege ich die Hand an ihre Wange und streiche mit dem Daumen über die zarte Haut. »Ich würde dich später gerne wiedersehen. Und später-später auch«, füge ich schmunzelnd hinzu.

Wenn ich ehrlich bin, will ich gar nicht erst weg, aber leider lassen mir die üblichen Verpflichtungen in den Sommerferien keine Pause. Ich *muss* zurück nach Hause, ich *muss* auf Phil aufpassen, weil Dad im Büro und Mom im Blumenladen ist, und ich *muss* mit den Leuten aus der Klinik reden, weil ich Joshs einzige eingetragene Kontaktperson bin. Was ich *will*, werde ich hintenanstellen müssen. Wieder mal.

»Wie wär's, wenn ich in ein paar Stunden vorbeikomme und dir noch ein paar schöne Orte in der Gegend zeige?«, frage ich.

Da würden mir nämlich noch einige einfallen. Bisher haben wir nur einen kleinen Teil des Skyline Drives gesehen. Es gibt weitere Aussichtsplattformen, wenn auch ohne denselben Erinnerungswert wie die erste, zu der ich Hailee gebracht habe, es gibt die Tropfsteinhöhlen mit dem Wunschbrunnen im Tal, unzählige Wanderwege durch den Shenandoah-Nationalpark und ein paar andere kleine Städte, die sie vielleicht interessieren. Abgesehen davon kann man auch ein paar Dinge in Fairwood unternehmen. Sicher, Fairwood ist nicht Boston mit den endlosen Unterhaltungsmöglichkeiten, aber das ist auch gut so. Im *Barney's* kennen die Barkeeper jeden einzelnen Gast, in *Lizzy's Cakes* gibt es den besten Kaffee und Kuchen im Umkreis von hundert Meilen, und in *Beth's Diner* fühlt sich jeder wie zu Hause. Davon abgesehen sind da noch unzählige Souvenir-Shops und kleine Läden, ein winziges Kino, das früher mal eine Brauerei war und so einiges mehr.

Aber selbst wenn all das nicht infrage käme, bin ich sicher, dass uns nicht langweilig wird. Nicht, wenn Hailee mich auf diese Weise anlächelt, dass ich gar nicht anders kann, als mich zu ihr hinunterzubeugen und sie zu küssen.

»Okay«, wispert sie an meinen Lippen – und beißt leicht hinein. »Falls du mich nicht schon satt hast.«

Ich grinse breit und weiß mit absoluter Sicherheit, dass ich längst nicht genug von ihr habe. Noch lange nicht.

Die nächsten Tage verbringen wir fast ständig zusammen. Wenn Hailee nicht im Diner arbeiten muss oder an ihrem Manuskript schreibt und ich weder in die Firma noch auf eine Baustelle muss und Phil ebenfalls versorgt ist, da seine Tante oder seine Großeltern auf ihn aufpassen, treffen wir uns. Wo genau wir dabei sind und was wir tun, spielt gar keine so große Rolle, da all diese Treffen von unzähligen Küssen und Berührungen begleitet werden. Gestern Nachmittag hat Hailee ihr Kinderbuch fertig geschrieben und Charlotte das letzte Kapitel geschickt. Bisher ist sie die Einzige, die Hailees Texte lesen darf und ihr Feedback gibt. Mich hat sie bisher immer abgewimmelt, aber irgendwie bekomme ich sie schon noch dazu, einen Blick hineinwerfen zu dürfen. Abends hat sie mir dann dabei geholfen, auf Phil aufzupassen, und ist auch dann noch dageblieben, nachdem ich ihn endlich erfolgreich ins Bett gebracht hatte. Hailee blieb die ganze Nacht, und wir haben uns so leise wie möglich in meinem alten Zimmer geliebt, bis sie in meinen Armen eingeschlafen ist.

An diesem Freitagvormittag, einen Tag vor dem Musikfestival, fahre ich Hailee zu *Tyler's Garage*. Lexi hat sich gemeldet und uns darüber informiert, dass der Honda fertig ist. Irgendwie hatte ich erwartet, dass Hailee übers ganze Gesicht strahlen würde, schließlich scheint sie ihr Auto genauso zu lieben wie ich meins. Aber sie strahlt nicht. Sie lächelt hin und wieder, aber auch das nur zurückhaltend und fast schon gezwungen.

Ob ihr bewusst geworden ist, dass es nun nichts mehr gibt, das sie noch in Fairwood hält? Ich will mich für sie freuen, denn diese Reparatur hat ihr große Sorgen bereitet, aber ich kann nicht. Nicht wirklich.

Trotzdem ignoriere ich dieses nagende Gefühl, genauso wie ich Joshs Anrufe in den letzten Tagen ignoriert habe. Ich weiß sowieso schon, was er mir sagen wird: Es tut ihm leid, er konnte nicht anders, er wollte nie, dass es so weit kommt, und mich nie in eine solche Situation bringen, aber er braucht noch etwas Zeit. Und Geld. Ich schnaube innerlich. Als ob ich nicht monatelang dafür gekämpft hätte, einen Großteil seiner Schulden abzubezahlen. Ich werde alles dafür tun, dass er wieder clean wird. Wir kriegen das hin, selbst wenn die Uni in zwei Wochen anfängt und ich wieder in Boston sein muss. Noch so eine Tatsache, die ich in letzter Zeit nur zu gerne verdränge. Als ob ich damit das Unvermeidliche aufschieben könnte.

»Da wären wir.« Ich parke den Dodge vor der Werkstatt und werfe Hailee einen nachdenklichen Blick zu. Sie zögert, atmet tief durch und steigt dann aus.

Musik in einer normalen Lautstärke, das Klirren und Scheppern von Werkzeugen und der allgegenwärtige Geruch nach Motoröl begrüßen uns, als wir die Werkstatt betreten. Im Büro auf der einen Seite des Raumes entdecke ich Tyler mit Handy am Ohr. Er hebt grüßend die Hand und spricht dann weiter. Unter dem ersten Auto liegt einer der Mechaniker und summt vor sich hin. Lexi schraubt gerade an einem Motor herum, richtet sich jedoch auf, sobald sie uns bemerkt.

»Hey.« Sie wischt sich die Hände an einem Tuch ab und stopft es in die Tasche ihres Overalls. Behutsam, als würde sie mit einem Neugeborenen hantieren, schließt sie die Motorhaube. »Hier entlang.« Mit diesen Worten und einer eindeutigen Handbewegung lotst sie uns ans andere Ende der Halle.

Ehe sie etwas sagen kann, läuft Hailee an ihr vorbei geradewegs auf den roten Honda zu – und umarmt ihren Wagen. »Ich hab dich vermisst!«

Lexi und ich sehen uns an, dann prustet sie los. »Deine Freundin ist eine Frau ganz nach meinem Geschmack.«

»Finger weg«, warne ich. »Ich hab sie zuerst gesehen.«

Lexi wirft ihr Haar zurück und stemmt eine Hand in die Hüfte. »Ist das eine Herausforderung?«

Zwei, drei Sekunden lang schaffe ich es, ernst zu bleiben, dann lache ich los. »Träum weiter. Außerdem reicht es doch, dass du Shaine den Kopf verdreht hast.«

»Shaine …« Sie schnauft, als hätte der Name einen üblen Beigeschmack, und macht eine wegwerfende Handbewegung.

Ich grinse. »Ärger im Paradies?«

Nur dass es bei diesen beiden nie das Paradies war. Glücklicherweise auch nicht die Hölle. Allerdings irgendetwas dazwischen mit einem ständigen Hin und Her. Vielleicht erleben wir alle ja irgendwann den Tag, an dem die beiden endlich wissen, was sie wollen – und sich dann auch noch einig werden. Dass heute nicht dieser Tag ist, zeigt Lexi ganz deutlich, indem sie diese Frage übergeht und mich einfach stehen lässt.

Kopfschüttelnd sehe ich ihr nach und richte meine Aufmerksamkeit dann ganz auf Hailee, die sich von Lexi erklären lässt, was sie alles an ihrem Auto gemacht und ausgetauscht hat. Probehalber gleitet Hailee hinters Steuer und startet den Wagen. Überrascht ziehe ich die Brauen hoch. Alle Achtung. Der Motor schnurrt wie bei einem Neuwagen. Lexi hat ganze Arbeit geleistet.

Als sie Hailee dann den Preis für das Ganze nennt, gebe ich mein Bestes, um nicht zu lächeln. Ich bin zwar kein Mechaniker und habe definitiv nicht so viel Ahnung von Fahrzeugen wie meine liebe Cousine, aber selbst ich weiß, dass sie nur einen Bruchteil dessen berechnet hat, was der Austausch des Motors gekostet haben muss. Trotzdem weiten sich Hailees Augen vor Schreck, sobald sie die Zahl hört, allerdings nickt sie und beginnt in ihrer Handtasche herumzukramen.

»Bezahlst du bar oder mit Karte?«

»Bar.«

»Alles klar.« Mit dem Daumen deutet Lexi aufs Büro. »Wir müssen die Scheine prüfen, und Tyler muss das Ganze noch unterzeichnen.«

Ich halte mich im Hintergrund, während die beiden das Geschäftliche erledigen. Als sie wenige Minuten später zurückkehren, landet mein Blick sofort auf Hailee und bleibt auch dort, bis sie vor mir stehen bleibt, die Hände in den Hosentaschen und ein Lächeln auf den Lippen.

Ich ziehe sie ein kleines bisschen näher. »Bist du glücklich?«

Sie zögert einen Herzschlag lang. Dann lächelt sie mich breit an. »Und wie! Ich hatte schon befürchtet, den Wagen nie wiederzusehen.«

Wie sie darauf kommt, ist mir ein Rätsel. Der Honda hatte schließlich nur einen Motorschaden. Es ist ja nicht so, als wäre er von einer Brücke gestürzt und auf Nimmerwiedersehen in einem See versunken. Hailees Erleichterung ist deutlich spürbar, und ich freue mich für sie. Selbst wenn das bedeutet, dass ich keinen guten Grund mehr habe, sie überall hinzufahren, weil sie jetzt wieder einen fahrbaren Untersatz hat.

»Chase?« Lexis Stimme lässt mich aufsehen. »Hast du eine Minute? Hier ist eine Kopie der Rechnung, Hailee.«

Widerwillig mache ich mich von Hailee los und folge Lexi in eine ruhige Ecke. Aus dem Augenwinkel beobachte ich Hailee dabei, wie sie zu ihrem Auto zurückkehrt und mit den Fingern über die Karosserie fährt, als würde sie ein geliebtes Haustier streicheln.

»Oh. Mein. Gott.« Lexi haut mir gegen den Arm. »Dich hat es so erwischt! So sehr!«

Es abzustreiten wäre sinnlos. Außerdem gibt es schon genug Lügen in meinem Leben, also zucke ich nur mit der Schulter. »Und?«

»Und …?« Sie gestikuliert ungeduldig mit den Händen. »Was hast du jetzt vor? Wie soll es mit euch weitergehen? Sie wird nicht hierbleiben. Jetzt, wo sie ihren Wagen zurückhat, hält sie doch nichts mehr.«

Ich schnaube. »Danke für dein Vertrauen.«

Aber ich weiß nur zu gut, dass sie recht hat. Diese Sache zwischen uns ist nur für diesen Sommer. Nur so lange, bis sie ihr Auto wiederhat. Was hiermit geschehen ist. Ich versuche das ungute Gefühl in meinem Bauch zu ignorieren, aber diesmal gelingt es mir nicht. Das soll es jetzt also gewesen sein? Einfach so? Kann Hailee mich wirklich so leicht abhaken und weiterziehen?

»Sorry.« Lexi schneidet eine Grimasse. »Aber wie stellst du dir das vor? Sie studiert in San Diego, du in Boston. Ihre Familie lebt irgendwo in Minnesota, deine hier. Ich erinnere mich da an ein anderes Mädchen, mit dem du eine Fernbeziehung geführt hast, und wir wissen alle, wie das geendet hat.«

Ich will das nicht hören. Aber vor allem will ich mich nicht damit auseinandersetzen. Nicht jetzt. Nicht so kurz, nachdem wir uns endlich nähergekommen sind und nachdem ich Hailee zum Lachen, Strahlen und Stöhnen gebracht habe. Wenn es etwas gibt, mit dem ich mich definitiv nicht beschäftigen will, dann ist es die Zukunft. Auch wenn die uns eingeholt zu haben scheint.

»Hailee ist nicht Mia«, stelle ich leise, aber entschieden fest. Ob ich damit Lexi oder nicht doch eher mich selbst überzeugen will, weiß ich nicht.

Mia war meine Highschool-Liebe. Wir hatten eine unglaubliche Zeit, und ich bin ihr bis heute dankbar dafür, dass sie einen besseren Menschen aus mir gemacht hat. Aber das mit uns sollte nie für die Ewigkeit sein. Gut möglich, dass wir das damals nicht geahnt haben, doch spätestens als wir uns eingestehen mussten, dass eine Fernbeziehung einfach nicht funktioniert, mussten wir den Tatsachen ins Auge sehen. Nicht jeder verliebt sich in der Schule, heiratet kurz nach dem Abschluss und gründet eine Familie, so wie meine Eltern.

»Nein«, bestätigt Lexi seufzend. »Das ist sie definitiv nicht. Aber manchmal reichen Gefühle – und guter Sex – allein nicht aus.«

Zum ersten Mal, seit wir dieses Gespräch begonnen haben,

löse ich meinen Blick von Hailee und richte ihn auf Lexi. »Reden wir hier noch von Hailee und mir? Oder von dir und …«

»Tara«, wirft sie hastig ein, bevor ich einen ganz anderen Namen nennen kann. »Sie ist vor sechs Monaten weggezogen. Erinnerst du dich noch? Beim Sonntagsbrunch hat sie dir immer den Rest ihrer Pancakes überlassen.«

Ich erinnere mich. Tara war ein nettes Mädchen, und sie hat Lexi gutgetan. Die Trennung hat sie eine Weile lang ziemlich mitgenommen. Aber das ist es nicht, worauf ich hinauswollte.

»Eigentlich meinte ich …«

»Sag es nicht.« Ein spitzer Finger bohrt sich in mein Brustbein. Wenn sie könnte, würde Lexi glatt durch den Knochen hindurchstoßen und mein Herz mit ihren Fingernägeln bearbeiten, nur um mich zur Vernunft zu bringen. Oder zum Schweigen. Was auch immer ihr gerade in den Sinn kommt.

Ich schiebe ihre Hand beiseite. »Du kannst mir also eine Standpauke über Beziehungen halten, aber ich darf nicht mal seinen Namen nennen?«

»Ganz genau.«

»Das ist …« Meine Antwort geht in einem Vibrieren unter. Automatisch ziehe ich das Handy aus meiner Hosentasche und runzle die Stirn. *Josh*. Ich lehne den Anruf ab, bevor ich es mir anders überlegen kann.

»Was soll das?« Lexis Stimme ist leiser geworden, allerdings auch aufgebrachter. »Warum würgst du ihn ab, wenn der Rest von uns seit Monaten nichts mehr von ihm gehört hat?«

»Weil ich nicht mit ihm reden will«, presse ich hervor und schiebe das Handy zurück. Der einzige Grund, warum ich es nicht auf lautlos stelle oder ganz ausschalte, ist, dass Mom, Dad oder Onkel Alexander etwas von mir wollen könnten. Oder dass ich spontan als Phils Babysitter einspringen soll. Oder dass sich die Klinikleitung mit einer neuen Nachricht meldet, die ich zwar nicht hören will, aber muss.

»Du hättest mir das Telefon geben können«, zischt Lexi und stemmt die Hände in die Hüften. »Ehrlich, Mann, was ist los mit euch?«

»Gar nichts.«

»Chase …« Die Warnung ist unmissverständlich. »Sag mir jetzt sofort, was Sache ist, sonst rede ich mit deiner Mom und erzähle ihr alles, was ich weiß.«

»Erstens: Du weißt gar nichts. Und zweitens: Sei kein Miststück, Lex. Josh und ich kriegen das schon hin.«

»Ach ja? So wie ihr das bisher auch hingekriegt habt? Wenn das so ist, wo ist er dann, hm? Was zum Teufel ist los mit ihm? Was ist los *mit dir*, dass du so ein Geheimnis daraus machst?«

Ich will gerade Luft holen, um ihr zu sagen, dass sie das einen Scheißdreck angeht und sie sich gefälligst um ihren eigenen Kram kümmern soll, als Tyler nach ihr ruft. Lexi wirft mir einen finsteren Blick zu und lässt mich dann wortlos stehen. Besser ist das. Ich atme tief durch. Gerettet durch den Boss. Aber dieses Gespräch ist noch nicht zu Ende, das weiß ich genauso gut wie sie. Lexi wird nicht lockerlassen, und irgendwann kann ich ihr nichts mehr vormachen. Irgendwann muss ich ihr die Wahrheit erzählen. Und das werde ich auch … Aber nicht heute.

Ich versuche, mir nichts anmerken zu lassen, und kehre zu Hailee zurück, die an ihrem Wagen lehnt und auf ihr Handy eintippt. Als ich mich ihr nähere, zuckt sie zusammen und steckt das Handy hastig ein.

»Alles klar?«, frage ich, irritiert über ihre Reaktion.

Sie nickt etwas zu nachdrücklich. »Ich habe nur … Katie geschrieben, dass der Honda repariert ist.« Einen Moment lang mustert sie mich und zieht fragend die Brauen hoch. »Bei dir auch alles okay?«

Ich beiße die Zähne zusammen. »Jepp.«

»Sicher? Du bist ein ganz mieser Lügner.«

Beinahe hätte ich laut aufgelacht. Ich bin ein *zu guter* Lügner. Leider.

»Nur eine kleine Auseinandersetzung mit Lexi. Nichts Schlimmes.« Mein Blick zuckt kurz zu dem Auto, dem man sein Alter trotz neuem Motor deutlich ansehen kann, und ich unterdrücke ein Seufzen. »Ich würde ja anbieten, dich zurückzufahren, aber …«

Hailee lächelt zögerlich. »Das nächste Mal fahre ich dich.«

»Das nächste Mal?« Obwohl ich es nach dieser Diskussion mit meiner Cousine kaum für möglich gehalten habe, wandern meine Mundwinkel wieder in die Höhe. Und plötzlich ist da etwas, das gar nicht da sein sollte: ein kleiner Funken Hoffnung. »Ist das ein Versprechen?«

Sie zupft am Saum meines T-Shirts. »Ich hab noch ein paar Tage, bevor ich zurück nach San Diego muss … Also … wenn du willst …?«

»Ich will«, erwidere ich sofort, stupse sie sachte an und zwinge mich dazu, die nächsten Worte auszusprechen, weil ich Klarheit brauche. Wenigstens in einer einzigen Sache in meinem Leben brauche ich absolute Klarheit. »Aber eigentlich hast du jetzt keinen wirklichen Grund mehr, in Fairwood zu bleiben. Oder …?«

Erst als ich das gesagt habe, wird mir bewusst, dass ich damit exakt das wiederholt habe, was Lexi mir unter die Nase gerieben hat, und verfluche sie in Gedanken dafür. Allerdings hat sie in diesem Punkt leider recht. Hailee wollte nie in der Stadt bleiben, das hat sie von Anfang an deutlich gemacht. Nur ihr kaputter Wagen hat dafür gesorgt, dass sie länger als geplant hier geblieben ist. Nur deshalb konnten wir uns besser kennenlernen und uns näherkommen. Mittlerweile hat sie alles erledigt, weswegen sie ursprünglich hergekommen ist: Sie war auf dem Friedhof, hat mit den Harringtons gesprochen und Jespers Manuskript nicht bloß gefunden, sondern sogar gelesen und inzwischen auch für seine Eltern ausgedruckt. Noch liegt der dicke Papierstapel allerdings auf ihrem Schreibtisch. Als ich sie gefragt habe, was sie damit vorhat, hat sie gezögert, dann jedoch gemeint, dass sie das Manuskript Mrs und Mr Harrington zum Abschied schenken will, damit die beiden entscheiden können, was mit dem Vermächtnis ihres Sohnes passieren soll.

Inzwischen haben wir auch so einiges von Hailees Liste für diesen Sommer erledigt, sodass uns im Grunde nur eine letzte Sache bleibt: der Abschied.

»Keinen Grund mehr, in Fairwood zu bleiben?«, wiederholt Hailee und schüttelt den Kopf. »So würde ich das nicht sagen. Da gibt es nämlich noch dieses Musikfestival, auf das ich unbedingt will und zu dem mich dieser attraktive Kerl eingeladen hat.«

Trotz all der beklemmenden Gedanken schleicht sich ein Lächeln auf mein Gesicht. »Ist das so?«

»Mhm«, macht sie und wedelt mit ihrem Schlüsselbund vor meiner Nase herum. »Also: Fährst du mir hinterher, oder soll ich dir folgen?«

Ohne nachzudenken oder mich um die potenziellen Zuschauer in der Werkstatt zu kümmern, lege ich die Hand an Hailees Wange und drücke ihr einen festen Kuss auf die Lippen. »Ich folge dir.«

Wo auch immer sie hinmöchte.

Kapitel 25

Chase

Am Samstagnachmittag ist es endlich so weit: der Moment, auf den Hailee seit unserem ersten Ausflug zum See so sehnsüchtig gewartet hat. Gestern hat sie ihr Auto zurückbekommen, also sind wir natürlich mit ihrem Wagen hier. Schon ein ganzes Stück vor dem Festivalgelände stehen Leute mit leuchtenden Warnwesten, die uns zeigen, wo wir parken dürfen.

Nachdem sie den Motor ausgeschaltet hat, dreht sich Hailee zu mir um. »Ich bin so aufgeregt!«

»Ich weiß.« Amüsiert strecke ich die Hand aus und streiche mit den Fingerknöcheln über ihre Wange.

Sie hat sich für das Festival in Schale geworfen. Zum ersten Mal sehe ich sie richtig geschminkt, mit dunkel umrahmten Augen und glänzenden Lippen. Sie trägt wieder eines ihrer kurzen Kleider mit den weiten Ärmeln. Dazu die türkisfarbenen Halbstiefel, die Federohrringe, eine gelbe Sonnenbrille und jede Menge Armbänder. Damit und mit der Frisur, die aus zwei Knoten hoch oben auf ihrem Kopf besteht, aus denen einige Strähnen herausfallen, passt sie perfekt hierher.

Die Sonne strahlt an diesem letzten Augusttag noch einmal mit voller Kraft auf die Besucher hinab, aber wenigstens weht auch ein bisschen Wind, sodass wir uns nicht alle einen Hitzschlag holen. Auf dem Weg zum Eingang lege ich Hailee den Arm um die Schultern, als wäre es das Selbstverständlichste der Welt. Als würden wir ständig solche Sachen unternehmen. Und in den letzten Tagen war es das auch. Ich genieße es, mit ihr zusammen zu sein, weil sie alles andere, all die Sorgen, Probleme und Verpflichtungen weit weg erscheinen lässt. Und solange ich Hailee an meiner Seite habe, will ich nicht an morgen denken, also stelle ich mein Handy auf lautlos und genieße einfach den Moment.

Die Veranstaltung findet auf einem riesigen Gelände statt. Überall sind Menschen, Zelte und Buden – und nachdem wir es durch die Security geschafft haben, werden wir zu einem Teil davon. Wenn ich das richtig sehe, gibt es vier verschiedene Bühnen, auf denen Bands auftreten. Vor dem Riesenrad tummeln sich die Leute, die Schlange vor den Essensständen sind unendlich, und dann gibt es noch Souvenir-Shops und diverse Aktivitäten wie Beachvolleyball, Minigolf, ein Trampolin, irgendetwas mit Luftballons und bunte Pappaufsteller, vor denen man Selfies machen kann.

Als Erstes besorgen wir uns Eis: für mich ein Himbeer-Joghurt-Popsicle und für Hailee eine Eiswaffel mit zwei Kugeln Vanille, Sahne und bunten Zuckerstreuseln oben drauf.

»Du hast da ein bisschen was …«, murmle ich und deute auf ihr Gesicht.

»Was? Wo?« Sie schielt ein wenig, entdeckt aber natürlich nichts.

Grinsend tunke ich den Finger in die Sahne und tippe ihr damit auf die Nasenspitze. »Genau hier.«

Einen Moment lang starrt Hailee mich fassungslos an, dann prustet sie los. »Das hast du nicht ernsthaft …«

»Oh doch.« Schnell ziehe ich mein Handy hervor und mache ein Foto.

Hailee wirft sich in Pose, mit dem Eis in der Hand und der Sahne auf der Nase, die sie wie so oft krauszieht. Dann wischt sie sich das Zeug mit dem Handrücken weg und deutet warnend auf mich. »Das wirst du noch bitter bereuen, Mister.«

»Ach ja?«, necke ich sie und packe das Smartphone wieder ein. Dann mustere ich sie gespielt nachdenklich. »Willst du mich auch mit Eis einsauen? Und dann ablecken? Nur zu. Kann's kaum erwarten.«

Wieder lacht sie, schüttelt aber auch den Kopf. »Dieses Eis ist viel zu gut für dich. Ich werde es ganz sicher nicht für so was verschwenden.«

»Autsch.« Aber ich lasse ihr den Spaß – und sie in Ruhe aufessen.

Nachdem wir uns das Programm angeschaut haben, schlendern wir über das Gelände. Waiting for Juliet werden erst am frühen Abend auftreten, aber es gibt genügend andere Bands, die zumindest einer von uns kennt und die wir uns anhören können. Zwischendurch füllen wir unsere Wasserflaschen auf, Hailee lässt sich von ein paar Mädchen mit blau-goldenem Glitzer im Gesicht und auf dem Dekolleté festivaltauglich bemalen, und irgendwann setzen wir uns mit Burgern und Pommes ins platt getretene Gras, nachdem wir über eine halbe Stunde dafür anstehen mussten. Anschließend hören wir uns zwei Bands an und verbringen eine kleine Ewigkeit auf dem Trampolin – was viel mehr Spaß macht, wenn man es selbst tut, statt Phil und den anderen Kids nur dabei zuzusehen.

Gegen Abend kämpfen wir uns zu einer der Bühnen vor. Es ist noch immer warm, und die Sonne taucht den Himmel in ein Farbspektakel aus Rosarot, Gold und Orange. Ein einzelner Luftballon fliegt über das Gelände, und ich schließe die Arme von hinten um Hailee. In diesem Moment wird die Bühne erleuchtet, und Logo sowie Schriftzug der Band erscheinen.

»Oh mein Gott, da sind sie! *Da sind sie!*« Hailee springt vor Aufregung auf und ab und reißt den Leuchtstab hoch, den ihr irgendjemand im Vorbeigehen in die Hand gedrückt hat. Mittlerweile sind zu ihren Armreifen noch mehrere bunte Bänder dazugekommen, von denen ich auch einige am Handgelenk trage.

Nacheinander betreten die Mitglieder von Waiting for Juliet die Bühne, und Mason Lewis heizt der Menge ein, noch bevor sie überhaupt mit der Musik loslegen. Es ist irgendwie merkwürdig, wie sehr er sich im Laufe der letzten Jahre verändert hat – und gleichzeitig immer noch genauso aussieht wie der Kerl aus Fort Leonard Wood. Den militärischen Viertelzoll-Haarschnitt hat er bis heute beibehalten. Er zwinkert der Sängerin zu, die ihn sanft anlächelt, dann beginnen sie mit dem ersten Song.

Die Zuschauer gehen sofort mit. Viel mehr Leute, als ich erwartet habe, singen die Texte mit und springen bei den schnelleren Nummern auf und ab – Hailee eingeschlossen. Ich muss zugeben, dass die Band wirklich gut ist. Nicht jedes Lied trifft meinen Geschmack, aber Mason und seine Leute wissen eindeutig, was sie da tun. Außerdem hatte Hailee recht: Die Stimme der Sängerin *ist* unglaublich. Während einer Ballade, bei der alle die Arme im Takt hin und her schwenken, kriege sogar ich eine Gänsehaut und vergesse alles andere. Es ist fast, als wären wir hier in einer anderen Welt. Und obwohl ich schon den ganzen Tag kaum auf mein Handy geschaut und an all das gedacht habe, was mich zu Hause erwartet, merke ich, wie ich erst jetzt so richtig loslassen kann. Ich werfe Hailee ein Lächeln zu, das sie fröhlich erwidert. Wir lassen uns beide treiben und von der Musik mitreißen. Und als der letzte schnelle Song mit einem Knall endet, bei dem buntes Konfetti durch die Luft fliegt, sind wir diejenigen, die am lautesten jubeln.

»Danke, Leute!« Masons atemlose Stimme hallt über das

Gelände, während das Konfetti langsam auf die Zuschauer herabsegelt. »Ihr seid fantastisch!«

Die Menge ist begeistert. Direkt neben uns kreischen ein paar Mädchen los und werfen so laut mit Heiratsanträgen um sich, dass mir die Ohren klingeln. Aber die meisten verlangen einfach nur nach einer Zugabe.

»ZU-GA-BE!«, brüllt nun auch Hailee, und ich kann gar nicht anders, als sie für einen kurzen Moment an mich zu ziehen und sie zu küssen.

Lachend schlingt sie die Arme um mich, während die Menschen um uns herum jubeln, klatschen, tanzen und zu den ersten Tönen der Zugabe wild herumhüpfen. Gleich darauf nehme ich Hailee huckepack, damit sie das Ende des Auftritts besser sehen und ihn voll und ganz genießen kann.

Die Band spielt noch zwei weitere Lieder, dann verabschiedet sie sich endgültig. Wir stecken mitten in der Menge, die sich kaum auflöst, da gleich im Anschluss die nächste Gruppe auf die Bühne kommt, also bleiben wir, wo wir sind, und hören uns auch diesen Auftritt an.

»Das war unglaublich!«, brüllt Hailee mir ins Ohr, als ich uns rund eine Stunde später einen Weg durch das Getümmel suche. »Sie waren so, so gut!« Hailee springt mir förmlich auf den Rücken und schlingt die Arme etwas zu fest um meinen Hals. »Viel besser, als ich es mir ausgemalt habe. Gott, ich will sie gleich noch mal sehen!«

Ich krächze etwas, da ich gerade kaum Luft bekomme.

»Was?«

»Du erwürgst mich!«

»Oh. Ups.« Sie lacht auf, lockert den Griff um meinen Hals, und ich kann wieder aufatmen. Gott sei Dank.

Aber ich lasse sie nicht los, sondern packe ihre Beine eine Spur fester. Erst als sich die Menge etwas auflöst und wir wieder zwischen den Buden und Zelten sind, lasse ich Hailee langsam an meinem Rücken hinuntergleiten und drehe mich zu ihr um. Ihr Make-up ist verschmiert, sie hat schwarze Spuren unter den Augen, und der Glitzer hat sich auf ihrer Wange, an ihrem Hals und sogar in ihrem Haar verteilt. Aber sie hat nie glücklicher ausgesehen.

Ich greife nach ihrer Hand, setze einen Kuss darauf und ziehe sie weiter. Wir holen uns noch etwas zu essen und zu trinken und laufen an unzähligen Leuten vorbei, an Schlangen vor den Fressbuden, einem Beachvolleyball-Feld und zwei weiteren Bühnen, ehe es langsam ruhiger wird. So weit von den Hauptattraktionen entfernt tummeln sich nur noch wenige Menschen, aber hier und da gibt es ein paar Lagerfeuer, und wir setzen uns dazu.

Ich habe nicht die geringste Ahnung, wie spät es mittlerweile ist. Sterne funkeln über uns, und der Mond strahlt hell, von den Bühnen schallt Musik zu uns herüber und vermischt sich mit den leisen Gesprächen, dem gelegentlichen Lachen und dem Knacken von Holz im Feuer. Obwohl Hailee direkt neben mir sitzt, kommt es mir nicht nah genug vor. Ich muss sie einfach berühren. Ich streiche über ihr Knie, schiebe ihr ein paar Haarsträhnen hinters Ohr oder beobachte sie dabei, wie sie mit dem Mädchen neben sich von den Bands heute schwärmt. Schließlich bemerkt sie es und sieht auf. Als sich unsere Blicke treffen, wird mir unweigerlich warm, und ein Lächeln stiehlt sich auf meine Lippen. Hailee erwidert es und widmet sich wieder ihrem Gespräch, schaut aber immer wieder in meine Richtung, als könnte sie den Blick genauso wenig von mir abwenden wie ich von ihr.

Und es tut gut. Gott, es tut so gut zu wissen, dass sie genauso verrückt nach mir zu sein scheint wie ich nach ihr. Lexis Worte fallen mir wieder ein, genau wie die Fragen, die sie aufgeworfen hat, aber ich schiebe sie entschieden beiseite, greife nach meinem Bier und lasse den Blick wandern. Wenige Sekunden später landet er unweigerlich wieder auf Hailee, die schon bald aus meinem Leben verschwunden sein wird. Ich lege den Arm um sie und ziehe sie ein Stück näher heran. Als könnte ich sie damit für immer bei mir behalten. Dabei wissen wir beide, dass diese Geschichte von Anfang an ein Ablaufdatum hatte. Und das rückt unweigerlich näher.

Mit einem zufriedenen Seufzen schmiegt sich Hailee an mich und lehnt den Kopf gegen meine Schulter. Ein Teil von mir wünscht sich, dass diese Nacht niemals endet. Ein anderer will nichts lieber, als schleunigst von hier zu verschwinden, um mit Hailee allein zu sein.

Als es immer stiller um uns herum wird, stehe ich ächzend auf und halte ihr die Hände hin, um ihr hochzuhelfen. Wir nehmen denselben Weg zurück und befinden uns kurz darauf wieder mitten auf dem Festivalgelände. Die Bühnen liegen im Dunkeln, genauso wie ein Großteil der Stände. Auf der Wiese neben dem Parkplatz stehen lauter Zelte, in denen die Besucher von weiter weg übernachten, aber auch dort ist mittlerweile eine gewisse Ruhe eingekehrt.

»Das war so schön«, sagt Hailee nach einer Weile mehr zu sich selbst als zu mir. »Ich kann nicht fassen, dass das wirklich passiert ist.«

»Was genau?«, hake ich nach und zupfe leicht an ihren Fingern, die in meiner Hand liegen. »Das Festival an sich? Die Konzerte? Der leckere Burger? Oder die Band?«

Sie bleibt stehen und sieht strahlend zu mir hoch. »Alles.«

»Wir haben es leider nicht mehr zum Riesenrad geschafft.«

Hailee schüttelt den Kopf. »Macht nichts. Dieser Tag war perfekt. Du glaubst gar nicht, wie froh und dankbar ich bin, das alles erlebt zu haben.«

»Hm«, mache ich, da ich nicht so recht weiß, wie ich diese Aussage deuten soll. Also lege ich die Arme locker um sie und beuge mich ein Stück zu ihr hinunter. Irgendwo sind Schritte zu hören. Grillenzirpen. Betrunkenes Lachen. Leise Gespräche. Davon abgesehen sind wir ganz allein zwischen Zelten, vereinzelten Ständen und Bäumen. Und wenn ich dieses Leuchten in Hailees Augen sehe, glaube ich ihr nur zu gern, dass es okay ist, dass wir nicht alles geschafft haben.

Lächelnd stellt Hailee sich auf die Zehenspitzen und kommt mir entgegen, bis ich ihren warmen Atem auf meinem Gesicht spüren kann. Gleich darauf liegen ihre Lippen auf meinen, und es ist völlig egal, wo wir gerade sind.

Ich erwidere ihren Kuss, als wäre es das allererste Mal. Als wären wir wieder am See vor meinem Wagen, mitten im Maisfeld, im Diner, in der Bar an unserem allerersten Abend. In jedem einzelnen Moment, in dem ich sie küssen wollte. Wie von selbst wandern meine Hände über ihre Seiten, folgen dem Stoff ihres Kleids und schlüpfen darunter, fahren über weiche nackte Haut, bis Hailee dieses leise, sehnsuchtsvolle Geräusch von sich gibt, von dem ich einfach nicht genug bekomme. Nicht heute. Nicht morgen. Womöglich niemals.

Nur mühsam löse ich mich von ihrem Mund und öffne die Augen. Ihre Pupillen sind geweitet. Ihre Lippen ein wenig geschwollen. Und ihr Atem geht so schwer wie meiner. »Lass uns nach Hause fahren.«

Nach Hause. Es ist lange her, dass ich meine Heimatstadt so bezeichnet und es tatsächlich so gemeint habe.

Später liegen wir in Hailees Bett, ich auf dem Rücken, sie an meine Seite geschmiegt mit dem Kopf auf meiner Brust, während vor dem Fenster die Sonne aufgeht und die ersten Strahlen ins Zimmer fallen. Gedankenverloren streiche ich ihr über den nackten Arm, bis ich eine Gänsehaut unter meinen Fingern spüre und lächeln muss. Hailee rührt sich nicht, aber ich weiß, dass sie nicht schläft, auch wenn ihre Atmung ruhig und gleichmäßig ist. Ich weiß es, weil ich ihren schnellen Herzschlag genauso deutlich spüren kann wie sie meinen. Obwohl wir total erledigt sein müssten, liegen wir einfach nur da und beobachten, wie die Sonne aufgeht und die Welt dort draußen ganz langsam erwacht.

»Weißt du, was ich gerne tun würde?«, fragt sie unvermittelt.

Ich halte in den Streicheleinheiten inne. »Jemandem heißen Kaffee in den Schritt schütten?«

»Das auch. Aber ich würde total gerne noch mal zu der Aussichtsplattform, die du mir ganz am Anfang gezeigt hast.« Sie seufzt tief. »Jespers Lieblingsort. Es war so schön da.«

Mein Herz hämmert ein paar Takte schneller. Bedeutet es das, was ich denke … was ich hoffe, dass es bedeutet? Will Hailee doch noch etwas länger hierbleiben? Länger als nur bis zum Festival, das nun vorbei ist? Oder vielleicht nach ihrem Treffen mit Katie hierher zurückkehren?

»Dann lass uns noch mal hinfahren«, erwidere ich und nehme die Streicheleinheiten wieder auf.

»Einfach so?«

»Einfach so.«

»Mhm«, macht sie genießend.

Ich kann spüren, dass Hailee noch etwas sagen will. In ihren Muskeln ist eine Anspannung, die zuvor nicht da war. Aber statt nachzubohren, warte ich geduldig, bis sie von selbst damit zu mir kommt. Ich will sie nicht drängen. Das ist das Letzte, was ich will. Aber ich kann sie auch nicht so einfach aufgeben.

»Meinst du, wir schaffen es noch mal, alle zusammenzukommen, bevor ich gehe? Wie letztes Wochenende am See?« Sie richtet sich auf einem Ellbogen auf und sucht meinen Blick.

Ein bisschen blau-goldener Glitzer klebt noch an ihrer Wange und nach den letzten Stunden vermutlich auch überall im Bett und an mir. »Sind überhaupt noch alle in der Stadt?«

Dass sie ihren Abschied erwähnt, versetzt mir einen scharfen Stich. Ich räuspere mich und versuche mich schnell davon abzulenken, indem ich über ihre letzte Frage nachdenke. »Shaine ist schon weg. Der Rest müsste noch da sein, ja.«

Sie lächelt zufrieden und bettet den Kopf wieder auf meine Brust. Unbewusst halte ich den Atem an, warte und hoffe, dass da noch mehr kommt. Dass da noch *irgendetwas* kommt und sie ihre Abreise noch ein bisschen länger hinausschiebt. Nur ein bisschen. Doch sie schweigt.

Ich räuspere mich. »Ist das alles, was du willst?«

Wahrscheinlich ist es ein Fehler, diese Frage auszusprechen. Ein riesiger, blöder Fehler. Aber ich kann nicht anders. Ich muss es wissen. Wir kennen uns erst seit zwei Wochen und haben noch unser ganzes Leben vor uns; trotzdem werde ich das Gefühl nicht los, dass uns die Zeit zwischen den Fingern zerrinnt. In wenigen Tagen wird es so weit sein. Dann wird Hailee in ihr Auto steigen und genauso schnell wieder aus meinem Leben verschwinden, wie sie darin aufgetaucht ist. Ich weiß, wir haben beschlossen, dass diese Sache zwischen uns nur so lange geht, wie sie hier ist. Aber da wusste ich noch nicht, wie es mit ihr sein würde. Da hatte ich sie noch nicht geküsst, geliebt, in den Armen gehalten und so viel Zeit mit ihr verbracht. Ich wusste nicht, was ich verliere, als ich dem Ende zugestimmt habe.

»Ich hab schon so viele Dinge getan, die ich mich früher nie getraut hätte«, gesteht sie leise und blickt zu mir hoch. »Und so viel erlebt, wovon ich nicht mal zu träumen gewagt habe. Ich … ich brauche nicht mehr.«

Wen will sie damit eigentlich überzeugen? Mich? Oder sich selbst?

»Nicht mal nach diesem Sommer?«, hake ich behutsam nach.

Mein Herz hämmert wie verrückt, aber sie schweigt. Sie sagt kein einziges Wort.

»Verdammt, Hailee.« Es ist mehr ein Seufzen als ein Fluchen, und ich streiche mit den Fingern über ihren Rücken. Ihre Haut ist hier noch wärmer. Noch empfänglicher für meine Berührungen. »Warum gibst du dich mit so wenig zufrieden? Warum lässt du dich mit so wenig abspeisen?«

Warum speist du mich *mit so wenig ab?*

Sekundenlang herrscht Stille, und ich befürchte schon, überhaupt keine Antwort darauf zu erhalten, doch dann regt sie sich wieder in meinen Armen.

»Du fängst bald wieder mit der Uni an und fährst zurück nach Boston«, erinnert sie mich, ohne mich anzusehen. »Und ich muss allerspätestens am Freitag weg. Eigentlich schon zwei Tage vorher, um es rechtzeitig zu schaffen. Wir hatten ausgemacht, dass das hier nur bis zum Ende des Sommers geht.« Ihre Stimme nimmt einen bittenden Tonfall an.

»Also wirst du einfach die Stadt verlassen.«

Es ist mehr eine Feststellung, als eine Frage. Trotzdem ist es ein beschissenes Gefühl zu erfahren, dass sich nichts geändert hat. Dass diese Sache zwischen uns sie nicht im Entferntesten dazu gebracht hat, ihre Pläne noch einmal zu überdenken.

»Ich will Katie wiedersehen. Ich habe ihr versprochen, dass wir wieder zum Leuchtturm in San Diego fahren.«

Sie fehlt ihr, das ist deutlich herauszuhören – und ich komme mir plötzlich wie ein Arschloch vor. Katie ist ihre Zwillingsschwester. Natürlich vermisst Hailee sie. Insbesondere wenn sie sich den Sommer über nicht gesehen und kaum miteinander geredet haben. Ich kann mir nicht mal vorstellen, wie das für sie sein muss. Klar, Josh, Phil, Lexi und der Rest meiner Familie fehlen mir, wenn ich am College bin, aber ein Teil von mir ist auch erleichtert darüber, wenigstens für einige Zeit von ihnen wegzukommen. Früher standen Josh und ich uns total nahe, doch das ist nicht dasselbe wie bei Hailee und ihrer Schwester, so viel ist mir klar. Und ich verstehe auch, dass sie sie vermisst und zurück nach Hause will, aber … *verdammt*. Das kann es doch nicht gewesen sein. Ein Sommer, ein paar lächerliche Wochen, und danach ist alles wieder beim Alten? Als wäre Hailee nie in mein Leben getreten? Als wäre sie nie ins *Barney's* marschiert und hätte mich mit ihrer ganzen Art und ihrem Lächeln in kürzester Zeit völlig für sich eingenommen?

Nein. Ich weigere mich, das so einfach zu akzeptieren. Ich will … *mehr*. Ich will das hier nicht aufgeben müssen. Nicht jetzt und auch nicht nach diesem Sommer. Nicht einmal, wenn bald ein ganzer Kontinent zwischen uns liegt, weil sie an der Westküste und ich an der Ostküste sein werde.

Ich wünschte nur, sie würde es genauso sehen. Aber sie sagt nichts mehr dazu, und nach ein paar Minuten spüre ich ihre ruhigen, gleichmäßigen Atemzüge an meiner Haut. Sie ist eingeschlafen.

Aber ich kann das noch lange nicht.

Kapitel 26

Hailee

Sehr geehrte Miss DeLuca,
vielen Dank für die Einsendung Ihrer Leseprobe. Wir waren begeistert von Emikos Geschichte und möchten auf jeden Fall auch das restliche Manuskript lesen. Falls Sie noch Fragen zum weiteren Vorgehen haben, können wir diesbezüglich gerne telefonieren. Sie erreichen uns unter folgender Nummer …

Ich starre die Nachricht in meinem Mail-Postfach an. Und starre. Und starre noch ein bisschen länger. Aber sie verschwindet nicht. Selbst Minuten später ist sie immer noch da, und die schwarzen Buchstaben beginnen vor meinen Augen zu verschwimmen. Ich versuche zu begreifen, was hier passiert. Das tue ich wirklich. Aber, ganz ehrlich?

Was. Um. Alles. In. Der. Welt?

Der Trubel, der wie gewöhnlich an einem Mittwochnachmittag im Café herrscht, ist ganz weit weg. Die Stimmen, die Musik, das Klirren von Gläsern und Besteck sind nur noch ein entferntes Rauschen. Es grenzt an ein Wunder, dass ich überhaupt bemerke, wie Charlotte in diesem Moment an mir vorbeispaziert.

Reflexartig packe ich sie an ihrer Schürze und ziehe sie unsanft zu mir an den Tisch. Sie quietscht vor Schreck auf.

Zum Glück hat sie kein Tablett voller Getränke in der Hand. Andernfalls hätte das für uns drei – sie, meinen Laptop und mich – böse enden können.

»Was ist das?« Mit der freien Hand deute ich hektisch auf den Monitor.

Charlotte runzelt die Stirn. »Eine E-Mail?«

»Ja, aber was *ist* das?«

Sie beugt sich näher, schiebt die Brille auf dem Nasenrücken hoch und stößt dann einen Laut aus, der irgendwo zwischen Verblüffung und Freude liegt. »Oh wow! Sie haben sich zurückgemeldet! Und auch noch so schnell.«

Ich bin kurz davor, Charlotte zu schütteln, damit sie aufhört, in Rätseln zu reden, und mir endlich erklärt, was zum Teufel hier los ist. Denn ich verstehe es nicht. Ich begreife es einfach nicht. Panik beginnt sich in mir auszubreiten, und ich zwinge mich dazu, mehrmals tief durchzuatmen.

»Charlotte?«

»Jaaa …?«

Atme, Hailee. Atme, verdammt noch mal!

»Warum schreibt mir eine Literaturagentur?«

Sie lächelt unschuldig. »Weil sie an deinem Manuskript interessiert sind? Herzlichen Glückwunsch übrigens!«

Ich bohre die Fingernägel in meine Handflächen und presse die Lippen aufeinander. Alles in dem Versuch, ruhig zu bleiben. Es muss eine logische Erklärung dafür geben. Vielleicht ist das nur ein Witz. Irgendjemand erlaubt sich einen grausamen Scherz. Oder es ist Spam. Genau! Denn ich habe noch nie von dieser ominösen Agentur gehört. Nicht, dass ich mich bisher besonders gründlich informiert hätte oder so.

Charlotte windet sich neben mir und lässt sich dann auf die Bank gegenüber fallen. »Bitte flipp jetzt nicht aus.« Beschwörend hebt sie die Hände. »Aber Emikos Geschichte hat mir so gut gefallen, und ich habe sie zufällig dieser befreundeten Autorin gegenüber erwähnt und … äh … ja … dannanihreagenturgeschickt«, nuschelt sie.

»Wie bitte?«

Sie holt tief Luft und betont jedes einzelne Wort. »Ich habe die ersten Kapitel deiner Geschichte an eine Literaturagentur geschickt.«

Ich muss mich setzen. Das sollte nicht mein erster Gedanke nach einer solchen Neuigkeit sein, aber das ist er. Ich muss mich setzen. Dabei ist das total lächerlich, weil ich schon seit zwei Stunden hier in *Lizzy's Cakes* sitze.

Wie kann das sein? Wie kann das wirklich passieren?

Dumme Frage. Ich weiß, was das zu bedeuten hat, genau wie die E-Mail in meinem Postfach, aber irgendetwas in mir weigert sich, es tatsächlich wahrhaben zu wollen. Von akzeptieren ganz zu schweigen.

Mein Kinderbuch. Emikos Geschichte. Diese kleine Idee, mit der ich zunächst nur in Gedanken herumgespielt habe, ehe ich sie Jesper erzählt und schließlich damit angefangen habe, sie aufzuschreiben. Sie. Liegt. Bei. Einer. Literatur. Agentur. Und sie haben sich bei mir gemeldet. Das muss natürlich noch nichts heißen, schließlich ist es keine feste Zusage, aber trotzdem. Ich kann sie anrufen. Sie wollen mit mir reden. Wie konnte das nur passieren?

»Alles okay?« Charlotte fächelt mit einer Serviette vor meinem Gesicht herum. »Du bist ganz blass geworden. Freust du dich denn gar nicht?«

Nein. Denn das hier, dieser Moment, war nie Teil des Plans. Ich hatte nie vor, das Manuskript überhaupt von jemandem lesen zu lassen, ganz zu schweigen davon, es zu veröffentlichen. So richtig. *Emiko und das magische Licht* habe ich für mich geschrieben – und weil ich es meinem besten Freund in einer unserer letzten Nachrichten versprochen habe. Ich hatte nie vor, etwas damit zu tun. Ich habe nicht mal darüber nachgedacht. Doch jetzt liegt diese Mail in meinem Postfach und wartet darauf, beachtet und beantwortet zu werden.

Ich habe nicht die geringste Ahnung, was ich denken, fühlen oder tun soll.

»Hailee … Sei bitte nicht böse.« Charlottes Stimme reißt mich aus dem Chaos in meinen Gedanken.

Ruckartig hebe ich den Kopf und starre sie an. Sie sitzt mir noch immer gegenüber und wirkt ziemlich zerknirscht.

»Ich wollte das wirklich nicht über deinen Kopf hinweg entscheiden, aber ich habe es absolut ernst gemeint, als ich gesagt habe, dass diese Geschichte unheimlich schön ist. Ich habe der befreundeten Autorin so davon vorgeschwärmt, dass sie vorgeschlagen hat, die ersten Kapitel an ihre Agentur zu schicken, und irgendwie habe ich mich mitreißen lassen. Aber es wäre eine Schande, diese Geschichte nicht zu veröffentlichen. Und wie es aussieht, bin ich nicht die Einzige, die so denkt.«

Das ist sie ganz offensichtlich nicht. Diese Mail bestätigt es. Trotzdem weiß ich nicht, wie ich damit umgehen soll. Ich bin so … wütend. Was fällt Charlotte ein, so etwas hinter meinem Rücken zu entscheiden? Wie kann sie mir das antun? Als ich in meinen Honda gestiegen und losgefahren bin, wusste ich genau, wie dieser Sommer enden würde. Ich kannte das Endziel, obwohl alles dazwischen eine Überraschung blieb. Und das hier, diese … diese Chance gehört nicht zum Plan. Ich habe nicht die geringste Ahnung, wie ich damit umgehen soll. Was ich mit dieser … Hoffnung anstellen soll, die da auf einmal in mir aufkeimt und die ich nie haben wollte.

»Denk darüber nach, bevor du etwas Unüberlegtes oder Impulsives tust«, rät Charlotte mit ernster Miene.

Ich schnaube. Klar, weil ich ja dafür bekannt bin, impulsiv

und unüberlegt zu handeln. Ich will lachen, aber mir kommt kein Laut über die Lippen. Der Schock sitzt noch immer zu tief.

»Versprich es mir.« Charlotte steht auf. Gleich ist Ladenschluss, und sie muss die letzten Gäste abkassieren.

Ich kann ihr nichts versprechen, was ich nicht halten kann, aber ich kann zumindest nicken, um sie zu beruhigen. Und damit sie nicht weiter nachbohrt.

Sie wirkt nicht überzeugt, trotzdem lässt sie mich allein. Und während sich das Café von Minute zu Minute leert, starre ich noch immer auf diese E-Mail, bis sie vor meinen Augen verschwimmt.

Das habe ich nicht verdient. Wieder und wieder geistern mir diese Worte durch den Kopf. Diese Chance habe ich nicht verdient. Jesper war derjenige, der seine Geschichten veröffentlichen wollte. Nicht ich. Und anders als er will ich überhaupt nichts in der Welt hinterlassen. Ich versuche nur, die Versprechen zu erfüllen, die ich den Menschen gegeben habe, die mir am meisten bedeuten.

Erst das Zufallen der Tür und Claytons Stimme reißen mich aus meiner Starre. Hastig klappe ich den Laptop zu und räume ihn weg, pflastere ein Lächeln auf mein Gesicht und stehe auf, um ihn mit einer Umarmung zu begrüßen.

»Hey, alles klar?« Er befreit sich aus meinen Fängen, nachdem ich ihn fast erdrückt habe. »Du bist ein bisschen blass um die Nase.«

Ich zwinge mich zu einem Lächeln. »Alles gut. Ich bin einfach froh, dich zu sehen.«

Er grinst. »An so eine Begrüßung könnte ich mich gewöhnen. Hey, Charlotte? Wo bleibt meine Umarmung?«

Zur Antwort wirft sie ein paar Servietten nach ihm.

Als Nächstes betritt Eric das Café, den ich ebenfalls umarme, dicht gefolgt von Chase. Wir schieben zwei Tische zusammen, um Platz zu haben, dann hole ich meine Sachen von meinem Stammplatz am Fenster und setze mich neben Chase.

»Hey …«, sagt er leise und streicht mit den Fingerknöcheln über meine Wange.

Ich lehne mich in die Berührung und widerstehe dem Drang, die Augen zu schließen und die ganze Außenwelt auszublenden. Das haben wir in den letzten Tagen schon zur Genüge getan. Seit dem Festival haben wir fast jede Minute miteinander verbracht, und heute Morgen haben wir das Bett erst wenige Minuten vor meiner Schicht im Diner verlassen. Ich habe einen Knutschfleck am Hals, den ich ziemlich erfolglos mit einem bunten Halstuch zu kaschieren versuche, und kann gar nicht anders, als Chase anzulächeln. Weil mir alles an ihm so … vertraut ist. Der Blick aus seinen Augen, die in diesem Moment mehr grün als braun wirken, das Grübchen in seiner Wange, das jedes Mal entsteht, wenn er mich anlächelt. Sein Geruch ist mir ebenso vertraut wie seine Nähe, seine Wärme und seine Berührung. Ich will mich an ihn lehnen und diese Mail und alles, was sie bedeutet, einfach nur vergessen.

Aber ich kann nicht. Denn zu all diesen Gefühlen mischt sich ein anderes. Eines, das sich in den letzten Tagen eingeschlichen hat und immer deutlicher wird: Traurigkeit. Sie legt sich schwer auf meine Brust und schnürt mir die Kehle zu. Denn mit jedem Tag, den ich länger hierbleibe, mit jeder Minute, die vergeht, rückt das Ende immer näher. Ich habe den Abschied schon so lange hinausgeschoben, dass ich es kaum noch rechtzeitig zum Old Point Loma Lighthouse schaffen werde. Ich müsste sofort losfahren und kaum eine Pause einlegen, um pünktlich dort zu sein. So wie ich es Katie versprochen habe. Stattdessen sitze ich hier und kämpfe um jede Sekunde, die ich mit diesen Menschen, die ich mit Chase verbringen kann.

»Hey«, erwidere ich genauso leise und lächle ihn an, statt das ganze Chaos in mir in Worte zu packen. Er würde es nicht verstehen. Keiner würde es. Also halte ich den Mund und vergrabe das ungute Gefühl ganz tief in mir.

Ein, zwei Herzschläge lang hält Chase meinen Blick fest, dann legt er den Arm auf meine Stuhllehne und wendet sich den anderen am Tisch zu.

Im Café ist es ruhig geworden. Die Gäste sind verschwunden, und Charlotte dreht das dunkelgrüne Schild an der Eingangstür um, damit auch jeder weiß, dass geschlossen ist. Wir haben das Lokal ganz für uns. Und als Lexi wenige Minuten später mit einem ganzen Karton voller Milchshakes aus dem Diner hereinspaziert, wird sie mit lautem Gejohle begrüßt. Begeisterter sind die Jungs nur, als Charlotte uns die Reste der verschiedenen Kuchen, Cupcakes und Muffins auftischt und es sich ebenfalls in der Runde gemütlich macht.

Im Hintergrund schallt Musik aus Claytons Handy, die Stimmen von Chase, Lexi, Clay, Eric und Charlotte erfüllen die Luft – und ich? Mit dem Schokomuffin in der Hand und diesen Leuten um mich herum könnte ich eigentlich gar nicht zufriedener sein. Aber ich schaffe es nur mit Mühe, ein fröhliches Lächeln auf dem Gesicht zu halten.

Als ich hierhergekommen bin, wollte ich mich nur von Jesper verabschieden und das Versprechen einlösen, das ich ihm vor seinem Tod gegeben habe. Niemals hätte ich damit gerechnet, diese wundervollen Menschen kennenzulernen oder sie nach so kurzer Zeit meine Freunde nennen zu dürfen. Aber vor allem habe ich nicht erwartet, dass es mir so schwerfallen würde, Lebewohl zu sagen. Dieses Treffen, dieser ganze Abend, fühlt sich wie ein endgültiger Abschied an. Wir spielen Karten, trinken unsere Milchshakes aus, essen Kuchen und reden stundenlang über alles und nichts. Und obwohl ich es genießen will, kann ich mich einfach nicht entspannen. Nicht, wenn mir nur zu deutlich bewusst ist, dass ich diese Leute nie wiedersehen werde.

Ächzend lehnt sich Lexi zurück, nachdem sie das letzte riesige Stück Schokokuchen ganz allein vernichtet hat, und faltet die Hände auf dem Bauch. »Gott, es ist so seltsam, euch alle hier zu haben – und in ein paar Tagen seid ihr schon wieder weg.«

Charlotte räuspert sich. »Nicht alle.«

»Du wirst mich auch noch allein lassen. Ich weiß es.« Sie zieht eine Schnute.

»Aww«, macht Clayton gespielt mitfühlend und lehnt sich über den Tisch. »Sag bloß, wir sind dir ans Herz gewachsen? Du erfüllst gerade all meine Träume, Lexi-schmexy. Lass uns Babys machen!«

»Hey!«, ruft Eric empört, aber alle am Tisch brechen in Gelächter aus.

»Aber jetzt mal im Ernst.« Lexi wedelt mit der Hand. »Chase, Hailee und Eric gehen wieder ans College und du wirst auch nicht für immer in Fairwood bleiben, Clayton Carter.«

Der zuckt nur mit den Schultern. »Dann komm doch mit.«

»Wie bitte?«

Ich kann spüren, wie Chase sich neben mir verspannt.

»Nichts und niemand fesselt dich an diese Stadt«, behauptet Clay.

»Mein Job ist hier«, antwortet Lexi und betont dabei jedes Wort, als wüssten wir das nicht alle. »Und meine Familie. Ich kann nicht einfach auf und davon wie ihr. Und vielleicht will ich das auch gar nicht.«

Überrascht über ihren defensiven Tonfall schaue ich zu Chase hinüber, doch der schüttelt nur unmerklich den Kopf. Offenbar findet diese Diskussion nicht zum ersten Mal statt, und ich frage mich, ob Lexis heftige Reaktion etwas mit Shaines frühzeitigem Verschwinden zu tun hat. Womöglich interpretiere ich da aber auch zu viel hinein.

»Vielleicht sollte ich es auch mal mit dem College versuchen«, überlegt Clayton laut und lässt damit zu unser aller Erleichterung das bisherige Thema fallen. Dann landet sein Blick auf mir, und er runzelt die Stirn. »Hat das Herbstsemester in San Diego nicht schon letzte Woche begonnen?«

Ich verkrampfe mich, versuche aber, mir die Überraschung nicht anmerken zu lassen. Irgendwie hatte ich ganz vergessen, dass Clayton jemanden kennt, der ausgerechnet in meiner Stadt Mathematik studiert. Bei meinem Glück sogar an derselben Universität. Seine Vermutung abzustreiten wäre sinnlos.

»Hat es«, bestätige ich also widerwillig und in der Hoffnung, dass wir dieses Thema ebenso schnell vergessen wie das, bei dem Lexi auf die Barrikaden gegangen ist.

Doch Clayton tut mir diesen Gefallen nicht. Und auch Eric nicht, der mich ebenso fragend mustert wie sein Freund. »Warum bist du dann noch hier?«

Ich zucke lustlos mit den Schultern. Können wir *bitte* über etwas anderes sprechen? Ich will nicht über das College reden. Den ganzen Sommer über habe ich es geschafft, nicht mal daran zu denken. Wozu auch? Ich werde nach San Diego zurückkehren, an den Ort, in den Katie und ich uns auf den ersten Blick verliebt haben. Vom College war niemals die Rede, auch wenn alle Welt automatisch davon auszugehen scheint, dass ich weiterstudiere, nur weil ich zwei Jahre meines Lebens dort verbracht habe.

Die Blicke der anderen richten sich auf mich, als ich schweige. Sogar Chase betrachtet mich mit einem irritierten Ausdruck, obwohl er sich nach wie vor aus dem Gespräch heraushält. Fürs Erste zumindest.

Ich bin kurz davor loszuschreien. Habe ich jemals behauptet, ich würde zurück ans College gehen und weiterstudieren? Nein. Habe ich nicht, weil es eine große, fette Lüge gewesen wäre. Vielleicht habe ich niemanden hier in seiner oder ihrer Annahme berichtigt, aber ich habe auch keinen angelogen. Ich habe ihnen nichts vorgemacht, selbst wenn sich ein ziemlich großer Teil von mir gerade wünscht, ich hätte es getan. Dann würden wir diese dämliche Unterhaltung nämlich nicht führen.

»Entschuldigt mich kurz.«

Ich stehe auf, bevor mich jemand aufhalten kann, und eile zu den Toiletten. Der Weg ist mir nur zu vertraut. Im Vorraum angekommen wasche ich mir die Hände und spritze mir kaltes Wasser ins Gesicht, um mich zu beruhigen.

Alles ist gut. Alles ist okay. Ich lasse nicht zu, dass diese blöde Collegesache einen bisher recht schönen Abend ruiniert. Ich weigere mich, es zuzulassen. Das hier ist schließlich unser letzter gemeinsamer Abend. Auch wenn ich keine Ahnung habe, ob ich danach wirklich einfach wegfahren kann. Ob ich sie wirklich alle zurücklassen kann.

Als ich wieder rauskomme, wartet Chase bereits im Flur auf mich und fängt mich ab, bevor ich zu den anderen zurückkehren kann. »Alles in Ordnung?« Da ist kein Vorwurf in seiner Stimme, aber sein nachdenklicher, fast schon besorgter Blick spricht Bände.

Ich nicke und eile an ihm vorbei, da ich gerade kein Wort hervorbringe. Ich will nur zurück und so tun, als hätte es diesen dämlichen Moment nie gegeben. Ich will die schöne Stimmung und diese Leichtigkeit von vorhin wiederhaben, als alle miteinander gelacht und gescherzt und über alles Mögliche gequatscht haben. Doch so einfach macht Chase es mir nicht. Natürlich nicht.

»Du gehst nicht wieder ans College nach San Diego.« Es klingt mehr wie eine Feststellung als eine Frage, also erwidere ich nichts darauf. »Warum hast du nichts gesagt?«

Ich bleibe mit dem Rücken zu ihm stehen. Mein Tonfall ist kühl, als ich ihm antworte: »Spielt es eine Rolle?«

Denn das sollte es nicht. Dieser Sommer hatte von Anfang an ein festes Enddatum. Und das wusste er. Das wussten wir beide. Dass ich nicht weiterstudieren werde, ändert nichts daran. Absolut gar nichts.

»Es könnte eine Rolle spielen, wenn das bedeutet, dass bald keine dreitausend Meilen zwischen uns liegen.« Langsam geht er um mich herum, bis er vor mir steht und meinen Blick sucht, obwohl ich seinem am liebsten ausweichen würde.

»Ich bin nur in Fairwood geblieben, weil mein Auto hinüber war«, erinnere ich ihn. Uns beide.

»Ich weiß.« Er fährt sich mit der Hand durchs Haar und atmet tief durch. »Aber dein Auto ist schon seit letztem Freitag repariert. Ich dachte nur …«

»Was?«, unterbreche ich ihn. Meine Stimme klingt spröde. Angriffslustig. So gar nicht nach mir.

Seine Augen weiten sich vor Überraschung. Doch was auch immer seine Antwort darauf ist, ich erfahre sie nicht. Nur zu deutlich hören wir unsere Freunde, die nur wenige Meter weiter noch immer am Tisch sitzen und einen guten Abend haben. Genau das, was ich mir auch wünsche. Was ich jetzt brauche. Mehr als alles andere.

»Lass uns zurückgehen.« Ich nehme seine Hand, und Chase lässt sich ohne jeden Protest mitziehen. Doch irgendwie bezweifle ich, dass ich so leicht damit durchkomme. Dieses Thema ist noch nicht abgehakt. Ganz egal, wie sehr ich dem Ganzen aus dem Weg gehen will.

Kapitel 27

Chase

Nachdem ich morgens auf einer Baustelle in Fairwood war, haben wir den restlichen Donnerstag miteinander verbracht, ohne das Thema College oder den bevorstehenden Abschied anzuschneiden.

Glücklicherweise hat Hailee es sich anders überlegt und ist gestern Abend doch nicht sofort gefahren. Sie ist noch etwas geblieben und hat uns beiden damit mehr Zeit gegeben. Nicht viel, da sie Freitag wegmuss, aber immerhin etwas. Und im Moment bin ich für jede weitere Stunde dankbar.

Ich habe alles gegeben, um keine komische oder angespannte Stimmung aufkommen zu lassen, doch als ich Hailee an diesem Abend zurück zum Diner fahre, spüre ich sie: die Anspannung. Den Widerwillen. Das Zögern. Es ist keine Frage, ob ich mit hochkomme, ich tue es wie so viele Male zuvor.

Noch im Gehen verschränkt Hailee ihre Finger mit meinen, und ich erwidere ihr Lächeln, weil ich gar nicht anders kann. Dieser ganze Tag war unglaublich. Angefangen mit einem späten gemeinsamen Frühstück, als ich von der Baustelle kam, und ganz vielen Berührungen und Küssen. Beth hat es längst aufgegeben, mich nach dem Abend, an dem Hailee total betrunken war und wofür sie mir die Schuld gibt, mit drohenden Blicken zu bedenken. Wenn sie uns zusammen sieht, verdreht sie nur noch die Augen. Ein- oder zweimal habe ich sie aber auch lächeln sehen. Heimlich. Als sie dachte, niemand würde es merken.

Nach dem Frühstück – das eigentlich zur Mittagszeit stattfand – sind wir in den Dodge gestiegen und losgefahren. Ohne Ziel. Einfach nur drauflos, egal wohin es uns getrieben hat. Wir sind im Shenandoah-Nationalpark gelandet, waren wandern und haben ein Diner entdeckt, das ich bisher tatsächlich noch nicht kannte. Dabei wohne ich schon mein ganzes Leben in diesem Tal.

Zwar haben wir es nicht mehr zu der Aussichtsplattform geschafft, die ich Hailee an ihrem ersten Tag in der Stadt gezeigt habe und zu der sie unbedingt noch mal wollte, aber sie hat es mit keinem Wort erwähnt. Und wenn ich ihr Lächeln gerade richtig deute, bereut sie nichts. Genauso wenig wie ich etwas von dem bereue, was zwischen uns passiert ist und sich zwischen uns entwickelt hat.

Noch habe ich die Hoffnung nicht aufgegeben, dass ich Hailee vielleicht doch noch umstimmen kann. Vielleicht nicht zum Hierbleiben, denn ich verstehe, dass sie ihre Schwester wiedersehen will, aber das muss nicht bedeuten, dass das, was wir jetzt zusammen haben, zu Ende sein muss. Ich weiß, was Lexi jetzt sagen würde, aber es ist mir egal, dass mein letzter Versuch einer Fernbeziehung gescheitert ist. Es ist mir auch egal, dass ich mir damals geschworen habe, nie wieder eine Fernbeziehung zu führen. Das war bei Mia. Heute ist es anders. Alles fühlt sich mit Hailee anders an.

Wir sagen Beth Gute Nacht, huschen durch das Diner und die Treppe hinauf. Noch bevor Hailee die Tür aufschließen kann, wirble ich sie zu mir herum, nehme ihr Gesicht in die Hände und küsse sie. Sie schlingt die Arme um meinen Hals und schmiegt sich an mich. Vertrauensvoll. Völlig selbstverständlich. Wie unzählige Male in den letzten Wochen – und doch ist es nicht genug. Und ich bezweifle, dass es jemals genug sein wird.

Irgendwie schaffen wir es in ihr Zimmer und sogar noch, die Tür hinter uns zuzudrücken, dann liegen wir schon auf dem Bett. Ich unterbreche den Kuss schwer atmend und richte mich auf den Ellenbogen auf. Ich will sie einfach nur ansehen und mir jedes Detail ihres Gesichts einprägen. Die schönen braunen Augen mit den dichten Wimpern. Die dunklen Brauen. Die hohe Stirn und diese vollen Lippen. Die winzigen Sommersprossen auf ihrem Nasenrücken, die ich im Halbdunkel zwar kaum erkennen kann, von denen ich aber genau weiß, dass sie da sind.

»Was ist …?«, haucht Hailee in die Stille.

Ich schüttle langsam den Kopf. »Nichts. Ich will …«

Ich will nicht, dass diese Nacht je endet. Ich will nicht, dass das mit uns endet.

Hailee hat mich vom ersten Moment an fasziniert. Ja, anfangs mag es nur reine Anziehungskraft zwischen uns gewesen sein. Attraktivität. Lust. Das Bedürfnis nach Ablenkung. Und dieses geheimnisvolle Etwas, das sie umgab. Aber inzwischen habe ich sie kennengelernt. Ich *kenne* sie. Ich weiß, dass sie jedes Mal rot wird, wenn ihr etwas peinlich ist oder sie an Sex denkt, und dass sie noch immer tief durchatmen muss, bevor sie mit jemandem reden kann, den sie nicht kennt. Ich weiß, dass sie nicht nur ihre Pommes, sondern auch Muffins, Kekse und sogar Karotten in Milchshakes tunkt und nicht mehr als zwei Kaffee verträgt, ohne total überdreht zu sein. Ich weiß, wie talentiert sie ist, auch wenn sie mich kein einziges Wort von ihrer Geschichte hat lesen lassen – aber Charlotte hat mich eingeweiht. Ich weiß auch, dass sie zögert, was diese Literaturagentur angeht, selbst wenn sie ihre Bedenken nicht laut ausgesprochen hat. Ich weiß, dass sie warmherzig und loyal und großzügig ist. Und ich weiß, dass ich mir ein Leben ohne sie nicht mehr vorstellen kann.

Hailee streicht mir über die Wange, fährt mit den Fingerspitzen erst meinen Kiefer und dann meine Lippen nach. »Küss mich.«

Und ich tue es. Ich versuche all das, was ich nicht in Worte fassen kann, in diesen Kuss zu legen. In jede Berührung. In jedes Streicheln über ihre nackte Haut. In jede Reibung. Jedes Quäntchen Lust, das ich in ihr entfachen kann, bis sie sich unter mir windet und meinen Namen keucht.

Ich presse einen Kuss auf die Innenseite ihres Oberschenkels, dann liebkose ich sie dort, wo sie mich gerade am dringendsten haben will. Ihre Atmung wird lauter. Sie krallt die Finger ins Bettlaken und wirft den Kopf zurück. Ich mache weiter, gebe ihr alles, was ich zu geben habe, bis sich ihr Körper plötzlich anspannt und sie mit einem erstickten Stöhnen zum Höhepunkt kommt. Und selbst dann küsse ich noch die weiche Haut an ihren Beinen, bis sie die Augen flatternd öffnet und mir ein erschöpftes, glückliches Lächeln zuwirft.

Kurz muss ich sie loslassen und mich aufrichten, um mir das Kondom überzustreifen, dann bin ich wieder bei ihr, küsse mich über ihren Bauch und ihre Brüste aufwärts, verharre einen Moment an ihrem Hals, da ich weiß, wie verrückt sie das macht, dann streiche ich über ihre Wange und schiebe ihr das Haar hinters Ohr. Sekunden ticken vorbei, in denen ich sie einfach nur ansehe und sie sanft über meine Seiten streichelt. Auf und ab. Immer wieder. Etwas verändert sich in ihrer Miene. Wird weicher. Intensiver. Verzweifelter. Und in diesem Moment weiß ich, dass sie dasselbe empfindet wie ich. Ich kann es in ihren Augen lesen und spüre es an der Art, wie sie mich küsst, wie sie sich an mich drängt und meinen Namen haucht. Das hier ist längst nicht mehr nur etwas Körperliches. Vielleicht war es das noch nie. Und als ich behutsam in sie eindringe, könnte ich mir dessen gar nicht bewusster sein.

Unsere Blicke verschmelzen, und wir halten uns aneinander fest, während ich mich so langsam in ihr bewege, als wäre es das allererste Mal. Oder das letzte.

Hailee kommt mir entgegen und verteilt kleine Küsse auf meinen Lippen, meinem Gesicht, meinem Hals, ehe sie den Kopf wieder ins Kissen zurückfallen lässt. Ihre Augen sind geschlossen, ihr Ausdruck wirkt konzentriert.

»Sieh mich an«, bitte ich sie. Meine Stimme ist nur noch ein heiseres Raunen. Mit dem Daumen streiche ich über ihre Wange. »Sieh mich an, Hailee.«

Sie öffnet die Augen – und ich halte für einen schier endlosen Moment in meinen Bewegungen inne. Ihr Blick geht mir durch und durch, aber es sind die Tränen, die ich darin entdecke, bei denen sich etwas schmerzhaft in meinem Brustkorb zusammenzieht und mir klar wird, dass das hier wirklich ein Abschied ist. Dass sie gehen wird und ich sie mit ziemlicher Sicherheit nie wiedersehen werde. Und dass es nichts gibt, was ich tun oder sagen kann, um sie umzustimmen.

Ich schüttle den Kopf, weigere mich, das kampflos hinzunehmen und küsse sie erneut. Sie empfindet etwas für mich. Das weiß ich genau. Ich habe es gesehen. Habe es gespürt. Und jetzt, da ich weiß, dass sie nicht zurück nach San Diego fahren, dass kein ganzer Kontinent zwischen uns liegen wird, gibt es eine Chance. Zumindest sehe ich darin eine und kann nur hoffen und beten, dass sie es ebenfalls tut.

Wir bewegen uns wieder in einem langsamen, zärtlichen Rhythmus. Ich löse meinen Mund nur von ihrem, um sie anzusehen. Nacheinander greife ich nach ihren Handgelenken, schiebe sie über ihren Kopf und verschränke unsere Finger miteinander.

»Chase …« Hailee drückt meine Hände, hält sie so fest, als würde sie sie niemals loslassen wollen. Und ich beginne zu hoffen …

Ich brauche nur ein winziges bisschen Hoffnung. Nur eine Chance. Es gibt keine Garantie, dass das mit uns auch auf Entfernung und im Alltag funktioniert, aber ich würde es mir nie verzeihen, wenn ich es nicht wenigstens versuche. Wenn ich nicht alles darangesetzt hätte, es irgendwie möglich zu machen.

Mit diesen Gedanken, mit diesem Entschluss werden meine Stöße schneller, meine Bewegungen drängender. Hailee schlingt die Beine um mich. Ihr Atem vermischt sich mit meinem, und als ich ganz leicht an ihrer Unterlippe knabbere, wandert ein Schauer durch ihren Körper. Ihr Stöhnen wird lauter, und ich kann mich nicht länger zurückhalten, als ich spüre, wie sich ihre Muskeln rhythmisch um mich zusammenziehen. Zwei-, dreimal stoße ich noch in sie, dann komme ich mit einem gepressten Stöhnen und vergrabe das Gesicht an ihrem Hals.

Eine Ewigkeit verharren wir so. Schwer atmend. Verschwitzt. Völlig entspannt. Dann rolle ich mich von ihr herunter, damit sie wieder atmen kann. Doch als ich nach ihr greifen und sie an meine Seite ziehen will, fasse ich ins Leere. Hailee bleibt nicht wie sonst liegen und schläft in meinen Armen ein, sondern steht auf. Langsam richte ich mich auf den Ellenbogen auf und beobachte sie stirnrunzelnd dabei, wie sie wieder in ihren Slip und die Bluse mit den weiten Ärmeln schlüpft.

Das … ist neu. Und ich weiß nicht, ob es mir gefällt.

Wortlos hieve ich mich hoch, werde im Bad das Kondom los und kehre innerhalb kürzester Zeit ins Zimmer zurück. Hailee hat es sich nicht wieder im Bett gemütlich gemacht, sondern steht am Fenster und hat mir den Rücken zugewandt. Nur weil sie sich etwas übergezogen hat, verspüre ich den Drang, es ihr gleichzutun. Was völlig absurd ist, schließlich haben wir uns mittlerweile oft genug ohne Kleidung gesehen. Trotzdem bin ich mir in ihrer Gegenwart noch nie so nackt vorgekommen wie in diesem Moment.

Ich zögere einen Herzschlag lang, verfluche mich selbst dafür und trete hinter sie. Der Stoff der Bluse ist ihr über eine Schulter gerutscht, und ich setze einen kleinen Kuss auf die frei gewordene Haut.

Sie erstarrt, als wäre sie überrascht von der Geste, schiebt mich jedoch nicht weg. Allerdings lehnt sie sich auch nicht wie sonst an mich.

»Ich muss gehen«, sagt sie, und ich frage mich mittlerweile, ob sie diese Worte ausspricht, um mich daran zu erinnern – oder sich selbst. »Ich schaffe es zwar nicht mehr rechtzeitig zum Leuchtturm in San Diego, aber das spielt keine Rolle. Ich muss weg.«

»Warum?«

»Weil ich es Katie versprochen habe.«

So etwas Ähnliches hat sie schon mal erwähnt, und inzwischen ist mir klar, wie viel ihr ein Versprechen bedeutet. Sie hat alles dafür getan, Jespers Manuskript zu finden, und sie wird alles dafür tun, ihre Schwester wiederzusehen. Dagegen bin ich machtlos. Aber das bedeutet nicht, dass ich mich so leicht geschlagen gebe.

»Und danach? Kommst du zurück?«

»Nein.« Sie dreht sich zu mir um, und in ihrem Blick liegt so viel Verzweiflung, dass es mir für einen Moment den Atem verschlägt. »Bitte lass mich gehen, Chase.«

»*Möchtest* du gehen oder *musst* du?«

»Beides.«

Ich hole tief Luft. Wahrscheinlich, nein, sogar ganz sicher, sollte ich das jetzt nicht tun. Ich sollte sie nicht in Bedrängnis bringen, sondern erwachsen sein und ihre Wünsche respektieren. Wenn sie mich nie wiedersehen will, ist das ihr gutes Recht. Aber wie bereits festgestellt, war ich nicht nur zu Highschoolzeiten ein Arschloch, sondern kann auch jetzt eines sein.

»Und was, wenn diese paar Wochen nicht genug waren?«, frage ich leise. »Was, wenn ich mehr will?«

Ihre Augen weiten sich. »Das kannst du nicht ernst meinen.«

»Ich will dich wiedersehen, Hailee.«

Sie schüttelt den Kopf. Erst langsam, dann immer schneller. Immer entschlossener. »Chase ... du studierst in Boston. Deine ganze Familie lebt hier in Fairwood. Mein College ist in San Diego und meine Familie in Minnesota. Wie soll das überhaupt funktionieren?«

»Du gehst doch gar nicht zurück ans College«, werfe ich ein, da ich mich sehr genau an diese seltsame Diskussion im Café gestern Abend erinnere. Die, die wir seither so erfolgreich totgeschwiegen haben. »Was hast du vor, Hailee? Wo willst du hin?«

»Das ist doch egal.«

Scheiße, von wegen. Aber sie geht nicht auf mich ein, sie wehrt jeden Versuch meinerseits ab. Und ich verstehe einfach nicht, wieso. Ich begreife nicht, wieso sie fortgehen will, mir aber kaum in die Augen sehen kann. Ich verstehe nicht, wieso sie bei allem ... wieso sie jede Frage nach der Zukunft, nach dem, wie es nach diesem Sommer weitergehen wird, einfach abblockt. Ein bisschen kenne ich das von Lexi, doch bei ihr weiß ich relativ genau, was los ist, ohne dass sie es je aussprechen musste. Bei Hailee dagegen tappe ich im Dunkeln.

»Ich fahre morgen.« Ihre Stimme klingt gepresst, und sie schiebt sich an mir vorbei, als könnte sie meine Gegenwart nicht länger ertragen. Als wäre es ihr unangenehm. Oder zu viel.

»Du hast mal gesagt, dass du noch nie verliebt warst.«

Sie bleibt abrupt stehen.

Ich warte mit hämmerndem Herzen. Warte darauf, dass sie sich daran erinnert. Warte, bis sie sich zu mir umdreht und mich ansieht. Erst dann stelle ich die Frage, deren Antwort ich unbedingt erfahren muss. Die Frage, von der alles abhängt.

»Ist das noch immer so?«

Mehrere Sekunden lang starrt sie mich nur an, und ich glaube beinahe, dasselbe in ihren Augen lesen zu können wie vorhin, als es keine Mauern zwischen uns gab. Als sie noch keine Barrieren zwischen uns hochgezogen hat. Doch dann wendet sie den Blick ab.

»Stimmt es?«, bohre ich nach und mache einen Schritt auf sie zu.

Ich muss es wissen. Wenn das hier wirklich unsere letzte gemeinsame Nacht ist, wenn Hailee morgen früh tatsächlich abreist, dann muss ich die Wahrheit erfahren. Nicht morgen. Nicht in einer Woche. Nicht irgendwann. Sondern genau hier und jetzt.

»Nein.« Sie atmet erstickt aus und sieht mich wieder direkt an. »Es stimmt nicht mehr.«

Ich merke nicht einmal, dass ich mich in Bewegung setze. Plötzlich stehe ich vor ihr und nehme ihr Gesicht in die Hände. »Dann bleib. Bleib hier. Oder fahr zu Katie und komm danach wieder zurück. Du kannst mich in Boston besuchen und ich dich zu Hause in Minnesota. Oder wo auch immer du als Nächstes hinwillst. Ich weiß, wir haben gesagt, dass das mit uns nur diesen Sommer geht, aber das war vorher.«

»Chase …«

»Lass es uns versuchen«, beschwöre ich sie. »Ich weiß, dass wir das hinkriegen können.«

Niemand hat behauptet, dass es einfach wird. Im Gegenteil. Ich weiß genau, wie schwierig es sein würde, nicht mehr jeden Tag miteinander zu verbringen, sich einfach treiben zu lassen und den Sommer zu genießen, ohne an morgen zu denken, sondern wieder im Alltag anzukommen. Ein Alltag voller Vorlesungen und Prüfungsleistungen, voller Familienkram und festgelegten Zukunftsplänen, mit denen ich mit jedem Semester weniger zu tun haben will. Ein Alltag mit Tausenden von Meilen zwischen uns. Aber ich würde es tun. Shit, ich würde nicht eine einzige Sekunde zögern.

Aber ich kann sie nicht dazu zwingen, mit mir zusammen zu sein, wenn sie das nicht möchte.

Hailee schiebt meine Hände zurück und schüttelt den Kopf. Ganz langsam weicht sie vor mir zurück. Ihre Hände sind an ihren Seiten zu Fäusten geballt. Sie zittert am ganzen Körper. Trotzdem gibt sie nicht nach, weicht kein Stück von ihrer Meinung ab. Ganz egal, was ich sage. Ganz egal, was sie fühlt.

»Du solltest jetzt besser nach Hause fahren«, wispert sie.

»Warum?«

Sie presst die Lippen aufeinander und sieht zu Boden.

Ich mache einen vorsichtigen Schritt auf sie zu. »Darf ich nicht wenigstens erfahren, warum?«

Warum sie aufgibt, ohne es überhaupt versucht zu haben. Warum ihr das mit uns nicht genug bedeutet, um es wenigstens zu versuchen. Verdammt, ich will doch gar nicht mehr. Nur eine Chance. Nur eine einzige verdammte Chance, um herauszufinden, ob da mehr zwischen uns ist. Und ob dieses Etwas auch nach diesem Sommer Bestand haben kann.

Ganz langsam hebt sie den Kopf und sieht mich wieder an. Ihre Stimme ist nicht mehr als ein heiseres Flüstern. »Weil es mir schon jetzt so verdammt schwerfällt, mich von dir zu verabschieden. Und wenn du jetzt hierbleibst, werde ich es nicht über mich bringen, dir Lebewohl zu sagen.«

Und wenn wir erst gar nicht Lebewohl sagen?

Die Frage liegt mir auf der Zunge, aber sie hat sich ganz offensichtlich schon entschieden. Wie könnte das mit uns überhaupt je funktionieren, wenn ich der Einzige bin, der kämpft? Wenn sie es nicht einmal versuchen will.

»Bitte, Chase«, flüstert sie. »Geh jetzt.«

Wenn Hailee nicht freiwillig mit mir zusammen sein will, wenn sie zum ersten Mal, seit ich sie kenne, nicht bereit ist, mutig zu sein und etwas zu riskieren, bleibt mir doch gar nichts anderes übrig, als ihrem Wunsch nachzukommen und zu verschwinden. Ganz egal, wie sehr sich alles in mir dagegen wehrt. Ganz egal, wie scheiße weh es tut.

Also tue ich genau das, was sie von mir verlangt. Aber vorher strecke ich die Hand nach ihr aus, und als sie nicht zurückweicht, ziehe ich sie für eine feste Umarmung an mich. Im ersten Moment ist Hailee wie erstarrt, dann schlingt sie die Arme um mich.

Ein letztes Mal vergrabe ich die Nase in ihrem Haar und inhaliere ihren Geruch. Ein letztes Mal genieße ich die Wärme und die Art, wie sich ihr Körper perfekt an meinen schmiegt. Dann drücke ich meine Lippen auf ihre Stirn. »Pass auf dich auf, okay?«

Hailee krallt die Finger in mein Shirt und lehnt sich einen winzigen Moment lang in meine Berührung, dann macht sie sich abrupt von mir los. »Mach's gut, Chase.«

Kapitel 28

Hailee

Freitag, 06. September 2019
10:15 Uhr

Ich konnte nicht schlafen. Was irgendwie ironisch ist, wenn man genauer darüber nachdenkt.

Als die Sonne im Osten langsam aufgeht und die ersten Strahlen durch das Fenster in mein Zimmer fallen, sitze ich mit angezogenen Beinen auf dem Bett. Ich bin frisch geduscht, trage mein Lieblingsoutfit dieses Sommers, bin das erste Mal seit Beginn dieser Reise – das Festival einmal ausgenommen – wieder richtig geschminkt und habe mir die Haare gemacht. Total unnötig, aber ich konnte weder schlafen noch überhaupt ruhig dasitzen, also musste ich mich irgendwie beschäftigen. Aber vor allem musste ich etwas tun, um mich davon abzuhalten, nach dem Handy zu greifen und Chase anzurufen. Ihm zu texten. Ihm eine Voicemail zu schicken. Irgendetwas.

Ich habe nichts davon getan. Und statt stolz auf mich zu sein, auf meine Willenskraft und darauf, dass ich zu meinem Wort stehe, ist mir nach Weinen zumute. Habe ich wirklich am Anfang des Sommers geglaubt, innerlich hohl und leer zu sein? Ich hatte ja keine Ahnung, dass es noch schlimmer werden kann. Aber zu jener Zeit hatte ich auch noch nichts zu verlieren, und jetzt scheint es, als würde ich … alles verlieren, wenn ich durch diese Tür gehe und in meinen Wagen steige. Was lächerlich ist. Wie kann mir etwas, wie kann mir *jemand* nach so kurzer Zeit schon so wichtig sein? Reichen drei Wochen wirklich aus, um sich zu verlieben? Um all seine Pläne über den Haufen zu werfen und sein Leben komplett umzukrempeln?

Mein Blick fällt auf den zugeklappten Laptop auf dem Tisch. Reichen ein einziger Brief und eine E-Mail aus, um alles zu verändern?

Seufzend schließe ich die Augen. Ich hasse diese Zweifel. Vorher waren sie nicht da. Bevor ich in diese Stadt gekommen bin, wusste ich genau, was ich zu tun habe. Ich wusste genau, wie dieser Sommer enden würde. Aber jetzt sind da so viele Zweifel, so viel Widerwille, so viele Fragen. Ich kann nicht einfach gehen, aber ich kann auch nicht bleiben. Das geht nicht. Dieser Sommer war etwas Besonderes, etwas Magisches. Ich kann danach nicht einfach weitermachen. Nicht wie zuvor. Nicht ohne Katie.

Meine Hände zittern, als ich ein weiteres Mal nach meinem Smartphone greife. Der Akku ist nur noch bei vierzig Prozent, weil ich es immer wieder eingeschaltet und wieder beiseitegelegt habe. Oder den Nachrichtenverlauf von Katie und mir gelesen habe. Und Jespers letzte Nachrichten.

Tränen verschleiern mir die Sicht. Ich habe es nicht nach San Diego geschafft, aber ich muss jetzt aufstehen und gehen. Ich muss. Ich habe es versprochen.

Trotzdem kann ich mich nicht rühren. Und ehe ich michs versehe, gehe ich durch meine Kontaktliste und drücke auf *Anrufen*, sobald ich die richtige Nummer gefunden habe. Die Nummer, die ich seit Beginn dieses Roadtrips kein einziges Mal gewählt habe.

Alles in mir ist angespannt. Meine Muskeln schmerzen, und

meine Hände zittern. Dennoch halte ich mir das Handy ans Ohr. Lausche auf das Klingeln. Und dann …

»Hallo?«

»Mom …?«

Stille.

»Hailee?« Ihre Stimme ist so vertraut, dass mir das Herz wehtut. Dieselbe Stimme, die Katie und mir früher Gutenachtgeschichten vorgelesen hat. Dieselbe Stimme, die mich getröstet hat, wenn ich krank war. Dieselbe Stimme, die mir in den letzten Monaten vor meiner Abreise nur noch mit Gleichgültigkeit begegnet ist, als würde meine eigene Mutter mich gar nicht mehr wahrnehmen. Als hätte ich aufgehört zu existieren. »Bist du das?«, sagt sie jetzt, und ich muss ein Schluchzen unterdrücken.

»Ja«, bringe ich irgendwie hervor. »Ich … ich bin in Virginia und …«

»In Virginia? Bist du schon so lange unterwegs?«, unterbricht sie mich abgelenkt. Dann höre ich leises Murmeln. Ich habe keine Ahnung, wie spät es gerade ist, aber es ist ein Freitag, also ist sie wahrscheinlich schon im Büro.

»Mom …«

Weiteres Murmeln folgt, als sie mit jemandem spricht und ihn anweist, irgendwelche Unterlagen zur Post zu bringen, während sie sich mit einem nervigen Anrufer herumschlagen muss. Nur dass dieser nervige Anrufer ihre Tochter ist.

»Mom.«

»Hm, ja, einen Moment, Schatz. Was soll das heißen, die Lieferung verzögert sich? Wir haben Kunden, die auf ihre Produkte warten. Sorgen Sie dafür, dass das geklärt wird. Außerdem müssen wir …«

»Mom!«

»Jetzt nicht, Katie!«

Alles in mir erstarrt. Wird eiskalt. Nur mein Herz hämmert so schnell und schmerzhaft, als wäre es kein Teil mehr von mir. Als würde es einer Fremden gehören.

Am anderen Ende der Leitung ertönt wieder die Stimme meiner Mutter. Ihr ist der Fehler nicht aufgefallen. *Sie merkt es nicht einmal.* Sie merkt nicht mal, mit wem sie hier spricht.

Mein Denken setzt aus. Ich lege auf und springe vom Bett. Mein Puls rast wie verrückt, mein ganzer Körper zittert, und mir ist eiskalt. Ich gehe zwei Schritte. Und ich warte. Sekunden. Minuten. Vielleicht auch Stunden.

Aber sie ruft nicht zurück. Meine Mutter ruft mich nicht zurück. Weil es ihr egal ist. Weil sie nicht einmal merkt, ob ich zu Hause bin oder auf Reisen. Weil es keinen Unterschied macht, ob ich da bin oder nicht.

Übelkeit breitet sich in mir aus, aber ich unterdrücke sie mit aller Macht. Denn mit einem Mal sind alle Zweifel fort. Ich denke nicht länger darüber nach, hadere nicht mehr mit mir.

Mit zittrigen Fingern fahre ich über das zusammengefaltete Blatt Papier auf der Bettdecke. Ich habe es in dieser Nacht unzählige Male gelesen, war so oft davor, etwas zu ergänzen oder es komplett neu zu schreiben, doch das muss reichen.

Behutsam streiche ich das Bettzeug glatt, nehme den Brief und schiebe ihn in einen Umschlag. Ein letztes Mal starre ich auf den Namen, dann lege ich ihn zu Jespers Laptop auf den Schreibtisch. Er wird ihn finden. Chase wird ihn hier finden oder auf anderem Wege erhalten, da bin ich mir ganz sicher. Spätestens wenn Beth hier reinkommt, wird sie die Sachen entdecken und weitergeben.

Ich habe so gut wie alles getan, was ich diesen Sommer tun wollte – und noch so viel mehr. Ich habe Emikos Geschichte fertig geschrieben. Jespers Manuskript gelesen, das in einem ausgedruckten Stapel fein säuberlich neben dem Laptop auf dem Tisch liegt und darauf wartet, dass Beth oder jemand anders es seinen Eltern übergibt. Ich habe gelernt, mutig zu sein und immer wieder über meinen Schatten zu springen.

Ich habe all meine Versprechen eingehalten. An Katie. An Jesper. An mich selbst.

Jetzt fehlt nur noch ein einziges.

Ich rolle meine restlichen Kleider zusammen und stopfe sie neben die Wasserflasche in meine Tasche. Dann gehe ich ins Bad, hole Zahnbürste und Zahncreme und packe sie ebenfalls ein.

Das war's.

Nichts in diesem kleinen Zimmer deutet noch darauf hin, dass ich je hier gewesen bin. Das Bett ist gemacht, die Vorhänge sind aufgezogen. Warmes Sonnenlicht strömt herein, fällt auf den wackeligen Holztisch vor dem Fenster und lässt Staubkörner in der Luft tanzen. Es verspricht ein weiterer schöner Septembertag zu werden. Aber ich werde nicht länger hier sein, um ihn zu erleben. Ich bin schon viel zu lange in dieser Stadt geblieben. Viel zu lange bei den Menschen, die zunächst nur Fremde für mich waren, dann aber zu Freunden geworden sind. Und zu mehr. So viel mehr.

Ich hebe die Tasche vom Boden auf und nehme den Autoschlüssel vom Nachttisch. Ein letzter Blick in das Zimmer, das mir mehr Erinnerungen beschert hat, als ich je für möglich gehalten hätte, dann ziehe ich die Tür ganz langsam hinter mir zu.

Ich habe nie vorgehabt zu bleiben. Freunde zu finden. Mich zu verlieben.

Ich schließe die Augen und atme tief durch, denn ich weiß, dass ich das Richtige tue, auch wenn es sich im Moment nicht so anfühlt. Aber ich habe Katie versprochen, dass wir uns nach diesem Sommer wiedersehen. Und ich halte meine Versprechen.

Ein viel zu großer Teil von mir will nicht weg, will diese Kleinstadt mit all ihren Bewohnern, die mir in der kurzen Zeit viel zu sehr ans Herz gewachsen sind, nicht verlassen, aber es ist an der Zeit, zu gehen.

Also schließe ich die Tür mit einem leisen Klicken.

Und gehe.

Draußen blinzle ich gegen die Sonnenstrahlen und setze mir den schwarzen Hut auf. Mein Gefühl hat mich nicht getäuscht. Es wird ein wunderschöner Spätsommertag.

Ich habe mich von Beth verabschiedet und ihr für alles gedankt, was sie für mich getan hat. Dafür, dass sie mich hier hat unterkommen lassen und mir einen Job gegeben hat, mit dem ich die Reparatur an meinem Wagen bezahlen konnte. Für jeden Kaffee, jeden Bagel, jedes Stück Kuchen und jedes Frühstück. Ich wüsste nicht, was ich ohne sie getan hätte. Sie war meine Rettung. Aber jetzt brauche ich keine Rettung mehr.

Auf dem Weg zu meinem Honda bleibe ich vor einem Briefkasten stehen. Der Umschlag, der an Mom und Dad adressiert ist und den ich schon seit fast drei Monaten mit mir herumtrage, fühlt sich schwer in meiner Hand an, dabei sind es nur drei Seiten Papier. Aber sie tragen all meine Gedanken, all meine Gefühle in sich, was sie so unglaublich schwer macht.

Ich hole tief Luft. Atme ganz langsam wieder aus.

Schiebe den Brief durch den Schlitz – und lasse ihn los.

Jetzt gibt es kein Zurück mehr.

Chase

Letzte Nacht habe ich kein Auge zugekriegt. Ich habe getan, was Hailee von mir verlangt hat, habe mir meine Sachen geschnappt, bin in meinen Dodge gestiegen und nach Hause gefahren. Aber an Schlaf war nicht zu denken. Nicht, wenn meine Gedanken wieder und wieder um dieselben Fragen kreisen. Weil es mir einfach nicht in den Kopf will.

Inzwischen ist es hell geworden. Die Sonne ist aufgegangen, und uns steht ein weiterer Sommertag bevor. Aber während Fairwood langsam wieder zum Leben erwacht und die Leute ihrem ganz normalen Alltag nachgehen, komme ich einfach nicht zur Ruhe.

Ich kann und will Hailee nicht gehen lassen. Nicht so. Nicht, ohne zu wissen, was sie vorhat. Nicht, ohne zu wissen, dass wir uns wiedersehen werden. Und ganz sicher nicht, wenn dieses dumpfe, fast schon panische Gefühl in mir von Minute zu Minute stärker wird. Ich habe keine Ahnung, woher es kommt oder was es zu bedeuten hat, aber ich weiß ohne jeden Zweifel, dass ich es für den Rest meines Lebens bereuen werde, wenn ich dem nicht nachgehe. Wenn ich es nicht ein allerletztes Mal versuche.

Also hieve ich mich aus dem Bett, in dem ich die letzten Stunden gelegen habe, ohne zu schlafen, versuche mit einer kalten Dusche etwas klarer im Kopf zu werden und hole mir in der Küche einen Kaffee, bevor ich ins Auto steige und losfahre.

Vielleicht ist sie noch da. Sie hat nicht gesagt, wann sie wegfahren will, und irgendwie bezweifle ich, dass sie gleich letzte Nacht aufgebrochen ist, nachdem ich gegangen bin. Besser gesagt *hoffe ich*, dass es nicht so ist.

Ich tippe auf das Handy in der Freisprechanlage, damit es ihre Nummer wählt. Es klingelt einmal, zweimal, dreimal, viermal – aber nichts passiert. Sie hebt nicht ab. Plötzlich ertönt ein Klicken, und ich halte die Luft an, aber es ist nur die monotone Stimme der Mailbox, die mich darauf hinweist, dass Hailee gerade nicht erreichbar ist.

Fuck.

Ich probiere es noch mal. Und noch mal. Erneut nur die Mailbox. Entweder ignoriert sie meine Anrufe, hört ihr Handy nicht oder steckt mitten in einem Funkloch, was bedeuten würde, dass sie definitiv nicht mehr in Fairwood ist. Keine dieser Optionen gefällt mir.

Ich will es gerade ein weiteres Mal versuchen, als mich ein Klingeln unterbricht. Mein Blick zuckt von der Fahrbahn auf das Handydisplay – und ich fluche leise. Clayton ist der Letzte, mit dem ich gerade reden will. Insbesondere dann, wenn ich erfolglos versuche, Hailee zu erreichen. Aber vielleicht hat er sie gesehen oder noch mal mit ihr gesprochen. Vielleicht hat sie sich ihm anvertraut, auch wenn ich mir das nicht so recht vorstellen kann. Trotzdem gehe ich ran.

»Was willst du, Clay?«

»Hailee studiert nicht mehr in San Diego.«

»Ich weiß«, erwidere ich irritiert und biege ab, um in die Innenstadt zu kommen. »Darüber haben wir doch letztens erst gesprochen.«

Doch das scheint nicht das zu sein, worauf Clayton hinauswill.

»Nein, Mann, du verstehst nicht.« Ein kurzes Rauschen in der Leitung. »Sie hat so komisch reagiert, also habe ich ein bisschen recherchiert.«

Was gleichbedeutend damit ist, dass er sich in die Datenbank der Universität eingehackt hat.

»Hailee und ihre Schwester waren am selben College eingeschrieben wie Matthew Mill. Erinnerst du dich noch an ihn? Aus der Highschool? Er war ein Jahr unter dir.« Bevor ich antworten kann, fährt er fort. »Egal. Beide Schwestern wurden Ende des letzten Semesters exmatrikuliert.«

Stirnrunzelnd biege ich auf die Main Street ab. »Warum erzählst du mir das?«

Und was noch viel wichtiger ist: Was hat das mit irgendwas zu tun? Hailee studiert also tatsächlich nicht mehr weiter. Was soll's. Für andere Leute mag das eine große Sache sein. Für meine Eltern käme es einer mittleren Katastrophe gleich, wenn Josh oder ich das Studium hinschmeißen würden, das weiß ich mit absoluter Sicherheit. Aber für mich ändert das nichts. Ganz egal, ob Hailee nun zum Campus zurückfährt oder nach Hause nach Minnesota. Es ändert rein gar nichts an dem, was ich für sie empfinde.

»Weil sie gestorben ist!«

»Was?!« Ich trete auf die Bremse. Gerade rechtzeitig, als ein Wagen rechts von mir aus einer Gasse herausschießt. Rot, aber kein Honda. Nicht Hailee.

»Katie«, ruft Clayton. »Sie ist am Freitag, den vierundzwanzigsten Mai, am Morgen nach einer Verbindungsparty ums Leben gekommen. Im Pool ertrunken. Die Zeitungen sind voll davon, wenn man erst mal weiß, wonach man suchen muss. Lange Zeit war nicht klar, ob es ein Unfall war oder Suizid. Ihre Eltern sind vor Gericht gezogen und haben das College verklagt, aber verloren. Hailee war zum Zeitpunkt des Todes nicht da.«

Ich will Katie wiedersehen. Ich habe es ihr versprochen. Ich muss gehen.

Plötzlich ergeben all diese Aussagen einen neuen, schrecklichen Sinn. Mein Puls fängt an zu rasen. Übelkeit breitet sich in mir aus. Clayton redet weiter, erzählt irgendetwas, aber ich nehme ihn gar nicht mehr wahr. Meine Gedanken rasen, setzen plötzlich all die kleinen Hinweise, all die Puzzlestücke zusammen, die ich zuvor einfach nicht gesehen habe.

Ich kann erst als glückliche Frau sterben, wenn ich diese Band live gesehen habe.

Ein Brief an meine Eltern. Es gibt da ein paar Dinge, die ich ihnen sagen möchte, aber ich warte noch auf den richtigen Zeitpunkt.

Ich habe Katie gerade geschrieben, dass der Honda repariert ist.

Ich hab schon so viele Dinge getan, die ich mich früher nie getraut hätte. Ich brauche nicht mehr.

Bitte lass mich gehen, Chase.

Wenn du jetzt hierbleibst, werde ich es nicht über mich bringen, dir Lebewohl zu sagen.

Lebewohl. Sie hat es so oft gesagt. Sie hat so viele Andeutungen gemacht, aber ich habe keine einzige davon richtig verstanden. Ich habe nie den Ernst dahinter erkannt. Aber wie zum Teufel hätte ich das wissen sollen?

Mit quietschenden Reifen halte ich vor dem Diner an. Es ist mir scheißegal, dass alle Parkplätze belegt sind und ich den Wagen nicht einfach auf der Straße stehen lassen darf. Und es ist mir auch völlig egal, dass ich Clayton mitten im Gespräch abwürge. Ich habe nur noch einen Gedanken, nur noch ein Ziel: *Hailee.* Ich muss sie finden. Ich muss sie aufhalten.

Im Diner ist es brechend voll. Ich renne beinahe die Kellnerin um, und Beth ruft mir irgendetwas hinterher. Egal. Ich sprinte die Stufen hinauf, nehme immer zwei auf einmal, bis ich vor Hailees Zimmertür ankomme.

Sie ist nicht abgeschlossen, und einen Moment bilde ich mir ein, genau zu wissen, welches schreckliche Bild mich gleich empfangen wird.

Mein Magen rebelliert. Trotzdem reiße ich die Tür auf und finde … nichts.

Das Zimmer und auch das angrenzende Bad sind leer. Sie ist nicht da. All ihre Sachen sind verschwunden.

Mit zwei schnellen Schritten bin ich am Schreibtisch. Jespers Laptop liegt noch dort, zusammen mit dem ausgedruckten Manuskript. Und einem Umschlag, auf dem mein Name steht.

Ich erstarre. Ich will diesen Brief nicht lesen. Alles in mir sträubt sich dagegen, das Papier aus dem Umschlag zu ziehen und aufzufalten. Aber ich weiß, dass ich es tun muss. Ich muss herausfinden, was Hailee mir zu sagen hat. Was sie vorhat. Und wie ich sie aufhalten kann.

Chase,
als ich nach Fairwood gekommen bin, wusste ich genau, wie dieser Sommer enden wird. Als ich dich gesehen und das erste Mal mit dir geredet habe, wusste ich, wie alles enden würde. Trotzdem habe ich dich angesprochen, Zeit mit dir verbracht, über unseren gemeinsamen besten Freund geredet und bin mit dir ausgegangen.
Ich weiß, dass du heute nicht hier stehen und das lesen würdest, wenn ich all das nicht getan hätte. Das war egoistisch. Ich wollte mir etwas beweisen, wollte mutig sein, aber letzten Endes habe ich damit nur den einen Menschen verletzt, der mir etwas bedeutet. Ich habe dich verletzt.
In den letzten Wochen habe ich dir immer wieder von meiner Zwillingsschwester erzählt, aber nie, was mit ihr passiert ist. Ich habe nie davon erzählt, wie ich vor drei Monaten an ihrem Grab stand und zusammengebrochen bin, weil ich nicht mehr konnte. Nicht so. Nicht ohne sie. Und nicht ohne Jesper. Ich habe mich noch nie zuvor so allein gefühlt. So verloren. So … leer. Jesper war mein bester Freund, und Katie war mein Leben lang ein Teil von mir. Ich kann nicht ohne sie leben. Ich weiß einfach nicht, wie.
All die Dinge, die ich getan habe und bei denen du mir geholfen hast, habe ich Katie zuliebe getan. Sie war immer die Mutigere von uns, die Abenteuerliche, die Durchgeknallte. An diesem Tag an ihrem Grab habe ich ihr versprochen, in den nächsten drei Monaten mutig zu sein. Nur ein einziges Mal in meinem Le-

ben würde ich all meine Ängste, alle Gefahren und Konsequenzen vergessen und der Mensch sein, der zu sein ich mich nie getraut habe. Und dann würden wir uns wiedersehen.
Der einzige Grund, aus dem ich Tag für Tag funktionieren und all das tun konnte, war der feste Glaube daran, dass ich die beiden wiedersehe. Daran halte ich fest.
Ich habe dir nie von meinen Zukunftsplänen berichtet, weil ich keine habe. Das einzige Ziel dieser Reise war das Old Point Loma Lighthouse in San Diego, das Katie und ich einmal besucht haben. Für uns der schönste Ort der Welt. Ich bin zu lange in Fairwood geblieben, um ihn noch rechtzeitig zu erreichen, aber das macht nichts. Ich habe einen neuen schönsten Ort gefunden. Einen, der zwar nicht Katie, dafür aber Jesper die Welt bedeutet hat.
Mir ist klar, dass du das nicht verstehen wirst. Ich weiß, dass ich dich damit furchtbar verletze, und wenn ich es zurücknehmen könnte, wenn ich alles rückgängig machen könnte, nur damit ich dir damit nicht wehtue, würde ich es tun. Aber ich kann es nicht, und du glaubst gar nicht, wie leid mir das tut.
Ich wünsche dir alles Glück dieser Welt, denn du hast es verdient. Du bist ein guter Mensch, Chase Whittaker. Das weiß ich. Ich habe es Tag für Tag gesehen und in jeder Berührung, jedem Blick, jedem Kuss und jedem Lächeln gespürt. Wenn ich die Augen schließe und mir vorstelle, wie deine Zukunft aussehen wird, weiß ich, dass sie wunderschön sein wird.
Ich wünsche dir ein unglaubliches Leben, eine große Liebe, die besten Freunde, einen Job, der dich erfüllt, und alles, was dich glücklich macht, denn du hast all das und noch so viel mehr verdient. Und ich hoffe, dass du eines Tages damit aufhörst, Schuldgefühle wegen Jesper zu haben. Ganz egal, was zwischen euch passiert ist, du warst bis zum Schluss sein bester Freund.
Ich wünsche dir, dass du den Mut findest, deinen eigenen Weg

zu gehen, wohin auch immer er dich führen wird. Aber vor allem wünsche ich dir, dass du jemanden findest, der dir das Gefühl gibt, am Leben zu sein. So wie du es mir für ein paar Wochen gegeben hast. Ich wünsche dir jemanden, der dableibt, denn ich kann es nicht.
Ich hoffe, dass du mir eines Tages vergeben kannst.

Danke für alles.
Ich liebe dich.

Hailee

Nein … Ich knülle den Brief zusammen, kann mich aber nicht dazu bringen, ihn wegzuwerfen, obwohl ich das am liebsten tun würde. Mein Puls rast. Meine Gedanken sind ein einziges Chaos. Mein Magen verkrampft sich schmerzhaft, während mir immer wieder Hailees Worte durch den Kopf geistern.

Zum Teufel, nein! Ich weigere mich, das zu akzeptieren. Das kann nicht die Lösung sein. Das kann niemals die Lösung sein. Und wenn Hailee mich wirklich liebt, soll sie mir das verdammt noch mal ins Gesicht sagen. Ich will ihre Stimme hören und ihr dabei in die Augen sehen können. Aber vor allem will ich sie halten. Ich muss sie festhalten und mir versichern, dass sie noch bei mir ist. Dass sie noch am Leben ist.

Ich merke nicht mal, wie ich mich in Bewegung setze. Alles geschieht auf Autopilot. Ich renne die Treppe hinunter, springe in meinen Dodge, starte den Motor und fahre los. Aber wohin?

Ich habe einen neuen schönsten Ort gefunden. Einen, der zwar nicht Katie, dafür aber Jesper die Welt bedeutet hat.

Mit einem Mal weiß ich genau, wo Hailee hinwill. Ich weiß es einfach. Und während ich wie ein Irrer durch Fairwood rase und die Stadt wenige Minuten später hinter mir lasse, hoffe und bete ich zu jeder göttlichen Macht, dass ich es rechtzeitig schaffe. Dass ich sie finde, bevor es zu spät ist.

Für sie.

Für mich.

Für uns beide.

Danksagung

Hailee kam im wahrsten Sinne des Wortes in mein Leben getanzt. Nämlich in der Nacht vom 14. auf den 15. Oktober 2017, mitten in der Messezeit. Ich war völlig erledigt von einem superschönen, aber auch anstrengenden Messesamstag und gleichzeitig zu aufgekratzt, um zu schlafen, also habe ich noch Musik gehört. Und mit »Brave« von Sara Bareilles und »Shout Out To My Ex« von Little Mix war Hailee plötzlich da. Lebensfroh, abenteuerlich und wie ein Wirbelwind hat sie zuerst mir und kurz darauf auch Chase den Kopf verdreht.

An dieser Stelle möchte ich mich bei meinen Agentinnen Kristina Langenbuch Gerez und Gesa Weiß bedanken, die so spontan waren, einen Tag nach der Messe mit mir zu skypen – und meine Idee toll fanden. Danke an meine Lektorin Stephanie Bubley, der ich einen Tag später persönlich davon erzählen durfte, und die genauso begeistert von Hailee und Chase war wie ich. An dieser Stelle ein großes Dankeschön an den LYX-Verlag für das Vertrauen, die viele Arbeit und eure Begeisterung.

Meine Betaleserinnen sind die ersten Menschen, die meine Texte zu lesen bekommen. Ich wüsste nicht, was ich ohne euch tun sollte! Darum ein riesiges Dankeschön für all eure Hilfe, eure Zeit und eure Anmerkungen, liebe Melanie, Yvonne, Xenia und Klaudia!

Ein ebenso großes Dankeschön geht an meine Testleserinnen und Sensitivity Reader: Tanja, Anabelle, Tina, Mandy, Michelle und Saskia. Ihr habt mir unglaublich weitergeholfen!

Des Weiteren gibt es noch ein paar Menschen, die maßgeblich zur Entstehung dieser Geschichte beigetragen haben, denen ich danken möchte:

Marie – für den Vorschlag mit der Lieblingsmarmelade. Damit hast du dich in dieser Geschichte verewigt. Klaudia – für die vielen Café-Tage, bei denen wir geschrieben, geredet, Kaffee getrunken und an unseren Lektoraten gearbeitet haben. Ohne unsere Schreibdates wäre ich wahrscheinlich heute noch nicht fertig. Mandy – für den medizinischen Input und dass du dich nie über die seltsamen Fragen wunderst, mit denen ich immer wieder ankomme. Danke, dass du alles aus medizinischer Sicht überprüft hast! Simone – für deine Begeisterung für meine Charaktere, dass du sie direkt zusammen mit mir geshippt hast und die Instagram-Aktion mit Hailees Entscheidungen möglich gemacht hast. Alana – fürs Zuhören und für die wunderbaren Gespräche in guten Zeiten genauso wie in Krisenzeiten. Tanja – der ich die allerersten Zitate aus *Falling Fast* geschickt habe, in einer Phase, in der ich die ersten Kapitel niemandem zeigen wollte. Dein Input, deine Reaktionen und deine Begeisterung haben mich unglaublich motiviert.

Meine wunderbaren Kolleginnen Ava Reed, Laura Kneidl, Laura Labas, Marie Graßhoff, Nicole Böhm, Sarah Saxx und Carolin Wahl. Ohne den Austausch mit euch und die gemeinsamen Schreibsessions wäre dieses Buch nie so schnell fertig geworden, nachdem ich endlich den Anfang bezwungen hatte.

Danke an meine Familie, insbesondere an meine Schwester, auf deren Couch mir die Idee zu dieser Geschichte kam.

Zu guter Letzt ein riesiges Dankeschön an dich, liebe*r Leser*in, dafür, dass du dieses Buch gekauft und gelesen, dass du mit Hailee und Chase mitgefiebert und mitgefühlt, geweint und gelacht hast! Ich hoffe, dir hat der erste Teil ihrer Geschichte gefallen. Es geht schon bald weiter in *Flying High*!

Hailees und Chase' Geschichte geht weiter:

29. Juli 2019

TRIGGERWARNUNG
(Achtung: Spoiler!)

Falling Fast enthält Elemente, die triggern können.
Diese sind:

Angststörung (Social Anxiety), Tod, Verlust, Trauer und Trauerbewältigung, Suizidalität, Krankheit (Mukoviszidose), Drogenmissbrauch und Depression.

Nachwort

Hailees Geschichte zu erzählen lag mir von Anfang an sehr am Herzen, da mir auch dieses Thema sehr am Herzen liegt. Daher möchte ich dich bitten: Wenn es dir nicht gutgeht, wenn du betroffen bist und dich allein fühlst oder wenn es keinen Ausweg mehr zu geben scheint, dann rede mit jemandem. Sprich mit deiner Familie, deinen Freunden oder suche dir Hilfe.

Hier findest du rund um die Uhr Hilfe und jemanden zum Reden:

Telefonseelsorge: 0800 – 1110111 oder 0800 – 1110222
Für Kinder und Jugendliche: 0800 – 1110333

Unter www.telefonseelsorge.de kannst du auch Hilfe vor Ort, via Mail oder Chat erhalten. Alles anonym und kostenlos.

Des Weiteren findest du Hilfe via Telefon und Mail bei:
www.nummergegenkummer.de

Und wenn du nicht selbst betroffen bist: Kümmere dich um deine Lieben. Frag nach. Hör zu. Sprich mit ihnen. Sei für sie da. Das kann schon unheimlich viel helfen.

Ich wünsche dir die Kraft, alles zu meistern, was vor dir liegt, und schicke dir ganz viele positive Gedanken.

Leseprobe

BIANCA IOSIVONI

DER LETZTE ERSTE BLICK

Emery

»Es ist nicht gerade die feine Art, das erste Semester damit zu beginnen, jemandem die Nase zu brechen, Miss Lance.« Die Frau hinter dem Schreibtisch zog ihre randlose Brille ein Stück hinunter und warf mir einen tadelnden Blick zu. »Da stimmen Sie mir doch zu, nicht wahr?«

Nein, nicht wirklich. Genau genommen hätte es keine bessere Art gegeben, den ersten Tag meines neuen Lebens zu beginnen, als Mason Lewis eine reinzuhauen. Wobei ich ihm auch mein Knie in die Eier hätte rammen können. Das hätte diesem Vormittag die Krone aufgesetzt. Nachdenklich kratzte ich an dem verblassten Froschaufkleber auf meiner Umhängetasche. Ich hätte mir eine neue besorgen sollen, bevor ich hergekommen war, aber ich konnte mich einfach nicht von dem alten Ding trennen.

Ein Räuspern ließ mich aufblicken. Mrs Peterson sah mich auffordernd an. Oh, erwartete sie tatsächlich eine Antwort auf ihre rhetorische Frage?

Ich setzte ein Lächeln auf, das meine Highschoollehrer nie überzeugt hatte, doch vielleicht hatte ich hier mehr Glück. »Aber natürlich«, presste ich in der süßesten Stimme hervor, die ich aufbringen konnte.

»Schön.« Mrs Peterson öffnete eine Akte, auf der mein Name in großen schwarzen Buchstaben stand: Emery Lance. »Ihrer alten Schule zufolge ist dies nicht der erste Vorfall, bei dem Sie handgreiflich geworden sind.«

Verdammte Axt. Ich sank etwas tiefer in meinen Sessel. Da rutschte einem einmal die Hand aus, und schon landete es in der Schulakte. Dabei war das nur passiert, weil Stephen Merrick mich in der Mensa befummelt hatte.

Neben mir erklang ein Geräusch, das eine Mischung aus Schniefen und Schnauben war. Mason Lewis saß vornübergebeugt und versuchte sein Nasenbluten mit Toilettenpapier zu stoppen. Wenn er nicht gerade aussah wie ein abgeschlachtetes Schwein, war er ganz attraktiv. Millimeterkurzes Haar, groß, breitschultrig, tätowiert und mit einer offenen Sweatweste. Er war der Typ Mann, mit dem ich mich gut verstehen würde – müsste ich mir kein Zimmer mit ihm teilen.

Wer hatte sich das überhaupt ausgedacht? Klar gab es gemischte Wohnheime, sogar Badezimmer, die sich Jungs und Mädchen teilten. Aber wer steckte denn ein Mädchen zu einem wildfremden Kerl in ein Zimmer und zwang sie, für den Rest des Semesters zusammenzuwohnen? War doch klar, dass es dabei zu Unstimmigkeiten kam. Oder zu blutigen Auseinandersetzungen wie in unserem Fall.

»Mister Lewis hier soll Sie auf unangemessene Weise berührt haben«, sprach Mrs Peterson weiter. »Ist das korrekt?«

Auf unangemessene Weise? Nannte man das heutzutage so? Ich richtete mich wieder auf. »Er hat mir an den Hintern gegrapscht.«

»Gestreift!« Mason warf mir einen wütenden Blick zu. »Ich habe sie höchstens gestreift. Und es war unabsichtlich!«

»Ja, klar.« Ich drehte mich so zu ihm um, dass wir uns direkt in die Augen sehen konnten. Volle Konfrontation, kein Wegducken und Hinnehmen. Nie wieder. »Deine Hand hat sich nur zufällig zu meinem Hintern verirrt. Genauso zufällig, wie meine Faust deine Nase getroffen hat. Ach nein, höchstens gestreift.«

»Das genügt.« Mrs Peterson hob beide Hände wie ein Schiedsrichter und bedachte uns mit einem strafenden Blick. »An der Blackhill University dulden wir keine Gewalt. Nur in einer friedvollen, sicheren Umgebung können unsere Studenten ihr ganzes Potenzial entfalten und all das Wissen aufnehmen, das wir ihnen vermitteln. Es ist daher von größter Wichtigkeit ...«

Ich klinkte mich in Gedanken aus und betrachtete meine geröteten Fingerknöchel. Inzwischen brannten sie, als hätte jemand Entwicklerflüssigkeit aus dem Fotolabor darauf geschüttet.

Ich konnte es kaum erwarten, endlich hier rauszukommen, mein neues Zimmer zu beziehen und meine Hand zu kühlen. Wäre da nicht dieser kleine Zwischenfall, der mich hierher gebracht hatte.

»Betrachten Sie dies als Verwarnung, Miss Lance«, beendete Mrs Peterson ihre Rede und faltete die manikürten Finger auf dem Schreibtisch.

»Das ist alles?«, rief Mason ungläubig. Der silberne Ring in seiner Unterlippe bebte. »Eine Verwarnung? Diese Furie hätte mich fast umgebracht!«

Angesichts des ganzen Blutes, das seit mehreren Minuten aus seiner Nase strömte, könnte das sogar stimmen. Ich erkannte meinen neuen Mitbewohner kaum wieder. Sein Gesicht war zur Hälfte unter Toilettenpapier verborgen, über seine Wange zog sich eine verschmierte rote Spur, und auch auf seinem gebräunten Unterarm waren dunkelrote Flecken zu sehen. Alles in allem könnte der Kerl einem Zombiefilm entsprungen sein. Sein tiefes Grollen würde dazu passen.

»Oh, bitte.« Mrs Peterson wedelte ungeduldig mit der Hand. »Sie haben eine angeknackste Nase, keinen Schädelbruch. Und hören Sie endlich auf, meinen Teppich vollzubluten.«

Ich presste die Lippen aufeinander, um mir mein Lachen zu verkneifen, aber mir entkam trotzdem ein glucksender Laut. Zwei Augenpaare richteten sich auf mich. Das eine forschend, das andere wütend.

Ich neigte den Kopf, bis mir mein eisblondes Haar vors Gesicht fiel und mein Grinsen verbarg. »Entschuldigung«, murmelte ich und tat, als würde ich meine pinkfarbenen Haarspitzen betrachten.

Damit schien sich Mrs Peterson zufriedenzugeben, obwohl Mason mich noch immer musterte, als wollte er mich eigenhändig aus dem Fenster werfen. Pech für ihn, dass sich das Büro der Hausverwaltung im Erdgeschoss befand.

»Bevor ich Sie beide entlasse, muss ich Ihnen noch eine Frage stellen.« Mrs Petersons ernster Blick wanderte zu mir.

Oh, oh. Ich kannte diesen Gesichtsausdruck. Ein Prickeln breitete sich in meinem Nacken aus, wie Ameisen, deren dünne Beinchen über meine Haut krabbelten. Ich unterdrückte den Impuls, mich zu schütteln, und setzte mich stattdessen auf. Schultern zurück, Rücken gerade, Kinn hoch erhoben. *Zeig ihnen nicht, wie sehr sie dir zusetzen.*

»Hat Mister Lewis Sie sexuell belästigt?«

»Was?«, schnappte er neben mir. Seine Fassungslosigkeit war nicht gespielt, genauso wenig wie das Entsetzen in seiner Miene. »So etwas würde ich nie tun!«

Es überraschte mich selbst am meisten, aber ich glaubte ihm. Mason war nicht wie die Jungs an meiner Highschool, die mir im letzten Jahr das Gefühl gegeben hatten, eine billige Schlampe zu sein. Das hier war nicht Montana. Ich war weit weg von zu Hause. Nur weil Mason und ich einen schlechten Start gehabt hatten, bedeutete das nicht, dass ich ihn für einen Sexualstraftäter hielt. Oder ihn mit meiner Aussage in den Augen der Welt zu einem machen wollte. Wenn es jemanden gab, der wusste, wie zerstörerisch Gerüchte sein konnten, dann ich.

»Nein«, antwortete ich ehrlich. »Es war ein Missverständnis«. Das sich hoffentlich geklärt hatte, nachdem ich ihm eine runtergehauen hatte.

Mrs Peterson fixierte uns einige Sekunden lang schweigend, dann schloss sie die Akten auf ihrem Tisch. »Gut. In dem Fall ist alles geklärt. Sie dürfen gehen.«

»Was ist mit dem Zimmer?«, fragte ich sofort. »Auch wenn es ein Missverständnis war, würde ich gern ein anderes zugewiesen bekommen.«

»Ich bin stark dafür«, brummte Mason und riss die letzten Blätter von der Klopapierrolle in seinen Händen, um sie gegen seine Nase zu pressen.

»Tut mir leid.« Scheinbar mitfühlend zog Mrs Peterson die Schultern hoch. »Das ist eine ungewöhnliche Situation, und ich bin sicher, bei der Einteilung ist jemandem ein Fehler unterlaufen. Aber eine Umsiedlung in ein anderes Zimmer oder Wohnheim ist zu diesem Zeitpunkt leider unmöglich, da zum Semesterbeginn nichts mehr frei ist. Sofern sich keiner von Ihnen eine Wohnung außerhalb vom Campus suchen möchte, müssen Sie fürs Erste miteinander auskommen.«

Wie bitte? Das war alles? Ich starrte die Frau hinter dem Schreibtisch an. Sie hatte gut reden, sie musste sich kein Zimmer mit irgendeinem Idioten teilen, dessen Hand sich *aus Versehen* zu ihrem Hintern verirrte.

»In ein paar Wochen kann das natürlich anders aussehen«, redete Mrs Peterson unbeirrt weiter. »Ich habe mir Ihre Handynummern und E-Mail-Adressen notiert und werde Sie informieren, sobald etwas frei wird.«

Als wäre damit die Welt wieder in Ordnung, stand Mrs Peterson auf, schüttelte uns die Hände und scheuchte uns aus ihrem Büro. Im Gang bog Mason sofort nach rechts ab und steuerte die Männertoilette an. Vermutlich, um sich eine neue Rolle Klopapier zu besorgen.

Ich blieb allein in dem kühlen Flur zurück. An einem College, das ich nicht kannte, in einer fremden Stadt in einem Bundesstaat, in dem ich nie zuvor gewesen war. Mit dem zweifelhaften Talent, mir gleich am ersten Tag Feinde zu machen. Großartig.

Schwüle Luft schlug mir entgegen, als ich aus dem Verwaltungsgebäude ins Freie trat. Es war Mitte August und deutlich wärmer als zu Hause in Missoula. Ich vermisste die schneebedeckten Berge in der Ferne, die ich jeden Tag und jede Nacht meines Lebens gesehen hatte. Mit einem Kopfschütteln wischte ich das aufkeimende Gefühl von Heimweh beiseite. Ich hatte mich bewusst dafür entschieden, so weit von zu Hause entfernt zu studieren, und würde sicher nicht beim ersten Zwischenfall einknicken. Nicht einmal, wenn ich einen Vermerk in meiner Akte bekam, noch bevor das Semester richtig begonnen hatte.

Langsam setzte ich mich in Bewegung. An diesem Samstagvormittag entdeckte ich nur vereinzelt andere Menschen auf dem Campus, aber mir gefiel die Stille. Ich war gut darin, allein zu sein. Das Einzige, was mir in diesem Moment fehlte, war meine Kamera, um die Eindrücke um mich herum einzufangen und für immer festzuhalten. Die Leute auf den Grünflächen wirkten so entspannt, während sie sich sonnten, ein Buch lasen oder in kleinen Gruppen zusammensaßen. Mit den Bäumen, die sie umgaben, und den roten Backsteingebäuden, die dazwischen aufblitzten, hatte das Bild etwas Überirdisches. Wie ein kleines Fleckchen Idylle fernab des Alltags.

Leider lag meine Kamera zusammen mit meiner Reisetasche auf dem Bett in Masons Zimmer. Korrigiere: in *unserem* Zimmer.

Wie auf Kommando vibrierte das Handy in meiner Tasche mit einer neuen Nachricht. Ich zog es hervor und entsperrte den Bildschirm mit einer Wischbewegung.

Na, schon jemandem das Leben schwer gemacht?

Zum ersten Mal an diesem Tag musste ich lächeln. Die Anspannung, die mich überkommen hatte, seit ich mein neues Zimmer betreten und Mason Lewis dort vorgefunden hatte, fiel von mir ab. Ich blieb mitten auf dem gepflasterten Weg stehen und tippte eine Antwort.

Mein neuer Mitbewohner hat eine blutige Nase. Zählt das?

Keine fünf Sekunden später vibrierte mein Handy erneut.

Er? Hat er dich angemacht? Ich würde ja zurückfahren und ihn für dich verprügeln, aber das kannst du anscheinend sehr gut allein, Schwesterchen.

Kein Smiley begleitete die Nachricht, aber ich erkannte Robs Sarkasmus trotzdem. Anders als unsere Eltern fand er meine Idee gut, weit weg von zu Hause zu studieren. Vor knapp einer

Stunde hatten wir uns voneinander verabschiedet, nachdem er mich hier abgesetzt hatte. Seit wir beide den Führerschein hatten, machten wir jeden Sommer einen mehrtägigen Roadtrip. Diesmal waren wir von Montana nach West Virginia gefahren, wo ich am Montag mein Studium beginnen würde. Dass er sich jetzt schon meldete, um nachzufragen, wie es mir ging, war untypisch, aber nicht überraschend nach allem, was in den vergangenen Monaten vorgefallen war.

Du hast deine Pflichten als großer Bruder fürs Erste erfüllt. Trotzdem danke für das Angebot. Komm gut heim & grüß Bree von mir!

Damit packte ich mein Handy wieder ein, denn auch ohne nachzusehen wusste ich, dass die Nachricht von Rob die einzige war, die ich erhalten hatte. Und ich war dankbar dafür. Mit der neuen Nummer waren die Tage der zahllosen anonymen Meldungen und Hassnachrichten endlich vorbei. Nur meine Familie und Robs Freundin Bree wussten, wie sie mich erreichen konnten.

Ich setzte mich wieder in Bewegung und orientierte mich dabei an den beiden Backsteingebäuden, die hoch in den Himmel ragten. Mit jedem Schritt schlug meine Tasche gegen meine Hüfte, wie eine penetrante Erinnerung daran, dass das Ganze eine dämliche Aktion gewesen war. Nicht die, Mason die Nase zu brechen, denn das hatte er verdient. Aber hierherzukommen war möglicherweise nicht meine klügste Entscheidung gewesen.

Ich kannte niemanden. Anders als meine Kommilitonen, die in dieser Gegend aufgewachsen waren oder bereits Anschluss gefunden hatten, hatte ich die Einführungswoche, die in Wirklichkeit nur aus wenigen Tagen bestand, verpasst und war erst heute hier eingetroffen. Darum auch das letzte freie Bett im Wohnheim und dieser blutige Start mit Mason.

Egal. Es konnte nur besser werden. Außerdem war ich nicht hergekommen, um neue Fake-Freunde zu finden, die mich bei der erstbesten Gelegenheit fallen ließen, sondern um meinen Abschluss zu machen. Genau darauf würde ich mich konzentrieren: lernen, meine Prüfungen so gut wie möglich bestehen und die weltbesten Fotos schießen.

Ich ging am Gebäude für die öffentliche Sicherheit vorbei und überquerte die Straße. Vor mir erhob sich das erste von vier Wohnheimen, die gemeinsam eine Art grünen Innenhof bildeten. Hier war deutlich mehr los als bei der Verwaltung oder den einzelnen Fakultäten. Die meisten Erstsemester hatten ihre Zimmer bereits vor einigen Tagen bezogen, erst heute war der Einzugstag für die höheren Semester. Während ich über den Platz marschierte, entdeckte ich volle Kisten und Wäschekörbe und beobachtete, wie Mädchen einander kreischend um den Hals fielen und Jungs sich lässig per Handschlag begrüßten.

Eine zierliche Rothaarige zerrte einen überdimensionalen Rollkoffer hinter sich her und schleppte gleichzeitig eine unförmige Reisetasche. Selbst aus der Entfernung konnte ich erkennen, dass ihr die Tasche gleich runterfallen würde. Der Riemen rutschte von ihrer Schulter, und die Tasche krachte zu Boden. Das Klirren war bis hierher zu hören, genau wie ihr entsetzter Aufschrei.

Automatisch machte ich einen Schritt auf sie zu, um ihr zu Hilfe zu eilen, aber jemand anderes kam mir zuvor.

Wie aus dem Nichts tauchte ein großer Kerl mit kurzen braunen Haaren auf, redete mit dem Mädchen und hob ihre Reisetasche auf. Mit einem charmanten Lächeln entwand er auch den Koffergriff aus ihrer Hand. Das Mädchen wirkte erleichtert, wenn auch etwas verblüfft. Sie deutete auf eines der vier Gebäude, und Mr Unbekannt folgte ihr samt Gepäck in diese Richtung.

Einen Moment lang sah ich den beiden nach, dann zwang ich mich dazu, weiterzugehen. Es war nichts Besonderes gewesen. Nur eine nette Geste. Etwas Alltägliches. Doch nach meinem letzten Highschooljahr waren mir selbst diese selbstverständlichen Zeichen von Hilfsbereitschaft fremd geworden. Was sagte das über mich aus?

Ich beschleunigte meine Schritte, um endlich in mein neues Zimmer zu kommen und die Ruhe zu genießen, bevor Mason wieder reinplatzte. Doch dann trat mir plötzlich ein braunhaariges Mädchen in den Weg. Ich bremste abrupt ab. »Whoa, hey. Pass doch auf!«

»Hi!« Sie hatte sich ihr rot-schwarzes College-Shirt über dem Bauchnabel zusammengeknotet und strahlte mich trotz meiner schroffen Worte an. »Du bist ein Freshman, richtig?«

»Ähm.« Ich blinzelte irritiert. War das so offensichtlich?

»Perfekt. Hier.« Von irgendwoher zauberte sie einen bunten Flyer hervor und drückte ihn mir in die Hand. »Heute Abend findet die erste große Campusparty statt. Komm vorbei.«

Ich war noch immer überrumpelt, aber das schien das Mädchen nicht weiter zu stören. Sie griff nach meiner Hand und schüttelte sie eifrig. Ein scharfes Brennen zog sich durch meine Fingerknöchel, und ich zuckte zurück, doch das unangenehme Pochen blieb.

»Oh Gott, alles in Ordnung? Was ist mit deiner Hand?«

Ich wusste nicht, ob ihr Entsetzen echt oder nur gespielt war. Meiner Fähigkeit, andere Menschen einzuschätzen, vertraute ich schon lange nicht mehr.

»Nichts. Alles okay«, murmelte ich in dem Versuch, die Sache herunterzuspielen. Eine Partyeinladung? Ging in Ordnung. Das hier war schließlich ein College. Aber einem Mädchen, das ich gerade mal eine Minute kannte, von meiner Begegnung mit Mason zu erzählen? Definitiv nicht.

Sie schien nicht überzeugt zu sein, nickte jedoch und strahlte mich wieder an. »Dann sehen wir uns auf der Party.« Diesmal wirkte ihr Lächeln weniger aufgesetzt, sondern ruhiger. Ehrlicher. Aber was wusste ich schon?

Als ich weiterging, hörte ich noch, wie sie eine andere arme Seele mit exakt denselben Worten ansprach. Ich sollte den Flyer in den nächsten Papierkorb werfen … Stattdessen faltete ich ihn zusammen und schob ihn in meine hintere Hosentasche. Nur für den Fall, dass ich später doch noch Lust auf Gesellschaft verspüren sollte.

Ich betrat den Eingangsbereich meines Wohnheims durch eine breite Glastür. Beim ersten Mal war ich zu abgelenkt gewesen, um meine Umgebung wahrzunehmen. Als ich jetzt die Frau hinter dem langen Schreibtisch bemerkte, zog ich instinktiv die Schultern hoch. Sie trug einen Dutt und eine schmale Brille an einer Kette. Ihr gepunktetes Kleid wirkte wie aus den Fünfzigern, aber ihre Finger flogen überraschend schnell über die Tastatur. Ich hatte ihren Namen längst wieder vergessen, aber ich wusste, dass sie für Recht und Ordnung in diesem Wohnheim zuständig war. Schließlich war sie es gewesen, die Mason und mich zur Hausverwaltung geschleift hatte. Aber sie schien auch für die Organisation verantwortlich zu sein, denn bereits bei meiner Ankunft hatte sie mir eine Karte vom Campus und einen Gebäudeplan in die Hand gedrückt. Überflüssig, denn in diesem Haus konnte man sich wirklich nicht verlaufen.

Links von uns befanden sich die ersten Studentenzimmer, rechts der Computerraum, der Waschraum und ein Aufenthaltsraum mit Sofas und Sesseln, einem Fernseher sowie Billard- und Kickertisch. Aus dieser Richtung drangen helles Lachen, Anfeuerungsrufe und Schimpfworte, untermalt von Popmusik. Ich wandte mich ab und ging an der Empfangstheke vorbei, durchquerte einen schmalen Flur und nahm die Treppenstufen nach oben.

Mein Zimmer befand sich im zweiten Stock direkt neben dem Treppenhaus. Vor der Tür hielt ich einen Moment lang inne und starrte auf die kleinen Namenskärtchen daneben. M. Lewis. E. Lance. R. Bowers. A. Bowers.

Mein Blick blieb an den letzten beiden Namen hängen. Geschwister? Oder ein Pärchen, das direkt nach seinem Highschoolabschluss geheiratet hatte, um das Vorrecht zu nutzen, im Wohnheim zusammenwohnen zu dürfen?

Wer sie auch waren, ich konnte nur hoffen, dass ich mit den beiden einen besseren Start haben würde als mit Mason.

Ich zog meine Schlüsselkarte durch den Schlitz und öffnete die Tür zu meinem neuen Zuhause. Gemeinsam mit den Bowers teilten Mason und ich uns ein kleines Bad und ein Wohnzimmer. Eine Küche schien es in der Wohneinheit nicht zu geben, dafür standen ein Minikühlschrank und eine Mikrowelle in einer Ecke des Wohnzimmers. Vielleicht hätte ich doch den Wasserkocher mitnehmen sollen, den Mom mir hatte andrehen wollen.

Erst als ich die Tür zu meinem Zimmer geöffnet und festgestellt hatte, dass ich allein war, bemerkte ich, dass ich unbewusst die Luft angehalten hatte. Jetzt entwich sie mir in einem tiefen Seufzen. Meine Reisetasche lag noch immer auf dem Einzelbett, wo ich sie zurückgelassen hatte. Daneben die Laptop- und die Kamerataschen. Mehr hatte ich nicht mitgebracht und, bis auf ein paar wenige Kleidungsstücke, auch noch nicht ausgepackt.

Ich strich mir das Haar hinter die Ohren und zog die kleinere der beiden Kamerataschen zu mir heran. An meinem zwölften Geburtstag hatte Dad mir eine Polaroidkamera geschenkt. Vorher hatte ich mich nie groß für Fotografie interessiert, aber seit ich die Kamera das erste Mal in den Händen gehalten hatte, sah man mich kaum noch ohne. Als ich Dad Jahre später fragte, warum er sie mir geschenkt hatte, lächelte er nur und erklärte mir, dass ich ein gutes Auge besäße. Er als Architekt würde das wissen.

Mit den Fingern strich ich über das quietschgrüne Ding, das bereits zahlreiche Kratzer aufwies und eine kleine Delle rechts unten hatte, seit es mir bei einem Ausflug in den Bergen runtergefallen war. Trotzdem konnte ich mich nicht davon trennen, genauso wenig wie von den Bildern, die diese Kamera hervorbrachte. Manchmal kam es mir wie Zauberei vor. Ich war nur diejenige, die im richtigen Moment auf den Auslöser drückte.

Ich drehte mich um und stand nach zwei Schritten schon in der Mitte des Zimmers. Auf dem hellen Teppich waren deutlich mehrere kleine Blutstropfen zu sehen – eine Erinnerung an meine erste Begegnung mit meinem neuen Mitbewohner. Es mochte makaber sein, aber ich machte trotzdem ein Foto davon. Die Kamera summte, als sie mir das Bild ausgab. Ich schüttelte es, bis es klar wurde, dann zog ich eine Grimasse. »Willkommen an der Blackhill University«, murmelte ich.

»Ich glaube, das sollte mein Spruch sein«, ertönte eine tiefe Stimme von der Tür her.

Manchmal genügt ein einziger Blick …

Bianca Iosivoni
DER LETZTE
ERSTE BLICK
464 Seiten
ISBN 978-3-7363-0412-3

Endlich frei! Emery Lance kann es nicht erwarten, ihr Studium in West Virginia zu beginnen. Niemand kennt hier ihre Geschichte. Niemand weiß, was zu Hause geschehen ist. Dafür ist sie auch bereit, in Kauf zu nehmen, dass die Situation im Wohnheim alles andere als ideal ist. Nicht nur treibt ihr Mitbewohner sie regelmäßig in den Wahnsinn – sein bester Freund Dylan Westbrook bringt ihr Herz mit einem einzigen Blick zum Rasen …

»Frech, humorvoll, sexy: eine Geschichte zum Verlieben!« Mona Kasten